U0055542

Stephen King

史蒂芬金選

絕筆

Billy Summers

史蒂芬・金
Stephen King

楊沐希——譯

來自各界的好評

《絕筆》是一部收放自如且引人注目的好書，作為一部犯罪小說，它結合了柏拉圖式的浪漫故事、黑色喜劇、遲來的正義，它觸及了讀者的思想、心靈和神經，閱讀它的樂趣無窮無盡。

——**《華爾街日報》**

史蒂芬·金的非凡之處，是他無盡的創作思維。換句話說，他非常擅長尋找新的方法來探索他感興趣的主題。正如書中當比利開始寫他的人生故事，就是其最巧妙的設定，讓這本書真正成為它的最佳狀態。

——**《美聯社》**

這位多產的創作之王，從他標誌性的恐怖故事進入了驚悚犯罪領域……最冷酷的謀殺和最引人入勝的一連串情節。這位千變萬化的大師值得翻頁開始新的創作篇章。

——**《寇克斯評論》**

一個緊張、引人入勝的故事，講述了一個頂尖殺手奮力前行的故事——是作者多年來最好的小說。

——**《洛杉磯書評》**

一部完美的故事，史蒂芬．金發揮了他所有長處：深刻的人物刻畫，巧妙的劇情節奏，結局似乎既合乎邏輯卻又來之不易。這可能是作者迄今為止最好的小說，將深入探究的人性包裹在一部公路小說中，再加上一個非常規的愛情故事。

——**《波特蘭先驅報》**

史蒂芬．金的最新主角是一名傭傭殺手，他的最後任務乍看是搬到南方小鎮並偽裝成一名作家，結果證明這份工作與殺死壞人一樣有價值。至於最後的結局，遺憾它並沒有進展順利，但這正是這部曲折多層次的犯罪故事的魅力所在。

——**《華盛頓郵報》**

一部黑色的、令人難以置信的驚悚故事，也是史蒂芬．金寫作以來對自己創作技藝展現最好的書。

——**《時人》雜誌**

這本書在諸多方面……都讓人難以放下，尤其是其中「書中書」的部分，史蒂芬．金讓讀者物超所值。

——**《聖路易郵電報》**

史蒂芬．金對小鎮生活單調的細節、美國文化的陰暗面，和主角的特質都寫得很好，就像所有他寫過的引人注目的主角。一部令人耳目一新、直截了當，有趣且情節複雜的復仇和救贖的故事。

——**《班戈日報》**

史蒂芬·金憑藉其對細節敏銳且獨到的眼光，描寫了一部美國公路文化黑暗面的故事。

——**《紐約時報》書評特刊**

一位即將退休且有原則的殺手，接下了最後一項工作，卻讓劇情以糟糕的方式向南發展，形成了一部關於運氣、命運和救贖的史蒂芬·金典型故事。看到恐怖大師轉行黑色犯罪領域，證明了幾十年後史蒂芬·金仍然可以給我們帶來驚喜和震驚。

——**《君子》雜誌**

在這部小說中，史蒂芬·金同時編織了至少三個故事，殺手的過去、少女的成長，還有一部絕妙的公路小說，將讀者帶入一個有推動力的、多面向的敘事中，並以一個精心策劃的、感人的結局來收尾。

——**《書單》雜誌**

這是一位偉大作家的又一傑出作品，而史蒂芬·金的作品也總是能超出讀者的預期。

——**《出版家週刊》**

導讀——

只有真正熱愛寫作的人，才能寫出這樣的一本犯罪小說

作家／出前一廷

自二〇〇五年的《*Colorado Kid*》到現在，史蒂芬．金在犯罪小說方面的創作，有著日益增加的傾向。除了《*Blaze*》與「霍吉斯三部曲」的《賓士先生》（*Mr. Mercedes*）及《誰找到就是誰的》（*Finders Keepers*）外，他更在最後一部的《我們還沒玩完》（*End of Watch*），以及《忘憂地》（*Joyland*）、《後來》（*Later*），還有衍伸「霍吉斯三部曲」寫成的《局外人》（*The Outsider*）與中篇小說〈如果它流血〉（*If It Bleeds*）等作品中，將他擅長的超自然恐怖元素大量融入，就此編織出金獨特的犯罪小說世界。

至於你手上的這本《絕筆》（*Billy Summers*），雖然恐怖元素的比例較少，主要是被拿來作為主角心境的一種隱喻，卻也同樣足以為書迷帶來意想不到的驚喜，為這本在許多地方都顯得更為典型的犯罪小說，增添了一些屬於金的招牌特質。

就故事內容來看，《絕筆》的前三分之一，可以說是在黑色電影與小說中，再典型不過的「最後一票」分類，描述身為職業殺手的主角，如何在打算金盆洗手後，卻在最後一樁買賣裡遭到黑吃黑的過程。

而到了後頭，《絕筆》則又會讓人想起《終極追殺令》（*Léon*）、《極地》（*Polar*）、《私刑教育》（*The Equalizer*），甚至是HBO影集《最後生還者》（*The Last of Us*）這些影劇作品，描述主角在避風頭的時候，意外救了一名遭到強暴的年輕女性，使兩人就此建立起相濡以沫的微妙關係，並一同踏上一場既是復仇，同時也是成長與探索自我的公路之旅。

有趣的是，如果你是金的忠實書迷，便會知道他一向喜歡在故事裡，描述寫作者在創作過程中的種種心態。而這一回，他把這項知名特色，在《絕筆》中首度與犯罪小說合而為一，透過喜愛閱讀的殺手以新進作家身分作為掩護的相關情節，讓主角因此試著寫下自己不曾向任何人道出的往日回憶，藉此道出許多金對創作的經驗及想法。

舉例來說，在《絕筆》中，金透過主角在同行面前，總會偽裝成較為呆滯愚笨，使他行事因此更有轉圜餘地的安排，告訴我們寫作有時就跟演戲一樣，於使用第一人稱敘事時，得努力掌握角色的個性及思考模式，在拋開自我風格的情況下，以屬於角色的口吻道出那些故事，藉此呈現出更為真實的效果。

而在此同時，這種手法甚至還是讓讀者得以迅速接受這名殺手角色的關鍵因素。

通常而言，職業殺手往往會給我們較為負面的聯想，但《絕筆》主角不僅是個只殺壞人的職業殺手，金更藉由他在殺手這門行當中的相關偽裝，讓我們聯想到自己在生活中的模樣，總是於某些情況下只得強裝鎮定自若，偶爾則得裝瘋賣傻，好避過一些無謂的麻煩與尷尬時刻。

但也有些時候，我們會在無意間，暴露出一些再真實不過的自我感受，然後在留意到這點時，不免擔心起自己是否說得太多，又是否會為未來帶來什麼麻煩。而這些林林總總的心態，全在《絕筆》一書裡，透過得要多重偽裝自我的殺手主角，被描繪得栩栩如生，因此使我們就算不是殺手，也同樣得以對這名角色心生共鳴。

值得注意的是，金藉由這樣的設計，使《絕筆》因此有不少「書中書」的橋段，讓我們既可看到主角當下的遭遇，也能透過他寫下的內容，對這名角色的過往有更進一步的理解，甚至還因為主角一度刻意佯裝的寫作風格，因此讓人得以在書中一口氣讀到三種以上的敘事口吻，使金將「寫作就像演戲」這回事，以最直接的方式呈現在讀者面前。

此外，金在《絕筆》裡，也融入了不少他近年來屢屢發聲的社會及政治問題。像是曾於〈如果它流血〉中出現的嗜血媒體隱喻，便在書內佔有一定份量。至於在主角方面，《絕筆》亦正如《穹頂之下》（*Under the Dome*），將角色設定為退伍軍人，並透過他在伊拉克的回憶，使這些戰爭往事成為比他童年遭受的家庭悲劇還要具有更多篇幅的內心陰影，因此對於熟悉金的作品，曉得他有多麼不遺餘力透過《牠》（*IT*）這些作品大量描繪童年陰影的讀者來說，也自然成為了《絕筆》中一個不容忽視的創作重點。

這樣的安排，使《絕筆》在情感充沛的同時，更層層疊疊地從不同方面，展現出更貼近他如今思維的面相，甚至還因此與書中的故事，自一開始的私仇性質，到後來衍伸為追求正義的情節發展，有著相當程度的呼應。

虛構與現實，就這麼再度於金的筆下相互輝映，告訴我們寫作與閱讀，將能使人生獲得短暫片刻的全然自由與無限可能，正如同金最精采的那些作品，藉由生命中那些熠熠生輝的美好與殘酷，就這麼把你拉入書頁，與這些角色們一同上路。

金以自己的意思打造《絕筆》中的世界，而我們藉由翻開書頁走入其中，知道在每個人的眼裡，都有屬於自己的一個世界。而我們藉由寫作、閱讀與溝通，在彼此的世界中遊走漫遊，然後任情感在其中交互流動。

《絕筆》，就是這樣一本真正熱愛寫作的人，方能寫出的犯罪小說。

懷念雷蒙與莎拉·簡恩·史布魯斯[1]。

1 史蒂芬·金妻子塔碧莎的父母。

我曾迷失，現歸正道。

——〈奇異恩典〉

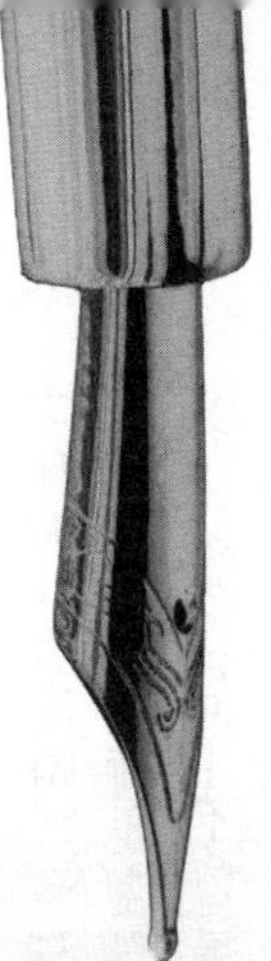

CHAPTER 1

1

比利・桑默斯坐在飯店大廳等人來接他。中午十二點整。雖然他正在讀文摘大小的漫畫《阿奇與他的男孩女孩》（*Archie's Pals 'n' Gals*），他卻在想艾米爾・左拉[2]的第三本書，也是他的突破之作《紅杏出牆》（*Thérèse Raquin*）。他在想這是很適合年輕人讀的書，他在想左拉此時正要開挖一處又深又收穫匪淺的礦脈。他在想左拉是噩夢版的狄更斯，他在想這個主題可以寫成很好的論文，只不過他才不會寫呢。

十二點過兩分，門開了，兩個男人走進大廳。其中一人身材高大，將黑色的頭髮梳成五〇年代流行的龐畢度頭。另一人矮小，戴眼鏡。兩人都穿西裝，尼克的人都穿西裝。比利在西岸就結識了高個子，這人跟了尼克很多年，他是法蘭基・麥金托。因為他的髮型，尼克的某些手下也稱他為「貓王法蘭基」，現在因為他開始地中海禿頭，大家稱他為「太陽能貓王」，但不敢當著他的面講。另一個人比利不認識，肯定是這附近的人。

麥金托伸出手，比利起身向他握手。

「嘿，比利，好久不見。見到你真好。」

「法蘭基，我也很高興見到你。」

「這位是波利・羅根。」

「比利，很高興認識你。」

「嗨，波利。」比利向矮子握手。

麥金托從比利手中接過「阿奇」漫畫。「不錯嘛，還在看漫畫。」

「對啊。」比利說：「對，我很喜歡漫畫，搞笑的漫畫。有時看超級英雄的漫畫，但我不是

非常喜歡那種題材。」

麥金托翻起內頁，讓波利．羅根看其中幾頁。「瞧瞧這些妞兒，真是的，我都可以用這個打手槍了。」

「貝蒂與薇若妮卡。」比利將書本拿回來。「薇若妮卡是阿奇的女朋友，貝蒂想篡位。」

「你也看書？」羅根問起。

「偶爾長途旅行時看，還有雜誌，但主要還是漫畫。」

「棒棒棒。」羅根說，還對麥金托使了個眼色，不是很低調，麥金托皺起眉頭，但比利不以為意。

「準備好要走了嗎？」麥金托問。

「當然。」比利將漫畫塞進後方口袋裡。阿奇跟他豐滿的女性友人，這主題也可以寫一篇論文。寫髮型帶來的安全感，寫永遠不會改變的態度，還有河谷高中，以及那裡不會前進的時間。

「那咱們走吧。」麥金托說。「尼克在等了。」

2

麥金托開車，羅根說他矮，所以坐後面。比利以為他們會往西區前進，因為那邊是高級地區，尼克．馬傑利安無論在家在外，都喜歡搞排場，搞鋪張。而且他不喜歡飯店。不過呢，他們卻是往東北方向前進。

2 Émile Zola（1840—1902），十九世紀法國最重要的作家之一，自然主義文學的代表人物，亦是法國自由主義政治運動的重要角色。

從市區開了三公里後，他們抵達一處住宅區，比利覺得這裡屬於中下階級住的地方。比他小時候住的拖車公園多了三、四個階梯，但實在稱不上精緻。這裡沒有大大的門禁社區，附近只有牧場式的平房，小小的草地上有旋轉的灑水器，主要為一層樓建築。大多維持得不錯，但有幾間需要重新上漆，草坪也長滿野草。他看到一戶人家用紙板擋在破窗上。在另一棟房子前方，身穿百慕達短褲跟汗衫的肥仔坐在草坪椅上，這椅子大概是在好市多或沃爾瑪旗下的山姆會員商店買的，胖子啜飲啤酒，看他們經過。美國過了一陣子好日子，也許一切即將改變。比利了解這種社區，它們是氣壓計，而這裡已經開始走下坡了。此處居民的工作都是要打卡的那種。

麥金托將車子停在兩層樓建築的車道上，草坪斑斑駁駁的。這棟房子外漆是淺淺的黃色，還過得去，但看起來不像尼克．馬傑利安選擇待的其他地點，就算只待幾天，他也不可能接受這種地方。這裡看起來像技工或底層機場員工會住的地方，老婆負責剪折價券，還有兩個孩子要養，每個月付房貸，每週四晚上跟去啤酒聯盟打保齡球。

羅根開了比利的門。比利將「阿奇」漫畫放在儀表板上，下了車。

麥金托領頭走上門廊。外頭很熱，但室內有冷氣。尼克．馬傑利安站在通往廚房的短短走道上。他身上的西裝大概跟這棟房子一個月的貸款差不多。他稀疏的頭髮梳得貼貼的，沒辦法吹龐畢度頭。他有一張圓臉及在拉斯維加斯曬的黝黑皮膚。他人高馬大，但擁抱比利時，突出的肚子卻硬得跟石頭一樣。

「比利！」尼克驚呼，輕吻他的兩側臉頰，還熱情大力拍了拍他。尼克露出燦爛的微笑。「比利、比利，真是的，見到你真好！」

「尼克，我也很高興見到你。」他張望起來。「你平常待的地方比這裡高級多了。」他停頓了一下。「如果你不介意我這麼說的話。」

尼克大笑起來，他的笑聲爽朗又具感染力，麥金托跟著笑，羅根露出微笑。「我在西區有地方，短期的地方，可以說是替人看家。庭院裡有噴泉，中間是那種光著屁股的小孩子，那叫什麼來著……」

智天使，比利心想，但他沒說出口。他只是繼續掛著微笑。

「總之呢，就是一個小孩在尿尿就對了。你改天自己看看就懂了。不，這裡不是我的，但，比利，如果你願意接這份工作，那這裡就是你的了。」

3

尼克帶他到處參觀，說：「完整裝潢。」彷彿是在兜售，也許他的確是在兜售。房子有兩層樓，樓上有三間臥室，兩間浴室，一間比較小，大概是給小孩用的。一樓是廚房、客廳，還有很小的飯廳，頂多只能稱為小餐座。地下室很大一部分鋪了地毯，一邊是超大電視，另一邊則是乒乓球桌。裝了軌道燈。尼克說這裡是娛樂室，他們在此坐下。

麥金托問他們要不要喝點什麼，他說有汽水、啤酒、檸檬水跟冰茶。

「我要一杯阿諾．帕默。」尼克說。「檸檬水一半，冰茶一半，冰塊多一點。」

比利說聽起來不錯。他們開始閒聊，等飲料來。聊天氣，聊靠近邊界的南部有多熱。尼克想知道比利的旅程怎麼樣，比利說很好，但沒說他從哪裡飛過來，尼克也沒問。尼克說那個該死的川普怎麼樣，比利說他怎麼樣。他們差不多就只聊到這裡，但沒關係，因為等到麥金托用托盤端著兩個長長的玻璃杯回來又離開後，尼克就開始聊正事了。

「我聯絡你朋友巴奇的時候，他說你想退休了。」

「考慮中，幹太久了，真的太久了。」

「的確，的確。對了，你幾歲了？」

「四十四。」

「脫下制服後就開始了，對不對？」

「差不多。」他很清楚尼克對這一切瞭若指掌。

「總共幾件？」

比利聳聳肩。「我記不太得。」十七，加上第一起，那就是十八件，手上打了石膏的男人。

「巴奇說如果價錢合理，你也許會幹最後一票。」

他等著比利開口，比利沒開口，於是尼克繼續說下去。

「這票的價格非常合理。你接了，往後就能在溫暖地區的吊床上喝鳳梨可樂達度過下半輩子。」他再次露出燦爛的微笑。「兩百萬，五十萬訂金，剩下事後付清。」

比利的口哨不是在演戲，他不覺得這叫演戲，而是他的「愚蠢自我」，這是他擺在尼克、法蘭基、波利這種人面前的樣子。類似安全帶，你不是因為期待會遇到車禍才繫安全帶，但你永遠料不到在山邊這一側的馬路上會遇到怎樣的貨色。這點也適用於生命的道路上，大家橫衝直撞，在收費公路上開錯線道。

「怎麼這麼多？」他接過報酬最高的案子不過七萬。「不是政治人物吧？因為我不碰政治人物的。」

「差得遠了。」

「是壞人嗎？」

尼克大笑起來，搖搖頭，用充滿好感的目光看著比利。「你就是愛問這個問題。」

比利點點頭。

「愚蠢自我」也許只是假象，但這是真的，他只對付壞人。這樣他晚上才睡得著。他的確是靠著替壞人「做事」過活，這點無庸置疑，但比利並不覺得這是什麼複雜的道德問題。壞人付錢給他，請他幹掉別的壞人，沒問題。他基本上將自己視為持槍的清道夫。

「這人壞到底了。」

「好喔……」

「而且這兩百萬不是我出，我只是中間人，收的是代理費，但不是從你這邊扣，另外算的。」尼克靠向前，雙手交握在大腿上。他的表情非常誠懇，他望著比利的雙眼。「目標跟你一樣，是專業狙擊手。只不過這傢伙不會問他的目標是好人還是壞人，他不用分。如果價錢對了，他就會接。此刻咱們姑且稱他為老喬。六年前，也許是七年前吧，不重要，這傢伙在上學路上幹掉了十五歲的孩子，這孩子是壞人嗎？不是嘛，事實上，他是模範生。不過有人想給孩子的爹一個教訓，孩子就是訊息，老喬則是信差。」

比利思索起這是不是真的。不太真實，蘊含了童話故事般的寓意，但感覺又挺真實的。「你要我幹掉一個殺手。」彷彿他此時才終於明白一樣。

「說對了。老喬此刻人在洛杉磯的男子中央監獄裡，罪名是傷害與性侵未遂。性侵未遂這檔事兒，如果你不是MeToo運動[3]的小姑娘，其實說來也好笑。他誤認某位女作家是妓女，這位女作家當時在洛杉磯參加研討會，女權主義的女作家。他有點硬來，女作家用胡椒噴霧噴他。他打

3 譴責性侵犯與性騷擾行為的社會運動，二〇一七年時有數百萬人在社交媒體上透過這個標籤公開曾經被騷擾侵犯的經歷，其中也包括許多知名人士。

斷女人一顆牙，害人家下巴脫臼。這位作家之後大概可以因此多賣十萬本書吧，她該謝謝老喬，而不是告他，你說是不是？」

比利沒答腔。

「哎呦，比利，你想一下嘛。鬼才曉得這傢伙幹掉多少狠角色，結果他卻被女同志解放者噴了一臉胡椒噴霧？你肯定看得出其中有多幽默。」

比利象徵性地笑了笑。「洛杉磯在美國另一邊。」

「沒錯，但他去『那邊』之前，曾來過『這邊』。我不曉得他為什麼會在這裡，我也不在乎，但我知道他想打牌，有人告訴他該去哪裡。因為，你瞧瞧，咱們的好朋友老喬自以為是個豪賭客。長話短說，他輸了很多錢。大贏家在早上五點誕生時，老喬朝著人家肚子開槍，不只拿走自己的錢，還抱走了所有的錢。有人想阻止他，大概是另一個蠢蛋賭客吧，結果老喬也請他吃子彈。」

「他殺了這兩個人？」

「大贏家死在醫院，但死前指認出老喬。想阻止他的老兄活了下來，他也指認了老喬。你知道還有什麼嗎？」

比利搖搖頭。

「監視器畫面，你現在明白整件事的方向了嗎？」

比利明白，當然明白。「不太確定。」

「加州那邊告他傷害，大概是甩不掉了。性侵未遂大概逃得掉，畢竟他又沒有拖著那個女的進暗巷什麼的，他還他媽的提議要付錢哩，所以就只是『遊說』吧？檢察官不會費心施壓。他也許會在郡立監獄待上九十天，債就清了。不過，在此他是謀殺，而在密西西比河的這一邊，他們對這傢伙的態度可嚴肅了。」

比利明白。在共和黨的州，他們會讓冷血殺手解脫。他非常清楚這點。

「看過監視器畫面後，幾乎可以確定陪審團會讓老喬得到注射死刑。你明白了嗎？」

「當然。」

「他利用律師替他爭取引渡，意料中事。你懂什麼叫引渡吧？」

「當然。」

「好，老喬的律師很努力，而這傢伙不是追救護車的那種二流律師。他已經爭取到了聽證會延期至三十天後展開，他也會想出別的辦法來拖延，但到頭來他還是會輸。而老喬會單獨監禁，因為有人想捅死他。老喬搶過刀子，扭斷對方的手，但如果有一個人想捅他，大概還有一堆人想捅他。」

「幫派恩怨？」比利問。「是瘸幫嗎？他們跟他有仇嗎？」

尼克聳聳肩。「誰知道？反正老喬現在待在個人牢房裡，不用跟其他豬仔一起吃飯，每天有三十分鐘單獨放風的時間。同時，律師接觸了很多人。他放出來的風聲說，老喬知道一件很大條的內幕，但條件是免除他的謀殺罪名。」

「可能嗎？」比利覺得不可能，就算老喬在牌桌上殺的人是個十惡不赦的大壞蛋也辦不到。

「比利，你不錯嘛，至少方向對了。不過，就我聽說，老喬想要免除所有罪名。他肯定手裡掌握了什麼大王牌。」

「檢察官可能會排除死刑，或者降到二級謀殺之類的嗎？」

「他覺得他的情報可以讓他逍遙法外？」

「看看開口的是誰啊？不曉得逍遙法外多少次的人。」尼克大笑起來。

比利沒有笑。「我不會因為在牌局輸錢就殺人，我根本不打牌，我也不搶劫。」

尼克點頭如搗蒜。「比利，這我清楚，專殺壞人。我只是開玩笑鬧你啦。喝你的飲料。」

比利喝起他的飲料，他想著：一單，兩百萬。他又想到，是不是有什麼蹊蹺？

「不管這傢伙知道什麼內幕，有人不希望他透露。」

尼克用手指比成手槍，對著比利，彷彿他進行了多了不起的跳躍推理一樣。「你懂了。總之呢，一個當地人聯絡我，如果你要接，你也會跟這傢伙見面。他給我們的消息是我們要找一位頂級狙擊手，頂級中的頂級。我就想到比利．桑默斯，他媽的就結案啦。」

「你要我解決這個人，但不是在洛杉磯，而是在這裡。」

「不是我，記住，我只是中間人，是別人。口袋很深的人。」

「有什麼風險？」

尼克又笑笑，又用手指比出來的槍指向比利。「直接切入重點，是吧？真他媽會劃重點。只不過，真的沒有什麼風險，也許算有吧，看你怎麼想。這個案子的風險就是時間，你看看，你要在這裡……」

他揮了揮手比向這間黃色的小房子，也許他指的是房子坐落的小社區，之後比利會知道這裡叫做央林區，就在密西西比河東邊，梅森─迪克遜分界線[4]下方的位置上。

「……待上好一陣子。」

4

他們又談了一下。尼克告訴比利，地點已經選好了，他指的是比利開槍的地點。他說比利不用立刻決定，他可以再了解一下，親眼看看。肯．霍夫會帶比利了解狀況，他就是當地人。尼克說肯今天不在城裡。

「他知道我用什麼嗎？」這不代表他加入，但已經是朝那個方向跨進一大步。大部分時間坐著沒事，開一槍就有兩百萬。這種工作實在很難拒絕。

尼克點點頭。

「行，我什麼時候跟這個霍夫見面？」

「明天，他今晚會打電話去你的飯店，跟你約時間地點。」

「如果我接，我需要掩飾身分的說詞。」

「都想好了，美得冒泡，喬治歐的主意。你先跟霍夫見面，明晚我們再告訴你。」尼克起身，伸出手，比利向他握手。他以前跟尼克握過手，但他不喜歡，因為尼克是壞人。不過，要不喜歡他很難。尼克很專業，而且他的笑容很討人喜歡。

5

波利．羅根開車送他回飯店。波利沒怎麼開口。他只有問比利介不介意他開收音機，比利不介意，波利就轉到輕搖滾電臺。他一度說：「羅根斯與馬西納，他們最棒了。」還有在雪松街上有人超他車時，他罵了一句，這就是他對話的全部內容。

比利不介意。他在想他看過的那些電影，搶匪計畫幹最後一票。如果「黑色電影」算一個類型，那「最後一票」就是底下的分類。在這種電影裡，最後一票總會出錯。比利不是搶匪，他也沒有跟幫派合作，他更不迷信，但最後一票這種事還是讓他有點不安。也許是因為酬勞太高了，也許

4 Mason–Dixon line，為美國賓夕法尼亞州、馬里蘭州與德拉瓦州之間的分界線。

是因為他不知道是誰付的錢，又為什麼要殺這個目標。也許甚至是因為尼克說的那個故事，目標居然冷血殺害一個十五歲的模範生。

「你會留下來嗎？」波利將車停到飯店門口時問。「因為這個霍夫會弄到你要的工具。我大可自己來，但尼克說不行。」

他會留下來嗎？「不知道，也許吧。」他停頓了一下。「大概會吧。」

6

比利回到房裡，打開筆電。他更改時間戳記，確認VPN的狀況，因為駭客最喜歡飯店了。他可以搜尋洛杉磯郡立法院，引渡聽證會肯定會出現在公開紀錄上，但想得到他要的資訊，還有更簡單的方式，他想要的方式。雷根總統說「信任，但要查證」的時候真的很有道理。

比利前往《洛杉磯時報》，花錢訂閱了半年。他用的信用卡卡片主人是一個名為「湯瑪仕．哈代」的虛擬人物，哈代是比利最喜歡的作家，至少在自然主義這個分類裡是他最喜歡的作者。進去後，他搜索起「女權作家」跟「性侵未遂」。他找到五、六篇報導，每一篇都短到不行。新聞裡有女權作家的照片，看起來很辣，也有很多話要說。據稱攻擊事件發生在比佛利山莊飯店前院，據稱兇嫌身上有多張身分證件與信用卡。根據《洛杉磯時報》，他的本名是喬爾．藍道夫．艾倫。二〇一二年的性侵指控他最後無罪釋放。

比利心想：所以「老喬」這個名字也很接近他的本名了。

接著，他前往城市報紙的網站，再次使用湯瑪仕．哈代的信用卡突破「付費牆」，搜尋起「牌局命案受害者」。

報導就在上頭，監視器畫面的照片很有說服力。天亮前一小時的光線還不足以露出兇手的臉，

但照片下方的時間戳記標示早上五點十八分。太陽還沒露臉，但已經轉亮了，如果你是檢察官，站在暗巷那人的臉可以要多清楚就多清楚。這人一手插口袋，就在標示著「卸貨區，請勿停車」的門外，如果比利是陪審員，他大概會因此投下死刑票。因為說到預謀，比利．桑默斯可是專家，而他在這裡看到的就是預謀行兇。

在紅峭壁區的每日新聞上，最近的消息是，喬爾．艾倫因為跟洛杉磯指控無關的罪名遭到逮捕。

比利確定尼克相信他看事情只看表面。就跟其他比利這麼多年來合作的對象一樣，尼克相信比利除了絕佳的狙擊技巧外，腦袋反應有點慢，甚至也許有點自閉症相關的疾病。尼克信了「愚蠢自我」，因為比利非常努力不要搞得太誇張，不要愣開嘴，不要雙眼無神，不要展現出很明確的蠢樣。「阿奇」漫畫造就奇蹟。他正在看的左拉小說塞在行李箱最裡面，要是有人搜索他的物品，找到這本書怎麼辦？他就會說他在機場座椅背後的置物網袋裡撿到這本平裝本書籍，他因為喜歡封面的姑娘，所以留下這本書。

他考慮要不要搜尋十五歲的模範生，但資訊太少了。他可以花整個下午搜尋，卻徒勞無功。就算找到了，他也不確定是否就是這個孩子。只要知道尼克說詞的其他元素都兜得上就好了。

他點了一份三明治與一壺茶。食物送達後，他坐在窗邊，一邊吃，一邊讀《紅杏出牆》。他覺得這個故事就像詹姆士．凱恩[5]加上一九五〇年代的EC恐怖漫畫[6]。吃完「誤點」的午餐後，

5 James M. Cain（1892—1977），美國作家和記者。常與美國犯罪小說的硬漢形象連結在一起，也是這個形象的創造者之一。他的犯罪小說是許多成功電影的藍本。

6 EC Comics，美國漫畫出版商，一九四〇至五〇年代專門出版恐怖、犯罪、黑暗奇幻、太空歌劇等類型的漫畫。

他躺下，雙手壓在頭跟枕頭之下，感受底下的涼意。不過，這種涼感有如年輕與美貌，稍縱即逝。他會看看這個肯・霍夫有什麼好說的，如果也禁得起檢驗，那他就會接這份差事。等待會很煩人，他不擅等待（試過打禪，不喜歡），但為了兩百萬的支票，他的確可以等。

比利閉上雙眼入睡。

晚上七點時，他叫了客房服務的晚餐，還用筆電看黑色風格電影《夜闌人未靜》（*The Asphalt Jungle*）。這肯定是最後一票出亂子的電影。電話響了，是肯・霍夫打來的。他告訴比利明天下午見面的地點。比利用不著寫下來，把資訊寫下來非常危險，再說，他記憶力很好。

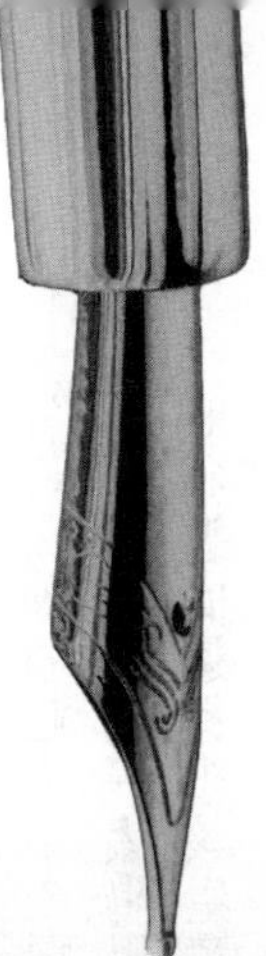

CHAPTER 2

1

就跟多數電影明星一樣（更別說在街上那些與比利擦身而過的男人，每個都在裝明星），肯．霍夫也有一嘴落腮鬍，彷彿是三、四天忘記刮鬍子一樣。這個樣子對霍夫來說不好看，因為他是紅髮。他看起來不彪悍、不兇狠，反而像是嚴重曬傷。

他們坐在「太陽黑子咖啡」小館子外頭的陽傘座位上。咖啡廳就在主街與法院街的街角。比利猜週間這裡應該生意很好，但今天這個週六午後店內客人零零星星，他倆得以獨佔外頭所有的座位。

霍夫也許半百，也許是過得很苦的四十五歲。他喝葡萄酒，比利喝零卡汽水。他覺得霍夫沒有替尼克賣命，因為尼克以拉斯維加斯為根據地。不過尼克的觸手伸得很遠，生意也不只在西岸。尼克．馬傑利安跟肯．霍夫也許有某種程度的連結，也許霍夫跟整樁案子後面的金主有關。前提是如果比利要接這個案子的話啦。

「對街那棟大樓是我的。」霍夫說。「只有二十二層樓，但已經是紅峭壁區第二高的高樓了。等到希金斯中心竣工後，這裡就是第三高了。那邊有購物中心，我也有擁有一部分，但這裡？完全是我的寶貝。當川普說他會搞定經濟時，他們笑他，但現在有起色了，有起色了。」

比利對川普或川普的經濟不感興趣，但他用專業的角度仔細端詳起大樓。他很確定他會在哪裡開槍。大樓名為「傑拉塔」。比利覺得稱呼一座只有二十二層樓的大樓「塔」有點太吹噓了，但他猜在這座滿是小磚房的城市裡，多數還是破破爛爛的，也許它就是高塔。塔前修剪、澆過水的綠地上有個牌子，寫著「辦公空間、豪華公寓出租」，還留了電話號碼，牌子似乎立了好一陣子。

「出租狀況不如預期。」霍夫說。「經濟成長，沒錯，大家口袋裡的錢亂滾，二〇二〇肯定只會更好，但你會很驚訝，多少錢都是用網路賺的，對吧，比利？我可以叫你比利嗎？」

「當然。」

「說到底，我今年口袋有點緊。自從我入股WWE之後，現金流就有問題，但還有三個附屬品牌，我能說不嗎？」

比利完全不知道他在講什麼，也許跟職業摔角有關？還是電視上一直在廣告的怪物大腳車比拚？既然霍夫覺得他應該要懂，比利就點點頭，彷彿他懂。

「附近的融資老屁股覺得我風險太高，但你得跟經濟對賭才行，對吧？趁骰子還熱的時候，快扔出去。用錢滾錢，是吧？」

「當然。」

「所以我該怎樣就怎樣。於是，嘿，我一眼就看得出事情好不好，而這對我來說就是筆好生意。有點風險，但我需要過渡的資金。尼克向我保證，如果你被抓，我知道你肯定不會被抓，但如果你出了什麼事，你會把嘴巴閉得牢牢的。」

「對，是這樣。」比利沒落網過，這次也不打算被捕。

「江湖規矩，對嗎？」

「當然。」比利覺得肯．霍夫電影看太多了，其中大概不乏有「最後一票」類型的電影吧。他希望這位先生直接講重點，就算在陽傘下，室外還是很熱，又潮溼。比利心想：這鬼天氣只適合鳥，說不定連鳥都不喜歡呢。

「我在五樓邊間替你留了一棟不錯的套房。」霍夫說。「三個房間，有辦公室、接待區跟小廚房。小廚房，怎麼樣？不管待多久，都沒問題，跟毯子上的小蟲一樣舒適。我不會指，但我猜你應該可以自己數五樓，對吧？」

比利心想：當然可以，我甚至可以一邊走路，一邊嚼口香糖呢。

建築四四方方，基本上就是有窗戶的蘇打餅乾金屬盒，因此五樓其實有兩個邊間，但比利知道霍夫說的是哪一間，左邊那間。他從窗口對角線可以看到法院街，只有兩個街廓的距離。如果他願意接這份工作，那這條對角線一端會直接落在郡立法院的門口臺階上。法院是一座不規則的灰色花崗岩建築，階梯至少二十級，可以抵達中央手持天秤、雙眼遮住的正義女神廣場。這件事他也不會跟肯·霍夫說，那就是正義女神是根據羅馬女神朱斯緹緹亞演變而來，而這個女神多少是奧古斯都皇帝「創造」出來的。

比利將目光轉回五樓邊間的套房，再次望向對角線。從窗口到法院臺階差不多四百五十公尺，這等距離就算風大，他還是能夠狙擊目標，當然了，還要有對的工具。

「霍夫先生，你替我準備了什麼？」

「啥？」霍夫的「愚蠢自我」一度展露無遺。比利稍微彎曲右手食指，也許是在說「來啊」，但此時不是這個意思。

「噢，當然！就你要的那個，對吧？」他左顧右盼，沒看見人，便壓低聲音。「雷明頓700。」

「是M24。」這是軍用分類。

「M……」霍夫伸手進屁股後方的口袋，掏出錢包，手指撥起內容物。他掏出一張紙片，看了看，說：「M24，對。」

他正要把紙片塞回皮夾裡，比利卻伸出手。

霍夫將紙交了出去，比利塞進自己口袋裡。等等他與尼克見面前，他會用飯店房間馬桶把這張紙沖掉。你不會把資訊寫下來。他只希望這個霍夫老兄不會成為麻煩。

「鏡片呢？」

「什麼？」

「瞄準鏡，看東西用的。」

霍夫一臉慌張。「就是你要的那種。」

「你也寫下來了？」

「在我剛給你的紙上。」

「好吧。」

「我把……呃，工具放在……」

「我不需要知道在哪裡，我還沒有決定要不要接。」但他已經決定了。「那座大樓有保全嗎？」又是另一個「愚蠢自我」的問題。

「有啊，當然有。」

「如果我接這個案子，將工具帶上五樓會是我的任務，霍夫先生，這樣說好嗎？」

「當然，好啊。」霍夫看起來鬆了口氣。

「那我想我們這裡差不多了。」比利起身伸手。「很高興認識你。」才怪。比利不確定自己信不信得過這個人，他討厭他的蠢落腮鬍。哪個女人會想親吻周遭都是紅色粗毛的嘴巴啊？

霍夫向他握手。「比利，我也是。我只是碰巧遇上了難關。你有沒有看過一本書叫《英雄的旅程》（*The Hero's Journey*）？」

比利讀過，但他搖頭。

「你該看看，你該看。我就跳過那些文謅謅的東西，直接講重點。開門見山，我就是這樣，什麼狗屁的就不用了。想不起來作者叫啥，但他說每個人在成為英雄前，都會經歷試煉的階段。現在就是我的試煉。」

比利心想：你的試煉是提供一名狙擊手步槍跟掩護地點。不太確定喬瑟夫．坎伯[7]會認為這叫英雄事蹟耶。

「哎啊，希望你通過。」

2

比利猜他如果最後要留下來，他會弄輛車，但此刻他不認識路，他很樂意讓羅根從飯店接他去尼克「看房子」的地方。那是比利昨天以為的「假豪宅」，在差不多兩公頃的草地上堆滿看起來跟恐怖片一樣的東西。波利的姆指輕觸遮陽板上的某個裝置，長長蜿蜒車道的柵門就開了。一處水池上的確有胖嘟嘟的智天使小寶寶在永無止盡地尿尿，另有兩座水池跟兩座雕像（羅馬士兵跟袒胸露乳的女性），近黃昏，還有隱藏的聚光燈打亮雕像。房子也有打光，過分鋪張顯露無遺。就比利看來，這棟屋子像是超級市場跟巨型教會的私生子，這不是一棟房子，這是等同於紅色高爾夫球褲的建築。

又名貓王法蘭基的法蘭基．麥金托正在沒有盡頭的門廊上等他，黑西裝，樸素的藍色領帶，看著他，你也猜不到他一開始是高利貸的打手。當然啦，那是多久以前的事了？後來他就替大人物做事了。他走到門廊階梯一半的位置，伸出手，看起來像莊園主人，或該說，像莊園主人的管家。

尼克再次於門廳等候，這裡比央林區那棟簡陋黃色小屋壯麗得多。尼克人高馬大，但跟他在一起的男人更是體型巨大，好歹也有一百三十公斤。他是喬治歐．朱利耶尼，尼克在拉斯維

加斯的手下都叫他「喬治豬爺」（但當然不會當著他的面講）。如果尼克是執行長，那喬治歐就是營運長。他們兩人都在這，距離他們老家根據地這麼遠的地方，暗示了尼克所謂的仲介費應該很高。對方承諾給比利兩百萬，又承諾給這兩個傢伙多少？或是，他們已經入袋了多少？真的有人很擔心這個喬爾．艾倫，這個人大概也擁有這種豪宅，甚至更醜。這種事怎麼可能？但大概就是可能。

尼克拍了拍比利的肩膀，說：「你大概覺得這個肥仔是喬治歐．朱利耶尼。」

「看起來挺像的。」比利小心翼翼地回答，喬治歐則發出了跟他身形一樣肥碩的笑聲。

尼克點點頭，臉上掛著他那燦爛的笑容。「我知道看起來像，但這位其實是喬治．羅素，你的經紀人。」

「經紀人？是地產經紀人？」

「不，不是那種。」尼克大笑起來。「進來客廳。我們喝點東西，喬治歐會跟你解釋。我昨天講過了，這一切美得冒泡。」

3

客廳長長的，跟臥鋪車廂沒有兩樣。這裡有三座水晶吊燈，兩盞小的，一盞大的。家具低矮，充滿流線線條。又有兩個小天使支撐著大大的全身鏡。老爺鐘出現在此，看起來很尷尬的樣子。

7 Joseph Campbell（1904—1987），美國神話學家、作家和教授，研究領域為比較神話學和比較宗教學，涵概諸多人類學研究，理論廣泛影響後世作家和藝術家。他的巨著《千面英雄》（*The Hero with a Thousand Faces*），探討了全世界神話故事中的英雄旅程與轉化過程，並從中揭露同一原型的英雄。

從打手變成男僕的法蘭基．麥金托用托盤端著他們的飲料進來，比利跟尼克喝啤酒，喬治歐喝一杯看起來像巧克力麥芽奶昔的東西，似乎是想在五十歲死前盡可能吸收卡路里。他選了唯一一張容得下他的椅子。比利好奇，如果沒人出手，喬治歐能不能自行起身。

尼克高舉啤酒。「敬我們，願我們能夠接到讓我們開心也滿意的工作。」

他們乾杯，然後喬治歐開口：「尼克說你感興趣，但還沒決定正式加入。還處在所謂的考察階段。」

「沒錯。」比利說。

「哎啊，為了這次討論的目的，我們就假裝你上船了。」喬治歐用吸管喝了一口他的飲料。「老天，太好喝了吧，溫暖的傍晚喝這個最讚了。」他伸手進西裝口袋裡（比利心想：那裡的布料多到足以讓一間孤兒院的孩子都有衣服穿了），掏出一枚皮夾，交了出去。

比利接下，牌子是巴克斯頓爵士，漂亮，但不花俏，有點年紀，皮革上有兩道磨損，還有一點刮痕。

「看一看，裡頭有你在這個破村裡的身分。」

比利照辦，皮夾裡約莫有七十美金，幾張照片，照片上的男人大概是朋友，照片上的女人大概是女朋友。沒看到妻子或孩子存在的證據。

「我想把你用電腦繪圖加進去。」喬治歐說：「站在什麼大峽谷之類的地方，但，比利，大家似乎都沒有你的照片。」

「照片會惹麻煩。」

尼克開口：「反正多數人也不會在皮夾裡擺自己的照片，我已經跟喬治歐說過了。」

比利繼續翻皮夾，彷彿那是一本書，就跟《紅杏出牆》一樣，他晚上在飯店用餐時讀完了這

本書。如果他參與，他就會叫大衛．洛克維奇。他有一張 Visa 卡跟萬事達卡，兩張都是樸茨茅斯海岸銀行發行。

「塑膠貨幣的額度有多少？」他問喬治歐。

「萬事達卡五百，Visa 卡一千，你是有預算的，當然了，如果你的書如我們預期一樣暢銷，事情就不一樣了。」

比利望著喬治歐，又看向尼克，思索這是不是一個圈套，懷疑他們是不是看穿了他的「愚蠢自我」。

「他是你的文學經紀人啦！」尼克用近乎歡呼的口氣講話。「是不是很讚？」

「我的身分是作家？拜託，我高中都沒讀完。老天，我的同等學歷證書是在沙場上拿的，還要感謝山姆大叔高抬貴手，因為我在費盧傑跟拉馬迪躲過了土製炸彈跟聖戰者。行不通的，太瘋狂了。」

「才不是，這個身分超棒的。」尼克說。「比利，聽聽這位老兄說的，或是，我該稱你為『戴夫』[8]了？」

「如果這是我的身分，你才不會叫我戴夫。」

太接近真實的他了，太接近了。他是一位讀者，這點不假。他有時也會夢想寫作，但他從來沒有真正動筆，除了幾次在紙上隨筆之外，事後他都會摧毀那些內容。

「尼克，行不通的。我知道你們已經開始進行了……」他拿起皮夾。「抱歉，但就是行不通。

8 戴夫常作為大衛的暱稱。

要是有人問起我在寫什麼怎麼辦？」

「給我五分鐘。」喬治歐說。「頂多十分鐘，如果你還是不喜歡，那我們就好聚好散。」

比利懷疑事情會不會那麼順利，但還是要他說下去。

喬治歐在椅子旁的桌上（大概是齊本戴爾風格的桌子）放下空空的奶昔玻璃杯，他打了個嗝。不過，當他聚焦在比利臉上時，比利看到了真正的喬治豬爺——在讓他英年早逝的肥油下，那顆精瘦、活躍的大腦袋。「我知道你是怎樣的人，乍聽之下會覺得不可思議，但這個計畫肯定能『上青天』。」

比利稍微放鬆下來。他們依舊相信眼前的景象，至少他在這裡還是安全的。

「你會在這裡待上最少六個禮拜，或長達六個月。」喬治歐說。「就要看那個廢驢的律師花多少心思爭取引渡，或是，他覺得他弄到了謀殺罪名的協商。錢是你工作的報酬，但也會補償你的時間，這你有聽懂嗎？」

比利點點頭。

「這代表你必須有理由待在這裡，紅峭壁區，畢竟這裡不是什麼度假勝地。」

「就是說。」尼克說，還露出了小朋友看到一整盤花椰菜的表情。

「你也需要一個理由待在法院對面的大樓，因為你在寫書，這就是理由。」

「但——」

喬治歐伸出一隻肥手。「你覺得這樣不成，但我告訴你，能成，我這就解釋給你聽。」

比利看起來存疑，但此刻他們看破他「愚蠢自我」假面具的驚恐已經過去，他覺得他明白喬治歐想說什麼。也許真的能夠成功。

「我做了研究，讀了好幾本作家雜誌，加上網路上的一堆資訊。大衛．洛克維奇在新罕布夏

州的樸茨茅斯長大，總是想當作家，但高中都差點讀不完，搞營造的。你繼續寫，但你也很愛狂歡派對，酒喝得很多。我想讓你離婚，但覺得還是簡單一點比較好。」

比利心想：對一個只會開槍，其他什麼都不行的人來說，簡單一點的確比較好。

「最後你終於寫出了一點好東西來了，好嗎？我在部落格上讀到作家會忽然跟著火一樣，你就是這樣。你寫了不少，大概七十頁，也許一百頁……」

「主題是什麼？」比利開始享受這一切，但他還是謹慎，沒有表現出來。

喬治歐跟尼克互使眼色，尼克只有聳聳肩。「那個還沒決定好，但我會想出一點什麼……」

「也許是我的故事？我是說，戴夫的故事。有個字眼在說這個東西……」

「自傳。」尼克激動地說，彷彿是在參加益智節目。

「也許可以吧。」喬治歐說。他的表情卻在說：尼克，勇敢的嘗試，但這還是留給專家吧。「或者，也許是一本小說。重點在於你的經紀人要你口風緊一點，最高機密。不過，你在寫作，這可不是秘密。大樓裡見過你的人都會知道五樓有個傢伙在寫書，但沒有人知道內容為何。這樣你的身分才不會錯亂。」

比利心想：好像我會搞亂一樣。「大衛・洛克維奇是怎麼從樸茨茅斯來到這裡的？還最後來到傑拉塔？」

「這是我最喜歡的部分。」尼克說。他的語氣像小朋友就要聽到他最喜歡的床邊故事一樣，比利心想，他大概不是假裝或誇大，尼克是真的很投入。

「你在網路上找經紀人。」喬治歐說，然後遲疑起來。「你會上網吧？」

「當然。」比利說。他很確定自己比這兩個肥仔都清楚電腦該怎麼操作，但他沒有提這件事。

「我會收發電郵，有時用手機打電動，當然，還有 ComiXology，這是一個應用程式，可以看漫畫，可以下載東西。我用筆電操作。」

「好啦，很棒。反正你在找經紀人，你寄了很多信，說你在寫這本書。多數經紀人拒絕你，因為他們只喜歡詹姆士・派特森或哈利・波特美女作家這種證明可以賺大錢的作者。我在一個部落格上看到這個矛盾的困境——你需要經紀人才能出書，但你不出書就找不到經紀人。」

「電影也是這樣。」尼克插嘴。「你會有你的知名明星，但重點在於經紀人。他們才掌握實權，他們要明星怎樣，天啊，這些明星都會乖乖配合。」

喬治歐耐著性子等尼克講完，然後才繼續。「最後終於有一位經紀人說，好啦，管他的，我就看看，把前面幾章寄來。」

「就是你。」比利說。

「就是我，喬治・羅素，我讀了幾頁，翻了翻。把東西拿給我認識的幾個出版商——」

比利心想：去你的出版商，是拿給你認識的幾個「編輯」，但如果有必要，這部分也是可以修正的。

「他們看了看，但決定在書寫完之後才會付錢，不是什麼大錢，不是七位數那種。因為你是狀態不明的商品，懂這意思嗎？」

比利差點就冒險說出他懂，因為他激動地明白了這裡的可能性。這個身分也許真的很好用，特別是秘密寫作計畫這點。假裝成為他一直嚮往的對象大概也挺有趣的。

「代表可能只是曇花一現。」

尼克露出燦爛的笑容。喬治歐點點頭。

「差不多了。之後過了一陣子，我在等後面的內容，但戴夫沒交出來。我又等了一下，還是沒東西。我只好跑去龍蝦國找他，猜猜我找到什麼？那傢伙以為自己是他媽的海明威，給我狂歡

到不行。他不寫作時，要麼就是跟他的朋友出門找樂子，要麼在家宿醉。你知道，有才華的人也會有成癮問題。」

「是喔？」

「這是經過證明的事實，但喬治．羅素決定要拯救這個傢伙，至少直到這本書寫完。他跟出版商談合約，但預付金，咱們就說來個三萬或四萬吧，不是什麼大錢，但也不算少了，加上如果在某個期限書沒寫出來，出版商可以把錢討回去，他們說這個期限叫交稿日。不過，聽好了，重點在此，比利，這筆錢是交給我，而不是給你的。」

此刻比利覺得很清楚了，但他讓喬治歐繼續說下去。

「我有一些條件，這是為你好。你必須離開龍蝦國，還有你那些酗酒、吸古柯鹼的朋友。你得去一個遠離他們的地方，去某個小鎮或小城市，無事可做，就算是有事可做，但也沒人陪你的那種地方。我說我會替你租一間房子。」

「就是我看到的那間，對嗎？」

「對，更重要的是我會替你租一個辦公空間，你每個工作日都得過去，坐在小房間裡，認真打字，直到你的最高機密著作寫完。你答應了這些條件，不然你的黃金入場門票就要掰掰了。」

喬治歐向後靠在椅背上，椅子雖然很結實，但還是稍微發出哀號聲。

「現在如果你告訴我這是個爛主意，或甚至覺得這個主意很棒，但你辦不到，我們就假裝沒這回事。」

尼克伸出一隻手。「比利，在你開口之前，我想提一件能夠為整件事加分的事情。你那層樓的人都會認識你，大樓裡的許多人也會。我了解你，這是除了在四百公尺外打中二十五美分硬幣外，你的另一項天賦。」

比利心想：最好那樣我是打得中，連海豹部隊傳奇狙擊手克里斯．凱爾[9]都打不中。

「你跟人處得來，但又不會太沾黏。他們看到你就會微笑。」說到這裡，彷彿比利否認了一樣，尼克又說：「我都在看眼裡！霍夫說每天都會有餐車開去大樓附近，天氣好的時候，大家會排隊點餐，坐在外頭長椅上吃午餐。你可以是他們其中一員。等待的時間不用白費，你可以用這段時間讓他們接納你。等到寫書的新鮮感過去之後，你就只是另一個朝九晚五，下班回到央林區小房子的人而已。」

比利想像得出這種畫面。

「所以等到事情發生後，你是大家都不了解的陌生人嗎？肯定就是兇案的局外人嗎？不，不，你在那裡待了好幾個月，你在電梯裡跟人閒聊，你跟二樓討債公司的傢伙一起打一局一塊錢的撲克牌，看誰輸了要請吃塔可餅。」

「他們會知道是從哪裡開槍的。」比利說。

「沒錯，但不會立刻察覺。因為一開始大家肯定都會尋找這個局外人，而且有東西會分散他們的注意力。加上，說到在動手後消失，你就是他媽的逃脫大師胡迪尼。等到事情塵埃落定，你早就閃了。」

「轉移眾人注意力的是什麼？」

「那個可以晚點再談。」尼克說，這反應讓比利懷疑尼克也許還沒決定好。不過，因為對方是尼克，其實也很難說。「還有很多時間，至於現在呢……」他轉頭面向又名喬治豬爺、又名喬治．羅素的喬治歐，表情似乎在說：交給你了。

喬治歐再次伸手進他的超大西裝外套口袋，抽出手機。「比利，說那個字，那個字就是你最愛的離岸銀行密碼，說了我就轉五十萬過去。只要四十秒，如果連線速度緩慢，那也頂多只要一

分半。地區銀行戶頭裡還有很多零用錢讓你做一開始的準備。」

比利明白了，他們這是要催他作決定，他腦海裡忽然迅速閃過牛隻從滑道被拖進屠宰場的畫面，但也許他只是想太多，因為報酬實在太豐厚了。也許一個人的最後一票不該是賺最多的，而是最有意思的，但他還有一件事想確認。

「為什麼霍夫會參與進來？」

「大樓是他的。」尼克迅速反應。

「對，但……」比利皺起眉頭，臉上浮現相當專注的神情。「他說大樓裡還有很多空間沒租出去……」

「但五樓角落那邊是最好的地點。」尼克說。「你的經紀人，這位喬治要他租的，因此一切都與我們無關。」

「槍也是他準備的。」喬治歐說。「也許他已經搞定了。無論如何都追不到我們身上。」

比利已經很清楚這點了，因為尼克很謹慎，不讓外人看到他跟比利在一起，就連在豪宅圍起來的門廊上都沒有，但這樣的答案，比利並不滿意。因為他覺得霍夫話很多，而當你計畫搞刺殺的時候，長舌公在身邊實在不是最好的安排。

4

之後，差不多將近午夜時分，比利躺在飯店床鋪上，雙手插在枕頭之下，享受短暫的冰涼。

9 Christopher Scott Kyle（1974—2013），前美國海軍海豹部隊士官，官方確認狙擊人數紀錄最高者，被認為是美軍史上最致命的狙擊手。二〇一三年遭槍殺身亡，生平被改編成電影《美國狙擊手》（*American Sniper*）。

他答應了，他當然會答應，當你答應尼克．馬傑利安什麼事之後，你就無法回頭了。此刻的他終於展開了自己的「最後一票」故事。

他請喬治歐將五十萬轉進位在加勒比海的銀行戶頭裡，那個帳戶裡已經有不少錢了，在喬爾．艾倫於法院階梯上斷氣之後，戶頭裡會有更多錢。如果他省吃儉用，他能過上長長一段時光。而他的確會省吃儉用，他沒有昂貴的品味，他不來香檳跟高級妓女這套。在另外兩間地區銀行裡，大衛．洛克維奇還有額外的一萬八可以提用。這種零用錢也不少了，但不足以驚動聯邦絆索。

他還有幾個問題，最重要的是在事情真正上軌道後，他有多少時間可以進行前置作業。

「不多。」尼克說。「但也不會是『他十五分鐘後抵達』這種狀況。只要引渡確定，我們就會知道，會打電話或傳訊息給你。最少最少會有二十四小時，也許三天，甚至一週，好嗎？」

「好。」比利說。「只要你明白，如果只有十五分鐘，那我實在沒辦法保證什麼，就算有一個小時也不能。」

「不會這麼短。」

「要是他們沒有帶他走法院階梯呢？要是他們走後門什麼的？」

「的確有另一個門。」喬治歐說。「那是法院員工的出入口，但你在五樓還是看得到，距離不過五十五公尺左右，這樣你還是打得中吧？」

辦得到，他也這麼說。尼克揮揮手，彷彿是要趕走討厭的蒼蠅。「肯定會在階梯，一定會的。還有什麼問題嗎？」

比利說沒有，但此刻的他躺在床上，仔細思索，等待睡意浮現。禮拜一的時候他就會搬進小小的黃色房舍，經紀人替他租的，文學經紀人。禮拜二的時候他就會去看也是喬治豬爺替他租的套房辦公室。喬治歐問起他在辦公室會忙啥時，比利說他會在電腦上下載 ComiXology，甚至下載幾個遊戲。

「漫畫看一看記得寫點東西。」喬治歐半開玩笑又有點嚴肅地說。「你知道，融入進角色裡，演什麼，像什麼。」

也許會吧，他也許會寫點東西，雖然他的文筆不是非常好，但寫作可以打發時間。自傳是他建議的。喬治歐建議寫小說，不是因為他覺得比利聰明到可以寫小說，而是因為當人家問的時候，這是很好的回答，而肯定會有人問。等到他認識傑拉塔裡的人後，一定會有很多人問起這件事。

他逐漸陷入夢境，此時一個很酷的念頭讓他驚醒，為什麼不把兩者結合在一起？為什麼不寫一部以小說為名，以自傳為實的作品，不是以讀左拉、哈代，甚至撐過《無盡的玩笑》的比利．桑默斯下筆，而是讓另一個比利．桑默斯來寫？那個他所謂的「愚蠢自我」？這樣行得通嗎？他覺得可以，因為他對於那個比利的了解不亞於他對自己的了解。

他心想：我也許會試試看。反正時間多得是，為什麼不試試看呢？他想著他會怎麼開頭，然後逐漸陷入夢鄉。

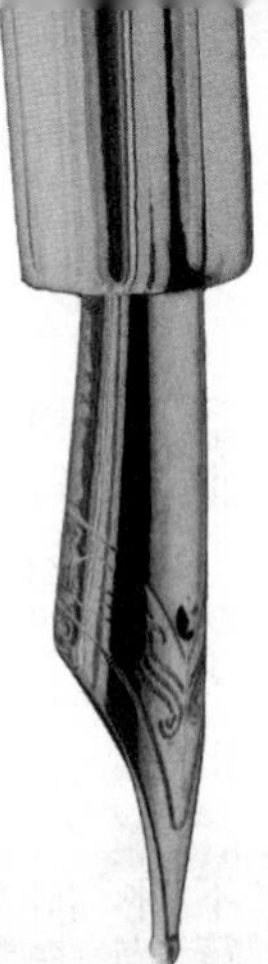

CHAPTER 3

1

比利．桑默斯再次坐在飯店大廳，等待人家來載他。

週一中午，他的行李箱、筆電包擱在他的椅子旁邊，他讀起另一本漫畫，這本叫做《阿奇漫畫特別篇：永遠的朋友》。他今天沒有想著《紅杏出牆》，而是想著他在自己還沒見過的辦公室裡會寫些什麼。雛形尚未出現，但第一個句子已經浮現，他緊抓不放。這個句子也許能夠連接起其他的句子，也許不行。他做好了成功的打算，但也做好了失敗的心理準備。他就是這樣的人，至今這種態度還很管用。至少說起來他還沒坐過牢。

十二點零四分，法蘭基．麥金托跟波利．羅根穿著西裝走進大廳。三人連忙握手。法蘭基的龐畢度頭似乎上了油，稍微變換一下花樣。

「需要退房嗎？」

「已經辦好了。」

「那咱們走吧。」

比利將阿奇漫畫塞進包包的側袋裡，準備要提起行李。

「不、不。」法蘭基說。「讓波利來，他需要運動。」

波利在領帶上比出中指，彷彿那根手指是領帶夾，但還是拿起包包。他們去外頭搭車。法蘭基開車，波利坐在後座。他們開往央林區的那棟小小黃色房舍。比利看著東禿一塊、西禿一塊的草坪，覺得他會澆澆水。如果沒有水管，他會買一條。車道上停了一輛車，一輛超小的 Toyota，看起來有幾年歷史了，但 Toyota 實在很難講。

「我的？」

「你的。」法蘭基說。「不怎麼拉風，但我猜你經紀人把預算抓得很緊。」

波利將比利的行李箱放在門廊上，從外套口袋裡拿出一個信封，取出一個鑰匙圈，打開門鎖。他將鑰匙放回信封裡，整包交給比利。上頭寫著「常綠街二十四號」。比利昨天跟今天都沒仔細看街名，他心想：現在我終於知道我住在哪裡了。

「車鑰匙在廚房餐桌上。」法蘭基說。他再次伸出手，這是道別的握手。比利覺得無妨。

「對她溫柔一點。」波利說。

不到六十秒後，他們就閃了，應該是回那棟巨大前院裡有小天使雕像永無止盡尿尿的假豪宅。

2

比利上樓，前往主臥房，在看起來剛整裡過的雙人床上打開行李箱。打開衣櫃放東西時，他看到裡頭已經掛著好幾件襯衫、兩件毛衣、一件連帽上衣跟兩條西裝褲。地上擺了一雙新的慢跑鞋，尺寸看起來都對。他在抽屜櫃裡找到襪子、內褲、T恤，以及名牌牛仔褲。他將自己的物品擺進空的抽屜裡，其實也沒多少。他原本打算去路上經過的沃爾瑪買點衣服，但現在看來沒這個必要了。

他前往廚房，Toyota 的鑰匙就擺在廚房餐桌上，旁邊是一張浮水鋼印的名片，印著「肯尼斯·霍夫」跟「企業家」三個大字。比利心想：企業家哩，跟真的一樣。他將名片翻過去，看到背面有跟鑰匙信封上一樣的字跡，寫著：**需要什麼，儘管來電**。還有兩支電話號碼，一支工作用，另一支則是手機號碼。

他打開冰箱，看到裡頭大多塞滿了，牛奶、果汁、雞蛋、培根，幾包燻肉跟起司，塑膠盒裝的馬鈴薯沙拉。一整排來自緬因州的波蘭礦泉水，還有一排可樂，一手百威淡啤酒。他拉開冷凍庫抽屜，不得不露出微笑，這裡實在說明了肯．霍夫是怎樣的人。他單身，直到他離婚之前（比利猜他至少離過一次婚），他的吃喝都由女性負責，主要是由叫他「肯尼」的老媽子包辦，還會確保他每兩週剪一次頭髮。冷凍庫裡塞滿了冷凍食品、冷凍比薩、兩盒新穎的冰品，就是上頭有小棍子的那種。無論冷藏或冷凍，都沒有蔬菜。

「不喜歡他。」比利直接開口，他不再微笑了。

不，他不喜歡霍夫參與這次的行動。除了在事情結束後，霍夫會成為門面之外，尼克還有話沒講清楚。也許那不重要，也許很重要，但如同川普至少一天會說一次的那句話一樣——誰知道呢？

3

地下室有一條水管，一圈卷在那裡，積滿灰塵。那天傍晚，白日的高溫稍微退卻，比利將水管拿到室外，接在屋子一側的水龍頭嘴上。他站在屋前草坪，穿了牛仔褲跟T恤，替草坪澆水，此時，隔壁有人走來。這人很高，在黑色皮膚下，他的T恤白到令人暈眩。這位先生拿了兩罐啤酒。

「嗨，鄰居。」他說。「用冷飲來歡迎你加入這個社區，在下傑莫．艾克曼。」他用一隻大手握著兩罐啤酒，伸出另一隻手來。

比利向他握手。「大衛．洛克維奇，叫我戴夫就好，謝了。」他將水管關掉。「進屋吧，或者我們可以坐在階梯上，裡面其實還沒整理好。」這裡用不著他的「愚蠢自我」出馬，在央林區他可以當比較正常的自己。

「門廊階梯就可以了。」傑莫說。

他們坐了下來，打開啤酒，發出「噗滋」的聲音。比利拿著罐子跟傑莫乾杯，說了聲「謝了」。

他們喝起啤酒，檢視起草坪。

「要搞定這片荒蕪光靠水是不夠的。」傑莫說。「如果你要，我還有一些奇蹟生長液，上個月瓦利的世界園藝中心有買一送一的特價，我囤了不少。」

「我就信你一次，我打算自己去瓦利世界一趟。也許會買幾張椅子擺在門廊。不過大概要等到下禮拜了，你知道搬來新地方什麼的是怎麼回事。」

傑莫大笑。「我怎麼會不知道？這是我在二〇〇九年結婚後住的第三間房子，一開始住在老婆娘家。」他假裝打起冷顫。比利笑了笑。「我們有兩個很棒的孩子，十歲跟八歲，一男一女。他們來煩你的時候，他們肯定會來，你就叫他們回家。」

「如果他們不會打破窗戶，或放火燒了這裡，那就不算煩。」

「你是買還是租？」

「租。我會在這裡待上一陣子，不確定多久。我……講這話有點尷尬，但我正在寫一本書，至少是嘗試在寫書。看來有機會可以出版，也許可以賺點錢，但我得全力以赴才行。我在鬧區有個辦公室，傑拉塔？至少我覺得那裡是我的辦公室，我明天會過去看看。」

傑莫瞪大了雙眼。「作家！就住在常綠街！真是想不到啊！」

比利大笑起來，搖搖頭。「大傢伙，冷靜點，還在努力啦。」

「但，兄弟，還是不錯啊！哇，等我跟柯琳說。我們肯定要請你過來吃晚餐，我們才能告訴其他人，我們是在這個時候認識你的。」

他舉起一隻手，比利向他擊掌。尼克是這麼說的——**你跟人處得來，但又不會太沾黏**。這是真的，而且不只是表象，比利的確喜歡人，他喜歡跟人保持一段距離。聽起來很矛盾，但其實不會。

「你的書在寫什麼？」

「不能說。」這是他開始修改的地方。喬治歐也許以為看了一堆作家雜誌與網路文章，他就懂這個行業，但他懂個屁。「不是因為內容是什麼大秘密啦，只是因為我不能聊內容，要是我開始討論……」他聳聳肩。

「嘿，兄弟，我懂。」傑莫笑了笑。

於是，對，就是這麼簡單。

4

這天晚上，比利在娛樂室的大電視上瀏覽起 Netflix。他知道現在就流行這個，但從來沒有費心研究過，畢竟他還有這麼多書要讀。看來，也有很多節目可以觀賞呢。選擇多到讓人不安，他決定早點睡覺，什麼也不看。換衣服前，他查看手機，發現他的新經紀人傳了一則訊息來。

羅素：早上九點傑拉塔見，別開車，搭 Uber。

比利沒有替大衛．洛克維奇準備手機，喬治歐跟法蘭基．麥金托也沒給他，他手邊也沒有拋棄式手機。他決定用私人手機回，畢竟喬治歐是發到他這支手機上。有訊息加密程式，所以應該沒問題。比利的確有些話想說。

比利：好，別帶霍夫來。

喬治歐正在回覆，點點出現了。沒花多少時間。

羅素：抱歉，不得不。

點點消失了，討論結束。

比利掏空口袋，將褲子跟其他衣物一起放進洗衣機裡。他動作緩慢，眉頭糾結。他不喜歡肯．霍夫，在這人還沒開口前就不喜歡他，喬治歐的父母及祖父母會用義大利文說這叫 reazione istintiva，就是「本能反應」。不過霍夫還是加入了。喬治歐的簡訊說得很清楚：不得不。尼克跟喬治歐不可能隨便找個當地人加入他們的生意，特別是這種攸關生死的事情。霍夫只是因為大樓而加入嗎？畢竟地產經紀人最喜歡說：地點、地點、地點，很重要所以說三次。還是因為尼克自己不是當地人？

這些事情都沒有讓比利的腦袋想出肯．霍夫加入的理由，霍夫那天說「我今年口袋有點緊」，但比利猜大概是非常緊，才必須參與暗殺計畫。而從一開始，自以為男人味的邋遢落腮鬍、名牌襯衫、稍微有點毛邊的休閒工作褲、到腳踝的 Gucci 平底鞋，就比利看來，霍夫整個人散發著只要有犯罪協商的機會，他就會第一個在偵訊室翻供的氣息。協商，畢竟肯．霍夫的世界就是由協商組成的。

他上床，躺在黑暗之中，雙手塞在枕頭底下，仰望無物。街上有些車聲，但不多。他開始在想，這票兩百萬報酬看起來不夠了，這筆錢此刻看起來像是愚蠢的錢。答案似乎很明顯，已經來不及抽身了。

5

比利按照指示，搭 Uber 前往傑拉塔。霍夫跟喬治歐在大門等他。臉上的刺毛讓霍夫看起來還是像流浪漢，而不是什麼狠角色（至少比利看來是這樣），但他穿了一身夏天的輕薄西裝，打了低調的灰色領帶，看起來是正派了不少。話說回來，「喬治．羅素」那件糟糕的外放綠色襯衫則讓他看起來大隻到不行，加上屁股上的牛仔褲，上衣跟三角帳篷沒兩樣。比利猜這應該就是胖先生想像中熱門文學經紀人造訪偏鄉的打扮。擱在經紀人雙腳之間的是一個筆電包。

霍夫推銷的那種友善態度似乎稍微收斂了一點，大概是因應喬治歐的要求吧，但他還是無法克制歡快的敬禮，像是在說：船長好。「很高興再次見面。今早跟平常上班日值班的保全是厄夫．迪恩，他會要你的駕照，還會拍張快照，這樣可以吧？」

因為如果他們要照規矩來，就不得不這麼做，比利只能點頭。

來上班的人穿過大廳，朝電梯前進。有人穿西裝，有幾個女人踩著比利心目中的「喀啦鞋」，但還有很多人穿得很不正式，甚至有人穿上頭有品牌字樣的T恤，真意外。他不曉得這些人在哪裡工作，但大概不用見客人吧。

坐在大廳中央門房櫃檯的人上了年紀，體型魁梧。他嘴角的線條好深，看起來像真人尺寸的腹語娃娃。比利猜他是退休條子，距離真正的退休還有兩、三年的時間。他的制服包括一件藍色的背心，上頭有金絲繡的「波克保全」字樣，價格低廉的保全公司，更證明霍夫麻煩大了，如果他完全只靠這棟大樓，那他麻煩真的非常大。

霍夫啟動魅力渦輪增壓器，帶著微笑與伸出的手接近老傢伙。「厄夫，怎麼樣？一切都好嗎？」

「很好，霍夫先生。」

「夫人都好嗎？」

「關節炎有點困擾，但除此之外都好。」

「這位是喬治．羅素，你上週見過他。而這位是大衛．洛克維奇，他是進駐我們大樓的作家。」

「洛克維奇先生，很高興認識你。」迪恩說，臉上揚起的微笑讓他看起來年輕了一點，沒有很多，一點點。「希望你在這裡寫出好東西。」

比利心想這是很體面的應答，也許是對作家最好的祝福。「我也希望如此。」

「介意我問問你的大作內容關於什麼嗎？」

比利用手指壓在嘴脣上。「最高機密。」

「行，聽到了。五樓那間小套房很不錯，覺得你會喜歡。如果可以的話，我想替你拍張照，要做大樓的識別證。」

「沒問題。」

「有駕照嗎？」

比利交出大衛．洛克維奇的駕照。迪恩用背面貼著「傑拉塔」字樣的手機先拍下駕照，然後又替比利照相。現在大樓電腦伺服器裡有了他的照片，只要有權限或駭客技能的人都能取得他的照片。他告訴自己，不打緊，這是最後一份工作了，但他還是不喜歡這樣。一切感覺都不對勁。

「你離開的時候，門禁卡就製作好了。如果櫃檯沒人，你就要自己刷卡進來，只要放在這個讀取裝置上。我們想要掌握誰進了大樓。我大部分時間都會在這裡，我休假時，羅根會在，我們會直接讓你進去。」

「了解。」

「你也可以用這張門禁卡在主街停車場停車，效期是四個月。你的，呃，經紀人已經預付停車費了。只要我把你登記在電腦裡，卡片就能打開停車柵欄。法院開庭時想停在街上？別想了。」這解釋了為什麼「經紀人」要他搭 Uber 來。「停車場的車位沒有固定，但多數時候你都能在一樓或二樓找到車位，我們還沒有那麼滿。」他給肯．霍夫一個抱歉的表情，然後將注意力放回新房客身上。「有什麼需要幫忙的地方，只要用辦公室的電話按下『11』就好，市內電話已經安裝好了，也是你的經紀人搞定的。」

「迪恩先生非常幫忙。」喬治歐說。

「這是他的工作啊！」霍夫歡快地說。「是不是啊，厄夫？」

「的確如此。」

「替我向夫人打聲招呼，請轉告她，我希望她感覺好一點。電視上在廣告的那種銅環應該會有幫助？」

「也許會試試看喔。」迪恩如是說，但他看起來一臉狐疑，不錯。

他們經過保全櫃檯時，比利看到波克保全先生大腿上有一本《運動畫刊》，泳裝特輯。封面是一位漂亮寶貝，比利告訴自己記得弄一本來。「愚蠢自我」喜歡運動，也喜歡美女。

他們搭電梯到五樓，出去是一條無人的走道。「這裡有一間會計師事務所。」霍夫指著說。「兩間連在一起的套裝辦公室，還有幾名律師。這邊有一間牙醫診所，除非他搬走了。我猜他搬走了，因為門上的牌子沒了。我得問問房仲，這層樓其他地方都是空的。」

比利再次想著：噢，這傢伙麻煩真的大了。他冒險望向喬治歐，但喬治歐（又名喬治）正看著門後沒有牙醫的那個地方，彷彿有什麼好看的一樣。

到了走廊的盡頭，霍夫伸手進外套口袋裡，拿出一個正面有「傑拉塔」金色字樣的小小布料門卡包。「這是你的，還有兩張備用的門禁卡。」

比利用門卡碰觸感應器，如果這裡要做生意，他走進的地方就是小小的接待櫃檯。這裡狹窄悶熱。

「老天，有人忘了開冷氣囉！等等嘿。」霍夫在牆上的控制面板按下兩個按鈕，一度什麼事也沒發生，就這樣過了焦慮的幾秒鐘。然後冷空氣開始從上風的送風口吹出來，比利看到霍夫的肩膀鬆懈，完全是鬆了口氣的模樣。

下一個空間是一個大大的辦公室，可以作為小會議室。這裡沒有辦公桌，只有一張長桌，如果擠一擠，大概可以塞下六人。桌上有一疊線圈筆記本、一盒筆，還有一部市內電話。比利猜測這個空間應該是他的寫作工作室，但因為早晨的陽光灑落，這裡比接待廳還要熱。也沒人費心把百葉窗拉下來。喬治歐用襯衫領口搧了搧脖子，「呼」了一聲。

「馬上就會涼了，馬上。」霍夫聽起來有點急躁。「這個暖通空調系統很好，是最先進的產品。已經開始涼了，感覺到沒？」

比利不在乎室內溫度，至少一開始不在乎。他走到右邊俯瞰街道的大窗戶旁，低頭望著對角線的法院大門階梯。他看向另一條對角線外的小門，也就是法院員工進出的那扇門。他想像起這個場景——警車停靠，也許是廂型車，車身上標示「警長辦公室」或「城市警察」字樣。執法人員下車，至少兩人，也許三人，四人？不太可能。如果是轎車，他們會打開人行道那一側的門，如果是廂型車，他們會打開後門。他會看著喬爾．艾倫下車。要認出喬爾非常簡單，警察會一左一右夾著他，而且他會戴手銬。

等到時機成熟（如果那一刻真的來臨的話），這一槍能夠毫無懸念擊中目標。

「比利！」霍夫的聲音讓他嚇了一跳，他彷彿大夢初醒。

地產商站在比較小的房間門口，那是一間小廚房。霍夫看到比利注意到自己後，便攤開手掌，跟《價格猜猜猜》節目上的模特兒一樣，比了比現代化的廚房設備。

「戴夫。」比利說。「我是戴夫。」

「對，抱歉，是我不對。這裡有兩口爐，沒有烤箱，但有微波爐可以熱爆米花、捲餅、電視晚餐之類的。碗盤餐具都在櫃子裡。這裡有小水槽可以洗碗，以及迷你小冰箱。不幸的是沒有洗手間，廁所在走廊盡頭，至少在你這一側，走起來不遠。然後還有這個。」

他從口袋裡掏出鑰匙，接近辦公室（會議室）跟小廚房之間的木門面板。他轉動鑰匙，推開門板，然後閃去一邊。看起來是個四十五公分高、一百二十公分長、六十公分深的空間，裡頭是空的。

「儲藏空間。」霍夫說，還模仿起步槍射擊的手勢。「有鑰匙，所以禮拜五打掃人員過來時，可以上鎖——」

比利差點就說出口了，但喬治歐搶先一步，這樣很好，因為喬治歐才該是動腦子的人，不是比利．桑默斯。「這裡不打掃，禮拜五不掃，其他日子也不掃。最高機密寫作計畫，記得嗎？戴夫可以保持環境的整潔，他是個愛乾淨的傢伙，對嗎，戴夫？」

比利點點頭，他是個愛乾淨的傢伙。

「告訴迪恩，還有另一個保全，羅根，對嗎？還要跟布洛德說。」為此，他向比利解釋起來。「史蒂芬．布洛德，大樓管理員。」

比利點點頭，默默記下這個名字。

喬治歐將筆電包拿到桌上，將手寫工具推去一旁（這個舉動比利看來覺得悲傷，但也很具有象徵意義），然後拉開拉鍊。「MacBook Pro，金錢能買到的最好電腦，規格都配到最高。這是我給你的禮物，如果你要，你可以用你自己的電腦，但這個寶貝喔……還有很多厲害的功能。你會用嗎？裡頭大概有說明書什麼的……」

「我會搞定的。」

那個不成問題，但也許別的地方會有問題。如果尼克．馬傑利安沒有在這部漂亮的黑色魚雷上動手腳，監控比利在這個房間裡寫的一字一句，那他就錯失良機了。而尼克肯定不會錯過這種機會。

「噢，對了，那倒提醒了我。」霍夫一邊說，一邊將另一張刻字的卡片跟小廚房儲藏室鑰匙一起交給比利。「無線網路密碼，超級安全，跟銀行金庫一樣。」

比利將卡片塞進口袋裡，心想：聽你在放屁。

「哎啊。」喬治歐說。「我猜差不多了，我們就不打擾你的創意發想了。肯，走吧。」

霍夫似乎不願離開，彷彿是覺得還有什麼地方需要介紹一樣。「有什麼需要，都可以打電話給我，比……戴夫，什麼都可以。也許來點娛樂？一臺電視？或是收音機？」

比利搖搖頭。他手機音樂庫裡的存貨不少，主要是西部鄉村音樂。眼前的日子裡，他有太多事情要做，但到了某一刻，他會找到時間將他喜歡的音樂轉到新的高級筆電裡。如果尼克選擇一起聽，他會聽到瑞芭．麥肯泰爾、威利．尼爾森、漢克．威廉斯二世以及他們吵吵鬧鬧的朋友。也許他真的會寫出他那本書來。用他自己的筆電寫，他信得過的電腦。他也會在兩臺電腦（新的跟他自己那臺，他的老朋友）上安裝同樣的保全系統。

喬治歐終於拖著霍夫走了，留下比利一人。他回到窗邊，站在那裡，看著兩條對角線，一條連到寬敞的石頭臺階，另一條則連到員工進出的小門。他再次想像起會發生的情景，一切栩栩如生。真實世界的事件永遠不會跟你的想像一樣，但這種工作總是從想像開始。這麼說來，寫詩也是如此。會改變的一切，意料之外的變數，最後是修改，遇到的時候就知道該解決哪些問題，但一開始都是要先想像、先看見。

他的手機叮了一聲，訊息來了。

羅素：**霍夫的事抱歉，我知道他有點混蛋。**

比利：**我還得見到他嗎？**

羅素：**不知。**

比利喜歡更確切的答案，但目前這樣也行，也只能這樣了。

6

當他回到他現在所謂的家時，他口袋了多了一張大衛．洛克維奇的大樓門禁卡。明天他就能開著新的二手車去上班。門廊靠在大門上的是一包奇蹟生長液肥料，上頭還貼了一張字條，寫著：**想說派得上用場！傑莫。**

比利向隔壁屋子揮了揮手，但他不太確定有沒有人看見，現在不過中午十一點半。艾克曼夫妻大概要工作吧。他將肥料拿進屋，放在走廊上，然後驅車前往沃爾瑪，他買了兩支拋棄式手機（一支主要使用，另一支備用），兩部隨身碟，他也許只用得上一個，他可以將左拉的全集存在一部隨身碟裡，還占不到多少空間。

他也衝動買了便宜的 AllTech 筆記型電腦，原封不動把電腦放在臥室衣櫥裡。他用現金支付兩支手機與隨身碟的費用。他用大衛．洛克維奇的 Visa 卡支付筆電費用。他還沒想好拋棄式手機要怎麼用，也許永遠也派不上用場。一切都得依撤退計畫行事，此刻這個計畫還是一團迷霧。

回家路上，他在漢堡王停留，等到他抵達黃色小屋時，房子前面有兩個騎腳踏車經過的孩子。一個男孩，一個女孩，一個白人，一個黑人。他猜女孩肯定是傑莫與柯琳．艾克曼夫妻的孩子。

「你是我們的新鄰居嗎？」男孩問。

「正是。」比利說，他覺得他會習慣成為這裡的新鄰居，也許會很有意思呢。「我是戴夫．洛克維奇，你們是誰？」

「丹尼．法西歐，這是我朋友夏妮絲，我九歲，她八歲。」

比利先跟丹尼握手，然後又跟女孩握手，女孩害羞地伸出手，咖啡色的小手消失在他白色的大手之中。「很高興認識兩位，暑假過得愉快嗎？」

「暑假閱讀計畫還可以。」丹尼說。「每讀一本書就能得到一張貼紙，我有四張，夏妮絲有五張，但我會追上的。我們正要去我家。午餐之後，我們幾個人會去公園玩大富翁。」他伸手比了比公園的方向。「夏夏會帶板子去，我都用賽車當我的棋子。」

比利讚嘆地想：二十一世紀的獨立孩子啊，如何？只不過他也注意到兩戶屋子外的胖子，也就是穿著汗衫、百慕達短褲、運動鞋上沾染草汁的老兄，這位先生緊盯著他，以及他與兩個孩子的互動。

「好啦，鱷魚鱷魚，後會有期！」丹尼一邊說，一邊爬上腳踏車。

「鱷魚鱷魚，下次再聚。」比利應和道，兩個孩子都大笑起來。

那天下午，睡過午覺後（他猜他可以睡個午覺，畢竟他是作家嘛），他從冰箱裡拿出半打百威啤酒。他將啤酒放在艾克曼家的門廊上，留了字條，寫著：**肥料謝了，戴夫**。

這裡有個好開始，市區呢？也是吧，至少他希望如此。

也許除了霍夫以外都很好，霍夫讓他心裡不太踏實。

7

那天傍晚，比利正在替草坪施肥的時候，傑莫．艾克曼拿著兩罐原本冰在比利冰箱的啤酒過來。傑莫穿了一件綠色的連身工作服，胸口一邊是他的名字，用金線繡的，另一邊胸膛上則是「卓越輪胎」字樣。跟著他一起過來的是手裡拿著一罐百事可樂的小男孩。

「嘿，你好啊，洛克維奇先生。」傑莫說。「這位小傢伙是小犬德瑞克。夏妮絲說你們已經見過了。」

「對，還有另一個名叫丹尼的小傢伙。」

「謝謝你的啤酒。嘿，你用的是啥？看起來像是我的老婆的麵粉篩。」

「的確就是，我考慮要買一個撒播機，但這所謂的草坪……」他看了看東禿一塊、西禿一塊的小草坪，聳聳肩。「花費太多，回報太少。」

「看起來麵粉篩不錯呢，也許我也可以試試看，但那後面呢？範圍大多了。」

「那邊需要先修短一點，但我還沒有除草機。」

「你可以借用我們的，可以嗎，爸？」德瑞克說。

傑莫搓揉孩子的頭髮。「隨時歡迎。」

「不，那太麻煩你們了。」比利說。「我會買一臺。總覺得我會一直跟著這本我正在寫的書前進，在這裡待上好一會兒。」

他們坐在門廊階梯上。比利打開啤酒喝了起來。此刻喝冰涼啤酒恰到好處，他也這麼說。

「你的書在寫什麼？」德瑞克坐在兩個大人之間。

「最高機密。」他一邊笑一邊回答。

「對，但那是假的還是真的？」

「真假參半。」

「夠了。」傑莫說。「東問西問很不禮貌。」

街道遠處盡頭的房子裡有個女人走來，五十五、六歲，頭髮花白，還塗了鮮豔的口紅。她拿著一個高球杯，走起路來不是太直。

「那位是凱洛格太太。」傑莫壓低聲音說。「寡婦，去年因為中風喪偶。」他若有所思地望著比利所謂的草坪。「她丈夫那時正在除草。」

「這是派對，我能參一腳嗎？」凱洛格太太問。雖然她還站在人行道上，微風也沒有吹起，比利還是在她的鼻息間嗅到一絲琴酒氣味。

「只要妳不介意坐在階梯上就好。」比利伸出手。「我是戴夫．洛克維奇。」

此刻走來的是之前緊盯比利與夏妮絲、丹尼互動的男人。他將汗衫與百慕達短褲換成了牛仔褲與卡通《太空超人》的T恤。跟他一起來的是一位又高又瘦的金髮女士，身穿居家洋裝跟運動鞋。傑莫的太太與女兒從隔壁過來，手裡端著看起來像布朗尼的東西。比利邀請他們通通進屋，這樣大家才能坐在真正的椅子上。

他心想：歡迎來到這個社區。

8

「太空超人」老兄與他纖瘦的金髮太太姓雷根蘭，法西歐夫妻也來了，但小傢伙沒來，住在街廓盡頭的彼得森夫妻帶了一瓶紅酒。客廳裡都是人，這是一場臨時舉行的派對。比利非常愉快，部分原因是因為他不用投射出他的「愚蠢自我」，另外一部分是因為他喜歡這些人，包括珍．凱洛格，她空手而來，一直跑廁所。她稱廁所為「化妝室」。等到大家一一鳥獸散後（早早撤退，因為明天還要上班），比利曉得他可以融入這裡。他會成為大家的焦點，因為他在寫書，這點讓他與眾不同，但這種新鮮感遲早會過去。假設喬爾．艾倫不會提早遇見置他於死地的那顆子彈，到了仲夏時分，比利就只是另一個住在這條街上的人，另一位鄰居罷了。

比利曉得傑莫是「卓越輪胎」的工頭，柯琳則是法院速記員（世界多小啊）。他也知道暑假艾克曼夫妻工作時，黛安．法西歐會盯著夏妮絲。夏妮絲的哥哥德瑞克白天會去夏令營，八月時會參加籃球營。他也得知杜根一家去年十月忽然搬離黃色小屋（保羅．雷根蘭用的字眼是「倉皇逃逸」），他們很「自以為是」，因此戴夫．洛克維奇是不錯的轉變。槍擊案過後，他們會跟記者說，他看起來是這麼好的人。比利覺得無妨。他覺得自己的確是個好人，只是在做骯髒的工作。他心想：至少我沒朝上學途中的十五歲孩子開槍。前提是又名「老喬」的喬爾・艾倫真的幹過這種事啦。

上床前，他開箱他的AllTech筆記型電腦，開了機，搜尋起肯・霍夫。這傢伙在紅峭壁區算是有權有勢，參加了麋鹿慈善互助會，是扶輪社的一員。他是地方青年商會主席，二〇一六年大選的地區共和黨主委，網路上有一張鬍子還沒長出來的肯戴著「讓美國再次偉大」紅色帽子的照片。他在市區有六棟大樓，包括傑拉塔，比利猜他因此算得上是迷你版的唐納・川普。他擁有三間電視臺，一家在紅峭壁區，另外兩家在阿拉巴馬州。這三個電視臺都隸屬於「環球娛樂」公司（World Wide Entertainment），這大概解釋了霍夫口裡的ＷＷＥ是什麼意思。他不只離婚過一次，而是兩次，代表得出很多錢。去年年底有中斷的高爾夫球場營建計畫，市區另一棟大樓暫停興建。霍夫的賭場執照也申請不下來。說到底，這傢伙的小規模商業帝國前景堪慮啊。只要輕輕一推就會滾下懸崖。

比利上床，躺在黑暗之中，雙手插在枕頭下。他開始明白尼克為什麼會吸引到肯，而肯又為什麼會受尼克吸引了。尼克可以非常迷人（那個燦爛的笑容），他比一般莽夫聰明得多，但說到底，他也就是頭鬣狗，而鬣狗最會的就是在經過的成群動物裡，挑出受傷跛行的弱者。很快就跟不上大隊的那隻。肯・霍夫是個膽小鬼。他不是搞暗殺的料，他到時會有堅不可摧的不在場證明，但當警方開始尋找下令刺殺的人，他們不會找到尼克。他們會找上肯，比利認為這點無妨。

枕頭下方的冰涼感已經消失，於是他翻到右側，幾乎是立刻睡著。

當個稱職好鄰居真的好累啊。

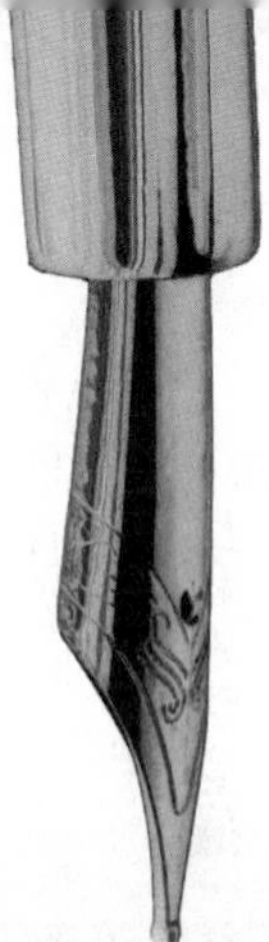

CHAPTER 4

1

隔天，比利將他新的 MacBook 插上五樓辦公室的插頭，下載了一個接龍遊戲的程式，有好幾十種版本哩。他選了坎菲爾德版本安裝在電腦上，安排間隔五秒才讓電腦自動走一步。如果尼克或喬治歐選擇查看且監控他的電腦活動（也許是貓王法蘭基負責這項重任），他們完全不會知道電腦在自行運作。

比利走到窗邊，往外看出去。法院兩側都停滿了車，很多是警車。「太陽黑子咖啡」室外的陽傘座位下都是享用甜甜圈與丹麥酥餅的人。有幾個人從寬闊的法院階梯往下走，但更多人是往上前進。有人在跑步，炫耀有氧的身材，有人拖著腳步，這種人大多是律師，從他們提著的方形厚重公事包就看得出來。法院馬上就要開庭了。

彷彿是為了強調這點，一輛原本紅色，現在看起來是褪色粉紅的小巴士緩緩沿著堵車街道開過來，經過了階梯，停在巨大石造建築右手邊的小門外頭。小巴門開了，一位警察下車，接著一列身穿橘色連身衣的犯人下車，殿後的是另一位警察。連身衣囚犯繞到小巴車頭示眾。員工側門開了，犯人魚貫走進，等著傳訊。有意思，值得留意，但比利相信尼克說的沒錯，等到艾倫來的時候，警察會從主要大門送他進法院，是說這不重要啦，反正朝這兩個出入口開槍距離都差不多。重點是平日法院街如此繁忙，下午戶外的人也許不會這麼多，但主要的傳訊都在早上進行。

尼克那天是這麼說的：**在動手後消失，你就是他媽的逃脫大師胡迪尼。等到事情塵埃落定，你早就閃了。**

他最好能成功撤退，因為他們的酬勞有一部分就是要他消失，很大一部分。如果比利搞砸了

消失戲碼，尼克肯定清楚利用比利具有某些優勢。他沒有朋友，沒有親人可以施壓（或是用來施壓），讓他說出他的雇主是誰。雖然尼克也許認為比利不是腦袋最靈光的人，他也知道他花錢請的槍手聰明到曉得自己無法藉由抖出接頭人來減刑到二級謀殺或過失殺人。當你在對面建築五樓蹲點了幾個禮拜或幾個月，然後用狙擊步槍射殺某人時，罪名是什麼已經非常明確。「預謀」是兩個大大的紅字，能夠成立的也只有一級謀殺這個罪名。

不過，如果比利落網，檢方還是能夠提出其他協商，這點尼克應該也知道。這個州是有死刑的，與其直接注射死刑，聰明的檢察官應該會讓比利在林康監獄獲得一線生機。前提是如果他肯開口。比利猜想如果真的走到這一步，他大概還是能夠不把尼克抖出來。他可以說幕後黑手是肯．霍夫，因為只要警察將比利．桑默斯從傑拉塔揪出去後，霍夫也沒太久好活了。不管怎麼說，霍夫都不像是可以長命百歲的人。跟尼克．馬傑利安這種人打交道，替死鬼大多活不久。

比利說不定也活不久，因為小心駛得萬年船嘛。說不定當他雙手銬在身後時，他會從監獄樓梯上摔下去。他在沖澡時，也許會被削尖的牙刷捅，甚至是被人將肥皂塞進喉嚨裡。面對一個人，甚至兩人，他也許還應付得來，但如果是一群三十出頭的年輕人，或三、四個「人民國家」幫派的壯漢呢？不，沒有勝算。再說，在任何情況下，他會想坐一輩子的牢嗎？答案也是否定的，與其坐牢，還是死了算了。他猜尼克也料中了這點。

如果他沒落網，上述一切都不會成為問題。他從來沒落網過，他逃過了十七次，但他沒有遇過這種狀況。這不是從巷子開槍，附近有車會載你離開，而出城路線已經標記好的那種案子。

從市區辦公大樓五樓擊斃一個人，整條路上還有一堆郡警跟市警，事後你該如何消失？比利曉得電影是怎麼演的，壞人狙擊手會用滅音器掩蓋聲音與閃光。本案並不適用。距離就是遠了那麼一點點，要是第一次失手，他也沒有第二次的機會。再說，子彈突破音障的聲音完全掩飾不了，就算用滅音器也毫無幫助。同時，比利也有私人問題，那就是他就是不信任滅音器。在性能良好的步槍槍口裝東西，你就是在冒險搞砸這一槍。所以肯定很大聲，也許眾人不會立刻找到槍聲的來源，等到驚嚇過去，群眾抬頭時，他們就會看到五樓窗口有一小塊圓形玻璃缺口，因為這些窗戶沒辦法打開。

這些問題沒有讓比利灰心，恰好相反，這些問題讓他全神貫注。就像胡迪尼進行特別危險的表需要格外專注一樣，什麼被鎖鏈綁在保險箱裡，整個保險箱扔進東河裡啦，或是穿著束縛衣吊掛在摩天大樓上之類的。比利還沒有全盤的計畫，但他至少有了開頭。停車場頭兩層比厄夫．迪恩說得還滿，也許是因為今天法院的行程特別多，但等到比利抵達四樓時，他找到了他喜歡的車位。換句話說就是很隱密，隱密很好。比利相信胡迪尼也會認同這點。

他回到桌邊，昂貴的蘋果牌筆記型電腦還在玩接龍。他打開自己的筆電，連上亞馬遜購物網站。亞馬遜上什麼都買得到。

2

傑拉塔前面路邊有一道長長的「僅供授權車輛停靠」路段。十一點十五分，車身上有巨大墨西哥寬沿帽的卡車停了進來。寬沿帽下方是「荷西好料理」字樣，再下頭是「大家都來吃！」大家開始離開大樓，朝卡車移動，彷彿是受到甜味吸引的螞蟻一樣。五分鐘後，另一輛卡車停在第一輛卡車後面。這輛車的車身上是一個滿臉笑容的卡通男孩，正在大啖雙層起司漢堡。十一點三十五分，大家為了漢堡、薯條、塔可、安吉拉捲排隊的時候，熱狗車出現了。

比利心想：該吃飯囉，也該見見其他鄰居了。

一起等電梯的還有另外四個人，三男一女。他們全都穿著上班的正式服裝，看起來都

三十五、六歲，唯一的一位女性可能年輕一點。比利加入他們的行列，其中一人問他是不是新進駐的作家……彷彿比利是來頂替舊作家一樣。比利說是，然後自我介紹起來，其他人也有樣學樣，他們分別是約翰、吉姆、哈利跟菲莉思。比利問起下面有什麼好吃的。約翰跟哈利建議墨西哥料理餐車。約翰說：「魚肉塔可超讚的。」吉姆說漢堡不錯，而洋蔥圈才是一絕。菲莉思則決定要吃「小傢伙的辣椒熱狗」。

「都不是什麼精緻美食。」哈利說。「但都比自己帶的午餐好吃。」

比利問起對街的咖啡廳，四人連連搖頭。整齊劃一的反應讓比利覺得好笑，忍不住笑了出來。

「遠離那裡。」哈利說。「中午人擠人。」

「價格也不親民。」約翰補充道。「我是不了解作家啦，但如果你的公司只是剛起步的律師事務所，你就得看緊每一分錢。」

「大樓裡很多律師嗎？」電梯開門時，比利問菲莉思。

「別問我，問他們。」她說。「我是新月會計師事務所的，負責接電話、報稅而已。」

「咱們法律人滿多的。」哈利說。「有些在三樓跟四樓，有幾間在六樓。我想七樓應該是一間剛起步的建築師事務所。我知道八樓有攝影工作室，專門拍型錄那些商品的。」

約翰說：「如果這是一部電視劇，就會叫《青年律師團》，大事務所都在兩、三條街之外，法院另一邊的荷蘭街、金剛砂廣場那裡。咱們緊跟在後，準備撿大男孩桌上的殘羹剩飯。」

「順便等大男孩翹辮子啦。」吉姆補了一句。「多數老牌事務所的律師都是穿著三件式西裝的恐龍，講起話來跟連續劇《正義前鋒》裡的政治領袖霍格老大一樣。」

比利想起大樓前面的牌子：「辦公空間、豪華公寓出租」。看起來牌子已經立了好一陣子了，而且牌子就跟霍夫一樣，散發著絕望的氣息。「我猜你們公司的租約很划算。」

哈利向比利豎起拇指。「說對了，簽約四年，划算到爆。而且就算大樓所有人，他叫霍夫，他破產了，合約還是有效，穩固到不行。這段時間足以讓我們這些小傢伙吸引一些客戶。」

「再說，搞砸自己公司租約的律師破產活該。」吉姆說。

幾位年輕律師大笑起來，菲莉思淺淺微笑。門開了，抵達大廳。三位先生走在前面，焦點都在食物上。比利跟菲莉思以較為輕鬆的步伐穿過大廳。她長得漂亮，卻打扮低調，比較像樸素的雛菊，不是牡丹花。

「好奇一件事。」他說。

她笑了笑。「這是作家的特色，是吧？好奇心？」

「我猜是吧。我看到好多人穿得很隨性，好比說他們。」他指著一對朝門口走去的男女。男的穿了黑色牛仔褲及爵士作曲家桑・拉（Sun Ra）的T恤，跟他一起的女人則穿了束腰罩衫，完全沒有要遮掩她孕肚的意思。她的頭髮用紅色橡皮筋隨手紮成一根馬尾。「別告訴我那兩個是律師或建築師助理，我猜他們可能是攝影工作室的人，但人也太多了。」

「他們是二樓『商業解方』（Business Solutions）的人，整個二樓，那是一間討債公司，我們簡稱他們為BS[10]是有原因的。」她皺皺鼻子，彷彿聞到什麼臭味，但比利沒錯過她語氣裡些許的欽羨。打扮得專業也許一開始令人興奮，但隨著時間過去，就會覺得疲憊，特別是對女性而言，整齊的頭髮、精緻的妝容、喀啦喀啦的高跟鞋。這位面目姣好的五樓會計師事務所小姐顯然時不時會想，能夠偶爾換上牛仔褲、無袖罩衫，只上一抹口紅就夠，會是多讓人鬆口氣的事。

「整天在偌大的開放式辦公室裡講電話是不需要打扮的。」菲莉思說。「在你要客戶還錢，不然銀行就會扣押他的房子時，對方又看不見你。」她快要抵達門口，露出思索的神情。「真不曉得他們賺多少。」

「我猜妳沒有經手他們的報表。」

「你猜對了，但，洛克維奇先生，如果你的書暢銷了，可別忘記我們。我們也是新公司。我想我包包裡應該有名片……」

「別麻煩了。」比利在她開始認真翻找前輕碰她的手腕。「如果書成功了，我就沿著走廊過來敲妳的門。」

她給他一個微笑，以及評估的神情。她左手中指上沒有訂婚戒指或結婚戒指，比利想著，也許下輩子，他就會把握這個時機，問她下班後要不要一起去喝一杯。她說不定會拒絕，但從她頻送秋波的睫毛，加上那個微笑，他覺得她會答應。不過，他不會開這個口。認識新朋友，沒問題，討人喜歡也喜歡對方，沒問題，但別靠得太近，靠太近是個爛主意。靠太近有危險。也許等他退休後就不一樣了。

3

比利將漢堡拿到花園裡，跟律師吉姆一起坐在廣場的長椅上，吉姆本名吉姆．歐布萊特。「試試這個。」對方拿起一枚粗粗的洋蔥圈。「他媽的好吃。」

的確如此，比利說他也要去點一份，吉姆．歐布萊特說你他媽快去。比利回來時，手上多了一艘小小的紙船，裡頭有洋蔥圈跟幾包番茄醬，他坐回吉姆身邊。

「這個嘛，戴夫，你的書，內容寫啥？」

10 這兩個字母大寫通常為bullshit的縮寫，意指「狗屁」。

比利用一根手指壓在嘴唇上。「最高機密。」

「就算簽保密協議也不行？這是強尼・科頓的專業。」他指著還在墨西哥餐車那的某位同事。

「那樣也不行。」

「我欣賞你的謹慎，我以為作家都喜歡聊他們在寫的東西。」

「我覺得聊很多的作家大概不會寫很多。」比利說。「但因為我只認識我自己這名作家，我其實也只是猜猜。」然後，也不算是轉變話題，他又說：「看熱狗車那邊的那個人，那種打扮可不會天天見到。」

比利指向的男人加入了墨西哥餐車的行列，該處還有幾位吉姆的律師同事。雖然現場還有幾位「商業解方」的員工，這個人還是很顯眼。他穿了一件金色的降落傘褲，比利想起他在田納西州的童年，週五夜晚，鎮上走在時尚尖端的人會穿這種褲子去「溜冰巨蛋」跳舞。上半身是高領變形蟲襯衫，有點像古早 YouTube 影片裡英倫搖滾團體入侵年代會穿的衣服。整套服裝以厚邊紳士帽作結。帽子下方是散落到肩膀的茂密黑髮。

吉姆大笑起來。「那是柯林・懷特。打扮得可新潮了，對吧？Gay 到不行，討喜得像巴黎週末午後。多數『商業解方』的人都很低調，藉由催債賺錢吃喝玩樂的確很討人厭，他們自己也很清楚，但柯林始終是隻花蝴蝶。」吉姆搖搖頭。「至少午餐時間如此。真不曉得他在上班的時候是什麼模樣，嚇唬寡婦、威脅退伍老兵，要他們交出口袋裡的最後一分錢。工作上他肯定很厲害，因為那間公司流動率很高，而他待得比我還久。」

「那是多久？」

「十八個月。有時柯林會穿蘇格蘭格子裙來上班，沒開玩笑！有時掛披風。他還有麥可・傑克森的服裝，你知道，騎兵軍官那種衣服，還有肩章跟黃銅鈕扣那樣？」

比利點點頭。此刻柯林．懷特拿著承裝兩枚塔可的小紙盒，他駐足同菲莉思交談，他的話語讓她仰頭大笑。

「他真的很討人喜歡。」吉姆的語氣裡彷彿帶著真摯的情感。

菲莉思走了過去，跟其他幾位女性坐在一起。柯林．懷特的同事挪出一點位置給他。就坐前，他一腳點在一腳後面，搞了一個華麗轉身，這動作讓麥可．傑克森本人看了都覺得驕傲。比利推估他身高一百七十五公分，頂多一百七十七。又是計畫的一部分，也許吧。停車場四樓，也許多弄幾部筆電，現在又有柯林．懷特，花色罕見的鳥兒。

4

這天下午，他設定Mac Pro自行玩起克里比奇紙牌遊戲，一號玩家出牌前會停頓五秒。他也設定二號玩家每次都會贏一號玩家。這樣至少能夠唬住監視這臺電腦的人。他接著打開自己的Mac，回到亞馬遜網站，買了兩頂假髮，金色短髮，黑色長髮。在其他狀況下，他會選擇到店取件，但對這份工作來說，這麼做沒有意義，因為狙擊案發生那天太陽還沒下山前，大家都會指認大衛．洛克維奇就是槍手。

假髮搞定了，他將一本空白線圈筆記本擺在他的私人筆電旁邊，在網站上開始虛擬看房。他找到幾間適合的房子，但實際看屋還得等他在亞馬遜買的東西抵達再說。

他在線上看完房子時不過才兩點，現在下班也太早了，是該來寫點東西了。這件事他思考良久。一開始，他覺得他會用自己的電腦寫，用Macbook Pro意味著他的老闆（還有他那個「版權經紀人」）可以直接偷看他寫的內容，他因此想到小說《一九八四》（*Nineteen Eighty-Four*）裡提到的電視螢幕。不過如果尼克、喬治歐監控電腦，但沒看到任何文字，他們會不會起疑？比利覺得會。他們也許表面上什麼也不會說，但還是會認為對於刺探與駭客技巧，比利懂得比他展露出來的樣子還多。

而且，就算Pro遭到監視，用這臺電腦寫作還有另一個原因——這是一項挑戰。他真的能夠寫出「愚蠢自我」版本的故事嗎？有風險，但他覺得他辦得到。福克納在《聲音與憤怒》（*The Sound and the Fury*）裡就寫得很蠢，另一個例子是丹尼爾·凱斯的《獻給阿爾吉儂的花束》（*Flowers for Algernon*）。大概還有很多這種例子吧。

比利關掉自動牌局，打開空白的Word文件。他將檔案命名為**「班吉·康普森的故事」**，這是《聲音與憤怒》裡的智能障礙角色，尼克跟喬治歐肯定不會知道。他靜坐了幾秒鐘，手指輕敲胸膛，看著空白的螢幕。

他心想：**真是瘋了才冒這種險。**

他又想：**但這是最後一份工作了。**接著，他輸入為了這一刻，一直停留在他心底的那句話。

我媽同居的男人帶著斷手回家。

他看著這句話近乎一分鐘，然後再次打起字來。

我甚至不記得他的名字，但他很火大。我猜他肯定先去了趟醫院，因為那條手打了石膏。我妹妹……

比利搖搖頭，想了想，這樣比較好。至少他是這麼以為的。

我媽同居的男人帶著斷手回家。我猜他肯定先去了趟醫院，因為那條手打了石膏。我妹妹想要烤餅乾，但她烤焦了。我猜她忘了定時。男人回家時，他很火大。他殺了我妹妹，而我甚至記不得他的名字。

他看著自己打出來的文字，覺得他辦得到。不只辦得到，他也想這麼做。在他動筆之前，他會說「對，我記得那是怎麼回事，但只有些許印象」，現在更清晰了。雖然只打了這麼短短一段，這些文字卻解了一道門，開了一扇窗。他回想起烤焦餅乾的味道、烤箱冒煙的景象、爐子上的缺角、餐桌茶杯裡插的花朵，外頭有個孩子喃喃唸著「一個馬鈴薯、兩個馬鈴薯、三個馬鈴薯、四個」。他想起男人靴子踏上階梯的沉重腳步聲。那個男人，那個男朋友。他甚至想起男人的名字，下雨鮑伯[11]，他記得當他聽到男人對他媽動手時，他會想：鮑伯下雨了，鮑伯的雨打在老媽身上。他也記得事後她會帶著微笑，說鮑伯不是故意的，一切都是我不好。

比利寫了一個半小時，想要急著往下寫，但他就此打住。要是尼克、喬治歐，甚至是「貓王」在監視他的電腦，他們只能看到「愚蠢自我」進展緩慢。每個句子都在掙扎。至少他不用故意拼錯字，電腦沒有自動修改的錯字下面都會有紅線。

四點鐘的時候他將打好的文字存檔，關閉電腦。他發現他期待明天繼續。

也許說到底，他還真的是作家呢。

11原文Bob Raines，但Raines並非鮑伯的姓氏，因發音接近Rains，下雨的意思，中文採意譯作為鮑伯的綽號。

5

比利回到央林區的時候，在門上發現了一張字條。街上的雷根蘭夫妻邀請他過去吃肋排、涼拌捲心菜跟酥皮櫻桃派。他應約，因為他不希望看起來冷淡，但他興趣缺缺，以為餐後啤酒會配共產黨大學生跟骯髒移民之類的話題。他很詫異保羅與丹妮絲．雷根蘭夫婦居然票投希拉蕊，受不了川普，還說他是「哭哭啼啼的嬰兒總統」。比利走回家時心想：再次證實，不能用汗衫評斷一個人。

他最近迷上一齣Netflix的電視劇《黑錢勝地》（*Ozark*），正準備看第三集，此時他的手機（大衛．洛克維奇的手機）叮了一聲，有訊息進來。非常關切他的經紀人喬治．羅素想知道他的第一天過得如何。

洛克維奇：**很好。我寫了點東西。**

羅素：**很高興聽到你這麼說。我們還要把你打造成暢銷作家。週四晚上可以來一趟嗎？七點，吃晚餐。N想跟你談談。**

所以尼克還在城裡，大概是拉斯維加斯的癮頭退了。

洛克維奇：**當然好，但別找霍夫。**

羅素：**當然不會。**

這樣很好。比利覺得只要他這輩子再也不用見到肯．霍夫，他就能幸福快樂長命百歲。他關掉電視上床。他一下就陷入夢鄉，就在天快亮之前，他也一下就陷入夢魘之中。他明天會把這個噩夢用班吉．康普森的身分寫下來，他會改動人名，保護犯下罪行的人。

6

我媽同居的男人帶著斷手回家。我猜他肯定先去了趟醫院，因為那條手打了石膏。我妹妹想要烤餅乾，但她烤焦了。我猜她忘了定時。男人回家時，他很火大。他殺了我妹妹，而我甚至不記得他的名字。他一進屋就開始大吼大叫。我在拖車地板上拼拼圖，這幅拼圖拼好之後，是兩隻在玩一球毛線的貓咪。雖然餅乾冒煙了，但我還是聞得到酒味，他喝了酒，後來我才知道他在瓦力酒館跟人打架了。他肯定輸了，因為他還一眼黑青。我妹妹……

她叫凱瑟琳，但他不會用這個名字，差點就用了，但他不會用。凱瑟琳‧安‧桑默斯，死時才九歲，金髮，嬌小。

我妹妹凱絲在我們吃飯的桌上畫她的著色簿。再過兩、三個月，她就十歲了，她很期待從一位數變成兩位數。我十一歲，應該要照顧她。

男朋友進屋時，煙才開始冒，他就大吼大叫，揮手搧煙，一直問妳幹了什麼好事妳幹了什麼好事，而凱瑟……

比利連忙刪除，希望沒人注意到。

凱絲說我在烤餅乾，我猜大概烤焦了，對不起。而他說妳這個小蠢婊子，真不敢相信妳居然這麼蠢。

他打開烤箱的門，更多濃煙竄出。如果我們有煙霧偵測器，那時偵測器肯定就會響了，但我們的拖車屋裡沒有。他拿起抹布開始對著煙氣揮舞。我應該要把通往戶外的門打開，但那時門本來就是開的。男朋友伸手要把烤盤拿出來，他用沒斷的那隻手拿，但抹布滑開，他燙到手，我幫凱絲壓出形狀的那些餅乾通通掉在地上。凱絲跑過去撿，他就是在這個時候開始殺害她。或該說，事情發生在他用他那隻打了石膏的手，朝她揮去，而她飛到牆上的時候。反正一切跟閃電一樣快，也許那時她還活著，但他又開始用他老穿著的那雙靴子踢她，我媽總說那叫摩托騎士靴。

我說住手你要殺死她了，但他不肯住手，我說住手你這個婊子壞蛋雞屎王八蛋不要再傷害我妹妹了。於是那時我就跑過去擒抱他，但他把我推開。

比利起身，走到辦公室窗邊，他覺得這裡應該已經算是他的寫作工作室了。法院階梯上的人來來去去，但他沒有看見。他前往小廚房倒水喝。水灑了一點出來，因為他手在抖。他開槍狙擊的時候手不會抖，那時他的手穩得很，但現在卻在抖。沒有很嚴重，但足以把水灑出來。他口乾舌燥，他喝完一整杯水。

一切都湧上心頭，他覺得很難堪。他會保留他打算擒抱下雨鮑伯的段落，因為這種寫法在真相上添加了一點虛構的英雄色彩，真相幾乎讓人無法承受。下雨鮑伯踢她妹妹、踐踏她、踩斷她永遠長不出胸部的脆弱胸腔時，他沒有擒抱下雨鮑伯。比利應該要照顧好他的妹妹。媽每次出門去洗衣店上班時，最後一句話都是**照顧好你妹**。不過，他沒有照顧好妹妹。他跑了，他逃命去了。

他朝桌邊電腦走回來的路上，他想著：但我當時還是想著要照顧她。一定有，因為我不是跑回我們的房間。

「我跑去他們的房間。」比利一邊說，一邊接著寫下去。

於是那時我就跑過去擒抱他，但他把我推開。我起身跑到拖車盡頭，也就是他們的房間，我在身後大力甩上門。他隨即捶起房門，用各種難聽的字眼罵我，還說班吉如果你不開門你就會他媽的倒大楣了。只不過我那時就知道不管我開不開門，他都會用對付凱絲的手法對付我。因為她死了，就算十一歲的小孩也看得出來。

媽的男朋友當過兵，他把他的軍人儲物箱放在床腳旁，還蓋了一條毯子在上面。我推開毯子，打開箱子。上面有掛鎖，但他很少鎖，也許從來沒鎖過。要是他鎖了，那我現在也不會在此寫作，我早死了。而如果他槍裡沒有子彈，那我也死定了，但我知道裡頭有子彈，因為子彈是用來預防他所謂的「入室竊盜」用的。

比利心想：入室竊盜，老天，真的都想起來了呢。

他衝向房門，我很確定他會衝進來……

比利心想：不是很確定，而是我知道他一定會衝進來。因為那扇門只是纖維板而已。我跟凱瑟琳每晚都聽得到他們的聲音。如果媽提早下班，那下午就開始，但那是另一個他不會寫進去的內容。

他進來時，我後背靠著床腳，用他的槍指著他。那是一把貝瑞塔M9手槍，使用9×19公釐的魯格彈。我當時當然不知道這些，但我知道槍很重，我必須用兩隻手握著，抵在胸膛上。他說把槍給我你這沒屁用的死小鬼你難道不知道小孩不該玩槍嗎。

然後我朝他開槍，正中軀幹。他就站在門口，彷彿什麼也沒有發生一樣，但我知道打中他了，因為他的後背噴出鮮血。手槍大力回彈撞擊我的胸膛……

比利想起自己發出「呃」的一聲，打嗝，還有之後他胸骨上的瘀青一塊。

然後他倒下。我走過去，告訴我自己，也許我得補槍。如果要再開一槍，我也會開。他是我媽媽的男朋友，但他錯了。他是壞人！

「不過他死了。」比利說。「下雨鮑伯死了。」

他短暫考慮起要不要刪掉所寫的一切，太恐怖了，但他還是儲存檔案。他不曉得別人怎麼想，但他覺得寫得很好。很可怕，因此很好，因為真相經常都很可怕。他猜他也許真的是作家了，因為這是作家才有的思維。左拉在寫《紅杏出牆》時也許就這麼想，或是和娜娜得病，美貌爛到不復存在時一樣。

他的臉感覺燙燙的。他走回小廚房，用水拍拍臉，然後閉著眼睛，彎腰站在小水槽旁。讓他困擾的不是開槍擊殺下雨鮑伯的回憶，但想起凱瑟琳讓他心痛。

照顧好你妹。

寫作很好。他一直想寫，如今他真的動筆了。這樣不錯。只不過誰曉得寫作竟然這麼難過！

市內電話響了，他嚇了一跳。是厄夫．迪恩，通知他，他有一個來自亞馬遜公司的包裹。比利說他立刻下樓去拿。

「那公司什麼都賣，真的是。」厄夫說。

比利應和起來，心想：你什麼都不知道呢。

7

來的不是假髮，就算有亞馬遜的快速物流，那也要明天才會到。今天到的東西足以放進辦公室跟廚房門之間的儲物小空間，但比利不打算放在那裡，他在亞馬遜買的「黑貨」都要回到央林區的黃色小屋裡。

他打開箱子，一一拿出他買的東西。香港的「歡樂時光有限公司」紙箱裡是一撮用真人毛髮製成的鬍鬚，金色的，符合他所訂購的假髮顏色。有點凌亂，必要時他會修剪一下。他想要偽裝，而不是引人注意。接下來是一副平光角框眼鏡，這玩意兒超難找的，真意外。閱讀眼鏡在任何一間藥局都買得到，但比利視力二點零，些微的放大效果都會讓他頭痛。他戴上眼鏡，發現有點鬆。他是可以把鏡框弄緊一點，但他沒有加以調整，如果眼鏡稍微下滑一點，他看起來會有書卷氣息。

最後是最貴的東西，也就是「主菜」，是一個矽膠懷孕假肚皮，亞馬遜販售，但由名為「媽咪孕期」的公司製作。很貴，因為可以調整，使用者看起來有六個月到九個月的懷孕身形。上頭有魔鬼氈。比利曉得這種假孕肚是惡名昭彰的順手牽羊道具，連鎖量販店的保全都知道要特別注意，但比利不是來這個小鎮偷東西的，時機成熟時，也不會是由女性穿戴。

那會是他的工作。

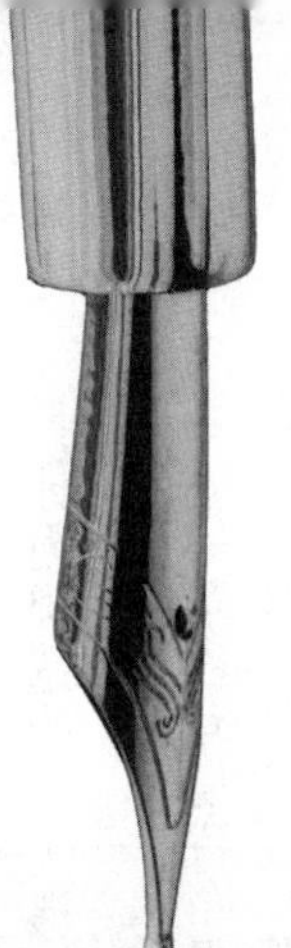

CHAPTER 5

1

星期四晚上，比利在快七點時抵達尼克借用的假豪宅。他不知在哪讀過，禮貌的客人會提早五分鐘到，不多也不少。這次正式出來招呼的人是波利。尼克再次於門廳等候，因此執法人員任何經過的無人機都拍不到他，不太可能有，但也是難說。他的微笑馬力全開，還伸出雙手擁抱比利。

「菜色有夏特布里昂牛排。我找了廚子。我不知道他在這個不起眼的小地方幹嘛，但他手藝很好。你會喜歡的。還要留點肚子。」他把比利拉近到身邊，用沙啞的嗓音低聲地說：「我聽說有熱烤阿拉斯加，你肯定吃膩微波晚餐了，對吧？對吧？」

「沒有錯。」比利說。

法蘭基出現，身穿粉紅色襯衫，脖子上繫著寬領巾，塞進衣領裡，頭髮梳成高角度的油亮波浪，還有浮誇的美人尖，看起來就像幫派電影裡第一個被幹掉的流氓。他拿了幾個杯子，托盤上還有一個大大的綠色酒瓶。

他以奇怪的發音說出：「酩兌香檳。」並放下托盤，輕鬆拔開軟木塞瓶蓋，沒有「啵」一聲，也沒有噴出來。貓王法蘭基也許會唸錯「酩悅香檳」的名字，但他的開瓶技巧絕佳，倒酒技術也一流。

尼克舉起酒杯，其他人跟進。「敬我們成功！」

比利、波利、法蘭基都乾杯喝酒。香檳立刻讓比利的腦袋飄飄然的，但他拒絕再喝一杯。「我要開車，不想被攔下來。」

「這就是比利。」尼克對著他的小嘍囉說。「總是搶得兩步先機。」

「三步。」比利說，尼克卻大笑起來，彷彿喜劇演員亨利・楊曼死後，他再也沒有聽過這麼好笑的話一樣。小嘍囉也跟著笑了幾聲。

「好啦。」尼克說。「氣泡水喝夠了，咱們快吃，快吃。」

這頓飯非常美味，打頭陣的是法式洋蔥湯，接著是紅酒醃過的牛肉，尾聲是承諾的熱烤阿拉斯加。除了甜點之外，餐點由身穿白色制服的女人服務，她沒有微笑。尼克請來的廚師本人推著甜點進來，如他預期，大家鼓掌、讚美，他點頭道謝，之後離開。

尼克、法蘭基、波利負責交談，話題大多圍繞在拉斯維加斯，誰在那表演啦，誰在那建設啦，誰在找賭場執照啦。比利心想：他們好像不懂賭城已經沒落了一樣，他們也許真的不懂。沒看到喬治歐。服務的女人送上餐後酒時，比利搖搖頭，尼克也是。

「瑪姬，妳跟亞倫可以先離開了。」尼克說。「這頓飯非常美味。」

「謝謝，但我們才正要開始清——」

「那個明天再擔心吧。來，這給亞倫，我家老爹會說這叫車馬費。」他塞了一些紙鈔到她手裡。她咕噥著說那就明天再弄，然後轉身要走。「還有，瑪姬？」

她轉過身來。

「妳應該沒有在屋內抽菸吧？」

「沒有。」

尼克點點頭。「別逗留，好嗎？比利，咱們去客廳小酌。各位，找點事做。」

波利說很高興見到比利，然後就往大門移動。法蘭基跟著瑪姬去廚房。尼克將餐巾扔進甜點殘渣中，帶著比利前往客廳。一側的壁爐大到足以炭烤人頭牛身怪。壁龕裡有很多雕像，天花板上的壁畫看起來像情色版的西斯汀教堂。

「很棒吧？」尼克環視四周。

「的確很棒。」比利說，心想：要是他得長時間待在這裡，他可能會發瘋。

「比利，坐，放輕鬆一點。」

比利坐了下來。「喬治歐呢？他回拉斯維加斯了嗎？」

「哎啊，他也許在那。」尼克說。「他也可能在紐約或好萊塢，跟那些拍電影人的人談他代理的那本好書。」

比利心想：換句話說就是不干你的事。這麼說也合理。畢竟他只是收錢做事的人，在史戴芬尼克先生喜歡的那種舊時西部電影裡，他們會稱他為「雇來的槍」。

想到史戴芬尼克先生讓他想起那一千輛報廢的汽車，對小孩子來說，那裡看起來的確有一千輛，也許真的有那麼多，而帶著裂隙的擋風玻璃在陽光下使著眼色。距離他上次想起那座廢車場是多少年前的事了？通往過去的大門已經開啟，他可以關門，上門，上鎖，但他不想這麼做。讓風吹進去吧。冷，但清新，他所待的空間已經夠狹小擁擠了。

「嘿，比利。」尼克彈起手指。「地球呼叫比利。」

「我在。」

「是嗎？一度以為我們失聯了呢。聽著，你該不會真的在寫東西吧？」

「是啊。」比利說。

「真的還是虛構？」

「虛構。」

「不是在寫阿奇跟他的朋友吧？」他笑了笑。

比利也笑著搖搖頭。

「他們說很多人第一次寫小說的時候都會寫自己的經驗。『寫你知道的』，我記得畢業那年英文課是這樣說的。帕拉姆斯高中，斯巴德人隊加油。你也是這樣嗎？」

比利一手上下擺動起來，然後，彷彿這時他才想到這點一樣。「嘿，你該不會曉得我在寫什麼吧？」這是很危險的問題，但他實在忍不住。「因為我不希望——」

「拜託，沒有啦！」尼克說，語氣聽起來太超過，超越了驚訝，到了驚嚇的程度，因此比利曉得他在撒謊。「就算可以，我們為什麼要幹這種事呢？」

「不知道，我只是……」聳聳肩。「不希望有人偷看。因為我不是作家，只是想演好這個角色，順便打發時間。如果有人看到，我會很尷尬。」

「筆電有密碼，對吧？」

比利點點頭。

「那就不會有人看到了。」尼克靠向前，咖啡色的雙眼直盯著比利的眼睛。他壓低聲音講話，如同剛剛跟比利說有熱烤阿拉斯加的語氣一模一樣。「火辣嗎？有三人行什麼的嗎？」

「沒有，嗯哼。」停頓。「不是那種。」

「我的建議是寫點性愛進去，因為性愛場面就是暢銷。」他咯咯笑了起來，走向對面的櫃子。「我要來點白蘭地，你要嗎？」

「不了，謝謝。」他等著尼克回來。「有老喬的消息嗎？」

「老樣子。跟你講過了，他的律師還在申請引渡，整件事沒有進展，誰知道呢？也許是因為法官大大去休假了。」

「但他沒開口提他知道的那件事？」

「如果他開口，我就會知道。」

「說不定他在監獄了出了什麼意外，永遠得不到引渡。」

「他們把他照顧得很好，沒有跟其他人關在一起，記得嗎？」

「噢，對，也是。」比利說不出口的是那也太方便了吧，但講這種話腦子轉得有點太快了。

「比利，有點耐心，安頓下來。法蘭基說你在央林區認識不少鄰居。」

是這樣啊，他沒在附近見到法蘭基，但法蘭基卻沒漏掉他。尼克可以任意監視比利那臺性感新筆電，同時也找人在他暫時的家附近盯著。比利再次想起《一九八四》。

「對啊。」

「辦公室也是？」

「當然，那邊也是。多數是在買餐車午餐時認識的。」

「很好啊，融入進場景之中，成為場景的一部分。這是你的強項。我感覺你在伊拉克的時候也很行。」

比利心想：我在哪裡都很擅長這點。至少在幹掉下雨鮑伯之後我就很善於融入了。該換話題了。「你說你會安排轉移注意力的東西，還說我們晚點會談，現在夠晚了嗎？」

「夠晚了。」尼克喝了一口白蘭地，在嘴裡漱了漱，彷彿那是漱口水，然後才嚥下。「剛好有人提這個主意，我想說用在你這個案子看看。轉移注意力的東西是幾個煙火閃光彈。你知道那是什麼嗎？」

比利很清楚，但他搖搖頭。

「搖滾樂團會用，發生巨響，還會閃出刺眼的光，就跟間歇泉一樣。在我確定老喬要東行的時候，就會找人安放在法院附近。一個肯定裝在街角咖啡店的後巷裡，波利建議把另一個裝在停車場裡，但那太遠了，再說，哪個恐怖分子會他媽的炸什麼停車場？」

比利沒有打算掩飾他的警覺。「安裝那個該不會是霍夫的工作吧？」

尼克這次懶得再次漱口，只有直接嚥下。他嗆到，然後咳嗽變成了大笑。「什麼？你覺得我這麼蠢，將這種任務交給那種沒屁用的小王八蛋？如果這是你對我的評價，那我會很難過。不，我找了我的兩個手下進來，好孩子，很可靠。」

比利心想：你不讓霍夫安排煙火閃光彈，因為出了事可能會查到你身上，但你卻不在乎讓他準備槍枝，送到槍手的巢穴，因為那只會查到我身上。那你覺得我又有多蠢？

「事發當時我應該會在賭城，但貓王法蘭基跟波利．羅根會在這裡，還有我找來的那兩個傢伙。如果你有什麼需要，他們會替你打點。」他靠向前，露出熱烈的微笑。「一切都會美到不行。槍聲出現，每個人都嚇得要死。然後煙火閃光彈爆炸，砰！砰！原本沒跑的人，現在都逃命去也，尖叫不止，狙擊手！自殺炸彈客！蓋達組織！伊斯蘭國！隨便啦，但真正美在哪裡？除非有人逃跑時摔斷腿，不然全場就只會有喬爾．艾倫一個人出事，這是他的本名。法院街會一片恐慌，因此帶出了我想跟你談的事情。」

「好喔。」

「我知道你習慣自己策劃撤退，你也很擅長，我說過了，你就是他媽的胡迪尼，但我跟喬治歐有個小想法，因為……」尼克搖搖頭。「真是的，這次很棘手，就算是你，就算街上因為我們的閃光彈慌亂一片。如果你已經想出得以執行的方案，那就祝你好運，但如果你沒有……」

「我是沒有。」雖然效果達到了，比利還是露出燦爛的「愚蠢自我」微笑。「尼克，我洗耳恭聽。」

2

晚上十一點，他到家了，他猜現在黃色小屋的確是他的家，至少是他暫時的家。他在亞馬遜上買的好東西都在衣櫥裡。原本東西會一直放在那裡，直到他接到電話，得知艾倫要從洛杉磯來東部，但現在計畫有變。比利心裡七上八下的。

時機成熟時，黑色假髮可以留在這裡，但他將其他東西拿去外頭車上，放進後車廂裡。他明天不會在五樓辦公室待上一整天，但這不打緊。身為傑拉塔的「駐點作家」好處就在於他不是固定上下班的工作人士。他可以遲到早退，如果有必要，他可以散個步。如果有人問起，他可以說他在構思新靈感，或是在做研究，或是休息一、兩個小時。他明天會步行九個街廓，前往皮爾森街六五八號。那是位於市區邊緣的一棟三層樓建築。比利已經在租屋網上看過房子了，但那樣不夠好，他想親眼看看。

他鎖好車，回到室內。他將嶄新的 MacBook Pro 從公司帶出來，此刻就放在廚房餐桌上。他打開筆電，讀起他以班吉．康普森身分所寫的一切。只有兩頁，目前寫到班吉槍殺下雨鮑伯。他整整讀了三遍，想要用尼克的角度解讀。因為尼克肯定讀了，畢竟他講了那個作家都會寫自己親身經驗的笑話就證實他讀過了，比利完全不質疑這點。

他不在乎尼克是否了解他的童年狀況，就比利所知，尼克已經調查過他的背景了。比利在乎的是保護他的「愚蠢自我」，至少此刻還要掩飾。在他沒有辦法確定這兩、三頁裡，他看起來有沒有「太聰明」之前，他實在無法入睡。於是他檢查起第四遍。

最後他闔上筆電。他覺得這些文字就跟英文成績七十分的學生程度差不多，假設內容都是真的。拼字都拼對了，標點符號也沒錯，但尼克大概會歸功於自動檢查功能。雖然 Word 程式沒辦法分辨can't跟cant的差別，但電腦會把dont改成don't，拼錯的字在會在底下畫紅線，誇張的文法錯誤也會指正出來。他文字裡的時態不太統一，這不打緊，因為這已經超過電腦的能力了……但總有一天，電腦也會挑出這些錯誤來。

不過，他還是心裡七上八下的。

一直以來，他沒有理由不信任尼克，尼克的確是壞人，但他對比利一直是直來直往。現在卻有所隱瞞，不然他就不會否認監控電腦的事，或是一開始根本不會監控電腦。比利覺得這份工作應該還是沒問題，四分之一款項已經入袋，五十萬美金，不簡單，但整件事感覺不太對勁。不是真有什麼問題的感覺，就是有點怪。彷彿就是有時你在電影裡看到的那種鏡頭，攝影機有點歪斜，給人一種扭曲的感覺。電影人稱這種歪斜為「斜角鏡頭」，就是這份工作的感覺：歪斜。不足以取消，其實他答應後，此刻也無法脫身了，但這種感覺足以讓他擔心。

還有尼克忽然提出的逃脫計畫。他是這樣講的：**如果你已經想出得以執行的方案，那就祝你好運，但如果你沒有，我跟喬治歐想出一個也許行得通的主意。**

尼克計畫的問題不在於那是個爛主意，完全不是，那主意很好，但工作完成後消失一直都是比利的責任，而尼克就這樣介入他的責任之中……這樣實在……

「感覺『歪斜』。」比利對著空蕩蕩的廚房講話。

尼克說六週前，也就是這份工作看起來剛成氣候的時候，他派波利‧羅根去梅肯，要他買一臺福特兩截式廂型車，不要買新的，但車齡也不要超過三年。兩截式廂型車是紅峭壁區公共服務車隊的公務車。比利已經見過好幾輛，車身上有黃藍油漆的「我們專門服務」標語。法蘭基在喬治亞州買的咖啡色兩截式廂型車此刻正停在市郊的車庫裡，塗上了「公共服務部門」的顏色與他們的標語。

「我覺得艾倫的引渡就快了。」尼克說。他又啜起白蘭地。「我跟你講的那些傢伙，要額外加入的人，他們已經開始作業了，在廂型車上看起來忙裡忙外的，但實際上什麼都沒有做。永遠不會在一個地點待太久，但總會在法院跟傑拉塔附近出現。這裡待一小時，那裡逗留兩小時。換句話說，就是成為場景的一部分，就跟比利你一樣。」

艾倫抵達那天，尼克說這輛仿冒的公共服務部門廂型車會停在傑拉塔的街角。假的城市工務人員也許會打開一個人孔蓋，假裝在裡頭忙些什麼。開槍後，閃光彈爆炸，路人會四竄。包括傑拉塔裡的人，以及比利．桑默斯，他會一路跑去街角，鑽進廂型車後座，穿上公共服務部門的連身工作服。

「廂型車會繞行法院。」尼克說。「條子已在現場。我的人跟你會衝過去問有沒需要幫忙的地方，在街上擺拒馬什麼的。當時大家都搞不清楚狀況，看起來再自然不過了。你明白嗎？」

比利明白，這個計畫大膽，也行得通。

「條子——」

「大概會叫我們滾蛋。」比利說。「我們是城市工程部門的人，但我們是平民。是這樣嗎？」

尼克大笑鼓掌。「看到沒？誰覺得你蠢就是在放屁。我的人會說，警官，遵命，然後你們就開車閃人。你們一直開。當然要先換車。」

「開去哪裡？」

「威斯康辛州的德皮爾，距離這裡有一千公里遠。那裡有一處安全屋，你待個兩天，放鬆一點，等發錢就查查銀行帳戶餘額，好好想想你要怎麼花這筆錢。之後你就得靠自己了。聽起來如何？」

聽起來很好，太完美了嗎？可能有詐？不太像。如果這場交易裡有誰會被設計，那肯定是肯．

霍夫。對於尼克這意外的提議，比利唯一的問題在於他先前從來不用仰賴其他人才能消失。他不喜歡這種安排，但此刻不是講這種話的時候。

「讓我想想，好嗎？」

「沒問題。」尼克說。「有得是時間。」

3

比利從主臥室衣櫥裡拖出行李箱。他把行李箱擺在床上，拉開拉鍊，看起來空空如也，其實不然。底層內裡上有一層魔鬼氈貼條。他拉起內裡，取出一個小小扁扁的包包。這是聰明人（這種人讀的是比「阿奇」雜誌及超市結帳櫃檯旁小報更複雜的東西）也許會稱為「隨身包」的東西。裡頭有一個皮夾，皮夾裡有駕照以及好幾張信用卡，都是發給佛蒙特州史多地區的一位戴頓・柯提斯・史密斯先生的。

在比利的職業生涯裡，他擁有過許多其他皮夾與證件，沒有一次暗殺一份啦（他都直接說「暗殺」），但至少有個十二份，最近就是這個捏造出來的大衛・洛克維奇。他過往的身分有些不錯，有些沒那麼好。大衛・洛克維奇皮夾裡的信用卡跟駕照的確很不錯，但扁平灰色包包裡的東西更勝一籌，根本是純金打造的。花了五年時間拼湊出來，他當時決定他最終一定會離開這個讓他成為另一個壞人的行業（咱們就老實說吧），於是開始煞費苦心準備。

戴頓・史密斯不只是塞了看似合法駕照的巴克斯頓爵士皮夾，戴頓・史密斯基本上是一個真實的人。萬事達卡、美國運通卡、Visa卡都有經常使用。美國銀行的簽帳金融卡也是。不是每天用，但常刷，這樣帳戶才不會積灰。信用評級不是最好，不然會引來關注，但還是很不錯。

裡頭有他的紅十字捐血卡、社會保險卡，戴頓還有蘋果用戶協會的會員。這裡無須「愚蠢自我」出馬，戴頓．柯提斯．史密斯是自由接案的電腦技術人員，風把他吹到哪，他就去哪兒接報酬豐厚的案子。皮夾裡還有戴頓與妻子的照片（六年前離婚）、戴頓與父母的合照（老套，戴頓青少年時，父母死於車禍），還有他與疏遠哥哥的照片（戴頓發現哥哥在兩千年總統大選投給拉夫．奈德後，兩兄弟就不聯絡了）。

戴頓的出生證明跟推薦信也都在隨身包裡。有些來自他修過電腦的個人與小公司，其他則是在樸茨茅斯、芝加哥、爾灣出租過房子給他的房東。他的幫手是人在紐約的巴奇．漢森，巴奇替他製作了幾封推薦信，巴奇也是比利除了自己之外，唯一信任的人。戴頓．史密斯永遠不會在一個地方待太久，他跟風滾草一樣，持續滾動，但他「就定位」的時候，他是很優秀的房客，乾淨又安靜，總是準時交租。

對比利來說，戴頓．史密斯與他低調但相當真實的身分就跟上頭完全沒有痕跡的雪地一樣美妙。他不願意使用戴頓的身分，這樣會破壞這種美感，但這不就是戴頓．柯提斯．史密斯一開始被打造出來的原因嗎？的確啊。最後一份工作了，「老套的」最後一票，然後比利就能消失進新的身分之中。大概不會下半輩子都用同一個身分，但也是有可能，假設他能毫髮無傷，全身而退，五十萬訂金已經輾轉一番，最後落入戴頓在尼維斯的銀行帳戶裡，這筆錢是尼克沒有耍他的最佳證據。等到工作結束，尾款也會跟著進來。

戴頓的駕照大頭貼是一個男人，年齡跟比利差不多，也許年輕個一、兩歲，但他不是黑髮，而是金髮。而且他有鬍子。

4

隔天早上，比利將車子停在傑拉塔附近的停車場四樓。將外表整理一番後，他朝反方向出發。

這是戴頓．史密斯的首次出行。

城市不大，因此短短的距離都能通往不同的環境。皮爾森街跟主街停車場不過只隔九個街廓，走快一點只要十五分鐘（傑拉塔還近距離矗立在那，清晰可見），那裡的西裝男、喀啦鞋女郎堅守崗位，還在服務生送酒單、菜單過來的餐廳午餐，這裡跟那裡完全是兩個世界。

街角有一間雜貨店，但沒有營業。此處跟每一個凋敗的社區一樣，都是食物荒漠。兩間酒吧，一間關了，另一間看起來只是勉強撐著。一間當鋪，權充了支票兌換與小額貸款業務。稍微遠一點的地方有一道短短的悲慘商店街。一排想要裝出中產階級模樣，但實在不夠檔次的住宅。

比利猜這裡的衰落跟他目標房舍對面街道的那塊空地有關。那是一大片充滿碎石與垃圾的空地。橫跨該處的是生鏽的鐵道，長長的野草與夏天的菊科植物差點淹沒軌道。每隔十五公尺就會有招牌寫著「城市財產」、「請勿擅闖」、「危險勿入」。他看到磚造建築鋸齒狀的殘骸，這裡一定曾是火車站。說不定也有巴士會到，什麼灰狗巴士、路徑巴士跟南方巴士。現在城市陸地的運輸大本營遷至別處，而這片也許在上世紀末還算繁榮的社區，此刻似乎正在經歷某種地方的慢性阻塞性肺病。人行道上有一輛翻覆的購物推車。炙熱微風吹拂比利金色戴頓．史密斯假髮，將襯衫領子吹抵上他的脖子，這陣風也吹動了推車車輪上掛著的破爛男性四角褲。

多數房屋需要上漆，有些屋前立了「待售」的牌子，六五八號也需要重新油漆，但屋前的牌子寫著「裝潢公寓出租」，還附上了房仲的聯絡電話。比利記下電話號碼，然後走上龜裂的混凝土步道，望向一整排的電鈴。雖然只有三層樓，但這裡有四個電鈴。其中只有上面數下來第二個電鈴上有標示姓氏：簡森。他按下電鈴，大白天這個時候家裡應該沒人，但他走運了。

下樓的腳步聲，還稱得上年輕的女性從門上的骯髒玻璃窗望了出來。她看到的是一個身著襯衫與西裝褲的男人，領口扣子沒扣上。他有一頭短短的金髮，嘴上的鬍子修得整整齊齊。他戴了眼鏡，微胖，還不到病態型肥胖的程度，但已經在路上了。他看起來不像壞人，看起來像可以減上十、十五公斤的好人，於是她打開門，但沒有開到底。

比利心想：彷彿我不會闖進妳家門廳，把妳當場掐死一樣。車道跟人行道上沒有停車，這意味著妳丈夫不在家，去上班了，而那三個沒有姓氏的門鈴則強烈暗示了在這棟老舊的仿造維多利亞式建築裡，只有妳一個人在。

「我不跟上門推銷員買東西的。」簡森太太說。

「不，女士，我不是銷售員。我剛來到這座城市，想要找公寓。這裡看起來像是我租得起的地方。我只是想確定這裡是不是個好地方。我叫戴頓．史密斯。」

他伸出手。她意思意思輕輕握了一下，然後就把手抽回去，至少她願意聊聊。「哎啊，你看得出來，這裡不是最精華的地段，最近的一間超市在一．六公里外，但我跟我丈夫是不覺得困擾啦。一些小鬼有時會去對面的廢棄調度場玩，大概是去喝酒、抽大麻了，街角還有條狗，夜裡有一半時間都在吠，但最糟也差不多如此了。」她停頓了一下，他看著她低頭望向不存在的婚戒。「史密斯先生，你晚上不會亂吠吧？我是指派對跟大聲放音樂。」

「不會的，女士。」他笑了笑，碰自己的肚子。假的懷孕肚腩目前消風到六個月大。「但我喜歡美食。」

「因為租約裡有禁止吵鬧的條款。」

「我可以請問妳這邊租多少嗎？」

「那是我跟丈夫之間的秘密。如果你想住這裡，你就得跟雷克特先生談。他是負責這裡的人。街上還有另外兩間屋子……但我覺得啦，這裡比較好。」

「完全可以理解。抱歉我冒昧開這個口。」

簡森太太的態度稍微緩和了一點。「我會告訴你，你不會想住三樓的。那地方熱得要死，就算經常有風從老調度場吹過來還是很熱。」

「我猜是沒有冷氣的意思。」

「你猜對了，但等到冬天的時候，暖氣倒是挺不錯的。當然啦，你得付錢嘛。也要自己繳電費，租約裡都有。如果你之前租過房子，我猜這些事情你都懂。」

「哎呦，怎麼不懂。」他翻起白眼，終於逗笑了她。現在他終於能問出他真正想問的問題。「樓下呢？是不是有地下室？因為好像有個電鈴——」

她燦笑起來。「噢，對，而且地下室很不錯，就跟牌子上說得一樣，有裝潢。不過，你知道，就是基本裝潢。我想租，但我丈夫覺得如果我們申請審核後，也許住起來會太小。我們想要領養孩子。」

比利讚嘆起來。她剛剛揭露了內心重要的一部分，婚姻核心的一部分，她前一刻還不肯透露她跟丈夫付多少房租呢。他之所以問，並不是因為他想知道，而是因為這樣看起來比較真實。

「哎啊，祝你們好運。還有，謝了。如果這個雷克特先生跟我看對眼，也許妳就會更常見到我了。祝妳有愉快的一天。」

「你也是，很高興認識你。」這次她踏踏實實握了手，比利再次想起尼克的話：**你跟人處得來，但又不會太沾黏**。就算你看起來發福，這點也奏效，實在不錯。

他沿著人行道離開時，她叫住他。「我敢說就算天氣很熱，地下室還是涼爽又舒適！希望你順利租到！」

他向她豎起拇指，往市區前進。該看的他都看了，他已經作出決定。他就是要這個地方，而尼克．馬傑利安完全不需要知道這件事。

折返的半路上，他遇上一間小小的商店，販售糖果、香菸、雜誌、冷飲，以及薄膜包裝的拋棄式手機。他買了一支，用現金支付，然後坐在公車站長椅上替手機開機。有必要他就會用，然後再扔掉就好。其他手機也是一樣。總是要做好案子會出事的準備，條子會立刻查出暗殺喬爾・艾倫的人就是大衛・洛克維奇。他們會知道大衛・洛克維奇就是擁有狙擊技巧、擊殺能力的海軍陸戰隊退伍老兵威廉・桑默斯[12]的化名。他們也會挖出桑默斯與肯尼斯・霍夫有關，這傢伙就是設計好的代罪羔羊。他們不能知道的是又名大衛・洛克維奇的比利・桑默斯，能夠化身成戴頓・史密斯。這點也絕對不能讓尼克知道。

他打電話給人在紐約的巴奇・漢森，請巴奇把標註「保險」的盒子寄到常綠街的地址。

「所以確定啦？你真的要退休啦？」

「看來是喔。」比利說。「但我們之後再聊。」

「沒問題。只是要確定不是從什麼鳥不拉屎的小城監獄打來的付費電話就好。老大，你是我兄弟。」

比利掛斷電話，又撥通另一個電話號碼。他打給雷克特，負責出租皮爾森街六五八號的地產經紀人。

「我知道那裡有裝潢，但包括無線網路嗎？」

「等我一秒鐘。」雷克特說，但感覺像是過了整整一分鐘。比利聽到紙張窸窸窣窣的聲音。最後雷克特開口：「有，兩年前裝的，但沒有電視，你得自己準備。」

「行了。」比利說。「我想租。我去你辦公室一趟，如何？」

「我可以跟你約在房子那裡，帶你看看。」

「不需要。我只是想在這附近時有個地方可以待而已。也許會待上一年，也許兩年。我經常

出差。重要的是附近街坊看起來很安靜。」

雷克特大笑。「自從他們拆掉車站後，就靜得不得了囉。不過那邊的人也許會願意犧牲一點安靜，換取一些商業活動。」

他們約好下週一見面時間，比利回到停車場四樓，他的 Toyota 停在監控攝影機的死角。前提是，如果這些攝影機還拍得到東西的話啦，比利覺得攝影機很老舊了。他摘下假髮、鬍子、眼鏡，最後是假懷孕肚皮。他把東西塞進後車廂，走了短短的路程回傑拉塔。

他即時趕回來在墨西哥餐車上買捲餅吃。他跟五樓的律師吉姆・歐布萊特、約翰・科頓一起吃。他看著「商業解方」的花俏公子柯林・懷特。今天身著水手服的懷特特別可愛。

「那傢伙。」吉姆歡笑著說。「實在很花俏吧？」

「的確。」比利附和道，心想，花俏又跟我身高相仿。

5

週末的雨下個沒完。週六一早，比利前往沃爾瑪，買了兩個便宜的行李箱，以及一堆戴頓・史密斯穿得下的便宜衣物。他用現金支付，現金讓人健忘。

下午，他坐在黃色小屋的門廊上，看著前院的草地。不只是看看而已，是欣賞，因為他差不多看得到新苗冒起。這不是他家，也不是他的鎮或州，他會不帶一絲後悔扭頭離開，但他還是對自己的「手工活」感到驕傲。草坪大概還需兩週才要修剪，也許可以撐到八月底，但他有得是時間。

12 比利是威廉的暱稱。

而當他穿著運動短褲、無袖T恤（也許是汗衫），鼻子上抹了氧化鋅油膏，忙著除草的時候，他就會更近一步屬於這裡。融入在場景之中。

「洛克維奇先生？」

他望向隔壁。艾克曼家的兩個孩子德瑞克跟夏妮絲站在他們家門廊上，透過雨勢望著他。開口的是男孩。「我媽做了糖霜餅乾，她要我們問你，你要不要吃一點？」

「聽起來不錯。」比利說。他起身穿過大雨。八歲的夏妮絲非常自然地逕自牽起他的手，帶他進屋，室內彌漫著現烤餅乾的香氣，害比利肚子都餓了起來。

房子不大，整齊乾淨。客廳裡有一百幅裱框照片，霸佔精華地段的鋼琴上也有十幾張。進了廚房，柯琳·艾克曼正把烤盤從烤箱中取出來。「嗨，鄰居。你要毛巾擦頭髮嗎？」

「謝了，我不用。閃躲了雨滴呢。」

她大笑起來。「那吃塊餅乾。孩子要配牛奶，你要一杯嗎？如果你要，還有咖啡。」

「牛奶就可以了，一點點就好。」

「兩口？」她微笑著說。

「聽起來差不多。」微笑應對。

「那坐吧。」

他跟兩個孩子坐在一起。柯琳將一盤餅乾放在餐桌上。「小心點，還很燙。你帶回家的等下一盤，大衛。」

孩子抓起就吃，比利拿起一塊，香甜可口。「柯琳，很好吃，謝謝妳。太適合雨天了。」

她給兩個孩子大杯牛奶，比利小小一杯。她自己也倒了一小杯，然後加入他們的行列。雨滴在屋頂上叮叮咚咚的。一輛車嘶嘶駛過。

「我知道你的書是最高機密。」德瑞克說：「但──」

「滿嘴食物不要講話。」柯琳勸戒。「餅乾屑噴得到處都是。」

「我沒有。」夏妮絲說。

「對，妳幹得棒。」柯琳說，然後瞥了比利一眼：「是幹得好。」

德瑞克完全沒有注意用字遣詞。「但跟我說說，裡頭有血嗎？」

比利想起下雨鮑伯向後飛開。他想起妹妹肋骨全斷，對，每一根都斷了，還有她被踐踏到坍塌的胸口。「沒有，沒有血。」他咬起餅乾。

夏妮絲伸手拿下一塊。「妳可以再吃一塊。」她媽說。「再一塊。德瑞克，你也是，其他的給洛克維奇先生，還要留著晚點吃。你們知道你們老爸多愛這個。」她又對比利說：「傑莫一週工作六天，加班加不停。我們上班時，法西歐夫婦會盯著這兩隻。這裡環境不差，但我們會留意更好的地段。」

「著眼更好的地方。」比利說。

柯琳大笑，點點頭。

「我才不想搬家。」夏妮絲說，然後用孩子迷人的自豪語氣說：「我有朋友。」

「我也有。」德瑞克說。「嘿，洛克維奇先生，你會玩大富翁嗎？我跟夏夏要玩，但只有我們玩很蠢，媽又不肯玩。」

「媽不玩是對的。」柯琳說。「世界上最無聊的遊戲，沒有之一。今晚找你爸玩吧，如果他不累的話，他會陪你們玩。」

「那還要好久。」德瑞克說。「我現在就無聊了。」

「我也是。」夏妮絲說。「如果我有手機，我就可以玩『天天過馬路』。」

「明年再說。」柯琳翻起白眼，比利因此覺得女孩已經吵著要手機好一陣子了。也許從五歲就開始了。

「你會玩嗎？」德瑞克問，但一副不抱希望的模樣。

「我可以玩。」比利說，然後他靠上餐桌，直盯著德瑞克·艾克曼的雙眼。「但我得先警告一聲，我很厲害，而我要玩就要贏。」

「我也是！」德瑞克露出了牛奶鬍子的笑容。

「我也是！」夏妮絲說。

「我不會因為你們是小孩我是大人就放水。」比利說。「我會用我的租屋重創你們，用我的飯店斬殺你們。如果我們要玩，你們最好先清楚這點。」

「好！」德瑞克跳了起來，差點打翻剩下的牛奶。

「好啊！」夏妮絲高喊，也站了起來。

「我贏，你們就不要哭！」

「才不會！」

「不會！」

「好，只要我們先把話說好就好。」

「你確定嗎？」柯琳問他。「那遊戲，我發誓可以玩上一整天。」

「只要有我擲骰子就不可能。」比利說。

「我們去樓下玩。」夏妮絲再次牽起他的手。

樓下跟比利自己的地下室尺寸差不多，但這裡只有半個男人窩。傑莫在那一半搞了作工的空間，工具都固定在牆上。有一臺帶鋸機，比利看到開關上鎖了一枚掛鎖，他認同這種做法。孩子那一半則扔滿玩具跟著色簿。小小的電視機連接著插卡帶的廉價遊戲機。比利覺得這玩意兒看起來像二手市集買的。桌遊堆在牆邊。德瑞克拿了大富翁那一盒，放在孩童尺寸的桌子上。

「洛克維奇先生太大了，沒辦法坐椅子。」夏妮絲聽起來很失落。

「我坐地上就好。」比利將椅子拉開，坐在地上。剛好有空間可以盤腿。

「你要哪個棋子？」德瑞克問。「只有我跟夏夏的時候，我會用賽車，但如果你要，賽車可以給你。」

「不用。夏夏，妳要用什麼？」

「頂針。」她說，然後又不情願地說：「除非你要？」

比利選了高禮帽。遊戲開始。四十分鐘後，再次輪到德瑞克時，他喊起他媽。「媽！我需要建議。」

柯琳下樓，雙手扠腰站著，觀察起遊戲的局勢以及大富翁財富的分配狀況。「我不想說你們兩個小傢伙麻煩大了，但你們真的麻煩大了。」

「我警告過他們了。」比利說。

「小德，你要問我什麼？記住你老媽我年輕時的家政學差點被當。」

「哎呦，我的問題如下。」德瑞克說。「他有兩個綠色的，太平洋跟賓州，但我有北卡。洛克維奇先生說我出九百，他就賣我。這是我買時的三倍價格，但……」

「但？」柯琳說。

「但？」比利說。

「但那他就可以在綠色區塊蓋很多房子了。他已經在公園大道跟百老匯蓋飯店了！」

「所以呢？」柯琳說。

「對啊，所以呢？」比利說，還笑不攏嘴。

「我得去一下洗手間，反正我快破產了。」夏妮絲邊說邊起身。

「蜜糖，上廁所不用詔告天下，只要說『失陪』就好。」

夏妮絲用同樣自豪的語氣說：「我要去化妝室補補妝，好嗎？」

比利忍俊不住，柯琳也跟著笑。德瑞克沒留意，他端詳著遊戲局勢，隨後抬頭望向他媽。「賣還是不賣？我快沒錢了！」

「這是沒有選擇的選擇。」比利說。「這意味著你可以把握良機，還是要堅持己見。小德，這件事你知我知就好，我覺得你橫豎都會輸。」

「親愛的，我覺得他說得對。」柯琳說。

「他運氣超好的。」德瑞克對他媽說。「他停在『免費泊車』上，在那邊賺了一堆錢，超多的。」

「加上我很會玩。」比利說。「承認吧。」

德瑞克想要展現怒容，但糾結不了久。他拿出有綠色條紋的地契。「一萬二。」

「成交！」比利高喊，奉上現金。

二十分鐘後，兩個孩子破產，遊戲結束。比利起身時，他的膝蓋關節發出喀啦聲，兩個孩子笑個不停。「你們輸了，所以要把東西收起來，對嗎？」

「爹地也是這樣說的。」夏妮絲說。「但他有時會讓我們贏。」

比利笑著低下頭，說：「我不放水的。」

「大惡棍。」她說，但雙手掩不住她的笑容。

身穿黃色雨衣的丹尼．法西歐叮叮噹噹下了樓，連忙解開拆開像漏斗一樣的鞋套。「我可以玩嗎？」

「下次吧。」比利說。「我的政策是一個週末只『修理』小孩一次。」

這只是玩笑話，這些孩子也許會覺得他太輕蔑，但他忽然看到散落在拖車屋烤箱前的烤焦餅乾，還有下雨鮑伯打著石膏的那隻手揮上凱瑟琳的臉，一切頓時就不怎麼好笑了。三個孩子覺得好笑，於是笑個不停。他們都沒有看過手臂上有褪色美人魚的醉醺醺山怪，一腳一腳踏在他們的妹妹身上。

回到樓上，柯琳把那包餅乾交給他時，說：「謝謝你讓他們度過一個充滿歡笑的雨天。」

「我也很開心。」

的確，開心的情緒蔓延到快結束的時候。到家後，他把餅乾扔進垃圾桶。柯琳．艾克曼的烘焙手藝不錯，但他現在實在無法去想吃餅乾的事。他連看都沒有辦法看那些餅乾一眼。

6

禮拜一，他去找房屋仲介，辦公室位在距離六五八號三個街廓外的悲慘短短商店街上。莫頓．雷克特的辦公室是一處小小的兩房空間，夾在日光沙龍跟「海盜旗刺青舖」之間。停在前方的是一輛藍色運動型多功能休旅車，車齡不小，車身上有一個黏上去的招牌（雷克特地產公司），另一側則是長長的刮痕。這位先生仔仔細細研讀起戴頓．史密斯精心製作的推薦信，然後連同租約一起交給他。比利要簽名的地方已經用黃色螢光筆標示出來。

「你可以說是有點高於市價。」雷克特開口，彷彿比利提出什麼異議了一樣。「而你也沒錯，但只有高一點點，基於裝潢跟無線網路。加上晚上六點以後才能在街邊停車，車道真的很方便。當然，你得跟簡森一家人共用——」

「我打算多數時間把車子留在公有停車場，我可以運動一下。」他拍拍假肚皮。「就我看來租金是真的高了一點，但我想租。」

「沒見過這種事。」雷克特讚嘆起來。

「簡森太太很吹捧地下室。」

「啊，明白了。總之呢，我們達成共識了嗎……」

比利在表格上簽字，以戴頓．史密斯的身分開出第一張支票，包含第一個月跟最後一個月的租金，還有誇張至極的押金，廚具、餐具最好都是名牌高檔貨，檯燈也最好有蒂芬尼藝術玻璃燈罩。

「搞資訊科技的，是嗎？」雷克特將支票放進辦公桌抽屜裡。他將寫著「鑰匙」的信封從桌子另一端推過來，然後用力敲打起他的老桌上型電腦，力道之大彷彿是在抽一條一無是處的狗。

「這東西就是不聽使喚，你可以幫幫忙。」

「我下班了。」比利說。「但我可以給你一點建議。」

「什麼建議？」

「在資料通通損毀之前，先換新的。你會幫我接通暖氣、電力、水跟網路吧？」

雷克特笑了笑，彷彿是給了比利什麼大禮。「沒，兄弟，你要自己去聯繫。」然後伸出手。

比利實在很想問雷克特到底幹了什麼可以抽佣金，租約顯然就只是加上地點細節的網路列印範本而已，但他在乎嗎？一點也不啊。

7

比利很想回到他的故事裡（現在稱其為「一本書」還言之過早，也許也不是個好兆頭），但他還有事要做。週二銀行開門時，他去南方信託提了存在大衛．洛克維奇帳戶裡的一點零用錢。

他去三間不同的連鎖商店買了三臺筆電，全付現金，都是 All Tech 這種沒沒無聞的便宜貨。他也買了一臺廉價的桌上型電視。這個是用戴頓．史密斯的信用卡付的。

他的下一件待辦事項是租一輛車。他把他身為大衛．洛克維奇開的 Toyota 停在城市另一端的停車場裡，他不希望傑拉塔的人看到他打扮成戴頓．史密斯的樣子。機會不大啦，所有的工蜂白天整天都該在蜂巢裡辛勤工作，但就算風險很小，冒這種險也是太蠢了一點。人就是這樣露餡的。

他穿戴好假髮、眼鏡、鬍子、肚腩，就叫起 Uber，要求前往城市西郊麥考伊的福特汽車門市。他租了一臺福特 Fusion，簽約簽了三十六個月。租車人員提醒他，要是他一年開超過一萬七千公里，他們就會額外收一個超過里程的費用，而且不便宜。比利懷疑他可能不會開超過五百公里。重點在於比利有一臺車，而尼克知道這輛車存在，戴頓．史密斯也有一臺車，但尼克不曉得這輛車存在。這是為了預防尼克打算搞什麼小動作，但不止這個原因。這樣可以讓戴頓．柯提斯．史密斯與法院階梯上發生的事情保持距離，保持他的清白。

比利將新車停在舊車旁邊（不同停車場，同一層樓的監視死角），花了點時間將電視跟新筆電送上 Fusion。還有他昨晚深夜堆在 Toyota 後車廂裡的便宜行李箱，裡頭全是沃爾瑪的廉價服飾。他將 Fusion 開去皮爾森街六五八號，將車停在車道上，就是基本的窄短柏油地面，中間還長草。他希望簡森太太看著他搬進來，而他果然沒失望。

戴頓．史密斯會注意到她從二樓窗戶望下來嗎？比利覺得不會。戴頓是個電腦阿宅，迷失在自己的世界裡。他掙扎了一番，將兩個行李箱重重放到地上，用新鑰匙開門鎖。走下九個階梯，他就抵達戴頓．史密斯的新家，他拿出另一把鑰匙。開門就是客廳。他將包包扔在工廠量產的地毯上，到處參觀起來，一一檢視起這四個房間，不，是五個，如果加上浴室的話。

雷克特是這麼說的：「裝潢不錯。」才怪，但也不算太差。他想到「一般般」這個字眼。一張雙人床，比利躺上去，有聲響，但至少彈簧沒有冒出來戳到他，所以算是優點。安樂椅擺在桌子前面，這張桌子眼顯然就是用來擺放他在「折扣電器行」買的那種小電視的。椅子還算舒適，但斑馬紋完全是噩夢。他得用些東西遮擋一下。

整體來說，他喜歡這個地方。他走向窄窄的窗戶，窗口跟外頭草坪一樣高，比利心想：基本上跟從潛望鏡看出去沒兩樣。他查看窗外，不知怎麼，感覺滿愜意的。他喜歡央林區的鄰居，特別是隔壁的艾克曼一家，但他覺得他更喜歡這個地方。這裡感覺安全。老舊沙發看起來也很舒適，他決定他會把沙發搬到斑馬紋安樂椅目前的位置，這樣他就能看著窗外。人行道上經過的人也許會望向房子，但多數人都不會低頭去看地下室的窗戶，而注意到他在看他們。他心想：這是一個巢穴。如果我要潛伏，這裡才是我該待的地方，不是什麼威斯康辛州的安全屋，因為這個地方貨真價實存在於地下——

他身後傳來一陣敲門聲，只是輕輕的敲。他轉頭看到簡森太太站在他啟開的門口，手指隨意擺弄起門把。

「你好，史密斯先生。」

「噢，嗨。」他的戴頓．史密斯聲音比比利．桑默斯、大衛．洛克維奇聲音還要高一些。有點喘息聲，大概有點氣喘。「簡森太太，被妳抓到我在搬家了。」他比了比他的行李箱。

「既然我們要當鄰居，你何不叫我貝芙莉呢？」

「好，謝了，那我是戴頓。抱歉不能泡杯咖啡什麼的給妳，還沒補給——」

「我完全明白，搬家太瘋狂了，是吧？」

「的確如此。好處是因為我經常出差，所以我沒有太多東西。這輩子見到的汽車旅館也太多

了。這週接下來還要去內布拉斯加的林肯跟奧馬哈。」比利發現，只要你謊稱你都去二流城市出差，還強調經濟划算，人家就會相信你。「我還有一些東西要拿進來，如果妳不介意的話——」

「需要幫忙嗎？」

「不，我沒事。」然後，他彷彿又考慮了一下。「這個嘛……」

他們去外頭車邊。比利將三臺廉價電腦交給她，她抱著箱子，看起來像達美樂的外送小姐。

「老天，我最好別弄掉這些，都是全新的，大概價格不菲。」

全部只值差不多九百塊，但比利沒有糾正她。他問會不會太重。

「少來，比一籃子溼衣服輕多了。你要把這些東西安裝起來是不是？」

「等到電一通，我就來弄。」比利說。「我就是這樣做生意的，至少一部分啦，我主要會委外進行。」「委外」也是那種聽起來好厲害，但可能沒有實質意義的字眼。他抱起裝電視的紙箱。他們沿著人行道走，穿過大門，踏下階梯。

「你稍微弄好後就上來吧。」貝芙莉．簡森說。「我來泡咖啡。如果你不介意，我還有一個擺了一天的甜甜圈。」

「我絕對不會拒絕甜甜圈。簡森太太，謝謝妳。」

「是貝芙莉。」

他笑了笑。「對，是貝芙莉。再提一個行李箱下來，我就去找妳。」

拿下來之後，就用這部電話打了幾通戴頓．史密斯會打的電話。等到他在簡森家的二樓公寓喝咖啡、吃甜甜圈，假裝入迷聽著貝芙莉詳述起她丈夫跟他老闆的問題時，他新住所的電就來了。

巴奇將標記為「保險」的箱子寄了過來。戴頓．史密斯的 iPhone 在裡頭，比利將車上東西都

他那位在地平面之下的巢穴。

8

他在六五八號待到兩點多，拿出廉價衣物，打開廉價電腦，然後去一．六公里外的布夏爾連鎖超市買東西。除了半打雞蛋跟一些奶油之外，他都選擇不會壞的東西。他主要買的是他不在時可以放的東西，罐頭食品跟冷凍晚餐。三點鐘，他開著租來的福特 Fusion 回到二號停車場的四樓，確定沒人注意到他，他才摘下眼鏡跟假鬍子。拿下假肚皮真是一種解脫，他發現如果不想長疹子，他得拍點爽身粉才行。

他將 Toyota 開回一號停車場，然後回到傑拉塔五樓。他沒有寫他的故事，也沒有用電腦打電動。他只是坐在椅子上思考。辦公室裡沒有步槍，最致命的物品是小廚房抽屜裡的水果刀，這不打緊。比利也許還要好幾週，甚至好幾個月才會需要槍枝。畢竟，暗殺行動也許根本不會發生，而這樣很糟嗎？就收入上來說的確，他會失去一百五十萬美金，至於已經入袋的五十萬，負責下暗殺命令的人（也就是尼克居中牽線的人）會想把錢索回去嗎？

「那就祝你好運囉。」比利說，然後大笑起來。

9

比利拖著腳步走回停車場的時候，他滿腦子想的都是重婚這件事。

他沒有結婚過，更遑論同時與兩個女人結婚，但他此刻明白那是什麼樣的滋味了。用一個詞來形容，就是好累。他過著不只兩種生活，而是三種。對尼克跟喬治歐（還有他討厭的肯．霍夫）來說，他是名為比利．桑默斯的受雇殺手。對傑拉塔的人來說，他是想紅的作家大衛．洛克維奇，對央林區常綠街的居民也是。如今，在皮爾森街（距離傑拉塔九個街廓，距離央林區有安全的六．

五公里處），他是一個過胖的電腦人才戴頓．史密斯。

想到這裡，他甚至還有第四個身分，那就是班吉．康普森，班吉跟比利有足夠的不同之處，這樣比利才能回顧他平時逃避的痛苦回憶。

他開始在他確定（他很確定）內容遭到複製監控的筆電上寫班吉的故事，他認為這是一項挑戰，因為這是傳說中的「最後一票」，但他現在明白背後有更深刻、更真實的原因，那就是，他希望有人讀他的故事。任何人都好，就算只是尼克．馬傑利安跟喬治歐．朱利耶尼這兩個拉斯維加斯的壞傢伙也好。現在他明白了（他以前沒嘗試過，甚至想都沒想過），每一個公開自己作品的作家都是在惹危險上門，這就是其中的魅力——**看我，這是我的本質，我一絲不掛，我坦誠相見。**

他接近停車場門口，心裡想著這些事情的時候，有人輕點他的肩膀，害他嚇一大跳。他轉頭看到會計事務所的女員工菲莉思．史坦霍普。

「抱歉。」她向後退了一步。「我不是有意要嚇你的。」

她是不是在這毫無防備的瞬間看透了什麼？真正的他一閃而過？所以她才往後退？也許吧，假設如此，他就嘗試用輕鬆的微笑與實話打發過去。「沒事，只是我的思緒在很遠很遠的地方。」

「在想你的故事？」

在想重婚這件事。「沒錯。」

菲莉思到他身邊一起前進。她的手提包掛在肩上，她也背了一個上頭有海綿寶寶圖案的小孩後背包，將她的「喀啦鞋」換成白襪與運動鞋。「午餐時沒見到你，你在辦公室吃飯嗎？」

「我去外頭轉轉，還在適應環境。加上，我跟我的經紀人長談了一下。」

他的確跟喬治歐談過，但沒有聊多久。尼克回拉斯維加斯了，但喬治歐住進了假豪宅，還帶來兩個新人，雷吉跟德納。比利覺得尼克跟喬治豬爺沒有打算搞團體戰輪番對付他，但這項生意對他們來說是很大一筆，如果他們不謹慎一點，比利會很意外。說真的，超驚愕的。他們真正要盯的人其實是肯．霍夫，等著出事的替死鬼。

「再說，就算作者不在位置上，他也在工作啊。」他用手指點了點太陽穴。

她回應他的微笑，非常燦爛。「我敢說他們都是這麼講的。」

「事實是我似乎遇上了一點瓶頸。」

「也許是因為換環境。」

「說不定喔。」

他不覺得自己真的遇上了什麼瓶頸，他只是在第一次動筆之後就沒有再寫，但剩下的內容都在他的腦袋裡，等著他寫出來而已。他的確想寫，那個故事對他意義深遠。寫那則故事不像寫日記，不是用來接受生命裡的確有很多不愉快與創傷時刻的，而且雖然裡頭有很多自白，但目的也不是為了懺悔。寫作的重點是力量，他終於能夠在槍管之外感受到力量。如同他新公寓跟地平面一樣高的窗戶景色一樣，他喜歡這種感覺。

「總之呢。」他們已經抵達停車場入口了，他說：「我打算緩一緩，明天再開始。」

她揚起眉毛。「昨天吃果醬，明天吃果醬——」

他跟著異口同聲地附和起來：「但今天永遠沒果醬吃！[13]」

「不管怎麼說，我都很期待想讀你的書。」他們走上坡道，曬過街道上的大太陽之後，室內涼爽舒適。她停在第一個彎道一半的地方，說：「我到了。」她按下遙控鑰匙，一輛小小藍色油電混合車 Prius 後車燈亮了起來。她的車牌左右各有兩張貼紙，寫著：「我們的身體，我們的選擇」以及「相信女性」。

「妳那貼紙會被人摳掉。」比利說。「這是共和黨傾向很明顯的州。」

她將包包提到面前，露出微笑，這不是先前那種燦爛的笑容，而是不懷好意、賊賊的笑。「這裡也是允許隱密持槍的州，所以誰想用鑰匙摳掉我的保險桿貼紙，他們最好趁我不在的時候動手。」

她是在裝樣子嗎？嬌小的會計女郎在她可能感興趣的男人面前佯裝狠角色？也許是，也許不是。無論如何，他都很欣賞她能挺身支持自己的信念。因為這樣很勇敢。因為好人就該如此。至少他們活出自己最好一面時就是這樣。

「哎啊，那咱們改天校園見了。」比利說。「我還要上去幾層。」

「近一點找不到位置？認真？」

他大可以說那是因為他今天比較晚進來，但這個謊之後可能會露餡，因為他永遠停在四樓。他豎起拇指。「樓上被人撞後肇事逃逸的機會比較小。」

「或是保險桿貼紙被人摳掉？」

「我沒有貼紙。」比利說，然後又加上了大實話：「我喜歡低調一點。」最後，出於衝動（他很少會衝動），他說出承諾自己不會講的話：「改天一起去喝一杯？要嗎？」

「好啊。」完全沒有遲疑，彷彿就在等他開口。「禮拜五怎麼樣？兩個街廓外有間店不錯。我們可以各付各的，每次跟男人喝酒時，我都會各付各的。」她停頓了一下，又說：「至少第一次是這樣。」

13 出自《愛麗絲夢遊仙境》續集《魔境夢遊：時光怪客》，愛麗絲替白皇后做事，白皇后承諾她昨天跟明天都有果醬吃，偏偏今天沒有，以這句話來形容無法兌現的空洞承諾。

「大概是個好政策。菲莉思，開車小心。」

「菲菲，叫我菲菲。」

他朝著她的車尾燈揮了揮手，然後繼續走到四樓去。有電梯，但他想走一走。他想問問自己，他到底為什麼要幹這種事？或是，為什麼要跟德瑞克、夏妮絲．艾克曼玩大富翁，特別是，他知道他們肯定會在週末再戰，而他也會乖乖配合？什麼友善，但距離不要太近的規矩呢？你已經在臺前了，還能融入背景之中嗎？

簡單的答案是不行。

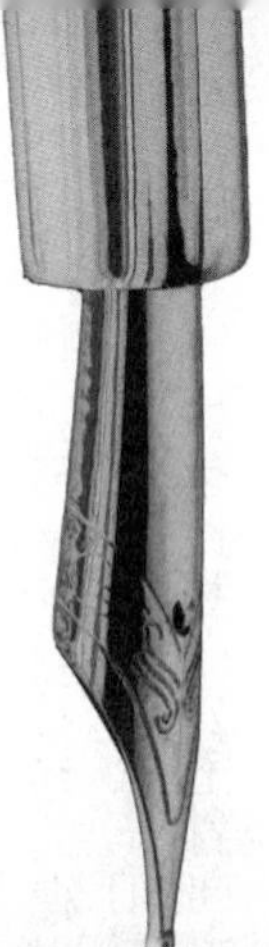

CHAPTER 6

1

夏日滾滾前進。偶爾穿插在潮溼、炙熱陽光間的是忽然的雷雨，有時還有邪惡的冰雹突襲。兩回龍捲風，但都在市郊，沒有發生在市區或央林區。風暴席捲過後，在街道留下的熱氣也會迅速蒸散。傑拉塔的樓上公寓套房大多空空如也，要麼是沒租出去，要麼是租客跑去涼爽一點的地方了。多數辦公室則還是員工滿滿，因為這些企業都是新創公司，還在努力站穩腳跟。有些公司，像是比利辦公室對面走廊的法律事務所，就是兩年前根本不存在的年輕企業。

比利跟菲菲．史坦霍普的確去氣氛怡人的木板裝潢酒吧喝了一杯，比利猜隔壁就是紅峭壁區比較高檔的餐廳，店內招牌菜是牛排的那種地方。她喝威士忌加蘇打水（「我爸在喝的」，她說），比利則喝無酒精的阿諾．帕默，還解釋起他寫書時不喝酒，連啤酒也不沾。

「我不確定算不算酒鬼，這還沒個定論。」他說。「但酒精給我惹了不少麻煩。」他講起尼克與喬治歐編織的背景故事，在老家新罕布夏州跟其他派對動物朋友喝了太多。

他們過了還算愉快的半個小時，但他感覺到她對他的興趣似乎沒有他期待的高（如果是超過朋友的那種興趣啦）。他覺得這是因為他們杯中物的不同所致。跟一個只喝冰檸檬茶混合物的男人喝威士忌，其實就跟獨飲沒兩樣，而且（從她喝酒後迅速在臉頰冒起的紅暈也許說明）菲菲本身就有酒精問題，也許會在未來幾年間爆發。人生就是如此，實在不太妙，因為他不會介意與她發生關係，但他會保持朋友關係，這樣才不會把事情搞得太複雜。他不會跟她一起消失（他們雙方的確對彼此有這種好感），但鑑識單位絕對不會在她的臥房裡找到他的指紋。這樣很好，對他們都好。不過，就算只是拉近距離，交換簡單的生命故事（她的為真，他的為假）還是太貼近了，而他很清楚這點。

戴頓．史密斯的背景故事沒有酒精問題，所以他可以在皮爾森街六五八號的後門門廊跟貝芙莉的老公一起喝啤酒。唐納．簡森在一間名為「生長企業」的造景公司工作。他跟另一個唐納有志一同，也就是待在賓夕法尼亞大道一六〇〇號那棟「白色房子」裡的唐納。他特別同意那個唐納的移民觀點（「不想看到美國變成咖啡色的。」他說），明明「生長企業」裡一堆不會講英文的非法移民（「哎啊，但他們會講『食物券』。」他說）。比利指出這矛盾之處時，唐納．簡森只是簡單打發（「電影明星來來去去，但墨西哥佬永遠不滾。」他是這麼說的）。他問比利接下來要去哪裡，比利說他會在愛荷華城待上兩週，然後去德梅因跟艾姆斯。

「你顯然不會在這裡待太久。」唐納說。「看來租房子就是在浪費錢。」

「我夏天都比較忙。而且我需要有地方可以掛帽子啦。秋天的時候你就會比較常見到我了。」

「那就乾一杯。還要啤酒嗎？」

「不，謝了。」比利起身。「我還有工作要做。」

「書呆子。」唐納說，還熱情地拍了拍他的背。

「被你抓到啦。」比利說。

回到常綠街，雷根蘭夫婦（保羅與丹妮絲）邀請他過去吃「大咯咯」賣的烤雞，甜點是丹妮絲親手做的草莓奶油蛋糕，太美味了，比利吃了兩份。法西歐夫婦（彼得與黛安）邀請他週五過去吃比薩，他們在地下室遊戲室吃，還跟丹尼．法西歐、對街的艾克曼家兩個孩子一起看《法櫃奇兵》。他們看得很開心，就跟當年比利跟凱瑟琳一起去老寶珠三輪戲院看得時候一樣開心。傑莫與柯琳．艾克曼找他去吃塔可餅跟巧克力慕斯派，太美味了，比利吃了兩份。他胖了三公斤。不希望看起來總是免費吃人家的，他跑去沃爾瑪用大衛．洛克維奇的信用卡買了一個烤爐，然後邀請這三家人，加上住在街廓盡頭的寡婦珍．凱洛格，一起來他家後院享用漢堡與熱狗。他家後院跟前院草坪一樣，在他的監督下都「有所成長」。

週末大富翁競賽繼續。現在這遊戲將不只是常綠街，而是把住在附近的孩子通通吸引來了，大家都爭著要推翻常勝軍。比利通通讓他們輸到脫褲。某個週六，傑莫．艾克曼坐進遊戲桌，要求要用賽車當他的象徵（他笑著對比利說：「美國白人，好膽就來。」）。他是比孩子難搞一點，但也就一點點。七十分鐘後，他破產了，比利得意洋洋。最後終於將他拉下王座的人是柯琳，時間是開學前的最後一個週六。比利宣告破產時，每個孩子都拍手叫好。比利也是。柯琳鞠躬，然後拍下桌上的遊戲局面，比利很謹慎，沒有入鏡。是說這不重要啦。現在是手機鏡頭的時代，他很確定德瑞克拍過他，丹尼．法西歐大概也有他的照片。艾克曼家的孩子一邊鼓掌，一邊用明亮的雙眼看著比利。這種遊戲對德瑞克、夏妮絲變得很重要，對其他孩子也是，但對他們兩個尤為重要，因為遊戲首度展開的那個週六，他們就在場了。他對他們來說變得很重要，而他注定會讓他們失望。他不相信（或該說，無法，或拒絕相信）在他暗殺喬爾．艾倫後，他們會因此心碎，但他知道他們會驚嚇，會震驚，幻想破滅，感覺「歪斜」。他可以告訴自己，就算他不讓他們幻滅，其他人也會，但這不是藉口。好人是不會做這種事的。不過現實已經無法改變。他越來越希望艾倫不會引渡，死在獄中，甚至逃獄，讓整起刺殺無法進行。

如果天氣不熱，週間他會在傑拉塔的廣場用餐。他決定要跟打扮花俏的柯林．懷特混熟一點。懷特不只是刻板印象裡的男同志，更像諷刺文本中的人物，活脫是從八零年代情境喜劇裡走出來的貨色。他講話充滿氣音，手勢誇張到不行，還有超級浮誇的「我的老天啊」白眼。他會叫比利「達令」與「蜜糖派」，比利習慣後，他發現這個男人其實很聰明，反應快又尖銳。而當那兩顆眼珠子沒有翻起時，察言觀色的角度其實相當銳利。在暗殺之後，大家對於大衛．洛克維奇會有各種描述。有些，包括菲莉思．史坦霍普的說詞會很貼切，但比利認為這個男人的說法會最為準確。

他打算利用柯林·懷特，但同時又得提防這個人。比利有他的「愚蠢自我」，他覺得柯林·懷特有「傻呼呼神經大條自我」。畢竟同類才會懂。

有天，中午陽光正烈，他們坐在廣場長椅上時，比利問起，柯林看起來就是個好人，更別說跟老阿姨的復活節帽子一樣「gay」，但他又是怎麼工作，連哄帶騙要債務人吐出欠款的？柯林用一手擋住臉，用大大的眼睛純真地望向比利，然後說：「這個嗎……我就這樣……變身了。」他放下手，（用淺淺脣蜜強調的）愉快的笑容消失，悠揚的語氣也沒了。今天柯林·懷特穿了金色的降落傘褲、高領變形蟲襯衫，嬌小的他居然發出火大律師的聲音。

「女士，我不知道妳場面話講給誰聽，我是免疫就對了。妳的時間已經到了。想留住妳的車？因為如果電話掛斷時，我什麼也沒得到，我指的是超越口頭承諾的東西，我的下一通電話就會打給我們合作的回購公司。想哭就哭，我也是免疫。」他的語氣非常認真。「十分鐘內，我要在我的螢幕上看到六十塊進帳，至少要有五十，這還是因為老子今天心情特別好。」

他打住，用（眼線稍微放大的）大眼睛看著比利。「這樣你有比較理解了嗎？」

的確有。沒有幫助的是比利無法理解這樣柯林·懷特算是好人還是壞人，也許兩者都算？比利總覺得一個人同時擁有善與惡的特質是令人不安的概念。

2

那年夏天，他的「經紀人」會傳訊息到大衛·洛克維奇的手機，有時一週一次，有時一週兩次：

羅素：**你的編輯還沒有看你最新的稿子。**

羅素：**我打給你的編輯，但他不在。**

羅素：**你的編輯還在加州。**

就這樣。他在等的訊息，代表加州法官同意讓艾倫引渡的訊息會這樣寫：**你的編輯決定出版了**。比利收到後，就可以開始最後的準備工作。

喬治歐的最後一條訊息會是：**支票在路上了**。

3

尼克在八月中從拉斯維加斯回來。他打電話給比利，要他天黑後來假豪宅一趟，他根本不用特別吩咐「天黑後」。九點半，他們坐下，用起很晚的晚餐。今天沒有幫手，尼克親自下廚，茄汁焗炸牛小排，不怎麼美味，但黑皮諾很順口。比利只喝一杯，他還要開車回去。

法蘭基、波利，兩個新人雷吉跟德納都在。他們浮誇地稱讚這頓飯，包括甜點，那是用假鮮奶油或廉價鮮奶油裝飾的超市磅蛋糕。比利認得這口味。他小時候在史戴芬尼克之家的週末跟羅萍、蓋茲（以及其他孩子）一起吃過這種甜點，他們當時說史戴芬尼克之家是「油漆永遠塗不完之家」。

他最近很常回想起那個地方，還有羅萍，他那時為她瘋狂。要不了多久，他就會寫到她，但他會稍微改變一下她的名字，芮琪，甚至是朗妮。他會更動所有的人名，不變的大概只有那個獨眼女孩。

尼克多數的手下，也就是比利覺得是拉斯維加斯壞傢伙的人，名字都喜歡押「一」的音，彷彿是柯波拉還是史柯西斯電影裡的角色。德納．艾迪森卻不一樣。他的紅髮在腦後扎成一個小小的包頭，用來彌補前額失去的頭髮，他的額頭看起來跟飛機跑道一樣光滑。貓王法蘭基、波利、雷吉都是很陽剛的男性，德納卻很纖細，從無框眼鏡觀看世界。乍看之下，你也許會覺得他很無害，甚至軟弱，但鏡片後方的雙眼湛藍冰冷，那是狙擊手的眼睛。

「艾倫有消息了嗎？」餐後比利問起。

「事實上，還真有。」然後尼克對波利說：「你別他媽的給我在這裡抽那個抽東西，租約裡有規定不能抽菸。違反條款會立刻終止契約，加上一千塊的罰金。」

波利．羅根看著他從自己名牌粉紅襯衫口袋拿出來的雪茄菸，眼神彷彿不知道這玩意兒是打哪兒來的一樣，然後咕噥道歉，又將東西塞回口袋裡。尼克轉頭面向比利。

「九月勞動節後的週二，艾倫就會出現在法院。他的律師會試圖爭取另一次延期，但他會得逞嗎？」尼克舉起雙手，掌心朝上。「也許吧，但我聽洛杉磯的朋友說，這位法官是個脾氣不好的老娘們。」

法蘭基．麥金托大笑起來，尼克對他蹙眉，他就停下笑聲，雙手抱胸。尼克今晚心情很差。比利覺得他想回拉斯維加斯，想聽那些老傢伙，也許是法蘭基．阿瓦隆，也許是鮑比．賴德爾唱義大利歌曲〈飛翔〉（*Volare*）。

「比利，他們說今年夏天這裡一直下雨，是這樣嗎？」

「偶爾。」比利想起他在央林區的草坪，跟新買的撞球桌一樣綠，就連皮爾森街六五八號的屋前小草都長得比較好，高高冒起的野草也遮蔽了對街的破爛車站廢墟。

「下雨的時候都下很大。」雷吉說。「老闆，一點都不像拉斯維加斯。」

「雨天你能開槍嗎？」尼克問。「我只是想知道這個。而且我要實話，不是什麼樂觀的屁話。」

「除非是下狗下貓那種傾盆大雨，那當然不行。」

「好，很好，咱們就期待阿狗阿貓那天乖乖待在家裡。比利，跟我去書房，我想跟你細聊，然後你就可以回家睡你的美容覺。你們大家找點事情做。波利，如果你要去外頭抽那玩意兒，你最好明天別讓我在草坪找到菸屁股。」

「好，尼克。」

「因為我真的會去找。」

波利．羅根與其他三位來自拉斯維加斯的人默默離開。尼克帶比利去一間地板到天花板都擺滿書的空間。巧妙的聚光燈將光線打在皮裝本套書上。比利很想瀏覽這些書架，他相信他看到了吉卜林與狄更斯全集，但這不是尼克認識的比利會幹的事。尼克認識的比利坐在翼背椅上，對著尼克露出大眼睛、什麼都接受的表情。

「你有見到雷吉與德納在附近出沒嗎？」

「有，偶爾會看到。」他們開著公共服務部門的廂型車。有次他們停在傑拉塔前面的路邊，也就是午餐餐車停靠的地方。他們忙著弄人孔蓋。又有一次，他在荷蘭街看到他們蹲在地上，用手電筒照向水溝網格蓋裡。他們穿著灰色的連身工作服，戴著城市發送的鴨舌帽，還有工作靴。

「你會持續見到他們。他們看起來還好吧？」

比利聳聳肩。

尼克用不耐的神情回應：「那是什麼意思？」

「他們看起來還好。」

「沒有引起任何特別的關注？」

「就我看來沒有。」

「好，很好。卡車停在這裡的車棚裡。他們不會每天開出去，至少此刻還沒，但我希望大家能夠習慣看見他們在附近出現。」

「融入場景之中。」比利露出他的「愚蠢自我」微笑。

尼克用手指比成槍，指著他。比利曉得這是他的招牌動作，大概是在拉斯維加斯酒吧表演上學到的，但比利不喜歡人家用槍指著他，就算是假的也不行。「沒錯。霍夫把武器弄過去了沒？」

「還沒。」

「有見到他嗎？」

「沒有，也不太想見。」

「好啦。」尼克嘆了口氣，用手順順頭髮。「你大概會想試試準頭，對吧？去郊區打幾發？」

「也許吧。」比利說，但他才不會冒險開槍，就算是去停車號誌已經佈滿彈孔的荒郊野外也不行。他可以用一個 iPhone 的應用程式以及亞馬遜賣的雷射裝置校正步槍。

尼克靠向前，雙手交握在他不小的肚腩上。他臉上掛著友善且擔憂的神情。就比利看來，這個表情不太誠懇。「你在那邊怎麼樣……那裡叫啥？央林區？」

「對，央林區。很不錯。」

「我知道，破爛小地方，但結果會很值得的。」

「對啊。」心想，其實那附近挺好的。

「保持低調？」

比利點點頭。沒必要讓尼克知道大富翁遊戲、後院聚餐，甚至是他跟菲菲・史坦霍普那次一起去喝酒。現在不說，就永遠也別讓他知道。

「你有沒有考慮我之前跟你提的撤退計畫？因為，如你所見，時機成熟時，那兩個男孩就準備好了。雷吉不是火箭科學家，但德納腦子精明得很。而他們兩人都會開車。」

「我只要跑去街角，對嗎？然後進入廂型車裡。」

「對，然後換上城市工人穿的那種連身衣。你們會去問警察，要不要幫忙管控群眾什麼的。」彷彿比利忘了一樣。「如果他們說好，大概不會啦，但如果他們需要你們的協助，你們就立刻幫忙。

不管怎麼樣，天黑前，你都會離開這個州，朝威斯康辛前進了。也許不用等到天黑。所以，你覺得如何？」

比利沒有想像自己前往威斯康辛，而是死在某條鄉間道路的排水溝裡，旁邊還有啤酒罐跟大麥克的紙盒垃圾。這個景象倒是挺清晰的。

他微笑起來（超燦爛的），說：「聽起來不錯。比我能想出來的任何主意都好。」

真是放屁，他的計畫無論如何曲折，似乎都保險得多。是有風險，但非常小。尼克不用知道他實際的逃脫計畫為何，他也許之後會生氣，但，說真的，任務已經達成，他還有什麼好氣的？

尼克站起身來。「很好。比利，我很高興能夠幫助你脫身。你是好人。」

不，我不是，你也不是。「謝了，尼克。」

「最後一票，對吧？你是認真的？」

「對啊。」

「哎啊，過來，小朋友，讓我抱一抱。」

比利湊了上去。

回到黃色小屋的路上，他想到，他並不是不信任尼克，只是他比較信任他自己。永遠如此，一向如此。

4

兩天後，有人敲起他的小小套房辦公室的門。比利正在寫作，迷失在部分班吉．康普森的過往之中，剩下大部分是他自己的過往。他存檔，闔上電腦，走去開門。來者是肯．霍夫。自從比利上回在六月見過他後，這位老兄似乎瘦了五公斤。臉上的落腮鬍看起來異常邋遢，也許他還是

以為自己看起來像動作電影的男主角，但比利覺得他看起來像「喝五休一」的酒鬼。他的「口氣」也沒好到哪裡去。他咀嚼的薄荷糖完全無法掩飾他來這裡路上喝的那一、兩杯小酒，現在是早上十點四十分呢。他的領帶乾淨時髦，但襯衫縐縐的，一邊沒紮好。比利心想：這是長了兩條腿的大麻煩。

「哈囉，比利。」

「是戴夫，記得嗎？」

「對，戴夫，當然。」霍夫轉過頭，確保走廊上沒人聽到他叫錯名字。「我可以進去嗎？」

「當然，霍夫先生。」他才不會稱呼基本上為他房東的人「肯」呢。他站去一邊。

霍夫再度轉頭張望，然後才進去。如果這裡是真的有在營業的辦公室，那他們就站在接待區裡。比利關上門。「有什麼事嗎？」

「沒事，都沒事。」霍夫舔舔嘴，比利發現這個男人很怕他。「你知道，只是過來看看狀況是否都好。你有什麼需要嗎？」

比利心想：尼克派他來的。訊息是什麼？比利一開始就看你不順眼，而他是我們在現場的人，所以你跟他搞定一下。

「就一件事。」比利說。「你會確保需要時，東西會到，對吧？」這是在說Ｍ２４，也就是霍夫口中的雷明頓７００。

「都搞定了，我的朋友，已經到手了。你現在要嗎，還是——」

「不，我們的朋友會告訴你時機到了，在那之前，把東西放在安全的地方。」

「沒問題，東西就在我的——」

「我不想知道，還不用知道。」比利想起〈馬太福音〉裡說的「腸滿今朝愁，莫添他日憂」。

今朝的他只想回去繼續剛剛的行為，他先前完全不知道寫作感覺能夠如此暢快。

「好，當然。聽著，你會不會想去喝一杯？」

「那不是個好主意。」

霍夫露出微笑。如果狀況順遂，這個笑容大概可以很迷人，但此刻霍夫狀態很糟。他跟雇用殺手共處一室，這是一部分的原因，不是全部。這是一個覺得牆壁從四面八方壓過來的人，比利認為這不是因為霍夫懷疑自己可能會扮演起代罪羔羊的角色。他早該知道，但他就是搞不清楚狀況。也許他感覺不到，就跟比利察覺不到遠方的黑洞實際存在一樣。

「沒事的。畢竟，你是作家。在社會上來說，我們是同一掛的。」

比利心想：鬼才曉得這話什麼意思。「對你來說，之後可能不太好。也許會有人問你話，你會說你不知道我在這裡搞什麼，但還是一開始就避免這種情況比較好。」

「但，比利，我們沒事了吧？對嗎？」

「是戴夫，你得習慣這個名字，免得說漏嘴。當然，我們沒事了，我們怎麼會有事呢？」比利露出「愚蠢自我」的愣眼神情。

管用。這次霍夫的笑容稍微比較迷人一點點，因為他沒有笑到一半用舌頭舔嘴脣。「從今以後就是戴夫，我不會再忘記了。你確定你什麼都不缺嗎？因為，嘿，我是南門購物中心卡麥克院線電影公司的老闆，總共九座銀幕，明年會有IMAX。如果你要，我可以幫你弄通行證──」

「那真是太好了。」

「讚，我今天下午就拿來──」

「要不要用寄的？寄來這裡，或是常綠街的地址。你有，對嗎？」

「當然有啊。你的經紀人給過我。你知道，夏天都是強檔電影的檔期。」

比利點點頭，彷彿他迫不及待想看身穿超級英雄服飾的一幫演員一樣。

「還有，聽著，戴夫，我還有一間伴遊公司，女孩子都很漂亮，口風很緊。我很樂意——」

「還是不要，低調一點，記得嗎？」他開了門。霍夫不只是麻煩，還是等著發生的意外事故。

「厄夫．迪恩對你好嗎？」

這是在大廳工作的保全。「很好。我跟他有時會用零錢集資買刮刮樂彩券。」

霍夫笑得太大聲，然後再次轉頭，查看有沒有人聽到。比利在想柯林．懷特與其他「商業解方」公司的聯絡名單裡有沒有肯．霍夫的電話號碼，大概不會有。肯的債主（比利確定他肯定有欠人錢）是不會打電話的，到了某個時間點，他們會出現在你家，把你的狗淹死在游泳池裡，打斷你不簽支票的那隻手。

「好，真是太好了，那史蒂芬．布洛德呢？」看著比利一臉茫然的神情，他補充：「大樓管理員。」

「還沒見過他。」比利說。「聽著，肯，謝謝你跑這一趟。」比利一手搭在男人縐縐的襯衫上，護送他進入走廊，然後讓他轉身面向電梯。

「不成問題。要那個東西的時候，我隨叫隨到。」

「這點我很清楚。」

霍夫開始沿著走廊前進，但當比利覺得終於甩掉他時，霍夫又轉身了。此刻的他沒有掩飾雙眼的絕望，他壓低聲音說：「我們真的沒事了，對嗎？我是說，如果我做了什麼冒犯你的事情，或惹你不高興，那我道歉。」

「真的沒事。」比利說，心想：這傢伙真的會出包。如果他出什麼亂子，在爆炸原點的可不會是尼克．馬傑利安，而是我。

「因為我需要這票。」霍夫說。繼續壓低聲音講話，聞起來有薄荷糖、酒精、Creed古龍水味。「我就好像是一名四分衛，我的跑衛都被防住了，但忽然空檔出現，就跟魔法一樣，我……你知道……我……」

在這支支吾吾的比喻間，走廊上律師事務所的門開了。吉姆．歐布萊特走了出來，要去洗手間。他看到比利便伸手打招呼，比利也向他揮揮手。

「我懂。」比利說。「一切都會沒事的。」而且因為他想不到其他的話好說，他就說：「達陣區就在眼前。」

霍夫開朗了起來。「第三次進攻得分！」他說。他拉起比利的手，短暫握了一下，然後沿著走廊前進，想要裝出一副信心滿滿的模樣。

比利望著他，直到他走進電梯，消失在視線之外。比利心想：也許我該跑路，用戴頓．史密斯的名字買輛破車，跑路去也。

但他知道他不會，近在眼前的一百十五萬是二分之一的原因。另一半則是在辦公室／會議室等他的東西，也許比例超過一半。比利想要的並不是玩大富翁、跟唐納．簡森喝啤酒、與菲菲．史坦霍普上床，甚至是槍殺喬爾．艾倫，他最想做的是寫作。他坐回座位，打開筆電，打開他剛剛在寫的檔案，陷入過往之中。

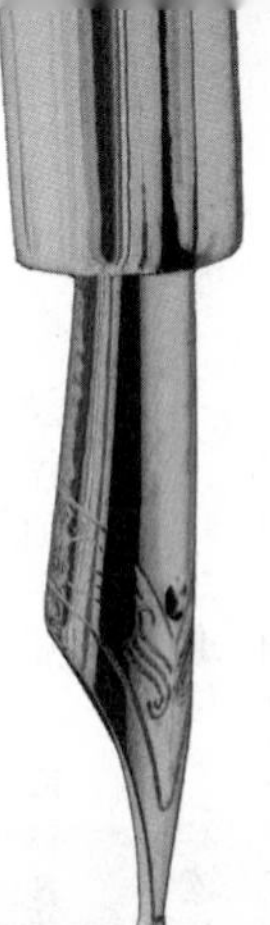

CHAPTER 7

1

我走過去，告訴我自己，也許我得補槍。如果要再開一槍，我也會開。他是我媽媽的男朋友，但他錯了。他看起來死了，但我必須確定，所以我將手舔得很溼很溼，然後蹲在他身邊。我將溼溼的手放在他口鼻前面，這樣我才能感受他是不是還有氣息。沒有，這時我就能確定他真的死了。

我知道接下來該怎麼辦，但我先過去找凱絲。我還抱持希望，但我知道她也死了。肯定的，畢竟她的胸口全都被壓成那樣。不過，我還是再次把手舔得很溼很溼，放在她的嘴巴前面，她也沒了呼吸。我將她抱在懷裡，哭了起來，想起我媽媽每次出門去洗衣店時說的話，照顧好你妹。不過，我並沒有照顧好她。我早該對那個王八蛋開槍，那才叫做照顧好她。那樣我也能照顧好我媽，因為我知道他有時會對她動手，她會帶著烏青的眼睛或裂開的嘴脣說，班吉，我們只是在鬧著玩，我自己打到臉的。彷彿我會相信一樣。就連凱絲都不信這種話，而她才九歲。

哭完之後，我去打電話，居然可以撥號。通常不是這樣，但那天可以打電話，因為帳單有付。我打給緊急求助電話，一位女士接的。

我說喂？我叫班吉．康普森，我媽媽的男朋友殺死我妹妹，但我殺死了這個男人。女士問我是否確定男人死了。我說對。她說你家地址在哪裡，孩子？我說天際線車道十九號的山景拖車公園。她說你媽在家嗎？我說不在，她在伊甸戴爾的二十四小時不打烊洗衣店工作。她說你確定你妹妹死了？我說對，因為那個男人踩踏她，她的胸部都凹陷進去了。我說我舔了手，感覺呼吸，但沒有感覺到。她說好的，孩子，你待在原地，警官馬上趕去。我說女士謝謝妳。

你也許會以為在槍聲之後，警察會立刻趕來，只不過拖車公園位在小鎮的邊緣，這裡總會有

人在花園裡朝著鹿、浣熊、土撥鼠開槍。再說，這裡是田納西州。大家動不動就在開槍，在田納西，開槍就跟大家的嗜好一樣。

我覺得我聽到了什麼聲響，也許是媽的男朋友爬起來，要來追我，但我明知他死了。我知道他不會爬起來，只不過我想起我偷渡進去看的一場電影。我帶著凱絲一起偷溜進去，血腥的部分她遮起了眼睛，但之後她噩夢不斷，我知道帶她去看那種電影很過分。我不曉得我為什麼要帶她去。我覺得人內心就是有過分的地方，有時會跟血液或濃汁一樣流出來。如果可以，我願意收回那場電影，但我不會收回對男朋友開的那一槍。他很壞很壞，居然殺死一個不會害人的小女孩。就算要去感化院，我也會開這一槍。

總之呢，殭屍只存在於恐怖電影裡。他死透了。我在想要不要蓋塊毯子在凱絲臉上，但覺得不要，那樣看起來太悲傷、太悲慘了，固定電話的那面牆上黏了一張紙，我按照上頭的電話號碼，打到二十四小時洗衣店。一位女士接起，二十四小時洗衣店你好。我說我叫班吉·康普森，我得跟我媽亞琳·康普森講話，她負責輾壓機。她說這是急事？我說女士是的。她說我們今早很忙，是什麼急事？我這時覺得她管很多，也很自以為是，也許只是因為我很難過，但我不這麼想。我說我妹妹死了，這就是大急事。她說噢我的天啊你確定嗎？我說對請讓我跟我媽講話。因為我已經受夠這個愛管閒事的婊子了。

我等了一會兒，媽氣喘吁吁來接電話說班吉怎麼了？你最好在開玩笑。我覺得如果這是開玩笑，那對我們大家都會比較好，但這不是玩笑。我說她男朋友手臂打了石膏醉醺醺地回家，殺死凱絲，原本還想殺死我，但我先開槍殺死了他。我說警察要過來了，我聽到警笛聲了，所以妳快點回家，別讓他們帶我去坐牢，因為不是他就是我要為這件事負責。

我走去拖車門口最上面的階梯，這其實不算什麼階梯，只是我媽的上一個男朋友堆起來的空心磚，那個男朋友比這個壞人好。那個男朋友叫做米爾頓，他還不錯。我希望他能留下來，但他離開了。他不想負擔兩個孩子的責任，媽是這樣說的。彷彿那是我們的錯一樣。彷彿是我們要求要出生的一樣。總之我站在屋外的階梯上，因為我不想跟死人一起待在拖車裡面。我一直問自己，凱絲是不是真的死了，然後對自己說對她真的死了。

第一位警察到了，我正在跟他解釋發生了什麼事，此時我媽回來了。警察想要攔住她，但她還是闖了進來，她看到凱絲的時候，她尖叫了起來，然後哭哭啼啼個不停，我只能用雙手掩在耳朵上。我很氣她。我心想妳想像的事情發生了。他揍過我們，就跟他對妳動過手一樣，所以妳覺得會發生什麼事。壞人遲早會幹壞事，就算是小孩也懂這種道理。

那時我們的鄰居全都跑出來看戲。其中一位警察人很好。他帶我坐進警車，這樣鄰居才不容易看到我，這位警察抱了我一下。他說他的副駕駛座置物箱裡有一些糖果，我想不想吃？我說不用謝謝。他說班吉沒事的只要告訴我發生什麼事就好。我通通跟他說。我不曉得我講了多久，但的確挺久的。總之我開始哭，警察又抱了我一下，說我很勇敢，我希望我媽媽能有他這種男朋友。

我坐在警車裡解釋事情經過時，更多警察趕來，還有一輛上頭寫著「梅威爾警方鑑識部門」的廂型車開過來。廂型車上的一位警察拍了照片，我後來在聽證會上看到幾張，但沒有看到屍體。我不明白為什麼聽證會上的人以為我不能看屍體，明明我已經親眼見過了。不過，我想說的是那位先生拍的一張照片後來登上了報紙。畫面是我妹妹烤的餅乾，通通散落在地板上。照片下方的文字說：她因餅乾慘死。我永遠也忘不了那句話，冷血，同時也非常真實。

我必須參加聽證會。當場不是一位法官，而是三個人，兩男一女，看起來很像老師，講起話來也像老師。整個空間裡只有他們、我、我媽，還有一開始趕來拖車的幾位警官，他們說拖車叫做「現場」。我們沒有電視影集《法網遊龍》的那種律師，但我們也不需要律師。女人說我很勇敢，跟我媽說我得進行心理諮商。我媽說真是個好主意，之後她卻跟我說有人覺得錢是樹上長出來的。

我們離開後，我以為結束了，但一個男人說，康普森太太，請等一等，我有話要說，我必須說妳也該扛起這場悲劇的部分責任。然後他說起一個蠍子的故事，蠍子請求熱心的青蛙背牠渡過湍急的河流，半路上蠍子卻螫了青蛙一下，青蛙說你為什麼螫我？現在我們都要淹死了，蠍子說這是我的本性，你讓我坐上來的時候，你就知道我是蠍子了。

接著男人說康普森太太，妳接上了一隻蠍子，而他螫死了妳的女兒，妳原本也會失去妳的兒子。雖然沒有，但這份創傷會跟著他一輩子。我建議妳下次遇到蠍子的時候，不要載他一程，反而一腳踩碎他。

我媽臉都紅了，說你以為你是誰。要是我知道會發生這種事，我絕對不會讓我的孩子冒險。男人說妳之所以能夠繼續當小班吉的監護人，全是因為我們沒有辦法證明什麼。不過，如果妳完全沒有警覺到羅素先生[14]暴力的本質，也許一、兩回，也許很多次，那我會非常意外。

我的母親開始哭，我也想哭。她說你太不公平了，自以為了不起。你上次為了買日用品回家，得幹上四十小時勞力活是什麼時候的事？他說康普森太太，重點不在我身上。妳因為錯誤的選擇失去了一個孩子，別失去另一個。這場聽證會結束了。

14 下雨鮑伯的姓氏。

2

這年夏天（他多重身分的季節），比利反覆讀起下雨鮑伯之死，以及後續聽證會的故事。然後他會走去窗邊，看著外頭的法院，警長辦公室的車會停在路邊。兩名身著郡警咖啡色制服的警察會從前座下車。一人打開後座車門，他們等著後面的人下車。犯人身材削瘦，穿著屁股上有大口袋的木匠牛仔褲、亮紫色毛衣（這天氣穿這個也太熱了），衣服上還有阿肯色州立大學野豬美式足球隊的標誌。就算距離四百五十公尺，比利還是看得出來這人就是個悲慘的倒楣鬼。警察一左一右拉著他的手臂，帶他走上寬大的階梯，邁向在前方等著他的正義。等到（如果）時機成熟，比利就會在這裡開槍，但他幾乎沒有意識到，因為他滿腦子都是他的故事。

他一開始是故意用「愚蠢自我」來講故事，但在間隔一段時間後回來讀，他發現這種特質昇華了。「愚蠢自我」還在，任何讀者（好比說尼克跟喬治歐）都會說寫這種東西的人只看《明星》雜誌、《內部透視》（*Inside View*）、阿奇漫畫，但不只這樣。其中還蘊含了「孩童自我」的聲音。比利原本沒打算寫出這個聲音（至少意識上沒這麼想），但他的確捕捉到了。他彷彿是因為催眠，倒退回那個年紀。也許寫到重點的時候，這就是寫作的本質。

當全世界讀過這些文字的人只有他，以及另外兩個可能興趣缺缺的賭城惡棍，這個時候，這點還重要嗎？

「重要。」比利對著窗口說。「因為這是我的故事。」

對，而且因為這是真實故事。他稍微改動了名字，把凱瑟琳改成凱絲，他媽本名是達琳，不是亞琳，但大多數都是真的。孩童的聲音是真的，這個聲音沒有機會開過口，在聽證會時也沒有。人家問什麼，他回答什麼，但沒有人問起抱著胸口塌陷的凱瑟琳是什麼樣的感受。沒有人問聽著

「照顧好你妹」，卻在這全世界最重要的任務裡失敗了是什麼樣的感覺。沒有人問當你把溼溼的手放在妹妹口鼻前，你已經絕望，但還抱持一絲希望是什麼樣的感覺。更沒有人知道手槍後座力讓他「打嗝」，彷彿是汽水喝得太快了一樣。就連擁抱他的警察都沒有問過這些問題，讓這個聲音開口訴說自己的故事真是一種解脫。

他回到開啟的蘋果筆電前面坐下。他看著螢幕，心想：等我寫到史戴芬尼克之家的時候，我會把它改成史派克之家，那時我就可以讓這個聲音變得成熟一點。因為我當時的確比較成熟了。

比利開始敲起鍵盤，一開始比較慢，然後加快速度。這年夏日就在他周遭翻騰而過。

3

聽證會後，媽帶我回家。我們埋葬了凱絲，我不知道是誰下葬了那個男朋友，但我不在乎。秋天的時候，我回到學校，同學開始叫我「ㄅㄧㄤˋㄅㄧㄤˋ班吉」，我因此留級一年。我沒有惹事打架，但我很常曉課，我媽說，如果我不想被人帶走，送去寄養家庭，我就必須打理好自己。我不想去寄養家庭，於是隔年我更加努力，課業都及格了。我被迫去史派克之家並不是我的問題，而是因為我媽。

凱絲死後，她開始嚴重酗酒，大多在家喝，但她有時會去酒吧，有時會帶男人回家。就我看來，這些人看起來都跟壞男朋友一樣，換句話說，都是混蛋。我不曉得為什麼發生那件事之後，我媽還是會找這種男人，但她就是這樣。她好像是嘔吐過後又舔上去的狗。我知道這話聽起來如何，但我不會收回。

她跟這些男人，至少有三人，也許有五人，他們會進入臥室，她會說他們只是隨便玩玩，但當然，那時我已經大了一點，我知道他們在打砲。然後，有天晚上，她在拖車喝酒，之後去便利商店買起司餅乾，回來路上，警察攔下了她。她被控酒駕，在監獄裡待了二十四小時。這次她還能讓我留在身邊，但她的駕照被吊銷了半年，她只能搭公車去洗衣店。

在她領回駕照的隔週，她又因酒駕遭到攔下。又是一次聽證會，這次的主題是我，但你猜怎麼著，這次跟另外兩個人一起坐在桌子另一邊的是那個講蠍子、青蛙故事的先生！他說又是妳。我媽說對又是我，你知道我失去了我的女兒，你知道我經歷過什麼。男人說我的確很清楚，而康普森太太，妳似乎沒有學到教訓。我媽說你又沒有用我的角度想過。那次她有律師，但律師沒怎麼開口。之後，她咒罵起律師，說他有個屁用。律師說康普森太太，妳沒有留下太多空間讓我操作。她說你被炒魷魚了。他說妳不能辭退我，因為是我自己退出這個案子的。

後來，我們回到聽證會的房間，他們說我得去住在一個名叫史派克之家的寄養家庭，因為她是不稱職的母親。她說你們這些狗屁大王，我會一路抗爭到最高法院。講青蛙、蠍子故事的男人說妳是不是喝酒了？我媽說去你媽的死肥仔。他沒有回應這句話，只說妳有二十四小時整理班吉的物品，以及向他道別。如果妳能清醒進行這些行為，對他的意義會相當深遠。之後他與另外兩個人就出去了。

我們搭公車回家。我媽說班吉，我們會逃走。我們去另一個鎮，改名換姓。我們會從頭開始。不過第二天我們還在同一個地方，這也是我在山景拖車公園的最後一天，我與母親生活的最後一天。一位郡警過來接我去史派克之家。我希望是之前擁抱我的那位警察，但這次是另外一個人。莫肯副警長沒有那麼糟啦。

總之呢，媽沒有喝酒，沒有惹事。她跟警察說我還沒有收好他的東西，因為我不願去想這種事真的會發生，給我十五分鐘。警察說沒問題，於是耐心等候，她則替我包了一整個行李袋的衣服。他在屋外等。然後她替我做了兩個花生醬與果醬三明治，放在午餐袋子裡，還要我當個好孩子。之後她開始哭，我也哭了。都是因為她的錯，我才必須走，一切都是她的錯，是她讓蠍子上車，是她一直喝酒，還說一切都是因為凱絲死了，但我也哭了，因為我愛她。

我們到了屋外，警察說我到了艾文斯威爾的史派克之家後，應該可以打電話回來。我媽要我打去隔壁的提利森太太家，然後對警察說，因為現在我們家電話打不通。這代表她又沒繳錢了。莫肯副警長說這是個好主意，然後叫我抱抱我媽。我乖乖聽話。我聞起她的頭髮，因為她的頭髮總是香香的。開車到艾文斯威爾要兩個小時。我坐在前座，後座有鐵絲網的東西，看起來像個籠子。警察說如果我不惹麻煩，我就永遠不會坐在後座。他問我會不會遠離麻煩，我說我會，但我又想到，當你搭著警車前往寄養家庭的時候，你就已經麻煩大了。

我吃了一個花生醬果醬三明治，看到她在袋子裡也放了惡魔蛋，我想著她製作惡魔蛋的雙手，我又哭了起來。警察拍拍我的肩膀說孩子一切都會好起來的。他小小的名牌上寫著F.W.S.莫肯。我問他前面那串英文字代表什麼，因為我覺得可能是什麼特殊任務的縮寫。他說那是他的全名，富蘭克林．溫菲爾．史考特．莫肯，但他說班吉你可以叫我法蘭克就好。

我沒哭，但那時他一定注意到我很難過，也許有點害怕，因為他伸手過來拍拍我的肩膀說班吉你會沒事的。那裡有很多不錯的孩子，只要你注意自己的言行舉止，他們就很好相處，你也能平平穩穩過日子。這三個郡寄養家庭狀況我都清楚，史派克不算糟的，也不是最棒的，但至少沒聽說他們出什麼問題。我見過一些狀況是你不會想知道的。如果你乖乖的，低調一點，聽話一點，你就會沒事的。

我說我想我媽。他說你當然會想她，等她重新站穩腳步，會有另一場聽證會，之後你就能回家了。在此同時，她週三傍晚跟週六、週日晚上七點前都能過來看你。你跟她講電話的時候，記得告訴她。

只不過我媽一直沒有重新站穩腳步。她不斷酗酒，交了一個給她冰毒的男朋友，一旦染上那玩意兒，你的腳就不可能站在地上了，因為你會永遠在天上飄。一開始她很常來看我，然後變成偶爾來，然後幾乎不來了，最後她真的不來了。她最後一次出現時，牙齒脫落，頭髮髒髒的。她說班吉，我不喜歡讓你看到我這副模樣，我說我的確不想看。我說妳真是一團糟。那時我已經是青少年了，而受傷的青少年講話都很傷人。

史派克之家位在郊區。房子不太牢固，但很大，跟別墅一樣，好多房間，三層樓，可能是四層。外頭看起來很壯麗，但屋內老舊、風大，會漏水，冬天好冷。朗妮說冷得跟他媽的冷凍庫一樣。不過我剛到的時候並不知道這裡很舊，我以為這裡很新，因為無論它是否不太牢固，外頭都漆了亮紅色的牆面跟藍色的窗框。我馬上就明白史派克之家的孩子每年都要油漆房子，時薪是兩塊美金。一年是綠底白窗框，隔年是黃底綠窗框。你明白我跟朗妮為什麼說這裡是「油漆永遠塗不完之家」了吧？我參加海軍陸戰隊那年，房子恢復成紅色與藍色。朗妮說班吉這棟破房子就是靠油漆黏起來的。這是玩笑，她總喜歡開玩笑，但也非常寫實。我猜多數玩笑話其中都有真相，所以才會好笑。

莫肯副警長說史派克之家不是最好，也不是最差，這話結果也說對了。在我大到可以加入海軍陸戰隊前，我在那裡待了五年，有時史派克太太會用抹布甩我的頭，但她沒有動手打過我，更沒有打過像佩姬．派這樣的小小孩，佩姬才六歲，一隻眼睛被香菸戳瞎。史派克太太打我的時候，都是我活該。我只見過史派克先生對孩子動手過兩次。一次是他看到吉米．戴克曼用石頭砸破防風窗，另一次則是他發現莎拉．皮博迪在佩姬身邊轉圈，還唱著：佩姬．派、佩姬．派，一眼閉起一眼開，佩姬．派、佩姬．派，怎麼還不快去投胎？史派克先生因此摑了莎拉巴掌。莎拉是很壞的女孩，很糟糕的人。有次我問她長大之後想做什麼，她說她要當妓女，幹那些有錢人，賺他們的錢。然後她大笑起來，彷彿這是什麼笑話一樣，所以也許她真的只是在說笑。

史派克夫妻不是好人也不算壞人，就是為了領田納西政府的錢生活的人而已。每一條規矩他們都通過了。我們搭公車去上學，衣服都是乾淨的，我決定加入海軍陸戰隊的時候，史派克先生帶我去參加聽證會，這樣我才能與我母親及另一個人脫離關係，史派克先生才能成為我的合法監護人。這樣他才能簽署文件，我就能不用等到十八歲，而是在十七歲半的時候加入海軍陸戰隊。我以為我媽會出席這場聽證會，但她沒有來，再說，她根本不知道有這件事，她怎麼可能會來？我大可聯絡她，但她已經搬離拖車公園，也沒有繼續住在她男朋友那個成了毒窟的公寓裡。兩場聽證會過去，史派克先生對我說，班吉，你現在可以為所欲為了，只剩上帝可以拯救你。我說我不相信上帝，他說慢慢來，你會信的。

我在「油漆永遠塗不完之家」學到的事情：天底下不只兩種人，不只好人與壞人，我從小就這麼以為，畢竟我主要都是從電視節目觀察人類行為。還有第三種人，這種人得過且過，低調耗日子，就跟莫肯副警長叮嚀我的一樣。這種人在世界上佔大多數，我覺得這種人是灰色的。他們不會傷害你（至少不是故意的），但他們也不會大力幫忙你。他們只會說你可以為所欲為，讓上帝來拯救你。

我覺得在這個世界上，只有你能救你自己。

我剛到「油漆永遠塗不完之家」時，加上我，這裡總共有十四個孩子。朗妮說這樣很好，因為十三是個倒楣的數字。年紀最小的是佩姬．派，她偶爾還會尿床。有一對六、七歲的雙胞胎提米與湯米。年紀最大的孩子是葛倫．道頓，十七歲，在我來了沒多久，他就從軍去了。他不需要史派克先生成為他的合法監護人，替他辦理入伍，是他媽幫他處理的，因為他跟他媽說，他會把軍餉給她。葛倫對我、朗妮說，如果有錢拿，那個婊子會把我賣給中東人當奴隸。葛倫塊頭大，動不動就滿口髒話，連講髒話跟連珠炮一樣的朗妮都比不上他，但他從來不會欺負小小孩。他也是油漆好手，總能爬上最高的鷹架。

莫肯副警長把警車開進車道時，隔壁的景色差點閃瞎我。目光所及全部都是廢棄汽車，不只幾輛，而是好幾百輛。車子綿延上山頭，我馬上就發現另一邊下坡路上也停滿了車，堆放在那裡，生鏽、風化。擋風玻璃還在的車輛反射起陽光。差不多距離史派克之家半公里外有一間綠色的修車廠，是用波浪金屬板搭起來的。我聽到裡頭有人使用氣動螺絲刀跟把手的聲音。外頭的招牌寫著「史派克汽車零件」、「小型維修」跟「價錢最低最划算」。

莫肯副警長說那是史派克先生哥哥的地方，又醜又亂是吧？那裡已經出了郡區，所以他才能這麼囂張。你的史派克在郡區裡面，所以他才用鐵絲網圍欄擋住旁邊跟後面。我告訴你這件事，是因為我不希望你看到鐵絲網圍欄，就覺得你在坐牢。班吉，廢車場是很危險的地方，不能進去是有原因的。別想著進去，好嗎？我說好，但我當然會這麼說。我跟葛倫、朗妮、唐尼會去。在葛倫當兵後，只剩我跟朗妮會去，在朗妮逃走後，就剩我一個人會過去。有時我會好奇她去了哪裡。我希望她都好。沒了她，我很難過。這大概就是我參加海軍陸戰隊的原因，但要我說實話，我大概怎樣都會從軍。

在我當史派克家男孩的五年時間裡，我看過「油漆永遠塗不完之家」換過三次油漆。我在這裡的時候有些事件相當鮮明，好比說我因為跟兩個男孩打架，因此遭到停課，他們叫我「ㄅㄧˋㄤㄅㄧˋㄤ班吉」，之前也很多人這樣叫我，但那次我真的受夠了。他們塊頭比較大，但就算他們其中一人把我眼睛打成烏青、另一人差點打斷我的鼻梁，我還是繼續抵抗。後面這人叫做傑瑞·克萊，我扯下他的褲子，讓大家看他那條還有尿漬的內褲。之後大家很常嘲笑他，反正是他活該。

另一件讓人印象深刻的事情是佩姬·派得肺炎住院。一個禮拜，也許十天後吧，史派克太太要我們一起去客廳禱告，因為她說佩姬死掉了，去天堂跟耶穌在一起了，現在她雙眼都看得見了。唐尼·威格莫說我希望那裡的食物比較好吃，史派克太太則說你不要我甩你巴掌，就不要在那邊耍嘴皮子。總之我們替佩姬的靈魂祈禱起來，朗妮因為唐尼的話掩嘴大笑，只是她也在哭。其他孩子也哭了起來，因為佩姬是大家的「小寵物」。我沒哭，但心情很低落。後來，我、朗妮、葛倫、唐尼在「撞車大賽」時，朗妮又繼續哭。葛倫抱了抱她，朗妮說佩姬是個小可愛對不對？葛倫說對她的確是。

然後她抱我，我也擁抱她，而這是佩姬的死帶來的唯一一件好事，因為我愛朗妮·吉文斯。我知道我們之間不會有結果，因為她大我兩歲，暗戀葛倫，但你實在沒有辦法壓抑你的情感。情感就跟呼吸一樣，吸進來，吐出去。

在「油漆永遠塗不完之家」跟史派克修車廠後面的廢車場就是「撞車大賽」，那是專屬於我們的地方。大家叫我們不要去，我們就更想去。朗妮說那就像夏娃不該吃伊甸園裡的禁果一樣。葛倫朝著一排一排的廢車比劃，每一輛車的擋風玻璃都反照出太陽，因此那裡有幾百顆太陽，他說這裡還真他媽是座果園呢，這話逗笑了我跟朗妮。

我們去那邊會找最棒的車，好比說凱迪拉克、林肯、BMW，或整個車尾都沒了的老舊賓士豪華轎車。葛倫會帶著一支掃把，我們上車前，他會先拍拍坐墊，免得老鼠跑出來嚇人。有次，他拍出一隻大肥老鼠。唐尼也在場，他說史派克先生來了，大家笑到站不直身子。總之我們會坐進車裡，假裝車輛完好無損，而我們有地方好去。

我們能夠輕易進入「撞車大賽」，是因為遊樂場後面角落的鐵絲網圍欄有破洞，葛倫說他知道很多糟糕的寄養家庭孩子從這個洞逃走，看看他們現在都在哪兒啊。這話讓我們笑了起來，但朗妮又說大概不是什麼好地方。這話也逗笑了唐尼，但我跟葛倫沒有笑。我看看他，他看看我，我們都在想這個「不是什麼好地方」的地方。

有時葛倫會坐在駕駛座，假裝開車，朗妮會坐在副駕駛座上。有時他們會換位置，葛倫坐在副駕駛座上，而他會喊著啊朗妮妳不要撞到那條狗，而朗妮會轉動方向盤，假裝閃開。葛倫會一頭倒在朗妮懷裡，朗妮則會把他推開說傻子安全帶繫好。

我都坐在後座，如果唐尼有來，就跟他一起，但大多只有我一個人，我比較喜歡這樣。有幾次葛倫帶了一罐啤酒來，我們一人一口，直到喝光。然後朗妮會給我們薄荷糖，掩飾我們的酒氣。有次葛倫偷渡了三罐出來，我們都喝得有點茫，朗妮不斷扭動方向盤，葛倫說妞兒別給警察攔下來。他們笑得很開心，但我笑不出來，因為警察真的攔下了我媽，而那不是鬧著玩的。

唐尼會抽菸。我不知道給葛倫啤酒的人，是不是給唐尼香菸的人，但唐尼在床下鬆脫的木板後面藏了一包萬寶路。他大多在廚房後面抽，但有天我們在一輛別克Estate巨大老房車裡的時候，他拿出香菸，還假裝是要開車去拉斯維加斯，我們可以去轉羅盤、擲骰子。朗妮說你不准在這裡抽菸，這裡都是乾草跟灑出來的汽油。唐尼說妳在發什麼瘋？大姨媽來嗎？葛倫轉頭就是一拳，說把這話收回去，不然就把你的牙齒吞下去。之後，我在費盧傑的時候，有次看著魏斯特中士用火箭推進榴彈射擊一處叛軍的安全屋，這裡位在我們稱為「比薩切片」的三角地帶，因為屋內的彈藥，房子被炸得老高。雖然我們沒有料到，但所幸我們沒死。那時讓我想到唐尼有時會在儲藏間抽菸，那是史派克先生放油漆的地方。那裡大概比「撞車大賽」還要危險吧。

唐尼把菸收起來，但朗妮狠狠揍了葛倫肩膀一拳。她說道頓我不需要你替我出頭。

當朗妮用姓氏叫你的時候，你就知道她生氣了。她轉頭面向後座說威格莫我不需要大姨媽提醒我火的可怕，因為我有這個。她伸出手臂，露出亮亮的燒傷疤痕。我們之前都看過了。這個疤

從她的前臂一直向上爬到她的肩膀。你懂的，她父母死在住宅大火之中。朗妮從二樓窗戶跳下來，那時她的手臂以及那一邊的腿跟頭髮都著火了。因此她才會來到油漆永遠塗不完的史派克之家，因為她唯一的親屬，她的阿姨不肯收留她。她去醫院看朗妮的時候說我已經養了兩個煩死人的孩子，那就夠了。朗妮說她不怪阿姨。

她說我知道火的可怕，若是我忘了，我只要看一眼這隻手就會想起來。唐尼說他很抱歉，我也是。我明明沒有做什麼要道歉的事情，我只是覺得很糟，因為她被火燙傷，但我同時也很慶幸，因為她沒有傷到臉，她的臉還是很漂亮。總之後來我們又和好了，但唐尼．威格莫一直沒有像朗妮、葛倫一樣，跟我那麼要好。

4

「我們在『撞車大賽』玩得很愉快。」比利說。

他再次從窗口望向法院。八月逐漸棄守，九月來了，但熱流依舊蒸騰。他可以看到熱浪掃過街道。他因此想起從「油漆永遠塗不完之家」廚房後面巨大焚化爐蒸騰起來的熱氣。

史派克夫妻其實姓史戴芬尼克，朗妮．吉文斯本名羅萍．麥奎爾，葛倫．道頓本名蓋茲登．卓克。比利猜靈感大概來自「蓋茲登購地（Gadsden Purchase）[15]」，他還在海軍陸戰隊的時候讀過《奴隸制度、醜聞與鐵軌》（*Slavery, Scandal, and Steel Rails*）這本書，裡頭就有提到從墨西哥手裡買下那一大塊不毛之地。當時他人在費盧傑，在二〇〇四年春天第一次費盧傑戰役（代號為「警

15 一八五四年美國從墨西哥廉價購入面積為七萬六千八百平方公里的土地，以清償墨西哥對美國的巨額負債，位於現今亞利桑那州及新墨西哥州南部。

戒行動」）及十一月的「幽靈之怒行動」之間讀的。蓋茲說他媽死於肺癌，她曾說過蓋茲老早跑掉的老爸是歷史老師，所以這樣大概說得通。有次，他們在「撞車大賽」假裝要去某個地方的時候，蓋茲登說「我也許不是全世界唯一的一個蓋茲登，但我敢說有這種名字的人兩隻手就數得完，而且還是名字，不是姓。」

比利更動了朋友的名字，但「撞車大賽」還是「撞車大賽」，而他們在蓋茲從軍、羅萍逃走前，在那裡的確有過一些愉快的時光……她當時是怎麼說的？

「穿著我的七里格靴出發尋找我的財富囉。」他說。就是這樣，只不過她的靴子不是童話故事裡能夠一步踏出七個里格，也就是總長三十三公里的靴子，只是一雙側邊鬆緊帶鬆弛的老舊麂皮靴而已。

比利心想：雖然廢墟一片，我還是愛她。然後他又回去寫了一、兩個段落，今天才劃下句點。

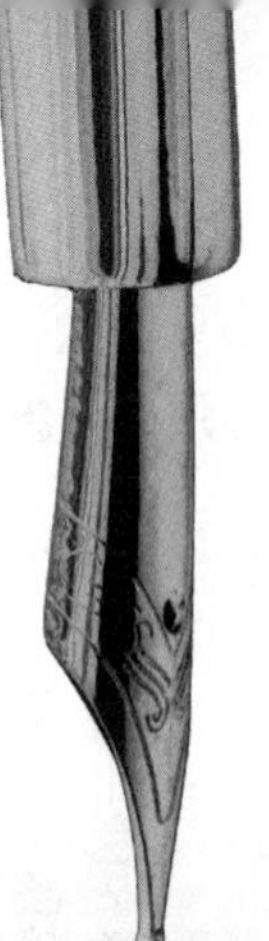

CHAPTER 8

1

勞動節週末發生了兩件壞事，一件很蠢，令人憂心，另一件則說明比利成了他不願意成為的那種人。兩者加在一起，他明白他最好還是儘早離開紅峭壁區為妙。這個週末結束時，他會這麼想：我一開始就不該接前置時間這麼漫長的工作，但我也無從得知啊。

無從得知什麼？常綠街的艾克曼一家會這麼喜歡他？這是一件事。而他也會這麼喜歡他們？這是另一件。

假期週末的禮拜六市區有遊行。比利跟艾克曼一家一起去看，傑莫從卓越輪胎借了一輛廂型車回來。夏妮絲一手牽著她媽，另一隻手牽著比利，大家一起步行穿過人群，在荷蘭街與主街轉角找到一個空位。遊行開始時，傑莫將女兒扛在肩上，比利則讓德瑞克坐在他的肩頭。孩子在上頭坐得挺舒服的。

遊行看起來還不錯，就算讓一個孩子後來得知他曾坐在殺手肩上，這也不打緊……應該吧。愚蠢又令人不安的事，疏忽，發生在禮拜天。在紅峭壁區的市郊央林區隔壁有一個名為科迪的小鎮，有點鄉下，夏天的最後兩週，該地搞了一場簡陋的嘉年華會，希望能趁小孩開學之前，再撈一筆。

因為傑莫的車尚未歸還，週日天氣又好，對孩子來說，什麼都比不上去嘉年華會玩一趟。住在同一條街上的保羅、丹妮絲·雷根蘭夫妻也同行。他們七人在遊樂場漫步，享用甜味香腸、喝汽水。德瑞克與夏妮絲搭乘旋轉木馬、遊園小列車、瘋狂咖啡杯。雷根蘭夫婦去玩賓果。柯琳·艾克曼用飛鏢射水球，贏得一個有亮片的頭帶，上頭寫著「全世界最棒的媽」。夏妮絲說她看起來很可愛，跟公主一樣。

傑莫嘗試擊倒木頭牛奶瓶，卻沒有成功，不過，他在「大力士搥搥樂」上卻敲出好成績，敲得裝置鈴噹作響。柯琳鼓掌起來，說：「我的英雄。」他在這場力氣的較勁中贏得了一頂紙糊的高禮帽，帽沿上還有一朵紙花。他戴上時，德瑞克笑得太大力，不得不交叉雙腿，跑去最近的廁所，免得尿褲子。

幾個孩子又玩了數項設施，但德瑞克不玩「軟趴趴毛毛蟲」，他說那是小嬰兒在玩的。比利跟夏夏一起搭乘，位子太小，下來的時候，傑莫必須用力將比利扯出來，就跟開酒瓶的木塞一樣。這一「拔」逗笑了每一個人。

他們走回去找雷根蘭夫妻，此時他們經過「神槍手迪克的靶場」。五、六個男人正手持ＢＢ槍，瞄準五排朝著不同方向移動的目標射擊，偶爾還有金屬兔子會升起來。夏妮絲指著獎品牆上一隻巨大的粉紅鶴說：「我想要把那個放在我的房間裡。我可以用零用錢買嗎？」

她的父親解釋起來，那是非賣品，只能贏得。

「爸，那你幫我贏！」她說。

經營射擊攤位的人穿了一件條紋襯衫，歪歪斜斜地戴了瀟灑的硬草帽，嘴上還有一抹彎彎的假鬍子。他看起來像比較像理髮院四重奏的一分子。他聽到夏妮絲的話，便招呼傑莫過去。「先生，讓你的小姑娘開心，打中三隻兔子或最上面這排的四隻鳥，她就能帶著粉紅鶴佛萊迪回家。」

傑莫大笑，用五塊錢換得二十發的機會。「親愛的，做好失望的準備吧。」他說。「但我會替妳贏小一點的獎品。」

「爸，你辦得到。」德瑞克堅定地說。

比利看著傑莫肩膀抵著步槍的姿態，曉得他最後能夠打中兩發，得到安慰獎的玩偶烏龜都算運氣好了。

「瞄準小鳥。」比利說。「我知道兔子比較大，但你只能在兔子升起來的時候瞄準。」

「戴夫，你說了算。」

傑莫朝著最上面一排的小鳥打了十發，一次也沒擊中。他放低瞄準鏡，打中底下一排的兩隻笨重駝鹿，接受了烏龜玩偶。夏妮絲冷眼地望著玩偶，但還是道了聲謝。

「兄弟，你呢？」理髮院四重奏先生問起比利。其他客人大多散去了。「想試一試嗎？五塊錢二十發，只要打中四隻鳥，就可以替你的可愛小姑娘朋友贏得粉紅鶴法蘭姬。」

「我以為它叫佛萊迪。」比利說。

老闆笑了笑，將硬草帽歪向另一邊。「法蘭姬、佛萊迪、費莉希亞都可以，讓小女孩開心一下嘛。」

夏妮絲用熱切的目光看著他，但沒開口。說服他做蠢事的是德瑞克，因為男孩說：「雷根蘭先生說這些遊戲都作弊，沒有人能贏得大獎。」

「哎啊，咱們來實驗看看。」比利放下一張五元紙鈔。理髮店四重奏先生將紙張包裹的BB彈跟步槍交給比利。此刻攤位櫃檯附近有另外的男人及兩位女性。比利先讓開，給他們空間，同時他也注意到小鳥以及其他四層的目標，它們出現在瞄準鏡裡的前一刻，速度會稍微放慢。也許是驅動鏈需要上油，但這樣做生意太懶散了，攤位老闆必須為此付出代價才是。

「戴夫，你要瞄小鳥嗎？」德瑞克問。他們已經不再叫他洛克維奇先生了。「就跟你給老爸的建議一樣？」

「當然。」比利說。他吸氣，吐氣，吸氣，吐氣，第三次吸氣時，他屏住了呼吸。他沒有使用步槍上的小小瞄準鏡，因為那個根本瞄不準。他只是將頭壓在槍托上，迅速開槍砰砰砰砰砰。第一發落空，剩下四發擊中四隻金屬小鳥。他知道自己是在幹蠢事，此刻就該停手，但當兔子從洞口冒出來的時候，他還是忍不住擊中了兔子。

艾克曼一家鼓掌起來，其他槍手也是。理髮店四重奏先生也先是鼓掌（他人真好），然後才抓起粉紅鶴交給夏妮絲，小女孩一把抱著玩偶，笑得開心。

「哇，戴夫。」德瑞克雙眼閃爍著光芒。「你太強了！」

比利心想：好啊，現在傑莫會問我是在哪裡學射擊的了。然後他又想：你怎麼知道自己是個笨蛋呢？因為如果大家都在看你，你就是笨蛋，而此刻大家的確都望著他。

事實上，提出這個問題的人是柯琳，他們那時正要前往賓果帳篷。比利說是在大學儲備軍官訓練團學的，而他只是天生好手。告訴她，在費盧傑「幽靈之怒行動」的九天內，他從屋頂至少擊殺了二十五個聖戰者，這肯定不是什麼好主意。

噢，你也知道？他不知是捫心自問還是說了出來，總之語氣很嘲諷，這種語氣很不像他。

另一件事（性格測驗）發生在禮拜一，也就是實際的勞動節當天。因為他是時間自己安排的自由作家，他可以想休息就休息，更可以在其他人享受聯邦制府國定假日時工作。傑拉塔空蕩蕩的。大廳的門沒鎖（在靠近南方邊界的地區居然有如此信任他人的靈魂），保全櫃臺也沒人。電梯經過二樓時，他沒聽見「商業解方」的員工互相洗腦或打電話的聲音。顯然債務人也可以放假一天，這樣挺不錯的。

比利寫了兩個小時。他差不多要寫到費盧傑了，思考著該怎麼寫，寫一點點，還是寫很多，還是也許完全不要提？這時他關了電腦，決定去皮爾森街露露臉，重新與貝芙莉．簡森與她丈夫連線，她丈夫今天肯定也放假。他頂著假髮、貼好鬍子、繫好假肚皮，開著租來的車過去。唐納正在除草。貝芙莉坐在門廊上，不幸地穿了一件萊姆綠的短褲。三人閒聊起來，說什麼夏天很熱啦，所幸結束了，還聊起戴頓．史密斯即將要去阿拉巴馬州的亨次維，他要替新的「公正保險公司」

總部安裝最新的電腦系統。這一趟應該不會去太久。之後，他說他想要回來待一陣子。

「工作肯定讓你到處奔波。」唐納說。

比利應和起來，又問起貝芙莉住在密蘇里州的母親狀況如何，她媽身體不是很好。貝芙莉嘆了口氣，說老樣子。比利說，希望她媽快點好起來，貝芙莉說她也這麼想。她在講話的時候，比利注意到她身後的唐納正緩緩搖頭。他不希望太太知道他認為岳母沒救了，比利覺得他這樣很貼心，對他比較有好感了。他認為唐納．簡森永遠也不會跟他老婆說，那條萊姆綠短褲讓她看起來很胖。

他下樓進入涼快怡人的地下室公寓。大衛．洛克維奇有他的書，戴頓．史密斯則有他的筆電。史密斯的工作也許不重要，但也許在過程中某個環節很要緊，他還是謹慎工作起來（雖然剛寫完班吉．康普森的故事，這種工作看起來無趣又機械化）。他在三個螢幕上快快回顧起來——與死神擦肩而過的十位名人、能夠救命的七種食物、十大聰明狗狗排行榜。很好的誘餌式標題。他把內容貼在臉書的廣告頁面 facebook.com/ads。他真的能夠靠這個為生，但誰會想做這種工作？

他關上電腦，讀了一點書（他目前狂追伊恩．麥克尤恩的作品），然後檢視起冰箱。脂肪含量比較低的鮮奶油還沒壞，但牛奶酸了。他決定要去一趟佐尼便利商店買新的。他看到唐納、貝芙莉還在門廊喝同一瓶啤酒，便問要不要順便幫他們帶點什麼。

貝芙莉說如果他有看到「勁爆機密」的話，請他帶回來。「我們今晚要吃爆米花配 Netflix，如果你要，歡迎加入。」

他差點答應，真是駭人聽聞。他反而說，他今晚會早點睡，因為明天一早還要開車去阿拉巴馬州。

他步行前往寒酸的小小商店街。莫頓．雷克特車身有刮痕的藍色運動型多功能休旅車不見車影，仲介公司也沒開門。「重生日光沙龍」、「火熱美甲」、「海盜旗刺青舖」也都大門深鎖。「火熱美甲」後面是一間廢棄洗衣店，還有一間一元商店，窗上的牌子寫著「歡迎蒞臨我們在松樹廣場的新址」。盡頭就是佐尼便利商店。比利在冷藏區找到牛奶。這裡沒有「勁爆機密」，但有「第二幕」爆米花，他抓了一盒。店員是一位中年女子，頭髮是用指甲花染髮劑染的，看起來已經倒楣一陣子了，大概有二十年這麼久吧。她要給他購物袋，他說不用。佐尼便利商店用的是塑膠袋，對環境不好。

回去路上，他在廢棄洗衣店外頭與膚色一黑一白的兩名年輕人擦身而過。他們都穿著連帽T恤，前面還有大口袋那種。口袋看起來沉甸甸的，好像有什麼重物。他們低頭相互低語。比利經過時，他們同時瞇起眼睛望著他。他沒有直接看他們，但他的餘光看得非常清楚。他沒有放慢腳步，他們又回去竊竊私語。他們根本是在脖子上掛著告示牌，寫著「咱們要以搶劫附近的佐尼便利商店來慶祝勞動節」。

比利走出寒酸的短短商店街。他感覺得到他們盯著他的目光。不用靠心電感應，除非這種心電感應是來自某個在戰區存活下來的人，退伍時腳上少了半個大拇趾，卻得到兩枚紫心動章（早不知扔哪去了）。

他想起幫他結帳的店員，看起來就是個倒楣的中年媽媽。她的運氣在這個假期也沒好轉呢。比利沒有想過要回去面對他們，從他們激動的神情看來，他命喪佐尼的機率極大，但他考慮起該不該報警。只不過附近沒有公用電話，這玩意兒不復存在了，而他身上只有戴頓．史密斯的手機。如果他報警，這支手機就爆了。而戴頓這個身分也會跟著起火，因為這個身分是由什麼打造的呢？只是紙張文件啊。

他反而回到公寓，跟貝芙莉說他們沒有賣「勁爆機密」，她說「第二幕」也可以。狀況好的時候，皮爾森街的車已經寥寥可數了，假日更是少得可憐。他豎起耳朵聽槍聲，沒聽見，但這可能無法說明什麼。

2

比利回到他迫不及待想逃離的市區後，就下載了一個地方報紙的應用程式，隔天，他就讀到佐尼便利商店的搶劫案。他在「地方家園」頁面找到這則報導，列在其他不重要的綜合報導之間。上頭說兩名持槍搶匪搶了不到一百塊（比利心想：其中包含我跟貝芙莉的錢）。當時店裡只有店員汪達．史塔布一個人在。她被送去岩地紀念醫院，治療頭上的傷口後出院。所以其中一個人渣對她動手，大概是用手槍的槍托打她，大概是因為她清空收銀機的速度沒讓他滿意。

比利大可告訴自己，結果也許會更糟（的確）。他可以告訴自己，就算他報警，搶案還是會如此發生（沒錯）。不過，他還是覺得自己像對面路過的祭司與利未人，之後才有出手相救的好心撒馬利亞人出現。[16]

比利從軍時將《聖經》讀得滾瓜爛熟，每一個海軍陸戰隊員都會強制收到一本。他常常後悔讀《聖經》，現在就是這種時刻。《聖經》有各種擊穿模稜兩可狀態及否認心態的故事。不管新約舊約，《聖經》都不談寬恕。

3

我跟史派克先生前往查塔諾加，我就是在那裡加入海軍陸戰隊的。我以為我得去什麼總部入伍，但這裡只是購物中心裡的一個辦公室，一邊是吸塵器店，另一邊則是報稅的地方。門口國旗的其中一處條紋上印著「諾加堅強」，窗上則是一位海軍陸戰隊隊員的照片，上頭寫著「精銳之師，令人驕傲」以及「你有此等能耐嗎」。

史派克先生說班吉你確定你要這麼做嗎?我說對，但我不確定。我覺得一個人在十七歲半的時候根本什麼都不確定，但你也許會假裝，不然你就會看起來很白癡。

總之，我們進去，我跟沃頓．弗雷克上士談話。他問我為什麼想成為海軍陸戰隊的一員，我說我要報效國家，但真正的原因是想離開史派克之家，離開田納西州，展開看起來沒有那麼慘的新生活。葛倫與朗妮都不在了，而唐尼說得對，那裡留得下來的就只有油漆。

接著弗雷克上士問我是否夠堅強，能夠成為海軍陸戰隊成員，我說是，但這點我也不太確定。然後他又問我在戰鬥之中能不能殺人，我說可以。

史派克先生說，上士，我可以跟你短暫聊一下嗎?弗雷克上士說可以。他們請我去外頭，史派克先生坐在桌子前面，開始開口。我大可自己告訴上士我媽的壞男朋友發生了什麼事，但我猜那種話最好還是由「負責任的大人」說比較好。不過從之前到現在的經驗，我實在好奇天底下到底有沒有「負責任的大人」這種生物存在。

不一會兒，他們叫我進去，我在標記為「個人資訊」的空位寫下事情的經過。接著我在四處簽名，聽上士的話，簽得很用力。簽好後，他要我禮拜一待命。他說有時年輕人會等上好幾個月才能進行下面的步驟，但我入伍得正是時候。他說禮拜一我就要去參加美軍軍職適性測驗，還會跟其他的「新血」一起接受體檢。這個測驗能夠協助他們(海軍陸戰隊)搞清楚你能力為何，你有多聰明。

16 出自〈路加福音〉，一名猶太人遭搶重傷倒在路邊，經過的祭司、利未人都假裝沒看見，一直到一位撒馬利亞人經過時，不顧兩個族群過往的仇恨，協助了這位猶太人。

他問我身上有沒有刺青，我說沒有。他問我會不會偶爾戴眼鏡，我說沒有。他還有提，好比說，帶著你的社會安全卡，如果你有戴耳環，記得拿掉。最後，他說（還板著臉，我覺得很好笑）記得穿四角褲來。我說好。他問起有沒有你沒寫下來的身體問題，如果有，你最好現在就說清楚，免得白跑一趟。我說完全沒有。

弗雷克上士向我握手說如果你打算鬧事狂歡，你最好把握這個週末，因為禮拜一你接受測驗之後，你就是一個負責任的大人了。我說好。他說不要這樣回答，你要說是的，弗雷克上士。於是我照著回答，他向我握手，還說很高興認識我。他也對史派克先生說：「還有您，先生。」

回去路上，史派克先生說班吉，雖然他講起話來兇巴巴的，但我覺得他跟你不一樣，他沒有殺過人。他看起來就不像。

那時朗妮已經（穿著她的七里格靴）離開了四、五個月，但在她出發前，她讓我跟她在「撞車大賽」親熱。感覺太美妙了，但當我想要更進一步的時候，她笑著把我推開說你太小了，但我想給你一點記得我的東西。我說我會記得，我的確記得。我覺得你永遠也不會忘記跟你首度認真接吻的女孩。她告訴我……

4

比利停在這裡，他從筆電上方望出去，看著窗外。羅萍告訴他，等到她真的到了某個地方發達了，她會寫信到史戴芬尼克之家，這樣她在「油漆永遠塗不完之家」的朋友才能聯絡上她。她告訴比利，他離開後也要寫信回來。

「我猜過不了多久，你也會啟程了。」那天在撞爛的賓士上，她是這麼說的。她先前讓他解開她襯衫的鈕扣（沒有全開），她講話時正在把扣子扣回去，掩蓋住裡頭的榮光。「但你想要把

自己投餵進戰爭機器之中的念頭……比利，你得再考慮一下。你太年輕，不該就這樣死掉。」她親吻起他的鼻子。「還這麼帥。」

比利正想繼續寫下去，完全省略他那時在短暫的親熱過程中，體驗過最痛苦、最美妙也最堅硬的勃起，這時，他的大衛．洛克維奇手機叮了一聲，是肯．霍夫傳訊息來。

有東西給你。該來拿囉。

他說得大概沒錯，因此比利回：**好。**

霍夫回：**我等等去你家。**

不、不，不行。霍夫來他住的地方？隔壁是孩子跟比利在週末一起玩大富翁的艾克曼一家？霍夫會用毯子包裹步槍，他肯定會，有半個大腦跟一隻眼睛的人都會知道裡頭是什麼。

他傳起訊息：**不行，沃爾瑪，花園中心停車場，今晚七點半。**

他等待起來，看著霍夫回應的點點浮現。如果他覺得見面地點可以討價還價，那他就要意外了。不過，訊息回來的時候，只有簡短的好。

比利連剛剛的句子都沒有寫完，就闔上筆電。他今天寫夠了。他心想：霍夫玷污了一切。只不過，他很清楚。霍夫只是霍夫，他就是這樣。真正玷污一切的是那把槍，而行動即將展開。

5

七點二十五分，比利將他的大衛．洛克維奇 Toyota 停在花園中心的沃爾瑪大片停車場裡。五分鐘後，準準七點半，他收到一條訊息。

看不見你，太多車了，出來揮一下手。

比利下車揮手，彷彿是看見朋友一樣。一輛古董櫻桃紅的福特 Mustang 敞篷車（如果天底下有一輛車很「肯．霍夫」，那就是這輛了）從車道開了過來，停在比利低調的汽車旁邊。霍夫下了車，樣子比上回比利見他時好多了，氣息中也沒有散發酒氣。考慮到他載送的物品，這可是件好事。他穿了一件馬球衫（當然有名牌標誌在上頭）、燙過的斜紋布卡其褲，以及樂福鞋。他換了新髮型。比利心想：但肯．霍夫的精髓還在。這位先生的昂貴古龍水依舊掩飾不了焦慮的氣質。他不是幹苦力活的料，而將槍枝交給受僱殺手的確是挺沉重的工作。

步槍沒有包裹在毯子裡，為此比利願意給他加兩分。霍夫從敞篷車後車廂抱出來的東西是一個格子花紋的高爾夫球包，還有四根桿頭冒出來。在逐漸昏暗的天色下，桿頭還閃著光澤。

比利接下包包，放進自己的後車廂裡。「還有什麼事嗎？」

霍夫踩了踩他那雙有流蘇裝飾的樂福鞋，然後說：「也許吧，有。我們可以談一下嗎？」

曉得霍夫在想什麼也許比較周到，因此比利開了 Toyota 的副駕駛座車門，示意要霍夫上車。霍夫坐了進去。比利繞過車頭，坐進駕駛座。

「我只是想要請你轉告尼克，我可以，你辦得到嗎？」

「可以什麼？」

「什麼都可以，那個。」他用拇指比比身後，說的是車廂裡的高爾夫球包。「確保他了解我是可靠的人。」

比利心想：你電影看太多了。

「告訴他，一切都順利進行。我的某些債主很滿意。只要你完成你的工作，他們每個都會很滿意。告訴他我們都能好聚好散。如果有人找我問話，我就會說我什麼都不知道。你只跟我出租辦公室的某位作家而已。」

比利心想：不對，你沒有把辦公室租給我，你是租給我的經紀人，而喬治．羅素本名喬治歐．

朱利耶尼，又名喬治豬爺，大家都知道他跟尼克．馬傑利安有關。你是其中的環節，而你很清楚，因此我們才會有這場對話。你還相信在案子結束後，你也許能夠全身而退。我猜你的確可以這麼想，因為閃躲是你的強項。問題在於，經過十個小時警方連續團體戰般的偵訊攻勢，我覺得你閃不到哪裡去。說不定如果亮出合作協商的牌，你五個小時就屈服了。我覺得你會一五一十通通抖出來。

「聽我一句。」比利想裝出敦厚的口吻，但希望是坦率的模樣，畢竟他們只是坐在車上討論嚴肅話題的兩個人。真的是因為比利．桑默斯的工作，才聯絡上這個人形討厭鬼？他不是該當個工具人，任務完成後就跟胡迪尼一樣消失就好？以前都這樣，但事關兩百萬……

於此同時，霍夫用熱切的目光看著他，他需要保證，需要灌點迷湯。這本該是喬治的任務，這種事喬治很在行，但喬治豬爺此刻不在場。

「我知道這不是你平常從事的生意——」

「對，真的不是！」

「我也知道你會緊張，但我們在說的不是什麼電影明星、政治人物，或羅馬教皇。這傢伙是個壞人。」

霍夫的神情彷彿在說：跟你一樣。他怎麼不會這麼想呢？比利替頭髮上綁著緞帶的可愛小女孩贏得粉紅鶴算不了什麼，這不是什麼情有可原的狀況。

比利轉頭，直直面對另一個男人。「肯，我要問你一件事，你不要往心裡去。」

「好，當然。」

「你沒有裝竊聽器什麼的吧？」

霍夫驚恐的神情已經說明了一切，比利打斷對方急促困惑的抗議。

「好，行，我相信你。我只是得問一下。現在聽好了，警方不會為此任務編組，大費周章查案。他們只會問你幾個問題，他們會去找我的經紀人，發現他只是一個用文件騙你的假身分，一切就這樣。」最好能夠這麼簡單。「你知道他們會怎麼說嗎？不是對電視媒體、報章雜誌說的，而是警方的內部討論？」

肯．霍夫搖搖頭。他的目光始終沒有離開過比利的雙眼。

「他們會說這是幫派謀殺、尋仇，還會說幹這種事的人替城市省下訴訟的費用。他們會來找我，但他們找不到我，案子就會成為公開的懸案。他們會說人渣死了最好，懂嗎？」

「呃，如果你這麼說……」

「對，對，我就是這麼說的。現在回家。剩下的交給我就好。」

肯．霍夫忽然間靠了上來，比利一度以為這傢伙要吻他。結果霍夫只是抱了抱他。他今晚氣色比較好，但「口氣」完全是另一回事。沒有酒味，但還是很臭。

比利承受起這個擁抱以及氣息。他甚至稍微回抱了一下。然後他說，霍夫，拜託放開。霍夫下了車，真是令人鬆了口氣（超大一口氣），但他又彎腰探頭過來。他笑了笑，這次笑容很真實，彷彿發自內心。顯然他還有心。

「我對你也有所了解。」

「肯，什麼了解？」

「你傳給我的訊息，你的花園中心都是大寫的，你剛剛還用『報章雜誌』、『內部討論』這種字眼。你沒有你裝出來的這麼笨，對不對？」

「我聰明到曉得如果你讓事情單純一點，你就會平安無事。你不曉得我從哪裡弄到步槍，也不知道我打算幹嘛。就這麼簡單。」

「好啦，還有一件事，先跟你通風報信一聲。你知道科迪嗎？」

他當然知道。他們去破爛小嘉年華會的小鎮。一開始比利以為霍夫會說他注意到比利去過那裡，當然是因為他玩了那個射擊遊戲。真是想太多，但在暗殺實際發生前，想太多也是應該的。

「知道，那裡距離我住的地方不遠。」

「對，狙擊那天，科迪會出事，分散注意力。」

比利只知道煙火閃光彈是用來轉移注意力的，位置會在「太陽黑子咖啡」後面的巷子，還有另一處接近法院的地方。科迪距離法院好幾公里，而且尼克絕對不會告訴這個傻蛋煙火閃光彈的事。

「什麼樣的方式？」

「一場火災，也許會放火燒穀倉，那邊一路上有很多。會在你的人……你的目標……進入法院的時候。我不知道會在多久之前行動，我只是覺得你該知道有這件事，免得你手機、電腦什麼裝置收到一堆快報消息。」

「好，謝了。現在你該閃了。」

霍夫向他豎起拇指，回到他的紈褲子弟專車上。比利等到對方離開，才開往常綠街，他開得很小心，沒忘後車廂裡有一把殺傷力強大的步槍。

科迪的倉庫火災？真的嗎？尼克知道這件事嗎？比利覺得答案是否定的，這種會打亂他刺殺節奏的事情，尼克肯定會跟他說。不過，霍夫知情。問題在於，比利要不要把這個意外的小插曲告訴尼克與喬治歐？他覺得他自己知道就好，他會在心底冥思，就跟聖母懷著小耶穌時一樣，默存在心中，反覆思索。

他要霍夫讓事情單純一點。只不過事情能夠單純到哪裡去？在小小的偵訊室裡過了三、四個小時，警察開始問你，你是怎麼還清你那些窮追猛趕債主的錢？那時他們不會叫他霍夫先生，而會叫他肯，因為他們聞到血腥味之後就會改口。肯，錢是打哪兒來的？肯，你哪個有錢的長輩過世了嗎？現在還有時間全身而退喔。肯，你是不是有什麼話想說？肯？

比利發現自己思索起高爾夫球袋，以及裡頭跟槍擺在一起的球桿。那是霍夫的球袋嗎？如果是，他有沒有想過要把球桿擦一擦，免得他自己在上頭留下指紋？最好別想這種事。霍夫出事是他自己活該。

不過，比利不也是這樣嗎？他一直在想尼克的撤退計畫。順利到太假了，所以比利不會採用，他也不會讓尼克知道。因為，嘿，因為如果你要除掉提供槍枝跟從中牽線的人，你為什麼不連開槍的人一起解決？比利不願相信尼克會幹這種事，但他明白一個無可辯駁的事實——將肯．霍夫牽扯進這無法脫身困境中的就是「不願相信」這種心態。

再說，刺殺當天去科迪穀倉放火到底是誰的主意？不是尼克的主意，不是霍夫的主意，那是誰的主意？

一切都令人憂心，但當他將車子開進車道時，唯一一個美好的景象映入眼簾——他的草坪看起來漂亮極了。

6

八月的時候比利大多睡得很好。他想著隔天要寫的故事入睡。只有夢過費盧傑幾回，還有那棟房子，院子裡的棕櫚樹上有飄蕩拍打的綠色塑膠袋（怎麼飛到那裡去的？那麼高的地方？）。這已經不是他的故事，而是班吉的故事了。這兩則故事已經開始分道揚鑣，但不打緊。他曾在Youtube上看過越戰小說家提姆．歐布萊恩（Tim O'Brien）的專訪，那次聊的是他的半自傳小說《負重》（*The Things They Carried*）。他說小說不是事實，而是通往事實的途徑，比利現在明白這句話

的意思了。特別是寫到戰爭的時候，這不就是他故事主要在寫的東西嗎？跟又名朗妮・吉文斯的羅萍・麥奎爾在撞爛的賓士車裡親熱只是停火，剩下的都是交戰。

今晚，夏天過去，秋天正在路上，他卻憂心忡忡躺著睡不著。不是擔心高爾夫球袋裡的槍，而是他答應用槍執行的任務。他給自己的規矩很簡單，就兩條：開槍跟閃人。這次卻不一樣，不只是因為這是最後一次殺人賺錢。這次不一樣，因為味道不對，就跟霍夫用那笨拙、意外的擁抱「捕捉」比利時的鼻息一樣，味道不對。

他覺得有人跟霍夫通風報信，但又覺得不對。不會有人跟霍夫聯絡，因為他不算個「咖」。他以為自己很了不起，有這麼多房地產開發案、電影院、紅色敞篷車，但他頂多只是小地方的大人物，還不是非常重要的人物。而這是一筆大生意，很多人會獲益，霍夫就是其中一員。他欠的債已經還了一些，他似乎認為喬爾・艾倫死後，所有的債務都能一口氣償還。然後是尼克，還有尼克動員加入這場行動的軍隊。稱不上是一個軍隊的「班」，但差不多了，也許的確有一個班的力量。說不定還有尼克沒告訴過他的勢力參與其中。

沒有人聯絡霍夫，但有人聯絡尼克，叫他拖霍夫加入。比利想起他第一次在「太陽黑子咖啡」跟霍夫見面時，認為霍夫跟尼克一定有什麼關係。現在他沒有那麼有把握了。霍夫想要賭場執照，卻弄不下來。尼克很清楚這種執照該怎麼「搞來」，如果霍夫跟尼克交情很好，那執照怎麼卡著下不來？開賭場就是印鈔票的許可，而霍夫的確很缺錢。

這件事的幕後黑手跟與霍夫通風報信說科迪穀倉可能會起火的人是同一位嗎？也許是，說不定喔。

再想想喬爾・艾倫，現在關押在洛杉磯。他受到保護性拘留，應該是怡然自得，舒適到不行。他有律師爭取引渡。為什麼？艾倫肯定曉得他終究會被送回這裡，不是因為洛杉磯郡立監獄伙食好吧？他在爭取時間？想要跟搞出這整個行動的某人協商？也許用他的律師作為中間人？

這個某人肯定知道艾倫最後會被送回來，艾倫抵達時，在他說出自己知道的秘密前就會被比利・桑默斯刺殺。這個某人肯定知道艾倫也許會留一手，照片啦、錄音啦，也許是手寫的自白（比利實在難以想像）。只不過這個某人也覺得必須冒這個險，這是可以接受的風險。這個某人肯定料中了，大概是吧。艾倫這種人不會留一手，艾倫這種人覺得自己刀槍不入。在收錢殺人這件事上，艾倫也許很在行，但從讓他身陷囹圄的罪行看來，他也是會衝動犯罪的人。

再說，某人也許覺得自己別無選擇。無論那個秘密是什麼，肯定都見不得光。艾倫不能在有死刑的州進行審判，有那種可以交換協商的秘密，絕對不行。

比利逐漸陷入夢鄉。在他入睡前的最後一個念頭是大富翁，為了不要破產，你開始一一變賣你的財產。這招通常都不管用。

7

隔天一早，他準備上車時，柯琳・艾克曼穿過自家與他家草坪。她手裡拿著一個咖啡色紙袋，裡頭的東西聞起來香氣誘人。

「我做了蔓越莓瑪芬蛋糕，夏夏跟德瑞克在學校有熱食可以吃，但他們也喜歡額外的小點心。我留了這兩個給你。」

「妳太客氣了。」他接下袋子。「妳確定不要至少留一個給傑莫下班吃嗎？」

「我已經替他留了，但我希望你吃兩個，聽到沒？」

「我想這種使命我能達成。」比利笑了笑。

「你瘦了。」她停頓了一下，又說：「你都沒事吧？」

比利低頭訝異望著自己的身子。他瘦了嗎？看來好像是。皮帶扣到先前沒用過的洞了。然後他又看著她，說：「柯琳，我很好。」

「你看起來還算健康，但這不是我的意思，不是我完整的意思。你的書寫得還好嗎？」

「超級成功的。」

「那也許你只是需要多吃一點，吃健康的東西，綠色跟黃色的蔬菜，不要只吃外帶比薩跟塔可鐘的速食。長遠來看，單身漢伙食比酒精更可怕。你今晚六點過來吃飯，我來做牧羊人派，會加一大堆胡蘿蔔跟豆子。」

「聽起來很美味。只要不會給妳添麻煩就好。」比利說。

「不會，而我還得謝謝你。你對我的孩子很好，在你替夏妮絲贏得那隻粉紅鶴之後，她對你的暗戀程度更加劇了呢。」她壓低聲音，彷彿是要分享什麼秘密一樣。「她把那隻鶴的名字從法蘭姬改成戴夫了。」

比利開車往市區前進時，他想到夏夏改了粉紅鶴的名字，覺得挺開心的，但同時也覺得很羞愧，因為，畢竟，那個名字只是一則謊言。

8

這天下午，他離開傑拉塔，朝皮爾森街的方向漫步了兩個街廓。他在窄窄的巷子稍作停留，巷子裡有兩輛子母垃圾車。他覺得這樣可行，於是掉頭回到停車場。

稍晚，他回央林區半路上進了沃爾瑪。自從搬到央林區，他似乎總在這裡停留。他提著購物籃排隊等結帳時，再次考慮起放棄這個案子。消失就好。只不過尼克會追殺他，可不是找他叫把已經花掉的可觀錢財吐出來這麼簡單。比利很會消失，但尼克不會罷休。他會先派惡棍去「拜訪」

巴奇・漢森，而這種拜訪可不會客客氣氣的，因為如果尼克曉得有誰知道比利・桑默斯的藏身之處，那肯定就是他在紐約的經紀人。巴奇也許最後會少幾根手指，說不定會因此喪命。他不該落得如此下場。

尼克也會找人前往央林區，也許是貓王法蘭基跟波利・羅根。他們會向法西歐跟雷根蘭一家問話，也會問傑莫跟柯琳，也許跟小孩問話？不太可能，成年男子跟小孩交談會引起不必要的關注，但光是想到那兩個傢伙向夏夏與德瑞克攀談就讓他不安。

還有兩件事，首先，他從來沒有棄單過，第二，喬爾・艾倫就要來了，而他是個壞人。

「先生？到你了。」

比利回神到沃爾瑪的結帳隊伍中。「抱歉，我做白日夢去了。」

「別擔心，我經常這樣。」結帳女孩說。

他將購物籃裡的東西通通拿出來——亮綠色的高爾夫球桿頭保護套，上頭印著「打得好」、「一桿進洞」等字樣，槍枝清理組合，一整組廚房用的木頭湯匙，上頭印著「生日快樂」大大亮片蝴蝶結，背後有滾石樂團標誌的輕薄外套，最後則是一個小朋友的便當盒。結帳女孩最後掃描便當盒，然後拿到面前看個仔細。

「美少女戰士！小女孩會愛死這個！」

比利心想：夏夏・艾克曼的確會愛死，但這不是要給她的。也許在另一個比較好的世界才可能送她吧。

9

那天晚上，與艾克曼一家用過晚餐後（柯琳的牧羊人派真的非常美味），他回到他的地下娛樂室，從高爾夫球袋裡將槍拿出來。的確是他指定要的M24，看起來槍況還不錯。他拆解槍枝，一部分、一部分都放在乒乓球桌上，且一一清理起來，這把槍總共有六十多個零件。高爾夫球袋上有兩個拉鍊口袋，他在其中一個口袋裡找到伸縮望遠瞄準鏡，另一個口袋則是彈匣，可以裝到五顆子彈，用的是西耶拉火柴王中空尖頭船尾型子彈。

屆時他只需一顆即可。

10

隔天早上十點，他進入傑拉塔大廳時，左肩扛著高爾夫球包。他是故意晚到，這樣大多數的沙鼠員工都已經上樓跑轉輪了。年紀一大把的保全厄夫・迪恩從他的雜誌上抬起頭來（今天看的是《汽車趨勢》），露出微笑。「戴夫，要來場高爾夫冒險嗎？噢，作家都過這什麼生活啊！」

「不是我要打。」比說。「我覺得高爾夫球是全宇宙最無聊的運動了，這要送我經紀人。」他拿起袋子，讓厄夫看上頭綁的大大的蝴蝶結，以及亮亮的文字。只不過側邊口袋此刻裝的是裝好子彈的彈匣，而不是二十幾個球座。

「哎啊，你人也太好了。這是很昂貴的禮物！」

「他很關照我。」

「嗯哼，我聽到了。只不過羅素先生看起來不像會走進高爾夫球場的人。」厄夫伸出雙手在身前比劃，暗示起喬治歐巨大的肚腩。

比利有所準備。「對啊，如果他用走的，他在第三洞大概就會心臟病發暴斃了，所以他有一輛特製的高爾夫球車。他說他是在大學時期學打高爾夫的，那時他瘦多了。而且你知道，有次他終於說服我跟他上場，他發球技術之好，令人不敢置信。」

厄夫起身，比利一度心涼，以為老傢伙的警察直覺最後一次連上線，打算要檢視一下球桿，這樣的行為會拯救喬爾．艾倫，但比利可能就完蛋了。結果他只是轉到側面，雙手扠放在自己不怎麼突出的屁股上。「力量來自這裡。」厄夫再次拍了拍自己的身子，作為強調。「就是這裡。你去問任何一個職業美式足球的線鋒或大聯盟打出全壘打的打擊者，去問荷西．奧圖維[17]（José Altuve），一百六十八公分是不高，但他的屁股堅若磐石。」

「肯定就是這樣。喬治的確屁股很大。」比利整理了一下綠色的球桿保護套。「厄夫，祝你今天愉快。」

「你也是。嘿，他生日什麼時候？我來寫張卡片什麼的給他。」

「下禮拜，但他可能不會來這裡。他在西岸。」

「泳池畔的棕櫚樹與美女啊。」厄夫坐了回去。「真不錯。你今晚會待到很晚嗎？」

「不知道，要看看寫得如何。」

「作家都過這什麼生活啊。」厄夫又講了一次一樣的話，打開他的雜誌。

11

進了辦公室，比利拿掉綠色桿頭保護套。從雷明頓700槍口位置伸出來的是他用弓鋸鋸成正確長度的簾幕吊桿。用膠帶固定在吊桿上的是木頭大湯匙的勺子。加上綠色保護罩蓋住，看起來真的很像高爾夫球的桿頭。他拿出雷明頓700的槍托、槍管跟槍機。然後他將兩根球桿推去一旁，這樣才能把便當盒拿出來，便當盒用毛衣裹住，避免發出任何碰撞聲響。裡頭是比較小的零組件，塞頭啦、撞針啦、退殼挺、底板彈簧鎖，以及其他的東西。他把拆解過的槍，加上五發子彈的彈匣、洛伊波爾德公司出品的瞄準鏡、玻璃切割器，通通放進辦公室與小廚房之間的上層儲物櫃裡。他上了鎖，將鑰匙塞進口袋。

他甚至沒有嘗試寫作。寫作要等到這件破事結束後再說了。他把用來寫故事的 MacBook 推去一旁，打開他自己的筆電。他輸入密碼，就是他記得住的一串數字跟英文字母（才不會藏著什麼寫著密碼的便條紙呢），他打開名為「同志利刃（The Gay Blade）[18]」的檔案。這個同志利刃當然就是「商業解方」的柯林・懷特。檔案裡記錄了比利對柯林浮誇打扮的觀察，總共有十組裝扮。

比利實在無法預測喬爾・艾倫來法院那天，柯林會怎麼穿，但他覺得這不重要。不只是因為，就算眼睛會撒謊，人還是會相信自己看到的景象，更是因為他肯定會穿降落傘褲。有時柯林會搭配寬肩花朵力量襯衫，有時配印著「酷兒挺川普」字樣的T恤，有時就是他眾多樂團T恤的其中一件。這不重要，因為大家看到的柯林會穿著背後有滾石樂團大紅唇標誌的外套。在過去的炙熱夏天裡，他沒看過柯林穿任何外套，但那種衣服肯定存在於他的衣櫃之中。如果槍擊那天的天氣如同平時這裡的秋天一樣溫暖，那穿外套也還說得通，畢竟那是時尚宣言。

當尼克坐在假公共服務部門廂型車裡的手下，發現比利沒有駐足上車時，他們不會看到比利・桑默斯落跑，他們只會看到一個身穿降落傘褲，黑髮及肩的男子，他們會心想：**是個打扮閃亮的玻璃在逃命呢**。

他希望他們會這麼想啦。

比利繼續用他自己的筆電去亞馬遜買東西，指定隔天送達。

17 José Altuve，美國職棒大聯盟選手，守備位置為二壘手。是現役最矮的球員。

18 出自一九八一年的電影《粉雄佐羅》（*Zorro, The Gay Blade*），講述蒙面俠佐羅與他的同志雙胞胎弟弟一起行動的喜劇。

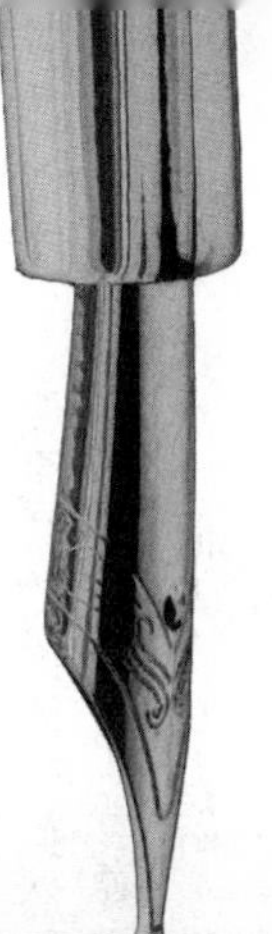

CHAPTER 9

1

一個禮拜過去。他一直期待接到喬治歐的訊息，但沒有收到。週五傍晚，他邀請鄰居來後院烤肉，餐後小孩玩起鬼抓人，他、傑莫、保羅・雷根蘭則丟起三人棒球，他得閃躲其他兩人大力又飛快的擲球。雖然傑莫幫比利找出來的手套是厚實的捕手手套，但他洗少數幾個碗盤時，還是覺得手有點刺刺癢癢的。此時他的電話響了。

他先查看大衛・洛克維奇的手機，不是這支。他查看比利・桑默斯的手機，也不是這支。這樣就只剩他沒料中會響的那支電話。肯定是巴奇從紐約打來的，因為只有他才有戴頓・史密斯的手機號碼。不過，當他在客廳的威爾斯餐具櫃旁接起電話時，他發現不是巴奇打來的。他將這支手機號碼留給了房仲莫頓・雷克特，以及貝芙莉・簡森，他樓上的鄰居。

「喂？」

「嗨，鄰居。」不是貝芙莉，是她丈夫。「阿拉巴馬怎麼樣？」

比利一度不曉得對方在講什麼。他愣在原地。

「戴頓？我們斷線了嗎？」

忽然連上線了，他應該要在亨次維替「公正保險公司」安裝電腦系統。「不，我在。怎麼樣？就是很熱啊。」

「天氣之外都還好嗎？」

比利根本不曉得亨次維天氣如何，大概跟這裡差不多，但誰知道啊？要是他稍微料到唐納・簡森會打電話來，他肯定會查一下。「沒什麼特別的。」他說。「有什麼事嗎？」

他想像起唐納說：哎啊啊，我們只是在想你到底是誰，那個假肚腩也許騙得了別人，但我老婆第一眼就看穿你了。

「是這樣啦。」唐納說：「貝芙莉她媽昨天病況惡化，今天下午過世了。」

「噢，我真是太遺憾了。」比利的確覺得遺憾，也許不是「太」遺憾，但至少是「有點」遺憾。貝芙莉不是柯琳．艾克曼，但她人也不錯。

「對，貝芙莉很傷心。她在臥室，邊打包邊哭，邊哭邊打包。我們明天就飛去聖路易，在機場租車，開車去這個叫做迪金斯的破爛小鎮。不只是葬禮，還有一堆事要處理。可能會在那邊待一陣子。」唐納嘆了口氣。「我不想花這個錢，但她母親的律師禮拜二會宣讀她的遺囑，我想也許她留了點錢給我們。聽起來是這樣，但你知道律師的。」

「含糊其詞。」比利說。

「沒錯，超含糊的。不過呢，安娜特是遭到拯救的靈魂，而她只有貝芙莉這個女兒。」

「啊。」

「我們應該會在那裡待上一陣子，我就是因為這樣才打電話給你。貝芙莉想知道我們能不能把鑰匙放在你門下，等你從阿拉巴馬回來，想請你幫忙看一下冰箱，替貝芙莉的植物跟鳳仙花澆澆水。她超瘋這些玩意兒的，還給植物取名字，你相信嗎？如果你一個禮拜後才會回來，那就頭大了。這裡的人我們沒認識幾個。」

比利心想：那是因為那裡根本沒有多少人。他也想著，這樣很好，不只很好，棒透了，根本走運。整棟皮爾森街的屋子都是他一個人的，除非簡森夫妻在喬爾．艾倫離開加州前就回來。

「如果你不行……」

「我可以，非常樂意。你覺得你們會待多久？」

「不確定，至少一週，也許兩週。我工作已經請長假了，當然是不支薪的，但如果能夠得到一點錢……」

「好，我明白了。」好得不得了。「植物的事，沒問題。我應該快回去了，然後這次會休息一陣子。」

「太好了。貝芙莉要我轉告你，冰箱裡的東西你不要客氣。她說最好在壞掉前吃掉。當然，牛奶可能會先壞掉。」

「對。」比利說。「我自己也遇過這種問題。你們一路小心。」

「謝了，戴頓。」

「沒問題。」比利說。

2

這天晚上，比利躺在床上，雙手插在枕頭下方，抬頭望著天花板上朦朧、拉長的光線，這是從法西歐家前面的路燈投過來的光。他一直忘記要買窗簾。他想過要買，但總是忘記。也許現在除了等待已經沒事做的他會記得。

他希望等待的時間能夠短一點，不只是因為唐納、貝芙莉出門對他來說很方便，更是因為現在少了班吉的故事要寫，他在傑拉塔的時間會變得異常漫長。接下來就要寫到費盧傑了，比利曉得他想說什麼，他想捕捉哪些絕妙的細節。掛在棕櫚樹上的破爛垃圾袋，隨風吹起，宛如旗幟。聖戰者搭計程車過來跟海軍陸戰隊交火，跟馬戲團裡開著小車的小丑一樣迅速冒出來。只不過馬戲團小丑不會拿槍。穿著饒舌歌手五角、史奴比狗狗T恤的男孩居然是彈藥補充員，踩著破爛的耐吉或帆布鞋在粗石中奔跑。少了一條腿的狗叼著一隻人掌，穿越喬蘭遊樂園。狗狗腳掌上的白色塵土在比利腦海中清晰可見。

素材都在，但要等到任務結束，不然他實在無法動筆。根據詩人威廉．華茲渥斯的說法，寧靜時回憶起的強烈情緒才是寫作最好的素材。比利已經失去了他的寧靜。

他終於緩緩入睡，但半夜時，收到簡訊的低低聲響讓他醒來。通常他會睡過去，但他現在都很淺眠，作夢也是一個片段一個片段。每次都會回到戰場上去。

比利、戴夫、戴頓的手機一字排開在床邊桌上充電，唯一亮起的螢幕是他自己那支。雙倍骨牌：**打給我**。然後是一串拉斯維加斯的電話號碼。「雙倍骨牌」是尼克的賭場酒店。在比利的時區是凌晨三點，在拉斯維加斯，尼克可能正要準備睡覺而已。

比利打了過去。尼克接起，問比利好不好。比利說他很好，只不過現在是凌晨三點。

尼克歡快地笑了起來。「最適合打電話的時間，大家都到家了。我只是聽說咱們的朋友下週三會去你那裡。也許會是禮拜一，但他有點食物中毒的小問題，大概是自己搞出來的。他的車會送他到他的飯店，他會在那裡過夜，懂嗎？」

比利懂，艾倫的飯店就是郡立監獄。

「隔天一早，他就會傳去你那邊。懂我的意思嗎？」

「懂。」傳訊的意思。

「咱們的紅髮好朋友把你要的東西交給你了嗎？」

「有。」

「沒錯吧？」

「沒問題。」

「好。你的經紀人會再傳一條訊息給你，然後你就待命。之後你就去度假，都聽懂了？」

「懂。」比利說。

「你會想繳清這支手機跟其他手機的帳單，了解吧？」

「了解。」比利說。尼克一直問他懂不懂實在很煩，但也很好。尼克還是覺得他是在跟腦袋始終不太靈光的人講話。摧毀比利．桑默斯的手機，摧毀大衛．洛克維奇的手機，摧毀一路上他用過的每一支手機，了解。他有一支手機是尼克不知道的，而這支會留下來。

「我們之後再聯絡。」尼克說。「如果你要，手機可以晚點處理，但先刪掉我傳給你的訊息。」然後他就掛斷電話。

比利刪除訊息，躺回床上，不到一分鐘就睡著了。

3

週末涼涼的。看來秋天終於到了。比利看到常綠街的樹染上了的第一抹色彩。週日下午玩大富翁的時候，比利對上三個孩子，還有五、六個看戲的小鬼圍在桌邊。骰子通常都是比利的朋友，今天卻不是。兩顆骰子，他三次擲出兩顆同樣的數字，連續三次去坐牢，統計狂都要跳出來算這種機率有多小了。他撐了很久，兩名對手終於破產，但最後他輸給了德瑞克．艾克曼。當銀行收走他最後一棟貸款房產時，所有的孩子都笑他，還撲向他，喊著「輸家、輸家，喝醉回家」。柯琳下樓看到底是在吵什麼，還得笑著喊著要孩子們放過他，讓人家呼吸啦。

「痛宰你！」丹尼．法西歐高喊：「小孩都能痛宰你！」

「的確。」比利跟著笑了起來。「如果我沒坐牢，我就能買下這些鐵路——」

夏夏的朋友貝琪對他做鬼臉，大家又笑成一團。然後他們上樓去客廳吃派，傑莫正在客廳看棒球季後賽。沙發上，夏夏坐在比利身旁，懷裡抱著她的粉紅鶴。七局時，她睡著了，小腦袋瓜子靠在比利手臂上。柯琳問他要不要留下來吃晚餐，比利拒絕了，說想去看場電影。他想去看《索

命特快車》。

「我看過預告。」德瑞克說。「看起來很可怕。」

「我會吃一堆爆米花。」比利說。「這樣就不可怕了。」

比利沒去看電影，他反而在開車去市區停車場路上聽了那部電影的觀後感 podcast，他的福特 Fusion 就停在這裡。小心一點總是上策。他開著 Fusion 去皮爾森街六五八號，將戴頓．史密斯的裝扮塞進衣櫃裡。然後上樓替貝芙莉．簡森的吊蘭跟鳳仙花澆水。吊蘭看起來生氣勃勃，鳳仙花是都枯了。

「好了，妲芙妮。」比利說。鳳仙花前面有個小小的牌子，上頭有它的名字。吊蘭也有名字，鬼才曉得它為什麼叫華特。

比利鎖門離開，他戴著鴨舌帽遮擋他這頭不是金色的頭髮。而且雖然天快黑了，他還是戴著太陽眼鏡。他把 Fusion 開回去，並將 Toyota 開回央林區，看了一下電視才上床睡覺，幾乎是立刻睡著。

4

禮拜一下午，有人敲他的門。比利開門時心一沉，以為是肯．霍夫，但不是霍夫。是菲莉思．史坦霍普。她面露微笑，但雙眼又紅又腫。

「帶女生去吃晚餐？」就這樣。「我被甩了，我需要打氣。」她停頓了一下，又說：「我請客。」

「沒這個必要。」比利說。他很清楚這頓飯最後會走到哪裡，也許不是什麼好主意，但他不在乎。「樂意請客，如果妳不喜歡，那我們可以再次各付各的。」

但他們沒有各付各的，比利請客。他覺得她也許決定要以跟他上床來慶祝分手，在她喝了三杯螺絲起子後（飯前兩杯，吃飯時又一杯），這個想法已經確定了。比利要讓她看酒單，但她揮手婉拒。

「不攪和就不用擔心。」她說：「出自——」

「劇作〈誰怕吳爾芙？〉」比利替她說完，她大笑起來。

晚餐她沒有吃多少，說他們分手的場面很難看，上集是面對面分手，下集是在電話上分手，而她沒有很餓。她只是想喝酒。他們也許不會各付各的，但她需要一點酒膽來進行接下來的活動，「那件事」現在看起來已經箭在弦上。而他也想這麼做。他已經很久沒有接觸女性了。比利用大衛·洛克維奇的信用卡付帳時，想起孩子壓在他身上時喊的「輸家、輸家，喝醉回家」。一天後，眼前就有一個愛情的輸家，喝得醉醺醺的。

「咱們去你家，我不想回家在我的浴室櫃子上看到他的鬍後修容水。」

比利心想：那妳可以來我家看我的鬍後修容水，妳甚至可以用我的牙刷。

他們抵達常綠街的黃色小屋時，她先是參觀了一番，讚賞他掛的《齊瓦哥醫生》海報，這是他在城裡二手商店買的，然後問有沒有東西可以喝。比利冰箱裡有一手啤酒。他問她要不要杯子，菲菲說她直接喝就好。他拿了兩罐來客廳。

「我以為你寫書的時候不喝酒。」

他聳聳肩。「誓言注定要打破，再說，我下班了。」

他們才打開啤酒，她就說：「這裡好熱。」然後開始解襯衫的鈕扣。啤酒開了，一直在茶几上放到早上，一口沒喝，完全消泡。

性愛過程不錯，至少對比利來說如此。他覺得她應該也這麼想，但女性實在很難說。有時她們希望你不要這麼賣力，快點結束，這樣她們才能趕快睡覺，但如果她在裝，那她也裝得很好。

在他一度忍不住的時候，她對著他的肩膀發出「嗯嗯嗯」的聲音，指尖抓進他的皮膚裡，差點抓破皮。

他滾去他那一邊的時候，她拍了拍他的肩膀，彷彿是在說：好孩子。「拜託別告訴我，這是同情砲。」

「相信我，不是。」他說。「我也不會問妳這是不是復仇砲。」

她大笑起來。「你最好別問。」然後她翻身過去，遠離他。五分鐘後，她開始打鼾。

比利躺著，沒有立刻入睡，不是因為她在打鼾（那是很淑女的鼾聲，有點像貓咪打呼嚕），而是因為他的腦袋不肯停止運轉。他想到她出現的模樣，最後跟他一起回家，過程就像左拉的小說，每個角色都會「物盡其用」，最後一次登場，就跟謝幕一樣。他希望自己的故事還不會結束，但他猜某部分大概快結束了。只要他結束這份工作，收到了錢，他就會展開新生活（也許以戴頓．史密斯的身分，也許用別的身分）。也許是更好的生活。

他這陣子有所體悟，大概是從他開始寫班吉的故事開始，他就發現自己沒有辦法繼續這樣生活下去，感覺好窒息。想到，不，幻想自己只殺壞人的念頭只能支持他走到這裡。這條街上住著多少好人。他不會殺害他們之中的任何人，但他覺得，當他們明白他為什麼待在這裡的真正原因後，他會扼殺他們的內心。

這樣是不是太詩意了？太浪漫了？比利覺得不會。陌生人出現，他成了鄰居，但重點在於，原來他一直都是陌生人。

差不多三點的時候，比利醒來，聽到菲菲在浴室吐。接著是沖水聲、水龍頭的水聲，她回到床上，哭了一下。比利裝睡。哭聲停了，鼾聲繼續。比利入睡，夢到在棕櫚樹上飄動的垃圾袋。

5

六點剛過，他聞著咖啡香醒來。菲菲在廚房，打赤腳，穿著他的襯衫。

「睡得如何？」比利問。

「很好，你呢？」

「太棒了，而且咖啡聞起來真香。」

「我偷了你幾顆阿斯匹林，我猜我昨晚喝太多了。」她看他的表情充滿趣味與尷尬，一半一半。「只要妳別偷我的鬍後修容水就好。」這話逗笑她。一夜情的隔天早上可能會是很恐怖的場景，他自己就體驗過幾回，但比利覺得這次沒問題，這次很順利。菲菲是個好女人。

當他提議要炒蛋吃時，她露出反感的神情，搖搖頭。他倒是逼著她吃了一點沒抹奶油的吐司。之後，他把臥室跟浴室都讓給她，讓她能一個人沖澡、著裝。她出來時，看起來還不錯。襯衫有點縐，但除此之外都沒問題。比利心想：她之後有故事好說了，我與殺手的一夜春宵。前提是她決定開口，她也許不會說。

「戴夫，可以請你送我回家嗎？我想換衣服。」

「樂意之至。」

她停頓在門口，一手搭上他的手臂。「那不是復仇砲。」

「不是嗎？」

「只是一個女孩想要渴望有人要她，而你想要我……對嗎？」

「對。」

她微微點頭，彷彿是在說：那就沒事了。「而我也想要你，但我覺得昨晚可能是我們唯一的一次，話別說太滿，但我的感覺就是這樣。」

比利很清楚他們之間就只會有這麼一次，他點點頭。

「還是朋友？」菲菲問。

他抱了她一下，親吻她的臉頰。「直到永遠。」

還很早，但常綠街的居民也起得很早。對街的黛安．法西歐坐在自家前門門廊搖椅上。她穿了粉紅色的羊毛居家外套，手裡拿著一杯咖啡。比利替菲菲開了Toyota的副駕駛座車門。他繞過車尾前往駕駛座時，黛安對他豎起「敦親睦鄰」的拇指。

比利忍不住露出微笑。

6

餐車一一抵達時，比利下樓去買塔可跟可樂。吉姆．歐布萊特、約翰．科頓跟哈利．史東（也就是「青年律師團」成員，彷彿是電視節目或約翰．葛里遜小說裡會出現的人物）招手要他過去一起坐著吃，但比利說他想回位置上吃，順便工作一下。

吉姆伸出一隻手指，背誦起來：「天底下不會有人在病榻上說『我希望我多花點時間在辦公室裡』，這是奧斯卡．王爾德在前往來世前說的。」

他大可告訴吉姆，奧斯卡．王爾德真正的遺言據說是「那張壁紙跟我之中有一個得先走」，但他只是笑了笑。

事實是現在工作已經快要展開了，他不想花這麼多時間跟這些人相處，不是因為他不喜歡他們，而是因為他喜歡他們。而菲菲今天似乎請假，他希望她週三、週四也能請假，但這大概要求太多了。

他回到辦公室，戴頓的手機就響了起來，是唐納．簡森打來的。

「『呆』頓！兄弟！你『肥』來沒？」

「回來了。」

「你怎麼樣？『打呼妮』跟『瓦特』如何？」

「我們三個都很好，你們都好嗎？」從唐納的口氣聽來，他好醉啊，明明現在才過中午而已。

「兄弟，我好到不能再好了！」「好」聽起來像「拗」。「貝貝也是！貝貝來打聲招呼！」

距離很遠，但聽得很清楚因為貝芙莉喊著說：「嗨啊，你好啊，蜜糖小兔兔！」然後是刺耳的笑聲，所以她也醉了。他們不全然是在哀悼，兩人都不是。

「貝貝跟你打招呼。」唐納說。

「有，聽到了。」

「『呆』頓啊……兄弟……」他壓低聲音。「我們發了。」

「認真？」

「律師今天早上讀了遺囑，貝貝她媽把所有的東西都留給了她，股票、銀行存款，差不多有二『俗』萬！」

貝貝在後方歡呼，比利忍不住微笑。等到她清醒後，她也許會哀痛，但此刻這兩個待在城裡不怎麼樣地段的租客正在慶祝，比利不怪他們。

「太好了，唐納，真是好事一件。」

「你這次會在家裡待多久？『呆』頓，我是要問這個。」

「大概好一陣子吧，我有一個新合約，要替……」

唐納沒等他講完。「好，『灰』常好，你繼續替『打呼妮』跟『瓦特』澆水，因為……你猜怎麼著？」

「怎樣？」

「猜！」

「猜不到。」

「快啦，我的電腦阿宅，快『拆』！」

「你們要去迪士尼樂園。」

唐納笑得好大聲，比利稍微面露難色把手機拿離耳朵，但他臉上依舊掛著笑容。正直的人遇上了好事情，無論他自己狀況如何，他都替他們開心。他懷疑左拉有沒有寫過類似的發展，大概沒有，但狄更斯大概——

「接近了，『呆』頓，我們要去搭郵輪！」

貝芙莉在背景歡呼起來。

「你差不多會待上一個月？也許六個禮拜？因為——」

此刻，貝芙莉一把搶走手機，比利得再次將手機拿開，饒過他過度疲勞的鼓膜。「如果你不在，就讓它們枯死吧，我可以買新的！整座溫室！」

比利只有時間表達哀悼與恭賀，之後唐納又回來了。

「然後，等到我們回去，我們就要搬家了。再也不用看對街那片荒蕪的廢地。『呆』啊，我不是在說你的公寓不好。只是我跟貝貝一直想搬。」

貝芙莉高喊：「再也不用看荒地了！」

比利說：「我會繼續替妲芙妮、華特澆水，這你們別操心。」

「電腦高手植物管家，我們會付你錢！我們付得起！」

「不用，你們是很好的鄰居。」

「『呆』頓，你也是。你知道我們在喝什麼嗎？」

「可能是香檳？」

比利必須再次將手機拿遠。「你真他媽猜得對極了！」

「別喝太多。」比利說。「向我替貝芙莉致哀，好嗎？遺憾她失去了母親，但很高興你們有所得。」

「會的，當然。兄弟，謝死你了。」他停頓了一下，再次開口時，語氣近乎清醒，充滿驚奇。「二十萬，你能相信嗎？」

「可以。」比利說。他掛斷電話，坐回辦公椅上。他賺到的錢遠超過二十萬，但他覺得唐納與貝芙莉夫妻才是真正富有的人。沒錯，真正富足的人。感傷，但事實就是如此。

7

隔天一早，他正轉進傑拉塔的停車場一角時，他的大衛·洛克維奇手機叮了一聲，有訊息進來。他等到在四樓停好車才看。

羅素：**支票上路了。**

比利存疑，西岸現在不過六點半，但他曉得支票「很快」就會上路。艾倫要過來了，可能是搭乘商務航班，手跟某位城市警探或州警的手銬在一起，這樣很好。是時候該開始幹活了。也耗太久。

他打開後座車門，從座位上拿出裝了生活雜物的紙袋。塞在裡頭的是降落傘褲跟背後有滾石樂團紅唇的絲質外套。這條褲子不是金色的，但柯林·懷特最喜歡金色那件。經過一番揣度，比利覺得金色太花俏了。他在亞馬遜上買的是黑色加金色亮片的褲子。他相信柯林會喜歡。

如果厄夫問他為什麼提著購物提袋來上班，為了以防萬一（不太可能但還是小心點好），比利有一套說詞，但厄夫忙著跟「商業解方」的幾個漂亮女生講話，只是心不在焉地揮揮手打招呼，比利刷卡通關，朝電梯前進。

到了辦公室，他打開袋子，翻出裡頭的衣服，然後拿出他在文具店買的牌子，上頭寫著「抱歉，無法使用」，這句話兩側是兩個哭哭的卡通表情。下方有個小小的空間，可以寫上簡單的解釋。比利用簽字筆寫下：「沒水，請移駕至四樓或六樓」。他拿著牌子在空中揮了幾下，不希望他的字糊掉，然後放回袋子裡。他將長長的黑色假髮也放進去，最後將袋子整個塞進櫃子裡去。

他在座位上將班吉的故事另存進隨身碟裡。存好之後，他用自殺程式摧毀 MacBook Pro 上的所有資料。這臺電腦會留在這裡。上頭都是他的指紋，整個辦公空間也都會充滿他的指紋，畢竟他在這裡待了這麼久，無論他擦得多乾淨，肯定會遺漏，所以這不打緊。只要他開槍，看到喬爾．艾倫死在法院階梯上，比利．桑默斯這個人就不復存在了。至於他自己的筆電……他也可以摧毀上頭的資料，留在這裡，接下來用他放在皮爾森街的便宜筆電即可，但他不想這麼做。這臺筆電要一起去兜兜風。

8

一個小時之後，有人敲起辦公室外頭的門。他應門，再次以為是肯．霍夫，也許是想臨陣脫逃吧，而他再度料錯。這次來者是德納．艾迪森，尼克拉斯維加斯小隊調來的狠角色男孩。他今天沒有穿公共服務部門的連身工作服。今天他是低調先生，穿了黑色長褲跟灰色休閒西裝外套。

他身材嬌小，戴眼鏡，乍看之下，你會以為他來自走廊盡頭，菲菲．史坦霍普的會計師事務所。仔細看，你才會發現（特別是，如果你是海軍陸戰隊隊員）其中的不同。

「嗨，你好啊，伙計。」艾迪森的聲音低沉客氣。「尼克要我跟你聊聊，我可以進來嗎？」

比利退去一邊。德納．艾迪森踩著乾淨的咖啡色樂福鞋輕盈穿過外頭的辦公區域，進入比利用來寫作的小小會議室。不只槍手般的目光，他移動時還帶著靈巧的自信。他短暫望向桌子，比利的私人筆電開著，紙牌遊戲正玩到一半，之後，他又從窗戶望出去。目光檢視起比利今年夏天看過太多次的子彈飛行軌跡路線。只不過，夏天已經結束，空氣中瀰漫著一絲寒意。

所幸艾迪森給了他一點時間，因為比利已經習慣扮演名為大衛．洛克維奇的聰明人了，一不小心就會露餡。等到艾迪森轉過頭來，比利使出他的「愚蠢自我」表情——雙眼圓睜，嘴巴微開。不足以讓他成為村裡的白癡，但足以讓他看起來傻傻的，以為左拉是超人的死對頭。

「你是德納，對嗎？我在尼克那邊見過你。」

對方點頭。「也看過我跟雷吉開著那輛城市卡車在附近忙吧？」

「對。」

「尼克要我問你，明天準備好了沒？」

「當然。」

「槍在哪？」

「這個嘛……」

德納笑了笑，露出小顆但整齊的牙齒，跟他整個人的風格一樣，精巧細緻。「算了，但就在附近，對嗎？」

「當然。」

「有玻璃切割器可以開窗？」

什麼蠢問題，但不打緊，他本來就該是個蠢蛋。「當然。」

「你不會想今天開，下午陽光會照在大樓的這一側上頭，可能會有人注意到開口。」

「我知道。」

「對，我猜你懂。尼克說你是狙擊手，在費盧傑殺了不少人，對嗎？感覺怎麼樣？」

「很好。」才怪，這場對話感覺也很糟。讓艾迪森進來這個空間，彷彿是讓一個壓縮過的小型暴風雲團進來一樣。

「尼克要我確保你會跟著計畫走。」

「我會跟著計畫走。」

艾迪森解釋起整個計畫。「你開槍，五秒鐘後，不會超過十秒，咖啡店後面那邊就會發出巨大的聲響。」

「煙火閃光彈。」

「煙火閃光彈，沒錯，那是法蘭基的責任。五秒鐘後，不會超過十秒，街角文具店跟書報攤那邊也會爆炸，那是波利．羅根負責的。人群會開始四散逃命，你加入他們，只是另一個想要看清楚發生什麼事、然後想逃命去也的上班族。你轉進街角，公共服務部門的廂型車會停在那裡。雷吉會開好門，我開車。你一上車，就盡快換好連身工作服，懂嗎？」

懂，當然懂。比利不需要臨陣演練。「懂，但，德納，還有件事。」

「什麼事？」

「我要準備，要做些事，一旦開始了，就沒法停下了。你確定是明天嗎？」

德納正要開口，說什麼「當然啦」，但比利搖搖頭。

「開口前想清楚，認真想，因為如果計畫改變，整件事就吹了。我閃了，喬爾·艾倫還能自由呼吸。所以……你確定嗎？」

德納·艾迪森仔細端詳起比利，也許是在重新評估，然後他笑了笑。「我很確定，就跟我確定太陽打東邊出來一樣，還有什麼事嗎？」

「沒了。」

「好。」艾迪森轉頭回到外頭的辦公區，依舊踩著他輕盈的步伐。他的髮髻看起來像深紅色的門把。到了門邊，他轉過身來，用不帶表情的明亮藍色雙眼望著比利，說：「別失手。」然後就走了。

比利回到寫作的空間，望著停滯的紙牌遊戲。他想到德納·艾迪森沒有提到任何跟科迪倉庫火災有關的資訊，如果他知情，他肯定會跟比利說。他也想到，如果他按照尼克的計畫撤退，他真的很可能會額頭中彈，倒在什麼鄉村小路水溝裡。如果這種事發生，他猜開槍的人應該會是艾迪森。而剩下的一百五十萬會落入誰的口袋？當然是尼克啊。比利很想相信這只是想太多，但艾迪森跑這一趟似乎又加劇了這種想法。雖然合作已久，但尼克肯定考慮過這種事。幹掉肯·霍夫，幹掉比利·桑默斯，大家都能清清白白、全身而退。

比利闔上電腦。寫作從來沒有感覺那麼遙遠過，見鬼了，今天他連紙牌遊戲都玩不下去。

9

回家路上，他在「王牌五金」買了他需要的最後一件物品：耶魯掛鎖。他到家時（在這裡待的最後一晚），他家門廊階梯最上頭有一張用石頭壓著的紙。他將筆電包甩去一邊，拿起紙張，坐下來查看，心想這真的是他不需要的謝幕戲碼。那是一張蠟筆圖畫，顯然是小孩畫的，大概有

點才華，多少才華還說不準，因為這個孩子今年才八歲。最底下，她簽了她的名字：夏妮絲．安雅．艾克曼。最上頭是大寫的：給戴夫！

畫面上是一個深棕色皮膚的微笑小女孩，辮子頭上綁了亮紅色的緞帶。她懷裡是一隻粉紅鶴，鳥的頭上還冒出一堆愛心。比利端詳許久，然後折起，放進後方口袋。他讓自己陷進一個從沒想過的困境之中。他願意付出一切，包括兩百萬，將時間倒轉回三個月前，回到他在飯店大廳讀《阿奇的男孩女孩》，等著人家來接他的那一刻。當貓王法蘭基跟波利．羅根出現時，他會希望他們向尼克轉達他的歉意，他改變主意了。不過，現在已經回不去了，只能往前邁進，而當他想到德納．艾迪森可能出現在這個街坊到處打聽，也許甚至將他那雙乾淨、小小的手搭在夏妮絲肩膀上時，比利就抿起雙唇，力道之大，他的嘴唇都不見了。他在困境之中，而他能做的就是開槍殺出一條生路。

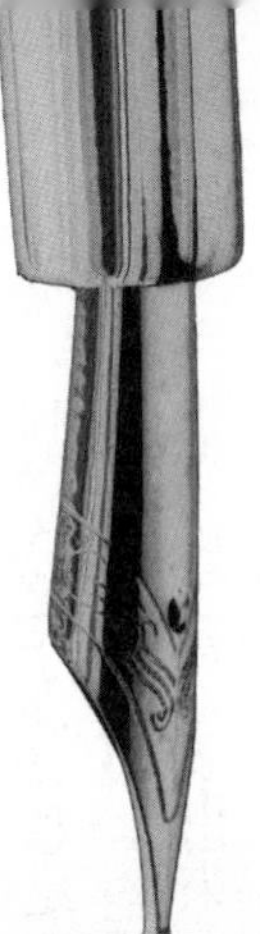

CHAPTER 10

1

週四早上，大日子。比利五點起床。他吃了吐司，用水配著嚥下肚。不喝咖啡，任何咖啡因都要等到任務完成後再說。當他扛著雷明頓 700、從洛伊波爾德瞄準鏡望出去的時候，他希望自己的雙手非常穩定。

他將吐司盤、空水杯放進廚房水槽裡。將四支手機擺在桌上。他將 SIM 卡從比利、戴夫、拋棄式手機裡拿出來，然後放進微波爐微波兩分鐘。他戴上隔熱手套，將焦黑的「屍骸」拿出來，磨碎它們，扔進垃圾桶裡。三支沒有 SIM 卡的手機放進紙袋。順便放入戴頓．史密斯的手機、耶魯掛鎖、灰色鴨舌帽，這頂帽子就是他將戴頓．史密斯的裝扮擺進皮爾森街，順便替貝芙莉的植物澆水時戴的。

他在門口站了一會兒，筆電背在肩上，他轉頭張望。這裡不是家，自從莫肯員警載他離開天際線車道十九號的山景拖車公園後（其實那裡也不算家，特別是自從下雨鮑伯殺害他妹妹之後），他就沒有家了，但他猜這裡很接近一個家。

「哎啊，好吧。」比利如是說，然後走了出去。他沒費心鎖門。沒必要，反正警察會破門而入。他們肯定會踐踏他努力整理好的草坪，真是糟透了。

2

比利沒有開往停車場，已經沒這個必要了。凌晨五點五十五分，他把車子停在主街上，距離傑拉塔兩個街廓的地方。路邊還有很多停車格，人行道上空無一人。筆電掛在一肩上，手裡拿著紙袋。他將鑰匙留在 Toyota 的茶杯架上，有許有人會把車偷走，但其實沒這個必要。他也沒有必

要將三支手機扔在不同的水溝網格蓋裡，還環顧四周，確保沒人看見他。在海軍陸戰隊，他們會說這叫「格外小心」。扔掉第三支手機後，他檢查有沒有帶上夏夏畫的那張圖，她跟粉紅鶴。她把鶴的名字改成了戴夫。圖畫還在，很好，這要留著。

他轉進吉里街，遠離傑拉塔走了一個街廓，找到他先前研究過的巷子。他再次確保沒人在看（也沒有礙事的酒鬼睡在這裡），他走進巷子，蹲在兩座子母車之後。城市星期五才收垃圾，所以兩輛子母車都是滿的，充滿惡臭。他將筆電跟灰色鴨舌帽塞進子母車後方，然後翻了幾張包裝紙遮擋。

這個環節比開槍讓他更擔心。諷不諷刺，你說？還真不好說。他只知道他不想失去那臺筆電，就跟他不想失去他初來城市時，讀的那本《紅杏出牆》一樣（書安然躺在皮爾森街六五八號）。這些東西叫做幸運符。就跟他在「警戒行動」全程及大部分的「幽靈之怒行動」間，身上帶著的那隻嬰孩小鞋一樣。

哪個人跑來這條巷子，翻找子母車後方，拿起沾滿垃圾汁液包裝紙，偷走他筆電的機率實在微乎極微，而且，他們永遠也沒辦法破解密碼，但物品本身就很重要。不過，他不能帶著筆電，因為他離開傑拉塔的時候，不能背著筆電包走。他看過柯林．懷特拿手機，兩回午餐時，柯林戴著宛如身體一部分的耳機出現，但比利從沒見過他帶筆記型電腦。

六點二十分，他抵達傑拉塔。晚點法院街道起始的位置會成為工蜂的蜂箱，但此時只是一座墓地。他只看到一位睡眼惺忪的女子在「太陽黑子咖啡」前面擺出今天的早餐特餐告示牌。比利在想煙火閃光彈是不是已經安置在咖啡店後方了？但隨即屏棄這個想法。煙火閃光彈不是他的問題，肯．霍夫承諾在科迪的縱火也與他無關。無論如何，比利都會開這一槍。這才是他的工作，加上他的後路一條一條斷光，他必須開槍。他別無選擇。

厄夫·迪恩不在保全櫃檯，他要到七點才會出現，也許七點半，但有位清潔工正在替大廳地板打蠟。他抬頭，比利此時正要刷卡進來，就跟每個乖孩子一樣。

「嘿，湯米。」比利朝著電梯前進。

「戴夫，什麼風把你這麼早就吹來了？上帝都還沒起床哩。」

「我要趕死線。」比利告訴他，心想用截稿日「死線」來形容今天的工作真是再適合不過。「大概會待到上帝祂老人家上床睡覺的時間。」

這話逗樂了湯米。「老虎，放手去幹吧。」

「這就是我的計畫。」比利說。

3

他將兩個紙袋提到五樓男廁。他將他的柯林·懷特裝扮藏在洗手臺的垃圾桶裡，沒忘了長長的黑色假髮（也許這是最重要的喬裝），還用擦手紙蓋在上頭。故障的牌子跟掛鎖就在門上。鑰匙在他口袋裡，口袋裡還有戴頓的手機跟班吉·康普森的隨身碟。

走回辦公室的路上，他忽然有種噁心的感覺。他來傑拉塔的時候，注意力幾度失焦，因為想到了夏夏的圖畫，沒有將心思放在該放的地方，也就是今早的準備工作上。他該不會將戴頓·史密斯的手機給扔了吧？這個念頭太可怕，此刻他覺得他一定丟錯手機了，而他摸向口袋，他會拿出比利或戴夫的手機，或是那支沒用到的拋棄式手機。就算這樣，他也可以買新的，他的戴頓·史密斯信用卡都可以用，但如果唐納或貝芙莉在快遞還沒將手機送到皮爾森街六五八號之前打電話來怎麼辦？他們會想怎麼聯絡不上他？也許沒關係，也許有關係。善良的鄰居，感激的鄰居，他們也許會報警，請警察去他的地下室公寓看看他是否安好。

他抓起手機，一度只是握在手裡，宛如輪盤玩家不敢看轉盤上的小球落在哪個顏色上一樣。最糟糕的是（比不方便更糟糕，比潛在危險更糟糕）他曉得自己粗心大意。他居然允許自己去想此刻已經拋在身後的生活。

他將手機從口袋裡掏出來，鬆了口氣。的確是戴頓的手機。他差點就出錯了，僥倖逃脫，不能再出錯。命運是不講寬恕的。

4

六點四十五分。比利用戴頓．史密斯的手機去地區報紙的網站，用戴頓．史密斯的信用卡解鎖「付費牆」。頭條標題跟接下來的大選有關，但接近頁面下方，如果是舊時的老報紙，那就是摺頁之下的位置，則是一個標題，寫著「霍頓命案主嫌艾倫即將傳訊」。內容開始：「經過拖延時間的引渡抗爭後，喬爾．艾倫終於即將步入法庭。死者為四十三歲的詹姆士．霍頓，檢方計畫以一級謀殺罪名起訴兇手；第二項罪名為傷害，艾倫意圖槍殺……」

比利沒有費心看完整篇報導，但他設定好手機接收新聞推播通知。他坐在外面辦公區，用沒寫過的筆記本內頁列印了一張紙出來，上頭印著：「趕截稿期，請勿打擾」。他將這張紙黏在門上，從裡頭反鎖。

他從上方儲物櫃裡取出雷明頓７００的零件，將它們通通放在他寫作的桌面上。看著這些東西，彷彿是在看槍械手冊的分解圖，他因此回到了費盧傑。他將回憶推開。那又是另一輩子的事了。

「不能再犯錯。」他開始組裝步槍。槍管、塞頭、退殼挺、底板彈簧鎖跟隔片，以及其他所有的零件。他雙手動作飛快，幾乎是自己在運作。他短暫想起亨利．里德的詩，開頭是這樣寫的：「今天我們介紹的是槍枝的各個零件名稱」，昨天，我們談的是日常清理。他也把詩推去一邊，今早不要再想小女孩的圖畫，也別想什麼詩。也許晚點可以想，也許晚點他會寫作。此刻他只要專注在他的任務上，盯著他的獎勵就好。他已經不再在乎的獎勵，但這不打緊。

最後是瞄準鏡，他再次使用觀測程式確保瞄準鏡準確。他們以前都會說「無誤」。他拉動拉動槍機三次，加上一、兩滴油，再次拉動。他其實只打算開一槍，根本沒必要這麼做，但他的「教育」就是這樣教他的。最後，他將彈匣裝上，轉動槍機，將致命的那顆子彈上膛。他謹慎地（但不帶敬意，再也不會有了）將武器放在桌上。

他使用圖釘、一段線、一支簽字筆在窗戶上畫出直徑五公分的圓形。他用紙膠帶標示出十字線，然後開始使用玻璃切割器。他正在一圈一圈切割時，手機叮了一聲，但比利沒有停下。花了點時間，因為玻璃很厚，但最後圓形的玻璃終於整齊切割下來，就跟葡萄酒瓶的木塞瓶蓋一樣俐落拔出。涼爽的晨風從洞口吹了進來。

他查看手機，看到新聞快訊通知。科迪倉庫大火，四級火警，相當嚴重。比利從窗戶望出去，連他都看得到升起的黑煙。他不曉得肯．霍夫怎麼知道這件事，但他的確說對了。

七點半，他能做的準備都已經做好了。他是希望需要的準備他都做到了。他坐在平常寫作的椅子上，雙手輕輕交握在大腿上，耐心等候。如他在費盧傑等待的時候一樣，就在河對岸的制高點上，另一頭是阿拉伯人開的網咖，就是網咖老闆洩露了黑水公司傭兵的資訊，且搞出了大爆炸。如同他待過的十幾座屋頂一樣，聽著槍聲，以及垃圾袋在棕櫚樹上飄動的聲音。他的心跳緩慢規律，沒有緊張。他看著法院街上的車逐漸多了起來。很快停車格都會停滿。他看著客人走進「太陽黑子咖啡」，有幾個人坐在外頭，也就是幾個月前，比利跟肯．霍夫一起坐過的地方。第六頻道的新聞轉播車開進街上，但只有這輛轉播車。要麼是因為倉庫大火吸引了其他媒體，要麼是因為喬爾．艾倫根本不是什麼大新聞。比利心想：大概兩個原因都有吧。他耐心等候，時間會過去，時間終究會過去。

5

七點五十分，「商業解方」的員工開始抵達，有些人手裡拿著隨行杯。八點十五分，他們已經開始賣力工作，催促那些債臺高築的人還錢，他們的大面窗戶是霧面的，這樣他們連望向窗外發呆的幾秒鐘都不會有。有人停在大廳門口，觀看科迪的方向，濃煙從法院後頭升起。柯林・懷特也是其中一員。他沒有拿咖啡隨行杯，他有一罐紅牛能量飲料。今天他穿了紮染的喇叭褲跟亮橘色的T恤。跟比利藏起來的衣物八竿子打不著邊，但在混亂之中，這應該不成問題。

更多人抵達，但這是一棟沒有租滿的大樓，所以其實沒有多少人。多數人都往法院前進。八點半，吉姆・歐布萊特跟約翰・科頓沿著法院街走來，轉進廣場。他們提著大大的方形手提包，在他們身後的是菲莉思・史坦霍普。她的秋日外套首次從蟄伏的衣櫥中亮相。那是一件緋紅色的外套，比利想到小紅帽。短暫也鮮明的回憶是她低頭看著他，他用拇指碰觸她的乳頭，而她要他更深入一點。他隨即甩開這則回憶。

不算上比利，五樓總共有十二個人，律師事務所五人，會計事務所七人。律師事務所的人也許聽不見槍聲，但比利指望他們聽得到煙火閃光彈爆炸的聲音。他們會短暫停下手邊動作，面面相覷，問起那是什麼？他們會跑到對面走廊的新月會計師事務所，因為這裡的窗戶面向法院街。這時，第二顆煙火閃光彈也會爆炸。他們會圍在那裡往外看，想要搞清楚到底出了什麼事，他們該怎麼辦。下樓，還是留在原地？大家會七嘴八舌，意見不一。他想也許需要五分鐘那麼久，他們才會決定要下樓，因為他們有制高點，可以看到街上、法院、街角的書報文具店的狀況。比利不需要五分鐘，三分鐘就夠了，也許兩分鐘也行。

他的手機又送來通知。倉庫大火蔓延到附近的儲藏設施，其他地區的消防隊正在趕來的路上。六十四號公路至少會封閉到中午。建議駕駛改走四十七Ａ州級公路。八點五十五分，另一個推播則說火勢已經得到控制。目前沒有人員傷亡的消息。

比利此刻坐在窗邊，雷明頓７００橫躺在他腿上。天氣晴朗無雲，尼克擔心的雨沒有出現，微風僅是清新的氣息，第六頻道的轉播小組人員整裝待發，準備要拍攝午間新聞的片段，所以大明星在哪兒呢？比利懷疑艾倫會搭郡警辦公室的車出現，而不是嫌犯的小巴士來，九點整一到，就會有人護送他進候訊室，直到法官準備好，但此刻已經九點零五分，荷蘭街上還是沒有看到任何從郡立監獄開過來的官方車輛。

九點十分，依舊沒有動靜。「太陽黑子咖啡」的早餐人潮逐漸離去。已經不再睡眼惺忪的女老闆等等就會出來，將早餐特餐的牌子換成午餐特餐的牌子。

九點十五分，法院上方的黑煙似乎散去了不少。比利開始想是不是出了什麼事。九點二十分，他很確定有狀況。也許艾倫病了，或把自己搞生病了。也許有人在郡立監獄攻擊他，也許他在醫護室，甚至掛了。說不定他假裝發瘋，這樣才能拖延傳訊。說不定他是真的瘋了。

九點半，隨著比利開始思考他的撤退選項（無論如何，第一步一定是要拆卸槍枝），此時，一輛車身上標示「郡警警長辦公室」字樣的黑色運動型多功能休旅車駛進法院街。車頂跟車頭閃著藍色的警示燈。原本在附近晃蕩的第六頻道轉播人員現在打起精神來。身著短洋裝的女人從轉播車上走了下來，她的衣服跟菲菲的秋天外套是同一個顏色。她一手拿著麥克風，另一隻手上握著小小的鏡子，檢查自己的服裝儀容。鏡子將刺眼的晨光反射到比利的方向，他必須別開頭，閃躲強光。

兩名手持對講機的警察從法院走出，沿著石頭階梯拾級而下，此時運動型多功能休旅車停在路邊。前座開門，身著咖啡色制服的發福男子下車，他戴著一頂誇張的白色寬沿帽。一名制服員警從駕駛座下來。電視臺人員開始拍攝。記者開始接近發福男子，他顯然就是警長，不然誰敢戴那種寬沿帽？法院的警察走上去擋住記者，但發福男子招呼她過去。她問了幾個問題，然後拿著麥克風請他回答。比利猜得到他大概會說什麼：我們懂得如何處理這種危險的罪犯，正義將會伸張，十一月記得投票給我。

記者錄到她要轉播的話語，向後退開。發福男子轉身面向休旅車。後門開了，另一位制服員警下車。這位是個大尺碼壯漢。比利舉起雷明頓７００，靜觀其變。司機走到壯漢旁邊，他們轉身開門，喬爾．艾倫下車。因為今天是傳訊，沒必要取悅陪審團，所以他只穿了橘色的懲教署連身衣，而不是便服。他的手銬在身前。

記者想要向艾倫提問，大概是相當有見地的疑問，譬如「人是你殺的嗎」之類的，但這次發福男子伸手擋開她。艾倫對她笑，說了什麼。比利不用瞄準鏡都看得一清二楚。

大尺碼警察拉著艾倫的手臂，讓他轉身面朝法院階梯。他們開始往上。比利將雷明頓７００的槍口塞進窗上的開口裡。他將槍托底板緊壓在自己肩膀的凹陷處，手肘撐在稍微張開的雙膝上，用這種姿勢開這種槍，能夠支撐的力量都得派上用場。他望向瞄準鏡，下方的景色忽然變得好近。他看得到發福男子曬傷後頸的皺褶。他看到壯漢警察腰際上甩動、發出聲響的鑰匙圈。他看到艾倫一撮淺咖啡色的頭髮從腦後翹起來。比利會用子彈瞄準這撮頭髮，以及底下的大腦。深入艾倫不肯說的秘密，他希望用來作為「免費出獄卡」的交換條件。

這次閃現的回憶是最後一次大富翁，德瑞克打敗了他，而在場的孩子都撲向他，壓在他身上的場景。他拋開這個則回憶。現在只有他與艾倫，世界上就只剩他們倆。一切都來到這一刻。比利輕輕吸氣，屏住，然後開槍。

6

子彈的作用力讓警察拉不住艾倫。艾倫向前撲倒，雙臂攤開，重重倒向階梯。他身體還沒觸地，前額頭殼卻率先抵達了。發福警長找起掩護，誇張的牛仔帽掉了。女記者也跑開。攝影師的反射動作是蹲低身子，但還是堅守崗位。壯漢警察也是。看著比利入伍的酗酒海軍陸戰隊中士肯定會喜歡這兩個人，特別是壯漢警察，他只看了一眼艾倫的狀況，轉身就拔槍尋找槍手的位置。這傢伙腦袋清楚，反應敏捷，但比利已經收起步槍。他將槍扔在地上，前往外層的辦公區域。

他探頭進走道，沒看見任何人。煙火閃光彈爆炸，聲響巨大。比利朝著男廁拔腿就跑，一路上還不忘從口袋裡抽出鑰匙。他將鑰匙插入耶魯掛鎖底部，就在他閃進男廁時，他聽到走廊盡頭傳出起身與驚動的聲音。「青年律師團」，加上他們的法律助理與秘書，通通準時跑進新月會計師事務所。

比利彎腰探進垃圾桶，將擦手紙撥去一邊，抓起喬裝物品。他將降落傘褲套在自己的褲子外頭，將綁帶繫成老奶奶結。褲襠沒有拉鍊。他穿上滾石樂團外套。然後他對著洗手臺的鏡子戴上假髮。黑色的頭髮只到他後頸一半的位置，但頭髮遮住了他的額頭與眉毛以及他的臉龐。

他打開男廁的門，走廊上依舊空空如也。律師跟會計師（菲菲也在其中）還對著下方的混亂場面驚呼。沒多久，他們就會決定離開大樓，至少一部分的人會走樓梯，因為這麼多人要搭電梯也下不去，但他們還沒有採取任何動作。

比利離開男廁，開始沿著階梯下樓。他聽到樓下的動靜，很大聲，但四樓與三樓之間的樓梯間依舊沒人。這些樓層的人還對著窗外呆望。二樓倒不一樣了，那是「商業解方」所在的樓層，

雖然他們街景那一側是霧面玻璃，無法從上往下看，他還是聽到他們沿著樓梯下樓的腳步聲，邊走邊討論。柯林・懷特會在這群人的行列之中，但沒人會注意到他現在有了一個替身，因為比利會走在他們後面，而此刻不會有人往後頭看，至少今早不會。

比利在二樓平臺稍作停頓。他站在原地，直到萬馬奔騰的聲音停歇，然後才繼續朝一樓進發，前方是身穿卡其工作褲的男人及醜陋素色長褲的女人。他一度被迫停下，大概是因為一樓大廳的門堵住了。他因此緊張起來，因為樓上的人很快也會從樓梯下來，肯定會有五樓的人。

接著群眾又開始移動，五秒鐘後（此時吉姆、哈利、菲菲還在高處往外看，至少比利希望如此），他已經抵達大廳。厄夫・迪恩離開了他的崗位，他的藍色保全背心讓比利一眼就看到他出現在廣場上。柯林・懷特的亮橘色上衣也同樣顯眼。他高舉手機，拍攝令人不解的場面：警察一個一個朝著「太陽黑子咖啡」與隔壁的旅行社之間跑，濃煙從中竄出，警察與法警喊著要大家回到法院室內，就地掩護，人群從角落的濃煙中跑出來，尖叫不已。

拍影片的不只柯林，其他人顯然覺得手握iPhone就能刀槍不入，也在拍。不過，這些人終究是少數，比利走出來時才看見，多數人只是想逃離現場。他聽到有人喊說：開槍殺人！有人喊著：他們炸了法院！另外有人哭著說：槍手！

比利繞過廣場往右走，進入法院街的空地。這條樹木林立的短短對角線路線會帶他前往第二街，也就是停車場後方的街道。他不是一個人，前方約莫有三十幾人，後方至少也有這麼多人，他們都走這條路線遠離混亂，但只有他注意到停在路邊的公共服務部門兩截式廂型車。德納坐在駕駛座上，身穿普通城市連身工作服的雷吉站在後門，掃視群眾。多數逃離法院街的人都在講手機。比利希望自己也能假裝講電話，但戴頓・史密斯的手機在他的牛仔褲口袋裡，而套在外頭的是降落傘褲。真是錯失良機，但任誰也無法考慮得那麼周全。

他曉得最好不要低頭，免得德納或雷吉會注意到（應該是德納比較有可能），但他正經過一位胖女人身邊，她喘著大氣，將皮夾拿在胸前，彷彿是盾牌一樣。他們接近廂型車的時候，比利轉頭面向女人，模仿起柯林．懷特誇張的「全宇宙我最Gay」的語氣：「發生什麼事？我的老天啊！到底發生什麼事？」

「我想是什麼恐怖攻擊。」女人回答：「老天，有爆炸！」

「我知道！」比利高喊：「噢，我的天，我聽到了！」

然後他們就擦身而過。比利冒險轉頭去看。他必須確定他們沒有在看他，或追上來，的確沒有。此刻有更多人從法院街空地離開，他們聚集在人行道上。雷吉墊腳，仔細端詳這些人，想要找出比利。假設德納也在找他，比利連忙加快腳步，拋下胖女人，繞過其他人。不算競走，但差不多了。他向左轉進第二街，再次左轉到月桂街，接著右轉到楊西街。湧出的人群已經在他身後。街上有個年輕人拉住比利的肩膀，想知道到底發生什麼事。

「不知道。」比利說，他甩開對方的手，繼續前進。

在他身後，警笛聲不絕於耳。

7

他的筆電不見了。

比利抽開包裝紙，子母車滿出來，中式熱炒汁液還滴在包裝紙上，後面什麼也沒有，只有古早的卵石路面。他的思緒回到費盧傑跟那隻嬰兒鞋。回到塔可說：兄弟，你保管好這東西。他把嬰兒鞋用鞋帶繫在皮帶環上，跟其他固定在他腰上的東西擺在一起，他們都會帶的東西。

他不需要那該死的筆電，他有隨身碟，班吉的故事就在裡面，小名「塔可」的魯迪．貝爾跟其他故事還沒寫進去，但等著展翅高飛。等到他回到地下室公寓，他就可以開始寫。筆電上沒有任何資訊能夠將他跟戴頓．史密斯的生活連結在一起，就算有人，好比說電影裡的超級阿宅工程師破解了密碼，除了簡森夫妻外，他跟戴頓．史密斯之間唯一的連結就是巴奇．漢森，而他跟巴奇是用一部已經不存在的手機聯絡。

所以放手吧，別無選擇，毫無損失。

但感覺實在好倒楣，很糟的預兆。可以說是總結了這份他不該接的爛差事。

他用拳頭搥打子母車車身，力道之大，手會痛，他豎起耳朵聆聽起警笛聲。此刻他不擔心警察，他們現在都趕去法院了，也就是混亂局面的事發現場，但他不得不擔心起雷吉與德納。他們等煩之後，就會作出結論，比利要麼困在傑拉塔，要麼耍了他們。如果他還在大樓裡，他們也無計可施，但要是他決定放棄原定計畫，自己撤退，他們就會開始上街找他。

比利心想：這跟嬰孩小鞋不一樣。見鬼了，娃娃鞋也不是什麼魔法，只是魔法的思維而已。在我失去鞋子之後所發生的爛事根本不能代表什麼。親愛的，那只是運氣問題，就這麼簡單。有人發現了筆電，偷走了它，你得在兩截式廂型車緩緩出現時找到掩護。

他想起德納．艾迪森在無框眼鏡之下的小小銳利雙眼。比利逃脫過那雙眼睛一次，實在不想冒險再來第二次。他必須快點趕去皮爾森街的公寓。

比利起身，急忙朝巷口走去。他看到幾輛汽車駛過，但沒有兩截式廂型車。他正要右轉，卻打住腳步，讚嘆也反感自己竟然如此愚蠢。「愚蠢自我」好像成了他真正的自我。他這是要戴著假髮、穿著滾石樂團外套跟該死的降落傘褲去皮爾森街，根本是在身上掛個霓虹燈說：快看我。

他跑回巷底，邊跑邊摘掉假髮、脫掉外套。他再次回到子母車後方，解開綁住愚蠢降落傘褲的腰上繩結，扯下褲子，脫掉。他蹲了下來，將所有的服飾揉成一團。他將這團東西塞進骯髒包裝紙底下深處……手指卻碰觸到了什麼，硬硬的，薄薄的，該不會是鴨舌帽的帽沿吧？

的確是，他真的把帽子塞在這麼裡面？他把帽子扔去一旁，伸手進更深的位置，肩膀整個靠在子母車生鏽的車身上，中式餐點的氣味宛如沼氣。他拉得長長的指尖摩擦到另一個物品。他曉得這是什麼，實在不敢置信。他把手伸得更進去，臉頰現在壓在子母車生鏽的車身上，他拉到筆電包的把手了。他一把扯了出來，用難以相信的目光看著包包。他大可發誓他沒有把包包塞到這麼裡面，但看來就是這麼裡面。他告訴自己這跟覺得丟錯手機是兩回事，徹頭徹尾的兩回事，但其實是同一件事。

答應在這座城市待這麼久，失誤。玩大富翁，失誤。在後院烤肉，失誤。在射擊遊戲攤位打金屬小鳥，失誤。用常人的方式思考、行動，則是最嚴重的失誤。他不是常人，他是收錢取命的刺客，要是他不能以自己的身分及本質思考，他永遠也別想脫身。

他用一張看起來比較乾淨的包裝紙擦拭帽子跟筆電包。他將包包甩上一肩，戴上曾經乾淨、現在骯髒的鴨舌帽。他走到巷口，再次探頭出來。一輛警車在下一個街角呼嘯而過，警示燈也閃個不停。比利抽回身子，等車經過。然後他才走出巷子，快步朝著皮爾森街及廢棄車站對面的公寓大樓前進。他再次想起費盧傑，在狹窄巷道無數次的掃街，嬰兒鞋在他腰際晃動、彈跳。等著巡邏結束，等著回到距離鎮上一．六公里外較為安全的基地，那裡有熱食、觸身橄欖球，也許還能在沙漠星空下看電影。

他告訴自己：九個街廓。九個街廓後你就平安到家。九個街廓後這趟特殊的巡邏就劃下句點。不會在星空下看電影，那是比利．桑默斯的生活，但戴頓．史密斯的廉價筆電上有 YouTube 跟 iTunes。沒有暴力，沒有爆炸，只有動作滑稽可笑的人，最後還會以接吻作結。

九個街廓。

8

他走了七個街廓，城市較為現代的區域就消失在他身後，此時，他看到城市的兩截式廂型車駛過前方的十字路口。比利猜那可以是任何一輛公共服務部門的兩截式廂型車，每輛外表都一樣，但這輛車開得很慢，幾乎是在西區大道上停車，然後才再次加速。

比利踏進一處門道之中。廂型車沒有回頭，他才繼續走，還盯著前方，免得車子掉頭，他要尋找掩護。要是他們回來發現他，他大概就死定了。

他身上最接近武器的物品是鎖圈上的鑰匙。當然啦，除非尼克根本沒打算設計他。那樣一來，他可能只會挨一頓罵，但他並不打算確認事情到底是不是這樣。不管怎麼說，如果他想前往公寓大樓，他就得繼續前進。

他在十字路口暫停，尋找兩截式廂型車的方向。他只看到幾輛汽車及一臺快遞貨車。比利低頭過馬路，忍不住想起費盧傑的十號公路，人稱「土製炸彈巷」。

他轉進皮爾森街，最後一個街廓，他小跑步起來，大樓就在眼前。他必須再過一個馬路，他覺得右邊肩胛忽然癢癢的，彷彿有人（肯定是德納）用裝了滅音器的槍瞄準那裡一樣。持續吹過對面廢墟空地的風揚起了幾張折起的地區報紙，紙張拂過他的腳踝，比利感到意外，匆匆跳開。

他連忙沿著六五八號結霜的人行道前進，然後走上階梯。他轉頭尋找兩截式廂型車，確定剛剛明明看見了，但街上空空如也。警笛聲拋在身後，就跟大衛．洛克維奇剩下的生活一樣。他用鑰匙開門，打不開。他換一把，這把也打不開。他想起自己可能扔錯的手機以及差點弄掉的筆電，就跟他遺失那隻娃娃鞋一樣。

他心想：冷靜點，這是常綠街的鑰匙，你沒把鑰匙拿下來，所以冷靜點。你就快平安到家了。

下一把鑰匙打開了門廳大門。他走進去，關上門。他從蕾絲窗簾的粗糙網孔間看出去，這大概是貝芙莉．簡森的傑作。沒有動靜，沒有動靜，看到一隻烏鴉停在對街的鋸齒狀碎石上，看到烏鴉飛走，沒有動靜，看到一個騎三輪車的小小孩，他媽耐著性子走在他旁邊，看到另一張報紙打轉飛過修補過的路面，這次他還有時間想：皮爾森街修補過的路面，然後他看到兩截式廂型車，開得很慢。比利完全沒有動作。他可以從網孔間看出去，但副駕駛座上的雷吉大概看不到屋內。不過他也許會注意到蕾絲窗簾後的動靜，比利心想：另一個傢伙肯定會注意到。

兩截式廂型車繼續前進。比利等著車子亮起煞車燈，沒亮，然後車子出了他的視線。他不確定自己是否安全了，但他想應該是，希望啦。他繼續下樓，走進他的公寓。不是家，只是一個藏身之處，但此時這樣已經夠好了。

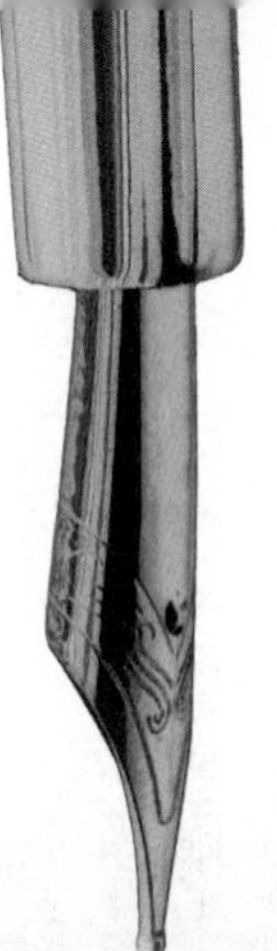

CHAPTER 11

1

長長的酒紅色布料蓋住地下室公寓裡唯一的一扇窗戶。比利將窗簾從杆子上推去一旁，坐了下來，再次想起這座公寓彷彿潛水艇，而這扇窗就是他的潛望鏡。他在沙發上坐了十五分鐘，雙手抱胸，等著兩截式廂型車回來。如果腦袋精明的德納覺得這裡值得好好搜索一番，他們就會停車。不太可能，因為市中心還有好幾處破敗的街區，但也不是完全不可能。

比利越來越確定，只要他們找到他，他們就會殺了他。

比利沒有手槍，但要弄到手槍也不是什麼難事。看來一週七天，附近每天都有槍可以買。是說他不會走進什麼舉辦槍枝拍賣會的大樓啦，他可以在停車場用現金買到可靠的手槍，人家還不會東問西問的。簡單一點的槍比較好，點32、點38都可以隱匿隨身攜帶。他並不是健忘，他只是沒預見自己會有需要手槍的狀況。

他心想：不過呢，如果你在沒通知尼克的狀況下就改變計畫，你肯定也「預見」了什麼。

如果他們回來（想太多，但還是有這個可能），比利能怎麼辦？不能怎麼辦。廚房裡有菜刀，還有肉叉。他可以用肉叉對付第一個走進來的人，他曉得先進來的會是雷吉，好收拾的傢伙。然後德納會了結他。

十五分鐘過去，偽造的公共服務部門廂型車沒有回來，比利覺得他們要麼是去城市另一頭，要麼去檢查常綠街的住宅，要麼就是回假豪宅，等待尼克的進一步命令。他關上窗簾，遮擋外頭的視線，接著望向手錶。十點四十分。他心想：歡樂的時光過得特別快。

第二跟第四頻道播放平常的晨間廢話節目，但螢幕下方跑馬燈提到槍擊跟爆炸。真正主脈是第六頻道，他們取消早上的節目，在命案現場直接連線。他們有好東西可以播，因為他們的新聞部門裡有人派遣了一組人馬去報導艾倫法院提訊，卻沒有派人去科迪報導倉庫大火。也許是疏忽，也許是懶惰，來到紅峭壁區這種南部邊界小地方當新聞部主管，肯定不是什麼聲名遠播的新聞人才，但事後看來，這位主管似乎非常明智。

「法院事故，據聞一人死亡，無人受傷」，螢幕下方的文字是這樣寫的。身穿紅色洋裝的連線記者還在忙，但她此刻是在主街街角報導，因為法院街已經封鎖。就比利看來，全市的警察都在現場，加上兩輛鑑識廂型車，一輛隸屬於州警鑑識小組。

「比爾，」記者說，應該是在叫攝影棚裡的主播。「我確定稍後會有記者會，此時我們沒有任何官方消息，但我們在現場目擊了一切，我要讓各位看看我英勇的攝影師威爾森幾分鐘前拍到的畫面。威爾森，可以請你再播放一遍嗎？」

威爾森舉起攝影機，瞄準傑拉塔，聚焦在五樓。雖然放到最大，但畫面完全沒有晃動，比利不得不佩服這點。事故發生時，攝影師威爾森穩住陣腳，在附近的人陷入恐慌時保持清晰的頭腦，他拍攝的畫面無疑會登上全美媒體，多虧了他銳利的目光，他此刻可能只慢了警察一步半而已。比利心想：他可能是海軍陸戰隊退役，說不定喔。只是另一個在沙場上挺過槍林彈雨的海軍陸戰隊隊員。就我所知，我們在所謂的「布魯克林大橋」上還可能擦肩而過，或是在風吹起、狀況爆發時，一起盤坐在喬蘭墓園過。

第六頻道的觀眾，包括比利，都看到了槍手在窗戶上留下的開口。照過去的陽光也幫了大忙，就跟德納說的一樣。

「我們幾乎可以確定那裡就是開槍的位置。」記者說。「我們應該很快可以得知是誰租用那處辦公室。警方很可能已經掌握了線索。」

畫面轉到攝影棚裡的比爾，他的神情相當凝重，非常稱職。「安卓雅，對剛剛加入轉播的觀眾，我們想再播放一次一開始的畫面。實在太驚人了。」

畫面開始播放。比利看到陰鬱抵達的運動型多功能休旅車。門開了，發福警長下車。他耳朵好大，幾乎跟克拉克．蓋博[19]差不多大。鏡頭似乎聚焦在他荒謬的寬邊帽上。安卓雅拿著麥克風上前。法院的警察走過來，但警長伸出傲慢的大手，阻擋他們，讓記者採訪。

「警長，喬爾．艾倫坦承殺害霍頓先生嗎？」

警長笑了笑，他的口音跟粗玉米粉、羽衣甘藍一樣，充滿南方氣息。「布萊達克小姐，我們不需要自白。我們已經掌握可以定罪的一切證據。正義將會伸張，妳可以指望這點。」

身著紅色洋裝的記者安卓雅．布萊達克退開。威爾森將鏡頭聚焦在運動型多功能休旅車開啟的車門上。下車的是喬爾．艾倫，跟走下拖車的電影明星一樣。安卓雅．布萊達克上前提問，但當警長對她舉起手來時，她乖乖退後。

比利心想：安卓雅，這麼聽話，妳永遠沒辦法飛黃騰達。姑娘，妳得強悍一點。

他靠向前。就是這一刻，從另一個角度看實在太迷人了，截然不同的觀點。他聽到槍聲，充滿液體的鞭打聲。他沒看到子彈造成的傷害，第六頻道的新聞編輯打了馬賽克，但他看到艾倫的屍體飛向前，撞到階梯。然後畫面輕輕晃動，攝影師威爾森反射性蹲下時，畫面往下拍，然後又平穩下來。鏡頭鎖定在屍體上一會兒，然後又移向開始尋找子彈來源的壯漢警察。

接著是「砰」的一聲，「太陽黑子咖啡」後頭的街道爆炸了。尖叫聲不絕於耳。威爾森將鏡頭對準該處，捕捉到逃竄的行人（安卓雅．布萊達克也是其中一員，實在無法錯過她的紅色洋裝），煙霧從咖啡店及旁邊的旅行社之間冒出。安卓雅開始走回來（比利不得不誇她一句），接著第二顆煙火閃光彈爆炸。她畏縮起來，轉向該處查看，然後跑回一開始的位置。她頭髮凌亂，麥克風套組的線掛在身上，她喘起大氣。

「爆炸事件。」她說。「有人中彈。」她嚥下口水。「原定今早因為謀殺詹姆士．霍頓要進行提訊的喬爾．艾倫，他在法院階梯遭到槍擊！」

她接下來要說的一切都會打壞高潮的興致，因此比利關上電視。今晚常綠街居民會接受訪問，以為他是大衛．洛克維奇的那些人。他不想看那些訪問。傑莫跟柯琳絕對不會允許攝影機接近他們的孩子，但只有訪問傑莫跟柯琳就已經夠糟了。還有法西歐夫妻，彼得森夫妻，甚至街上那位醉醺醺的寡婦珍．凱洛格。他們的憤怒已經夠糟了，更可怕的是他們受傷與困惑的情緒。他們會說，他們以為他人不錯。他們會說，他們以為他是好人，而他現在的感覺是羞愧嗎？

「當然。」他對著空蕩蕩的公寓說。「總比什麼感覺都沒有好。」

如果夏夏、德瑞克以及其他孩子發現一起玩大富翁的玩伴槍殺的是壞人，這樣會不會有幫助？這麼想是可以好過一點，但這位玩伴是從藏身處開槍，瞄準的還是人家的後腦勺。

2

他打電話給巴奇．漢森，轉進語音信箱。比利早料到了，因為當「不明來電」出現在螢幕上時（巴奇曉得不要將戴頓．史密斯設成聯絡人），巴奇就算人在，覺得是客戶從南方邊界的破爛小鎮來電，他也不會直接接電話。

「盡快回電。」比利對巴奇的語音信箱說。

他握著手機，在狹長的公寓裡踱步。不到一分鐘後，手機響了。巴奇沒有浪費時間，也不提

19 William Clark Gable（1901—1960），美國國寶級電影男演員，外號「電影皇帝」，代表作為《亂世佳人》（*Gone with the Wind*）。

名字。他們都這樣。雖然巴奇的電話線路安全無虞，比利的手機也沒問題，但這是他們根深柢固的防範措施。

「他想知道你在哪？出了什麼事？」

「我完成了任務，就是這件事。他只要打開電視就看得見。」比利用另一隻手碰觸後方口袋，摸到大衛·洛克維奇的購物清單。他很容易在買完東西之後就忘了購物清單的存在。

「他說你們有個計畫，一切都設計好了。」

「我很確定他的確想設計我，就是這樣。」

巴奇思索起他的話，電話裡一陣沉默。巴奇在這行幹仲介很久了，沒有落網過，而他也不蠢。最後他說：「你有多確定？」

「等到大人物付錢的時候就會知道了。或是，如果他沒付錢的話也說明了一切。他付了沒？」

「喘口氣吧。這事不過兩個小時前結束。」

比利望向廚房牆上的時鐘。「比較像是三小時，轉個帳需要多久？如果你忘了，咱們是活在電腦的時代。替我查查。」

「等一下。」比利聽著距離他地下室公寓將近兩萬公里外的鍵盤敲擊聲。巴奇回來了。「還沒進來，要我聯絡嗎？我有一個電郵信箱，大概是他那個肥夥伴的信箱。」

比利想起肯·霍夫，一臉絕望，早上十點就散發酒氣。需要解決，而他，比利·桑默斯，也同樣需要被解決掉。

「你還在嗎？」巴奇問。

「等到三點左右再查一次。」

「要是還是沒進來，我要寫電郵聯絡嗎？」

巴奇有權問這個問題。比利收到的一百五十萬裡有十五萬是巴奇的，很大一筆錢，還不用繳稅，只是有個條件——**你最好有命花這筆錢**。

「你有家人嗎？」在他與巴奇合作的這些歲月裡，比利從來沒問過這個問題。見鬼了，他們上次見面都是五年前的事了。他們的關係純屬生意合作。

轉變話題並沒有讓巴奇意外。這是因為他知道話題其實沒有改變。他是比利・桑默斯與戴頓・史密斯之間唯一的連結。「兩位前妻，沒有孩子。上回是十二年前離的婚，有時她會寄明信片來。」

「我覺得你得出城，我覺得你得在掛斷電話後，立刻招計程車去紐華克機場。」

「謝謝你的建議。」巴奇聽起來沒有惱怒，反而像認命。「更別提徹底搗亂我的生活。」

「我會補償你的。這傢伙欠我一百五十萬。我給你一百。」

這次比利覺得對方的靜默是意外的意思。接著巴奇說：「你是認真的嗎？」

「對。」沒錯。他很想把所有的錢都承諾給巴奇，因為他已經不想要了。

「如果你對情勢的判斷無誤。」巴奇說。「你承諾的是你的案主支付的錢，說不定對方一開始就沒有打算付這筆錢。」

比利再次想到肯・霍夫，這位老兄額頭上根本刺了「替死鬼」三個大字。尼克也把比利當替死鬼嗎？這個念頭讓他生氣，他很歡迎這種情緒。總比羞愧好吧？

「我會確保他會付錢。同一時間，你得去山區還是什麼很遠的地方。用不同名字移動。」

巴奇大笑起來。「小鬼頭，別在爺爺面前班門弄斧。我有地方去。」

比利說：「我猜我的確要你傳訊息到那個信箱去，記一下。」

停頓，然後是：「說。」

「我的客戶完成任務，自行退場，句點。他是逃脫大師，記得嗎，問號。午夜前完成轉帳，句點。」

「就這樣？」

「對。」

「有什麼消息我就傳訊息給你，好嗎？」

「好。」

3

他餓了，他怎麼會不餓？他只吃了白吐司，而且那是好久以前的事了。冰箱裡有一盒牛絞肉。他扯開保鮮膜聞了聞，應該還沒壞，他將差不多兩百克的肉倒進煎鍋裡，還加了一點人造奶油。他站在爐火旁，壓碎肉塊攪拌起來，這時，他的手碰巧又摸到放在後方口袋的購物清單。他將紙張拿了出來，發現根本不是購物清單，而是夏夏的自畫像及粉紅鶴，這隻鶴原本名叫佛萊迪，後來改名戴夫，但比利猜戴夫這個名字大概不會繼續使用太久。紙張沒有攤開，但他看得到粉紅鶴對著小女孩方向冒出來的紅色蠟筆愛心殘影。他還是沒有打開，直接把圖畫塞回口袋裡。

為了待在這裡，他檢視起他的補給，火爐旁邊的櫃子裡有滿滿的罐頭，湯啦、鮪魚啦、丁提．摩爾燉牛肉湯、火腿，還有泡在番茄醬汁裡的義大利圈圈麵。他拿出一罐單身漢肉醬罐頭，加進燉煮的牛肉裡，鍋子滋滋作響。煮到冒泡時，他在烤吐司機裡擺進兩片麵包。等麵包跳起的當兒，他從口袋裡拿出夏夏的圖畫。這次他將圖畫攤開。心想要扔掉這幅畫，撕碎，拿去沖馬桶。結果他又把紙張折起來，放回口袋裡。

吐司跳了起來。比利將麵包攤在盤子上，加上肉醬。他拿了一罐可樂，坐進餐桌旁。他先把盤子裡的東西吃完，然後又把剩下的肉醬裝出來，通通吃掉了。他喝完可樂。之後他在洗刷鍋子的時候，他的胃忽然跟打結一樣，他發出噁心的聲音。狂奔去浴室，跪在馬桶前面，開始嘔吐，直到剛剛吃的東西通通吐進馬桶為止。

他沖了馬桶，用紙巾擦嘴，然後又沖了一次水。他喝了點水，去潛望鏡窗邊往外看。街道空蕩蕩，人行道也是，他猜皮爾森街大概經常如此。這裡沒有什麼好看的，只有幾個告示牌（「城市財產」、「請勿擅闖」、「危險勿入」）守在車站鋸齒狀磚塊遺骸前面。廢棄購物車不見了，但男性內褲還在，現在攤在野草之間。一臺老舊的 Honda 旅行車開過去，然後是一輛福特平托，比利不敢相信在路上還看得到這種車。接著是一輛皮卡車，就是沒有兩截式廂型車。

比利關上窗簾，躺在沙發上，閉上雙眼，睡著了。他沒有作夢，至少他不記得。

4

手機吵醒了他，是電話鈴聲，所以巴奇的消息肯定很複雜，沒辦法傳訊息就好。只不過不是巴奇打來的，是貝芙莉．簡森，這次她沒有笑，這次她是怎樣……也不是在哭。比較像小寶寶不高興的時候發出的聲音，帶點哭腔的碎碎念。

「噢，嗨，喂。」她說：「希望我沒有……」充滿鼻音的大聲喘氣。「……打擾到你。」

「沒有。」比利坐起身子。「完全沒有。怎麼了？」

至此哭腔加劇成明顯的啜泣。「戴頓，我媽過世了！真的過世了！」

比利心想：哎啊，這我知道了。他也知道另一件事，她是喝醉才打來的。

「我很遺憾妳失去了母親。」在這頭昏眼花的狀態下，他也只能盡量擠出這句話。

「我打電話來是因為我不希望你覺得我很糟糕，繼續開心過日子，還說什麼要去搭郵輪。」

「你們不去了？」失望，他很期待自己獨享公寓空間。

「噢，我猜我們還是會去。」她發出陰鬱的吸鼻涕聲。「唐納想去，我猜我也想去。我們蜜月時只有去過聖布拉斯角，他們說那裡叫鄉巴佬的度假勝地，但之後我們就沒有去哪裡玩過。我只是……只是不希望你覺得我是在我媽媽的墳墓上跳舞之類的。」

「我沒有這麼想。」比利說，這是實話。「你們遇上意外的財富，你們很興奮，再自然不過了。」

聽到這裡，她徹底放開，又哭又喘又上氣不接下氣，聽起來快溺水了。「戴頓，謝謝你。」聽起來像「呆頓」，跟她丈夫講的一樣。「謝謝你的體諒。」

「嗯哼，也許妳該吞兩顆阿斯匹林，然後躺一下。」

「大概是個好主意。」

「當然。」低低的「叮」一聲，肯定是巴奇。「只是我得掛——」

「那裡一切都好嗎？」

比利心想：不好，貝芙莉，一切都亂了套，感謝關心。「一切都很好啊。」

「我先前說植物的那番話也不是認真的。如果回去發現妲芙妮跟華特死掉，我會傷心死。」

「我會好好照顧它們的。」

「謝謝，謝謝，實在太非常無敵有夠感謝你。」

「不用客氣。貝芙莉，我得掛了。」

「好，『呆』頓，實在太非常無敵——」

「晚點聊。」他隨手掛斷電話。

巴奇用他其中一個化名傳訊息來，內容很短。

老爹九八二：**錢還沒轉進來。他想知道你在哪。**

比利用自己的化名傳回去。

閃亮七七：**地獄裡的人還想喝冰水哩。**

5

晚餐他炒了蛋，熱了一點番茄湯，這次他沒有吐。吃完之後，他收看六點新聞，轉到NBC旗下的電視臺，這樣他就不用再次看到第六頻道的畫面。利寶互助保險集團的廣告之後，出現的是他的照片。他站在常綠街的後院，臉上掛著微笑，身上穿著圍裙，圍裙上頭有「不只是性對象，我也會下廚！」的字樣，背景裡的其他人臉都打了馬賽克，但比利知道他們是誰。都是他的鄰居。這張照片是他找街上的人來家裡烤肉時拍的，他猜應該是黛安．法西歐拍的，因為她總忙著拍照，不是用手機就是用她那臺小小的Nikon相機。他注意到他的草坪看起來真漂亮（對，他還是覺得那是「他的草坪」）。

照片下方的文字問起：大衛．洛克維奇的真實身分？他很確定條子已經掌握了他的身分。電腦指紋搜尋系統現在速度可快了，而他在海軍陸戰隊的時候登錄過指紋。

「警方相信光天化日下，在法院階梯暗殺喬爾．艾倫的人就是這名男子。」其中一名主播說。他看起來像銀行家。

另一位主播看起來雜誌模特兒，繼續這個論述。「此時我們還不清楚他的動機，也不了解他如何脫身。警方只能確定他有幫手。」

比利心想：才沒有，他們建議過，但我拒絕了。

「在步槍開槍後沒多久。」銀行家主播說：「傳出兩聲爆炸，一次是在開槍地點傑拉塔對面，另一次是在主街與法院街轉角的建築後方。根據警察局長蘿拉．康利的說法，這不是威力強大的爆炸裝置，只是在煙火表演及搖滾演唱會上會用的閃光彈而已。」

雜誌模特兒又接起話。他們為什麼要這樣一來一回報導，比利不明白，真是個謎。「賴瑞．湯普森人在現場，或該說在最接近現場的地方，因為法院街還在封鎖。賴瑞？」

「沒錯，諾拉。」賴瑞如是說，彷彿只是要確認他是賴瑞沒錯。在他身後是黃色警方封鎖線，整個法院周遭是五、六輛警車警示燈的閃光。「警方目前的假設是這是一場有計畫的幫派暗殺。」

比利心想：這倒是說中了。

「康利局長在今天的記者會上透露嫌犯槍手化名為大衛．洛克維奇，這個人在今夏出現，他捏造的身分故事非常特別，讓我們聽聽局長是怎麼說的。」

賴瑞．湯普森消失，出現的是局長記者會畫面。戴著誇張寬沿帽的韋克利警長沒有出席。康利開始解釋起槍手（沒有費心稱他為嫌犯）假裝自己在寫書，比利關上了電視。

他心裡七上八下的。

6

半小時後，比利在簡森家的二樓公寓替妲芙妮、華特澆水，這時，他忽然作出了決定。他沒有計畫在槍擊當天離開地下室公寓，打算在這裡多待幾天，也許一週，但狀況變了，而且不是往好的方向發展。他必須搞清楚某些事，而巴奇幫不上忙。巴奇的工作已經完成了，如果他夠聰明，他現在就已經搭上逃離放射塵地區的班機了。如果真的有什麼放射塵的話啦。比利還是無法確定自己是不是杯弓蛇影，但他馬上就會知道了。

他回到樓下，打扮成戴頓．史密斯的模樣，這次將假孕肚充氣到快滿，沒忘了戴平光角框眼鏡，眼鏡就擺在客廳書架上，旁邊是《紅杏出牆》。黃昏天色暗，這也是他的優勢。佐尼便利商店不算遠，而且在他這一側。他的劣勢是尼克的人大概還在街上巡邏，貓王法蘭基跟波利．羅根一輛車，雷吉與德納一輛車，而今晚他們不會開兩截式廂型車。

不過比利覺得這是值得的冒險，因為他們現在肯定相信他躲起來了。也許甚至以為他出城了。而就算他們開車經過他身邊，戴頓．史密斯的裝扮大概矇混得過去，至少他希望啦。

他決定他還是需要一支拋棄式手機，他沒有責備自己今天一早扔掉了一支很好的拋棄式手機，只有上帝才能預見一切，而且這跟差點穿著柯林．懷特的行頭走出小巷完全是不同程度的愚蠢。在比利所處的行業裡（就是暗殺這一行，沒必要美化），你做好計畫，期待你沒預見的狀況不會到頭來反咬你一口，或是送你抵達小小的綠色房間，手臂上還接著靜脈注射的針頭。

他心想：我不能出事。如果我出了什麼事，這幾株爛盆栽就會死掉。

短短蕭條商店街的店家大多關了，只有佐尼便利商店還開著，「火熱美甲」似乎已經歇業了。窗上抹了肥皂泡沫，看不見裡面的狀況，門上還貼了一張破產的法律公告。

啤酒區的另外兩個西班牙裔老兄是僅有的客人。能量飲料跟五十種不同的包裝蛋糕之間是一排簡易手機。比利抓了一支就去結帳。櫃檯後面不是先前被搶、挨揍的女人，叫汪達什麼的吧？今天是一位中東長相的先生。

「就『醬』？」

「就這樣。」扮演戴頓．史密斯的時候，他的聲音會稍微尖細一點。這是另一個提醒他正在扮演誰的方法。

店員替他結帳，總共八十四美金，裡頭已經儲值了一百二十分鐘通話時數。在沃爾瑪大概可以再便宜個三十塊，但乞丐實在沒得挑。再說，進了沃爾瑪還得擔心人臉辨識系統，那玩意兒到處都是。這裡是有監視攝影機，但比利敢說他們每十二小時或二十四小時就會洗掉。他付現金。

當你在跑路（或隱居）的時候，現金就是王道。店員祝他晚上愉快，比利也同樣祝福對方。

天色已經很黑，迎面的車都開了車燈，他看不清楚駕駛人。他有股衝動，也許是本能，有車經過，他就想低頭，但那樣看起來太可疑了。他甚至無法拉下鴨舌帽的帽沿，因為他沒戴帽子出門。他希望金色假髮派上用場。他不是比利．桑默斯，警方跟尼克的惡棍手下在找的人。他是戴頓．史密斯，三流電腦人才，住在城市窮人區，得一直把眼鏡往鼻子上推。他因為在電腦螢幕前面吃多力多滋跟夾心蛋糕而發福，要是他不瘦個十或十五公斤，他走路就會開始用拖的。

這是好偽裝，沒有太誇張，但當他關上六五八號的門廳大門時，他還是鬆了口氣。他下樓，關掉大燈，拉開潛望鏡窗口的窗簾。外頭沒人，街上空空如也。當然，如果他們（他想的是雷吉跟德納，不是法蘭基、波利或警察）看到了他，他們肯定會從後面行動，但實在沒必要擔心你無法控制的狀況。那樣只會惹得你發瘋。

比利拉上窄窄的窗簾，又開了燈，他坐進安樂椅中。椅子很醜，但就跟許多醜陋的物品一樣，坐起來很舒服。他把手機放在茶几上，望著手機，思索他腦子到底是清楚，還是在胡思亂想。不管怎麼說，胡思亂想也許比較好，是時候搞清楚真相了。

他將手機從盒子裡拿出來，裝好電池，然後在牆上插座充電。這跟他之前的拋棄式手機不一樣，這支是折疊式手機，有點老派，但比利喜歡。如果你不喜歡某人講的話，用折疊式手機就可以真的「掛掉」電話。也許挺幼稚，但令人滿意，真是莫名其妙。充電沒有充太久。多虧了只要手機從盒子裡拿出來不能開機就會火大的史蒂夫．賈伯斯，這種現成的手機出廠時裡面已經有一半的電量。

手機想知道他講哪種語言，比利選擇英語。手機問他要不要連無線網路，比利選擇不要。他插入他買的通話卡，還必須致電「簡易電話」總部，完成交易。他必須在接下來三個月用完全部的通話時間。比利希望屆時他已經在某處的海灘上，而身上唯一的手機是他用戴頓・史密斯信用卡買的那支。

平安到家，那樣就太棒了。

他用雙手拋接起手機，想著法蘭基・麥金托跟波利・羅根帶他去央林區小房子的那天，那趟他希望自己沒有踏上的旅程。尼克來迎接他，但不是在屋外。比利想起他第一次造訪假豪宅，尼克也有張開雙臂歡迎他，但同樣是在室內。接著他想起尼克解釋煙火閃光彈那晚，講解了他的撤退計畫（「比利，就鑽進廂型車後座，放鬆，兜風去威斯康辛。」）。那頓飯一開始上的是香檳，最後的句點是熱烤阿拉斯加。有對男女服務我們用餐，大概是當地人，也許是夫妻，從烹飪到上菜都包辦了。那兩個人見過尼克，但就他們所知，他只是來自紐約的商人，只是來談生意。他塞給女人一點錢，要他們先走。

拋棄式手機在他雙手來回拋接，右手扔給左手，左手扔給右手。

比利心想：我問尼克，煙火閃光彈是霍夫處理嗎？他是怎麼說的？他用什麼字眼去了？沒屁用的小王八蛋？是嗎？反正就是看不起他，覺得他什麼事都幹不好，到底具體指的是什麼其實不重要，重要的是尼克接下來說的話：如果這是你對我的評價，那我會很難過。

因為這個「沒屁用的小王八蛋」就是設計好的替死鬼。槍手開槍的大樓登記在霍夫名下，弄槍的人是霍夫，現在槍枝落入警方手裡，他們會想辦法查出買賣的交易紀錄。如果他們查到（只是時間早晚的問題），他們會發現什麼？如果霍夫狀況內，警察大概只會查到一個假名，但如果條子讓賣家看霍夫的照片，那狀況就不同了。霍夫最後會進到悶熱的小小審訊室裡，他願意協商，他渴望協商，因為他相信那是他的強項。

只不過比利敢打賭肯・霍夫根本不會進入到那個小房間裡。他永遠不會提到尼克・馬傑利安，因為他真的死定了。

比利幾週前就想通了這件事，但六點新聞讓他想到了另一個他早該意識到的結論，也許，如果，他少花點時間跟常綠街的小孩玩大富翁，少花點時間除草，少花點時間吃柯琳的餅乾、跟鄰居套關係，他就能早點想通這點。雖然現在回想起來不太可能，但其中的邏輯無可辯駁。

那就是在整個案子外頭露臉的不只肯．霍夫跟大衛．洛克維奇。

對吧？

7

比利傳訊息給喬治歐．朱利耶尼，又名喬治豬爺，又名喬治．羅素，了不起的文學經紀人。他用的是喬治歐肯定認得出來的化名。

崔欒比：**回我訊息。**

他等，沒有回應，真是糟到不行，因為喬治歐有兩件東西不離手，一是他的手機，二是食物。

比利又傳了一封。

崔欒比：**我得立刻跟你談談。**比利想了想，又加上：**合約特別註明出書就撥款，對嗎？**

說明喬治歐正在回覆的點點點沒有出現，什麼反應都沒有。

崔欒比：**傳訊息給我。**

沒有反應。

比利闔上手機，放在茶几上。喬治歐無聲無息，比利並不意外，這也不是最糟的。看來他的確有「愚蠢自我」呢，一直要到工作結束，也就是來不及的時候，他才想到喬治歐跟肯．霍夫一起在外頭露過臉。喬治歐跟霍夫帶著比利進傑拉塔，帶他參觀五樓的寫作工作室。那不是喬治歐第一次進入大樓，霍夫對保全厄夫．迪恩是這麼說的：**這位是喬治．羅素，你上週見過他。**

喬治歐回內華達州了嗎？如果是，他是在賭城享用美食、喝奶昔，還是被埋進了附近的沙漠裡？鬼都知道他不會是第一個或是第一百個慘遭埋屍荒野的人。

比利心想：就算喬治歐死了，他們還是可以透過他追查到尼克身上。他們從好久以前就是合作夥伴了，尼克管事，喬治豬爺是他的「軍師」。比利不曉得他們怎麼稱呼喬治歐這種人，還是這只是電影亂編的，但這個肥仔對尼克來說就是給他出主意的左右手。

不過這個「好久以前」沒有很久，因為在二〇〇八年比利第一次替尼克工作時（那是他第三次殺人賺錢），喬治歐還沒出現。那次是尼克自己談。他告訴比利在賭城外圍的小規模夜總會及賭場裡有個色魔出現，這傢伙喜歡年紀大點的女人，喜歡傷害她們，終於失手殺了一個老小姐。尼克查出了對方的身分，希望外地的職業殺手能夠搞定這件事。他說，大家都很推薦比利。

比利二度造訪賭城時，喬治歐不只出現，還負責談判。尼克在他們談到一半時進來，給比利友好的擁抱、拍拍他的背，然後坐在角落喝酒聽他們交談，一直待到他們談完。兩個案子相隔不到一年。喬治歐說這次的目標是一位名為卡爾．崔樂比的A片製作人。他讓比利看一張照片，畫面上的人長得很像羅禮德牧師（Oral Roberts），有夠怪的。

「崔樂比（Trilby），跟短沿紳士帽是同一個字。」喬治歐解釋起來，比利裝傻不懂對方在講什麼。

「我不會因為人家拍相幹的電影就開槍。」比利當時是這麼說的。

「如果是拍幹六歲小孩的電影呢？」尼克說，而比利接了這份差事，因為卡爾．崔樂比是壞人。

沒算上艾倫，比利又替尼克處理過三個對象，幾乎佔了他殺手案件數量的三分之一了。這可是沒把他在伊拉克幹掉的人算進來。有時提案的時候尼克會在，有時他缺席，但喬治歐都在場，所以在艾倫一案上，喬治歐出現也不會讓比利覺得奇怪。他應該要覺得怪，只不過，他一直到這一刻才覺得非常說不通。

只要喬治歐保持安靜，尼克就可以否認，尼克可以說，我當然認識這傢伙，但如果他參與了這檔事，那完全是他自己的事情。我什麼都不知道。就算第一次晚餐時的廚子及服務的女人認出尼克跟喬治歐、比利一起吃過飯（實在不太可能），尼克還是可以聳聳肩說，他那天只是去跟喬治歐聊賭場的生意，因為「雙倍骨牌」的執照要更新了。而另一個人呢？就尼克所知，他只是喬治歐的朋友，也許是他的保鑣吧，話不多，說他叫洛克維奇，但除此之外沒有多說什麼。

當條子問起艾倫遇刺時，尼克人在何處，他會說他在賭城，還可以找來一堆人支持他的不在場證明。加上賭場的監視畫面。那玩意兒可不會每十二或二十四小時就回收循環再利用，那種畫面會存檔至少一年。

只要喬治歐保持安靜，但要是遭到引渡的人是他呢？他還會堅守江湖上的「緘默法則」嗎？如果是他要面對一級謀殺的罪名，以及注射死刑的命運呢？

比利心想：如果喬治豬爺埋在五呎之下，那他的確什麼什麼話也說不出口了。遇到這種事的時候，這就是金科玉律。

他不再拋擲手機，又傳給喬治歐最後一封訊息，還是沒有回應。他大可傳訊息或打電話給尼克，但就算聯絡上了，他會相信尼克的話嗎？辦不到。比利只能相信轉進海外帳戶的那一百五十萬，然後透過電子金融的魔法，再次轉進戴頓．史密斯能夠使用的帳戶。這裡就要靠巴奇了，無論他決定要去什麼地方，但重點是有錢要轉進來。

今晚比利無計可施，於是他上床睡覺。雖然才九點，但今天實在太折騰了。

8

他躺在床上，雙手插放在涼意短暫出現的枕下空間裡，想著一切都說不通。怎樣都說不通。肯．霍夫，可以理解。天底下有一種小城市投機人士，喜歡快速結單，相信無論事情有多糟，總會有人出手相助。這種騙子臉上掛著大大的笑容，握手握得很大力，穿著名牌馬球衫跟樂福鞋，出生證明上甚至印著「只在乎自己的樂觀主義者」幾個大字。不過喬治歐．朱利耶尼完全不同。他的確是快把自己吃死了，但就比利所知，喬治歐非常挑剔，非常現實。而他卻裡裡外外參與了整個案子，怎麼會這樣？

比利沒有繼續糾結。他逐漸睡著，夢見了沙漠。不過不是戰場的沙漠，那裡有彈藥、山羊、石油與疲憊的氣味。他夢見的是澳洲的沙漠，那裡有一塊大石頭，名叫艾爾斯岩，但真正的名字是烏魯魯，這個名字光說起來就讓人覺得毛毛的，聽起來像是風吹過屋簷的聲音。第一批見到這塊岩石的原住民將其視為聖地，見到它、崇拜它，但從來沒有以為自己是這塊岩石的主人。他們明白，如果神明存在，那就是神的岩石。比利沒有去過，但他看過出現在電影《暗夜哭聲》（*Evil Angels*）、《國家地理》雜誌跟《旅遊》雜誌上的畫面。他想去那裡，甚至做起白日夢，想著搬去澳洲中部的城市愛麗斯泉，那裡距離烏魯魯開車不過四小時，也就是岩石揚起巨大腦袋的地方。靜靜地住在那裡。也許寫寫作，住在滿是陽光的房間裡，外頭有小小的花園。

兩支手機擺在床邊小桌上，他之前關機了，但凌晨三點他起床尿尿時，將兩支手機打開，查看有什麼新消息。拋棄式手機上沒有喬治歐的回應，這點也不意外。他不期待再次收到肥仔的訊息，但他覺得在一個連騙子都能當選總統的世界裡，發生什麼事都不奇怪吧？戴頓．史密斯的手機裡則有一則通知，那是地區新聞的要聞推播，標題為：「傑出生意人自殺。」

比利解放膀胱，然後坐回床邊讀起報導，很短。傑出生意人當然就是肯尼斯．霍夫。他的「綠色丘陵」鄰居慢跑時聽到槍響，聲音似乎來自霍夫的車庫。差不多是傍晚七點的事。鄰居連忙報警，警方趕到，發現霍夫坐在持續運轉的車上。他頭上有個彈孔，左輪手槍擱在大腿上。

稍晚或是明天就會有篇幅更長、更詳盡的報導，這則報導會細數起霍夫的職業生涯，引用他朋友跟生意夥伴震驚的言論，這些不會少。還會提到「最近的財務難題」，但不會有細節，因為當地的權貴階級都還健在，他們不喜歡因此上報。他的前妻會說他好話，也肯定會講給離婚律師聽，她們會穿上一身黑出席葬禮，用紙巾拭淚（當然會小心，不會沾糊睫毛膏）。比利不曉得報紙會不會提到他坐在紅色敞篷車裡，但他很確定那輛車就是紅色的敞篷車。

霍夫跟艾倫槍擊案的關聯之後會被挖出來，肯定就是他自殺的原因。

報導不會提到驗屍官可能的猜測，那就是這位情緒低落的先生原本決定用一氧化碳中毒自殺，但等得不耐煩了，就拿槍轟掉自己的腦袋。比利曉得根本不是這麼回事。他唯一無法掌握的是下手的人是尼克的哪個爪牙。也許是法蘭基、波利、雷吉或其他比利不認識的人，很可能是從佛羅里達或亞特蘭大找來的人，但比利實在很難想像由德納．艾迪森以外的人動手，明亮雙眼的德納，綁著深紅色髮髻的德納。

他是不是用槍指著霍夫，要霍夫上車？也許沒這個必要，也許他只是跟霍夫說，他們又坐上車，好好聊一聊該怎麼解決這個問題，這是對霍夫好。只在乎自己的樂觀主義者以及注定的替死鬼會相信這種話。他坐進駕駛座，德納坐在副駕駛座。霍夫問起，計畫是什麼？德納說「這個」，然後對他開槍。之後德納啟動引擎，從後門開著高爾夫球車悄悄離去。因為「綠色丘陵」就是這種地方，有套房的高爾夫球場。

也許事情不是這樣進行的，也許不是德納．艾迪森下的手，但比利猜測他大致料得沒錯。這

樣整個沒了結的最後一片拼圖就剩下喬治歐了。

比利心想：呃，不對，還有我啊。

他再次躺下，這次睡意全無。一部分是因為老舊三層樓建築發出的聲響。風吹了起來，沒有車站擋風，風直接颳進皮爾森街對面的空地。每次比利就要睡著，風都會穿進屋簷，說起「烏魯魯、烏魯魯」。或者，也許那是踩在鬆脫地板上的另一個腳步聲。

比利告訴自己，稍微失眠不打緊，如果他要，他明天可以睡一整天，反正他好一陣子不用去任何地方，但清晨時分總是特別漫長。有太多想像，沒有一個是好的。

他想著他可以起床讀書。他實際的書本只有《紅杏出牆》，但他可以用筆電下載一些東西，在床上讀到睡著。

然後他又有另一個想法，也許不是什麼好主意，但他很確定他能因此入睡。比利起身從褲子口袋裡抽出夏夏的圖畫，攤開紙張。他看著綁著紅色緞帶的燦笑小女孩。他看著粉紅鶴頭上冒出來的愛心。他回想起季後賽的七局時，她靠在他手臂上睡著了。比利將圖畫跟兩支手機一起放在床邊小桌上，沒多久他終於陷入夢鄉。

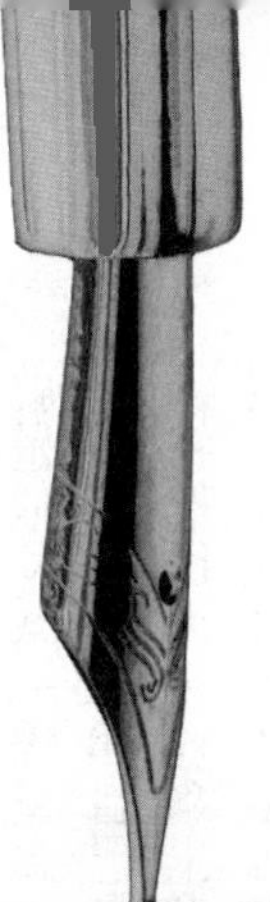

CHAPTER 12

1

比利醒來時搞不清東南西北。房間依舊全黑，面對後院的窗戶一絲光線都沒有照進來。他一度繼續躺在床上，還沒全醒，然後他想起這個房間裡沒有窗戶。唯一的窗戶在他的新客廳裡，也就是他稱為「潛望鏡」的那扇窗戶。這裡不是常綠街寬敞的二樓臥房，而是皮爾森小小的地下室臥房。比利想起自己是逃犯的身分。

他從冰箱裡拿出柳橙汁，只喝一、兩口，這樣才能撐久一點，接著他去沖澡，洗刷昨天的汗水。他穿好衣服，在字母形狀的穀片裡加了牛奶，然後打開六點的晨間新聞。

他第一眼看見的就是喬治歐．朱利耶尼，不是照片，而是跟照片一樣真實的面容畫像，真的畫得很像。比利立刻想通是誰跟警方畫師配合，畫出這麼像的圖畫。傑拉塔的保全厄夫．迪恩也幹過警察，只要他沒有忙著看《汽車趨勢》或欣賞《運動畫報》泳裝特輯的胸部跟屁股，他還是挺觀察入微的嘛。沒有肯．霍夫的進一步報導。如果警方將他跟艾倫槍擊案連結在一起，那他們還沒有向媒體公布，至少此刻還沒。

精神抖擻的金髮氣象女郎迅速出來提供最新報導，說起今年此時會意外的冷。她預告晚點會有更詳盡的新聞預報，然後將畫面交給精神抖擻的金髮路況記者，她警告用路人要有慢行的心理準備，「因為出動了大量警察」。

這意味著路障，條子假設槍手還在城裡，這點沒錯。他們也假設自稱喬治的胖子還在城裡，比利曉得這點不對。他的前文學經紀人已經在內華達州，大概跟他已經開始腐爛的肥肚一起埋在地下了。

雪佛蘭卡車的廣告之後，兩位主播跟一位退休警探出現。他們問他對於喬爾．艾倫被殺的

理由有什麼推測。退休警探說：「我只想得到一個理由。有人希望他用資訊交換減刑前就讓他閉嘴。」

「他期待的是哪一種的減刑？」其中一位主播問，她是精神抖擻的深髮女郎。她們怎麼可以一大早都如此精神抖擻？嗑了什麼藥嗎？

「用終身監禁換注射死刑。」警探回覆，完全沒有停下來多想。

比利相信這話也說對了。唯一的問題在於艾倫到底知道什麼事，為什麼必須在大庭廣眾下殺死他。這是要殺雞儆猴嗎？平常比利不在乎這種狀況，平常他只是一個「工具人」，只不過他發現自己所處的狀況一點也不「平常」。

主播將畫面轉給訪問約翰．科頓的記者，也就是「青年律師團」的一員，比利不想看下去。一個禮拜前，他跟約翰、吉姆．歐布萊特才拿美式足球的比分對賭，輸的人要請吃塔可。他們在廣場上，有說有笑，非常開心。現在約翰看起來一臉震驚，面色鐵青。他只有說到「我們都以為他是正直的——」，此時比利關上了電視。

他將穀片的碗拿去洗，然後查看戴頓．史密斯的手機。有一條巴奇傳來的訊息，只有四個字：**還沒進來**。他多少料到了，但這個消息加上約翰．科頓的神情，作為他「監禁」首日的起點，實在太不恰當了。

如果現在還不轉帳，那大概根本就不會轉了。他只收了頭款五十萬，這是不少錢，但不是對方承諾的完整金額。直到今天早上，比利都太忙了，沒時間生氣，因為他信任的人出賣了他，但他現在手邊沒事做了，他因此非常憤怒。工作他完成了，而且這份工作不只包括昨天，他做這份工作已經長達了三個月，付出的私人成本遠超乎他願意相信的程度。對方承諾了，而哪種人會打破承諾呢？

「就是壞人。」比利說。

他查看起地區新聞。頭條標題大字：**法院暗殺！**但相較於他的 iPhone 螢幕，在報紙上看起來會更大、更醒目吧。報導裡的一切他都瞭若指掌，但主要的照片說明了為什麼康利局長開記者會時，韋克利警長不在場。照片是那頂掉在階梯上的誇張寬沿帽，郡警警長沒有撿起帽子。韋克利警長腳底抹油溜了。這張照片值得千言萬語。對他來說那不是一場記者會，而是公開羞辱。

比利心想：有那種照片要解釋，警長連任選舉就祝你好運囉。

2

他上樓去幫妲芙妮、華特澆水，然後停住手裡的噴水瓶，心想他是不是瘋了。他是要澆花，不是要淹死它們啊。他查看簡森夫妻的冰箱，發現沒有他想要的東西，但廚房檯面上有一盒英式瑪芬蛋糕，還剩一顆，他告訴自己，不吃掉就會長黴了。樓上這裡有一般的窗戶，所以他坐在充滿陽光的吧檯旁，吃他的瑪芬蛋糕，想著他避之唯恐不及的東西，當然就是班吉的故事囉。現在帶他來這裡的工作已經完成，他手邊就只剩這項任務了。不過，這意味著要寫到海軍陸戰隊，有好多可以寫，從搭車去帕里斯島開始，基礎訓練……真的有好多可以寫。

比利將剛剛用的盤子洗掉，擦乾，放回櫥櫃裡，接著下樓。他從潛望鏡看出去，看著平日裡「沒什麼好看」的景色。他昨天穿的長褲扔在浴室地板上。他拿起褲子，手伸進口袋裡，差點希望他在路上弄掉了隨身碟，但隨身碟跟他的鑰匙放在一起，其中一把是福特 Fusion 的鑰匙，這是戴頓．史密斯租的車，現在停在城市另一端的停車場裡，等著他覺得安全才啟程。「等到風頭過去」，就跟那些總會出錯的「最後一票」電影裡說得一模一樣。

隨身碟感覺好像變重了。神奇的儲存裝置，三十年前看來就跟科幻小說裡的東西一樣，望著這玩意兒，他有兩件事不敢置信。一是他居然已經寫了這麼多字在裡頭，二是他居然還能夠繼續寫下更多文字，兩倍，四倍，十倍，甚至是二十倍的字數。

他打開原本以為遺失的筆電，這個「幸運符」比破爛骯髒的娃娃鞋昂貴許多，但除此之外，本質是一樣的，他打開電腦。輸入密碼，插上隨身碟，將唯一一個文件拖到筆電螢幕上。他看著第一行（我媽同居的男人帶著斷手回家），絕望的感覺油然而生。寫得很好，他很確定，但他一開始寫得很輕鬆的內容，現在感覺變沉重了，因為他有責任要讓剩下的內容寫得一樣好，而他不確定自己能否辦到。

他走到潛望鏡窗，繼續看著沒什麼好看的景色，思索他是不是了明白了為什麼這麼多渴望成為作家的人無法寫完作品的原因。他想到《負重》，肯定是戰爭佳作之一，也許是最好的一本。他想到寫作本身也像一場戰爭，你與自己對抗的戰爭。你背負著你的故事，每增加一點內容，故事就變得更沉重一點。

世界上有多少塞在抽屜裡沒寫完的書（傳記、詩、小說，變瘦或變有錢的成功訣竅），因為對背負的人來說，它們變得太沉重，這些人就放下了。

他們會想：也許改天再寫吧，也許等孩子大一點，也許等到我退休。

是這樣嗎？如果他想寫搭巴士的感覺、剃頭的感覺，以及第一次厄庭頓中士問：**桑默斯，你想吸我的屌嗎？想不想？因為你看起來就一副想吸屌的樣子**。寫這些內容會不會太沉重？

這算提問嗎？

噢，不，他可沒問，比利心想，除非你指的是修辭上的提問。他是對著我的臉大吼，我們的鼻子之間不過只距離兩公分，他的口沫溫溫的，噴灑在我的嘴唇上，我說：**長官，不想，我不想吸你的屌**。他說：**桑默斯二等兵，我的屌配不上你嗎？當兵不是你來吸屌的藉口嗎？**

景象都歷歷在目，他寫得出這些東西嗎？用班吉．康普森的身分寫？

比利覺得他辦不到。他關上窗簾，回到筆電旁邊，打算關上電腦，看看白天的電視節目。《艾倫秀》、《熱門法庭》、《凱莉、雷恩直播秀》、《價格猜猜猜》，看完還沒中午呢。然後睡個午覺，接著看午後肥皂劇。最後是《強法法官》，這位法官會跟匪幫饒舌歌手酷力歐在古老的音樂錄影帶裡一樣，左右揮舞著他的小木槌，在法庭上毫不馬虎。不過，在他伸手要按下關機鍵時，一個念頭不知道從哪兒冒了出來。彷彿是有人在他耳邊低語一樣。

你自由了，你可以愛幹嘛就幹嘛。

當然不是指他肉體的自由，才不是。他得繼續待在這間公寓裡，直到警方決定解除路障，就算那時，他可能還是得再待個幾天才會比較保險。不過，說到他的故事，他可以想寫什麼就寫什麼。而且是照他的方式來寫。沒有人會在後頭盯著他，監視他所寫的一字一句，他再也不用假裝笨蛋來寫蠢蛋的故事。他可以是一個聰明的人，寫一位年輕人的故事（如果比利繼續原本的敘事軌跡，現在班吉的確是個年輕人），這位年輕人雖然沒有受過多少教育，個性也天真，但他肯定不蠢。

比利心想：我可以放下福克納的狗屁理論。我可以寫對的字，用正確的標點符號，我可以寫can't，而不是cant，我甚至可以在對話裡用冒號跟引號。

如果他是為了自己而寫，那他就可以寫對他來說重要的部分，跳過不重要的地方。就算可以，他也不用寫到剃頭的事情。他不用寫到厄庭頓對著他的臉大吼，但他也許會寫。他不用寫那個男孩，比利忘了他叫哈格提還是哈維提，跑步的時候心臟病發，後來送去基地醫務室，厄庭頓中士說他沒事，也許他沒事，但也許他死了。

比利發現那股絕望逐漸轉化成固執的熱切渴望。也許甚至有點自以為是。就算是這樣，那又如何？他可以愛寫什麼就寫什麼，他會寫下來的。

他開始使用全部取代，將「班吉」改成「比利」，將「康普森」改成「桑默斯」。

3

我在帕里斯島開始基礎訓練。我應該要在那裡待上三個月，但最後只待了八週。就是一般的鬼吼鬼叫跟狗屁，有些菜鳥放棄或遭到淘汰，但我沒有。放棄的人、淘汰的人也許還有地方去，但我沒有地方可以去。

第六週又名「青草週」，我們要學習如何拆解武器，重新組裝回去。我喜歡這段時光，也很善於拆卸、組裝。當厄庭頓中士逼我們參加他所謂的「軍備競賽」時，我總是第一名，魯迪·貝爾（Rudy Bell）通常是第二名，因為塔可鐘（Taco Bell）這個連鎖餐廳，大家都叫他「塔可」。他沒有贏過我，但有時差距不大。喬治·岱納史坦每次都最後一名，得受處罰，人稱「後庭花」的厄庭頓中士會命令他做二十五個伏地挺身，一腳全程踩在喬治屁股上。不過喬治可以狙擊。沒有我那麼厲害，但的確，在將近三百公尺的靶紙上，他四槍裡有三槍會中軀幹。我呢？七百公尺的目標，我幾乎槍槍命中軀幹。

不過「青草週」沒有實際開槍。在這一週，我們只會拆解槍枝，重新組裝，同時念著步槍兵信條：「這是我的步槍。雖有很多相似的，但這一把是我的。我的步槍是我的摯友，如同我的生命。」就這樣背誦下去。我印象最深刻的是：「步槍沒了我便是廢物，我沒了步槍便成廢人。」

在「青草週」我們做的另一件事就是坐在草地上。有時一坐就是六個小時。

比利停在這裡，笑了笑，因為他想起小名「喇叭」的彼得·凱許曼。喇叭坐在南卡長長的草地間就這樣睡著了，「後庭花」蹲下來，對著他的臉大吼：**士兵，你覺得無聊嗎？**嚇得喇叭驚醒。

他連忙起身，力道之大，差點跌倒，嘴裡還喊著：不，沒有，長官！這時他還沒完全清醒呢。他是喬治．岱納史坦的夥伴，大家之所以叫他「喇叭」是因為他喜歡抓著褲襠說：「按我喇叭」。他倒是沒跟「後庭花」講過這種話。

回憶逐漸堆疊，比利懷疑（知道）這種事會發生，但他其實不想寫青草週。他現在也不想寫喇叭的事，也許晚點他會想寫吧。他想寫第七週，以及之後發生的事情。

比利想寫那個部分。幾個小時的光陰在看不見、察覺不到的狀態下流逝。這個房間裡有魔法。他吸入魔法，又吐出魔法。

4

「青草週」之後是「實彈週」，我們用M40A，也就是雷明頓700的軍用版本。五發子彈的彈匣，立在三腳架上，北約規格的瓶頸式子彈。

「你必須看到目標，但目標千萬不能看到你。」「後庭花」一再告誡我們。「無論電影是怎麼演的，狙擊手不可能單獨行動。」

雖然我們不是在狙擊兵學校，厄庭頓還是讓我們兩兩一組，一個是觀測手，一個是狙擊手。我跟塔可一組，喬治與喇叭一組。我之所以會提到他們，是因為我們後來又在費盧傑一起行動，二〇〇四年四月的「警戒行動」與十一月的「幽靈之怒行動」都有遇到他們。我跟塔可（Me and Taco）……

比利停筆，搖搖頭，提醒自己，「愚蠢自我」已經是過去式了。他刪掉句子，重打一遍。

塔可跟我（Taco and I）在實彈週會交換崗位，我負責狙擊，他負責觀測，然後他狙擊，我觀測。喬治跟喇叭一開始也會輪流，但後庭花阻止他們。「冠軍晚餐，你狙擊，凱許，你觀測。」

「長官，我也想開槍！」喇叭吼著說。跟後庭花講話就是得用吼的，海軍陸戰隊就是這樣。

「那我想割掉你的奶奶，塞進你的臭屁眼裡。」後庭花是這樣回答的。於是從那次之後，他們那組就由喬治狙擊，喇叭負責觀測。後來到狙擊兵學校及伊拉克時也是如此。

實彈週快結束的時候，厄庭頓中士叫我跟塔可去他的辦公室，那裡頂多就是個衣櫃大小而已。他說：「你們就是兩個沒屁用的傢伙，但你們可以狙擊，也許你們也會想學衝浪。」

因此我跟塔可發現自己轉運到彭德頓營，我們在那裡完成基礎訓練，那時主要是狙擊訓練，因為我們是受訓要成為狙擊手的。我們搭乘聯合航空前往加州，那是我第一次搭飛機。

比利停筆。他真的想寫到彭德頓營嗎？並不想。根本沒有衝浪，至少他沒有，他連游泳都不會，怎麼可能衝浪？他弄到了一件T恤，上頭印著《現代啟示錄》裡的一句話「查理不衝浪」，他把這件T恤穿得破破爛爛。撿到娃娃鞋，將鞋子綁在右側腰際那天，他也穿著這件衣服。

他想寫「自由伊拉克行動」嗎？不想。他到巴格達的時候，戰爭已經結束了。布希總統在林肯號航空母艦上說結束就結束了。他說任務已經完成，比利跟其他軍團的海軍陸戰隊成為因此成了「維和士兵」。他們在巴格達受到熱烈歡迎，甚至熱愛。婦女與孩童對他們丟擲鮮花，男人喊著 nahn nihubu amerikaan，也就是「我們愛美國」的意思。

比利心想：這種好事沒有持續多久，所以別管巴格達了，咱們直接上戰場吧。他繼續寫下去。

二〇〇三年秋天，我駐紮在拉馬迪，還在進行維和行動，但那時已經開始有槍擊事件發生，穆拉（mullahs）開始會在講經內容中加上「美國去死」這種論調，清真寺跟店面有時就會播放這種言論。我在人稱「黑馬」的第三營，隸屬於「回聲連」。我們那時射擊了很多目標練習，喬治跟喇叭在別的地方，但我跟塔可還是一組。

有天，有位我不認識的中校過來看我們射擊。我用的是M40，在約莫八百公尺外打啤酒罐金字塔，要從上面一個一個打下來。要瞄準底部，有點像是翻倒罐子，不然整個金字塔都會瞬間傾倒。

這位傑米森中校叫我跟塔可過去。他開著非裝甲吉普車，載我們去能夠俯瞰大清真寺的山丘。這座清真寺非常漂亮，從擴音器放出來的講道內容倒不怎麼悅耳。就是平常的廢話，什麼美國人會讓猶太人殖民伊拉克啦，伊斯蘭教會變成非法集會啦，猶太人會入主政府，美國會得到石油之類的。我們聽不懂這些語言，但「美國去死」永遠是用英文講的，我們也看過翻譯的小冊子，應該是他們帶頭的神職人員寫的。正在萌芽的叛變訊息大規模發送，這些聲音問起：你願意為了國家犧牲嗎？你願意為了伊斯蘭教慷慨赴義嗎？

「這一槍有多遠？」傑米森指著清真寺的圓頂。

塔可說九百一十五公尺，我說應該是八百二十公尺，然後又以謹慎、禮貌的口吻告訴傑米森，我們不能瞄準宗教設施。如果中校是打算這麼做的話啦。

「不要這麼想。」傑米森說。「我絕對不會要我的士兵在我的命令下瞄準他們的神聖垃圾建築。不過從那喇叭裡傳遞出的是政治訊息，不是宗教訊息。所以你跟他，誰想試試看，把一個喇叭打掉？還不准在圓頂上留下彈孔？留下痕跡就糟了，我們大概會下穆斯林地獄。」

塔可立刻將步槍交給我。我沒有三腳架，於是將槍管架在吉普車引擎蓋上，開了槍。傑米森用雙筒望遠鏡，但我不需要望遠鏡就看得到有一臺擴音器翻滾在地，還拖著電線。圓頂上沒有彈孔，而至少從那一側傳出來的慷慨陳詞現在明顯小聲了點。

「來點！」塔可大喊：「噢，對，給他們來點顏色瞧瞧！」

傑米森說我們最好快點閃人，免得有人開始朝我們開槍，於是我們就閃了。

現在回想起那檔事，我發現那天可以總結在伊拉克所出錯的一切，為什麼「我們愛美國」會變成「美國去死」。中校聽膩了那些無盡的狗屁言論，因此叫我們打下其中一個喇叭，這是極其愚蠢又沒有意義的行為，因為，你想想，那裡至少還有六個指向不同方向的擴音器啊。

我們驅車回基地時，我在住宅門口看到男人，在窗口看到女人探出頭來。他們臉上的表情不是「我愛美國」的歡快神情，沒人對我們開槍（至少那天沒有），但他們的表情說明了這天終將到來。就他們所知，我們射擊的不是一臺喇叭，我們是對清真寺開槍。也許圓頂上沒有彈孔，但我們還是朝他們的核心信仰開槍。

我們在拉馬迪的巡邏變得越來越危險。當地警方及伊拉克共和衛隊逐漸壓不住叛亂分子，但因為華盛頓與巴格達的政客堅持伊拉克自治的理念，因此美軍無法取代當地執法單位。我們通常就坐在營地外，祈禱最後不要在進行執行護送任務時，在路上遇到一組人正在修理故障（或遭到破壞）的供水水管，或一群美國及伊拉克籍的技術人員，嘗試要修復故障（或遭到破壞）的電廠。護送任務基本上就是活靶，到二〇〇三年年底，總共有六名海軍陸戰隊成員在任務中喪生。伊斯蘭狙擊手命中率低得可憐，但他們的土製炸彈嚇壞了我們。

二〇〇四年三月的最後一天，這不切實際的計畫終於徹底覆滅。

比利心想：好，終於到了故事真正開始的地方。「後庭花」會說我用了最少的廢話才講到這裡。

那時我們已經從拉馬迪前往巴哈利雅營，那裡又名「夢幻國度」，是距離費盧傑城外三公里的郊區，在幼發拉底河西側。我們聽說薩達姆．海珊的孩子都在這裡養精蓄銳。喬治．岱納史坦跟喇叭．凱許曼此時已經回來加入「回聲連」的行列。

聽到另一邊，也就是人稱「布魯克林橋」那一側傳來槍響時，我們四人正在打撲克牌。不是單獨一發一發的槍聲，而是密集的火力攻擊。

天黑後，風聲已經傳了出來，我們至少已經知道大致的狀況。四名黑水公司的傭兵當時正在運送食物（包括我們在「夢幻國度」的物資），他們決定要穿過費盧傑抄捷徑，而不是繞過此處，繞過去才是正常程序。他們剛跨越幼發拉底河的橋時就遭到埋伏。我猜他們全副武裝，但他們開的兩輛 Mitsubishi ute 皮卡車完全抵擋不住密集的火力攻勢。

塔可說：「他們怎麼會覺得能夠安然駛過市中心，以為那裡是奧馬哈嗎？真是蠢到家了。」

喬治附和起來，但說不管蠢不蠢，這筆帳不會就這麼算了。我們都這麼想。殺人已經夠糟了，但對那群暴民來說，取人性命遠遠不夠。他們從車上將屍體拖出來，澆上汽油，放火焚屍。兩具屍體跟旋轉烤雞一樣遭到肢解，另外兩具則掛在布魯克林橋上，彷彿是蓋伊．福克斯[20]的假人一樣。

隔天傑米森中校出現，當時我們這一班正要準備進行巡邏。他從悍馬後座叫住我跟塔可，要我們跟他過去，因為有人想見我們。

男人坐在車棚的一疊輪胎上，這裡滿是機油跟廢氣的味道。裡頭熱得要死，因為門都關著，裡頭也沒冷氣。我們走進時，他站起身來，打量起我們。他穿了一件皮夾克，在這三十度的臭烘

烘空間裡，實在太荒謬了。他胸口有「黑馬營」的徽章，上面是「精進職守」，下面則是「來點[21]」。不過外套只是做做樣子而已。我當場就知道了，塔可後來也清楚了這點。你只要看他一眼就知道他是「他媽的中情局」探員。他問我們誰是桑默斯，我說是我，他說他叫霍夫。

比利停下動作，覺得好笑。他讓目前的生活與戰場上的生活交織在一起了。是作家羅伯・史東說的嗎？腦袋就是一隻猴子？肯定是，在《狗士兵》（*Dog Soldiers*）裡。史東也在那本書裡提到，想從休伊直升機裡用機關槍射擊大象的人只是想體驗快感而已。在伊拉克，海軍陸戰隊偶爾會朝著哼哼叫的駱駝開槍，但，對，他們肯定是茫了。

他刪掉上一句話，請教起住在他額頭裡面、雙耳之間的那隻猴子。想了幾秒，他想到正確的名字，然後覺得這個錯誤情有可原。霍夫至少挺接近的。

他說他叫沃斯。他沒有向我們握手，就坐回輪胎上，他褲子的臀部肯定弄髒了。他說：「桑默斯，我聽說你是整個連裡最好的神槍手。」

因為這不是問題，我也就沒有回答，就站在原地。

「你可以從我們這一側的河邊射一公里外的目標嗎？」

我連忙看了塔可一眼，知道他也聽到了，懂得對方的意思。「我們這一邊」代表城外的任何

20 Guy Fawkes（1570—1606），策劃了英國一六〇五年的火藥陰謀，計畫炸毀議會，殺死英國國王詹姆士一世，但因為瘟疫使國會延期，爆炸無法進行而落網。為了慶祝國王逃過暗殺，十一月五日成了紀念日，也稱為「蓋伊・福克斯之夜」。

21 原文Get some。用來表達贊成或歡呼，越戰時流行的用語。沒有直接對應翻譯的中文，採取直譯。有時帶有挑釁意味。

地方。而且如果有不同的「邊」，意味著我們要進城。

「長官，你是在說人類目標嗎？」

「對，不然你以為我說的是啤酒罐嗎？」

這是修辭上的問題，我沒有費心回答，只說：「可以，長官，這個距離可以開槍。」

「桑默斯，這是海軍陸戰隊的回答，還是你的回答？」

為此，傑米森中校稍微蹙眉，彷彿是他不相信除了海軍陸戰隊的回答以外，還該存在其他的回答一樣，但他沒有說話。

「長官，兩者都一樣。風大的日子也許不是那麼有把握，但我們──」我用拇指比了比塔可。

「我們可以修正風向。吹沙就是另一回事了。」

「明天的風速預測是零到十。」沃斯說。「這樣成問題嗎？」

「不會，長官。」然後我提了一個我不該問的問題，但我還是想知道。「長官，我們在說的目標是壞哈吉[22]嗎？」

中校見我踰矩，想要開口，但沃斯對他揮揮手，傑米森識趣地閉嘴。

「桑默斯，你有瞄過人嗎？」

我說沒有，這是真的。瞄準意味狙擊，我射殺下雨鮑伯的時候距離很近。

「那這是展開你狙擊生涯的好起點，因為，對，這是一個非常壞的哈吉。我猜你知道昨天發生的事了？」

「長官，我們都知道了。」塔可說。

「那些傭兵之所以穿過費盧傑是因為可靠來源說那裡很安全，還說那邊對美國人有好感。伊拉克警方也在一旁護送，只不過這些人要麼是穿著偷來制服的叛軍，要麼就是叛變的警察，或是真正的警察看到馬上就會發生的壞事，早就閃了。反正人不是他們殺的。是四、五十個手持AK步槍的壞男孩，你們覺得呢？只是碰巧出現在現場？」

我聳聳肩，彷彿我不知道答案，但塔可接下這顆球，他都會接。「長官，看起來不太可能。」

「對，完全不可能。那些穆斯林早就埋伏在那裡。兩輛皮卡車擋在要道上。這場埋伏事先經過安排，我們曉得幕後首腦是誰，因為我們追蹤了他的手機，你們跟上了嗎？」

塔可說跟上了，我再度聳肩。

「有個戴頭巾的黃鼠狼，叫做阿瑪．賈辛，他六、七十歲，沒有人知道他確切的年紀，大概連他自己都不清楚。他開了一間電腦、攝影工作室，也可以當成網咖，同時也是附近年輕人去玩吃豆子小精靈跟青蛙過河的遊戲室，前提是這些年輕人沒有忙著製作土製炸彈或在路邊埋炸彈。」

「我知道那個地方。」塔可說。「咻咻快照，巡邏時注意過。」

注意過？見鬼了，我們都進去玩過大金剛還有約翰．麥登美式足球。我們一進去，附近的男孩全都同時想起他們還有事情要做，得去別的地方，通通腳底抹油閃了。塔可沒有主動提到這件事，我也沒有。

「賈辛是老派的復興黨成員，也是新出頭的叛軍首領。我們要幹掉他，要他死得很慘。不能弄雷射導引炸彈來，因為我們會冒險殺害一群來打電動的小鬼，這樣我們在半島電視臺上又會得到各種惡評，不能冒這種風險。也不能等，因為布希過幾天就會核准清除計畫，如果你們說出去，我就得幹掉你們。」

22 haji，原意為「巡禮人」或「朝覲者」，是伊斯蘭文化中，對曾經前往聖地麥加朝覲，並按規定完成朝覲功課之男女穆斯林的尊稱。此處作為當地人的代稱。

「你不會有這個機會。」傑米森說。「我會自己先動手。」

沃斯沒搭理他。「一旦事態惡化，賈辛就會跟著其他持槍保鑣一起閃進後巷消失。我們得在那種事發生之前，拿這個該死的猶大山羊殺雞儆猴。」

塔可問猶大山羊是什麼。我大可告訴他，但我沒說話，讓沃斯解釋。接著他轉頭又問了一遍，我辦不辦得到？我說，長官，可以。我問我該在哪裡開槍，他告訴了我。我們去過那裡，去接應直升機再補給的物資。我問我能不能將步槍的瞄準鏡換成新式的洛伊波爾德瞄準鏡，還是有什麼就用什麼。沃斯望向傑米森，傑米森說：「我們會換新的。」

回到兵營（其他人不等我們直接外出巡邏了），塔可問我怎麼確定開得了槍。我說：「如果開不了這槍，我就把責任推給觀測手就好。」

他用拇指頂了頂我的肩膀。「你個白癡，為什麼總要裝笨？」

「不曉得你在說什麼。」

「你看看，又來了。」

「這樣比較安全，他們不了解你的能耐，就不能傷害你，或是回來找你麻煩。」

他思索起這句話，然後說：「對，你開得了那槍，我懂，但我不是這個意思。我們在講的是活生生的人，你確定你辦得到？直接瞄準他的大腦袋，奪走他一條命？」

我告訴塔可我確定。我沒告訴他我知道我能取人性命，因為我之前殺過人。我對著下雨鮑伯的胸口開槍。狙擊手學校教會我永遠都要瞄準頭部。

5

比利將剛剛寫的內容存檔，他站起身子，卻踉蹌了一下，因為他的雙腳感覺像在另一個次元。

他坐了多久？他望向手錶，驚訝發現已經過了快五個小時了。他彷彿大夢初醒。他用雙手壓在下背，伸展身子，雙腿因此感覺麻麻的。他從客廳走到廚房，走去客廳，然後又回到客廳。他走了第二遍，第三遍。他剛開始租這間公寓時覺得尺寸剛好，是蝸居的好所在，能夠躲到風頭過去，他能開著租來的車往北（也許往西）移動。現在這裡看起來太小了，就跟長大感覺衣服縮水一樣。他想出門散散步，也許慢跑一下，但就算打扮成戴頓．史密斯，這也是個爛主意。於是他繼續在公寓裡踱步，這樣不夠，因此他又在客廳地板上做了幾個伏地挺身。

他想起「後庭花」中士會說：下去來個二十五下，別介意我踩在你的屁股上，你這沒屁用的洨渣。

比利忍不住微笑起來，他居然回想起這麼多事情。如果全寫下來，他的故事要一千頁才寫得完。伏地挺身讓他覺得平靜了一點。他考慮打開電視，看看調查進展，或是查看手機上的報紙後續報導（報紙也許正在沒落，但比利發現要看實際的事實，報紙速度還是最快的）。他決定都不看。他還沒準備好回到當下。他考慮弄點東西吃，但他不餓，他該餓了，但他不餓。他決定在廚房站著喝杯黑咖啡就好。然後他回到電腦前，繼續剛剛的故事。

6

隔天早上傑米森中校親自開車載我跟塔可到十號公路與南北向道路的交叉口，後面這條路海軍陸戰隊稱為「地獄公路」，這名字來自AC/DC[23]的歌。我們坐進中校的老鷹房車，這是特製的車。

23澳洲老牌搖滾樂團，風格包括硬式搖滾、藍調搖滾、重金屬，但樂團成員稱自己玩的就是「搖滾樂」。

車尾上有一個轉印的紅眼黑馬圖案。我不喜歡這個記號，因為我可以想像伊拉克的觀測手注意到，甚至拍攝起來。

沒看到沃斯。他們這種人只要看到計畫開始運作，就會回到原本的地方去。

兩輛伊拉克電力與路燈公司的車停在滿是風沙的丘頂迴轉道上，好吧，誰知道那是什麼單位的車，車身上那些文字跟鬼畫符一樣。車子本身看起來像美國的工程車，只是小一點，車子塗成蘋果綠，而不是黃色。車身上的漆特別厚，但就算如此，也沒有辦法完全遮蓋掉薩達姆．海珊的笑臉，看起來就像固執不肯離開的幽靈。車上還有一個精靈牌的曲臂高空作業車，上頭有圍欄圍起來的升降作業平臺。

十字路口上有兩根電線杆，大大的變壓器會將負載的電流降壓傳輸到費盧傑的住宅區及周遭的郊區。附近有包頭巾的人到處走動，還有兩個戴著無沿圓帽的人。他們穿著橘色工人背心，沒戴安全帽，我猜美國職業安全與健康管理局沒管到安巴爾這個省來。從河的對岸看過來，這些人大概就像政府工程部的賤民，但接近到五十公尺左右的距離時，你就會明白，他們其實是我們的人。我們這一班的艾勒比．史塔克走過來，揮動他的頭巾，唱起那首不要踩到超人披肩的歌。然後他看到中校，連忙行禮。

「去旁邊裝忙去。」傑米森對他說。「還有，以耶穌之名啊，你別再唱歌了。」他轉頭面向我跟塔可，但他其實是在對塔可講話，因為他覺得塔可才是聰明人。「貝爾准下士，再跟我講解一下計畫。」

「賈辛幾乎每天十點都會出來抽菸，跟崇拜他的人交談，大概其中就有對那四個傭兵開槍的人。他會包著藍色頭巾，比利幹掉他，就這麼簡單。」

傑米森轉頭面向我。「如果你暗殺成功，我會表揚你。失手，或更糟，打到旁邊的路人，我就會把靴子從我的屁眼踹到你的屁眼裡，只不過更大力，踹得更深。海軍陸戰隊隊員，這樣你明白了嗎？」

「長官，我想我懂。」我在想的是厄庭頓中士講這話會比較有信服力跟威嚇感。不過，中校已經很努力了。幾個月後，他會因為一顆路邊的炸彈，失去大部分的臉跟視力。

傑米森叫喬．克魯斯基過來。他是我們班的另一位成員，我們自稱「火熱九人組」。多數「工程人員」都是，他們自願的，應該是說塔可找他們來的。

「中士，你明白桑默斯一開槍，你就得採取何種行動嗎？」

「大魯」笑了笑，露出門牙縫。「盡快將他們弄下來，然後跟龜孫子一樣逃命去，『長官』。」

雖然我看得出來傑米森很緊張（我想我們都是），但這話逗笑了他。通常大魯能在最嚴肅的臉上逗出笑容。「差不多就是這樣。」

「長官，要是他不出現怎麼辦？」

「總會有明天。前提是如果明天還沒進攻的話啦。好了，海軍陸戰隊隊員，繼續，拜託，別給我來軍呼那鬼玩意兒。」他用拇指比了比幼發拉底河，以及對岸跟獵熊陷阱一樣危險的城市。「就跟那首歌唱的一樣，聲音會傳出去。」

艾勒比．史塔克跟大魯想要躲進高空作業車的圍欄平臺裡，那個空間應該塞得下兩個人，但當其中一個人是大魯的尺寸時就辦不到了。他差點把艾勒比從邊緣擠下來。除了傑米森，大家都笑了。就跟看雙人喜劇一樣搞笑。

「出來，你這傻大個。」中校對大魯說。「耶穌都要哭了。」他指著咖啡色戰鬥靴從過短褲子露出來的喇叭。這個畫面也很好笑，因為他看起來就像穿著爹地鞋子走路不方便的小朋友。

「你，小不點，過來。你叫什麼名字？」

「長官，我是彼得・凱許曼上等兵，我──」

「你個智障，不要行禮，在作業區域不要行禮。你小時候是不是媽媽失手讓你撞到頭了？」

「長官，沒有，我不記得，長──」

「東西帶著給我進平臺裡，然後你在上面的時候……」他轉頭張望。「啊，老天，那該死的裹屍布在哪？」

也許他用的字眼沒錯，但感覺實在很不妙。我看到大魯在胸前畫起十字。

還在圍欄平臺上的艾勒比低頭望下來。「呃，長官，我想我正站在它上頭。」

傑米森抹起額頭。「好，行，至少有人記得帶來。」

那就是我。

「進去，凱許曼。然後快點佈置好。時間不等人。」

液壓開關發出聲響，圍欄平臺升了起來。升到最高，差不多是十或十二公尺高，整個平臺顫抖地停在一個變壓器旁邊。艾勒比跟喇叭彷彿在跳舞，忙著從腳下拉扯「裹屍布」。伴隨著幾聲相當有創意的咒罵聲（包括從前來乞討糖果、香菸的伊拉克孩童口中學的），「裹屍布」佈置好了。那是一片圍住作業平臺跟變壓器的圓柱形帆布。上方勾在電線杆的橫杆上，然後從一側夾住，看起來就像501牛仔褲一排釦子的褲襠一樣。外頭用亮黃色寫了一堆扭扭曲曲的文字，不曉得啥意思，只要不是「狙擊小隊作業中」就好。

圍欄平臺下降，留下圓筒帆布掛在那裡。平臺四周及腰的圍欄下降之後，看起來的確挺像裹屍布的。喇叭雙手破皮流血，艾勒比臉上有擦傷，但至少他們都沒有從平臺上摔下來。有兩回看起來特別危險。

塔可仰著脖子望上去。「長官，這應該是個什麼玩意兒？」

「遮沙罩。」傑米森說，然後又補了一句：「我想應該是施工時遮擋風沙用的。」

「並沒有很低調。」塔可說。現在他望向河對岸擁擠的房舍、商家、倉庫跟清真寺。那是城市西南方，我們稱為「皇后區」的地方。約莫百名海軍陸戰隊隊員是用屍袋包著出來的，另外數百人離開時少了許多肢體部位。

「要你的意見，我會問你。」中校說，老派但沒錯。「裝備拿了，快點上去。到平臺前套上橘色背心，這樣你上去的時候，他們眼裡就只會有橘色背心。其他人在附近裝出很忙的樣子。我們最不希望任何人看到步槍。桑默斯，你背對河邊，直到……」他停頓了一下，他不想說的是直到你在裹屍布下方，但我明白他的意思。「直到你在掩護下方。」

我說遵命，然後我們開始上升，我將M40握在胸前，背對城市，塔可拿著他的觀測手工具站在平臺上。狙擊手光鮮亮麗，能夠拍電影，讓史蒂夫．杭特（Stephen Hunter）寫他的小說，但真正辛苦的是觀測手。

我不知道真正的裹屍布有多臭，但這條帆布圓筒聞起來像死了很久的爛魚。我拉開三處縫線掛鉤，這樣槍口才能伸出來，但位置不對，除非我想射的是拉馬迪那邊亂逛的山羊。我們兩人想辦法將帆布轉過來，一邊咒罵，一邊碎唸，還要確認這鬼東西上面至少還有兩個交叉的鉤子固定住。帆布朝著我們的臉拍打過來，死魚味變得更噁心了。這次是我差點從圍欄平臺上摔下去。塔可一手拉著我的橘色背心，另一隻手扯著我的步槍背帶。

「你們在上頭搞什麼鬼東西？」傑米森大喊。他跟其他人在下面只看到我們的腳不聽使喚的亂踩，就跟學跳華爾滋的中學生一樣。

「長官，家務事。」塔可喊回去。

「好，我建議你們別再搞家務事，快點佈置。就要十點了。」

「開口開錯方向又不是咱們的錯。」塔可對我咕噥起來。

我查看起步槍上的新狙擊鏡片（雖有很多相似的，但這一把是我的），用一塊方形麂皮布擦拭起來。在這鬼地方，到處都是風沙飛塵。我將我的裝備交給塔可進行必要的檢查。他把槍還給我，將拇指舔得溼溼的，然後伸到替槍口開的那個縫外。

「比利男孩，平靜無風。我希望那個混蛋出來，因為我們再也遇不上更適合的日子了。」

除了我的步槍外，在平臺上另一個大尺寸的設備就是M151，人稱「觀測手好朋友」。

比利停下，從夢中驚醒。他前往廚房，用冷水拍拍臉。先前他的故事是一條筆直的康莊大道，如今他終於遇上意外的岔路。也許不管他選擇哪條路，結果都沒差，但也許會造成不同。

都是那個M151害的，那是觀測手用來測量槍口到目標的觀靶鏡，準確到詭異（至少對比利來說很詭異）。該距離是角分（MOA，minute of angle）的基礎。比利在幹掉喬爾·艾倫時不需要計算這些，但他在二〇〇四年負責開的這一槍，假設阿瑪·賈辛會走出店面的這一槍，距離實在遠得多。

他要解釋這一切嗎？還是不用？

如果他解釋，那就意味著他期待，或至少希望，有人會讀到他在寫的東西。要是他不解釋，他就放棄這份期待、這份希望了。所以他到底有沒有這麼想？

他站在廚房水槽旁邊，回想起他前往中東後沒多久聽過的廣播訪談。大概是公共廣播電臺的節目吧，大家都聽起來超聰明，好像嗑了百憂解一樣。受訪的是某位作家，是個老傢伙，年輕時炙手可熱，那時期重要作家都是即將成為酒鬼的白種男性。比利實在想不起來這位作家是誰，只不過不是戈爾·維達爾（不夠挖苦），也不是楚門·卡波帝（不夠聒噪）。他只記得主持人問起這位作家寫作的過程，這位先生是這樣回答的：「坐下來寫作時，我會想到兩個人，一個是我，一個是陌生人。」

比利的M151因此得到圓滿解決。他可以描述它，解釋用途，解釋起角分比距離更重要，但這兩者其實相輔相成。這些事他都可以做，但前提是他是要寫給陌生人及他自己看。所以他會解釋嗎？

比利告訴自己：實際點，在場就只有我一個陌生人。

不過沒關係，若有必要，他會為了自己解釋。他不需要……那個字是怎麼說的？

「證明什麼。」他一邊碎唸，一邊走回電腦旁。他再次接著寫下去。

7

除了我的步槍外，在圍欄平臺上另一個大尺寸的設備就是M151，人稱「觀測手好朋友」。塔可立好三腳架，我盡量不擋他。平臺稍微晃了一下，塔可叫我別動，除非我想把子彈打進商店門口的招牌，而不是賈辛腦袋上。我盡量保持不動，等著塔可進行他的工作，計算測量、喃喃自語。

傑米森中校估計的距離是一公里，塔可用在咻咻快照外頭拍球的孩子作為目標，測量出來的數字是一·二二五公里。距離的確很遠，但在四月初平靜無風的日子裡，命中率很高。我瞄過更遠的目標，我們也都聽說過世界級的狙擊手可以打中這距離兩倍外的目標。當然我不能指望賈辛站著不要動，就跟靶紙上的腦袋一樣。這點讓我擔心，但我不擔心他是有著跳動心臟、鮮活大腦的活人。他是猶大山羊，將四個人騙進埋伏之中，他們什麼過錯都沒有，只是運送食物而已。賈辛的確是壞人，必須解決掉。

九點十五分，賈辛從店裡出來。他穿了一件藍色長衫跟寬鬆白褲。他今天戴的是紅色針織帽，沒有包藍色頭巾。這是很好瞄準的目標。我正要瞄準，但賈辛只是打了一下拍球男孩的屁股，趕男孩離開，之後他就回到室內。

「哎啊，真可惜。」塔可說。

我們繼續等待。年輕人走進咻咻快照，年輕人走了出來。他們有說有笑，打打鬧鬧，就跟全世界所有的年輕人一樣，無論是在喀布爾還是堪薩斯城都一樣。其中有些人肯定在兩天前，拿著ＡＫ步槍掃射那兩輛黑水公司的卡車，其中有些人肯定在七個月後會對我們開槍，那時我們正一區一區掃蕩他們。就我所知，他們有些人躲在我們所謂的「歡樂之家」，而那裡能出錯的一切通通出了亂子。

十點鐘，然後是十點十五分。塔可說：「也許他今天去後頭抽菸了。」

接著，十點半，咻咻快照的門開了，阿瑪・賈辛跟兩個年輕人一起走了出來。我望向瞄準鏡。我看到他們有說有笑。賈辛拍了拍其中一人的背，兩個年輕人搭著肩就離開了。賈辛從褲子口袋裡拿出一包香菸。我用狙擊鏡，看到那是萬寶路香菸，還看到兩隻金獅的標誌。一切都清清楚楚，他雜亂的眉毛，嘴唇紅得跟擦口紅的女人一樣，花白的鬍碴。

塔可現在用手拿著他的Ｍ１５１觀測。「這混蛋跟那個阿拉法特長得也太像了。」

「塔可，閉嘴。」

我將十字準線瞄準針織帽，等著賈辛點煙。我願意讓他抽最後一口，然後捻熄他生命的火光。他將一根菸放進嘴裡，他將剩下那包菸塞回口袋裡，掏出打火機。不是用完就丟的便宜貨，而是美國品牌*Zippo*的金屬打火機。也許是他從商店或黑市買的，也許是從遭到槍擊、焚燒、吊屍在橋上的那四名傭兵身上偷來的。他點燃打火機，小小的火光閃爍起來。我看見了，我什麼都看得一清二楚。彭德頓營的特等槍砲士官長狄耶哥·瓦斯奎茲說海軍陸戰隊的狙擊手為了完美的一槍而生。這一槍必須完美。他也說：「我親愛的各位處男，就跟做愛一樣，你們永遠忘不了你們的第一次。」

我吸氣，屏住，數到五，然後扣下扳機。後座力重擊我肩膀凹陷之處。賈辛的毛線帽飛開，一開始我以為我失手了，也許偏了兩公分，狙擊的時候，兩公分就跟兩公里差不多。他站在原地，嘴裡叼著菸。接著打火機從他指間墜落，香菸也從他口中掉落。打火機與菸一起掉在滿是風沙的人行道上。在電影裡，中彈的人會往後飛，在真實生活裡卻鮮少如此。賈辛還往前走了兩步，這時我才看清，脫落的不只是帽子，還有帽子裡他腦袋的上半部。

他跪了下去，然後一臉栽倒。有人跑了過去。

「出來混總是要還的。」塔可說，然後拍拍我的後背。

我轉身大喊：「把我們弄下去！」

平臺開始下降。感覺非常緩慢，因為河對岸已經開始開槍了，聽起來像是煙火。我跟塔可低頭，拋下帆布遮沙罩，低頭不會讓我們安全一點，而是出於本能的動作。我聽著子彈飛來，做好中彈的準備，但我什麼也沒聽到，更沒有任何感覺。

「出來，快出來！」傑米森大喊。「跳！快閃人了！」但他歡快大笑，他們都是。大家用力狂拍我的背，害我在跑回骯髒Mitsubishi的路上差點跌倒，這輛車是中校帶我們撤退用的。艾勒比、喇叭、大魯跟其他人通通跑向小小的電力卡車，這種手法我們大概沒辦法再搞第二遍。我們聽到河對岸傳來吼叫聲，現在槍聲越來越密集。

「對，吞下去！」大魯大喊。「好好吞下去，媽的混蛋！大黑馬剛剛踐踏了你們的人！」

中校的老房車就停在伊拉克電力公司卡車旁邊，車子通通停在迴轉道上。我拉開後車廂，把步槍跟塔可的設備放進去。

「媽的快點。」傑米森說。「我們要堵住他們。」

哎啊，車是你停在這裡的，我想到這件事，但沒說出口。我把東西通通扔上車。甩上掀背車的車尾門時，我在地上看到一個物品，那是一隻娃娃鞋。肯定是哪個小女孩的鞋子，因為那是粉紅色的。我彎腰去撿，這時，哪個走狗屎運的狙擊手剛好打中掀背車窗戶的防彈玻璃。要是我沒彎腰，這顆子彈就會打中我的後頸或後腦勺。

「上車！上車！」傑米森高聲吶喊。又一顆狗屎運的子彈在老鷹房車的裝甲車身上發出金屬碰撞聲。也許不是狗屎運，這時狙擊手肯定都已經往河的這一側進發了。

我撿起娃娃鞋。上了車，傑米森帶我們離開，車尾噴出大量飛沙，後面的卡車必須穿過這團迷霧。中校沒有多想，他專注在保住自己小命上頭。

「他們在亂射高空作業機。」塔可說，他還在笑，因為殺戮而興致高漲。「你那是什麼？」

我讓他看，跟他說，我覺得這東西救了我一命。

「兄弟，你保管好這東西。」塔可說。「隨身攜帶。」

我聽他的話，直到那年十一月在「歡樂之家」的時候。我們才正開始要掃蕩工業區的那棟房子時，娃娃鞋就不見了。

8

比利終於關上電腦，站在陸地潛水艇的潛望鏡窗口前面，他望向外頭小小的草坪、街道，以及對面曾經矗立著火車站的那塊空地。他不曉得自己在這裡站了多久，也許很久。他的大腦感覺要爆炸了，彷彿是剛參加完全世界最漫長也最艱難的考試一樣。

他今天寫了多少字？他可以查看檔案的字數檢查（不是班吉的故事，現在是比利的故事了），但他的強迫症沒有那麼嚴重。很多，知道這樣就好，而他還有很長的路要走。在他擊殺賈辛不到一週就發生了四月攻擊事件，接著是撤退，因為政治人物害怕了。最後的噩夢是「幽靈之怒行動」，在地獄度過的四十六天，他不會這樣寫（前提是如果他寫到那裡的話），因為這種形容很老套，但那裡的確是地獄。以「歡樂之家」作結，似乎總結了剩下的日子。他也許會跳過一些細節，但「歡樂之家」不會跳過，因為「歡樂之家」就是費盧傑的重點。而重點到底是什麼？就是完全沒有重點，只是另一棟需要掃蕩的房子，但他們付出了慘痛的代價。

幾個人經過皮爾森街，幾輛車開過去。其中一輛還是警車，但比利沒放在心上。警車開得很悠哉，沒有特定目的地，也沒有急著要去哪裡。他還是很驚訝城市這一區距離市區明明不遠，卻感覺如此荒涼。在皮爾森街，尖峰時刻就是靜默時刻。他猜多數在市中心工作的人會在週末跑去郊區，比較高檔的地區，好比說本頓維、舍伍高地、高原區、央林區，甚至是他替小女孩贏得填充玩偶的科迪。他此刻所待的地區似乎沒有名字，至少他不知道。

他需要追上進度。比利打開第八頻道，也就是ＮＢＣ的新聞臺，他想遠離第六頻道，那一臺肯定還在播送艾倫中彈的畫面。第八頻道上出現「突發新聞」字樣，配上聽起來很不妙的小提琴與鼓聲旋律。兇手持續逍遙法外，比利懷疑起到底有什麼嚴重的突發新聞。殺人兇手一整天忙著撰寫故事，這個故事很可能會成為一本書，這才危險。

結果的確有些進展，但完全不是比利料想的那樣，更沒有理由配那麼可怕的音樂。一位主播說，地方生意人肯尼斯·霍夫牽涉進「持續擴大的暗殺陰謀裡」。另一位主播說，肯尼斯·霍夫表面的自殺很可能是謀殺。比利心想：哎啊，福爾摩斯，你的推理真讓我吃驚。

兩位主播將畫面交給站在霍夫家外頭對街的連線記者，這裡看起來很貴，但還是差尼克租來的假豪宅好幾個豪華的檔次。連線記者是一位長腿金髮女子，看起來上禮拜才從記者學校畢業。她解釋起肯尼斯．霍夫與用來槍殺喬爾．艾倫的雷明頓700之間有「確切關聯」。這點與其他細節都與假定的殺手，目前已經「確定身分」的威廉．桑默斯脫不了關係，桑默斯從伊拉克戰場的海軍陸戰隊退伍，曾經贏得多枚勳章。

銅星勳章跟銀星勳章，比利心想。加上一顆紫心勳章，那是一顆有緞帶的星星，說明在戰場不只受傷一次，而是兩次。他可以明白他們不想解釋得那麼清楚。他是報導裡的反派，何必用英雄事蹟攪亂一池水呢？攪亂池水是小說幹的事，不是新聞報導的功能。

接著是兩張擺在一起的照片。一張是他以大樓駐點作家身分初到時，厄夫．迪恩在傑拉塔保全櫃檯替他拍的照片，另一張則是他入伍的照片，理了個海軍陸戰隊的大平頭，看起來嚴肅也傻呼呼的。這是在「拍照日」當天拍的。照片裡他看起來比金髮連線記者更年輕，大概是吧。他們肯定是從海軍陸戰隊資料庫裡挖出來的，因為探親日時，沒有人來看他，他也沒有辦法把這張照片交給親人。

地區警方相信桑默斯已經逃離城市，連線記者是這麼說的，因為他很可能已經離開這個州，聯邦調查局已經介入。金髮記者將畫面交還給攝影棚，主播又展示起喬治歐．朱利耶尼的照片，對，他們也提到他的幫派綽號，彷彿他會用「喬治豬爺」這個化名跑路一樣。他與拉斯維加斯、雷諾、洛杉磯、聖地牙哥多起組織犯罪行動有關，但至今尚未落網。弦外之音就是，如果你見到一個體重一百七十公斤的中年義大利裔男子，腳踩鱷魚皮鞋，喝著奶昔，快點跟附近的執法機構聯絡。

比利心想：是這樣啊。霍夫死了，喬治歐大概也掛了，而尼克的不在場證明又多到誇張。比利因此成了這批瓜裡的最後一顆甜瓜，豆莢裡的最後一粒豆子，盒裡的最後一枚巧克力，看你要

用哪種比喻啦。

在帶來二十種潛在副作用（有些會致命）的神奇藥丸廣告之後，常綠街鄰居的訪問又出現了。比利起身想關掉電視，但他又坐了下來。他用假身分傷害了這些人，也許他活該，就是得看看他們表達自己受傷的心情，以及困惑的感覺。

那裡的酒鬼珍．凱洛格似乎一點也不困惑。「看到他第一眼，我就知道他有問題。他眼神飄忽不定。」

比利心想：媽的，妳最好這麼真知灼見。

丹尼他媽黛安．法西歐說起她知道時覺得很害怕，因為她居然讓她的孩子與冷血殺手相處了這麼長的時間。

保羅．雷根蘭讚嘆起他流暢自然的模樣。「我真的以為戴夫是真的人。他看起來真的是個好人。這大概證實了你誰也不能信。」

柯琳．艾克曼指出了其他人似乎忽略的事實。「這當然很可怕，但他槍擊的對象也不是因為順手牽羊而上法庭，對吧？就我所知，那個男人是冷血殺手。所以如果你問我，我會說戴夫替法院省了開庭的成本。」

比利心想：柯琳，願上帝保佑妳。而且他眼眶有點溼，彷彿是生活時光頻道的電影要結束了，結果圓滿完美。假設這個「完美」加了一點私刑正義的色彩在其中……而在喬爾．艾倫一案中，比利覺得完全不成問題。

在路況報導（前進速度還是很慢，因為警方檢查哨，抱歉啦，各位）跟氣象報導（變冷囉）之前，還有一小段跟法院刺殺事件有關的新聞，比利不得不笑了出來。韋克利警長之所以被排除在調查工作之外，並不是因為他在犯人遭襲時逃跑，只留下他那頂誇張的寬沿帽，或該說，不只這個原因。而是因為他帶犯人從法院階梯大門上去，不是從旁邊的員工小門走。初步懷疑他也許參與了暗殺計畫。不過他後來還是極力解釋，大概坦承他想博得媒體曝光。

比利心想：走小門我還是打得到。見鬼了，下雨我也辦得到，除非是《聖經》裡的大洪水。

他關掉電視，走進廚房，檢視起他囤的冷凍晚餐。他已經在想明天該寫什麼了。

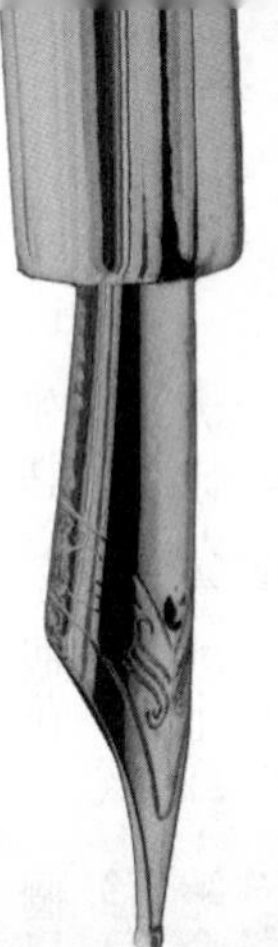

CHAPTER 13

1

費盧傑有如作夢，三天過去了。

比利寫到「火熱九人組」：塔可・貝爾、喬治・岱納史坦、艾勒比・史塔克、大魯、喇叭・凱許曼。他花了一個早上寫強尼・凱普斯或多或少領養了前來乞討香菸跟糖果，以及留下來打棒球的伊拉克小孩。強尼跟人稱「大腳」的巴布羅・羅佩茲教他們打球。其中一個孩子叫查米爾，大概九歲或十歲，總會一再喊著：「他安全了，媽的混帳！」加上「別落空」，似乎就是兩句他僅僅會說的英文。游擊手忽然接到某人打出去的球，在長椅上，穿著紅色長褲、史努比狗狗T恤，戴著藍鳥隊鴨舌帽的查米爾就會大喊：「他安全了，媽的混蛋！」比利寫到克雷・布利克斯，他是醫護兵，人稱「大夫」，他一直跟愛荷華州蘇城的五個女孩進行活色生香的書信往返。塔可說他不懂這麼醜的男人怎麼會有這麼多女孩喜歡。喇叭說那是虛構的女孩，艾勒比・史塔克說：「他安全了，媽的混蛋！」這句話跟大夫活色生香的書信往返一點關係也沒有，但每次都會讓他們停止爭論。

比利在筆電上寫一寫就會起來運動，伏地挺身、仰臥起坐、下蹲彈跳。他頭兩天在原地跑步，雙手朝下平舉，用膝蓋頂自己的手掌。第三天，他忽然想起來了（哎呦），整棟房子都是他的，與其在原地跑，他可以在三層樓的樓梯跑上跑下，直到他氣喘吁吁，脈搏飆到一分鐘一百五十下。他不會因為長時間緊閉而發瘋，現在根本還不到一個禮拜，但他不習慣長時間坐著寫作，而且這些突發的運動可以讓他不要胡思亂想。

運動有助於思考，比利在跑上樓的時候有了一個念頭。他不敢相信他先前沒有想到這件事。比利用簡森夫妻的鑰匙進了他們家。他先查看妲芙妮跟華特（依舊健在），然後走進臥室。唐納是那種人，喜歡看美式足球跟改裝車競賽，喜歡烤肋排跟烤雞，喜歡跟稱兄道弟的人週五夜一起喝啤酒。他這種人肯定會有一、兩把槍。

比利在唐納這邊的床邊桌裡找到一把槍，這是儒格GP六發左輪手槍，子彈全滿。旁邊還有一盒點三八中央式底火定裝子彈。比利覺得沒理由將槍拿去樓下，要是警察闖進來抓他，他肯定不會跟他們展開槍戰。不過，你永遠也不知道哪天手槍可能會派上用場呢，知道必要時，他可以在哪裡找到槍就好了。那是什麼時候呢？他想不出來，但在人生的兔子小徑上，曲曲折折總是難免。他比誰都清楚這點。

他用噴瓶替貝芙莉的兩盆植物加了點水，然後跑回樓下。他聽到外頭的風變大了，吹過對街的空地。預報說會下雨，天氣會轉涼，那天早上，氣象預報的女播報員說：「你也許不相信，但今天的雨水中也許會夾雜些許冰霰。我猜大自然不會看日曆！」

比利不在乎下雨、下霰、下雪，或天上掉香蕉。無論天氣如何，他都會待在這棟地下室公寓裡。他在寫的故事佔據了他的生命，因為就眼前來說，他只有這條命，但這不打緊。

他跟巴奇．漢森有兩回短暫的聯絡。昨晚他傳訊息：**你還好嗎？**巴奇回：**好**。他又傳：**匯款沒？**巴奇的回答比利也料中了，就是「**沒**」。他沒有用拋棄式手機打電話給喬治歐，因為警察可能已經追查到他的手機了。而就算他冒險打了這通電話，他又能得到什麼？大概就是一個機械化的女聲告訴他，這個號碼已經停用，因為喬治歐也已經「停用」了，這點比利很確定。

在他筆下故事的另一個世界裡，比利已經寫到二〇〇四年的幽靈之怒行動了。他想著這部分可能要寫十天，說不定要兩個禮拜。寫完之後，他就能放下「歡樂之家」的故事，他會打包行囊，離開這裡。那時的檢查哨就會撤掉了，說不定現在已經撤了。

他坐在筆電前面，看著先前停筆之處。在攻擊命令下達的兩天前，傑米森要強尼跟巴布羅禁止小孩進入基地，他們明白這是什麼意思，他們又要進去了，這次他們會一直待到任務完成。

比利想起查米爾回望柵門，最後喊了一聲：「他安全了，媽的混蛋！」然後他們就再也不來了。這麼多年過去，他們肯定長大成人了，前提是如果他們還活著。

他開始寫那天他們要求打棒球的孩子回家，但感覺平鋪直述。水井暫時乾涸。他存檔，關機，然後走向那幾臺便宜的筆電。他輪流開啟電腦，檢視誘餌標題的更新狀況（麥可・傑克森的遺願、一招擺脫坐骨神經痛、第一代米老鼠俱樂部成員近況），然後他也關掉這幾臺電腦。他的小世界裡一切安好。他有計畫。他會寫完伊拉克部分的故事，「歡樂之家」作為自然的高潮。寫完之後，他會打包離開這個帶來厄運的城市。他會驅車往西，不往北了，而在不遠的將來，他會拜訪尼克・馬傑利安。

他有債要討。

2

比利的計畫只有持續到晚上十一點四十五分。他當時正穿著內褲看動作電影，雖然劇情不難理解（就一個人因為狗被人殺死了，而展開復仇），比利卻沒跟上。他決定上床睡覺。他關掉電視，朝臥室走去，此時，外頭傳來沒有保養的煞車聲跟輪胎打滑的巨大聲響。他等著撞擊聲出現，車子迎頭撞上電線杆的那種空心甩門「砰」一聲。結果他卻聽到低低的樂曲跟歡笑，聽起來應該是醉醺醺的歡笑。

他走去潛望鏡窗口，拉開窗簾。外頭有街燈，亮到讓他看見一臺車身生鏽的老舊廂型車。其中一枚輪胎壓上了空地旁的人行道。現在下雨了，雨勢大到廂型車的車燈彷彿是從紗網窗簾後面照出來一樣。副駕駛座那一側的後車門沿著軌道滑開，車內燈光照了出來，但比利在大雨下只看得到人形。至少有三個人在動，不，是四個人。第四個人低著頭。兩人拉著那個人的左右手，手肘下垂，看起來像破碎的翅膀。

繼續歡笑、交談。兩個男人粗魯地將無力的人影推下車，第三人站在後頭，彷彿在監督。失去意識的人有一頭黑色長髮，大概是個女孩。他們將她從後座推下去。她上半身倒在人行道上，下半身泡進水溝裡。那兩個男人上了車，後車門拉上。老廂型車一度待在原地，引擎空轉，頭燈透照在大雨裡。然後車子開走，輪胎發出刺耳的聲音，車子也噴出一團廢氣。保險桿上有一張貼紙，但比利看不清楚。車牌上的燈在閃爍，都快熄了。

那肯定是個女孩。她穿了運動鞋，裙子掀得老高，足以露出整條彎曲的腿，最外頭是一件皮夾克。露出來的那條腿一半泡在流動的水溝水裡。看起來很蒼白，她不是死了吧？如果她死了，那些男人還笑得出來嗎？比利在沙漠中目睹過某些景象（沒辦法假裝沒看到），他知道他們可能還笑得出來。

他得出去救她，不是因為他不出手，她可能會死在外頭。城市這一區就算是平日中午也靜悄悄的，但最終會有人經過注意到她。他們也許不會停下腳步，這年頭好人真的罕見，但他們肯定會報警。感謝上帝現在已經很晚了，也感謝上帝他沒有提早五分鐘上床睡覺。警察會來敲門，仔細造訪皮爾森街上的房子，詢問有沒有人目擊女孩被人從車上扔下來，要是他們凌晨一、兩點來，他根本沒有機會戴上戴頓．史密斯的假髮，更別說假肚腩了。一位警察會說：**嘿，兄弟，你看起來挺眼熟的，我覺得你得跟我們走一趟**。

比利沒有費心穿上長褲與鞋子，就只穿著原本的四角褲跑上階梯。他穿過門廊，沿著前門階梯往下跑，大門沒關，在風裡撞來撞去，發出巨響。他感覺到有碎片刺進他的腳掌，刺得很深，但他更注意到天氣他媽的有多冷。沒有冷到讓雨水變成霰，還沒，但快了。他的手臂爬滿雞皮疙瘩。他大腳趾消失的那個部位感覺痛痛的。如果女孩還活著，在這種天氣下，她大概也撐不了多久。

比利單膝下跪，拉起她，他腎上腺素狂飆，根本不知道她是輕是重。他看左右看了看，雨水沿著他的臉跟裸露的胸膛流下。他的四角褲全溼，低低的掛在髖骨上。他沒看到人，謝天謝地。他踏著水花跑回公寓這一邊的街道，他抱著她走上人行道，她轉過頭，發出噁心的聲音，然後一道嘔吐物沿著他的腹部一側流到他的大腿上。感覺真溫暖，令人訝異，彷彿是電熱毯一樣。

他心想：呃，好的，她還活著。

他在階梯上又踩到一個碎片，但他進了屋。他不能任門在風裡吹得甩來甩去，所以他將她放在門廊裡，把門關好。他回來時，女孩眼睛半開。他看到她臉上有一大片紫色的瘀青，她鼻子的一側也有。不可能是在人行道上撞的吧？她不是臉著地啊。再說，撞到人行道的瘀青顏色不會這麼明顯。

「你誰？」女孩口齒不清地說。「我在哪……」然後她又嘔吐起來。這次她嗆了回去，開始嗆到。

比利蹲在她身旁，一手抱著她的腹部。他用她的胸部當作支點，將她拉到他面前。現在他那件因為雨水而溼透的討厭四角褲變得太大件，開始從他大腿往下滑。他將兩隻手指塞進她嘴裡，只希望她不要咬人。他最不希望的就是得到什麼感染的傷口。他摳出一團東西，往地上甩，然後緊抱她的腹部，這招見效，她身體用力起來，一團嘔吐物噴灑在門廊牆壁上。

一輛車經過，若這輛車早個三分鐘出現，比利就完蛋了。他在前門沾滿雨水的玻璃上看到車燈亮起。他單膝跪下，女孩還抱在懷裡。他的蠢四角褲現在已經滑到他的膝蓋，他居然還有時間思考他為什麼不穿緊身的四角褲。她的頭往前倒，但他覺得這個氣息聲應該只是鼾聲，不是嗆到

的聲音。她又暈過去了。

車燈變亮，然後用同樣的速度消失。比利起身，拉著女孩一起。他一手抱著她的膝蓋，一手抱著她的肩膀。她的頭往後仰。他扭動雙腿，內褲掉到腳踝。他踏了出來，將四角褲踢去一旁。整個畫面有如噩夢般的滑稽諷刺小品劇場。

他橫著身子下樓，盡量保持平衡，不要跌倒，女孩溼溼的頭髮則有如鐘擺般甩來甩去。她仰起的臉龐跟月亮一樣慘白。她左眼上方的額頭位置也有另一塊瘀青。

還有，老天啊，他的腳要痛死了。別管他那隻少了一半的大腳趾了，那些碎片扎得他好痛。他成功下樓，沒有跌倒，他用屁股頂開公寓的門。她開始從他懷裡滑開，身體形成一個軟弱的U字型。他抬起一條腿，把她頂回來，然後跌跌撞撞走進來。她又開始下滑。比利無視插進冰冷泛紅腳掌裡的碎片，快步走向沙發。他及時趕到。她重重倒在沙發上，發出含糊的哀號聲，然後繼續打呼起來。

比利彎向前，雙手壓在膝蓋上，舒緩背部的壓力，他的後背快抽筋了。女孩散發出來的嘔吐物惡臭害得他也想吐。他聞到酒精味，但很淡。

他心想：哎啊，好吧，她吐完了，但如果她真的把酒吐在他身上，她的鼻息裡應該還是會有酒味才對。他早該聞到了。

他抬起腿，聞起皮膚上的嘔吐液體。他還是只有聞到淡淡的酒味。

他上下打量她。她穿的是牛仔裙，裙襬有磨損的流蘇，而且裙子很短。如果她有穿內褲，他這就該看到了，但她沒有穿。他看到別的東西，她的大腿外側相當蒼白，就跟月亮一樣，但大腿根部內側有血跡乾掉的斑點痕跡。

3

女孩又反嘔起來，但這次反應很小，只有幾條濁濁的口水從她嘴角流下。然後她開始發抖。她當然會發抖，她都溼透了。比利脫下她的運動鞋，還有短短的腳踝襪，襪子開口的地方還有愛心圖案裝飾。他讓她坐起身子，咕噥著說：「拜託，幫幫忙吧？」但他知道她幫不上忙。她眨了幾下眼睛，想要開口。她也許覺得自己在講話，她提出所有在這種狀況下會問的問題，但她出口的話語不過就是「**你**」跟「**誰**」，其他都是「**呃**」跟「**什**」。

「這樣就對了。」比利說。「現在沒事了，只要別死在我這裡就好。」

雖然此刻比利還在努力適應這一團亂的情況，他卻發現女孩死掉，事情也許會簡單一點。這是很糟糕的想法，但不代表不是真的。

他脫掉她的外套，只是一件廉價、單薄的合成皮外套，不是真皮的。底下是一件T恤，衣服上還有「黑鍵樂團二〇一七全美巡迴」字樣。他想把上衣拉過她的頭脫掉，衣服卻卡在她的下巴。她呻吟起來，他聽懂了她說的一句話：「**不，不要掐。**」

她又滑開。他及時扯掉T恤、拉住她，她才沒有跌到地上。她的純白棉質胸罩歪掉了，只有遮住一邊，另一只乳房晾在外頭，因為左肩的肩帶斷了。他把胸罩往下拉，將胸罩轉向，想辦法解開鉤子。

她上半身已經脫好，他可以讓她躺回去了。他拉下她溼漉漉的牛仔短裙，跟其他衣物一起扔在地上。現在除了一只耳環之外，她渾身赤裸，鬼才曉得另一枚耳環在哪。她渾身爬滿雞皮疙瘩，還在發抖。是因為她會冷，但她也受驚嚇了。他在費盧傑看過這種顫抖，目睹過這種顫抖轉變成抽搐。她當然沒有沒有跟可憐的強尼．凱普斯一樣，大腿多處中彈，但她腿上有血，現在他也看

到了女孩小小乳房上的三道瘀青。窄窄的瘀青，有人用力揉捏她的胸部，真的很大力。她脖子左側還有兩道指印的瘀青，比利想起她說的「**不，不要掐**」。

比利擔心她也許還沒吐完，因此讓她側躺，然後讓她趴在沙發上，希望這樣她就不會跌下來。她又打鼾起來，聲音雖然刺耳，但已經比較規律了。她的牙齒在打顫，她就是一個一團糟的美國人。

他連忙走去浴室，拿出兩條浴巾。他跪在沙發前面，用浴巾擦乾她的後背、臀部、大腿跟小腿。他動作很快，看到她蒼白皮膚稍有血色，他才鬆了口氣。他扶著她的一側肩膀（這裡又有一處小小的瘀青），讓她轉過身來，然後再次擦拭起她的雙腳、大腿、腹部、胸部、乳房、肩膀。他擦到她的臉時，她舉起軟弱的手保護自己的臉，但隨即又放下了手，彷彿這樣太累了，真的太累了。他努力擦乾她的頭髮，但進步幅度實在很小，因為她頭髮太厚了，而水溝裡的雨水整個泡溼了她的頭皮。

比利心想：我完蛋了。無論這件事會如何發展，我都他媽的完蛋了。

他放下浴巾，伸手想去拉她，打算讓她恢復側趴的姿勢，這樣她如果要吐，她也不會嗆到，但他又想了一下。他拉起她的右腿，讓她踩在地上，露出她的陰部。陰脣整個是鮮紅色的，有多處撕裂傷，有一個傷口還在滲血。在陰道與直腸之間的位置（他曉得那裡的名稱，但在如此高壓環境下，他想不起來）撕裂傷比陰脣更嚴重，鬼才曉得內部傷勢如何。他也看到幾攤乾掉的精液，主要在她的下腹部及陰毛上。

比利心想：那傢伙抽了出來，然後想起廂型車上有三個人影，從他們的笑聲聽來，三人都是男性。好吧，至少一個人及時抽出來了。

想到這裡，他忽然注意到自己的現況。考慮到他家沙發上女孩的遭遇，現狀實在非常諷刺——

她大腿開開不省人事，他們都跟出生那天一樣渾身赤裸。如果他常綠街的鄰居看到這一幕，他們作何感想？就連善良慈悲的柯琳．艾克曼都無法繼續替他講話。他會看到「紅峭壁區新聞」的標題寫著：法院刺客還性侵青少女！

他心想：幹，幹他媽的直達天際又回到人間。

比利想要抱她上床，但他得先處理另一件事。現在狀況稍微冷靜了一點，他這才發現他的腳痛得要死。他儲備物資的時候，少買了很多東西，其中就包括鑷子，但浴室裡有上一任房客留下來的OK繃跟用剩的雙氧水。消毒劑大概早就過期，但乞丐實在沒辦法挑三揀四。

他盡量用用腳盤行走，他從廚房拿了水果刀，然後是浴室裡的東西。OK繃上還有《玩具總動員》的人物圖案。他坐在地板上，旁邊就是顫抖、打鼾的女孩，他用小刀將碎片往上扯，然後才用手拔掉。總共有五個碎片扎進腳掌，其中兩塊很大。他用雙氧水點在流血的傷口上。刺痛感讓他覺得這玩意兒可能真的還有效。他用OK繃貼在兩處大的傷口上，但大概沒多久就會脫落，因為不是很黏。他猜東西真的放很久了，大概是上上一任，或是上上上一任房客留下來的。

他站起身來，扭扭肩膀放鬆，然後抱起女孩。少了激勵他的腎上腺素，他猜她大概五十公斤，也許五十五，不足以對抗三個男人。他們都性侵了她嗎？比利猜如果他們當時在一起，一個人先下手，其他人也會跟上。等到她醒來，他會問她這件事，是說問這個有什麼用？他不確定她會不會記得，而她只會想知道，他為什麼不報警，或送她去最近的急診室。

她又恢復成U字型了，最後比利只能把她扔上床，沒辦法如他的原定計畫，溫柔地放下她。她睜開眼又閉上眼，繼續打呼。他不想再次與她摔角，但他也不想讓她赤裸躺在床上。她醒來的時候肯定會驚慌失措。他從衣櫥裡翻出一件T恤，坐在她身邊，用自己的左手拉起她，用右手將

上衣套過她的頭。他將衣服拉過她的臉，扯到她的肩膀時，她含糊的抗議聲又恢復成鼾聲。

要讓她的手從短短的袖口伸出來，他已經失敗了兩次，他拉起她的手，說：「現在幫幫忙。稍微配合一下，好不？」

她肯定多少聽到了，因為她舉起另一隻手，終於穿進袖子裡。他讓她躺回去，自己則喘口大氣，用兩隻手臂抹去額頭的汗水。T恤在她胸口卡成一團。他把正面衣服拉平，拉起她的身子，然後把後面也扯好。她再度打起冷顫，也小小嗚咽啜泣起來。比利一手伸到她的膝蓋之下，把T恤衣襬拉過她的臀部與大腿。

比利心想：老天，活脫是在替小嬰兒穿衣服啊。

他希望她不要尿床，他只有這套床單，而最近的洗衣店在三個街廓之外，但他很清楚她的確可能尿床。至少她已經沒持續嚴重出血了。他猜事情可能會更糟，撕裂傷會更嚴重，他們甚至會殺了她。說不定他們把她扔在路邊就是想讓她死，但比利懷疑這點。他想到他們只是喝醉了而已，或是嗑了什麼糟糕的東西，好比說冰毒。那三個混蛋大概以為她會醒過來，自己走路回家，比先前悲慘但更明智了點。

他站起身來，再次擦拭額頭，接著替她蓋上毯子。她立刻扯著毯子，拉到下巴，然後轉過身去。很好，因為她可能會繼續嘔吐。他不敢相信她還有東西可以吐，畢竟她剛剛在門廊吐了那麼多，但實在難說。

就算蓋著毯子，她都在打顫。

比利心想：我該拿妳怎麼辦？告訴我，我他媽的到底該拿妳怎麼辦？

這個問題他無法回答，他只知道他處在一個又一個爛攤子的核心地帶。

4

他從櫃子裡拿了一條新的四角褲，這樣就剩一件乾淨的。他去客廳，躺在沙發上。懷疑起自己睡不睡得著，但就算睡著，他也會很淺眠，要是女孩醒來離開公寓，他也會聽到。到時怎麼辦？當然要阻止她，但只是因為天氣很冷，還在下雨，聽起來風還颳得很大。不過，那只是今晚，她明早醒來，宿醉搞不清楚方向，又在陌生人家裡，還脫了衣服……衣服還一團溼溼地堆在地上。

比利從沙發起身，將衣服拿進浴室。他在半路上還稍做停留，觀察這位不請自來的客人。她不再打鼾，但還在發抖。一縷溼溼的頭髮貼在她臉頰上。他彎腰將頭髮撥開。

「拜託，我不想這樣。」她說。

比利愣在原地，但她沒有進一步反應，他就走進浴室。門上有個鉤子，他將廉價外套掛上去。浴室就是三流汽車旅館會配備的成套蓮蓬頭與浴缸。他對著浴缸扭乾她的T恤跟裙子，披在浴簾桿上晾乾。外套上有三個拉鍊口袋，左胸上有一道，兩側各有一個口袋。胸部口袋沒有東西，下方其中一個口袋裡有手機，另一個則裝著男人的皮夾。

他將手機的SIM卡拿出來，然後暫且將手機放回原本的口袋裡。他打開皮夾。第一個看到的是她的駕照，她叫愛麗絲．麥斯威爾，來自羅德島的京士頓。她二十歲，不，看仔細點，她剛滿二十一。駕照照片規定要拍得很醜，當條子因超速攔下你時，你會因為拿出這種照片而不好意思，但她的照片拍得不錯。比利心想，也許只是因為他剛剛才見過她比照片看起來更不堪的模樣吧。她的眼睛又大又藍，對著鏡頭露出淺淺的微笑。

他心想，第一張駕照，她甚至還沒換新證，因為上頭還註明青少年凌晨一點前得回家的限制。

只有一張信用卡，她煞費苦心清楚簽上愛麗絲．蕾根．麥斯威爾。她有克拉侖敦商業學院的學生證，這座學校就在這座城市裡，還有AMC影城的禮物卡（比利想不起來已故的肯．霍夫是不是這間戲院的老闆），還有保險卡，註明她的血型（O型），以及年輕一點的愛麗絲．麥斯威爾與高中同學的合照，以及大概是她媽媽的照片。裡頭有一張裸露上半身的微笑青少年照片，也許是她高中時期的男朋友吧。

他在放錢的地方看到兩張十元鈔票、兩張一元鈔票，以及一張剪報。內容是亨利．麥斯威爾的訃聞，葬禮在京士頓浸信會舉行，訃聞歡迎哀悼者捐款到美國癌症協會作為對死者的致敬。照片上的男人看起來已經五十好幾。他有兩塊下垂的嘴邊肉，頭髮稀疏就算了，還煞費苦心地將不多的頭髮梳成旁分。他看起來就是在街上經過時，你不會多看一眼的人，但比利從模糊的照片裡看到父女的相似之處，而且愛麗絲．蕾根．麥斯威爾愛他愛到帶著他的皮夾，裡頭還放著他的訃聞。比利因此對她有了好感。

如果她在這裡上學，她爸卻埋在那裡，她媽顯然也應該還在京士頓，那至少她媽不會立刻擔心起她跑哪兒去了。比利將皮夾放回外套裡，卻將手機拿出來，放在衣櫃最上面的抽屜裡，壓在他的一堆T恤下面。

他在想該不該去把門廊的嘔吐物清掉，免得乾掉，但又打消了這個念頭。如果她醒來，懷疑他可能是她女性部位感覺著火的元兇時，他至少還有證據可以說明他只是帶她進屋的人。當然，那灘嘔吐物無法說服她，他後來沒有佔她便宜，也就是他確定她不會吐在他身上，或在他「行凶」當下掙扎抵抗之後。

她還在打顫，那肯定是驚嚇反應，對嗎？或者也許是因為那些人在她的飲料裡摻了什麼？比利聽說過迷姦藥，但不確定那玩意兒會帶來何種後遺症。

他打算離開。名叫愛麗絲的女孩卻呻吟起來。聽起來絕望也孤立無援。

比利心想：哎呦，媽的。這也許是天底下最爛的主意，但管他的。

他躺在她身邊。她背對他。他一手攬著她，將她拉進懷裡。「小鬼頭，湊過來點。妳沒事了。快他媽湊過來點，溫暖身子，別再抖了。妳早上就會感覺好一點了。咱們明天一早再來想辦法搞定這件事。」

他又想到：我完蛋了。

也許她需要的是安慰，或是他軀體的溫暖，說不定冷顫本來就會自己退去。比利不曉得為什麼，也不在乎，他只是很慶幸顫抖變得間斷，最後終於完全停了下來。鼾聲也沒有再出現。現在他可以聽到打在建築上的大雨聲，這是一棟老房子，颳風時，房子的「關節」會發出聲響。這種聲音居然很撫慰人心。

他心想：我一、兩分鐘後就起來。只要我確定她不會忽然驚醒，尖叫喊著殺人兇手就好。一分鐘，兩分鐘就好。

結果他居然睡著了，夢到了廚房裡冒起煙。他聞到烤焦餅乾的味道。他得警告凱瑟琳，叫她在媽媽的男友回家前把餅乾通通從烤箱裡拿出來，但他說不出話來。這是過往，而他只是過往的觀眾而已。

5

後來比利在黑暗中驚醒，確定他睡過頭，錯過與喬爾．艾倫的「約會」，搞砸了他花了幾個月等待的工作。然後他聽到女孩在他身旁的呼吸聲（呼吸聲，不是鼾聲），想起自己身在何處。她的臀部貼上了他的鼠蹊部，他驚覺自己勃起了，在這種狀況下，這是非常不恰當的行為，超級

詭異的，但多少次，肉體就是不在乎周遭的情況，它想要，就是想要。

他在黑暗中起床，摸黑前往浴室，一隻手還壓著短褲上撐起的「帳篷」，不希望將腫脹的陰莖宣洩在衣櫥裡，讓今晚這瘋狂的嘉年華得到圓滿的結局。同一時間，女孩完全沒反應。她緩緩的呼吸暗示了她睡得很熟，這是好事。

此時他已經抵達浴室，關上了門，他的勃起已經消退，他可以尿尿了。馬桶聲音很大，還要多按把手幾下，才不會一直漏水，於是他沒沖水，只是蓋上馬桶蓋，關掉電燈，然後摸黑穿過衣櫃，他在衣櫃前面翻了翻，直到摸到一條鬆緊帶褲頭的運動短褲。

他關上臥室房門，穿過客廳，他這回走得比較有把握，因為潛望鏡的窗簾還沒拉上，附近街燈投進來的光讓他稍微看清物體的位置。

他望出去，只看到荒蕪的街道。雨勢漸小，風卻颳大了。他關上窗簾，查看手腕上從不摘下的手錶，凌晨四點十五分。他穿好運動短褲，躺在沙發上，打算思考她醒來之後，他該怎麼辦，但擋在他腦子最前線的念頭荒謬又真實，就是她的不請自來大概結束了他的寫作生涯，他才正要漸入佳境呢。他忍不住笑了笑，這就好像是聽到鎮上龍捲風警報響起，結果卻擔心起家裡衛生紙不夠一樣。

肉體想要什麼，就是想要，心靈也一樣，他揣著這個念頭閉上了眼睛。他似乎才一閉眼就再次陷入深度的眠覺之中。他醒來時，女孩站在他面前，穿著他送她上床時，替她套上的Ｔ恤。而且她手裡還握著一把刀。

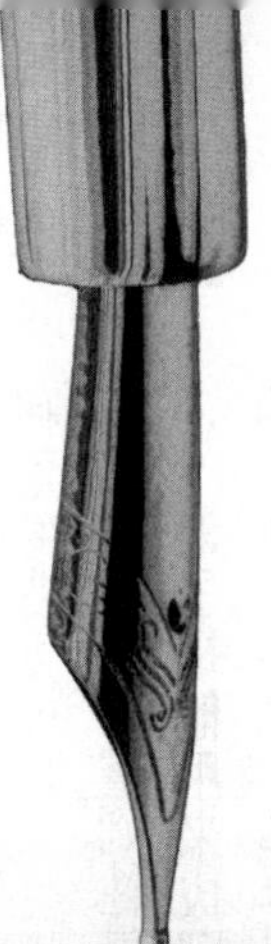

CHAPTER 14

1

「我在哪？你是誰？你是不是性侵我？就是你，對吧？」

她雙眼泛紅，頭髮亂翹。她的照片可以擺在字典「宿醉」詞條旁邊。她看起來相當害怕，比利覺得情有可原。

「妳的確遭到性侵，但不是我幹的。」

刀子是他用來拔腳上尖刺的那把小刀。他先前放在茶几上。他伸手，從她手上接過刀子。他的動作很溫柔，她沒有反抗。

「你是誰？」愛麗絲問。「你叫什麼名字？」

「戴頓·史密斯。」

「我的衣服呢？」

「掛在浴室浴簾桿上。我替妳脫掉，然後——」

「替我脫掉！」她低頭看著T恤。

「然後擦乾妳的身子，妳整個人溼透了，渾身顫抖。頭怎麼樣？」

「痛。我覺得我好像喝了一個晚上的酒，但我才喝一瓶啤酒……我想也許還有一杯琴湯尼……我們在哪裡？」

比利站了起來。她連忙退後，雙手做出抵擋的姿勢。「要喝點咖啡嗎？」

她想了想，但沒有考慮太久。她放下雙手，說：「好，對了，你有阿斯匹靈嗎？」

2

他泡咖啡。等咖啡時，她吞了兩顆阿斯匹靈，然後緩緩走進浴室。他聽到她鎖門，但沒有放在心上。五歲小孩都能撞壞那道門鎖，十歲小孩都能撞掉那扇門。

她回到廚房。「你沒沖水，噁心。」

「我不想吵醒妳。」

「我手機呢？原本在我外套裡。」

「不知道。妳要吃點吐司嗎？」

她做出反胃的臉。「不，我找到皮夾，但找不到手機，你拿走了嗎？」

「沒。」

「你騙人是不是？」

「沒有。」

「講得好像我該相信你一樣。」她不屑的態度沒有什麼說服力。她坐了下來，扯著T恤的下襬，但衣服很長，該遮的地方都遮住了。

「我的內衣呢？」指責的口氣，審訊的口氣。

「妳的胸罩在茶几底下，一邊肩帶斷了，也許我可以幫妳縫回去。至於內褲，妳沒有穿。」

「騙人。你覺得我是什麼？妓女嗎？」

「我沒有這麼想。」

他覺得她是一個首度離家的年輕女孩，在錯誤的地方認識不對的人。壞人給她下了藥，然後佔她便宜。

「好，我不是。」她說，然後哭了起來。「我是處女，至少之前還是。真是一團糟。我這輩子都沒有這麼慘過。」

「我心有戚戚焉。」比利無比真誠地說。

「你為什麼不報警？不帶我去醫院？」

「妳不省人事，搞不清楚狀況，我的意思是——」

「我懂你的意思。」

「想說等妳醒來，讓妳自己決定該怎麼辦。也許一杯咖啡能夠讓妳想清楚，也不會少塊肉。噢，對了，妳叫什麼名字？」最好還是讓她自我介紹，免得他又搞砸了，不小心脫口而出。

3

他倒起咖啡，作好心理準備，提防她把杯子朝他臉上扔來、往門口跑去。他覺得她不會這麼做，她稍微冷靜了一點，但狀況還是可能繼續惡化。嘿，對啊，沒有最糟，只有更糟。

她沒有把杯子扔過來，她喝了一口，面露難色。她雙唇緊抿，他看到她嚥下咖啡後，喉嚨肌肉還在動作。

「如果還要吐，妳就吐在水槽裡。」

「我才沒有……什麼叫還要吐？我怎麼到這裡來的？你確定你沒有性侵我？」

這不好笑，但比利忍不住露出淺笑。「如果是我，我想我會記得。」

「我怎麼來到這裡的？發生什麼事？」

他啜飲起自己的咖啡。「那已經是故事的一半了，咱們從頭開始說吧。告訴我，妳發生了什麼事。」

「不記得，昨晚基本上就是一個黑洞。我只知道我醒來就在這裡，宿醉，而且感覺有人把欄杆柱插在我的……你懂的。」她喝起咖啡，這次她沒有壓抑想吐的反射動作，直接嚥下。

「這之前呢？」

她看著他，藍色雙眼圓睜，嘴脣顫動起來，然後她又低下頭。「是崔普嗎？他在我的啤酒裡加東西？我的琴湯尼？都有？你是在跟我說這個嗎？」

比利壓抑住想越過桌子握她手的衝動。她終於對他有點好感，要是他伸手，這些許的好感肯定會煙消雲散。她還沒有準備好要與男人產生肢體接觸，特別是一個只穿運動短褲的男人。

「我不知道，我不在場，妳才在。所以，愛麗絲，告訴我發生什麼事。趁妳還有印象的時候。」

於是她一五一十解釋起來。她在說的時候，他在她眼中看到冒出來的疑問：如果性侵我的人不是你，我為什麼會在你的床上醒來，而不是在醫院病床上？

4

就算交代了背景，故事還是不長。她一開口，比利就這樣對自己說，因為這是一則老套的故事。講到一半時，她停頓下來，眼睛睜得好大。她開始過度換氣，一隻手握著喉嚨，吸氣吐氣都充滿嘶嘶聲。

「氣喘嗎？」

他沒看到吸入器，東西也許在她的手提包裡。如果她有拿手提包，那包包已經掉了。

她搖搖頭。「恐慌……」喘。「……發作」喘。

比利走進浴室，等水一熱便浸溼毛巾。他沒有擰得很乾就拿著毛巾回來。「仰頭，這蓋臉上。」

他原先覺得她的眼睛已經不可能睜得更大了，但似乎持續擴大。「我會……」喘。「嗆死！」

「不會，這能擴張妳的氣管。」

他輕柔地扶起她的頭，將毛巾蓋在她的雙眼、脖子與嘴巴上。接著靜候。約莫過了十五秒，她的呼吸逐漸平穩下來。她將毛巾從臉上扯下。「成功了！」

「吸入水氣有幫助。」比利說。

也許背後有什麼道理，也許沒有。有幫助的是呼吸的「想法」。他看過他們的醫護兵，人稱「大夫」的克雷．布利克斯在他們回去啃另一口名為「幽靈之怒行動」的爛蘋果前，多次對菜鳥使用這招（以及幾位老兵，好比說大腳羅佩茲）。有時，如果溼毛巾不管用，他會使出別的招數。比利仔細聽著大夫解釋這兩種安撫心靈頑猴的方式。比利總是擅於傾聽，他會跟松鼠儲藏堅果一樣，將資訊收藏起來。

「現在可以說完嗎？」

「我可以吃吐司嗎？」她用近乎不好意思的口氣問。「以及，有果汁嗎？」

「沒有果汁，但有薑汁汽水，喝嗎？」

「好的，麻煩了。」

他加熱吐司，將薑汁汽水倒進玻璃杯裡，還加了一顆冰塊。他坐在她對面。愛麗絲．麥斯威爾說起她那則老套的故事。比利聽過也讀過，最近一次，同樣的情節發生在左拉的故事裡。

高中畢業後，她在家鄉當了一年的女服務生，攢錢要來念商學院。她可以在京士頓讀，那邊有兩間應該是不錯的學校，但她想出來看看世界。比利心想：同時遠離老媽。他也許開始理解，她為什麼沒有堅持立刻報警。不過問題在於，「看看世界」怎麼會跑來這個平淡無奇的城市……這他實在不懂。

她在金剛砂廣場的咖啡廳兼職，距離比利在傑拉塔的寫作基地不過區區三個街廓，她就是在那邊邂逅崔普．唐納文的。頭一、兩個禮拜，他只是跟她閒聊。他會逗她笑。他很迷人。所以，當他某天邀請她下班後一起去吃點東西的時候，她當然答應了。接著是約會看電影，接著（這個崔普手腳真的很快）他找她去十三號公路上一個路邊酒吧跳舞。她說她不會跳舞，他當然也說他不會，他們不一定要跳舞，可以點壺啤酒，慢慢喝，欣賞音樂就好。他說有一個樂團在翻唱霧帽樂團（Foghat）的歌，她喜歡霧帽樂團嗎？愛麗絲說喜歡，但她從來沒聽說過這個樂團，當天晚上就下載了他們的音樂惡補，很不錯，有點藍調味道，但還是很純粹的搖滾樂。

比利心想：這個世界的崔普．唐納文嗅得出這一種女孩。她們是害羞的女孩，很慢熟，因為她們不擅長主動出擊。她們是沒那麼亮眼的漂亮女孩，遭到電視、電影、網路、名人雜誌的美貌襲擊，覺得自己沒那麼亮眼的美貌只是平庸，甚至算醜。她們只看得到自己的缺點，太大的嘴巴，有點鬥雞眼的雙眼，而忽略了其他優點。美妝店的時尚雜誌與她們的母親都經常叮囑她們要再瘦十公斤。胸部、屁股、雙腳的尺寸都讓她們絕望。有人開口約她們出去已經是奇蹟了，但她們又要糾結該穿什麼才好。這種女孩可以打電話給女性朋友出意見，但前提是她得有朋友。愛麗絲初到城市，根本沒有朋友。不過，在他們看電影約會那天，崔普似乎不介意她穿什麼，以及她太大的嘴巴。崔普很風趣，崔普很迷人，崔普開口閉口都是恭維。他還是完美的紳士。約會結束後，他吻了她，但這是一個想要的吻，一個渴望的吻，他沒有在她嘴裡伸出舌頭，或捏她胸部，毀了這一吻。

崔普是附近大學的學生。比利問起他多大，心想她可能不知道，但多虧了 Facebook 的魔法，她知道。崔普．唐納文二十四歲。

「這年紀念大學有點老吧？」

「我覺得他是研究生，他在做什麼高級研究。」

比利心想：高級研究哩，最好是。

當然崔普建議愛麗絲在去聽音樂之前，先來他住的地方喝一杯，她理當答應了。所謂「住的地方」是在州際道路附近舍伍高地的一處公寓大樓。愛麗絲搭公車過來，因為她沒有車。崔普在外頭迎接她，就跟完美的紳士一樣。他親吻她的臉頰，帶她搭電梯前往三樓。公寓很大，崔普說他之所以負擔得起，是因為他還有兩個室友一起分租，一個漢克，一個傑克。愛麗絲不知道他們姓什麼。她告訴比利，他們看起來人很好，出來客廳認識她，然後又回去之前的房間，裡頭的電視正在播放什麼運動節目。說不定是電玩遊戲，她不太確定。

「所以，妳的記憶就是這時開始模糊的？」

「不對，他們回去之後就關上了門。」愛麗絲用毛巾擦了擦臉頰與額頭。

崔普問她要不要喝啤酒。愛麗絲告訴比利，她其實不喜歡啤酒，但還是出於禮貌，拿了一瓶。當崔普發現她的海尼根喝得很慢時，就問她要不要喝琴湯尼。傑克的房門開了，電視聲音沒了，傑克說：「我是不是聽到有人說琴湯尼？」

於是大家一起喝琴湯尼，這時愛麗絲說，她的印象開始變得模糊。她以為是因為她不習慣酒精飲料，崔普卻建議她再喝一杯。他是這麼說的：因為第二杯可以抵消第一杯的威力。他說這是大家都知道的事實。某個室友放起音樂，她記得自己跟崔普在客廳跳舞，差不多是這個時候，她就記不得接下來的事了。

她拿起毛巾，又蓋在臉上吸了幾口氣。她的胸罩還在茶几底下，看起來像是死在那裡的小動物。

「現在輪到你了。」她說。

比利解釋起自己看到的景象與反應，從刺耳的煞車聲跟輪胎擦地聲開始，以送她上床作結。

她想了想，然後說：「崔普沒有廂型車，他開的是Mustang，我們看電影的時候，他就是開這輛車來接我。」

比利想起了肯・霍夫，他也有一輛福特的 Mustang，還是敞篷車，最後甚至死在車上。他說：「是輛好車。妳的室友有眼紅嗎？」

「我自己住，地方很小。」話一出口，比利就看得到她發現自己鑄下大錯，居然對陌生男子說自己一個人住。他想指明崔普・唐納文大概也知道這點，但他沒說。她又把毛巾蓋在臉上，大力吸氣，但這次她還是喘個不停。

「毛巾給我。」比利說。這次他用廚房自來水，弄溼毛巾時還用餘光盯著她，雖然他覺得她不至於穿件薄T恤就奪門而出。他回來後，說：「再試試看，這次慢慢深呼吸。」

她的呼吸平緩之後，他說：「跟我來，讓妳看個東西。」

他帶她出了公寓，上了樓，抵達門廳。他指著在牆上乾掉的嘔吐物。「這是妳留下的，就在我抱妳進來的時候。」

「那是誰的內褲？你的？」

「對，我正要準備上床睡覺。我不希望妳嗆到，反正褲子就掉了。整個畫面還挺滑稽的。」

她沒有笑，只重申起崔普沒有廂型車。

「我敢說那是他某個室友的。」

淚水開始沿著她的臉頰滑落。「噢，我的天啊，我的天啊。我媽絕對不能知道這件事，她一直反對我來這裡。」

比利心想他早就知道了。「咱們回樓下吧，我幫妳弄點真正的早餐，雞蛋跟培根。」

「不要培根。」她面露難色，但沒有拒絕雞蛋。

5

他炒了兩顆蛋，加上另外的兩片吐司，一起放在她面前。她吃早餐時，他走進臥房關上門。如果她要跑，就讓她跑吧。進行「幽靈之怒行動」時的宿命感又牢牢揪住了他，當時他們一街一街、一區一區，在市區掃蕩叛亂分子。破門進入每間房子前，他都會查看腰繫掛著的娃娃鞋。今天他沒死沒受傷，只是增加明天死掉、受傷的機會罷了。一個人走運能用兩顆骰子擲出的七點就是這麼多次，能夠得到的分數就是這麼多，然後你就會開始走霉運。宿命感多少成了他的朋友。他們以前都會說：搞什麼？搞什麼啊？咱們搞點成績出來。現在也是一樣——搞什麼？

他戴好金色假髮、鬍子、眼鏡。他坐在床上，查閱起手機。找到他要的資訊，便走進浴室，在腹部抹了一點爽身粉。他發現這樣皮膚比較不會摩擦。然後他將假肚腩拿進廚房。

她睜大雙眼看著他，最後一口炒蛋還懸在盤子上。比利將保麗龍肚皮放在自己的肚子前面，然後轉過身。「可以幫我把這個帶子弄緊一點嗎？我自己很難弄。」

他耐心等候。很多事情都仰賴接下來發生的狀況。她也許會拒絕，她也許甚至會用抹奶油的小刀子刺他。那不算什麼致命武器，他剛剛睡覺時那把水果刀能夠造成更大的傷害，但她如果她用手腕的力氣，找對了地方，她還是可以傷害他。

她沒有刺他。她反而把綁帶扣緊。比他自己將假肚皮轉到後背，看到塑膠扣環、自己操作時還緊。

「你什麼時候知道我知道了？」她壓低聲音問。

「妳在講妳故事的時候。妳直勾勾看著我，那時我就懂了。接著妳就恐慌發作。」

「你就是殺了——」

「對。」

「而這裡是……怎樣？你的藏身處？」

「對。」

「假髮跟鬍子是你的偽裝？」

「對，還有假肚皮。」

她開口想說什麼，但隨即閉上嘴巴。她似乎有一連串問題想問，但她沒有喘起大氣，比利心想這大概是朝對的方向邁進了一步。接著他又想：在開什麼玩笑？根本沒有什麼對的方向。

「妳檢查過妳的——」他比了比她的大腿部位。

「有。」講得很小聲。「在我起來看我在哪裡之前就檢查過了，有血，好痛。我知道你……或某人……」

「不只有血，妳清理的時候就會明白了。他們之間至少一個人沒有用保護措施，大概三個都沒有。」

她放下最後一口炒蛋。

「我要出門，往城裡的方向，八百公尺外有一間不打烊的藥局。我得走過去，因為我沒有車。在這個州可以臨櫃購買事後避孕藥，我剛用手機查過了。除非妳有宗教或道德約束，不願意吃？」

「天啊，沒有。」還是同樣小聲的回應，她又哭了起來。「如果我懷孕……」她搖搖頭。

「有的藥局會賣女用內褲。如果有，我再買回來。」

「我可以付你錢。我有錢。」這話太荒謬了，她似乎也明白，因為她脹紅著臉，望向別的地方。

「妳的衣物掛在浴室裡。我一出門，妳就可以換衣服，離開這裡。我不會攔妳。不過，愛麗絲，聽著。」

他伸手將她的臉轉過來，面向他。她肩膀僵硬，但她看著他。

「我昨晚救了妳一命。昨天很冷，下雨，妳失去意識，還被下藥。如果妳沒被冷死，大概也被自己的嘔吐物嗆死了。現在我要把我的命託付到妳手裡，妳明白我的意思嗎？」

「是那三個人強姦我嗎？你發誓？」

「我沒辦法在法庭上發誓，因為我沒看到他們的臉，但三個人把妳從廂型車上推下來，妳說妳印象模糊時，公寓裡也有三個人。」

愛麗絲雙手掩面。「我覺得好丟臉。」

比利完全不能理解。「為什麼？妳信任對方，結果被騙了，就這麼簡單。」

「我在新聞上看過你的照片，你殺了那個人。」

「沒錯。喬爾．艾倫是壞人，是受雇的殺手。」比利心想：就跟我一樣，但我們至少有一點不同。「他在牌局外守株待兔，因為輸錢，想把錢拿回來，他射殺了兩個人，其中一人死了。我想趁天色還早，路上人不多的時候出門。」

「你有毛衣嗎？」

「有，怎麼了？」

「穿在那外頭。」她指著假肚皮。「感覺你想用毛衣遮肚子，胖子都這樣。」

6

雨小了，但天氣依舊很冷，他很慶幸加了毛衣。他等著一輛汽車駛過，濺起水花，然後跨越街道，走空地那一邊。他看到廂型車留下的打滑輪胎痕。路面乾了之後，胎痕不會很長、顏色不會很深。他單膝蹲下，知道自己在找什麼，卻沒有把握能找到。不過他的確找到了。他把

東西放進口袋，回到街道對面，因為空地那一側的人行道有破損，城市工程部過來打掉車站的時候，破壞了地面。從長出來的植物看來，那大概是一、兩年前的事了，但沒有人花心思修復混凝土人行道。

他一邊走，一邊伸手碰觸她掉落的耳環。警察抓走他的時候，這只耳環會裝進證物袋裡，同時還有他身上所有的東西，她大概永遠也沒辦法將耳環拿回去了。比利很確定她會報警。無論她信不信他救了她一條命，她都知道他是遭到通緝的殺人兇手，她大概相信有機會卻不檢舉他，她就會因為幫助與教唆而遭到起訴。

比利心想：但，不會的。她是害羞的女孩，嚇壞的女孩，困惑的女孩，但她可不蠢。她大可聲稱自己遭到綁架，警察會相信她。就算她找到她的手機，她也打不出去，但佐尼便利商店很近，她可以去那裡報警。她大概已經到了，等到他從藥局回來，警察就會逮到他。警車警示燈閃啊閃的，其中一輛車會疾駛橫停在他面前，車子還沒停好，車門就會一一猛力打開，條子抽出手槍，大喊：手舉起來，趴在地上，臉朝下，臉朝下。

那他幹嘛出門？

也許跟他昨晚的夢有關，烤焦餅乾的味道。也許跟夏夏．艾克曼有關，還有她替他畫的那隻粉紅鶴。也許甚至跟菲菲．史坦霍普有關，她會告訴警察，他們約過會，因為他看起來是個好人。一名作家，也許是有璀璨未來的作家，辦公室女郎能夠攀上的明日之星。她會告訴警方，他們上過床嗎？如果她不說，黛安．法西歐肯定會說。黛安看著他們一起出門，還對比利豎起拇指。

也許跟這一切都有關，但也許只能回到一個簡單的事實，那就是他無法殺了她。他辦不到。那樣他就跟喬爾．艾倫一樣壞了，甚至跟賭城性侵犯或拍戀童癖電影的卡爾．崔樂比一樣壞。於是他穿戴好假髮、假肚皮，戴上平光眼鏡，走在這裡，在細雨中前往藥房。愛麗絲．麥斯威爾不只知道他是比爾・桑默斯，也認識他花了好幾年建構起來的乾淨身分戴頓・史密斯。

比利心想：那三個王八蛋大可把她扔去別條街上，但他們沒有。他們大可把她扔到皮爾森街更後面的地方，但也沒有。他大可責怪宿命，但他不相信宿命。他可以告訴自己，萬事發生皆有因，但這種白痴狗屁是說給無法面對簡單現實的人聽的。一切及後面發生的狀況純屬巧合。從他們扔下女孩的那一刻起，他就是坡道上的牛，完全沒有責任，但只能跟別的牛一起走進屠宰場。不過事情就是這樣，如同他們在戰場上會說的一樣，真是搞什麼！

不過，他似乎還有一絲希望，因為她叫他穿毛衣。這大概不能代表什麼，只是她讓他覺得自己站在他這邊？但也許這句話真的有什麼額外的意涵。

也許有吧。

7

藥局是連鎖的CVS。比利在家庭計畫走道找到事後避孕藥。要五十塊，但他猜相較於另一個選項，這算便宜了。避孕藥擺在下排（彷彿是不希望需要藥物的壞女孩找到一樣），他站直身子，注意到兩條走廊之外有一個粗硬紅髮的人影。比利心跳加快。他再次低頭，緩緩抬頭，從女性私密處清潔乳跟念珠菌藥膏的包裝之間看出去。那不是德納・艾迪森，他覺得德納是尼克的狠角色手下裡最狠的一個。那甚至不是男人。那是一個將粗硬頭髮扎成馬尾的女人。

他告訴自己：冷靜點，你這是杯弓蛇影。德納跟其他人早就回賭城了。

呃，大概吧。

女性內褲在後面牆邊。多數都是給會漏尿年紀婦女穿的，但也有別款。他考慮起小小的三角褲，但又覺得好像是在暗示什麼。說起來好笑，他是依據他回去後，她不會亂跑這個假設行動。

不過，還有別的假設嗎？他會回去，因為他沒有別的地方可以去。

他抓了一包三件的棉質平口四角褲，把東西拿去櫃臺，尋找店外警車的影子，但啥也沒看見。反正他們也不會大咧咧停在門口。他會反擊，也許躲在店裡，挾持人質。店員是五十好幾的婦女。她替他結帳，沒有多說什麼，但比利從她的表情看來，曉得她在想有人昨晚很忙哩。他用戴頓·史密斯的信用卡付款，走回雨中，現在的雨只是毛毛細雨，他等著警察出來抓他。結果只有三個熱切交談的女性出現，她們走進藥局時，看都沒有看他一眼。

比利走回皮爾森街六五八號。這條路似乎變得好長，因為現在希望不只一絲絲，而希望是有翅膀的東西，但這玩意兒同時也能傷害你。他心想：警察也許就躲在轉角或公寓裡。不過三層樓建築後面沒有穿著藍色制服的男人衝出來，公寓裡只有女孩一人。她在他的電視上看《今日秀》。

愛麗絲看了他一眼，他們之間彷彿心領神會了什麼。他換手拿藥局的袋子，右手伸進口袋裡。他朝她伸手時，她有點畏縮，彷彿是覺得他會打她一樣。她臉上的瘀青處在顏色最鮮明的時期，吶喊著攻擊與毆打。

他攤開手掌，讓她看個清楚。

「找到妳的耳環了。」

8

愛麗絲前往浴室，換上新內褲，但還是穿著及膝的大T恤，因為她的裙子還沒乾。「牛仔帆布材質要曬一輩子。」她說。

她用廚房自來水將藥吞下。他告訴她可能會有的副作用：噁心想吐、頭暈——

「我識字。還有誰住在這棟大樓裡？這裡靜得跟……就是很安靜啦。」

他向她說起簡森夫妻的事，他們去搭遊艇了，他們完全不會知道，再過六個月，遊艇航線會全面關閉，以及其他所有的一切交通設施。他帶她上樓（她挺樂意的），然後介紹妲芙妮跟華特給她認識。

「你水給太多了。想淹死它們嗎？」

「沒有。」

「讓它們休息兩天吧。」她停頓了一下，又說：「你會在這裡待上兩天嗎？」

「對，再等一下比較安全。」

她參觀起簡森夫婦的廚房與客廳，用女性特有的目光打量這個地方。然後問她可不可以跟他待幾天，這話讓他意外。也許在他離開後，繼續住在他的地下室公寓裡。

「我想等到瘀青好一點再走。」她說。「我看起來跟出了車禍一樣。再說，要是崔普跑來找我怎麼辦？他知道我在哪裡讀書，也知道我住在哪裡。」

比利心想，崔普跟他的朋友已經找到了樂子，完全不會想跟她再有什麼瓜葛。噢，他們也許會開車來皮爾森街，確保他們丟包的地方沒有成了命案現場，而當他們酒醒之後（或是他們嗑的什麼東西藥效退了之後），他們肯定會查看地區新聞，確保她沒有出現在上頭，但他沒有挑明這些事情。讓她留下來解決了很多問題。

回到樓下，她說她累了，問他可不可以去床上睡個午覺。比利說沒問題，除非她覺得噁心想吐。要是她覺得噁心想吐，她還是醒著比較好。

她說她沒事，徑直走進了臥室。她表現得很好，假裝不怕他，但比利確定她還是怕。要是不怕，她肯定會發瘋。不過，她可能還處於驚嚇之中，還是對自己的遭遇感到不堪，覺得丟臉。他先前

說過，她不必覺得羞恥，但她迅速閃躲。之後，她肯定會覺得跟他待在一起是個爛主意，超爛的主意。不過，此刻她只想睡覺。睡意存在於她下垂的肩膀與拖著腳步的光腳之中。

比利聽到床墊彈簧發出來的聲響。五分鐘後，他看到她要麼是精疲力竭睡著了，要麼就是演技超好。

他打開筆電，前往他先前中斷之處。他心想：發生了這麼多事，你今天怎麼能寫作呢？那個女孩在另一個房間裡，一醒來就會決定她要離開這個鬼地方，離開我。

只不過，他也想到「大夫」對於恐慌反應的溼毛巾療法，以及這個方法在愛麗絲身上奏效。稱得上是奇蹟了。不過，克雷．布利克斯的奇蹟療法不只這一個，對吧？比利面露微笑，開始寫作。一開始文字感覺很平面、破碎，但他後來逐漸抓到節奏。沒多久他就完全沒有在想愛麗絲了。

9

人稱大夫的克雷．布利克斯是一等醫療兵。誰需要幫忙，他就幫誰，但他是徹頭徹尾的「火熱九人組」。他個子不高，精瘦結實，頭髮稀疏，還有個鷹鉤鼻，戴著他總是在擦的小小無框鏡片眼鏡。他頭盔上貼了一張「和平」貼紙，大概只維持了一個禮拜，然後長官要他拿掉，頭盔後面的貼紙寫著：別管牛奶了，有妞兒嗎？

「幽靈之怒行動」期間（沒完沒了的行動），恐慌發作是很常見的現象。海軍陸戰隊應該對這種狀況免疫，但當然不可能。人會開始喘起大氣，彎腰，有時會倒下。多數都是優秀的士兵，不願坦承自己嚇到，只說那是煙硝與飛塵的關係，因為煙硝與飛塵持續存在。大夫會應和他們（對，只是飛沙，只是煙），然後將溼毛巾蓋在他們臉上，他會說：「透過這個呼吸。這樣可以淨化空氣，你就能好好呼吸了。」

他也有辦法治療別的問題。有些方法很鬼扯，有些不是，但至少都會管用一陣子，用書本側邊拍打粉瘤跟腫脹，讓它們消失（他說這叫「《聖經》療法」），捏著鼻子說「啊——」可以停下打嗝跟咳嗽不止，加熱水嗅吸維克斯傷風藥膏的蒸氣可以止住鼻血，用銀幣揉眼皮可以治療角膜炎。

「多數這些狗屁都是我跟我奶奶學的山區鄉間療法。」他有次告訴我。「管用的我才用，但多數招數管用是因為我說它管用。」然後他問我牙齒怎麼樣，因為有顆在後頭的牙齒給我找麻煩。

我說痛得要死。

「哎啊，我的兄弟，這我搞得定。」他說。「我背包裡有響尾蛇的響環，在拍賣網站上買的。你拿來塞在痛牙的臉頰跟牙齦之間，吸一下，你的牙齒就不痛了。」

我跟他說我就算了，他說也好，因為響環塞在他背包最底下，他得把所有的東西都扔出來才找得到。如果東西還在的話啦。多年後，我懷疑這招到底有沒有用。那顆牙最後還是拔了。

大夫最神奇的療法（就我見過的）發生在二〇〇四年八月。這是四月「警戒行動」跟十一月大規模的「幽靈之怒行動」間，一段悠哉的時光。在這幾個月裡，美國政客恐慌發作。與其讓我們全速進攻，他們決定給伊拉克政府與軍隊一個機會，讓他們自己掃蕩叛變分子，重建秩序。伊拉克的重要政界人士說辦得到，但他們都在巴格達。在費盧傑，許多軍警就是叛變分子。

那段期間，我們大多待在城外。六、七月的六個禮拜，我們甚至不在費盧傑，我們去相對平靜的拉馬迪。當我們進入費盧傑時，我們的工作是「贏得民心」。這意味著我們的口譯員以我們的名號，與穆拉及社區領袖交好，而不是開車迅速穿過街道，用擴音器喊著「死豬，給我滾出來」，還要作好心理準備，隨時會遇上土製炸彈或火箭推進榴彈。我們對孩子發送糖果、玩具、超人漫畫，還給他們傳單帶回家，解釋起政府可以提供的服務都是叛軍辦不到的。孩子吃了糖，收了漫畫，然後將傳單扔掉。

在「幽靈之怒行動」裡，我們待在人稱「拉拉費盧傑」的地方一待就是好幾天（這個名字來自拉拉帕盧札音樂祭），在屋頂四方都有人看守的狀態下把握時間補眠，同時還要留意悄悄出現在其他屋頂上準備搞破壞、造成傷亡的聖戰者。感覺像千刀萬剮的凌遲致死。我們運了幾百臺火箭推進榴彈跟其他武器進去，但這些哈吉似乎有源源不絕的武器。

不過，那年夏天，我們的巡邏彷彿朝九晚五的工作。有時我們進行「贏得民心」的活動時，我們會在天一亮就出門，天黑才回基地。雖然反抗停歇，但天黑之後，你不會想待在「拉拉費盧傑」。

有天，回程路上，我們看到一輛 Mitsubishi 老鷹房車翻覆在路邊，還在冒煙。車頭炸毀，駕駛座的門是開的，殘存的擋風玻璃上有血。

「見鬼了，那是中校的車。」大魯如是說。

基地有野戰醫院的棚子，應該稱為戰鬥外科醫院。四邊沒有遮擋，比較像是前後有兩臺大風扇的亭子。那天氣溫超過三十七度，換句話說，就是跟平常差不多。我們聽到傑米森哀號。

大夫跑了過去，還邊跑邊扯下背包。我們其他人也跟了上去。帳篷裡還有其他兩名病人，顯然狀況也很糟，但沒有傑米森那麼糟，畢竟他們都還站得起來。一人的手包在三角巾裡，另一個人則是頭上有繃帶包紮的傷口。

傑米森躺在行軍床上，朝他手臂輸入的東西，我想應該是乳酸化林格氏注射液。他原本左腳掌的位置現在包了彈性繃帶，但腳掌沒了，繃帶已經滲血。他的左側臉頰炸開，眼睛流血，歪斜地躺在眼窩裡。醫生想讓他吞下嗎啡止痛藥，壓制住他，但中校不肯吃。他一直左右扭頭，還在的那隻眼睛突出又驚恐。目光落在「大夫」身上。

「痛！」他高喊。完全沒了昔日頤指氣使（有時風趣）的態度。痛楚吞噬了一切。「痛！噢，他媽的上帝啊，痛得要死！」

「救護直升機在路上了。」一名醫生說。「冷靜點，吞下這個，你會感覺好——」

傑米森舉起血淋淋的手，拍掉藥丸。強尼．凱普斯連忙過去撿。

「痛！痛！好痛啊！」

大夫蹲在床邊。「長官，聽我說，我有止痛良方，比嗎啡更管用。」

傑米森殘存的那隻眼睛轉向大夫，但我覺得他應該什麼都看不見。「布利克斯？是你嗎？」

「對，醫護兵布利克斯。你得唱首歌。」

「好痛好痛！」

「你得唱歌，唱歌可以讓痛感分心。」

「真的，長官。」塔可說，但他看了我一眼，彷彿在說：搞什麼？

「要開始了。」大夫說，然後開始唱起來，他嗓子不錯。「如果你今天去樹林……換你了。」

「痛！」

大夫握住他的右肩。傑米森的另一側襯衫破爛，還有鮮血滲出。「快唱，你會感覺好一點，保證會。再給你一次機會。如果你今天去樹林——」

「如果你今天去樹林。」中校用沙啞的嗓音唱起，然後說：「〈泰迪熊的野餐〉？你他媽的一定是在開——」

「不，快唱。」醫護兵張望四周。「誰來幫幫我？誰會唱這首歌？」

我碰巧知道，因為我媽會在我妹妹小時候唱給她聽。一直唱，一直唱，直到凱瑟琳睡著。

我不會唱歌，但我還是唱了起來。「如果你今天去樹林，你肯定會遇上大驚喜。如果你今天去樹林——」

「最好要喬裝打扮。」傑米森唱完這句，聲音依舊沙啞。

「沒錯，就是這樣。」大夫說，然後繼續唱：「因為樹林裡的每隻熊都齊聚一堂……」頭上包著繃帶的人過來加入我們，他的男中音滿好聽的。「因為今天是泰迪熊一起野餐的日——子——！」

「中校，接著唱給我聽。」大夫還持續蹲在他身旁。「因為今天是……」

「泰迪熊一起野餐的日——子——」前面他都是用唸的，但最後兩個字跟繃帶男一樣，拖得長長的，而強尼．凱普斯連忙將嗎啡藥丸塞進他嘴裡，一次就成功。

大夫轉頭望向其他的「火熱九人組」成員。他就像鼓勵觀眾參與的蹩腳樂團指揮。「如果你今天去樹林……大家一起來！」

於是「火熱九人組」的每一位成員都對著傑米森中校唱起了〈泰迪熊野餐〉的第一段歌詞，直到第三遍之前，多數人都是在假唱。第三遍的時候，他們終於掌握住了歌詞。兩位傷員也加入了，軍醫加入了，唱到第四次的時候，傑米森唱得臉上滿是汗水。大家都跑來帳篷看發生了什麼事。

「痛，少了。」傑米森喘著大氣說。

「嗎啡起作用了。」艾勒比．史塔克說。

「不是。」傑米森說。「再一次，拜託，再一次。」

「那就再來一次。」大夫說。「大家放點感情進去，這是野餐，不是他媽的葬禮。」

於是我們唱了起來：如果你今天去樹林，你肯定會遇上大驚喜！

來看戲的其他海軍陸戰隊隊員也一起加入。這時傑米森昏了過去，現場肯定有四十幾個蠢蛋拉起嗓子在唱這首蠢歌，我們根本沒有聽到來接傑米森中校的黑鷹直升機逼近，直到直升機掀起塵土，基本上已經飛到我們上方，我們才注意到。我永遠忘……

10

「你在幹嘛？」

比利轉過頭，彷彿從夢中驚醒，他看到愛麗絲・麥斯威爾站在臥室門口。瘀青在她蒼白的臉上特別顯眼。她左眼腫脹半閉，讓他想起中校，躺在炙熱的帳篷裡，大電扇就算開到最強也沒有什麼屁用。她的頭髮睡得亂七八糟。

「沒有，只是在打電動。」他按下存檔，關掉電源，闔上筆電。

「那個電動要按的鍵也太多了。」

「妳要吃點什麼嗎？」

她想了想。「你有湯嗎？我餓了，但我不想吃要一直咬的東西。我想我咬傷了嘴巴裡面的肉。肯定是我昏迷時的事，因為我不記得有咬那裡。」

「番茄湯還是雞湯麵？」

「雞湯麵，麻煩了。」

真是好選擇，因為他的櫃子裡有兩罐雞湯麵，番茄湯只有一罐。他把湯加熱，一人舀一碗。她喝了第二碗，也許可以來片抹了奶油的麵包？她把麵包泡進雞湯裡，當她注意到他從自己的空碗上方盯著她看時，她露出不好意思的微笑。「我餓的時候就吃得很醜。我媽都這樣說。」

「她又不在這裡。」

「謝天謝地，她會說我瘋了，我大概真的瘋了吧。她會說，我出門就會遇上麻煩，她果然說對了。我先是跟性侵犯約會，現在又跟……」

「別客氣，妳可以直說。」

但她沒說出口。「她要我待在京士頓，上美髮學校，跟我姊一樣。潔芮賺了很多錢，我媽叫我跟她走一樣的路。」

「妳為什麼來這裡念商學院？這我不懂。」

「這裡最便宜，也是好學校。你吃完了嗎？」

「對。」

她拿著碗與湯匙去水槽，等到雙手空出來時，她還不怎麼自在地將T恤往下拉。從她走路的姿態看來，他知道她還很痛。他想著，也許可以叫她唱〈泰迪熊野餐〉的第一段歌詞，也許他們可以一起來個合唱。

「你在笑什麼？」

「沒事。」

「是我的樣子嗎？我彷彿剛打完職業拳擊賽一樣。」

「不是，只是我想起當兵的事情。妳的衣服大概乾了。」

「大概吧。」但她又坐回原位。「有人付錢叫你殺了那個人嗎？有吧？對嗎？」

比利想到扣掉零用錢的五十萬還安然躺在海外銀行裡，然後他又想到沒有收到的一百五十萬。

「事情很複雜。」

愛麗絲露出淺淺的笑容，扁著嘴，沒有牙齒的笑容。「哪件事不複雜？」

11

她轉起他電視的有線頻道，一路轉下去。在特納經典電影頻道稍作停留，佛雷．亞斯坦跟琴吉．羅傑斯正在共舞，然後繼續換臺。她看了一下美容產品的廣告節目，然後關了電視。

「你在幹嘛？」她問。

比利心想：等待，沒有別的事好做。有她在場，他不能寫他的故事。他覺得不自在，再說，她會想知道他在寫什麼。他想到自己生命裡所有奇怪的事件（還真不少），在皮爾森街度過的這段時間也許是最怪的。

「後面有什麼？」

「一個小院子，然後是排水溝，附近有亂長的樹。再來可能是儲物棚，也許火車不通之後就在那兒了。」他比了比現在窗簾蓋住的潛望鏡窗戶，雨又下大了，外頭沒什麼好看的。「我想現在沒人用那些棚子了。」

她嘆了口氣。「這大概是整座城市裡氣數最盡的區域了。」

比利想告訴她，氣數如果盡了，就不會再有下一口氣了，也沒有什麼「最」不「最」的問題。不過他沒說，因為她是對的。

她看著什麼畫面也沒有的電視。「我猜你沒有 Netflix？」

他其實有，他有臺廉價電腦上有裝，但他想到有更好的東西。「簡森夫妻有，樓上鄰居，他們還有爆米花，除非他們吃完了。還是我買的。」

「我去看裙子乾了沒。」

她前往浴室，關上門。他聽到鎖門聲，這告訴比利，他還處在「試用期」。她出來時，穿的

是牛仔短裙跟黑鍵樂團的T恤。他們上樓。他在簡森夫妻的電視上翻Netflix有什麼好看的時候（這臺電視是比利樓下電視的四倍大），愛麗絲從他們臥房窗戶看著後院。

「有烤肉架欸。」她回來的時候說。「沒蓋起來，整個泡在水裡。整個後院就是座池塘。」

比利把遙控器交給她。她花了幾分鐘瀏覽選項，然後問比利喜不喜歡《諜海黑名單》。

「聽都沒聽過。」

「那我們從頭看。」

節目的簡介看起來很誇張，但比利還是看得入迷，因為主角雷丁頓「紅爺」很有喜感，也很會運用資源。總是搶得先機，比利希望自己也能如此。他們看了三集，外頭又下起滂沱大雨。比利在簡森夫妻的微波爐加熱爆米花，他們吃得很開心。愛麗絲洗了碗，放在瀝水架上。

「我看不下去了，我要頭痛了。」她說。「你要可以繼續看，我想我要下樓了。」

稀鬆平常的語氣，沒什麼大不了的。彷彿我們只是分租雙層公寓的室友，比利心想。我們可以是情境喜劇裡的人物，名為《現存伴侶》的節目。他說他現在也看夠了，但他不介意改天再回到「紅爺」的世界。

他鎖上簡森家的門，回到比利家。吃過爆米花後，他們都不想吃晚餐。他們看了新聞，配杯裝布丁。「完全是垃圾食物馬拉松，我媽——」愛麗絲說。

「別又來了。」比利告訴她。

喬爾．艾倫刺殺案不再是頭條新聞。位在密西西比州州界附近的塞納托比亞發生瓦斯爆炸，三人死亡，兩人重傷。同時，紅峭壁區的西區付費公路因為淹水而暫時關閉。

「你要在這裡待多久？」愛麗絲問。

比利自己也在思考這個問題。如果在找他的人（地方警察、聯邦調查局、大概還有尼克的狠角色手下），認為他躲在城市裡，他們也許會覺得他會躲個五、六天，甚至一個禮拜。他必須在皮爾森街待得夠久，讓他們相信他在開槍後已經直接逃離這裡。前提是愛麗絲不會增加逃離的困難度。

「再四天，也許五天。愛麗絲，妳辦得到嗎？」這是他第一次叫她的名字嗎？他不記得了。

「我看到那個避孕藥的價格了。」她說。「如果我留下來，我們可以假裝互不相欠嗎？」

她也許是在聲東擊西，但他不這麼想。她有傷要養，而她覺得他沒有威脅。至少她不會有危險。不過她換衣服的時候還是鎖了門，所以他們之間還是有信任問題。要是他說服自己沒問題，那他肯定是自欺欺人。

「好。」比利說。「一筆勾銷。」

12

那天晚上十點半，他們起了第一場爭執。他們在吵誰睡床上，誰睡沙發。比利堅持要她睡床，說他在沙發上也能睡。

「性別歧視喔！」

「睡沙發是性別歧視？開什麼玩笑？」

「當個大男人才是性別歧視，你撐太久了。你的腳會踩在地上。」

「我擱這就好。」他拍了拍沙發扶手。

「那所有的血都會離開你的腿，它們就會真的『睡覺覺』了。」

「妳被……」他遲疑了一下，尋找正確字眼。「……攻擊了，妳需要好好休息，妳才需要好好『睡覺覺』。」

「你想睡沙發，因為你覺得我一個人在客廳就會逃跑。我是不會跑的。我們說好了。」

比利心想：對，如果她真的留下來，我們就得聊聊在我離開後，她該怎麼面對警察的盤問。他懷疑愛麗絲知不知道斯德哥爾摩症候群是什麼？如果她不懂，他得好好解釋。

「我們扔銅板。」他從口袋裡掏出二十五美分硬幣。

愛麗絲伸出手。「我來扔，我不相信你，你是罪犯。」

這話逗得他大笑，至少她稍微露出了一點微笑。比利覺得如果她整個放開，這個笑容會非常美。他把錢幣交給她。她要他在半空就決定，然後用熟練手法擲起硬幣。他說反面（他每次都叫反面，他跟塔可學的），果然是反面。

「妳睡床。」比利說，她也沒有繼續爭。事實上，她看起來像鬆了口氣。她走路的樣子還是戰戰兢兢的。

她關上臥室門，門下的燈暗了。比利脫下鞋子、長褲、上衣，躺在沙發上。他伸手到後方，關掉檯燈。

她從另一個房間平靜地喊了聲：「晚安。」

「晚安。」他也喊回去：「愛麗絲。」

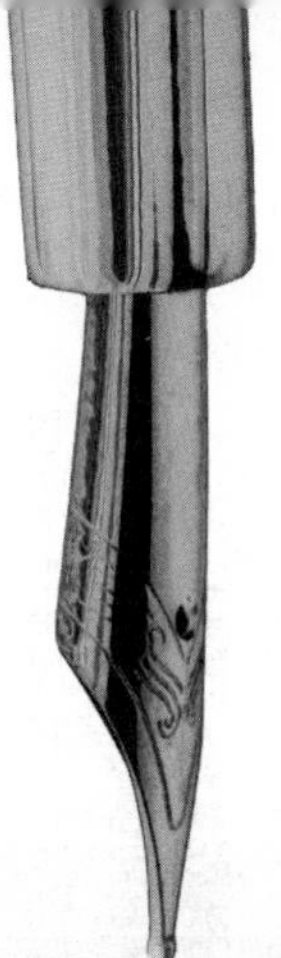

CHAPTER 15

1

比利回到費盧傑，娃娃鞋不見了。

他跟大夫、塔可、艾勒比．史塔克在翻覆的計程車後方，「九人組」其他成員則在燒毀的麵包店卡車後面。艾勒比枕在塔可大腿上，大夫試圖替他縫合，真他媽的笑話，一整間醫院的醫生都沒辦法把他縫回去。塔可大腿上是一潭血池。

沒事的，釘起來就好。艾勒比是這麼說的，當時哈吉埋伏了他們，他們四人躲在翻覆的Corolla計程車之後。他伸手壓著自己的脖子一側，臉上還有微笑。然後血開始從他指尖噴灑出來，他喘起大氣。

街角第二間屋子開始對他們施展強大火力，樓上窗口都是聖戰者，屋頂上還有更多人，子彈在計程車底盤上發出聲響。塔可呼叫空中支援，還對麵包卡車後面的人喊武裝直升機出發了，兩枚地獄火飛彈會結束這場混局，兩分鐘，也許四分鐘，而大夫蹲著，沾滿灰塵的屁股翹得老高，他用手壓住艾勒比的脖子側面，但鮮血持續流瀉，艾勒比的心臟每跳一下，就噴出一點血，比利在塔可圓睜的雙眼裡看到了真相。

喬治、喇叭、強尼、大腳、大魯從卡車後方回擊，因為他們看到屋頂上那幫人幾乎正對比利與其他躲在計程車後方的人，遮蔽不足，角度致命。也許他們撐得到眼鏡蛇直升機發射地獄火飛彈，也許撐不到。

比利轉頭尋找娃娃鞋，覺得他應該是一分鐘前才弄丟的，想著應該掉在不遠的地方，只要他能找回娃娃鞋，狀況就會變好，跟魔法一樣，跟唱〈泰迪熊野餐〉一樣，但附近沒有小小的鞋子，他知道沒有掉在附近，但尋找娃娃鞋意味著他不用看著此刻已經喘起最後幾口大氣的艾勒比，艾勒比彷彿是要在離開這個世界之前，努力吸飽氣一樣。比利在想這位同袍眼下看到了什麼，以及他在前往另一個世界時會見到什麼，珍珠柵門？黃金沙岸？還是一片黑暗，什麼也沒有？強尼·凱普斯從卡車後面高喊：**別管他了，別管他了，快回這裡來！**但他們不會拋下他，因為就是辦不到，你們不會拋下任何一位戰友，這是中士班長厄庭頓最重要的規定。到處都找不到娃娃鞋，他弄掉了，一起遺失的還有他們的好運氣，現在艾勒比即將斷氣，悲慘地喘著大氣，比利這才發現他自己的靴子上有一個洞，洞口在流血，他居然被擊中——

2

比利猛然跳起，速度之快，差點掀翻沙發。他在皮爾森街，不在費盧傑，喘著大氣的人更不是艾勒比·史塔克。

他跑進臥室，看到愛麗絲坐在床上，一手抓著喉嚨，跟艾勒比一開始以為子彈只是擦過去的時候很像，太可怕了。她大大的眼睛裡滿是驚恐。

「毛……」喘。「……巾！」喘。

他去浴室拿毛巾，沒等水暖就直接浸溼，回來披在她臉上，他很慶幸能夠遮擋住那雙大眼睛，眼睛看起來都要從眼眶裡滾出來，掛在臉頰上一樣。

她不停喘息。

他對她唱起〈泰迪熊野餐〉的第一句歌詞。

她的反應卻是「呃、呃」，喘不過氣的聲音。

「愛麗絲，唱給我聽！快唱！唱歌可以鬆弛氣管！如果你今天去樹林……」

「如果……你……今天……去……樹林……」每一、兩個字就喘一下。

「你肯定會遇上大驚喜。」

臉上蓋著毛巾的愛麗絲搖搖頭。他緊抓她的肩膀，有瘀青那一側，曉得這樣會痛，但他管不了那麼多了。任何能夠打動她的方式都好。「一口氣來唱，你肯定會遇上大驚喜。」

「你肯定會……遇上大驚喜。」喘。

「不完美，但不錯。現在兩句一起來，放點感情進去。如果你今天去樹林，你肯定會遇上大驚喜。來，一起唱，雙人合唱。」

她跟他一起唱，她負責的二重奏被溼毛巾掩蓋住了聲音，每次吸氣，毛巾上就會出現新月形的嘴巴印子。

他坐在她身邊，她的呼吸終於開始緩和。他一手攬著她的肩膀。「妳沒事了，沒事了。」

她從臉上扯下毛巾。一縷溼溼的頭髮黏在她額頭上。「那是什麼歌？」

「〈泰迪熊野餐〉。」

「每次都管用嗎？」

「對。」除非你的半個喉嚨被炸爛。

「我要把這首歌存在手機裡。」然後她想起來。「討厭，我手機掉了。」

「我會存在我的筆電裡。」比利指向客廳。

「你為什麼有這麼多臺電腦？幹嘛用的？」

「增加說服力，也就是──」

「我懂你的意思，那是你偽裝的一部分，就跟假髮、肥肚一樣。」她用掌心將溼頭髮從額頭上抹開。「我夢到崔普掐我。我以為他會掐死我。他用滑稽的咆哮聲說『內褲給我脫下來』，那不是他平常講的聲音。然後我醒來──」

「——就不能呼吸了。」

她點點頭。

「妳有看過電影《激流四勇士》（*Deliverance*）嗎？講四個男人划獨木舟出遊的故事？」

她看他的眼神，彷彿他是神經病。「沒，那跟這一切有什麼關係？」

「『內褲給我脫下來』是裡頭的一句臺詞。」他輕輕碰觸她脖子上的印子。「妳的夢是恢復的記憶。這句話大概是妳暈過去之前，最後有印象的一句話，不只是因為他在妳的飲料裡下藥，而是因為他掐住妳。所幸沒掐死妳，他大概不會想故意掐死妳，但妳可能還是會死掉。」

「如果你今天去樹林，就會碰上大驚喜。好，剩下的歌詞是什麼？」

「我不記得整首歌，但第一段是這樣的，如果你今天去樹林，你肯定會遇上大驚喜。如果你今天去樹林，最好記得要喬裝打扮。妳媽沒唱給妳聽過？」

「我媽不會唱歌。你嗓子挺好的。」

「妳說是就是。」

他們坐在一起一會兒。她的呼吸恢復平順，現在危機解除，比利意識到她只有穿黑鍵樂團的T恤（她居然沒有吐在上面），而他只有穿四角褲。他站起身來，說：「妳現在沒事了。」

「別走，還不要走。」

他又坐回去。她挪開身子。比利躺在她身邊，一開始很緊繃，一隻手壓在頸子下，充當枕頭。

「跟我說說你為什麼殺那個人。」稍微停頓。「拜託？」

「這不是什麼床邊故事。」

「我想聽，想了解，因為你看起來不像壞人。」

比利心想：我也是這樣對自己說的，但最近發生的事件讓他開始質疑這點。他內疚地望向床邊桌上粉紅鶴戴夫的圖畫。

「在這裡說的話不會流到外頭去。」她給他一個試探性的微笑。

這是一則爛透的床邊故事，但他還是講了，故事開頭，法蘭基．麥金托、波利．羅根去飯店接他。他考慮要不要更動人名（就跟他一開始寫自己的故事一樣），卻又覺得沒有意義。她已經從新聞上知道肯．霍夫的事了，還有喬治歐。他只有改動一個人名，就是把尼克．馬傑利安改成班吉．康普森。知道這傢伙的名字之後可能會替她惹來生命危險。

他認為把話說出來也許能夠理清他的思緒。並沒有，但她的呼吸恢復平穩。她冷靜下來了，至少這則故事還有這種功效。她想了想，然後說：「這個叫做班吉．康普森的人雇用了你，那是誰雇用他的？」

「我不知道。」

「而且為什麼要把這個霍夫攪和進來？那些幫派分子沒辦法替你弄到槍嗎？在不會被發現的狀況下？」

「因為霍夫是大樓的所有人，我猜是因為這樣。我開槍的那棟大樓。那的確是他的大樓。」

「你在裡頭待了很久的那棟大樓，有點像是安排在裡面。」

他心想：對，安排在裡面。就跟來去伊拉克的記者一樣，他們穿上防彈衣、戴上頭盔，但等到報導交出去，他們就能脫下裝備回家。

「沒有很久啦。」很久，超久的。

「不過聽起來還是很複雜。」

對比利來說也是如此。

「我想我可以繼續睡了。」她沒有看著他，說：「如果你要，可以睡這裡。」

比利擔心他的下半身會再次背叛他，說他最好還是回沙發睡。也許愛麗絲會理解，因為她看了他一眼，點點頭，然後轉回去，閉上雙眼。

3

早上，愛麗絲告訴他，牛奶喝完了，圈圈早餐穀片乾的很難吃。比利心想：彷彿我不知道一樣。他提議炒蛋，她說只剩一顆蛋。「不懂你為什麼只買一盒六顆的蛋。」

比利心想：因為我沒料到會有客人出現。

「我知道你沒打算餵飽兩個人。」她說。

「我去一趟佐尼便利商店，他們有牛奶跟雞蛋。」

「如果你去松樹廣場的哈普超市，你就可以買點豬排什麼的回來。雨停之後，我們可以在後面烤來吃。還有沙拉，一袋一袋的包裝。哈普沒有很遠。」

比利的第一個念頭是她想要支開他，她要溜了。然後他又望向她臉頰與額頭開始轉黃的瘀青，她的鼻子才正要開始消腫，然後心想，不，恰好相反。她這是要留下來，至少此刻她打算待著。

也許外人看來會覺得這麼做很瘋狂，但在這裡感覺非常合理。要不是他，這個女孩很可能會死在水溝裡，而他也沒有顯露出會佔她便宜的樣子。他反而出去，買了緊急事後藥，以免那幾個混蛋搞大她肚子。再說，他也想起租來的那臺福特Fusion。車子在城市另一端等他。該把車開過來，只要他一覺得安全，他就可以驅車前往內華達州。

何況，他喜歡愛麗絲。他喜歡她恢復了。她是恐慌發作過幾回，但在經歷了遭人下藥與輪姦後，誰不會恐慌呢？她沒提到回學校的事，她沒提過會擔心她的朋友與熟人，她甚至沒有擔心要打電話給她媽（或她那個美髮師姊姊）。他覺得愛麗絲處在中斷狀態。她暫停了她的生活，想要搞清楚接下來該怎麼辦。比利不是精神科醫師，但他大概了解這樣的反應應該還算健康。

比利心想：那三個王八蛋，大概不是首度得逞。性侵昏迷女孩的混蛋，誰會幹這種事？

「好，生活雜物。妳會待在這，對嗎？」

「對。」彷彿這是意料之中的結論。「我要用最後的牛奶配穀片，蛋給你吃。」她露出不怎麼有把握的神情。「如果你覺得沒關係的話啦。如果你不要，我吃蛋也行，畢竟東西是你買的。」

「沒事的。早餐後可以麻煩妳幫我扣肚子嗎？」

這話逗得她哈哈大笑，這是她的第一聲歡笑。

4

吃早餐時，他問她知不知道斯德哥爾摩症候群是什麼。她不知道，於是他解釋起來。「如果警察發現我，逮捕了我，他們就會來這裡。妳要告訴他們，妳不敢離開。」

「我是啊。」愛麗絲說。「但不是因為我怕你。我只是不希望別人見到我這副模樣。我完全不想讓任何人見到我，至少目前不想。再說，你不會被抓的。有那玩意兒在身上，你看起來不一樣。」她舉起食指，以示告誡。「但是——」

「但是什麼？」

「你需要撐傘，因為假髮在雨裡看起來就是假髮。水珠會積在上頭，真正的頭髮會溼，還會塌掉。」

「我沒有雨傘。」

「簡森的櫃子裡有一把，就是進門那個櫃子。」

「妳什麼時候去翻他們櫃子的？」

「你忙著微波爆米花的時候。女生就喜歡看人家家裡有什麼。」隔著廚房餐桌，她就著她的穀片望向吃炒蛋的他。「你是真的不知道喔？」

5

撐傘不只讓雨水不會接觸他的金色假髮，還遮住了他的臉，讓他覺得自己沒有那麼像顯微鏡玻片下的小蟲子，他離開公寓，開始朝最近的公車站前進。他完全可以理解愛麗絲的心情，因為他也有同樣的感覺。前往藥局很緊張，但這趟更糟，因為要去更遠的地方。他可以步行到松樹廣場，距離不遠，雨也小了一點，但他不可能走過大半個市區。還有一件事，那就是，越接近他要離開城市的時候，他就越擔心自己會落網。

別管條子跟尼克的人，要是他撞見認識大衛．洛克維奇的人怎麼辦？他想像在哈普超市的一角，手裡掛著購物籃，結果迎面撞上保羅．雷根蘭或彼得．法西歐。他們也許認不出他，但女人可以。別管愛麗絲說什麼假髮跟肥肚讓他看起來不一樣，菲菲肯定認得出來。柯琳．艾克曼也辦得到，甚至是喝醉的珍．凱洛格。這點他很確定。他明白在統計學上，這種相遇的機會微乎其微，但這種事總會發生。《第十二夜》是這樣說的：旅程以戀人相會作結，每個聰明人的兒子都懂這個道理。

出門前，他查看網路，確定公車到站時間，然後在壁壘街等三號公車，跟另外三個人一起站在候車亭裡，他只能收傘，因為繼續撐傘會看起來很怪。這些人都沒有望向他，他們忙著看自己的手機。

他在車庫一度心慌了起來，因為Fusion發不動，然後他想起他得踩下煞車踏板才行。他心想：真夠蠢了。

他驅車前往松樹廣場，享受起再次開車的感覺，卻又胡思亂想會發生小擦撞，或以其他方式吸引到警方的注意（五公里路程上遇到兩輛警車）。進了哈普超市，他買了肉、牛奶、雞蛋、麵包、餅乾、袋裝沙拉、沙拉醬，還有一些罐頭食品。他沒有遇到認識的人，說真的，怎麼可能遇得到？常綠街位在央林區，央林區居民都在「經濟超市」買東西。

他用戴頓．史密斯的萬事達卡付錢，驅車回皮爾森街。他把車停在房子旁的破敗車道上，拿著購物下樓。公寓空空如也，愛麗絲走了。

6

他額外買了兩個布做的環保購物袋（上頭印了「哈普超市」跟「家鄉新鮮貨」），他一看到空蕩蕩的客廳跟房間，兩個袋子幾乎是掉落在地板上。臥室門開著，他看得到裡頭也是空的，但他還是喊了她的名字，想說她可能在浴室。只不過浴室的門也開著，要是她在裡頭，不管是不是一個人在家，她都會關門。他很清楚這點。

他不是害怕，比較像是……什麼？他覺得受傷？失望？

他心想：我猜我是吧。真蠢，但感覺就是錯不了。她還是重新思考了她的選項。你知道這種事會發生，你早該料到。

他走進廚房，將兩個袋子放在檯面上，看到吃早餐的盤子還在水槽裡。他坐下來思考自己接下來該怎麼辦，結果卻看到糖罐壓著一張廚房紙巾。她在上頭寫了三個大字：在後院。

他心想：好喔。順便長吁一口氣。只是在後院。

比利將要冰的東西冰起來，然後從前門出去，繞過房子，他又撐起雨傘來。愛麗絲將烤肉架從水塘中移出來，她背對他，正在刷烤架。她肯定又打劫了簡森前門的櫃子，因為她身上那件綠色雨衣顯然是唐納的。衣服披到她的小腿。

「愛麗絲？」

她嚇了一跳，驚叫一聲，差點撞翻烤爐。他伸手穩住她。

「活人都被你嚇死。」她說，然後喘起大氣。

「抱歉，沒打算偷偷摸摸嚇妳。」

「好……」喘。「……你就是。」

「〈泰迪熊野餐〉第一句來。」有點開玩笑地說。

「我不……」喘。「……記得。」

「如果你今天去樹林……」他伸出雙手，扭動手指，做出「來啊」的姿勢。

「如果你今天去樹林，你肯定會遇上大驚喜。你有買到東西嗎？」

「有。」

「豬排？」

「有，一開始我以為妳走了。」

「哎啊，沒有。我猜你沒買菜瓜布吧？因為這是樓上最後一塊，已經磨損得差不多了。」

「菜瓜布不在清單上。不知道妳會在下雨天搞大掃除。」

她蓋上烤肉爐的上蓋，用充滿期待的神情看著他。「想看《諜海黑名單》嗎？」

「想。」他說，於是他們又看了三集。在今天的第二集跟第三集之間，她走去窗邊，說：「雨停了，太陽要出來了。我想我們今晚可以烤肉。你有記得買沙拉嗎？」

比利心想：這樣行得通，不可能，太瘋狂了，但有必要，這一切就行得通。

7

下午出太陽了，但速度之慢，彷彿不情願放晴一樣。愛麗絲烤了豬排，雖然外頭有點焦，裡頭有點粉紅（她說：「抱歉，廚藝不是很好。」），但他吃光他那一份，還啃起骨頭來。好吃，但沙拉更美味。直到吃起綠色的東西，他才驚覺自己如此渴望蔬菜。

他們上樓又看了幾集《諜海黑名單》，但她有點浮躁，一下從沙發移到彈簧外露的安樂椅上（唐納．簡森在家時，這肯定是他的位置），然後又回到沙發上來。比利提醒自己，這些影集她都已經看過了，大概是跟她媽、她姊一起看的。現在他已經搞清楚「紅爺」的風格了，看起來也有點無聊。

他們關掉電視，準備下樓的時候，她說：「你該留點錢，借看 Netflix 的錢。」

比利說會的，但他猜有了那筆意外之財，唐納跟貝芙莉實在不需要什麼金錢上的支援。

她說輪到他去床上睡，經過一晚在沙發上度過，他不想再爭這件事。他立刻睡著，但大腦深處肯定受過訓練，留意到她的恐慌發作，因為兩點十五分的時候，他聽到她喘起大氣的聲音，他完全清醒。

為了這種狀況，他把房門虛掩，留了一個小縫。他走過去，手停在門把上。她低聲唱起歌來。

「如果你今天去樹林……」

第一段歌詞她唱了兩次，她喘氣的間隔拉長了，最後不喘了。比利回到床上。

8

他們兩人不會知道（沒有人會知道），半年後，一種難纏的病毒將會讓全美及多數世界停擺，但他們在地下室公寓待到第四天的時候，比利跟愛麗絲已經搶先體驗到一直窩在一個地方的感覺。第四天早上，隔天他就會決定往黃金西岸前進，此時的他正來回在三層樓梯上奔跑著。愛麗絲整理了公寓，其實沒這個必要，因為他們不是會把環境搞得一團亂的人。整理完之後，她就癱坐在沙發上。比利因為上下跑了六層樓而氣喘吁吁下來時，她正在看烹飪節目。

「旋轉烤雞。」他說。「看起來真美味。」

「超市就可以買到好吃的，幹嘛要在家裡自己做？」愛麗絲關上電視。「真希望我能讀點東西。可以請你幫我下載書籍嗎？偵探小說？不要用你的筆電，用那幾臺便宜貨就可以了。」

比利沒有回話。一個大膽又嚇人的想法在他腦中成形。

她誤讀了他的神情。「我沒有偷看什麼的，我知道那是你的電腦，因為蓋子上有刮痕。其他幾臺都是全新的。」

比利不是在想她偷看過他的電腦。反正她也猜不出密碼。他是在想M151觀靶鏡，以及他沒有解釋用途，因為他是為了自己才寫作的。別人都不會讀到他的文字。只不過此刻有人在場，想到她對他既有的了解，讓她看看又有什麼關係？

不過當然有關係，他可能會受傷。如果她不喜歡，如果她說故事很無聊，想看點別的有意思的東西怎麼辦？

「你是怎樣啦？」她問。「你看起來怪怪的。」

「沒有，只是……我寫了一些東西，有點像生命故事。我猜妳應該不會想——」

「想。」

9

他無法看著她坐在那裡，抱著他的 Mac Pro，閱讀他在這裡與傑拉塔寫的文字，所以他去樓上簡森夫妻家，替妲芙妮與華特澆水。他在廚房餐桌上放了一張二十元紙鈔，留了字條，寫著：「借看 Netflix 的錢。」然後到處走動。比較像是踱步，就跟舊時卡通裡等著老婆臨盆的先生一樣。他查看起唐納那一側床邊桌抽屜裡的儒格手槍，拿起槍，放回去，又關上抽屜。

緊張真的很荒謬，她是商學院的學生，不是文學評論家。她的高中英語課程大概是夢遊撐過去的，得個七、八十分就很滿意了，說到莎士比亞，她可能會想到「殺死，屁啊」。比利明白他是在貶低她的智識能力，如果她不喜歡，他才能保護自己的尊嚴，他也明白這麼想很蠢，因為她的意見不重要，故事本身就不重要，他還有更重要的事情要做，但他還是很介意。

他終於回到樓下。她還在讀，但她從螢幕前抬頭時，他驚覺看到她雙眼泛紅，眼皮浮腫。

「怎麼了？」

她用掌心抹擦鼻子，這是小孩子才會有的動作，卻古怪地迷人。「你妹妹真的發生了那種事？那個男人真的……踩死她？這不是你編的？」

「不，那是真的。」他忽然也覺得想哭，但他寫的時候可沒有哭。

「所以你才救我？因為她？」

他心想：我救妳是因為如果我放任妳死在街上，警察最後就會找來這裡。只不過，這個回答似乎沒有說明全貌。我們真的想說出全部的事實嗎？

「我不知道。」

「我很遺憾你遇上這種事。」愛麗絲又開始哭。「我以為在我身上發生的事情已經夠糟了，但是——」

「妳的遭遇的確很糟。」

「——但是她的狀況更慘。你真的對那男人開槍嗎？」

「對。」

「好，很好！然後他們送你去寄養家庭？」

「對，如果妳看了難過，妳可以不用繼續看。」不過他不希望她停下，如果她難過，他並不覺得抱歉。他很慶幸他打動她了。

她抓著筆電，彷彿害怕他會把電腦搶走一樣。「我想把剩下的看完。」然後是近乎指責的語氣。「你幹嘛不寫作，跑去樓上看什麼蠢電視？」

「覺得不自在。」

「很好，我明白，我也有這種感覺，所以別盯著我看。讓我讀下去。」

他想謝謝她落淚，但這話感覺很怪。於是他問起她的尺寸。

「我的尺寸？問這幹嘛？」

「在哈普超市附近有一間二手舊衣鋪，我可以替妳買條褲子跟幾件T恤。也許一雙運動鞋。妳不要我看妳閱讀，我也不想看妳讀。而妳大概穿膩那件裙子了。」

她露出俏皮的笑容，看起來很可愛。或該說，如果沒有瘀青的話，她會很可愛。「不擔心出門不能撐傘喔？」

「我開車去。記住，如果來的人是警察，不是我，妳就要說妳不敢走。因為我說我會找到妳，傷害妳。」

「你會平安回來的。」愛麗絲說，然後寫下她穿衣服的尺碼。

他在二手商店慢慢逛，想要給她時間慢慢看。他沒遇到認識的人，沒有人特別注意他。他到家時，她已經看完了。他寫了幾個月的東西，她不到兩個小時就讀完了。她有疑問，跟觀靶鏡無關，都是人的問題，特別是「油漆永遠塗不完之家」的朗妮跟葛倫，還有「可憐的獨眼女孩」。她說她喜歡他的筆觸，他小時候，他就用小孩子的語氣寫，等到長大一點，語氣也跟著成熟。她說他該繼續寫下去。她說他寫作時，她會去樓上看電視、睡午覺。「我一直好累，真是瘋了。」

「不是。經過那些混蛋的作為，妳的身體還在恢復、適應。」

愛麗絲站在門口。「戴頓？」雖然曉得他的真名，但她都這樣叫他。「你的朋友塔可最後死了嗎？」

「結束前，很多人都死了。」

「我很遺憾。」她說，然後在身後關上了門。

10

他繼續寫。她的反應鼓舞了他。二〇〇四年四月到十一月的閒暇時間，他沒有過多著墨，這時他們應該要贏得民心，但什麼也沒有贏到。對此他又寫了幾段，然後前往至今想起還會痛的部分。

艾勒比過世後，他們撤退了兩天，因為有人提到停火，而當「火熱九人組」（現在只剩「火熱八人組」，大家將「艾勒比」寫在頭盔上）回到基地時，比利到處尋找起娃娃鞋，想著也許是掉在這裡。其他人也幫忙找，但到處都找不到，之後他們又回去，回去一間一間掃蕩房舍，頭三間都沒問題，兩間空屋，一間裡頭只有一位十二或十四歲的男孩，他舉起雙手驚呼：「不要槍，美國人。不要槍。愛紐約，洋基隊，不要開槍！」

第四間就是「歡樂之家」。

比利在此暫停，做起運動來。他想著也許他跟愛麗絲會在皮爾森街多待一會兒，也許三天吧。直到他寫完「歡樂之家」，以及那邊發生的一切。他想寫有沒有失去娃娃鞋根本沒有差別，當然沒差。他也想寫他內心深處依舊不相信沒有差別。

他伸展暖身，然後才開始上樓、下樓，因為如果他扯到大腿肌肉，他也不能去診所。他在簡森夫妻門後沒有聽到電視聲，愛麗絲大概睡著了。他希望她也在療傷，但比利懷疑哪個女人在遭到性侵之後，能夠徹底痊癒。一定會留下傷疤，他猜哪天這種疤就會痛起來。他猜也許十年、二十或三十年後，這種傷還是會痛。也許是這樣，也許不是這樣。也許能夠回答這種問題的男人，就是自己也遭到性侵的男人。

上下樓的途中，他想到對她做出這種事的男人，他們的確是男人。她說崔普．唐納文二十四歲，比利猜唐納文的色魔室友傑克與漢克大概也差不多。男人，不是男孩，都是壞人。

他氣喘吁吁回到地下室公寓，卻感覺身子輕鬆也暖和，準備繼續再寫一個甚至兩個小時。他還沒開始寫，筆電就「叮」地一聲，有訊息進來，是巴奇．漢森，鬼才曉得他現在躲在哪裡。訊息說：**錢沒進來。不可能會進來了，現在你該怎麼辦？**

比利回訊：**去討回來。**

11

這天晚上，他跟愛麗絲坐在沙發上。她穿黑色長褲與條紋襯衫滿好看的。他關掉電視，說想跟她談談時，她露出驚恐的神色。

「是壞事嗎？」

比利聳聳肩。「妳告訴我吧。」

她仔細聽他解釋，大大的雙眼盯著他的眼睛。他說完後，她說：「你真的會這麼做？」

「對，他們那樣對妳，必須付出代價，但不只這個原因。那種人得逞一次，就會再次行動。說不定妳甚至不是第一個。」

「你這樣是在冒險，也許會很危險。」

他想起唐納．簡森床邊桌裡的槍，說：「大概不會太危險。」

「你不能殺他們，我不想這樣。告訴我，你不會殺死他們。」

比利甚至沒想過這個選項。他們需要付出代價，但他們也需要得到教訓，死掉的人是得不到教訓的。「不會，沒有要殺人。」他說。

「我其實不在乎傑克跟漢克。他們沒有假裝喜歡我，騙我去他們公寓。」

比利沒有回話，但他在乎傑克與漢克，假設他們的確參與了，而就他在她渾身赤裸時看到的狀態來說，他很確定至少其中一個人參與了，大概兩人都有份吧。

「但我介意崔普。」她一手搭在他手臂上。「要是他受傷，我會非常高興。我猜我會因此成了壞人。」

「妳就只是個人。」比利說。「壞人需要付出代價，而代價應該要非常高昂。」

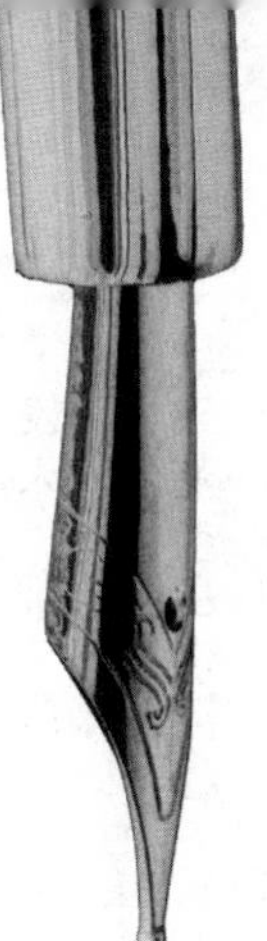

CHAPTER 16

1

我們可以聽到市區另一端傳來的小型手槍槍聲與爆炸聲，但直到遇上大麻煩前，我們在喬蘭這一邊的區域都還算平靜。我們清理了這區（利馬區）的頭三座房子，什麼麻煩也沒遇上。兩間沒人。第三間裡有一個孩子，沒有武器，沒有連接爆炸裝置。我們要他脫下衣服確認。我們請兩名順路運送人犯的軍人帶他去警察局。我們曉得這孩子大概天黑後就會回到這條街上，因為警局只是一座旋轉門。他能活著已經算是運氣好了，畢竟我們還因失去艾勒比．史塔克而憤怒激動。喬治真的舉起槍，但大魯推開槍口，說，放過這孩子吧。

「下次再見，他就會拿著AK了。」喬治說。「我們該殺光他們，該死的蟑螂。」

第四間房子是整個街廓最大的一間，一般的豪宅。這裡有圓頂，院子裡有棕櫚樹，可以提供樹蔭。無疑是某個有錢復興黨人士的老巢。整個房子外頭是一整圈高聳的混凝土牆面，牆上有壁畫，畫面裡有好幾個小孩在玩球、跳繩，跑來跑去，數名女人在旁邊觀望。大概是贊同孩子們出來玩？實在看不出來，因為她們的長袍從頭到腳包得密不透風。有個男人站在旁邊。我們的口譯法瑞說他是mutawaeen，也就是實施伊斯蘭教法的宗教警察。法瑞說，女人盯著孩子，宗教警察盯著女人，這樣才能確保她們不會做出什麼引誘別人做壞事的行為。

我們都很喜歡聽法瑞講話，因為他的腔調像特拉弗斯城的密西根人。很多口譯講起話來都像密西根人，鬼才曉得為什麼。「那個圖案意味著al'atfal，小孩的意思，所以小孩可以來玩。」

「所以這是『歡樂之家』。」喇叭說。

「不，他們不能在屋子裡歡樂。」法瑞說。「只能在院子裡。」

喇叭翻起白眼，竊笑起來，但沒有人放得開。我們還在想艾勒比，以及死的可能是我們任何一個人。

「拜託，你們。」塔可說。「咱們來點。」此時，他把上頭用簽字筆寫著「早安越南」字樣的大聲公交給法瑞。

2

愛麗絲跑下樓，比利連忙從費盧傑回到現實。她衝進公寓，頭髮甩在身後。「有人來了！我正在澆花，看到有車開進車道！」

比利只看了她一眼，沒有浪費時間問她是否確定。他起身，前往潛望鏡窗口。

「你覺得是他們嗎？簡森夫妻提早回來？我關了電視，但我泡了咖啡，整個屋子裡都是咖啡味，廚房檯子上還有盤子！食物殘渣！他們會知道有人——」

比利將窗簾拉開幾公分。要是車子直接停進來，他就什麼也看不到了，因為角度不對，但正因他租來的 Fusion 停在車道上，他看得見剛停好的車子。那是一臺藍色的運動型多功能休旅車，車身上有刮痕。他一度不曉得自己在哪裡見過這輛車，但在駕駛還沒下車前，他就想了起來。莫頓·雷克特，出租公寓給他的房仲。

「妳有鎖門嗎？」比利向上揚起下巴。

愛麗絲搖頭，她雙眼圓睜，充滿恐懼，但也許沒關係。就算雷克特敲門沒人應，望進屋內，嘗試開門也沒關係。畢竟簡森夫妻請比利替他們澆花。不過，雷克特可能會下來，而比利沒有戴假髮，更別說假肚腩。他穿著T恤跟運動短褲。

前門開了，他們聽到雷克特走進來。嘔吐物已經清掉了，但他會聞到味道嗎？畢竟他們沒有開門，讓門廊透透氣。

比利想要等著看雷克特是不是上樓，前往簡森夫妻的公寓，但他知道他承擔不了繼續等待的風險。「打開那幾臺筆電。」他大手一揮，指的是他的廉價筆電。見鬼了，雷克特沒有上樓，他要下來了。「妳是我外甥女。」

他只有時間交代這些。他蓋下 Mac Pro 筆電，跑進臥室，關上房門。他閃進浴室，假肚腩掛在門後，此時，他聽到雷克特敲起門來。愛麗絲得開門，因為車道上有車，雷克特會曉得有人在家。她開門時，雷克特會看到一個年齡只有比利一半的女性，臉上帶著瘀青，更因剛剛匆忙跑下樓而脹紅著臉。只不過，雷克特第一個想到的可能絕對不是跑下樓。狀況真是太糟了。

比利將肚腩擺在後腰，這樣他才能拉緊繫帶，但他沒扣好，肚腩掉到地上去。他撿起來，再試一次。這次他扣住了，但他扣得太緊，就算他吸氣縮小腹，肚腩還是無法轉到正面來。他解開繫帶時，這鬼東西又掉到地上去。比利的頭撞上洗臉臺，他撿起肥肚，要自己冷靜，然後扣好帶子。接著將肚腩轉至正確的方位。

比利回到臥室，聽到低低的交談聲。愛麗絲咯咯笑，聽起來比較像是緊張，而不是覺得有趣。媽的，媽的，媽的。

他穿上斜紋布卡其褲跟毛衣，一是因為這麼穿比扣襯衫快，二是因為愛麗絲說得對，胖子覺得自己穿寬鬆的衣服看起來沒那麼胖。金色假髮在櫃子裡。他抓起假髮，壓在自己的黑髮上。客廳裡的愛麗絲又笑了起來。他提醒自己不要喊她的名字，因為就他所知，愛麗絲很可能提供的是假名。

他深呼吸兩次，冷靜下來，他擠出笑容，希望自己看起來一臉尷尬（彷彿是被人撞見在做什麼吃喝拉撒的必要活動），然後打開房門。「看到了，有客人來了。」

「對啊。」愛麗絲說。她轉向他，嘴上掛著笑容，雙眼流露出解脫的神情。「這位先生說，

你向他租公寓。」

比利皺起眉頭，彷彿是在回想，然後他也露出微笑。「噢，對，雷克先生。」

「雷克特。」他伸出手。比利向他握手，笑容依舊掛在臉上，想要解讀雷克特在想什麼。他想不出來。不過雷克特會注意到她臉上的瘀青跟她的緊張，要錯過也不可能。還會注意到比利掌心的汗？大概吧。

「我剛在……」比利隨手指著臥室跟後面的浴室。

「不成問題。」雷克特說。他看著好幾臺便宜筆電的螢幕，現在電腦正在循環播放預先載入的誘餌式標題：超級食物巴西莓的神奇功效、兩個妙招輕鬆除皺、害醫生失業的神奇蔬菜、十位童星都長大啦。

「你就是做這個的？」雷克特問。

「這是副業。我主要靠資訊技術工作糊口。到處旅行，是吧，親愛的？」

「對。」愛麗絲說，然後又發出一陣刺耳的咯咯笑聲。雷克特斜了她一眼，在這一眼裡，比利明白，無論愛麗絲在比利忙著穿上假肚腩時說了什麼，這個男人都不會相信她是戴頓・史密斯的外甥女。

「棒透了。」雷克特一邊說，一邊彎腰瞇著眼睛看著「危險蔬菜」（碰巧是玉米，根本稱不上是蔬菜），轉換成「十起知名謀殺懸案」（瓊貝妮特・拉姆齊位在第一）。「真是棒透了。」他站直身子，張望起來。「我喜歡你對這裡的改造。」

愛麗絲稍微整理過環境，但除此之外，公寓根本與他搬進來時沒有兩樣。「雷克特先生，有什麼事嗎？」

「這個嘛，我只想先通知你一聲。」雷克特恢復到業務狀態，理了理領帶，顯現出專業的笑容。

「一間名叫南方奮進的財團公司買下了龐德街的儲物棚，以及皮爾森街剩下的幾間屋子，包括這間。他們打算興建新的購物中心，應該可以振興城市的這個地區。」

對於網路年代的購物中心能夠振興多少什麼，包括購物中心本身，比利都相當存疑，但他什麼也沒說。

愛麗絲冷靜了下來，這樣很好。「我去臥房，你們慢聊。」她說完就在身後帶上了門。

比利雙手插進口袋，身子前後搖晃起來，讓肥肚在毛衣下看起來比較凸出。「你是在說，儲物棚跟附近的房子都會拆除，我猜也包括這棟？」

「對，但你有六個禮拜可以找新住所。」雷克特講話的模樣彷彿這是什麼恩惠。「恐怕最長六週，不能再延了。兄弟，搬家前給我轉信地址，我也很樂意退還先前的押金。」雷克特嘆了口氣。「我離開時，還得去跟簡森夫妻講一聲。他們應該比較難接受，因為他們住得比較久。」

比利沒有立場告訴他，等唐納與貝芙莉搭完郵輪回來時，他們會期待找新家，也許買自己的房子，不租了。不過他還是告訴雷克特，簡森夫妻出遠門，而他在照顧他們的盆栽。「我跟我外甥女一起。」

「你真是好鄰居，她也是個可愛的女孩。」雷克特舔舔嘴脣，也許是想潤溼嘴巴，也許不是。「你有簡森夫婦的聯絡電話嗎？」

「有，在我皮夾裡。可以等我一下嗎？」

「當然。」

愛麗絲坐在床上，睜大雙眼望著他。她幾乎面無血色，讓瘀青變得更明顯。那眼神彷彿是在問：怎樣？有多糟？

比利揮起一手，騰空輕拍，彷彿是在說：冷靜點，冷靜點。

他拿了皮夾，回到客廳，提醒自己要用胖子的走路方式行動。雷克特彎腰看著廉價筆電，雙手壓在膝蓋上，領帶彷彿靜止的鐘擺，他看著酪梨的神奇效用，自然界最完美的蔬菜（明明就是水果）。比利一度考慮握拳，一拳朝雷克特的後頸砸下去，但雷克特轉頭時，比利攤開皮夾，拿出一張紙條。「在這呢。」

雷克特從內袋裡拿出小小的筆記本，用銀色的筆抄下電話號碼。「我會跟他們聯絡。」

「如果你要，我可以聯繫他們。」

「當然，當然，但我還是得親自跟他們講一聲，這是工作的一部分。史密斯先生，抱歉打擾了，我就讓你回去忙……」他的目光短暫掃向臥室房門。「……你在忙的事情。」

「我送你出去。」比利說。他故意壓低聲音，說：「我想跟你聊聊……」他也轉頭瞥往臥室。

「兄弟，那不關我的事。已經是二十一世紀了。」

「我知道，但不是那樣。」

他們一起走上門廳的階梯。比利走在後頭，稍微喘氣。「得減減肥囉。」

「彼此彼此。」雷克特說。

「那可憐的孩子是我妹妹瑪麗的女兒。」比利說。「瑪麗的丈夫一年前離家，她就認識了這個窩囊廢，我想是在酒吧認識的，叫鮑伯什麼的。這個男人想佔女孩便宜，她不肯就範，男人就對她動手，你懂我的意思。」

「我明白。」雷克特望向門廊大門，彷彿是迫不及待想要回到車上。比利心想：也許這種說詞讓他更不自在，也許他只想離我遠一點。

「還沒完呢。瑪麗脾氣不好，不喜歡聽人家唸她。」

「認識這種人。」雷克特依舊看著外頭大門。「非常了解。」

「我讓外甥女來待一週，也許十天，讓我妹冷靜一下，然後會送她回去，跟我妹談一下鮑伯的事。」

「了解，希望你一切順利。」他轉身面向比利，露出微笑，伸手握手。這笑容看起來挺真誠的。雷克特也許信了他的說詞，話又說回來，他也許是在演戲，也許他認為自己能否留住小命，端看他的演技有多高超。比利向他大力握手。

雷克特驚呼起來。「哎啊，女人！生活中少不了，又不能把她們趕去阿拉巴馬州！」這是玩笑話，於是比利笑了起來。雷克特鬆開手，開了門，然後又轉過身。「我看你刮了鬍子。」

比利驚恐地用兩指撫摸上唇。他其實是忘了貼上去，也許這樣比較好。假鬍子很難駕馭，需要用快乾膠水，要是他黏歪或是膠水滲出來，雷克特就會知道鬍子是假的，想說到底是怎麼回事。

「懶得清上頭的食物殘渣了。」比利說。

雷克特大笑起來。比利聽不出這笑聲是不是硬擠出來的，也許是。「聽到啦，兄弟，一清二楚。」

他走下大門階梯，朝他的運動型多功能休旅車前進，有點駝背，也許是因為今早的涼意，也許是因為他期待比利朝他後頸開槍。

他揮揮手，上了車。比利也揮手道別，接著連忙下樓。

3

比利說：「我今天就會去拜訪妳的混蛋約會對象。明天我就要閃了。」

愛麗絲一手掩嘴，然後放下手，食指摩擦到她腫脹的鼻子。「噢，天啊。他認出你了嗎？」

「我的直覺說沒有，但他觀察入微，注意到我沒有鬍子——」

「老天！」

「他以為我剃掉了，所以應該沒關係。至少我是這麼想的。我願意多指望好運一天。妳有告訴他妳的名字嗎？」

「布蘭達．柯林斯，我高中的好朋友。你有沒有——」

「講不一樣的名字？沒有，只說妳是我外甥女。我說妳媽的男朋友因為霸王硬上弓不成，所以對妳動手。」

愛麗絲點點頭。「很好，解釋了一切。」

「這不代表他會信。說詞是一回事，看到實際狀況又是一回事。他看到的是中年肥男跟一個受傷的未成年女孩。」

愛麗絲挺起身子，看起來遭到冒犯。在其他狀況下，這畫面有點好笑。「我二十一了！是法律上的大人了！」

「進酒吧要查證件嗎？」

「這個嘛……」

比利點點頭，結案。

愛麗絲說：「如果你真的打算……面對崔普，我們最好別等到明天。也許我們今天就該行動。」

4

他望著她，同時相信又不相信「我們」這個代名詞。更不妙的是她看他的眼神，彷彿一切已成定局。

「見鬼了。」比利說。「妳真的有斯德哥爾摩症候群。」

「我沒有，因為我不是人質。只要我在樓梯上低調點，我隨時可以從簡森夫妻的公寓離開。你才不會注意到，因為你都忙著寫作。」

比利心想：這話大概沒說錯，而且——

愛麗絲搶著說：「如果我要跑，我大可趁你第一次出門買事後藥的時候跑走。」她停頓了一下，又補了一句：「而且我還給他假名。」

「因為妳害怕。」

愛麗絲猛力搖頭。「你當時在另一個房間裡。我可以低聲告訴他，你就是殺害法院那個男人的兇手威廉・桑默斯。我們可以上樓，坐上他的車，而你還沒搞完那個。」她戳了一下他的假肚皮。

「妳不能跟我去，真是瘋了。」

不過，這個念頭還是滲入他心底，彷彿是沿著乾涸土地流下的清水。她不能一路跟著他去拉斯維加斯，但如果他們能夠想出一個說詞，保護此刻岌岌可危的戴頓・史密斯身分，那麼，說不定……

「也許你該自己走，放過崔普跟他的朋友。因為如果他們出了什麼事，他們肯定會連到我身上來。我是說，崔普跟他那兩個朋友。他們不會想報警，但他們也許會傷害我。」

比利在心底暗笑。她在逗他，在這麼短的時間內想得出這套說詞已經很不容易了。她變了，不再是那個他從雨中救起的昏迷女孩，在夜裡恐慌發作。比利認為這樣的轉變是好事。再說，她說得對，他對那三個傢伙的作為，最後都會連回她身上。前提是她是他們上禮拜唯一一個約會性侵的對象，的確有這種可能。

「對啊。」愛麗絲揚著眉毛看他，還在努力逗他。「我猜你最好不要對他們怎麼樣。」然後她問起他在笑什麼。

「沒有。只是我喜歡妳。我的朋友塔可會說妳有兩下子。」

「不懂這是什麼意思。」

「那不重要，但對，必須找那三個傢伙算帳。我得思考一下。」

愛麗絲說：「你思考的時候，我可以幫你打包嗎？」

5

結果打包的人是比利，沒花多少時間。他的行李箱放不下她的衣服，但他在臥房衣櫥上方找到一個邦諾書店的提把紙袋，將她的東西通通塞進去。他將便宜筆電疊起來，通通抱上車。

他打包時，愛麗絲也拿著抹布跟抗菌清潔劑在簡森公寓裡忙裡忙外，擦拭物品表面。她特別留意電視遙控器，因為他們都有用，也沒漏了電燈開關。她下樓時，比利幫她擦拭地下室公寓，特別是浴室，固定在裡頭的裝置、蓮蓬頭、鏡子、馬桶沖水把手。他們花了差不多一個小時才擦拭完畢。

「我想差不多了。」她說。

「簡森家的鑰匙呢？」

「噢，要命。」她說。「還在我這，我來擦一擦……然後呢？塞到門下？」

「我來。」他接過鑰匙，但先去拿唐納．簡森的儒格手槍。他把槍塞進孕肚下的皮帶裡。大尺碼的毛衣剛好蓋住。左輪手槍是貴重物品，要價五、六百美金，比利身上沒有這麼多現金。他在床邊桌上留了兩張五十元、一張百元紙鈔，還有一張字條，寫著：**槍我帶走了。恰當時機再轉帳。**比較像是有機會再轉帳。於此同時，妲芙妮跟華特怎麼辦？它們會在窗邊渴死嗎？植物界的羅密歐與茱麗葉？想這種事真是太蠢了，明明他還有這麼多事需要操心。

他心想：這是因為貝芙莉給它們取名字。他又替兩株植物個噴了一點水，它們只能自求多福了。接著他伸手碰觸後方口袋，也就是還擺著夏夏圖畫的位置。

他回到地下室，從後袋中拿出愛麗絲的手機，交給她。ＳＩＭ卡也還她了。

她用指責的目光看著他，接過東西。「原來沒掉，一直在你這。」

「因為我之前不信任妳。」

「現在就信任我了？」

「對。而且到了某個時機點，妳必須跟妳媽聯絡。不然她會擔心。」

「我猜她是會啦。」愛麗絲說，隨即又用酸溜溜的口氣說：「差不多一個月之後吧。」她嘆了口氣。「好啊，跟她說什麼？我交了一個朋友，我們靠雞湯麵跟《諜海黑名單》聯絡感情？」

比利想了想，但什麼也想不到。

同一時間，愛麗絲露出微笑。「你知道，我要跟她說我輟學了。她會信的，然後我要跟幾個朋友去墨西哥的坎昆。她也會信這鬼話。」

「真的嗎？」

「對。」

比利想這個「對」一個字就說明了這對母女的關係，充滿淚水、爭執、甩門。「妳得再有說服力一點。」他說。「但此刻我們該走了。」

6

州際道路上有兩處舍伍高地的出口，兩個出口外頭都是速食餐廳、簡便加油站跟汽車旅館。

比利要愛麗絲尋找不是連鎖的汽車旅館。她忙著查看招牌時，他將儒格手槍從腰帶上抽出，塞進汽車坐墊之下。在第二個交流道下車時，她指著「松樹經濟汽車旅館」，問他覺得如何。比利說看起來不錯。他用戴頓．史密斯的信用卡訂了兩間在隔壁的房間。愛麗絲在車上等，比利因此想起草根鄉村樂團「了不起的節奏王牌」（Amazing Rhythm Aces）唱的〈三流浪漫〉（*Third Rate Romance*），裡頭有句歌詞唱道：他去櫃檯，要她在外頭等。

他們把東西拿進房。他將Mac Pro筆電從外出包裡拿出來，將電腦放在房裡唯一一張桌子上（不太穩，一支桌腳需要墊一下），拉上包包，甩上肩頭。

「那要幹嘛？」

「補給品，我要買點東西。這樣比較有樣子，專業的感覺。妳手機幾號？」

她告訴他，他將她加到通訊錄裡。

「妳有他們公寓的地址嗎？」這問題早該問了，但他們剛剛有點忙。

「我不知道門牌號碼，但是位在十號公路上，地景大樓。那是公車前往機場迴轉前的最後一站。」愛麗絲拉住他的袖子，帶他去窗邊。她指了出去。「那棟就是地景大樓，左邊那三棟。崔普，他們住在C座。」

「三樓。」

「沒錯。我不記得確切的門牌號碼，但我記得是走廊盡頭的那一間。要進大門得輸入密碼，我沒看到他按了什麼。那時感覺並不重要。」

「我進得去。」比利希望自己沒說錯。他是槍枝專家，闖入有保全密碼的大樓不是他的強項。

「你過去之前會先回來嗎？」

「不會，但我會保持聯絡。」

「我們今晚會在這裡過夜嗎？」

「不確定，端看事情進展如何。」

她問他是否確定要這麼做。比利說確定，這是實話。

「也許這是個爛主意。」

也許吧，但比利只要可以，他還是會想按照計畫進行。那些男人必須付出代價。

「叫我住手，那我會就此打住。」

愛麗絲沒有這麼說，反而握起他的手，捏了捏。她的手很冰。「小心點。」

他都走到走廊一半了，才折回來。他忘了問另一個問題。他敲門，她開門。

「這個崔普長什麼樣子？」

她拿出手機，展示起一張照片。「我們看電影那晚拍的。」

在她飲料裡下藥，還跟他兩個朋友一起性侵她，最後將她跟垃圾一樣，從老舊廂型車裡扔下去的男人，在照片裡，他拿著一袋爆米花，笑得很燦爛。他眼裡滿是光彩，牙齒又白又整齊。比利覺得他像拍牙膏廣告的演員。

「好，另外兩個呢？」

「一個人比較矮，臉上有雀斑。另一個比較高，小麥色皮膚。我不記得誰是傑克，誰是漢克。」

「那不重要。」

7

機場購物中心跟汽車旅館在同一條路上。在此坐鎮的沃爾瑪購物中心比央林區那間規模還大。比利曉得駕駛坐墊下有槍，因此將車門鎖好，才開始購物。面具，簡單，雖然距離萬聖節還有好幾個禮拜，但店家提早展示出過節的道具。他也抓起一臺便宜的望遠鏡、一包牢靠的束線帶、一副薄手套、魔杖手持攪拌棒，以及一罐烤箱噴霧清潔劑。商店外頭有兩名警察（真的警察，不是沃爾瑪的保全），正在喝咖啡，聊船外機。比利對他們點頭示意：「兩位警官，午安。」

他們也點點頭，繼續他們的話題。比利用胖子的姿態走路，直到他進入停車場，然後才連忙上車。他將手槍與買來的東西放進筆電包，開了二．五公里，前往地景大樓。這是高檔地方，適合關係複雜的單身人士，但沒有高檔到有保全站崗看守，白天這種時候C座大樓前的停車場還滿空的。

比利將車子開進面向大門的位置，拆掉假肥肚，開始耐心等候。約莫二十分鐘後，一輛Kia Stinger豪華轎跑開了進來，兩名年輕女子提著購物袋下車。比利拿出望遠鏡。她們走到門口，在數字鍵盤上按了幾個鍵，但其中一人擋住了，比利什麼也沒看到。二十分鐘後抵達的是一個男人……但不是比利要找的人。這位老兄五十好幾，他也站在比利與數字鍵盤之間，望遠鏡根本派不上用場。

他心想：這樣不成。

他可以尾隨住戶進去（「可以幫我拉一下門嗎？謝謝！」），但這種事大概只在電影裡發生。再說，大白天的，四十分鐘裡只有兩組人進去，根本沒有人會出來。

比利背上筆電包，繞到大樓後方。他率先在比較小的備用停車場裡看到那臺廂型車。現在他看清保險桿貼紙上的文字了：死之頭爛透了。「死之頭」是「死之華」樂團歌迷的暱稱。除非廂型車故障了，不然三個混蛋之中有人在家。

後門左側有兩臺大型垃圾子母車。右邊有一張草坪椅跟生鏽的小桌子，桌面上還有菸灰缸。門開了小縫，門縫裡卡著一塊磚頭，因為這是那種一關就鎖上的門，無論出來抽菸的人是誰，這個人都不想每次進去時還要開鎖。

比利接近門口，從小縫裡望進去。一條幽暗的走道，沒有人。有音樂，槍與玫瑰的主唱嘶喊著〈歡迎光臨叢林〉（*Welcome to the Jungle*）。差不多九公尺外，左右兩邊就是開啟的門。音樂來自右側的門。比利走進，迅速沿著走廊前進。當你來到不該來的地方，你就得假裝自己屬於這裡。左邊的房間是洗衣房，有投幣式洗衣機與乾衣機。右邊則可以通往地下室。

樓下有人，跟著音樂哼唱，不只唱。雖然比利看不見對方，他卻能看到影子，那個影子正在跳舞。這個人大概是大樓管理員吧，做事做到一半忙裡偷閒（可能是原本忙著重新設定斷路器或要找汽車補漆筆），結果幻想起自己參加跳舞的選秀節目。

走廊盡頭有一座大大的貨梯，門是開的，四周貼了防撞墊，但比利根本沒想過要搭電梯。電梯機具就在地下室，如果電梯上樓，黑影舞蹈家會聽到。電梯左邊有一扇門，上頭標示「樓梯」。比利抵達三樓平臺。他拉開筆電包，拿出手套跟面具。他將幾條束線帶塞進褲子口袋裡。他左手握著儒格手槍，右手握著那罐烤箱清潔劑。他打開樓梯的門，望進小小的大廳，空無一人。後頭的走廊也是。左手邊有一扇公寓大門，右邊也有，盡頭還有另一扇。就是那三個色魔室友住的地方。

比利沿著走廊前進。雖然有電鈴，但他直接猛力敲起房門。他稍作休息，然後又敲得更大聲。腳步聲接近。「誰啊？」

「唐納文先生，警察。」

「他不在，我是他室友。」

「室友了不起啊！給我開門。」

開門的男人有小麥色的皮膚，身高至少高比利十五公分。愛麗絲．麥斯威爾頂多一百六十二公分，想到這傢伙壓在她身上就讓比利怒火中燒。

男人看到頭戴梅蘭尼亞．川普面具、一肩掛著筆電包的人，整個人都愣了：「怎——」

「內褲給我脫下來。」比利說，然後用清潔劑噴向他的眼睛。

8

不管這人是傑克還是漢克，他都抓著眼睛，向後倒去。泡沫從他臉頰流下，從他下巴滴落。一張有罩子的柳枝藤坐墊絆倒了他，他整個人癱在地上，比利認為這種椅子叫做搖搖鞦韆椅。這裡的確是關係複雜單身漢住的地方，圓弧形的雙人沙發（比利曉得這叫「情侶席」）面對大螢幕電視。圓桌上有一臺筆電，直視機場的大窗戶前面是吧臺。比利看到飛機起飛，他很確定要是這個王八蛋眼睛看得見，他會希望自己跳上這架飛機。比利甩上房門。男人嚷嚷著說他要瞎了。

「不會，只要快點洗掉就不會瞎，所以聽好了。雙手伸出來。」

「我看不見！我看不見了！」

「手伸出來，我就會替你打理。」

傑克還是漢克在整面的地毯上打滾。他沒有把手伸出來，他想坐起身，這傢伙很高大，不能抱持僥倖心態。比利放下筆電包，朝著對方肚子踹了一腳。男人吐出大氣，幾坨清潔劑泡沫飛濺到地毯上。

「我結巴了嗎？手伸出來。」

他雙眼緊閉，乖乖聽話，臉頰跟額頭都脹紅了。比利蹲下來，將他雙手拉在一起，然後用一條束線帶固定住他的雙手，男人還搞不清楚發生什麼事。

「還有誰在？」比利很確定屋內沒有別人。如果有人，這傢伙的鬼叫肯定會讓他們衝出來。

「沒有人！啊，見鬼了，我的眼睛！超刺的！」

「起來。」

傑克還是漢克歪歪扭扭爬起身來。比利扯著他的肩膀，讓他轉進通往廚房的方向。

傑克還是漢克沒有大步邁進，反而跌跌撞撞地走，雙手還在面前摸索障礙物。他呼吸急速，但沒有像愛麗絲一樣喘起大氣，沒必要教他唱〈泰迪熊野餐〉的第一段。比利推著他，直到他的皮帶頭撞上流理臺水槽。水龍頭上有活動式噴嘴。比利開了水，將噴嘴對準傑克還是漢克的臉。過程中他自己也弄溼了，但這不打緊，感覺挺清爽的。

「好燙！還是好燙！」

「會退去的。」比利說，希望痛楚不要退得太快。他敢打賭愛麗絲的女性部位很痛，也許現在還沒好。「你叫什麼名字？」

「你想怎樣？」現在他哭哭啼啼了起來。他大概二十五到三十歲之間，人高馬大，至少有一百公斤，但他哭得跟個奶娃一樣。

比利用儒格抵著男人的後背。「這是一把槍，所以別逼我再問一次，你叫什麼名字？」

「傑克！」他近乎尖叫。「傑克．馬汀內茲！不要對我開槍，拜託不要！」

「傑克，咱們去客廳。」比利將傑克推在前方。「坐在藤椅上，你看得見嗎？」

「一點點。」傑克嗚咽地說。「一切都糊得不得了。你是誰？你為什麼——」

「坐下。」

「皮夾給你，不多，但崔普房裡有個兩百塊，就在他桌子最上方的抽屜裡，拿了快走！」

「給我坐下。」

他壓著傑克的肩膀，讓男人過身去，然後推他坐進鞦韆椅。天花板的鉤子與繩索懸掛著這張藤椅，男人的重量壓得椅子緩緩搖晃起來。傑克用泛紅的雙眼望向比利。

「坐一下，冷靜一點。」

吧臺冰桶旁有幾張餐巾，布做的，不是紙巾，很高級。比利抽了一張，朝傑克走來。

「別動。」

傑克一動也不動，比利開始擦拭他的臉，將剩下滴流的泡沫擦乾淨。然後他退後，保持距離。

「另外兩個人呢？」

「為什麼問？」

「傑克，你不負責提問。我才負責提問。你的工作是回答就好，除非你想再來一點泡泡，或是，如果你真的惹怒我，我就一槍打在你膝蓋上。懂了嗎？」

「懂！」傑克長褲的褲襠顏色變深了。

「他們在哪？」

「崔普去學校找他指導教授。漢克在工作，他是喬瑟夫的銷售員。」

「喬瑟夫是什麼？」

「喬瑟夫．Ａ．班克，那是男士服——」

「好，我知道。哪所學校？」

「紅峭壁社區大學。崔普是在職研究生，研究歷史，他的論文在寫澳洲跟匈牙利的戰爭。」

比利考慮告訴這個白癡，澳洲跟一八四八年的匈牙利革命完全八竿子扯不上關係，但他何必呢？他是來這裡給對方提供另外一種教育的。

「他什麼時候回來？」

「我不知道。我知道他說他跟教授約兩點。之後他可能會去咖啡廳，有時他會去。」

「也許跟店員攀談一下。」比利說。「特別是這女孩剛來城裡，希望遇見好對象。」

「什麼？」

比利朝他大腿踹了一腳。沒有很大力，但傑克慘叫一聲，吊椅又搖晃了起來。這是三個私生活搖擺混亂的人與一張搖擺的椅子。

「漢克呢？他什麼時候回來？」

「他四點下班。你為什麼——」

比利拿起那罐清潔劑。傑克的視力大概還沒徹底恢復，但他知道那是什麼，因此沒有說下去。

「那你呢？傑克，你靠什麼糊口？」

「我是當沖操盤手。」

比利走向圓桌上的筆電。數字起起伏伏，大多是綠色的。今天是星期六，但其他地方有交易，因為金錢無須睡眠。

「後面那輛廂型車是你的嗎？」

「不，那是漢克的。我開的是馬自達 Miata。」

「廂型車壞了嗎？」

「對，引擎汽缸墊片爆了。他這禮拜開我的車上班。他就在機場購物中心裡的門市工作。」

比利拉來一把普通的椅子，坐在懸掛的鞦韆椅對面。「傑克，如果你乖乖的，我就不傷害你。你會乖乖的嗎？」

「會！」

「這意味著，你的室友回來時，你得保持安靜，不要大叫警告他們。我主要要算帳的人是崔普，但如果你警告他或漢克，我就會將準備使用在崔普身上的手段，運用在你身上。你明白我的意思嗎？清楚嗎？」

「清楚！」

比利掏出手機，打給愛麗絲。她問他是否沒事，他說沒事。「只是傑克．馬汀內茲在我旁邊，他有話要跟妳說。」比利將手機對著傑克。「跟她說你是一無是處的王八蛋。」

傑克沒有抗議，也許是因為遭到恐嚇，也許是因為此刻的他的確覺得自己就是一無是處的王八蛋。這是比利的期望，他希望就算是當沖操盤手也能學會教訓。

「我是……一無是處的王八蛋。」

「現在說你很抱歉。」

「我很抱歉，對不起。」傑克對著手機說。

比利將電話拿回來。愛麗絲聽起來快哭了，她要他小心點，比利說會的。他掛斷電話，將注意力放回鞦韆椅上滿臉通紅的男人身上。「你知道你為什麼道歉嗎？」

傑克點點頭，比利覺得這樣他就滿意了。

9

他們坐在那裡，時間一分一秒過去。傑克說他眼睛還在痛，比利用吧臺水槽浸溼布餐巾，擦拭男人的臉，仔細擦眼睛的部位。傑克向他道謝。比利覺得這傢伙最終還是會恢復那種吊兒郎噹的態度，但這不打緊，因為傑克這輩子再也不會性侵下一個女人了。他已經改邪歸正了。

三點半左右，有人來到門口。比利先看了傑克一眼，一隻手指擺在梅蘭尼亞面具的嘴脣部位，然後才走去門後。傑克點點頭。肯定是崔普．唐納文，因為漢克還沒下班。鑰匙轉動門鎖，發出聲響。崔普吹著口哨。比利握著手槍槍管，將槍舉在臉旁邊。

崔普走了進來，口哨還沒停下。他看起來就像時髦的年輕人，穿了名牌牛仔褲跟短短的皮外套，全身打扮以他手裡的花押字公事包及戴在黑髮上的帥氣平頂帽作結。他看到坐在鞦韆椅上、雙手被束縛的傑克，便停下口哨。比利走了出來，用槍托打他，沒有很用力。

崔普往前踉蹌了幾步，但沒有像電視演得一樣，被槍打頭的人會直接倒下去。他睜大雙眼回頭，手扶著後腦勺。現在比利用槍口對準他。崔普看著自己的手，上頭有血跡。

「你打我！」

「已經比我好了。」傑克用沙啞的嗓音講話，聽起來有點滑稽。

「你幹嘛戴面具？」

「雙手伸出來，手腕擺在一起。」

「為什麼？」

「因為如果你不聽話，我就會對你開槍。」

崔普沒有繼續爭執，將手腕靠在一起。比利將儒格手槍插進自己正面的腰帶裡。崔普想要搶槍，比利早料到了。他退去一旁，大力一推，用「一臂之力」協助崔普一頭撞在緊閉的門上。崔普哀號起來。比利扯著他時髦皮夾克的領口（大概是喬瑟夫．班克的名牌貨），將他往後推，還伸出腿讓崔普絆倒在地。他後背著地，鼻血直流。

比利蹲在他身旁，先將唐納．簡森的手槍插到屁股上方的腰帶裡，這樣崔普才搶不到，接著拿出一條束線帶。「雙手伸出來，手腕擺在一起。」

「不要！」

「你在流鼻血，但鼻梁還沒斷。雙手拿出來，不然我就保證你鼻梁斷掉。」

崔普將手一起伸出來。比利固定住他的雙手，然後打電話給愛麗絲，回報制伏兩人，還有一個不在場。他沒有讓崔普講電話，因為崔普看起來還沒有要道歉的意思。至少這時還沒。

10

崔普．唐納文坐在雙人沙發上，想要讓比利開口交談。他說他曉得比利為什麼在這裡，但無論那個叫做愛麗絲的女孩說了什麼，都是為了自保而已。她很飢渴，她想要男人，因此得到了，大家好聚好散，就這麼簡單。

比利應和地點點頭。「你們還送她回家。」

「沒錯，我們送她回家。」

「開漢克的廂型車。」

為此崔普眼神閃爍起來。他有那種結合了魅力與狗屁的魔法特質，這種特質讓他這輩子都很順遂，他甚至想要對戴著梅蘭尼亞．川普面具闖進他家的人施展這種魔力，但他不喜歡這個問題。這是答案顯而易見的問題。

「不，愛情機器壞了，停在後面的停車場裡。」

比利沒說話。傑克沒說話，崔普沒看到他室友臉上那個「你麻煩大了」的表情。崔普聚焦在比利身上。

「那是Macbook Pro？」注意到地上的電腦包。「兄弟，筆電用得很高級喔。」

比利沒有反應。面具塑膠外皮下的他汗水直流，他迫不及待要摘掉面具。他也迫不及待要結束這個任務，離開這座私生活複雜的單身漢公寓。

四點四十五分，又是一把在門鎖上發出聲響的鑰匙，第三隻小豬進來了，是隻打扮體面的小豬仔，穿了三件式西裝，打了一條跟愛麗絲．麥斯威爾大腿上鮮血一樣艷紅的領帶。漢克很好對付。他看到崔普臉上的血跟傑克腫脹的雙眼，因此當比利叫他把手伸出來的時候，他只有嘴上稍微抗議一下，就讓比利將他的手綁起來。比利帶他到圓桌旁坐下。

「現在咱們到齊了。」比利說。「容光煥發，各司其職。」

「我桌子抽屜裡有錢。」崔普說。「就在我房裡，還有一些藥，頂級的古柯鹼，兄弟，整整三克。」

「我也有現金。」漢克說。「只有五十，但……」他無可奈何地聳聳肩。比利差點就喜歡上這傢伙了。想到他幹過的事情，對這種人有好感實在很蠢，但感覺是不會騙人的。這個傢伙的臉色因為恐懼而慘白，但他還是裝出一副挺得住的樣子。

「噢，你們知道這跟錢無關。」

「我跟你說——」崔普又想開口。

「崔普，他什麼都知道了。」傑克說。

比利轉頭面向漢克。「你姓什麼？」

「弗蘭尼根。」

「後頭那輛廂型車，愛情機器……是你的嗎？」

「對，但車壞了，引擎汽缸墊片——」

「爆了，我知道。不過上週還能開，對嗎？你們跟愛麗絲結束之後，就開那輛車送她回去？」

「什麼也別說！」崔普大吼一聲。

漢克沒搭理他。「你是誰？她男朋友？她哥？噢，天啊。」

比利什麼也沒說。

漢克嘆了一口氣，聽起來有液體的聲音。「你知道我們沒有送她回家。」

「你們是怎麼對待她的？」

崔普說：「什麼也別說！」他好像就一句臺詞一樣。

「很爛的建議。漢克，說清楚，你就會少很多麻煩。」

「我們讓她下車。」

「讓她下車？你們是這樣形容的？」

「好啦，我們扔下她。」他說。「但，老兄……她還能講話，好嗎？我們知道她手機在身上，也有錢可以叫 Uber。她還會講話！」

「這樣就很合理嗎？」比利問。「可以交談？有膽就告訴我這樣很合理。」

漢克沒有這麼說，反而開始哭，這告訴了比利另一件事。

比利打電話給愛麗絲。他沒有要漢克告訴她自己是個一無是處的王八蛋，因為這人的淚水已經說明了他很清楚這點。他只要漢克道歉。漢克乖乖道歉，聽起來出自真心，鬼才曉得這種真心值多少錢。

比利轉頭面向崔普，說：「這樣就剩你了。」

11

關係複雜的三位室友嚇壞了。沒有人跑向大門，因為他們知道戴著面具的男人會阻截他們。比利走向電腦包，拿出魔杖手持攪拌棒。那是一根約莫二十公分長的細細不鏽鋼鋼管。兩條金屬絲將電線固定成一個漂亮的蝴蝶結。

「我是這樣想的。」比利說。「男人要自己被性侵過，才會明白被性侵的滋味。你，唐納文先生，馬上就會體驗類似的感覺了。」

唐納文想從雙人沙發上起身，但比利將他推回去。他坐回椅墊上時，發出了彷彿放屁的聲音。

傑克與漢克沒有動作，只是睜大眼睛盯著魔杖手持攪拌棒。

「我要你做的就是站起來，把長褲跟內褲脫掉，然後趴在地上。」

「不要！」

崔普臉色慘白，眼睛睜得比兩個室友的眼睛還大。比利並沒有期待他立刻乖乖配合。他將儒格手槍從腰帶上抽出來。他想起死在「歡樂之家」的巴布羅・羅佩茲。大腳羅佩茲把骯髒哈利的臺詞背得滾瓜爛熟，哈利最後會說：**你得捫心自問，我覺得幸運嗎？哎啊，你覺得呢？痞子？**比利記不得全部，但差不多是這樣。

「這不是我的槍。」他說。「我借來的。我知道裡面有子彈，但不曉得是哪種子彈。我沒仔細研究。如果你不脫下褲子，自己趴下來，我就會對你的腳踝開槍，近距離開槍。所以你得問你自己這個問題，裡頭是全金屬包覆彈還是空尖彈？如果是硬頭子彈，你大概還能走路，只不過會經歷過漫長的痛苦跟治療，而你會一輩子跛腳。如果是中空彈，你大部分的腳掌就要掰掰了。所以話說在前頭，要賭是哪種子彈，還是要把屁眼拿出來。你自己決定。」

崔普開始嗚咽。他的淚水沒有激起比利的同情，反而讓他想用槍托砸男人的嘴巴，看看這一砸能夠打下幾顆拍牙膏廣告的牙齒下來。

「讓我換個方式解釋。你可以經歷短暫的痛苦與恥辱，你也可以這輩子都拖著左腳走路，這還是假設醫生沒給你截肢。你有五秒鐘可以考慮，五……四……」

數到三，崔普・唐納文站起身來，脫下褲子。他的陰莖縮成麵條，睪丸整個縮到看不見了。

「先生，你有必要——」傑克開口。

「閉嘴。」漢克說。「他活該，我們大概都活該。」然後他對比利說：「就說一聲，我沒有

放進去，只有在她肚子上。」

「你有高潮嗎？」比利曉得這個問題的答案。

漢克低下頭。

崔普趴在地毯上，屁股很白，夾得緊緊的。

比利蹲在男人俯臥的髖部旁邊。「唐納文先生，你不會想亂動的。盡量不要動。你會感激我沒有插電。相信我，我考慮過插電這件事。」

「我會操死你。」崔普哭啼啼地說。

「今天只有你會被操。」

比利將魔杖手持攪拌棒的底部放在崔普右邊屁股上。男人驚跳，喘起大氣。

「我購物時想過要不要買點膠，你知道，身體乳液，按摩油，凡士林也好，但我決定不要。愛麗絲沒有得到任何潤滑，對不對？除了也許你進去時，吐在手上的口水？」

「拜託不要。」崔普哭啼啼地說。

「愛麗絲也這麼說嗎？大概沒有，她大概被下藥到說不出什麼話了。她只有說一句『別掐我』。如果可以，她大概會說更多的話。好了，唐納文先生，要開始了，撐住。我不會叫你放鬆，好好享受。」

12

比利以為自己會抽出來，但他沒有。他沒有想要抽出來，或弄在肚子上。完事後，他用自己的手機拍下崔普與其他兩人的照片。然後才將魔杖手持攪拌棒從崔普身上拔出來，擦掉指紋，扔去一旁。不銹鋼鋼管在圓桌下滾了幾圈，傑克的筆電就擺在桌上。

「你們留在原位。就快結束了，所以別搞砸最後一哩路。」

比利走進廚房，抓了一把水果刀。他回來時，三個男人還處於原本的姿勢。比利要漢克．弗蘭尼根把手伸出來。漢克乖乖聽話，比利切斷了綁著他手的束線帶。「先生？」漢克的語氣有點膽怯。「你假髮掉了。」

他說得沒錯。金色假髮躺在踢腳板旁邊，彷彿死掉的小動物，也許是兔子。肯定是崔普衝過來、比利將他推去撞門的時候掉的。離開地下室公寓前，他有記得用膠水固定嗎？比利想不起來，但應該沒有。他沒有嘗試戴起假髮，因為他還有面具，他只有用沒拿槍的那隻手去撿假髮。

「我有你們的照片，但因為只有唐納文先生屁眼上插了攪拌棒，所以他才是整場表演的明星。我覺得你們不會報警，因為你們得解釋我為什麼會闖進來，卻沒有拿走任何錢財與值錢的東西，但如果你們打算編織出任何跟輪姦沒有關係的說詞，這張照片就會傳上網路，還會附上詳細說明。有什麼問題嗎？」

完全沒有。比利該走了。他可以在前往三樓大廳的路上摘掉面具、戴好假髮。不過在他告辭前，他還有一句話要說，他覺得他不得不說。第一個浮現腦海的念頭是：你們沒有姊妹嗎？他們肯定有母親，就連比利也有老媽，雖然她不是很稱職。不過這種問題只是在反問，只是在說教，沒有教育效果。

比利說：「你們該覺得羞愧。」

他閃人了，迅速沿著走廊前進，摘下面具，塞進沒拉起來的電腦包裡。他在想，他沒比這幾個男人好到哪裡去，五十步笑百步，但這樣思考一點幫助也沒有。他一邊戴上假髮，一邊沿著階梯下樓時，他告訴自己，他忠於自我，必須表現出最好的自我。完全起不了安慰作用，但總比一點安慰也沒有強。

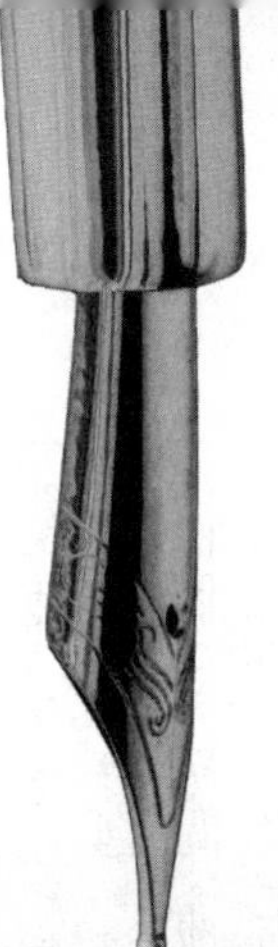

CHAPTER 17

1

愛麗絲肯定在房間門口等他，因為比利一敲門，她隨即開了門，還擁抱起他。他嚇了一跳，準備把身子抽開，卻注意到她臉上受傷的神情，便也擁抱她。除了尼克、喬治歐這種人無意義的兄弟擁抱外，他已經很久沒有真正抱過人了。然後他發現並不是這樣，夏妮絲．艾克曼抱過他。那些是溫暖的擁抱，這次也是。

他們進入房間。他離開地景大樓時打過電話報平安，但此刻的她又關心起來，他又說一切沒事。

「而你……搞定他們了？」

「對。」

「他們三個人？」

「對。」

「我會想知道細節嗎？」

「他們沒有人會去醫院，但都學到了教訓。妳知道這麼多就好。」

「行，但我可以問一個我之前問過的問題嗎？」

比利說可以。

「做這件事，你是為了我，還是為了妳妹妹？」

他想了想，說：「我想都有。」

她點點頭，表示「結案」。「那頂假髮好像被颶風吹過。你有梳子嗎？」

他有，在刮鬍用具包裡。愛麗絲用張開的手指撐著假髮，開始輕快地梳起頭髮。「我們今晚在這裡過夜嗎？」

短暫回程途中，比利思考過這件事。「我想我們該過夜。我覺得我們不用擔心那三個活寶報警。」他想起手機上拍的照片。「而且天色暗了。」

她停下手中的梳子，死死盯著他。「你要去哪裡，拜託帶我去。」她誤以為他的靜默是不情願。「我在這裡已經什麼都沒有了。我不能回商學院、端卡布奇諾給客人。經過這一切後，我也不能回家。我必須離開這個城市。我要重新開始。拜託，戴頓，求求你。」

「好，但我們終有一刻需要分道揚鑣。這妳明白，對嗎？」

「明白。」她展示起假髮，問：「好多了？」

「對。而我的朋友都叫我比利，好嗎？」

她笑了笑。「好。」

2

出了便道外四百公尺處有一間「苗條雞仔」，比利開車進得來速，買了食物跟奶昔回來。她咀嚼食物，眼睛還盯著下一口雞肉培根三明治要咬哪裡的模樣讓他很高興。他不懂為什麼，但他就是很高興。他們看了地區新聞，只有提到法院暗殺一次，沒什麼新資訊，只是在氣象預報之前填補兩分鐘空白的統整報導。世界繼續前進了。

「妳今晚會沒事嗎？」

「對。」她偷了一根他的薯條以示證明。

「如果妳又開始喘——」

「〈泰迪熊野餐〉，我知道。」

「要是不管用，就敲一下牆壁，我會過來。」

「好。」

他起身將自己的垃圾丟掉。「那我就先道晚安了。我還有事做。」

「你要寫你的故事嗎？」

比利搖搖頭。「別的事情。」

愛麗絲看起來有點擔心。「比利……你不會趁著半夜扔下我就跑吧？」

對話忽然轉向，他忍不住大笑起來。「沒有，我沒打算這麼做。」

「發誓？」

他彎起小拇指，他跟夏夏有時會這樣，他更常跟凱瑟琳做出這個動作。「打勾勾。」

她也笑著伸出小指頭，他們打勾勾。

「早點睡，因為我們明天一早就要出發。要開很久的車。」

他現在要做的就是找出他們要去何方。

3

他到了牆壁另一邊的房間後，就傳訊息給巴奇·漢森。

我可以去你那裡嗎？事實上是我們，有人跟我一起。她沒問題，但需要新的身分。不會待太久。等到我討回欠我的東西，你會得到我所承諾的那一份。

他發送訊息，開始等待。他跟巴奇幾乎又回到原點。比利完全信任他，也覺得巴奇信任他。再說，一百萬可不是什麼小錢。

五分鐘後，他手機叮了一聲。

SCOTS 二〇〇七年在船長煙燻屋現場演唱六九以爾卡米諾 YT。刪除且 DTA。

他們已經多年沒有這樣聯繫過了，但比利記得DTA代表「別再傳訊」（Don't text again）。對巴奇來說，這麼大費周章代表他的狀況非常危險。他也許聽到了什麼風聲。如果有，肯定不是什麼好事。

比利也知道SCOTS代表「南方文化走下坡」（Southern Culture on the Skids），這是巴奇最喜歡的樂團。〈六九年的以爾卡米諾〉（*'69 El Camino*）是他們的歌，以爾卡米諾是雪佛蘭出的一款車。比利打開YouTube，輸入「SCOTS船長煙燻屋現場演奏」。南方文化走下坡樂團一定很喜歡在這裡表演，因為總共有超過四十個不同歌曲的影片。其中五個是〈六九年的以爾卡米諾〉，但只有一段是二〇〇七年的影片。比利點進影片，但沒有播放。那只是一個模糊的手機錄影，聲音肯定很破，而且他不是來聽歌的。

觀看次數四千多，卻有幾百則留言。比利往下拉到最後一條，署名「漢森一九九」，兩分鐘前留的。

這則留言說：**好歌，在賽溫德鎮的艾奇伍德沙龍聽過他們演奏讚到爆的十分鐘版本。**

比利自己也發了一條文，署名「塔可〇四」，很短，只有寫：**希望早日親眼欣賞他們表演！**

他刪了他發給巴奇的訊息，也刪了巴奇提到「南方文化走下坡」樂團影片的回覆，然後開始搜尋。在美國只有一個賽溫德鎮，位在科羅拉多州。該處沒有艾奇伍德沙龍，卻有一條名為艾奇伍德山地車道的幹線道路。

他傳訊息給愛麗絲：**早上五點出發，行嗎？**

立刻傳來「**收到**」這個回覆。

比利在其中一臺廉價筆電上下載了一個應用程式。花了一點時間，因為松樹經濟汽車旅館的無線網路訊號弱到爆。下載結束後，他讀了一個小時的書，然後洗了一個漫長的熱水澡。他在手機上調好鬧鐘，然後才上床睡覺，不過他曉得他用不著鬧鐘。他會夢到「拉拉費盧傑」，一點也不意外。

4

他們將少少幾件行李放進 Fusion 的後座時，天色尚黑。比利將其中一臺廉價筆電擺在前座之間的中控臺上，用電線連接插座。「我就知道這些便宜電腦遲早會派上用場。」

「是喔？」愛麗絲看起來還睡眼惺忪。

「才怪，但有時人就是會走運。」

她扣上安全帶，比利打開昨晚下載的應用程式，刺耳的聲音出現，有點像老式的數據機撥接聲。他把音量轉小。

「那要幹嘛？」

比利低頭指著副駕駛座置物櫃下方左邊低調的一個面板。「那是車上診斷系統，很多功能，因為這是租來的車。車行的人只要想查，就可以透過這個裝置檢視我們的所在位置。只要我們跨越周界，他們就會想確認，因為這個裝置已經預設會發出通知。這個應用程式是一個干擾器，只要有人查，他們會以為系統故障。」

「你希望他們是這麼想的。」

「很有勝算。」比利說。「準備好沒？不用再檢查一下房間？」

「我準備好了。」她已經完全清醒。「我們要去哪？」

「科羅拉多州。」

「科羅拉多，我的天啊。」她的語氣聽起來非常稚嫩。「要開多遠？」

「超過一千六百公里，要開兩天。」

她笑了笑。「那我們最好快點啟程。」

比利說：「收到。」然後拉下車子的前進檔。五分鐘後，他們上了付費公路，往西邊前進。

5

他們在馬斯科基加油、吃東西，這個鎮因為梅爾．哈格德（Merle Haggard）的同名歌曲而出名。愛麗絲在廉價筆電上忙著，帶著比利前往箭頭購物中心。到了之後，她指著一間有橘色遮雨棚的建築。

「猶他（Ulta）是什麼店？」比利問。

「化妝品店。你去。我臉這樣，我不想進去。」

比利無法責怪她。她還年輕，身體健康，瘀青開始褪色，但還是看得出來最近有人對她動粗過。她告訴他該買什麼，他去買。打底的東西叫做Dermablend遮瑕粉底霜。沒有事後藥那麼貴，但加上了刷子跟定妝蜜粉，也差不多花了八十塊。

「跟妳約會好燒錢。」他把袋子交給她時說。

「看到結果你就知道了。」

她聽起來精神抖擻，他喜歡這樣。她從不願看著自己鏡中倒影的女孩恢復至今，一路走來不容易……但還沒徹底恢復。這天下午，他們繼續西行時，她睡著了，約莫一個小時後，他聽到她呻吟起來。她用雙手做出抵擋的姿勢。一隻手碰撞上儀表板，她喘著大氣醒來，又喘了一口，第三口，這次她用手壓著喉嚨。

「〈泰迪熊野餐〉，快！」比利已經開始放慢速度，朝路肩移動。

「我沒事，繼續開。我沒事了，只是作噩夢。」

「夢到什麼？」比利打起方向燈，將車子轉回行車道。

「我不記得了。」

她撒謊，但無所謂。

6

他們在堪薩斯州的小鎮庇護城過夜，因為他們已經開了差不多一半的路途，但也是因為他們想在名為「庇護汽車旅館」的地方待上一宿。這次登記入住時，愛麗絲跟他一起行動，櫃檯後面的男人根本沒有多看她一眼。比利心想：女性可能會多留意一下。化妝品很管用，她的技巧也不錯，但還沒到完美的境界。他問她要不要外帶晚餐吃，愛麗絲搖搖頭。她準備好去外頭見人了，這也是好事。他們在東東小館用餐，說到食物，這應該是庇護城唯一一間餐廳。菜單主要由漢堡與炸熱狗組成。

「我們要去見的這個人。」愛麗絲說。「他是怎樣的人？」

「巴奇現在六十五或七十歲了，瘦皮猴一個。曾是海軍陸戰隊隊員。主要靠啤酒、香菸、肉乾棒、搖滾樂維生。電腦是他強項，他人脈很廣，負責組織串聯。」

「組織串聯？」

「找專業的人，不是小鬼，不是癮君子，不是愛開槍鬧事的莽撞鬼。他是經紀人，但他也會挖掘人才。」

「替地下世界挖掘人才。」

比利笑了笑。「不曉得現在地下世界現在是否還存在哩。我覺得電腦世代差不多殲滅了地下世界。」

「而他替你這種人找案子。」她壓低聲音。「刺客。」

就比利所知，他是唯一一個跟巴奇合作的刺客，但他沒有反駁。畢竟這話是真的，沒有什麼好反駁的。他大可再次解釋起來，他專殺不值得活著的壞人，但何必呢？她要麼相信，要麼不信。不管怎麼說，這都是可以繼續辯證的話題。他無法改變自己的過往，但他決定要改變自己的未來。他也決定要領他的薪水，那是他賺來的。

「我想巴奇會給妳新的身分。這也是他強項。如果妳要，妳可以成為全新的人。」

「我是這麼想的。」她沒有停頓，就脫口而出。「雖然我猜到了某一刻，我還是會想跟我媽聯絡。」她笑了兩聲，微微搖起頭來。「你知道，我想不起來她上次打電話給我是什麼時候的事了。真的想不起來。」

「但妳跟她聯絡了？」

「對，在你……呃，拜訪崔普跟他室友的時候。」

「妳沒真的告訴她妳要去墨西哥吧？」

她笑了笑。「想說，但沒有。我說我交了一個男朋友，我休學時就分手了。我說我需要一點時間，考慮接下來的打算。」

「她接受這種講法？」

「她不接受我的一切已經很久了。我們可以聊點別的嗎？拜託？」

7

隔天風平浪靜，只有開車，主要是沿著七〇號州際公路前進。還在從肉體與心靈創傷中恢復的愛麗絲一直睡。比利想著他故事裡的費盧傑，他的故事此刻儲存在電腦包裡的隨身碟中。他因此想起艾勒比．史塔克，這位同袍說過，等他回家，他就要將他的哈雷機車從車庫中推出來，來場從紐約到舊金山的公路之旅。他說：**才不走什麼狗屁藍色高速公路，我要全程走付費公路，我會騎到時速一百二，飆車飆到爽**。艾勒比最終沒有機會進行他的公路旅行。艾勒比死在費盧傑生鏽的老計程車後方，他的遺言是「沒事的，釘起來就好。」只是那時他已經開始喘大氣，就跟愛麗絲恐慌發作時一樣，但他連〈泰迪熊野餐〉的第一段歌詞都來不及唱。

他們在堪薩斯州的昆特加油、用餐。那是一間「格子鬆餅美食屋」，他們下車走過去的時候，看到櫃檯吧臺前坐了兩名州警。愛麗絲遲疑，但比利繼續前進，結果也沒事。條子根本沒有望向他們。

「如果妳演得像，他們多數時候根本不會注意到妳。」回車上時，比利是這麼說的。

「多數時候？」

比利聳聳肩。「誰都可能遇上任何事，只能把握機會，期待最好的結果。」

「你是宿命論者。」

比利大笑起來。「我只是很實際而已。」

「有差嗎？」

他的手懸在車門門把前，看了她一眼。她就是有辦法讓他覺得意外。

「妳念商學院根本大才小用。」他說。「我覺得妳可以有更好的表現。」

8

滿肚子格子鬆餅與培根的愛麗絲又睡著了。比利時不時望向她。他越來越喜歡她的樣子，他

喜歡她的本質。甩上這段人生的門，打開下一個階段的門？就算有機會，多少人會願意這麼做啊？

差不多四點時，她醒來，舒展筋骨，然後讚嘆起來。她睜著大大的眼睛，從擋風玻璃望出去。

「我神聖的帽子啊！」

比利噴笑。「沒聽過這樣讚嘆的。」

「這是落磯山脈！噢，我的天，你看！」

「的確是挺壯觀的。」

「我看過照片，但不一樣。我是說，這裡才剛開始。」

的確，平地綿延了幾百公里，忽然間地貌就向上隆起了。

「我猜我們今天就能抵達巴奇那邊，我猜是到得了，但我晚上不想走山邊的十九號公路，可能會很蜿蜒。」他沒說出口的是，他不想在晚上十點到午夜之間讓巴奇看到頭燈開進他的車道。畢竟巴奇提供地點時這麼謹慎。「看妳能不能在丹佛東邊找到不起眼的汽車旅館。」

她用他的戴頓手機查找起來，動作之靈敏，只有年輕人才辦得到。「有個地方叫叉角羚羊汽車驛站。聽起來夠不起眼了嗎？」

「的確。有多遠？」

「看起來差不多五十公里。」她又輸入了起來，滑動螢幕。「位在一個叫做拜爾斯的城鎮。他們會舉辦打靶比賽，之後會有盛大的舞會，但那是十一月的事，看來我們遇不上了。」

「可惜了。」

「哎啊。」她說。「衰事就是會發生。生命是一場派對，而天下沒有不散的派對。」

他斜眼看她，有點嚇到。「這是出自費茲傑羅的作品？」

「王子的〈一九九九〉歌詞啦。」她說。「我還是看不膩這些山脈這麼壯麗。太陽下山的時候，我覺得我會不忍心看，我會心碎。我在這裡唯一的原因是因為那些傢伙性侵我，把我扔在雨夜之中。我猜萬事發生皆有因。」

比利以前經常聽到這句話，這話讓他生氣。「我不相信是這樣，我才不信。」

「好啦，抱歉。」她聽起來有點嚇到。「我不是故意——」

「相信這種說法，就意味著後面遇上的人事物比我妹妹還重要，艾勒比・史塔克是這樣，對塔可來說也是這樣，對這輩子再也無法行走的強尼・凱普斯來說，也是這樣。這種說法根本一點也不合理。」

她沒有答腔。他轉頭看她時，她低頭望著自己緊握的雙手，淚水掛在臉上。

「老天，愛麗絲，我不是故意要惹哭妳的。」

「你沒有啦。」她把臉上的證據抹掉。

「只是，如果上帝真的存在，那祂老人家實在很不稱職。」

愛麗絲指向前方，指著落磯山脈藍色的巨齒山峰。「如果上帝存在，那也是他打造的。」

比利心想：哎啊，女孩說得有道理。

9

在叉角羚羊汽車驛站要訂到兩個連接的房間完全沒問題，從停車場停放的車輛數量看來，比利覺得他們要住在走廊上的哪間房間都可以。他們在附近的漢堡穀倉用餐。回到汽車旅館後，比利將儲存他筆下故事的隨身碟插入電腦。他打開檔案，捲動到他停頓的地方：塔可將「早安越南」的大聲公交給法瑞。他隨即又關掉檔案。他不是害怕書寫在「歡樂之家」發生的事情，他只是不想分次寫。他想待在一個安靜的地方，可以一次寫完，就跟把瓶子裡的毒液一口氣倒完一樣。他

覺得不會寫很久，但那幾個小時會很「激烈」。

他走去窗口，往外望出去。每個房間外頭都有兩張廉價草坪椅。愛麗絲坐在其中一張椅子上，仰頭望星辰。她觀星，他則看著她好一會兒。用不著精神科醫師告訴他，這個女孩對他來說代表什麼，她是某個版本的凱瑟琳，只是長大了。精神科醫師也許會爭論她也是「油漆永遠塗不完之家」裡又名朗妮．吉文斯的羅萍．麥奎爾，但才不是這樣呢，因為他想上羅萍，多少個夜晚他就著這個美妙的幻想打手槍，但他可不想上愛麗絲。他關心她，這遠超過了性交。

關心她會帶來危險嗎？當然會。愛麗絲開始關心他、信任他、依賴他，同樣也很危險嗎？當然啊。不過，看著她坐在那裡仰望星空卻有另一層意義。如果事情出差錯，也許就沒有什麼意義了，但此刻一切安好。是他給她山脈與星子的，不能擁有，但至少可以仰頭欣賞，這樣已經別具意義了。

10

他們早早起床，八點就穿過丹佛。路況平坦。他們在八點四十五分穿過博德，也是平地。然後，忽然之間，他們就在山脈之間。道路如同比利預期的有點蜿蜒。愛麗絲坐直身子，頭不斷扭動，睜大雙眼從右方深深的峽谷望向左邊陡峭的上坡樹林。比利了解。她是新英格蘭女孩，只進行過一次短暫、結果不怎麼愉快的中南部小旅行，眼前的體驗對她來說非常新鮮，充滿驚奇。他不相信她必須遭到性侵才能來到落磯山脈的山麓，但他很慶幸她得以在此。他喜歡她的驚奇，不，他很愛她的驚奇感受。

「我可以在這裡生活。」她說。

他們穿過內德蘭，這個小鎮似乎只是郊外不規則購物中心的額外延伸。停車場停滿了車。能夠相信任何事的比利會無法相信這點：到了明年早春，這片停車場會在營業日空空如也，多數商家通通歇業。

愛麗絲臉頰泛紅，用手指著一處商店。「我得去一下藥局。」

他把車子開進停車格。「怎麼了嗎？」

「沒有，只是我『那個』要來了。提早了兩週，但我感覺得到，悶悶的不舒服。」

他想起事後藥附了一張說明傳單。「妳確定不用我——」

「不，我去就好。不會太久。老天，希望我沒弄髒這件褲子。」

「如果髒了，我們就——」買新的還沒說完，她就已經下了車，迅速朝沃爾格林連鎖藥局快步前進，幾乎要跑起來了。才過幾分鐘，她就拿著紙袋回來。

他問她是否沒事。她簡短地回答沒事。出了市區，他們來到一處景色優美的避車道，她請他停車，距離其他車輛遠一點。然後她請他把目光別開。他乖乖照辦，看到一個傻子操縱起懸掛式滑翔翼飛過一處跟刀傷一樣深的峽谷。從這麼遠的距離看，這傢伙似乎沒有移動。他聽到她移動身子、拉下拉鍊的聲音，紙袋窸窸窣窣的，然後是她將東西從紙張上撕下來的窸窸窣窣聲，他猜應該是衛生棉，她應該還不想用棉條。然後她的拉鍊又拉上了。

「你可以看了。」

「不，妳看。」比利指著用懸掛式滑翔翼飛行的人。這個人穿了一件亮紅色的汗衫，戴了黃色的安全帽，如果他撞上山邊，這安全帽根本無法提供任何保護。

「噢……我的……天啊！」愛麗絲用手遮擋陽光，看出去。

「不是妳神聖的帽子。」

愛麗絲笑了笑，真摯的笑容，看起來很美。她又說了一次：「我可以在這裡生活。」

「然後玩那個？」比利指出去。

「也許不玩那個。」她停頓了一下，又說：「也許會喔。」

「準備好出發了嗎？妳都搞定了？」

「是的，長官。」愛麗絲說，活潑得不得了。

11

比利很慶幸決定沒有昨天連夜開過來，因為他又開了兩個小時才到賽溫德鎮。這裡沒有購物中心，市區只有一條熱鬧的街道，擠滿紀念品店、餐館、西部風格的服飾店、酒吧。酒吧很多間，不外乎是「壯漢沙龍」、「靴子與馬刺」、「甜蜜家園」跟「一八七」這種店名。這裡沒有艾奇伍德沙龍，比利覺得這間店本來就不存在。

「酒吧叫這名字好好笑。」愛麗絲指著「一八七」。

「的確。」比利附和道，但從門口停靠的一排摩托車看來，他覺得這個店名一點也不好笑。在加州刑法典裡，一八七代表的是謀殺。

愛麗絲用比利的手機導航，因為車上的GPS定位系統跟定位器一樣受到干擾了。「還有一．六公里，也許遠一點。在左手邊。」

一．六公里就帶著他們離開市區。比利放慢車速，看到艾奇伍德山地車道的路牌。他轉了上去。他們經過看起來很豪華的住宅，後街有瑞士風格的小木屋，很多房子的車道都用鐵鏈圍起來，因為滑雪季節是六個禮拜之後的事。在艾奇伍德一〇八號之後，柏油路面消失。先前平穩的道路先是變得有點不平，接著變得超級顛簸。比利來了一個S型大轉彎，這才勉強從一段褪色的涵管上開過去。這次車子顛簸得太厲害，他們的安全帶都勒住了。

「你確定是這裡嗎？」愛麗絲問。

「對，我們要找一九九號。」

她查起手機。「上頭說沒有這個號碼。」

「不意外。」

八百公里後，泥巴地逐漸消失，他們發現自己身處於綠草小路，土丘跟車轍之間還有野花。比利覺得這裡是舊時集材道路的殘骸。樹木逐漸逼近，樹枝打到車身。小路變得陡峭。比利驅車閃過上次冰河時期凸起的岩石。愛麗絲看起來越來越不安。

「如果這裡沒路，你要折回去將近三公里的路程，因為前面可能沒有地方可以——」

比利將車子開進窄窄的彎道裡，道路的確結束了。死路前面是一座木屋，長邊沿著陡坡興建，用看起來像砍下來的電線杆支撐著。開放式的門廊下停了一輛 Cherokee 吉普車。比利聽到後面傳來發電機的聲音，低低的，但穩定有力。

比利跟愛麗絲下車，手壓在眉頭上遮陽，抬頭望向門廊。巴奇．漢森從搖椅上起身，走到木板扶手旁邊。他戴了一頂紐約遊騎兵隊的鴨舌帽，嘴裡還叼著香菸。

「呦，比利，以為你迷路了。」

「她也這麼想。巴奇，這位是愛麗絲．麥斯威爾。」

「愛麗絲，很高興認識妳。哎啊，比利，瞧瞧你。咱們上次見面是多久以前的事啦？」

「至少有四年了。」比利說。「可能五年。」

「哎啊，快上來。踩階梯旁邊嘿。餓了嗎？」

12

比利原本擔心這位長年替他介紹工作、擦屁股的人會厭恨他帶陌生人來這裡，此處顯然是緊急藏身處，但巴奇對愛麗絲很好。他沒有立刻跳出來說，比利的朋友就是我的朋友，但他的態度很明顯。經過一開始的羞赧（也許是警惕），她也放鬆了下來。不過她還是謹慎到待在比利身邊。

廚房很整潔，空間很大，陽光灑落進來。巴奇用微波爐加熱起司通心粉。「我樂意搞點墨西哥煎蛋給你們吃，我手藝還不錯，但我還沒安頓下來。得先買點物資。然後我就窩下來，等到這件事塵埃落定。最好是能有個完美結局。」

「給你找麻煩，我很抱歉。」比利說。

巴奇伸手拍了拍他。「案子是我介紹的，我知道有風險。」他將兩碗熱騰騰的東西放在他們面前。「愛麗絲，妳呢？妳怎麼認識這位布希戰爭退伍老兵的？」

愛麗絲低頭看著她的起司通心粉，彷彿這玩意兒有啥好看的一樣。她臉頰泛紅。「我猜你可以說他從街上撿到我。」

「是喔？哼，他讓妳看他的蠢戲碼沒？蔚為奇觀。比利，來一齣。」

比利不想，愛麗絲跟尼克、喬治歐這些傻子不一樣，但巴奇提供他們暫時的住所，比利不想拒絕這麼簡單的要求。只不過，他不用這麼做。

愛麗絲停頓了一下，說：「不妨說，我已經見識過了。」

她迅速看了比利一眼，然後又望向自己的食物，但這一眼足以讓他覺得她是在說他故事的開頭部分。也就是他知道尼克、喬治歐在一旁監看時所寫的內容。

「很棒吧？」巴奇拿起自己那碗食物，坐了下來。「比利每天淨讀些難懂的書，但他也能跟妳講河谷高中每個小孩的故事，以及蝙蝠俠是怎麼弄出披風的。」

比利心想，管他的，一下又何妨？他睜大雙眼，放慢說話速度。「我其實不太清楚那件事。」

巴奇大笑起來，用叉子指向比利，通心粉還卡在叉子上。「兄弟，你寶刀未老。」

他轉頭面向愛麗絲。

「從街上撿到妳嗎？這話到底什麼意思？」

「意思就是他救了我一命。」

巴奇揚起眉毛。「真的假的？我想聽那個故事。事實上，我想聽所有的故事，特別是哪裡出錯了。」

比利仔細想了想。「所有但不包括愛麗絲的故事。」他說，然後笑了起來，實在忍不住。

13

他再次從法蘭基．麥金托、波利．羅根去飯店接他開始說起，一路說到最後，只有四兩撥千斤，說有男人對愛麗絲動粗，但他搞定了他們。

巴奇沒有細問手法。他只有端著盤子放進水槽，然後加熱水泡著。位於艾奇伍德山地車道最底端的小房子裡有微波爐，屋頂上有天線圓盤，但沒有洗碗機。

「我來洗。」愛麗絲起身。

「不用。」巴奇說。「只有幾個餐具，而且鍋子要泡水。烘烤的起司真是難刷。比利，你打算待多久？我問是因為如果你們打算待很久，我就得去金蘇柏超市一趟。」

「不知道，但我很樂意採買。」

「我也去。」愛麗絲說。「開清單給我就好。」她望進冰箱。「你需要一點蔬菜。」

巴奇沒答腔。他在水槽背對他倆，說：「比利，他們在找你。不只是尼克的組織，四個另外的競爭幫派，還有鬼才曉得多少個體戶都在找你。罕見，但不是前所未聞的行動，大家目標都一樣。你在某些聊天室裡是熱門話題，他們叫你『桑默洛克先生』。」

「比利・桑默斯加上大衛・洛克維奇。」比利說。

「對。」

「有人聊起戴頓・史密斯嗎？」拜託不要，他心想。

「至今我想戴頓・史密斯還沒問題，但那些傢伙能夠接觸到最頂尖的調查機構，裝備讓聯邦調查局看起來都略遜一籌，如果你留下任何小辮子，戴頓・史密斯就掰了。」

巴奇從水槽旁邊轉過身來，他用抹布擦了擦泛紅的雙手，直接盯著愛麗絲看。他不用開口，都曉得他是什麼意思。

比利說：「她不是小辮子。我離開時，她會用新的身分，開始新的生活。前提是如果你能備齊文件的話。」

「噢，我辦得到。我已經完成一件事了，網路就能湊齊所有頂尖的設備。」他走到桌邊，坐了下來。「妳覺得伊麗莎白・安德森這個名字如何？」

愛麗絲看起來嚇了一跳，然後露出遲疑的笑容。「我想還不錯吧。我不能自己選名字嗎？」

「最好還是不要。太容易跟妳的過往連結起來了。名字也不是我選的，是電腦選的，有個網站叫做『人名產生器』。」他看向比利。「如果你信任她，那就夠了。那簡森夫婦呢？還有那個房仲？他們知道你可能不是戴頓・史密斯嗎？」

比利搖搖頭。

「所以你的身分沒問題，這樣很好，因為你的腦袋很值錢。」

「多少？」

「聊天室說六百萬。」

比利目瞪口呆。「開什麼玩笑？為什麼？他們這個案子一開始只付兩百！」

「不清楚。」

愛麗絲來回轉頭輪流看著他們，彷彿是在欣賞網球比賽。

巴奇說：「尼克負責發案，但我覺得這不是他的錢，承諾要給你的錢也不是他出。」

比利一隻手撐在桌上，鬆鬆的拳頭頂著臉頰。「誰會花六百萬幹掉一個幹掉了另一個槍手的槍手？」

巴奇大笑起來。「這話好笑。就跟『海海人生海邊討海』一樣迂迴。」

「是誰？又為什麼？就我所知，喬爾・艾倫只是個無名小卒。」

巴奇搖搖頭。「不清楚，但我敢說尼克・馬傑利安知道，也許你該找個機會請教他一下。」

「尼克・馬傑利安是誰？」愛麗絲問。

比利嘆了口氣。「班吉・康普森。害我蹚進這場混水的傢伙。」

這話不對，因為明明是他自己攪和進來的。

14

最後，比利決定他跟愛麗絲會在巴奇這裡待上三天，也許四天。他想寫完「歡樂之家」。花不了太久，但他也需要時間思考他接下來的打算。他有儒格手槍，還需要另一把備有狙擊鏡的長槍嗎？他不知道。他需要另一把手槍，也許是能夠裝上十七發而不是只有六發子彈的格洛克手槍嗎？他也不知道這個問題的答案。不過，雖然他不喜歡，但他覺得替儒格手槍裝滅音器應該遲早

可以派上用場。他有場合用到這種東西嗎？他也不清楚，但巴奇說要替手槍裝滅音器應該沒問題。前提是，如果他不介意自製、開個幾槍就會崩掉的滅音器的話。巴奇說，在科羅拉多高原，各種材料應有盡有。

「如果你要，我可以替你弄到Ｍ２４９班用自動武器。我得到處問一下，但我知道可以找誰。安全的人，口風緊的人。」

換句話說就是一把ＳＡＷ（squad automatic weapon）。比利對這把槍有短暫但鮮明的回憶，喬．克魯斯基就拿著這把槍，站在「歡樂之家」外頭。他搖搖頭。「咱們先搞定滅音器就好。」

「儒格手槍滅音器，了解。」

愛麗絲的文件三天內也可以準備好，但她跟比利要去賽溫德鎮採購時，巴奇要她買染髮劑。

「我想妳的駕照照片要染成金髮比較好，但眉毛不要染。妳金髮應該滿好看的。」

「你是這麼想的？」她聽起來存疑，但看起來很感興趣。

「對。妳唸商學院，所以我要給妳加一點相關背景。妳會速記嗎？」

「會，我在羅德島上過暑假課程，馬上就上手了。」

「妳會接電話嗎？『迪格蘭雪佛蘭汽車你好，請問該如何幫你轉接？』」

愛麗絲翻起白眼。

「好啦，至少有最入門的技巧，經濟形勢大好，這樣應該就夠了。加上漂亮的衣服、高檔的鞋子、燦爛的笑容，伊麗莎白．安德森實在沒理由找不到她的利基。」

但巴奇不喜歡這種安排。愛麗絲沒領略到，但比利捕捉到了。他只是不懂為什麼。

15

他們出門採買，比利戴了假髮跟巴奇在一堆雜物裡找到的墨鏡，巴奇說他還沒整理行李，這堆東西叫做愛爾蘭人的行李。到了金蘇柏超市，比利用現金付款。他們回到艾奇伍德山地車道，最後三公里的路程顛簸不已，車子前進得很吃力。

愛麗絲幫巴奇把東西收起來。他用疑惑的目光看著她買的大蕉，但沒多說什麼。雜事結束後，她說她在室內窩累了，可不可以出門散散步。巴奇說，從後門出去，就會看到通往樹林的小徑。「斜坡很陡，但妳看起來年輕力壯。不過擦點防蟲液，去浴室找找。」

愛麗絲回來時，袖子捲得跟卡車司機一樣，皮膚上是厚厚的防蟲液。臉頰還因此油亮油亮的。

「別介意野狼。」巴奇說，然後看到她警戒的神情。「小鬼，開玩笑的啦。老一輩的說他們自從五〇年代以後就沒看過狼了，都被打獵捕殺殆盡了，熊也是。如果妳能走到一．六公里那麼遠，妳會看到無與倫比的景色。妳可以望向不知道多遠，通往另外一邊大片平地的峽谷跟溝壑。聽說對面本來有間度假村旅館，但好幾年前燒掉了。」他壓低聲音。「聽說那裡鬧鬼。」

「當心腳步。」比利說。「妳不會想摔斷腳踝。」

「我會小心的。」

她離開後，巴奇轉頭笑著望向比利。「『當心腳步，妳不會想摔斷腳踝。』你是怎樣？她老爹喔？鬼才曉得你這年齡足以當她老爸了。」

「別給我來佛洛伊德那套。她只是我朋友。我沒辦法告訴你這是怎麼回事，但就是這樣。」

「你說他們對她動粗，這代表我想的那樣嗎？」

「對。」

「三個都有份？」

「兩個，另外一個射在她肚子上。至少這傢伙是這麼說的。」

「老天，她看起來……你知道，好像沒事一樣。」

「她沒有沒事。」

「當然沒有，大概永遠沒辦法徹底走出來。」

比利想了想，就跟許多令人沮喪的念頭一樣，但也許此話不假。

巴奇拿了兩瓶啤酒，他們前往外頭的門廊。比利將車子停在門廊下方，緊挨著吉普車車頭。

「至少她看起來適應得挺不錯的。」巴奇坐進搖椅。比利坐在另一張椅子上。「滿勇敢的。」

比利點點頭。「她是很勇敢。」

「而且，她會解讀所謂的氛圍。也許她的確想去散步，但她主要是想讓咱倆聊聊。」

「是喔？」

「對。你們在這的時候，她可以住空出來的那間房。裡面堆滿我的東西，但我等等來清。只有床墊，不曉得有沒有床單，但我看到櫃子裡有幾條毯子。三、四個晚上應該還過得去。既然你們沒有一起睡，那你就去閣樓吧。一整年裡，上頭不是冷得要死，就是熱得要死，但目前這個季節應該還好。我應該有睡袋，可能還在後車廂裡。」

「聽起來不錯。謝了。」

「對承諾要給我一百萬的人做這麼多，還可以啦。除非你改變主意了。」

「我沒有。」比利望了巴奇一眼。「你覺得我拿不到這筆錢？」

「也許可以。」巴奇將一包威豪香菸從襯衫口袋裡拿出來（比利不曉得這種菸還有生產）要給比利，比利搖搖頭。巴奇用老舊的 Zippo 打火機點菸，打火機側面上有海軍陸戰隊的標誌跟凸起的拉丁文 Semper Fi，代表「永遠忠誠」。「威廉，我很久以前就知道不能小看你。」

他們靜坐了好一會兒，只是坐在門廊搖椅上的兩個男人。比利以為皮爾森街已經夠靜了，但此處讓皮爾森街聽起來像鬧區。遠處有人在使用鏈鋸，也許是鋸木機。背景音樂是微風輕拂松樹與山楊的聲響。比利看著鳥兒展翅滑翔，劃過藍天。

「你該帶她一起去。」

比利詫異地轉過頭來。巴奇將一個老舊的金屬菸灰缸放在大腿上，裡面滿是沒有濾嘴的菸屁股。「什麼？你瘋了嗎？我想說我去拉斯維加斯找尼克時，她可以跟你一起待在這裡。」

「她是可以，但你真的該帶她一道去。」他捻熄香菸，將菸灰缸放去一旁，靠了上來。「聽清楚了，因為我覺得你先前沒聽清楚。有人在找你，跟你提過的這個德納·艾迪森一樣心狠手辣的傢伙。他們知道條子沒逮到你，知道尼克沒付錢給你，知道你很有可能會去討屬於你的東西。他們也知道，如果你無計可施，你就得直搗他藏身的老巢。」

「就跟莎士比亞筆下的夏洛克一樣。」比利咕噥著說。

「不知道你在講什麼，沒看過那部電影，但你如果覺得這唬得了他們——」他對著金色假髮彈彈手指，假髮已經又溼又髒，需要換一頂了。「你就是犯蠢了。他們知道你易容了，不然你根本離不開紅峭壁區。如果你開車，能夠前往賭城的路就那麼幾條，他們會嚴密監控所有的路線。」

巴奇說得有道理，但比利不想讓愛麗絲深陷險境。他是打算讓她遠離危險。

「你要率先搞定的應該是你的車牌。」他比了比下方停車的平臺。「這裡的確有南方車牌的車在路上跑，但實在不多。」

比利沒有說話。他的愚蠢嚇壞了他。他在車子的電腦系統上加了干擾器，但在他跨越中西部地區時，他展示出的是藍色、上頭有鑽石圖案的車牌。彷彿是一個告示牌，寫著：嘿，我在這。

巴奇用不著解讀比利的心情，因為他的心情全寫在臉上。「別太自責。就一個迅速行動的人來說，你大多照顧到了。」

「只要一步錯，就可能無法脫身了。」

巴奇沒有反駁，只是點起另一根菸，說他懷疑他們會去奧克拉荷馬州或堪薩斯州找比利。「他們會聚焦在西岸。緊盯著愛達荷州、猶他州，也許亞利桑那州，但主要還是集中在內華達州。一直到你抵達賭城，那裡會嚴密防守。」

比利點點頭。

「再說，如果他們見到你就會追蹤你，那他們早追到這裡來了。」巴奇揮了揮手，在空中留下一縷菸氣。「與世隔絕的地區，適合狩獵團。我想你會沒事，運氣站在你這邊。另一方面，這應該是好事，因為車子是用戴頓．史密斯的名字租的，對嗎？」

「對。」

「你有別的身分嗎？」

大衛．洛克維奇的駕照、萬事達卡都還在比利身上，但都已經沒有用了。「沒有其他可以用的身分了。」

「我可以幫你弄幾個身分，足以撐過去。我會用人名產生器。只是要是我給你製作信用卡，別嘗試刷卡，那只是看個樣子用的。別在意換車牌的事，你要換的是車子。那輛租來的車先留在這裡，反正也醜得要死。」

「但開起來很舒服。」比利喝起啤酒。

「你有錢嗎？你先轉了你訂金的一成來了，所以我想你還有錢。」

「差不多還有四萬，但不是現金，在紅峭壁區的高利息存款帳戶裡。」

「但是在戴頓．史密斯名下，對嗎？」

「對。」

巴奇的菸抽完了，他捻熄香菸。「賽溫德鎮東邊有間瑞奇可靠二手車行，比較像是換現金的臨時運作模式。你可以去那裡找車，不，最好是我去那裡找車。我可以付現金，你用戴頓．史密斯的帳戶開支票給我。我等著你搞完這一整件爛事後再去兌現。」

「要是我死了，你就跳票了。」

巴奇拍了拍他。「我不是要買ＢＭＷ，只是一輛需要時開得出去的車而已。一千五，也許兩千的車就好，也許不是汽車，上了年紀的皮卡車也不錯，生鏽、線圈彈簧不太靈活那種，但馬達夠力就好。」他抬頭望向太陽，盤算起來。「也許拖臺開放式拖車，就跟那些搞地景的傢伙一樣，他們會把除草機、吹葉機放在上頭。」

比利想像得出來。卡車，車門上的漆裂開，板門邊框生鏽，頭燈還填過補土。戴上一頂老舊的牛仔帽，沒錯，這樣的偽裝很有說服力。他會看起來像個每天領現金的漂流打工仔。

「他們還在找單獨行動的男人。」巴奇說。「這時愛麗絲就管用了。你們兩個可以開進一組賞金獵人喝咖啡、盯著五〇號公路的路邊咖啡廳，他們只會看到一個開著老道奇或福特皮卡車的傢伙帶著女兒或姪女經過。」

「我不會讓愛麗絲牽扯進危險的狀況裡。」最糟的情況是她可能會離開。

「你搞定性侵她的那幾個傢伙時，她在場嗎？」

當然沒有，他讓她待在附近的汽車旅館裡，但在他能夠開口解釋前，後門開了，愛麗絲回來了。

16

她前往前門門廊時，整個人興高采烈，臉上掛著微笑，頭髮吹得亂七八糟，比利有點意外發現她今天看起來有點美。

「外頭好漂亮！」她說。「風好大，差點把我吹走，但，我的天啊，比利，這裡真的看不膩！」

「天氣好的時候啦。」比利笑著說。

愛麗絲要麼是沒聽懂，要麼是滿腦子都是剛剛見到的景色，對這話完全沒反應。「雲在我上方，但我底下也有雲。我看到好大一隻鳥……可能是禿鷲，但——」

「對，有可能。」巴奇告訴她。「這邊山上有，但我是還沒見過。」

「然後對面，山的另一邊，太瘋狂了，但我覺得我看到你說的那座旅館。然後我眨了一下眼睛，風太大，我差點流眼淚，等到我再定眼一看，飯店就消失了。」

巴奇嚴肅了起來。「不是只有妳看過。我不迷信，但我不會接近全景飯店那塊地。那裡發生過很可怕的事情。」

愛麗絲沒搭理他。「景色很美，很適合散步。而且，比利，你猜怎麼著？從小徑上去約莫四百公尺處有一間小小的木屋。」

巴奇點點頭。「我猜有點像是舊時避暑小屋的風格。」

「哎啊，那裡看起來乾爽也乾淨，裡頭還有桌椅。開著門，陽光也照得進去。你可以在那裡寫你的故事，比利。」她遲疑了一下，又補了一句：「我是說，如果你想繼續寫的話。」

「也許會吧。」他轉頭望向巴奇。「這裡你買多久了？」

巴奇想了一下。「十二年？不，我想應該是十四年。時間過得飛快，對吧？我會固定每一、兩年就上來待個一週或度週末。來鎮上露露臉，讓人有印象挺不錯的。」

「你用什麼名字？」

「艾默．藍道夫，我的本名加中間名。」巴奇起身。「我看到你們買了雞蛋，我想是時候來搞個墨西哥煎蛋了。」

他進了屋。比利起身要跟進去，但愛麗絲拉起他的手腕。他想起自己在滂沱大雨裡，抱著她穿過皮爾森街，當時的她雙眼微開，兩隻眼睛呆滯無神。她不是那個女孩了，她是更好的女孩了。

「我可以在這裡生活。」她又說了一遍。

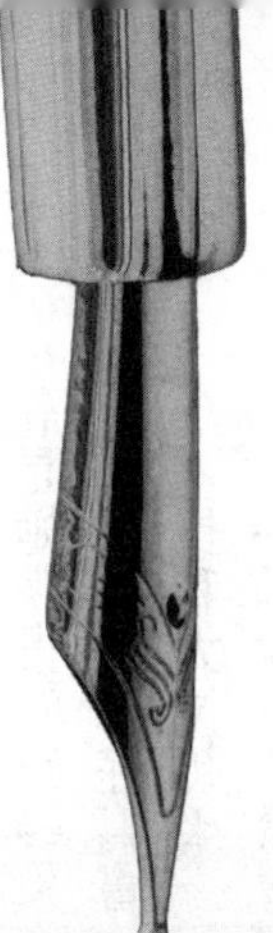

CHAPTER 18

1

巴奇為了尊重他的客人，他都去門廊抽菸，但屋子裡還是有他從紐約過來之後抽的那百餘根威豪香菸味。隔天一早，比利去門廊找巴奇，同一時間，愛麗絲正在沖澡，還在浴室唱歌，這也許是她恢復的好跡象。

「她說你在寫書。」巴奇說。

比利大笑起來。「我懷疑會不會變成書喔。」

「她說你今天會想去避暑小屋寫。」

「也許吧。」

「她說你寫得很好。」

「我覺得她沒有多少對照組。」

巴奇沒有繼續這個話題。「我想我跟她今早可能會出門購物，給你機會寫點東西。你需要新的假髮，她需要買些女生的東西，不只是染髮劑。」

「你們已經討論過了？」

「的確如此。我通常在五點左右起來，或該說我的膀胱會在那時叫我起床，我搞定好那方面的事情之後就來這裡抽菸，她就在這兒了。我們一起看著太陽升起，稍微聊了一下。」

「她看起來如何？」

巴奇歪頭比向歌聲。「聽起來如何？」

「挺不錯的。」

「我也是這麼想的。我們可能會一路前往博德，那裡選擇比較多。回來路上會去瑞奇．派特森的二手車行，看看他有什麼車。也許去『就近安迪』吃個午餐。」

「如果他們也在找你怎麼辦？」

「比利，他們瞄準的是你。我可以想像他們在紐約找我，也許去我姊在皇后區的房子那邊看看，然後就覺得找不到了。」

「希望你是對的。」

「跟你說啦，我們第一站會去『水牛交換站』或『互利換穿』二手服飾店，我會買頂牛仔帽，壓得低低的，咿哈！」巴奇捻熄香菸。「她對你評價很高，覺得你是『公貓的睪丸[24]』。」

「我希望她沒有用這種字眼。」

浴室的淋浴水花聲繼續，她也還在唱歌，這是好事，但比利覺得要讓她自己覺得「乾淨」不是一件容易的事。

巴奇說：「事實上，她說你是她的守護天使。」

2

半小時後，浴室霧氣已經散去，愛麗絲來到門邊，比利正在刮鬍子。

「你不介意我去吧？」

「一點也不。玩得開心點，眼睛睜大點，當妳覺得不舒服的時候，不要介意，直接請他把收音機轉小聲一點。清水樂團或齊柏林飛船出現的時候，他就喜歡轉到很大聲。我懷疑他這點始終沒變。」

24 英文會用「狗的睪丸」或「貓咪的鬍鬚」來形容很好、高級的人事物，這裡作者將上述兩個用法結合。

「我想買幾件裙子跟上衣、染髮劑，還要幫你買假髮、便宜的網球鞋。還有內衣褲，不要那麼……」她沒說下去。

「就像搞不清楚狀況的叔叔救急隨手買的？別怕傷害我，我還挺得住。」

「你幫我買的已經很好了，但我可以多買幾件。還有胸罩，這樣就不用打結固定肩帶。」

比利完全忘了這件事，就跟福特車的車牌一樣。

雖然巴奇已經回去門廊一邊抽菸，一邊喝柳橙汁了（比利不曉得他怎麼能容忍這兩個東西一起出現），愛麗絲還是壓低聲音講話。「但我沒有多少錢。」

「讓巴奇解決，我之後再跟巴奇解決。」

「你確定嗎？」

「對。」

她牽起他沒拿刮鬍刀的那隻手，輕輕捏了一下。「謝謝你所做的一切。」

他覺得她的感謝很瘋狂，卻又合情合理。換句話說，就是很矛盾。他沒有表達這種心情，只叫她不要客氣。

3

八點十五分，巴奇跟愛麗絲開著Cherokee吉普車出發。愛麗絲化好妝，完全看不出瘀青。比利心想，就算不化妝，其實也看不太出來了。她跟崔普．唐納文約會已經是一個多禮拜前的事了，年輕人總是恢復得很快。

「有必要就打電話給我。」他說。

「好的，老爹。」巴奇說。

愛麗絲告訴比利她會的，但他已經看得出來，她的心思已經上路了，她跟巴奇聊天的方式彷彿一般人（如果這種狀況算是一般狀況的話），滿腦子都是在商店裡能看到哪些新東西。也許試穿一些服飾。今天早上能夠暗示她曾遭受性侵的跡象是蓬蓬頭的水沖個不停。

他們出門後，比利就踏上昨天愛麗絲走過的小路。他駐足在巴奇所謂的避暑小屋外，朝裡頭望進去。木頭地板沒有上漆，唯一的家具是一張牌桌跟三張折疊椅，但他還需要什麼額外的東西嗎？就是可以打字的機器，也許再從冰箱拿罐可樂吧。

他想著：作家都過這什麼生活啊！思索起是誰對他說過這句話。厄夫・迪恩，是嗎？傑拉塔的保全。那似乎是很久以前的事了，上輩子的事了，的確，他還是大衛・洛克維奇的那一輩子。

他走上小徑的盡頭，望向對面的大片空地，思索他能不能看到愛麗絲的幽靈飯店。沒有，在飯店原址只見到幾處焦黑矗立的殘骸。也沒有禿鷲。

他回到房子裡拿了他的 Mac Pro 跟可樂。他把東西放在避暑小屋的牌桌上。門打開，光線挺好的。他先是謹慎地試坐在摺疊椅上，但椅子挺堅固的。他打開他的故事，拉著轉軸到塔可將大聲公交給口譯法瑞手上的地方。他正要接著莫頓・雷克特打斷的地方繼續寫下去，卻赫然發現牆上有一幅畫。他起身仔細看，因為畫作掛在最邊邊的角落，在這種位置展示畫作真的很怪，晨光甚至照不到那裡。畫面上是幾處樹籬，修剪成動物的形狀。左邊有隻狗，右邊有兩隻兔子，中間是兩隻獅子，獅子後面好像是牛，也許應該是犀牛。畫得很糟，綠色的動物看起來殺氣騰騰，不知為何，畫家還把獅子的眼睛塗上紅色，讓它們看起來有點邪惡。比利將畫作取下，正面對著牆壁。他知道如果他不把畫轉過去，他會一直望向那幅畫。不是因為畫得多好，而是因為畫得很醜。

他打開可樂，喝了大大一口，然後開始寫作。

4

「來吧，各位。」塔可說。「咱們給他們點顏色瞧瞧。」他把上頭用簽字筆寫著「早安越南」字樣的大聲公交給法瑞，要他進行平常的呼籲，也就是：你們現在可以自己走出來，之後你們就裝在屍袋裡出來。法瑞喊完，沒人出來。通常此時只要喊完「我們黑馬，當然當然」的軍呼後，就該進去，但這次塔可要法瑞再講一次。法瑞用不解的眼神看他，但還是照辦。還是什麼反應也沒有。塔可要他喊第三遍。

「你是怎樣？」喇叭問。

「不知。」塔可說。「只是覺得不對勁。首先，我不喜歡圓頂上頭一圈的露臺，看到沒？我們都看到了，上頭有低矮的混凝土扶手。「聖戰者可能蹲在在那後面。」他看到我們都望著他看。「不，我沒有發瘋，但感覺怪怪的。」

法瑞演講到一半，我們的新任連長赫斯特上尉出現，他站在車門開啟的吉普車上，雙腿岔開，彷彿他是什麼四星上將一樣。他另一邊的街道上有三間住宅建築，兩間竣工，一間蓋到一半，三間都在外頭噴上大大的C字，說明那裡已經「清理乾淨」（cleared）。呃，應該啦。赫斯特才剛上任，大概不知道這些哈吉會偷偷跑回去，從他們用的爛狙擊鏡中望出來，上尉的腦袋會看起來跟萬聖節的南瓜一樣大。

「中士，你在等什麼？」他咆哮著說。「別浪費大好天光！快點清理這座大莊園！」

「長官，遵命！」塔可說。「只是再給他們一個活著出來的機會。」

「別浪費口舌！」赫斯特上尉喊完就加速離去。

「傻子都開口了。」大腳羅佩茲說。

「好。」塔可說。「手上來。」

我們圍成緊密的圓圈，原本的「火熱九人組」現在只剩「火熱八人組」，塔可、小岱、大魯、喇叭、大腳、強尼・凱普斯、醫藥箱裡充滿把戲的大夫，還有我。我彷彿靈魂出竅，看得到自己。我有時會這樣。

我記得零星的槍擊聲，我們身後的「奇洛區」有手榴彈爆炸的聲音，低低的鏘啷聲，然後前方有火箭推進榴彈發射的聲音，也許是在「老爹區」。我記得遠處有一架直升機起飛。我記得聽到哪個白癡「呼呼呼」吹起口哨，鬼才曉得為什麼。我記得那天好熱，汗水在我們滿是泥巴塵土的臉頰上畫出乾淨的線條來。街上還有小孩，每次都穿著搖滾樂團或饒舌歌手的T恤，無視槍火與爆炸，彷彿這些東西不存在一樣，他們會彎著破皮的膝蓋，撿起彈殼，回收分發給他們的戰士。我記得自己伸手去摸腰繫上的娃娃鞋，卻什麼也沒有摸到。

這是我們最後一次八隻手貼在一起。我覺得塔可感覺到了，我肯定感覺到了，也許大家都有預感，不知道。我記得他們的臉孔，我記得聞到了強尼的英式皮革味淡香水。他每天都會配給擦一點，專屬於他的幸運符。我記得有次他對我說，聞起來像紳士的人不會隨隨便便死掉，上帝不會讓這種事發生。

「孩子們，讓我看看你們的威力。」塔可說，於是我們乖乖聽話。愚蠢、幼稚，但跟戰爭裡其他愚蠢也幼稚的話語一樣，我們得到激勵。而且如果大圓頂房子裡有聖戰者在等我們，也許他們能夠把握這段時間，面面相覷，思索他們到底在幹嘛，為什麼要為了某個垂垂老矣、腦袋不清楚伊瑪目想像中的神而丟掉小命。

「我們黑馬，當然當然！我們黑馬，當然當然！」

大家將握在一起的手壓了壓，然後起身。我有一把M4卡賓槍，M24狙擊步槍也掛在肩上。

我身邊的大魯一肩是M249班用自動武器，裝滿子彈約莫十二公斤，背帶跟領帶一樣橫跨在他寬寬的胸膛上。

我們聚集在外頭院子的柵門旁。對街未完工建築的十字陰影將壁畫牆面變成棋盤，孩子在某幾個方格裡，看著他們的女人與宗教警察在另外的格子裡。大腳手持可以破門的雷明頓870泵動式霰彈槍，可以將柵門上的鎖轟成碎片。塔可站去一旁，大腳才可以破門，但當大腳試探性推起柵門時，門緩緩打開，發出恐怖片裡才有的開門轉動聲。塔可看了看我，我看了看他，兩個低階海軍陸戰隊活靶，只有一個想法：這一切到底他媽的多不正常？

塔可聳聳肩，彷彿是在說，該怎樣就怎樣吧，然後帶領我們跑著進入院子，大家低頭、彎腰前進。大家只能跟著他。卵石堆上有一顆足球。喬治・岱納史坦經過時，用腳盤將球踢開。

我們進來時，房子上了鐵柵的窗口沒有子彈朝我們飛來，我們靠在混凝土牆邊，四邊都有沉重的雙扉木門，至少有兩百四十公分高。門上雕刻著交叉的彎刀，底下是有翅膀的錨，這是復興黨陣營的標誌。又是一個不祥的象徵。我轉頭尋找法瑞，看到他還在柵門邊。他看到我在找他，便聳聳肩。我懂，法瑞有他的職責，而這不在他的工作範圍之中。

塔可指著喇叭跟大魯，示意要他們從左邊過去，查看該處的窗戶。我跟大腳去右邊。我偷偷望向我這一側的窗口，希望如果哪個聖戰者決定轟掉我的頭，我還有時間及時躲開，但我沒有看到任何人，也沒有人朝我開槍。我看到一間巨大的圓形空間，地上鋪了地毯，裡頭有矮矮的沙發，書架上只有一本寂寞的平裝本書籍，旁邊是一座茶几。牆上掛毯的圖案是奔騰的馬。這個空間基本上跟小鎮的天主教教堂差不多高，到圓頂至少十五公尺，陽光一束一束照進來，照亮了飛舞的塵粒。

我低頭讓大腳接替我的位置。因為我的腦袋沒有被轟掉，他看得比較久。

「這裡看不見他們。」大腳對我說。「角度不對。」

「我知道。」

我們回去找塔可。我前後搖搖手，這個手勢代表「也許沒事，也許有事」。另一側窗邊的喇叭也聳聳肩，傳達出一樣的意思。我們聽到更多的槍聲，有的遠，有的沒那麼遠，但都不在利馬區。圓頂大宅靜悄悄的。小岱剛剛踢過的球停在院子中央。這裡大概沒人，但我一直伸手去皮帶那裡尋找那隻該死的娃娃鞋。

我們八個人又聚在一起，擠在門邊。「排個順序。」塔可說。「誰要先上？」

「我來。」我說。

塔可搖搖頭。「比利，你上次已經先上了。不要這麼急切，給別人一個機會。」

「我來。」強尼．凱普斯說。而塔可說：「好，那你先。」這就是為什麼我今天還能行走，而強尼不良於行的原因。就這麼簡單，上帝沒有計畫，祂老人家隨手抽籤的。

塔可指向大腳，然後比向雙扉推門。右邊那扇門上有一個超大的金屬門閂，跟沒禮貌的舌頭一樣伸出來。大腳嘗試開門，但門鎖紋絲不動。院子是開放的，也許是因為狀況好的時候，小孩可以過來玩，但房子有上鎖。塔可對大腳點點頭，大腳扛上他的霰彈槍，上頭有安裝破門用的特殊砲彈。我們其他人在強尼身後排成一條線（最受歡迎的隊形）。大魯位居第二，因為他有M249班用自動武器。塔可在大魯之後，我排第四。大夫殿後，每次都如此。強尼過度換氣，他激勵起自己，我看到他嘴巴動個不停：來點、來點，給他們來點顏色瞧瞧。

大腳等待塔可，塔可示意後，大腳就炸開門鎖。右邊的門也被轟掉一大塊，往室內震開。

強尼沒有遲疑。他用肩膀撞開左邊的門，衝進室內，大喊：「衝啊，媽的混——」

他就只到這麼遠，然後躲在另一邊門後的聖戰者用AK朝著強尼掃射，不是瞄準他的後背，而是瞄準他的雙腿。他的褲子彷彿被風吹到縐起。他慘叫一聲。大概只是覺得意外，因為還沒有感覺到痛。大魯退出房間，大喊：「隊員！撤退！」我們通通退後，空出空間，讓他用Ｍ２４９班用自動武器開火。他啟動「快速開火」模式，而不是「持久模式」，整扇門往後壓在門後那人身上，門板碎片噴飛，交叉的彎刀圖案消失。讓這位聖戰者維持站姿的是他身上的衣服，而他還伸手抓起塞在褲頭的手榴彈。他碰到了，但手榴彈從他指尖滑開，插銷還沒拔掉。大魯將手榴彈踢開。我可以從塔可肩膀上方看到強尼。現在他會痛了，他尖叫起來，伸手亂抓，靴子上有大攤鮮血。

塔可對大魯說：「拉他回來！」然後又喊起：「醫護兵！」

強尼踏了一步就摔在地上。他慘叫起來：「我中彈了！噢，天啊！好多地方！」大魯開始向前，塔可跟在他後頭，這時，他們開始從上方攻擊我們。我們早該知道。圓頂上照進來的飛塵太陽光束已經很清楚了，因為我們在外頭根本沒有看到窗戶。那是從上往下開槍的彈孔，外頭露臺及腰的混凝土矮牆遮擋住了。

手持Ｍ２４９班用自動武器的大魯胸口中彈，他往後踉蹌，防彈衣擋住了這槍，但下一顆子彈打中了他的喉嚨。塔可抬頭望向陽光，伸手要拉Ｍ２４９過來。一發子彈擊中他的肩膀，兩顆子彈在牆上發出碰撞聲，第四顆打中他的下巴，他下巴歪了，彷彿是用鉸鏈固定的一樣。他轉頭望向我們，灑出一片鮮血，他揮手要我們退後，然後他的頭掉到地上。

有人頂了我一下，我一度以為自己身後中槍，然後大夫跑了過去，他的背包已經滑下，只剩一側肩袋掛在手上。

「不，不，他們在上面！」大腳大喊。他扯住背包的另一條背帶，將我們的醫護兵拉回來，因此，人稱大夫的克雷·布利克斯依舊還在活人的國度。

子彈打在巨大空間的地板上，磁磚碎片噴起。子彈打在地毯上，掀起灰塵與纖維。一顆子彈擊中掛毯，在奔騰的馬匹胸口開了洞。一枚子彈射中茶几，茶几翻轉起來。現在露臺上的聖戰者以規律的頻率開槍。他們繼續開槍，我看到塔可、大魯的屍體一再彈飛起來，也許是要確保他們死了，也許只是要洩憤，也許兩者皆有。不過，他們沒有攻擊強尼，他就倒在鮮血持續流瀉的地板中央。他尖叫不已。他們可以輕易解決他，但他們不想這麼做。強尼是他們的誘餌。

從大腳轟掉大門，到露臺上的聖戰者對著塔可、大魯的屍體開火，這一切不過發生在一分半鐘之間，也許更短。出亂子的時候，完全不會浪費時間。

「我們得去把凱普斯弄回來。」喇叭說。

「他們要的就是這樣。」小岱說。「他們不蠢，你也別傻了。」

「如果不管他，他會血流致死。」大夫說。

「我來。」大腳跑進門口，整個人彎腰快折成兩半了。他扯著強尼防彈衣後方的鉤子，開始拉過來，子彈打在他四周。他只有回到死去聖戰者的屍首旁邊，然後他臉部中彈，這就是德州艾爾帕索的巴布羅．羅佩茲的下場。他仰躺在地，上頭的叛變分子開始拿他練靶。強尼持續哀號。

「我來拉他。」小岱說。

「大腳也是這麼說的。」喇叭說。「這些混蛋打得到人。」他轉頭望向我，問：「比利，我們該怎麼辦？呼叫空中支援？」

我們都知道一顆地獄火飛彈能夠搞定露臺上的聖戰者，但過程中也會奪走強尼．凱普斯的性命。

我說：「我來解決他們。」

我沒有等待討論，我們已經過了能夠討論的境界了。我往回跑，穿過院子，將我的M4卡賓槍扔在碎石地上。法瑞問起：「老大，你們要撤退了嗎？」

我沒有回話，徑直跑過街道，前往還沒竣工的公寓大樓。沒有門，室內幽暗，聞起來有溼溼的混凝土味。大廳堆滿罐頭食品、包裝點心與賀喜式巧克力棒。一整個貨架的可口可樂，上頭是一堆露營雜誌。某些伊拉克商人用這裡作為交易地點。

我開始爬樓梯。第一段階梯上有很多垃圾。第二段階梯上有噴漆寫的「洋基回家」，討喜老話一句，魅力難擋。我還是可以聽到對街連續掃射的槍聲，以及強尼．凱普斯的尖叫。我沒聽到小名喇叭的彼得．凱許曼中槍，但他肯定中彈了。小岱說喇叭的遺言是：「我肯定可以搆到他，他已經很近了。」

牆壁只蓋到四樓，陽光有如一拳掄來。我低頭躲在獨輪手推車旁，推車裡是硬掉的水泥，我推開幾塊木板，繼續往上。我氣喘吁吁，汗流浹背。到了六樓，階梯沒了，但沒關係，我已經跟對街圓頂的頂端一樣高了，可以俯視露臺。

他們有三個人，他們都跪著，背對我。我將Ｍ２４狙擊步槍的背帶一圈一圈緊緊纏在右肩上，將槍口擱在未完工牆面一處凸起的鋼筋上。他們三個人大笑、彼此歡呼，彷彿這是一場足球賽，他們支持的那一隊贏了。我瞄準中央那人的頭，沒有跟萬聖節的南瓜一樣大，但已經夠大了。我扣下扳機，這顆腦袋沒了。原本的部位只剩朝著圓頂弧形噴灑出去的大腦組織跟鮮血。另外兩人不解對視——剛剛發生什麼事？

我打中第二個人，第三個人躲進混凝土圍欄後方，也許以為這樣可以保護他，並沒有，牆太低了。我擊中他的後背。他倒地不動，沒有穿防彈衣。他大概以為阿拉可以罩他，但那天阿拉顯然在別處忙。

我跑下樓梯，回到對街。法瑞依舊站在門口。小岱跟大夫還在「歡樂之家」裡，大夫蹲在強尼身邊。他已經剪開強尼雙腿的褲子，骨頭碎片卡在纖維裡，從皮膚中穿刺出來。小岱對著大夫的對講機大喊，告訴對方我們有死傷，多人死傷，利馬區，大圓頂房子，撤退，撤退，需要直升機。

「好痛！」強尼持續哀號。「噢，耶穌啊，痛得要死！」

「吃這個。」大夫拿著嗎啡藥丸。

「噢，上帝啊，我希望我死了，希望他們殺了我！噢，我的老天啊，讓它停下來！」

大夫撬開強尼的嘴，硬把藥丸塞進去。「嚼一嚼，你就會見到上帝祂本人。」

「海軍陸戰隊隊員，這裡出了什麼事？」

我轉頭看到赫斯特，還是英姿凜然的站姿，還在模仿四星上將，但他看起來臉色鐵青。

「看起來像啥？」小岱說。「費盧傑就是這樣，『長官』。」

大夫說：「如果他不快點接受輸血，他就會……

5

讓比利從伊拉克回過神的東西，也許還在伊拉克，那是「拉拉費盧傑」永無止境的背景音樂：安格斯．楊的吉他在〈髒事雜事便宜幹〉（*Dirty Deeds Done Dirt Cheap*）裡的吉他飆曲。巴奇跟愛麗絲肯定是買東西回來了。比利望向手錶，發現已經三點十五分了。他在這寫了個把小時，完全沒有注意到時間流逝。

他寫完最後的句子，存檔，闔上筆電，即將離開時，他碰巧瞥見他拿下來的那幅畫，他還記得剛剛把畫轉向牆面，這樣原始亮眼的顏色才不會一直吸引他的目光。他將畫作掛回掛鉤上，也許（大概是）因為他還處於海軍陸戰隊的模式，想起大家戲稱後庭花的厄庭頓中士說過：**離開不留蛛絲馬跡**。

他眉頭糾結，端詳起畫作。樹籬小狗在右邊，樹籬兔子在左邊。先前不是顛倒過來嗎？而且剛剛獅子有距離這麼遠嗎？

他心想：一定是我搞錯了，但離開避暑小屋前，他還是將畫作取了下來。也記得讓畫轉向牆壁。

6

他接近屋子時，音樂變得更大聲了。沒有鄰居，巴奇可以愛開多大聲，就開多大聲。肯定是綜合歌曲合集，因為比利在走上屋子的路上，AC/DC 就變成了金屬製品。

他們買了一輛新車回來（至少對他們來說是新車），比利稍作停留，看了一下，然後才爬上階梯。門廊底下沒有空間了，所以他們把車停在車道盡頭。這是載貨款的六人座道奇公羊貨卡車，二十一世紀早期的版本，曾經是藍色的，現在主要是灰色。沒有用補土塗頭燈，但長條座椅用黑色的膠帶貼過，門板邊框生鏽得很嚴重。車斗裡面也生鏽了，上頭裝了一臺草坪男孩除草機，年紀大概比貨卡還大。後頭連著一臺兩輪拖車，看起來也挺破舊的，拖車裡空空如也。

等到比利拾級而上，來到門廊時，金屬製品已經撤退，換湯姆．威茲（Tom Waits）用沙啞的嗓音唱著〈步槍彈的十六枚彈殼〉。比利站在門口，巴奇跟愛麗絲在客廳中央跳舞。她穿了一件新的無袖上衣，她氣色很好，雙眼炯炯有神。她把頭髮紮成了一大束馬尾，頭髮一路垂到她後背的一半位置，她看起來就像青少年。她笑得開心。也許是因為巴奇舞技很爛，也許只是因為她心情很好。

巴奇對著比利用雙手比出勝利姿勢，繼續踏著輕快的舞步。他往一側扭屁股，愛麗絲往另一個方向扭。她看到比利站在門口，又笑了起來，再次搖起屁股，讓她紮緊的頭髮左右擺動了起來。湯姆．威茲結束。巴奇走去音響旁邊，在巴布．席格（Bob Seger）唱清楚那首關於貝蒂．盧的歌之前，將音量轉小。接著他攤在沙發上，拍拍胸膛。「我累了，跳不動布加洛（boogaloo）了。」

年輕力壯還能跳的愛麗絲轉頭面向比利，用近乎興奮的語氣說：「看到那輛卡車了嗎？」

「看到了。」

「超完美的，對吧？」

比利點點頭。「開過去五分鐘，誰也不會記得這輛車。」他轉頭望向巴奇。「開起來如何？」

「瑞奇說對一個里程表已經轉過一圈的老姑娘來說，算很不錯了。有點耗油，哎啊，也許不只一點。我跟愛麗絲開出去試車，開起來似乎還好。懸掛系統不是太穩定，但這麼老的卡車，本來就會有這種問題。三千三，瑞奇就放手了。」

「我開回來的。」愛麗絲說。她還因為購物、跳舞，或這兩件事加在一起而興高采烈。比利替她覺得高興。「這是大車，但我也是開大車學駕駛的。我叔叔教我的。『樹上有三檔，想要退後就往上面旁邊打。』」

比利笑了起來。他在「油漆永遠塗不完之家」學開車，蓋茲登（葛倫·道頓）入伍服役後，他才可以幫忙做更多事。史戴芬尼克先生（他故事裡的史派克先生）也用這兩句話教他開車。

「有東西給你。」她說。「等等你瞧瞧。」

她跑進另一個房間去拿，比利望向巴奇。巴奇點點頭，豎起拇指，表示沒事。

愛麗絲回來時，捧著一個盒子，上方壓紋捲曲的字母寫著「特別訂製」。她把盒子交給他。

比利開了盒子，拿出一頂假髮，價格大概是他在亞馬遜上買的那頂兩倍。這頂不是金色，而是黑色的，還加上了幾縷花白，也比戴頓·史密斯的假髮還要長。頭髮也更厚。他的第一個念頭是如果他戴著這頂假髮被警察攔下來，他會跟駕照照片看起來不一樣。另一個想法又浮上心頭，更要緊的想法，將其他念頭都推去一旁。

「你不喜歡。」愛麗絲笑容消失。

「噢，但我喜歡，非常喜歡。」

他冒險伸手擁抱，她也回抱他。所以就沒事了。

7

比利與愛麗絲抵達那天，天氣像夏天，但在巴奇這待的第二晚就冷多了，颳過屋子的風實在很冷。比利從門廊下方拿了幾塊劈好的楓木柴，巴奇用廚房裡小小的Jøtul燒柴爐取暖。然後他們坐在桌邊，研究起巴奇印出來的圖片，有些是Google Earth，有些則是在Zillow地產交易網站上找到的。畫面上是派尤特的契羅基車道一九〇〇號室外的地景，以及室內的空間配置，派尤特是一個位於拉斯維加斯北邊郊外的區域。屋主名叫尼克．馬傑利安。

房子後側緊貼著派尤特山麓。房屋外牆雪白，共有四層樓，每一層樓上去之後都往後延伸，所以整棟房子看起來像一座巨大的階梯。比利心想：賭城市區的夜景一定很美，特別是從屋頂看下來。

他們在Google Earth上看到房屋周遭有高牆、主要柵門、通往院子的車道，其實不是車道，稱得上一條路了，幾乎有一．六公里長。距離房子兩百公尺處有一個穀倉。一小片圍欄牧場跟圓形練馬場，旁邊有好幾匹馬。主要建築之外還有三棟建築，其中一間特別大，剩下兩間比較小。比利認為大間的應該是傭人住的，以前稱為工棚，現在也許還是。另外兩間大概是維修棚跟儲物間。他沒看到車庫，於是問起巴奇。

「我會猜蓋在第一個斜坡這裡。」巴奇指了指屋後樹林高地。「不過那不是車庫，比較像車棚，可以停下十幾輛車，或更多。我聽說尼克喜歡經典老車。我猜每個人都有唯有金錢可以搔到的癢處。」

比利心想：有很多癢處是金錢搔不到的。

愛麗絲看著地產網站的照片驚呼。「老天，這裡肯定有二十個房間，後面還有游泳池！」

「高檔。」巴奇附和起來。「都是昂貴的好東西。他可能繼續擴建了，因為這些照片是在尼克買之前拍的。他花了一千五百萬。我在地產網站上看到的。」

比利心想：然後不肯支付我那區區一百五十萬。

地產網站拍到了Google Earth 拍不到的室外地景。好比說長條形的草坪，翠綠色，還有花床。牧地同樣翠綠。一片棕櫚樹，涼爽的樹蔭下有幾組桌椅。要幾千加侖的水才能讓這整個地方看起來像沙漠中的伊甸園啊？需要多少園丁？屋裡有多少工作人員？還有多少狠角色手下到處晃，期待名為比利．桑默斯的刺客闖進，來討他剩下的血汗錢？

「他稱此處為岬角。」巴奇說。「我做了一點研究，如果你知道該去哪些黑暗領域挖掘，你會很詫異這年頭的電腦能夠找出什麼資訊。尼克從二〇〇七年就住在這裡，後方貼著山地，沒有人會來煩他。也許他因此有點疏忽了，但我可不會指望這點。」

比利心想：的確不能指望這點。能夠除掉喬治歐．朱利耶尼這種長期合作的重要夥伴，絕對不能輕忽尼克這個人。他唯一的假設是尼克在找他，等著他。尼克不知道的是比利有多火大。他們有過協議，他完成了他這一方的工作。尼克沒有兌現承諾，反而吞了他的錢，還打算殺了他。面對面對峙時，尼克也許會否認這點，但比利很清楚，他們兩人都很清楚。

巴奇指著指Google Earth 對地面的空拍圖。「這個小小的方形建築是管理室，裡頭會有人看守。這點倒是沒錯。」

比利沒有懷疑。他再度好奇起尼克找了多少人來守護他的小小王國。如果是席維斯．史特龍或傑森．史塔森的電影，裡頭大概會有十幾個人，全副武裝，從氣動式輕型機關槍到肩式火箭炮都有，但咱們說的可是真實人生啊。也許五人，也許只有四人，帶著自動手槍或霰彈槍。不過，比利只有一個人，而且他也不是史特龍。

愛麗絲將一張 Google Earth 的圖片放到桌子中央，問：「這是什麼？地產照片上沒有。」

巴奇跟比利望過去。那是西側的牆與隆起岩石交界的位置。巴奇看了一會兒後，說：「我想那是工程便道。不會展示在地產網站上的東西，就跟你不會在那裡展示等著垃圾車來裝垃圾的棚子一樣。地產網站只想拍光鮮亮麗的地方，比利，你覺得呢？」

「不知道。」但想法逐漸出現。他越想那臺老舊的卡車，就越喜歡它。還有新假髮，他也喜歡新假髮。

8

晚餐後，愛麗絲霸佔了浴室來染頭髮。巴奇給她啤酒時（「給妳提神用的。」），她接了下來。他們都聽到她在身後鎖上門，比利不意外。他覺得巴奇也不會覺得意外。

巴奇又從冰箱裡拿出兩瓶啤酒，接著他披上薄外套，將毛衣扔給比利後，他們去外頭門廊，並肩坐在搖椅上。巴奇用自己的酒瓶敲起比利的瓶頸位置。「敬成功。」

「敬得好。」比利喝了一口。「我想再次感謝你接待我們。我知道你沒料到有客人。」

「你真的考慮要替儒格手槍裝滅音器？」

「對，可以順便幫我弄到一把格洛克 17 手槍嗎？以及兩把槍的子彈？」

巴奇點點頭。「在這一帶應該不成問題，你還要什麼？」

「假鬍子，配得上她幫我買的假髮顏色。我沒時間自己長。」還要別的東西，但愛麗絲會想辦法找到其他的物品。

「你打算怎麼做？也許是時候跟我說說，我才能勸退你。」

比利告訴他自己的計畫。巴奇仔細聆聽，不一會兒，他點點頭。「去他那裡很危險，太歲頭上動土什麼的，但說不定能成。找你的賞金獵人都會在市區，特別是在尼克的賭場附近，叫什麼雙倍王牌的？」

「雙倍骨牌。」

「我沒有。」

巴奇靠上前，看著他。「聽著，如果你擔心你承諾我的那筆錢——」

「——那你可以放心。我經濟上寬裕得很，我很樂意離開紐約，真不曉得我一開始在那邊待那麼久幹嘛。哪天會有人在第五大道引爆髒彈，或是釋放什麼傳染病，讓曼哈頓到史泰登島通通成為一個巨大培養皿。」

比利覺得巴奇聽了太多談話性廣播節目，但他沒有說出來。「重點不是你的錢或我的錢，但如果他有錢，我會帶走。重點是他騙了我，他耍了我。他是壞人。」比利發現自己是用「愚蠢自我」的堆疊句型在講話，但他不在乎。「他殺了喬治歐，或是找人幹掉了他。他原本也打算除掉我。」

「好啦。」巴奇低聲地說。「我懂，事關榮譽。」

「不是榮譽，誠信。」

「我接受這樣的糾正，現在喝你的啤酒。」

比利喝了長長一口，然後再次轉頭比向室內的水聲。「今天出門購物時她怎麼樣？沒事嗎？」

「大部分時間都很好，但在我們進入『互利換穿』給你買牛仔帽的時候，噢，忘了給你看，超讚的。總之，她忽然有點呼吸困難，但她開始壓低聲音唱什麼歌。我沒聽到是什麼，但之後她就好了。」

比利知道是什麼歌。

「她在二手車行表現得可圈可點。看到那輛卡車，跟瑞奇一路從四千五殺到三千三。瑞奇想停在三千五的時候，女孩拉著我，說『走了，艾默，他人很好，但不是真的想賣車。』你相信嗎？」

「我信。」比利說。他大笑起來，但巴奇沒有一起笑。巴奇神情嚴肅。比利問他出了什麼問題。

「還沒有問題，但之後可能會成問題。」他放下啤酒，轉頭直視比利。「我們兩個是亡命之徒，好嗎？雖然現代人不這麼說，但我們就是這種人。愛麗絲不是，但如果她繼續跟著你，她有一天也會步上我們的後塵。因為她愛上你了。」

比利放下自己的啤酒。「巴奇，我沒有……我不會……」

「我知道你不想跟她上床，她因為遇過那種事，大概也不想跟你上床，但你救了她一命，將她拼湊起——」

「我沒有把她拼湊……」

「好啦，你也許沒有，但你給了她自行康復的時間與空間。不管是哪樣也無法改變她愛上了你，只要你允許，她就會跟你到天涯海角，但如果你允許，你會毀了她。」

比利肯定覺得巴奇找他出來就是要講這件事，說完後，巴奇停下來喘口氣，拿起啤酒，灌了一半，然後打起響嗝。

「你要可以回嘴。給你地方住幾天不代表我聽不進反對的意見，所以快點反駁我。」

比利沒有反駁。

「帶她去內華達，沒問題。在城外找間便宜旅館，把她扔著，你去搞定你的事。如果你帶著錢全身而退，你就給她一點，送她回東邊來。叫她來看看我，提醒她，那些假文件只是暫時的偽裝。她還是可以回去當愛麗絲．麥斯威爾。」

他豎起一根手指，手指已經開始產生關節炎的扭曲與腫脹了。「但你不要讓她牽扯進去，懂嗎？」

「懂。」

「如果你不能全身而退，那你大概沒辦法活著出來。她會很傷心，但她必須搞清楚狀況，好嗎？」

「好。」

「告訴她，如果幾天後還是沒有你的消息，你自己抓時間，然後就叫她回這來。我會給她一點錢，也許一千，也許一千五。」

「你不用──」

「我想這麼做，我喜歡她。她遇過那種事，可以怨天尤人，但她沒有。再說，那是你替我賺的錢，我現在就你一個客戶，過去四年都這樣。再也沒人替這小老頭子賺錢囉。如果你出什麼事，他們要查到我身上也很容易，加上我已經老到不適合坐牢了。」

「好吧，謝謝你，真的很感謝你。」

水聲停了。巴奇壓在搖椅扶手上，再次靠到比利耳邊。

「你知道，小貓咪會喜歡上不追牠或不吃牠的狗，見鬼了，小鴨子也會。牠們產生了印記，她對你也有印記，比利，而我不希望她受傷。」

浴室門開了，愛麗絲走到門廊來。她穿了一件老舊的浴袍，肯定是巴奇的，因為袍子長到她的腳盤上。她大概用了一打髮夾才固定住頭髮，然後還罩上了透明的塑膠套。她不可能染成白金色，也許是因為她的髮色一開始就太深了，但改變還是很明顯。

「你們覺得如何？我知道現在還看不太出來，但……」

「看起來不錯。」巴奇說。「我就是喜歡深金色，我第一任前妻就是深金色，我在點唱機旁邊看到她，知道我肯定得追到她。真是蠢喔我。」

她對此只有稍微笑笑，但她注視的是比利，他的看法才重要。比利完全懂巴奇剛剛在講什麼。他記得曾在YouTube上看過一支影片，一隻小鳥在一隻大麥町的水盆裡戲水，而這隻大狗只是在一旁看著。而他又想起有句老話是這麼說的，救人一命，你就要對那個人負責。

「妳看起來美極了。」他說，愛麗絲露出微笑。

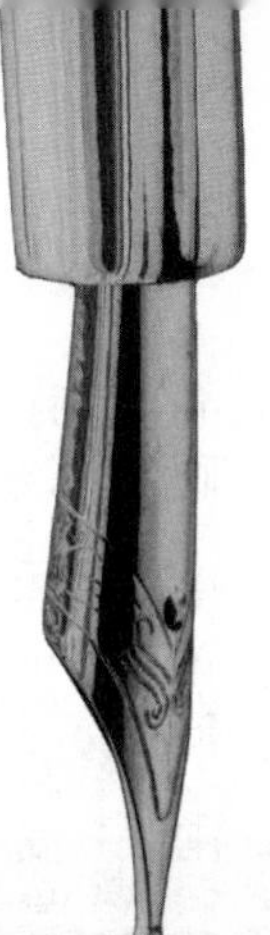

CHAPTER 19

1

比利跟愛麗絲在巴奇這裡待了五天。第六天一早（也就是號稱上帝打造出飛禽與走獸的這天），他們打包上道奇公羊卡車，準備啟程。比利戴了金色假髮跟平光眼鏡。因為是六人座卡車，所以他們可以將簡單的行李擺在後排長座椅上。上了年紀的除草機還在卡車車斗上，旁邊有樹籬修剪機、吹葉機跟老舊的鏈鋸。比利第一次見到時空空如也的拖車，現在裝了四個在勞氏公司買的硬紙儲物桶。兩個男人把桶子踢一踢，讓它們看起來破爛老舊，然後將他們在內德蘭法拍會上買的廉價工具扔進去。彈性繩將桶子固定在卡車四角上。

「你想要看起來像二十一世紀的騎馬打工仔。」巴奇在他們踢桶子時說。「鬼才曉得西部九州有多少這種人。他們到處漂泊，打點零工，然後繼續前進。」

愛麗絲問起西部九州是哪九州，巴奇細數起來：科羅拉多、懷俄明州、蒙大拿州、猶他州、亞利桑那州、新墨西哥州、愛達荷州、奧勒岡州，當然還有內華達州。比利覺得卡車不錯，也許在路上不用這麼謹慎，巴奇說得對，賞金獵人會聚焦在賭城都會區。不過，之後在「岬角」，這輛車會變得非常關鍵，特別是車子的外型。

「這幾天很愉快。」巴奇說。他穿了一件吊帶褲跟老九七樂團的T恤。「我很高興你們來。」

愛麗絲抱了抱他。她新的金髮在晨光下非常亮眼。

「比利？」巴奇伸出手。「你小心一點。」

比利差點也擁抱老人家，最近他就是這樣，但他沒有。他一直不喜歡男人之間的擁抱，就算在戰場上也不喜歡。

「謝了，巴奇。」他用雙手握起巴奇的手，注意到巴奇的關節炎，他只有輕輕捏了捏。「感謝你所做的一切。」

「別客氣。」

他們上了車。比利發動引擎。一開始很卡，後來就順了。巴奇答應找人把 Fusion 開回原來的地方，這樣就能保護戴頓．史密斯的身分。比利心想：又欠了巴奇一筆。

他讓老卡車掉頭，朝著道路的方向。就在他要打起一檔時，巴奇做出「等等」的姿勢，走來副駕駛座這一邊。愛麗絲搖下窗戶。

「我要看到妳回來這裡。」他告訴她。「同時，妳別攪和進他的事情裡，離得遠遠的，聽到沒？」

「聽到了。」她說，但比利覺得她只是說巴奇想聽的話而已。比利心想，這不打緊，她會聽我的，希望啦。

他輕輕按了一下喇叭，然後就上路了。一個半小時後，他們在七〇號州際公路轉西，前往拉斯維加斯。

2

他們在猶他州的比弗停留過夜，又是一間沒有特色的獨立汽車旅館，但沒有太糟。他們在瘋牛餐廳吃了籃裝炸雞餐，回程路上又在老雷六六買了兩罐啤酒。之後他們坐在他們相連的房間外頭，將一定會有的草坪椅拉近，喝起冰涼的啤酒。

「我在路上讀了你剩下的故事。」愛麗絲說。「寫得很好，我等不及要讀後面了。」

比利皺起眉頭。「我打算寫到費盧傑就停筆了。」

「拉拉費盧傑。」她笑了笑，然後說：「你不打算寫你是怎麼殺人賺錢的嗎？」

這話太直接，讓他面露難色。當然啦，太真實了。她注意到了。

「我是說，壞人。還有你是怎麼認識巴奇的，這我也想知道。」

比利心想：對啊，這也可以寫，也許就該寫。因為，諷刺的是，如果躲在門後的聖戰者殺死強尼·凱普斯，而不是只有轟爛他的雙腿，那比利·桑默斯此刻也不會待在這裡。愛麗絲也不可能。他彷彿恍然大悟，但也許不該這麼震驚，因為如果強尼·凱普斯沒有活下來，那愛麗絲·麥斯威爾就會凍死在皮爾森街了。

「也許有機會的話我就會寫。愛麗絲，跟我聊聊妳的故事。」

她大笑起來，但不是他越來越喜歡的那種自在歡笑，而是閃避的笑。「沒什麼好說的，我一直都是消失在背景裡的人。這輩子最有意思的事就是遇上你，另一件我猜就是被性侵吧。」她發出不悅短暫的悶哼聲。

不過他不會這麼容易就讓她矇混過去。「妳在京士頓長大，妳媽拉拔妳跟妳姊，還有呢？一定不只這樣。」

「不要改變話題。」

愛麗絲指著逐漸變黑的天空。「我這輩子沒見過這麼多星星，巴奇那邊也沒這麼多。」

她聳聳肩。「好，做好無聊的準備吧。我爸是家具店老闆，我媽是他的會計。我八歲時，我爸心臟病發過世，我姊潔芮那時十九歲，在上美容學校。」愛麗絲碰觸自己的頭髮。「她大概會說我染得不對。」

「大概會吧，但看起來很漂亮。繼續。」

「我在高中成績普通，約會過幾次，但沒有男朋友。校園裡有受歡迎的孩子，我不是其中之一，校園裡有不受歡迎的孩子，你知道，就是會被惡作劇、被嘲笑的那種人，我也不在其中。我

大多就是聽我媽跟我姊的話行事。」

「除了去念美容學校以外。」

「我差點也答應了那件事，因為我肯定進不了聰明人念的大學。我沒有修那些必要的課程。」她思索起來，比利給她時間。「有天晚上，我躺在床上，快要睡著了，然後我忽然醒過來，驚醒，差點從床上摔下來。你有這種經驗過嗎？」

比利想起伊拉克，說：「好幾次。」

「我想，『如果我去念美容學校，如果我聽她們的話，那一切就會沒完沒了。我這輩子就只能照她們的意思做事，有一天，我醒來，是個老太婆了，結果還杵在這個京士頓。』」她轉頭面向他。「你知道，如果我媽跟潔芮知道我在崔普他家出了什麼事，以及我現在跟你在一起的狀況，她們會怎麼說嗎？她們會說『看看妳當初作了什麼明智的決定。』」

比利伸手想搭在她肩上。她卻在他碰觸前轉頭，他看到了如果命運夠仁慈，她有一天可能會蛻變成的女人模樣。

「而你知道我會怎麼回答嗎？我會說我不在乎，因為這是我的時間，我值得擁有自己的時間，而我就想要這麼做。」

「好喔。」他說。「好喔，愛麗絲，這樣沒問題。」

「對，沒問題，當然沒問題。只要你別死就好。」

他沒辦法保證這件事，所以他沒說話。他們又看了一下星星，喝了一下啤酒，她一直沒開口，直到她說她覺得想上床睡覺了。

3

比利沒有立刻上床睡覺。巴奇傳了兩封訊息來。第一則說在「岬角」工作的造景公司叫做「綠色園藝」。負責人可能叫做基頓．弗里曼或海克特．馬汀內茲，也許換人了。這一行流動率就是這麼高。

第二條訊息解釋起尼克通常週間都會待在賭場，但週末會想辦法回到他在派尤特的家，特別是禮拜天。**美式足球球季開賽後，絕對不會錯過紐約巨人隊的比賽。**巴奇又補了一句：**認識他的人都知道這點。**

比利心想：你可以帶男孩離開紐約，但沒辦法讓紐約離開男孩。他發訊息過去：**車庫有什麼進展嗎？**

巴奇的回應來得很快：**沒。**

比利將Google Earth與地產網站的照片都帶了出來。他研究了一下。然後打開筆電，搜尋起幾句西班牙文。就算時機成熟，他也不見得要說出這些句子，但他現在唸了一遍又一遍，想要記住這些句子。這些句子大概通通都會派上用場，他不需要學會每一句，但做足準備總是上策。

Me llamo Pablo Lopez.（我叫巴布羅．羅佩茲。）

Esta es mi hija.（這是我女兒。）

Estos son para el jardín.（這是花園要用的。）

Mi es sordo y mudo.（我又聾又啞。）

4

他們回到瘋牛餐廳吃早餐，然後上路。比利不會逼迫老卡車，也沒必要。前往拉斯維加斯不過三百多公里，他也要到週日才會對尼克下手，那天專業選手打起美式足球，契羅基車道盡頭的大宅裡應該是最安靜的時刻。沒有管理員，沒有園藝師，希望也沒有狠角色手下。他查看起比賽日程，紐約巨人隊跟聖路易紅雀隊東岸時間四點開打，在內華達是下午一點。

為了打發時間，他跟愛麗絲說起他是怎麼進入這個他覺得自己已經退休的行業的。在往西的七〇號州際公路上，強尼·凱普斯是連鎖反應裡，第一個結束的環節，至今，至少又牽扯出了另一個環節。

「他就是在那間屋子裡雙腿中彈的人。他們讓他活著，騙你們其他人進去。」

「對，醫護兵克雷·布利克斯穩定住他的狀況，直升機送他離開。強尼在破爛的野戰醫院裡待了很長一段時間，他對藥物上癮，同時他們嘗試讓他復健，但他根本不可能恢復。最後山姆大叔送癮頭很重的他坐輪椅回皇后區。」

「太慘了。」

哎啊，比利告訴她，至少強尼癮頭的故事有了完美的結局。他堂哥喬伊聯絡上他，這位堂哥保留了家族的姓氏凱普札諾，但大家當然都叫他喬伊·凱普斯。在紐約一個比較大的幫派及控制毒品生意的錫納羅亞販毒集團首肯下，喬伊·凱普斯開始了自己的小事業，規模真的不大，頂多只算一小幫人。喬伊提議讓他因戰受傷的戰士親戚來當會計，只要強尼肯戒毒就好。

「他戒了嗎？」

「戒了。我們重逢後，他把整件事說給我聽。他進入戒毒中心，堂哥付錢，他一週去四次匿名戒毒會，直到幾年前去世。他死於肺癌。」

愛麗絲皺起眉頭。「他去匿名戒毒會戒毒，但日常工作是輸出毒品？」

「不是輸出，只是替毒品生意賺錢，順便洗錢這樣。不過，對，說到底還是同一件事，我有次跟他提這件事。妳知道他怎麼說嗎？他說全世界都有酒鬼開的酒吧，他說他是在贊助癮君子，有些人能夠改過自新，繼續他們的人生。他是這樣講的，繼續他們的人生。」

「老天，講得好像是左手不知道右手在幹嘛一樣。」

比利說起他差點申請在戰場繼續服役，但他覺得自己一定瘋了，想自殺的那種瘋，於是他脫下制服。他到處混了一段時間，想要搞清楚接下來該怎麼辦，畢竟他多年來只有從事狙擊殺人的工作。這時強尼聯繫上了他。

強尼說，有個紐澤西人，喜歡在酒吧裡找女人，然後對她們動粗。強尼說，這人大概有什麼要解決的兒時創傷，但去他媽的童年創傷，這傢伙真的很壞。他害最後一個女人陷入昏迷，而這個女人碰巧是凱普札諾家的人。大概只是遠親的遠親，但還是一家人。問題在於這個打女人的傢伙是另一個更強大組織的人，他們組織總部就在河對岸的霍博肯。

喬伊帶著強尼．凱普斯與這個組織的老大坐下來長談，原來紐澤西的人也不怎麼喜歡這個惹事生非的傢伙。就是一個大麻煩，雙手戴滿戒指的混蛋，喜歡把女人揍得要死，而不是跟普通人一樣操她們就好，或從後面來，有些男人喜歡這樣，甚至某些女人也喜歡這一味。不過，天底下沒有哪個女人會喜歡自己的臉被打爛。

結果就是幫派老大沒辦法同意喬伊．凱普斯幹掉這個大混蛋，因為這樣他們就得報仇。不過，如果動手的是外人，如果兩邊都有出錢（霍博肯的組織跟皇后區的小團夥），那就能拔除這根眼中釘，說這叫幫派外交。

「所以強尼・凱普斯找上了你。」

「對。」

「因為你最厲害？」

「他認識的人裡最厲害的。而且他知道我的過往。」

「那個男人殺了你的妹妹。」

「那也是啦，我先研究過這個男人，然後才同意接這份工作，有點像是挖掘他的過往。甚至去看他打成植物人的那個女人，她得接機器維生，妳猜得出來她大概這輩子都不會醒過來了，螢幕……」比利畫了一條平平過去的線條。「所以我解決了他，這跟我在伊拉克幹的沒有兩樣。」

「你喜歡嗎？」

「不。」比利毫無遲疑。「在戰場不喜歡，在這裡也不喜歡。」

「強尼的堂哥又替你找了其他工作？」

「又兩個案子，我拒絕了一個，因為那個人……不知道耶……」

「看起來不夠壞？」

「類似吧。然後喬伊介紹我認識巴奇，巴奇介紹尼克給我，於是我們就走到今天這一步了。」

「我猜中間應該還有很多步。」

她猜得沒錯，但比利不想多說，更別提他替尼克或其他雇主工作的細節了。他沒有跟任何人說過這些話，他很害怕聽到自己說出那部分的人生。不光彩也愚蠢。商學院學生、性侵倖存者愛麗絲・麥斯威爾坐在一輛老舊卡車上，旁邊是取人性命糊口的殺手。這是他的工作。而他會殺死尼克・馬傑利安嗎？如果有機會，很有可能。所以問題來了，為了榮譽殺人有比為了金錢殺人好嗎？大概沒有，但這樣也不會阻止他。

愛麗絲沉默了一會兒，思索了起來，然後她說：「你告訴我，是因為你覺得你沒有機會可以寫下來，對嗎？」

沒有錯，但他不想說出口。

「比利？」

「我告訴妳是因為妳想知道。」他終於開口，然後扭開收音機。

5

他們入住進另一間沒有品牌的汽車旅館。在拉斯維加斯郊外，這種住宿的地方很多。比利登記他們為戴頓·史密斯與伊麗莎白·安德森，這時，愛麗絲將四塊錢投進大廳的吃角子老虎機器。第五枚硬幣下去後，十個假的代幣掉進槽中，發出鏘鏘聲響，她跟小孩一樣歡叫起來。櫃檯人員提供她兩個選項：十元現金或等值的汽車旅館折扣。

「這裡的餐廳怎麼樣？」愛麗絲問。

「自助餐不錯。」然後他壓低聲音說：「親愛的，選現金。」

愛麗絲領了錢，然後外帶路邊的沙朗超級漢堡回來吃。她堅持要請客，比利沒有抗議。回到比利房裡，她坐在窗邊，看著朝市區前進的永無止境車流，飯店與賭場的燈都開了。「萬惡之城。」她讚嘆起來。「我在這裡的一間汽車旅館裡，身旁有一位帥哥，年紀碰巧是我的兩倍。我媽知道肯定會『挫屎』。」

比利仰頭大笑。「那妳姊呢？」

「她才不會相信呢。」她指出去。「那是派尤特山脈嗎？」

「如果那是北邊，那就是了。我想應該是叫派尤特特山麓，如果這很重要的話。」

她轉頭看著他，笑容消失了。「告訴我，你打算怎麼做。」

他把計畫解釋給她聽，不只是因為他需要她幫忙準備。她聽得很仔細。「聽起來很危險。」

「如果看起來不妙，我就撤退，再考慮。」

「你會知道不妙嗎？就跟你的朋友塔可在費盧傑那棟屋子外一樣？」

「妳還記得那段啊？」

「是嗎？」

「我想是吧。」

「但你大概還是會進去，就跟你們進去『歡樂之家』一樣，結果看看那裡發生了什麼事。」

比利沒有說話，他無話可說。

「真希望我能跟你一起行動。」

對此他也沒有回應。就算這個主意沒有讓他過意不去，但她跟去計畫更不可能成功，她自己也很清楚。

「你有多需要那筆錢？」

「沒有也無所謂，因為大部分會給巴奇。我這一趟不是為了錢。尼克辜負了我，他需要付出代價，就跟性侵妳的那幾個傢伙需要付出代價一樣。」

這次換愛麗絲沉默了。

「還有一件事。我覺得在刺殺任務完成後，要解決我不是尼克的意思，我知道他肯定不會出六百萬懸賞我的項上人頭。我想知道幕後黑手到底是誰。」

「還有背後的原因？」

「對，還有那個。」

6

隔天一早比利就去後面檢視老道奇卡車，因為工具只有用彈性繩綁住，沒有上鎖。東西都在原本的地方，一件沒少。他不意外，一部分是因為擺在拖車上的東西都又破又舊，另一個原因則是多年的經驗告訴他，多數人其實都是正直的人。他們不會拿不屬於自己的東西。會做壞事的人，好比說崔普．唐納文、尼克．馬傑利安，還有尼克背後的人，都讓他很憤怒。

他差點傳訊息問巴奇能不能查到尼克現在開哪種車，肯定會停在雙倍骨牌賭場的貴賓專用停車場，肯定會有那種炫耀用的個人化特別車牌，但想想還是沒開這個口。巴奇大概查得到，但這樣會讓對方警覺。比利不想讓尼克加強戒備。他希望到這個時候，尼克已經開始鬆懈了。

商店開門了，他跟愛麗絲就跑去最近的猶他美妝店。這次需要化妝的人是他，但他讓愛麗絲負責選購。之後，她說她想去賭場玩。這主意很爛，但她看起來興奮又期待，他實在無法拒絕。「但不去大飯店跟連鎖賭場。」他說。

愛麗絲查詢手機，帶路前往拉斯維加斯東部的「大湯米飯店」跟「賭場大道」。她得出示證件，她沉著地亮出新的伊麗莎白．安德森駕照。她隨處走動，傻傻看著輪盤、骰子、二十一點，還有永遠轉不停的大六輪，於此同時，比利到處尋找具有某些特徵的人。他沒看到。此處大多是來這裡小輸一點還撐得住的鄉下老爸老媽。

他再次想起愛麗絲真的已經不是他從大雨中帶回家的那個女孩了。她成了更好的人，如果他的計畫出錯，她受傷的程度會比上次更嚴重，而且都怪他。他心想：我該取消這次行動，帶她回科羅拉多。不過，他又想起尼克向他兜售起所謂的「安全屋」計畫，同一時間完全知道朝威斯康辛開車不過十公里，德納．艾迪森就會朝他腦袋開槍。尼克必須付出代價，他也得會一會真正的比利・桑默斯。

「這裡好吵喔！」愛麗絲說，她臉頰紅潤，眼睛想一次看清每個地方。「我該做什麼？」

比利看了看輪盤桌後，帶她過去，還出錢換了五十美金的籌碼，同時告訴自己，爛主意，爛到家的主意。她的狗屎運好得不得了。十分鐘後，她賺到兩百塊，其他人都在替她歡呼。比利不喜歡這樣，所以帶她去一整排的五元吃角子老虎機旁，她花了半小時，賺到另外的三十塊。然後她轉頭看著他，說：「按下按鈕，看一下，按下按鈕，看一下，不斷重複。有點蠢，是不是？」

比利聳聳肩，但忍不住笑了。他想起羅萍・麥奎爾說過，露出牙齒就叫笑，不然就什麼也不是。

「妳說的，不是我。」他說，然後露出牙齒。

7

賭場之後，他們前往十六世紀影城，看了不只一部片，而是兩部，一部喜劇，一部動作片。出來時，天都要黑了。

「吃點什麼好？」愛麗絲問。

「如果妳要吃，我可以帶妳去買，但我吃了一堆爆米花跟屁孩酸甜軟糖，超飽的。」

「也許吃個三明治就好。想聽我媽的好話嗎？」

「當然。」

「偶爾，如果我很乖，我們就會有她所謂的『不一樣的一天』。我可以早餐吃巧克力豆豆鬆餅，愛怎樣就怎樣，可以去綠線藥劑師喝牛奶糖漿汽水，或買個便宜的填充玩具，或搭公車到底站，我喜歡一路搭到終點站。真是個蠢孩子，是吧？」

「不。」比利說。

她牽起他的手，動作流暢自然，然後前往卡車的路上，前後甩起他們牽在一起的手。「今天就像那種日子……不一樣。」

「很好。」

愛麗絲轉頭望向他。「你最好別死掉。」她的語氣非常嚴厲。「最好不要。」

「不會的。」比利說。「好嗎？」

「好。」她附和道。「很好。」

8

不過，這天晚上她一點也不好。比利處在半夢半醒的狀態，不然他肯定不會聽到愛麗絲的敲門聲。敲得很輕，很遲疑，幾乎要聽不到了。他一度以為那是夢裡的聲音，他夢到夏妮絲．艾克曼，然後他又回到拉斯維加斯郊外的汽車旅館房間裡。他起身走去門邊，從貓眼望出去。她站在門口，穿著寬大的藍色睡衣，這是她跟巴奇出門那天買的。她打赤腳，一隻手緊抓著自己的喉嚨，他都聽得到她喘不過氣的聲音。喘氣聲比敲門聲還響亮。

他開了門，拉起她沒揪著喉嚨的那隻手，帶她進房。他一關上門，就開始唱：「如果你今天去樹林……愛麗絲，一起來。」

她搖搖頭，喘了另一口大氣。「——不行——」

「妳可以的。如果你今天去樹林……」

「最好要……」喘「……喬裝……」喘。

她身子開始晃動，快要暈倒了。比利覺得她沒倒在走廊上實在堪稱奇蹟。

他搖晃她的身子。「不對，錯了，再一次，下一句。」

「你肯定會遇上大驚喜？」她還在喘，但至少看起來比較不會昏倒了。

「沒錯，現在咱們一起來。別用唸的，用唱的。如果你今天去樹林……」

她加入。「你肯定會遇上大驚喜。如果你今天去樹林，最好記得要喬裝打扮。」她深呼吸，吐氣吐得斷斷續續的。「得坐一下。」

「趁妳還沒昏倒之前。」比利附和起來。他還握著她的手，他帶她走到窗邊的椅子旁，此刻窗簾緊閉。

她坐下，抬頭望著他，將新染的金髮從額頭上撥開。「我在我房裡唱了，但沒有用。現在怎麼就管用了？」

「妳需要有人一起唱。」比利坐在床沿。「怎麼了？做噩夢？」

「超恐怖的，那三個男孩，那三個男人裡有人把抹布塞到我嘴裡，要我停止哀號，也許我尖叫了。我想是傑克。我沒法呼吸，我相信我要噎死了。」

「他們有這麼做嗎？」

愛麗絲搖搖頭。「我不記得。」

但比利知道他們的確這麼做，而她也很清楚。他自己也有過這種恐慌發作的經驗，只是沒有這麼嚴重，沒有這麼頻繁。他沒有與其他在伊拉克認識的海軍陸戰隊隊員聯絡（強尼．凱普斯是例外），但他有時會上幾個網站，有人有類似的經驗。

「這很自然，這是戰爭倖存者的心靈處理創傷的方式，至少是嘗試處理創傷的方式。」

「我嗎？戰爭倖存者？」

「妳就是。那首歌也許不會次次管用，溼毛巾蓋在臉上也不會次次管用，還有別的撐過恐慌發作的方法，妳可以上網查查看。不過，有時妳只要緩一緩就好了。」

「我以為我好多了。」愛麗絲低聲地說。

「妳是，但妳現在壓力也很大。」比利心想：還是我害妳的。

「我今晚可以待在你這裡嗎？」

他差點就拒絕了，但看到她懇求的神情，又想到：是我害妳的。

「好。」他希望自己穿的不只是鬆垮的四角褲，但也只能這樣了。

她先上床，他躺進她身邊。他們背靠背。床很窄，他們的屁股彼此碰觸。他望向天花板，心想：拜託不要勃起。根本是在叫小狗不要追貓咪一樣。他們的腿也接觸到了，她的腿在棉質睡褲下感覺溫暖也緊實。自從菲菲之後，他就沒有接近女色了，他完全不想跟這個女孩怎麼樣啊，但，老天啊。

「我可以幫你嗎？」她壓低聲音講話，但完全不畏懼。「我不能跟你做愛……你知道，來真的那種……但我可以幫你。我很樂意。」

「不用了，愛麗絲。謝謝，但不用。」

「你確定？」

「對。」

「好喔。」她轉過去她那一側，面朝牆壁遠離他。

比利等到她的呼吸變得漫長緩和平穩，然後才去廁所自己解決。

9

幾天日子過得很快，就跟度假一樣，然後大日子就在眼前。路上有一間連鎖超市，吃完早餐後，他們去裡頭購物。愛麗絲買了大罐塑膠瓶的保溼乳液跟噴瓶。還有泳衣。她的是普通的藍色連身泳衣，他則是有熱帶魚圖案的鬆垮四角泳褲。她也替他買了刷白的連身吊帶褲、黃色工作手套、粗工外套，還有上頭寫著拉斯維加斯標語的T恤。

他們在汽車旅館游泳池游泳，他們發現這是目前這個住宿地點的精華。愛麗絲跟幾個孩子一起玩水上排球，比利則在躺椅上觀看。一切都感覺再自然不過。他們也許是要驅車前往洛杉磯的父女，也許要找工作，也許要找能夠幫忙墊付長期貸款的親戚，或找地方久住。

汽車旅館的櫃檯人員說對了，自助餐的確「很不錯」，滿滿的起司通心粉跟不知道烤了多久的原汁烤牛肉，但在游泳池玩了快兩個小時後，愛麗絲將盤子堆得高高的，吃得精光，還拿了好幾次。比利追不上她，但曾幾何時（好比說接受基礎訓練的時候），他的食量能夠超越她。午餐過後，她說她想睡個午覺。比利一點也不意外。

差不多四點時，他們再次購物，這次是去名為「寶貝快長大」的農具園藝店。愛麗絲一早的好心情黯淡了下來，但她完全沒有努力勸退明天的計畫。比利很感謝她。勸說可能會引發爭執，而他最不希望與愛麗絲吵架。畢竟這天可能是他們一起度過的最後一天。

他們把車停在汽車旅館時，比利伸手去後方口袋，拿出一張摺疊的紙。他將紙張攤開，撫平紙張，然後用連鎖超市買的膠帶將紙張貼在儀表板上。愛麗絲看了看抱著粉紅鶴的小女孩。

「這誰？」

夏妮絲精心繪製的蠟筆圖畫有點糊掉了，但從粉紅鶴朝夏妮絲方向發送的愛心還清晰可見。比利摩挲起其中一顆愛心。「我在央林區時，住在隔壁的小女孩，但明天如果有必要，她就是我女兒。」

10

比利相信一般人不會偷東西，但這個信念也只支持到了此刻。老舊工具跟骯髒的桶子還算安全，但也許有人會看到他們從寶貝快長大買的東西，決定分點回去用，所以他們將大包小包扛進比利的房間裡，堆在浴室裡。總共有四包二十五公斤的奇蹟生長培養土，五包五公斤的牛仔蚯蚓糞跟一包十二公斤的黑牛肥料。

愛麗絲讓比利拿黑牛肥料。她皺起鼻子，說隔著包裝袋，她都能聞到裡頭的味道。

他們去她房間看電視，她問他晚上要不要在這裡睡。比利說最好還是不要。

「我覺得我自己睡不著。」愛麗絲說。

「我也覺得我不行，但我們都要試試看。過來，給我抱一下。」

她大力擁抱他。他感覺得到她在顫抖，不是因為她怕他，而是怕他出事。她不該害怕，但如果她必須害怕，怕別人出事總比她單純害怕好。好多了。

她放手時，他說：「手機鬧鐘調六點。」

「沒這個必要。」

他笑了笑。「還是調一下，妳也許會讓自己意外呢。」

回到隔壁他的房間，他傳訊息給巴奇：**有那人的消息嗎？**

巴奇的回覆很快：**沒，也許在那，但不確定。抱歉。**

比利傳回去：**沒事的。**然後調好自己的手機鬧鐘，五點。他不期待他睡得著，但也許他會讓自己意外呢。

他的確睡了一下下，還夢到了夏妮絲。她撕毀粉紅鶴的圖畫，說：我恨你！我恨你！我恨你！

他四點就醒了，他拿著全新的手套去外頭，愛麗絲已經坐在每間汽車旅館都會有的草坪椅上，縮在「我愛賭城」運動衫裡，抬頭望著彎彎的眉月。

「嘿。」比利說。

「嘿。」

他走到人行道水泥邊上，用新的手套抹地上的泥巴。他滿意手套的樣子後，他將多餘的塵土拍掉，站起身來。

「天氣冷。」愛麗絲說。「這是你的優勢，你就可以穿外套。」

比利曉得太陽升起後天氣就會熱起來。也許正值十月，但這裡是沙漠。他還是會穿那件粗工外套。

「妳要吃點什麼嗎？滿福堡？路上的麥當勞是二十四小時營業的。」

她搖搖頭。「我不餓。」

「咖啡？」

「當然，有最好了。」

「奶精跟糖？」

「黑咖啡就好。」

他去沒人的汽車旅館大廳，從咖啡永遠倒不完的壺裡倒了兩杯。他回來時，她還在看月亮。

「看起來好近，彷彿伸手就摸得到。很美吧？」

「對，但妳在發抖。我們去室內吧。」

她坐在他房間靠窗的椅子上，喝她的咖啡，然後將杯子放在小桌上，打起瞌睡。運動衫太大件了，領口向一側滑開，露出她的肩膀。比利覺得這個景象跟月亮一樣美。他坐下來，一邊喝咖啡，一邊看著她。他喜歡她漫長的鼻息。時間一分一秒過去。比利心想：這種呼吸是有技巧的。

11

他七點半叫醒她時，她怪他讓她睡過頭。「我們得噴漆，那至少要四小時作業。」

「沒事的。比賽一點才開始，我會至少等到一點半才行動。」

「但是，我還是希望我們能早一個小時開始，比較保險。」她嘆了口氣。「去我房間，在我那弄。」

幾分鐘後，他脫了上衣，在雙手、前臂跟臉上抹保溼乳液。她告訴他別忘了眼皮跟後頸。擦好之後，她開始使用噴霧型人工日曬膚色劑。第一層就花了五分鐘。噴完後，他去浴室照鏡子。他看到的是沙色皮膚的白種人。

「不夠好。」他說。

「我知道，再擦保溼乳。」

她上了第二層噴霧。他去浴室看，這次比較好了，但他還是不滿意。他出來時，告訴愛麗絲：「不知道耶。這也許是個壞主意。」

「並不是。記得我是怎麼說的？接下來的四到六小時裡，顏色會持續變深。加上牛仔帽跟工作服……」她嚴肅地看著他。「如果你不像墨西哥人，我會告訴你。」

比利心想：這時她就會再次要我放棄，跟她一起回去科羅拉多。不過，她沒開這個口。她只有叫他換上「你的服裝」。比利回到自己的房間，戴上黑色假髮，穿上T恤、連身工作服跟粗工外套（工作手套塞在口袋裡），最後戴上巴奇與愛麗絲在博德替他買的老舊牛仔帽。帽子壓在他耳朵上，他提醒自己時機成熟時，要把帽子往上揚一點，這樣才能露出花白的黑色長髮。

「你看起來不錯。」公事公辦的口氣，但眼眶紅了。「紙筆帶了？」

他拍了拍工作服前方的口袋。口袋很大，擺得下紙筆，還有裝好滅音器的儒格手槍。

「你已經開始變黑了。」她無力地微笑起來。「所幸這裡沒有政治正確糾察隊。」

「時勢所逼啊。」比利說。他伸手到工作服側邊的口袋裡，不是擺著格洛克手槍的那一邊，拿出一捲紙鈔。除了零星的兩張二十，這是他身上僅有的錢。「這拿去，算是保險。」

愛麗絲沒有爭論，直接塞進口袋裡。

「如果妳今天下午沒接到我的電話，妳就等一下。我不曉得北邊那裡收訊如何。如果我八點沒回來，最晚九點，那我大概就不會回來了。妳在這過夜，然後退租，搭灰狗巴士去科羅拉多的戈爾登或伊斯特公園鎮。聯絡巴奇，他會去接妳，好嗎？」

「一點也不好，但我了解。讓我幫你把那些肥料拿上車。」

他們搬了兩趟，然後比利甩上車尾門。他們站在原地彼此對望。幾個睡眼惺忪的人（一組家庭、兩名生意人）提著行李，準備出門。

「如果你一點才要到那裡，你可以多在這裡待一個小時。」她說。「甚至兩小時。」

「我想我最好現在出發。」

「對，也許這樣最好。」愛麗絲說。「在我崩潰之前。」

他擁抱她。愛麗絲也大力抱著他。他期待女孩會要他小心點，他期待她會再次要他別死，他期待她會再問一遍，也許是求他不要走。都沒有，她抬頭望著他，說：「屬於你的，去討回來。」

她放開他，走回汽車旅館。她走到門口時，舉起手機。「好了就打電話給我，別忘了。」

「不會的。」

他心想：如果我還能撥號，我就會打給妳。

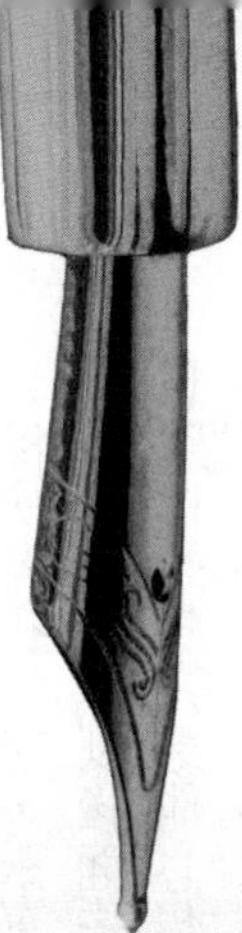

CHAPTER 20

1

在拉斯維加斯的四十五號公路開了一個小時，比利抵達道基甜甜圈店，一起出現的還有阿科加油站，以及名字爛到令人髮指的「恐怖秋天」便利商店。這是一個卡車休息站，有一大片停車場，大傢伙停在一邊，跟沉睡的怪物一樣打著呼嚕。比利加好油，抓起一瓶柳橙汁跟法蘭奇甜甜圈，然後將車子停到後面去。他考慮要不要打電話給愛麗絲，因為他很想聽聽她的聲音，覺得她也會想聽他的聲音。他心想：我的人質，我這罹患斯德哥爾摩症候群的人質。只不過如果曾經她是他的人質，現在的她也不是了。他想起她說的「屬於你的，去討回來。」不是毫不畏懼，她還沒有蛻變成漫畫書裡的戰士女王（至少此刻還沒），但口氣相當嚴厲。他把手機握在手裡，然後想起她昨晚也跟他一樣沒睡多久。

要是她決定回去補眠，還在門上掛著「請勿打擾」的牌子，他可不想吵醒她。

他喝起果汁，吃起法蘭奇，等著時間過去。有足夠的時間讓質疑爬進他心裡。某些層面（事實上是很多層面），這次都感覺像是「歡樂之家」重演，只是沒有其他隊友支援他。他不確定尼克會不會在「岬角」過週末。他不曉得如果尼克在，他會帶多少人在身邊。這些人裡顯然不會有其他組織的賞金獵人，只會有他自己的人，而比利完全不曉得他們待在哪裡。他從地產網站的照片上看過室內的構造，但尼克買下後可能進行改建。如果尼克在，替紐約巨人隊加油，比利也不會知道他在哪裡收看比賽。他甚至不確定自己能不能進得了工作人員專用的便道。也許進得去，也許進不去。

這邊有一排流動廁所，他去解放早上的咖啡與剛剛的果汁。他出來時，一位身穿綁帶上衣與牛仔短裙的黑妞站在附近，她的裙子短到內褲邊緣都露出來了。她看起來彷彿一夜沒睡，而且昨晚不是過得太好。她眼周暈開的睫毛膏讓比利（「愚蠢自我」比利）想到唐老鴨跟史高治・麥克達克叔叔漫畫書裡的反派——庀兄弟，他們是一家黑眼圈兄弟，比利偶爾會在雜物堆或車庫拍賣上看到這種漫畫。

「嘿，帥哥。」在停車場出沒的妞兒說。「想跟我約會嗎？」

這是測試他身分故事的好機會。他從工作服前面的口袋裡拿出紙筆，寫下西班牙文的 mi es sordo y mudo。

「這他媽的是什麼意思？」

比利用雙手碰觸雙耳，然後又輕拍嘴巴。

「算了。」她轉身就走。「我才不舔墨西哥佬的屌。」

比利樂得目送她離去。他心想：不舔墨西哥佬的屌，是嗎？我不會因此成為約翰・霍華德・葛里芬[25]，但還可以接受。

2

他待在甜甜圈店後面的停車格裡，直到十一點。這段時間裡，他一直看到那位黑人姑娘以及她的「同事」不斷向卡車司機攀談，但這些女郎都沒有接近他。比利覺得無所謂。他偶爾會下車查看車上物品還在不在，實際上只是想活動雙腿，保持身體的靈活。

十一點十五分，他發動卡車（一開始點不著火，嚇了他一跳），繼續沿著四十五號公路北上。

25 John Howard Griffin（1920—1980），出生德州的記者、作家，倡導種族平等。為了深入記錄種族歧視現象，他曾在一九五九年假扮成黑人，前往「深南地區」了解種族隔離政策下的有色人種生活。

派尤特山麓越來越近。驅車八公里後，他看到了「岬角」。這裡跟尼克在比利進行刺殺任務的市區租屋風格截然不同，但同樣很醜。

GPS定位系統告訴他，轉進契羅基車道後再往前開一．六公里，比利來到一處休息區，頂多只算一個避車道。他在樹蔭下停車，又去了一趟流動廁所，想起塔可．貝爾的教誨：**交火前把握每一次尿尿的機會**。

他出來時，查看了手錶，十二點半。在大宅裡，尼克大概跟幾個狠角色手下一起坐了下來，欣賞比賽前的表演。說不定還吃著墨西哥起司玉米片，喝起啤酒。比利叫起Siri，Siri說距離目的地還有四十分鐘。他逼自己再等一等，也逼自己不要打電話給愛麗絲。於是他下了車，從車後的爛桶子裡抽出鐵鍬，朝著公羊卡車狀況已經很糟的消音器又砸出兩個洞。如果他抵達便道時，卡車不斷發出怪聲、快要故障的樣子，這樣會更有說服力。

「好。」比利說。他想要來個黑馬的軍呼，但又告訴自己這太荒謬了。再說，他們最後一次手搭在一起喊軍呼的時候，結果非常悲慘。他轉動鑰匙，發動機空轉又空轉。開始卡住的時候，他就熄火，等待，然後再次採下油門踏板，再發動一次。卡車終於順利發動，之前車聲很大，現在更刺耳了。

比利查看路況，轉上四十五號公路，然後開上契羅基車道。坡變陡了。差不多一．六公里後又有一個斜坡，兩邊有比較樸素的住宅，之後一般的房子消失了，陰森矗立在他面前的就是「岬角」。

比利心想：我終究會來到這裡，這個念頭害他想笑，因為這麼想不只感覺不祥，也感覺很假。這個念頭揮之不去，比利明白因為這是真的。他終究會來到這裡，沒錯。

3

在烏煙瘴氣的拉斯維加斯盆地外圍空氣清新清脆，也許有點放大效果，因為比利接近莊園主要的柵門時，房子看起來好像退後了一點，這樣才不會整個壓在他身上。圍牆很高，看不到裡頭的狀況，但他曉得裡面有保全亭，如果有人看守，他的老車可能已經出現在監視畫面上了。

契羅基車道的盡頭就是「岬角」。在道路結束前，有條泥巴路延伸到左邊去。岔路上有兩個路牌，左邊這條路上是「維修與貨運」，另一邊則是「僅供授權車輛進入」，「僅供」二字還是紅色的。

比利沿著泥巴路前進，還記得要將帽子往上推一點。他也拍拍連身工作服前方的大口袋（裝了滅音器的儒格手槍），還有旁邊的口袋（格洛克手槍）。用手槍瞄準根本是在開玩笑，手槍只能近距離射擊，但他此刻驚覺他沒有試射過這兩把槍，也沒有檢查子彈。如果他用格洛克手槍時卡彈，那他真是好笑了。或是，也許儒格的滅音器出了什麼狀況，說不定是某個嗑冰毒的人在自家車庫手工打造的，結果滅音器卡住槍管，最後在他手裡膛炸怎麼辦？現在擔心這些都太遲了。

莊園高牆在他右邊。左手邊則是長得很近的矮松，樹枝不斷掃向他的車身。比利可以想像大臺一點的車搖搖晃晃開進來，好比說垃圾車、丙烷車、水肥車，每次不得不來的時候，駕駛都會邊開邊罵髒話。

然後高牆轉向右邊，樹木消失了。這裡有一條二十度的斜坡。他到了高原，這裡也許是為了房子跟土地故意剷平的。維修小道持續轉彎，然後折回一扇看起來沒有那麼浮誇的柵門，比利就是在找這個出入口。他在牆外可以看到上方四．五公里處的穀倉，漆成鏽紅色。金屬屋頂反射著陽光。比利快快瞥了一眼後就別開目光，不想因為反光而影響視力。

柵門是開的，兩邊有花床。牆上有一只監視攝影機，但壓得低低的，像是脖子斷掉的小鳥。比利喜歡這樣。他覺得尼克可能很放鬆，降低了戒心，這就是證明。

在左側的花床上，有位身穿藍色寬大洋裝的墨西哥女子，她跪在地上，用鏝刀挖土。旁邊有一個柳條編織的籃子，半籃都是剪下來的花。她的黃色手套也許跟比利的手套是在同一家店買的。她戴著好大一頂墨西哥草帽，看起來相當滑稽。她一開始先是背對他，但一聽到車聲（誰聽不到？），她就轉過來看，比利這才看清她不是墨西哥人。她皮膚黝黑粗硬，但她是白人。上了年紀的白人老太太。

她起身，雙腿岔開，站在卡車前方，擋住去路。在比利緩緩停車，搖下車窗後，她才走到駕駛座旁邊。

「你他媽是誰？想幹嘛？」然後，跟故障監視器一樣加分的狀況，她用西班牙文問起：「Qué deseas?（你要什麼？）」

比利舉起一隻手（等等），然後從工作服前面的口袋裡拿出紙筆。他腦子一度空白，然後他想起來了，他寫下 Estos son para el jardín，這是花園要用的。

「了解，但你為什麼禮拜天來？老墨，跟我用講的。」

他翻到新的一頁，寫下 mi es sordo y mudo，我又聾又啞。

「是喔？你懂英文嗎？」她故意用誇張的嘴型講話。

她瘦長臉頰上的深藍色雙眼仔細端詳著他。比利想到兩件事，一，尼克也許降低了戒心……但沒有完全失去防備。監視錄影機是壞了，他的手下也許跟他一起在看球賽，但這個女人卻手持鏝刀跟一籃鮮花在這。也許這是他的老朋友羅萍所謂的「巧什麼合」，但也許不是，因為旁邊樹

蔭下有一瓶水跟蠟紙包裹的三明治。這意味著她本來就打算在這裡待一陣子。也許直到球賽結束，她才能喘口氣。

這是一件事。另一件事就是她看起來有點眼熟。真是眼熟到不行。

她伸手進駕駛座，在他面前彈起手指，指間滿是菸味。「Lo entiendes?（你懂嗎？）」

比利用拇指跟食指比出動作，說明他懂，但只懂一點點。

「我要是請你拿出綠卡，你今天就倒大楣了。」她發出粗啞的笑聲，跟她講話的聲音一樣刺耳。「你為什麼今天來？mi amigo?（我的朋友）」

比利聳聳肩，指了指出現在牆後的穀倉。

「對，我知道你不是來喝茶吃餅乾的，你要把什麼運去穀倉？讓我看看。」

比利越來越不喜歡這場對話。一部分是因為她明明可以自己去車斗看個清楚，那裡放了園藝用品，主要的原因則是因為他之前見過她，這點讓他不安。不可能啊？她年紀一把，不可能是尼克的看門狗，尼克也不會雇用女人擔任那種工作。他很老派，而她很老，只是一個在他們觀看比賽時，扔在這裡盯著便道的傭人，她決定打發時間，剪點花進去點裝大宅。不過，他還是不喜歡這樣。

「Ándale, ándale!（來，過來！）」繼續在他面前彈指。比利也不喜歡這樣，但他假設她自以為的高人一等（說起來就是很「川普式」的偏見），就是另一個偽裝管用的跡象。

比利下了車，沒有關門，跟著女人走到卡車後方。她無視車斗，走到小拖車旁。她望進大桶子裡頭，不屑地嗅了嗅，然後又回來查看車斗。「你怎麼只有帶一包黑牛來？一包有什麼屁用？」

比利聳聳肩，表示他聽不懂。

女人踮起腳尖，拍了拍肥料包裝。她的寬沿帽歪了。「就一袋！一袋！只有一袋！」

比利聳聳肩，說明他只是送東西過來而已。

她嘆了口氣，朝他擺擺手。「好啦，管他媽的。去吧，我不會在週日下午打電話給海克特，問他幹嘛找個聾啞驢只送一包屎過來，他大概也在看他媽的球賽吧，或不同的比賽。」

比利聳聳肩，表示他聽不懂。

「東西拿進去！然後滾去最近的餐廳，也許你能趕上下半場的比賽。」

這時他就該知道了，她的眼神。不過，他沒有捕捉到，他只是運氣好。他爬上車，坐進方向盤後方時，從駕駛座旁邊的鏡子上看到她過來。他即時退開，壓低肩膀，鏝刀只有劃過工作服下T恤裡的上臂而已。他甩上車門，夾到她的手，鏝刀掉在他左腳旁邊的卡車地板上。

「噢，操！」

她迅速猛力把手抽開，過程中掀翻了寬沿帽，露出她夾得高高的白髮。這時比利才曉得自己是在哪裡見過她。

她伸手進園藝洋裝大大的側邊口袋裡。比利連忙下車，大弧度揮臂一拳擊中她的左臉。她整個人往後癱倒在花床上。她伸手拿的東西掉了出來，是一部手機。這是他這輩子第一次對女人動手，他看著她臉上爬起的瘀青，想起愛麗絲，但他完全不後悔動手。那可能是一把槍啊。

這個女人認得他。一開始不認得，但她後來看出來了，還偽裝得很好，直到最後。什麼連身工作服、曬黑噴霧、假髮跟牛仔帽啊。還有夏夏那張黏在儀表板上的圖畫，他可以（露出驕傲父親神情）寫下這是我女兒畫的。是因為這個女人見過且仔細研究過他的照片，同時，他們也在紅峭壁區打過照面嗎？還是因為她是女人，所以她們容易看穿喬裝？這大概有性別歧視，但比利還是多少抱持將信將疑的態度。

「你他媽的死王八，你就是他。」

他心想：她在尼克租來的房子裡看起來人很好，可以說是知所進退。當然啦，那時她在替人服務啊。此刻他想起來了，尼克給她一卷現金，要給亞倫的，亞倫是點亮熱烤阿拉斯加的主廚，但那筆錢沒她的份。因為她是尼克的員工，她事實上也算家人。真是太好笑了。

她看起來頭暈腦脹，但那可能又是她欺敵的障眼法。不管怎麼說，他都很慶幸鏝刀此刻在車上。他攬著她的肩膀，讓她坐起來。她的臉頰浮腫得跟氣球一樣，他又想起愛麗絲，但愛麗絲肯定不會用這女人此刻看他的目光注視他。彷彿眼神能夠殺死人一樣。

比利用沒扶著她的那隻手從外套口袋裡抽出儒格手槍，將裝了滅音器的槍口抵著她爬滿皺紋的額頭。大家都背地裡叫法蘭基．麥金托貓王法蘭基，有時也叫他太陽能貓王。他跟她一樣髮線很高，同樣的頭髮，同樣瘦長的臉，同樣的美人尖。比利覺得，要不是那頂大大的寬沿帽，他早就能看出母子的關聯，省去很多麻煩。

「嗨，瑪姬，妳沒有那天替我們張羅晚餐時那麼客氣欸。」

「媽的叛徒。」她朝他的臉吐起口水。

比利忽然感覺到一股想要再度對她動手的衝動，差點壓不住，倒不是因為她對他吐口水。他用手臂抹掉口水，讓她自己坐直，她看起來完全沒問題。她也許七十好幾，抽菸抽了一輩子，但她不會退卻，對此比利不得不佩服她。

「妳說反了，尼克才是媽的叛徒。我完成了工作，他不付錢，還打算殺了我。」

「尼克才不會幹這種事。他很挺他的人。」

比利心想：也許吧，但我不是他的人，從來就不是。我基本上就只是一個獨立承包商。

「瑪姬，咱們別爭了。時間緊迫。」

「我覺得你夾斷了我的手。」

「而妳打算劃開我的頸動脈。就我所知，咱們這樣扯平了。裡頭有多少人在看球賽？」

她沒回答。

「法蘭基在嗎？」

她也沒回答，但她陰鬱雙眼的閃爍說明了他想知道的答案。他拿起她的手機，拍掉泥土，拿給她。「打電話給他，說園藝公司的人會送肥料跟培養土過去。用不著擔心，說——」

「不要。」

「說妳告訴那人直接放進穀倉裡。」

「休想。」

比利壓低儒格的槍口，現在瞄準她的眉心。「瑪姬，快說。」

「想都別想。」

「跟他說，不然我就轟掉妳的腦袋，然後再去轟掉法蘭基的腦袋。」

她又朝他的臉啐沫。至少她打算這麼做，但心有餘而力不足。比利心想，因為她口乾舌燥，她怕了，但她不可能會打這通電話。就算她打了，她的語氣可能會讓他們了解狀況有異，或是她會直接朝著話筒大喊：是他，是那個他媽的死王八叛徒比利．桑默斯。

他一直想起愛麗絲，但他提醒自己她不是她，永遠都不可能是她，然後他敲擊瑪姬的太陽穴。她翻起白眼，向後倒在花朵之中。他站在她身旁整整一分鐘，確保她還有呼吸，然後將她的手機扔進卡車裡。他正要上車，又想了想，將籃子裡的花朵通通倒出來。在鮮花之下是一部對講機，還有一把短槍管的眼鏡蛇王點375左輪手槍。所以她根本不是在蒔花弄草。他們安排她在這裡不是後來才想到的。這女人帶刺。他把手槍跟對講機扔進卡車裡。

發動整整十秒鐘沒有發起來，比利心想：噢，上帝啊，為什麼是現在？為什麼？終於，引擎點起來，他驅車前往大宅。他在牆內三公尺處停車，沒有熄火，下車關上柵門。門上有巨大的金屬門閂。他一路將門閂推進雙重卡榫之中，然後跑回卡車上，車聲隆隆，因為消音器上有洞孔。那時覺得砸消音器是個好主意，現在可不這麼想了。

他爬進駕駛座，此時，瑪姬．麥金托開始拍打柵門，大喊：「嘿！嘿！是桑默斯！卡車裡是桑默斯！」比利相信就算卡車的消音器沒壞，其他人還是沒辦法聽到她的吶喊，但他還是很佩服她的活力。他下手很重，但她已經恢復得差不多了。

只不過，你沒有下手多重，他心想。因為你想到了愛麗絲，你就稍微保留了一點。現在說這些已經太遲了，他覺得這不打緊。她必須一路沿著高牆跑，穿過松樹林，警告在主要大門看守的人，前提是今天那裡得有人。

當然有人。比利開車經過穀倉跟牧地時，有人走了出來。他有一把步槍還是霰彈槍，但此刻槍鬆垮垮地掛在肩上。他看起來很放鬆。他高舉雙手，彷彿是在說：有什麼事嗎？

比利沒有按照原定計畫開往大宅，他反而將手伸出窗外，對男人豎起大拇指，然後轉向朝著哨亭前進的主要車道。

他停下車。男人走了過來，那把莫斯伯格霰彈槍還掛在肩上。比利發現他認識這個人。比利雖然沒有來過大宅，但他去過尼克在雙倍骨牌的閣樓套房三、四次，有兩回，這傢伙都在。叫薩爾之類的吧。不過，薩爾跟法蘭基敏銳的老媽不同，他沒有認出比利。

「夥計，怎麼？」他說。「老太太讓你進來？」

「對。」比利沒打算再裝西班牙口音，他聽起來像誇張的卡通人物。「有東西要簽名，你能簽嗎？」

「不知道耶。」薩爾說。他開始露出困擾的神情。比利心想：太遲了，朋友，太遲了。「看看要簽的是啥？」

比利的聾啞人紙張還塞在工作服的前方口袋裡。他拍了拍，說：「就在這呢。」

他伸手繞過紙張，抓起簡森先生的儒格手槍。超神奇的，拔槍拔得超順暢，雖然槍口連著一顆燈泡形狀的滅音器。他開了槍。薩爾西部風格的襯衫兩顆珍珠鈕釦間出現了一個大洞。如果你不知道，槍聲聽起來像是戳破氣球的聲音，滅音器裂成兩半掉下來，一半掉在地上，一半掉在駕駛座裡。

「你對我開槍！」薩爾踉蹌往後踏了一步，雙眼睜得老大。

比利不想開第二次槍，因為第二槍會很大聲，但沒這個必要。薩爾彎了下去，跪著，頭栽在地上。看起來彷彿是在祈禱，然後整個人往前倒下。

比利考慮帶走莫斯伯格霰彈槍，但沒有出手。如同他跟瑪姬說的一樣，時間緊迫啊。

4

他驅車前往大宅。停車棚裡有三輛車，一輛轎車，一輛小尺寸的運動型多功能休旅車，還有一臺藍寶堅尼，肯定是尼克的。比利想起巴奇說尼克喜歡搜集車。比利將吵雜的卡車熄火，走上大門階梯。他一手拿著聾啞紙張，遮擋後頭的格洛克手槍。他剛殺了一個人，薩爾大概以尼克之名作惡多端，但比利不確定到底是不是這樣。現在他會繼續殺人，前提是他不會先死在這裡。晚點再來想這個吧，如果還有「晚點」的話。

他把手放在電鈴上，猶豫了起來。要是來開門的是個女人怎麼辦？要是這樣，比利覺得他沒有辦法對女人開槍。就算一切結果糟透了，他也不覺得自己能槍殺女人。他想繞著房子碰碰運氣，稍微查看一下，但已經沒有時間了。貓王老媽已經要殺過來了。

他嘗試開門，居然開了，比利意外但不驚訝。尼克覺得他不會來了。加上今天是星期天，下午，出了太陽，還是美國的美式足球日。比利相信巨人隊剛剛得分。群眾歡呼，其中也有幾個男人的聲音。沒有很近，但也不是非常遠。

比利將紙張塞回工作服的後方口袋，朝著聲音前進。然後，他害怕的事情真的發生了。在大走廊上有一位嬌小的漂亮拉丁裔女傭，她抱著保冷箱，裡頭大概滿是啤酒，保冷箱上頭擺著一盤熱騰騰的麵包夾熱狗。比利還有時間想到查克．貝瑞的歌詞：她可愛到不可能超過十七歲一分鐘。她看到比利，看到了槍，她張口，保冷箱歪了，那盤熱狗開始傾斜。比利連忙將東西扶好。

「走。」他指著敞開的大門。「東西帶著，遠離這裡。」

她沒有說話。端著托盤，沿著走廊步入陽光之中。比利心想：她的姿態如此完美，陽光照射在她的黑髮上，也許說明了上帝沒有那麼壞嘛。她抬頭挺胸走下階梯，沒有回頭。群眾歡呼，收看比賽的男人也歡呼起來，有人大喊：「巨人，操死他們！」

比利沿著鋪了磁磚的廊道走到一半。這裡有兩張喬姬亞．歐姬芙的複印畫作，一邊是平頂山，一邊則是高山，此時，一扇門打開了。比利從鉸鏈之間的空隙看到有下樓的階梯。現在是喝啤酒的廣告時間。比利站在開啟的門後，等著廣告結束，等著他們聚焦回比賽上。

然後尼克從階梯底下開口：「瑪莉亞！熱狗呢？」沒有回音。「瑪莉亞！快點！」

有人說：「我去看看。」比利不確定，但聽起來像是法蘭基。

重重的腳步聲踏在階梯上。有人沿著走廊出來，朝著左邊前進，應該是要去廚房。果然是法蘭基。雖然背對著比利，比利還是認得出他來，想要用誇張的髮型掩飾「太陽能面板」。比利從門後走出來，尾隨在後，用腳盤走路，還慶幸自己穿的是運動鞋。法蘭基走進廚房，張望起來。

「瑪莉亞？親愛的，妳在哪？我們要——」

比利用格洛克手槍的槍托打法蘭基禿頭的部位，槍拿得很高，使出吃奶的力氣。鮮血飛濺出來，法蘭基往前癱倒，倒下的途中額頭還重重撞到廚房中間的木頭中島。他媽的腦袋很硬，法蘭基也許遺傳到老媽的硬腦袋與美人尖，但比利覺得這一砸，他是起不來了。短時間內起不來，也許永遠也醒不來了。電影都這樣演，腦袋被砸後沒幾分鐘就爬得起來，彷彿傷勢不重，或是完全沒有受傷一樣，但真實世界不是這樣的。法蘭基．麥金托也許會因腦水腫或硬腦膜下血腫喪命。也許會在五分鐘後發生，也許他會昏迷，五年後才發生。他也許能早點醒過來，但大概也是比利完成今日任務之後的事了。不過，他還是彎腰搜身，沒有槍。

比利靜悄悄回到走廊。比賽肯定繼續了，因為群眾又歡呼起來。尼克男人窩裡的其中一人大喊：「媽的阻截他！對！這就對了！」

比利不疾不徐地下樓。三個男人正在看著超大的電視，其中兩人坐在單人沙發上，第三張單人沙發沒人，大概是法蘭基的位置。尼克坐在長沙發中央，兩腿開開。他穿了一件太短又太緊又太招搖的短褲。他的肚皮從紐約巨人隊的T恤中露出來，肚皮上是一大碗爆米花。另外兩個人也有爆米花，這樣很好，他們的手在忙。比利認得這兩個人，其中一人在尼克的套房跟賭場辦公室見過，可能是會計，反正就是搞數字的人。比利想不起他的名字，麥基、米奇，也許是馬奇。另一個傢伙就是冒牌工程部兩截式廂型車上的雷吉。

「哎啊，你動作真慢。」尼克說。其他兩人已經看到比利了，但尼克專注在電視上的球賽轉播。

「就放在——」

他終於注意到同伴震驚的神情，轉過頭來，看到比利站在地毯地板往上的兩節階梯上。尼克浮現恐懼與驚訝的神情，比利覺得非常滿意。這個表情雖然沒有辦法補償他過去五個月的生命，差得遠了，但方向對了。

「比利？」擺在尼克肚皮上的大碗翻覆，爆米花撒在地毯上。

「嗨，尼克。看到我你大概不怎麼高興，但我很高興見到你。」他用格洛克手槍指向會計男，這位先生已經準備好高舉雙手。「你叫什麼名字？」

「馬……馬克．亞布羅莫維茲。」

「馬克，趴在地上。雷吉，你也是。臉朝下，手腳打開，就跟玩雪天使一樣。」

他們沒有抗議。他們小心翼翼放下爆米花大碗，趴在地上。

「我有家庭。」馬克．亞布羅莫維茲說。

「很好，乖乖的你就能見到你的家人。你們有槍嗎？」他根本不用問尼克，因為他那身荒謬的比賽日服裝根本沒辦法藏槍，連腳踝的小手槍都藏不了。

兩個臉朝下的男人搖搖頭。

尼克又叫起比利的名字，這次不是疑問，而是歡喜的驚呼。他又想使出溫暖老朋友那招，但態度有點生澀。「你跑去哪兒了？我一直想聯絡你！」

就算比利沒有更急迫的麻煩，他也不會費心回應這種謊言。電視前面有第四張椅子，旁邊擺著半碗爆米花。

「他們一直守著巴克利。」轉播員說：「瓊斯帶頭，而且——」

「電視關了。」比利說。尼克是這間房子跟沙發的主人，所以遙控器當然就在他旁邊。

「什麼？」

「你聽見了，關掉電視。」

尼克拿著遙控器瞄準電視，比利很滿意看到他的手有點顫抖。球賽沒了，只剩他們四個人，但第四張空椅與旁邊的爆米花碗說明還有沒出現的第五人。

「他在哪?」比利問。

「誰?」

比利指向空椅。

「比利,我得跟你解釋,我為什麼一直沒有跟你聯絡。是我這邊的問題,就是——」

「閉嘴。」講這種話真愉快,終於不用繼續裝傻真愉快。「馬克!」

會計抖了一下腿,彷彿是被電到了一樣。

「他在哪?」

馬克的反應很快,真是明智。「在廁所。」

「混蛋,閉嘴。」雷吉說,接著比利就朝他的腳踝開槍。直到子彈飛出去,他才曉得自己開了槍,但他的準頭一向很好,他後悔開槍,就跟他後悔在廚房敲法蘭基腦袋一樣。雷吉是抹除傻子比利・桑默斯的計畫一部分。讓比利搭上假的公共服務部門廂型車,往城外開幾公里,朝他腦袋開一槍,結案。再說,這三個傢伙必須知道此刻誰是老大。

雷吉尖叫起來,扭著身子挪過來,想要拉扯自己的腳踝。「混蛋!你個混蛋打我!」

「閉嘴,不然用子彈讓你閉嘴。不相信就試試看。」他將槍口轉向馬克,這位會計師睜大雙眼看著他。「廁所在哪?指給我看。」

馬克指著沙發後方。三臺彈珠臺排在牆邊,閃著燈光,但聲音關掉了,因為剛剛在看球賽。彈珠臺旁邊是一扇緊閉的木門。

「尼克,叫他出來。」

「德納,出來了!」

比利心想:原來他就是消失的傢伙。雷吉的公共服務部門搭檔。嬌小的紅髮仔,頭髮還紮成

個蠢髮髻，在傑拉塔的時候跟我頤指氣使的。也許不是他幹掉肯．霍夫的，但比利覺得就是他。當然是德納，因為在故事裡，每個角色都要出場至少兩次，這是狄更斯的法則，左拉也這樣。

他不肯出來。

「德納，出來吧。」尼克高喊：「沒事了！」

沒有回音。

「他有槍嗎？」比利質問尼克。

「什麼？開什麼玩笑？你覺得我邀請朋友來家裡看球賽，他們還帶槍？」

比利說：「我想我們會搞清楚這點的。尼克，你這裡兩位趴在地上的朋友知道我開槍很準嗎？我就是幹這個的？」

「他開槍神準。」尼克說。他平常的小麥色皮膚變得蠟黃。「他在海軍陸戰隊學的，狙擊手。」

「我要去廁所那邊說服德納出來。雷吉，我猜你跑不掉，但亞布羅莫維茲先生，你還跑得動。敢跑我就殺了你。尼克，你也一樣。」

「我哪兒也不去。」尼克說。「我們會解決這件事。我只是要解釋，我為什麼——」

比利再度要他閉嘴，然後繞過沙發。尼克現在背對他，如果有必要，比利可以來個一槍爆頭。雷吉跟會計被沙發擋著，但雷吉腳踝受傷，比利覺得愛家好男人馬克應該不成問題。他在意的是德納．艾迪森。

他站在最接近緊閉廁所門的彈珠臺旁邊，說：「德納，出來，你出來也許還能活命，不然就休想。」

比利不期待回音，也的確沒有得到任何回答。

「好，我要進來了。」

他心想：見鬼，我最好會進去，但他彎腰，往前伸手，握住門把。他一晃動門把，艾迪森就開了四槍，速度之快，比利完全分辨不出是四槍。門很單薄，沒有彈孔，只有大塊木片噴飛。比利感覺到後方有動靜，但他沒有轉頭看。尼克跟馬克可能跑了，但他們不會跑到艾迪森的火線上擒抱比利，他們不是在「歡樂之家」想要拯救強尼．凱普斯的兩個傻子。

艾迪森會認為，如果比利活著，他會猶豫，所以他毫不遲疑。他走向破碎門板，開了六槍。艾迪森慘叫一聲。鏘啷作響，只有現實狀況才會如此荒謬，因為馬桶沖水了。

比利的餘光注意到馬克以瞪羚般的跳躍步伐，衝上了前往二樓的階梯。比利不曉得尼克在幹嘛，但他沒有跟著馬克上樓，現在也不是轉頭查看的好時機。他踹開門鎖旁邊殘餘的門板，門猛力飛開。德納．艾迪森癱坐在馬桶上，頭與脖子鮮血直流。他的格洛克手槍跟他小小的無框眼鏡掉在淋浴間裡。他顯然是跌下去時，扯到沖水把手。他翻著白眼望著比利。

「醫……生……」

比利看著沿著馬桶側邊流下的鮮血。醫生救不了德納。德納已經準備好要去更好的地方了。比利手裡握槍，低頭看著他。「你記得，你來傑拉塔辦公室的時候，跟我說的最後一句話是什麼嗎？」

德納發出沙啞的喘息聲。一口血噴了出來。

「我記得。」比利將格洛克手槍的槍口對準德納的太陽穴。「你說，『別失手。』」

他扣下扳機。

5

他出來時，雷吉跪在沙發前面。比利看得到他的頭頂。他一見到比利就舉起小小的銀色手槍，這把槍肯定藏在坐墊底下。尼克不是完全沒有武裝嘛。比利搶在雷吉開槍前，從沙發後方開了兩槍，雷吉往前倒下，看不見了。比利快步走了三步，探頭去看。雷吉癱倒在地，手伸得長長的，手槍就在旁邊地毯上。他睜著的雙眼已經開始無神。

比利心想：打斷腳踝你就安份點，醫生說不定可以治好你啊。

男人窩深處有物品翻倒的聲音，玻璃破碎，然後是一句咒罵M'qifsh Karin!（操我個屌），比利連忙壓低身子過去。視聽室後方的空間沒有開燈，但比利在昏暗中看到尼克。這位黑幫大佬背對著比利，正在狂按金屬門旁邊的數字鍵盤。這間房間裡有撞球桌，幾臺古董吃角子老虎機，一臺傾倒的吧臺推車，地上有碎玻璃，以及熏人眼睛的威士忌味。

尼克胡亂按著鍵盤，還在用平時忘記，但此刻想起來的語言咒罵，大概是阿爾巴尼亞語。比利叫他住手，他就住手，轉過身來。

尼克非常聽話。他看起來一隻腳踏進棺材裡的人，說得也沒錯，因為他的確如此。不過他臉上掛著微笑，淺淺的微笑，但還是微笑。「我走錯方向了。我該跟馬克一樣走樓梯，但……」他聳聳肩。

「這是你的避難安全屋？」比利問。

「對，而你知道嗎？我忘了他媽的密碼了。」然後他搖搖頭。「不，這是狗屁，我是腦子裡一片空白。只是四個數字，而我記得第二個是二。」

「現在呢？」比利問。

「六二七四。」尼克說，還放聲大笑。

比利點點頭。「腦袋最好的人會遇上這種事，我們其他人也會。」

尼克仔細端詳他，他抹抹因為唾沫而光亮的嘴唇。「你講話不一樣了，甚至連樣子也不一樣了。你沒有裝出來得那麼笨，對不對？喬治歐跟我講過，但我不相信他。」

「然後你就幹掉他了。」比利說。

尼克睜大雙眼，比利認為這是真正詫異的反應。「喬治歐沒死，他在巴西。」他注視著比利。

「你不相信我？」

「你搞出這麼多花招，我為什麼要信你說的任何一個字？」

尼克聳聳肩，彷彿是在說「也是啦」，然後他說：「我可以坐下來嗎？我腿好軟。」

比利用格洛克手槍的槍口指著撞球桌旁邊的觀眾座位。尼克歪歪斜斜走過去，坐在中間的位置上。他伸手打開開關，綠色毛氈桌上的三盞吊燈亮了起來。

「我一開始就不該接這筆合約，但那麼多錢……讓我盲目。」

比利發現自己還有些時間。逼太緊也許會鑄下大錯，但他還是要追問出答案來。錢似乎沒有那麼重要了，更別說今天可能拿不到了。只有在電影裡，幫派分子才會在安全屋裡堆一牆的現金。現在都用電腦轉帳了，實際金錢不復存在，只活躍於機器之中。

「豬爺肝壞了。看他那麼肥，你大概會猜他是心臟有問題，但出問題的是他的肝。他需要移植。醫生說除非他減個九十公斤，不然根本無法手術，他還會死在手術臺上。所以他去了巴西。」

「減肥中心？」

「專門的診所。入住之後，除非達到目標體重，不然他們不會讓你出來的地方。他知道只有這樣他才能減肥成功，不然他只要一想吃三層起司華堡，他就會閃人了。」

比利逐漸相信這件事。尼克是用現在式講喬治歐的事情，完全沒有說溜嘴。這就好像德納中了致命傷，摔下去的時候還沖了馬桶一樣。有些事很怪，但不代表不是真的。喬治豬爺進了減肥集中營肯定就是這種狀況。

「喬治歐知道在你槍殺喬爾．艾倫之後，人家會認出他來，他是條他媽的大鯨魚，但他覺得

無所謂。他說這樣不管有沒有換新的肝臟，他都不會臨陣脫逃。加上，他想退休了。」

「是喔？」比利覺得喬治歐是那種會死在工作上的人。

「對啊。」

「在巴西度過遲暮之年？」

「我想應該是阿根廷。」

「聽起來很花錢。幫忙設計我讓他賺了多少退休金？」

尼克遲疑了一下，然後說：「三百萬。」

「給喬治歐三百萬，除掉我六百萬。」

尼克睜大雙眼，在位置上有點無力。他想著，如果比利知道懸賞的事情，那他今天保住小命的機會就沒了。這麼想大概沒錯。

「但你不肯付欠我的一百五十萬？尼克，我知道你手腳不乾淨，但我沒想過你是個騙子。」

「比利，我們沒有打算——」

「你們就是這樣打算的，我要你親口說出來，不然我立刻殺了你。」

「反正你遲早會動手。」尼克說，但他的語氣還算平穩，一滴眼淚沿著他刮得很乾淨的肥臉上流下。

比利沒有答腔。

「好啦，對啦，我們原本打算除掉你。合約的條件就是這樣，德納會動手。」

「我就是被你們黑吃黑的槍手。」

「比利，這不是我的主意。我跟客戶說，你很靠得住，但他堅持。我說了金錢讓我盲目。」

比利大可問起尼克拿了多少，但他真的想知道嗎？並不想。「客戶是誰？」

尼克沒有回答，反而指著避難室。「我有錢，沒有一百五十萬那麼多，少說有個八萬十萬的，都給你，剩下的之後給你。」

「我信你這一次。」比利說。「就跟我信越戰我們贏了，登月計畫是造假的一樣。」他忽然想到另一件事。「你知道火災的事嗎？」

突然變換話題，尼克眨了眨眼睛。「火災？什麼火災？」

「那天轉移焦點的不只有煙火閃光彈，在我開槍前不久，附近小鎮的倉庫起火。我之所以事先知道是因為霍夫告訴我。」

「霍夫跟你說的？那個王八蛋！」

「你確定你完全不知情？」

「沒聽說過。」

比利相信他，但他只是想看著他的面，聽到他親口說出來。反正也不重要了。他順理成章接著問：「客戶是誰？」

「你會殺我嗎？」

比利心想：當然應該，你活該自找的。

「客戶是誰？」

尼克伸手到臉龐，緩緩下移，抹去額頭的汗水及嘴脣上的口沫。他的眼神說明他已經放棄希望了，他一開始就沒有什麼希望。「如果我告訴你，你動手前可不可以讓我禱告？還是，殺死我不夠，你還要我在地獄永遠受苦？」又掉下更多眼淚。

「禱告可以，客戶的名字先來。」

「羅傑．克勒克。」

一開始，比利以為他說的是克拉克，就跟超人一樣，但尼克又講了一次。名字聽起來有點耳熟，但不是出現在尼克世界裡的人，或巴奇．漢森圈圈裡的人。比較像是比利在報紙、部落格，或在網路廣播聽過的名字。也許在電視上看過？政治人物？商業大佬？比利對這兩個領域都興趣缺缺。

「環球娛樂。」尼克說。「你不認得沒關係，WWE是全球最大的媒體企業之一。」

尼克想擠出微笑，臨死前還想說笑的男人，但比利沒有注意到。他回想起來，幾乎一路倒轉到開頭。到他與肯．霍夫首度見面的時候，那時霍夫肯定沒有期待去南美洲過退休生活。

「解釋給我聽。」

尼克娓娓道來，這些話語讓比利震驚也驚恐，他沒有注意到時光流逝。他不記得「岬角」裡不是每個人都搞定了，直到樓上傳來一陣撕心裂肺的哭號。聽起來像是一位母親發現兒子不省人事，或是命不久矣時才會發出的聲音，也許兒子已經先走一步了。

「尼克，你想活嗎？」這是無需回答的問題。

「想，想！如果你允許的話，我會確保你收到你的錢，一分不少。這是我最誠懇的承諾。」他講解來龍去脈時，淚水已經停下，但可能保住小命讓他又淚流滿面。

比利對尼克的承諾不感興趣，管他誠摯與否。他指向避難室沒有裝飾的金屬大門。樓上又是一聲慘叫，然後是：「幫幫我！誰來幫幫我！」

「裡面有槍嗎？」

尼克不再是掌管大局的人，不再是五個月前，伸出大手歡迎比利的東道主，再也不是喝著香檳，只是想替比利提出撤退方案的人。他崩裂到只剩下基本的人性，只是求繼續呼吸的欲望，所以比利接受他意外的神情是真情流露。「在避難室裡？我為什麼要在那裡放槍？」

「進去，關上門。看著你的手錶，等一個小時。如果一個小時還沒到你就出來，我也許閃了，也許還沒。」比利心想：最好是啦。「如果我還在，我會殺了你。」

「不會的，不會的！然後那筆錢——」

「那個我再跟你聯絡。」

比利心想：也許吧，但想想我是怎麼賺到這筆錢，且是為誰賺的，也許我不想要了。目前不清楚狀況也許還算理由，但不是很有說服力。

「叫停賞金獵人的追殺，告訴他們，我來過這裡，發生槍戰，我死了。如果還有人來找我，你最好期待他們一次就幹掉我，因為如果他們失手，我就會回來殺你。將這個消息轉達給克勒克。我也會問他，如果他的說法跟你不一樣，我也會回來找你算帳，懂嗎？」

「懂，懂！」

比利指向娛樂室有電視的那一邊。「然後清理一下，掩飾一下。明白嗎？」

「救人啊！他不肯醒來！」樓上傳來的聲音。

「你明白嗎？」

「明白，你打算怎麼——」

「去裡面。」

這次尼克順利按出密碼。門肯定跟太空船的氣壓門一樣是可以完全密封的，因為開門時有低低的「咻」一聲。尼克走了進去。他看了比利最後一眼，這雙眼睛似乎不再相信眼前所見的一切，但也許這只是想要復仇的目光。如果這種目光能夠堅持下去，也許就會帶來復仇。比利曉得不可能。

「至少這輩子光明磊落當一次。」比利說。

尼克關上門，門封鎖時發出重響。比利看到一把椅子旁掛著網袋，裡面是撞球的球，他取下

布袋，將球通通扔在綠色油氈的桌面上。他去廁所拿德納的格洛克，也在雷吉屍體旁取走尼克暗藏的槍。他將兩把槍放進袋子裡，接著他摸索起雷吉的褲子口袋，這是很不愉快的工作，但不得不做，因為他實在不想開著引擎有問題的老皮卡車離開這裡。他摸到了雷吉的車鑰匙。

比利先前將自己的格洛克手槍塞進工作服肚子上的大口袋裡。他上樓時抽出了槍。現在他能聽到法蘭基他媽在講電話，他開始覺得他媽是魔鬼終結者的新娘。「尼克家！對！你個白癡，尼克家！不然你以為我為什麼打給你，不是打給醫院？」

比利沿著走廊前往廚房，再次用腳盤走路。他看不見「貓王老媽」瑪姬，但看到她前後踱步的影子，以及市內電話電線的影子。他也看到莫斯伯格霰彈槍就擱在法蘭基．麥金托癱軟的腳邊。那肯定是門口守衛薩爾之前背著的那把。

比利心想：我該趁機把槍拿走才對。

「快點過來！他快沒呼吸了！」

比利俯下身子，靠上前去，手伸得長長的。她用毛巾擦拭法蘭基後腦勺上的血，現在毛巾掛在他的脖子上。比利勾住扳機護環，將霰彈槍緩緩拉近，希望她不會注意到。他不想跟瑪姬繼續糾纏。

他忽然感覺到後頸癢癢的，他曉得是尼克。這位黑幫大佬的避難室裡還是有槍。他出來了，上了樓，現在用槍指著比利的後腦。比利轉過頭，聽到自己的頸子發出喀啦聲，曉得這是他這輩子在這個世界上聽到的最後一個聲音，但身後沒人。

他爬起身，膝蓋也發出喀啦聲。法蘭基他媽聽到就從冰箱旁轉過頭來（冰箱沒有電視那麼大，但也差不多了），怒瞪著他。她臉上有一大塊瘀青，比利想起愛麗絲。話筒還握在瑪姬手裡，但原本捲曲的電線已經扯到最直。她嘴脣扭曲，面露兇相。

比利用格洛克手槍指著她俯臥的兒子，然後將槍口舉到嘴邊，示意要她安靜。兇狠的神情還掛在臉上，但她點點頭。

比利在走廊上一路倒退，直到他抵達門口。

6

停在柏油碎石上的運動型多功能休旅車格柵上有三個菱形的標誌，跟雷吉鑰匙上的圖案一樣。比利上車時還聞得到新車的味道，但已故車主的菸味有點壓過這個味道。主控臺上有一個鋁製的金屬圓碟，裡頭滿是菸屁股。比利搖下車窗，將整個碟子扔出去。尼克又有東西要清了。

瑪姬追了出來。在刺眼的陽光下，她看起來疲憊不堪。「如果我兒子死掉，我會找你報仇！」她吆喝道：「如果他死了，我天涯海角也會找到你！」

比利心想：她大概會吧，但法蘭基是自找的，這位太太，妳也是。

他沒機會讓尼克看他T恤上的標語，但他現在對她喊了出來。

他開車經過薩爾的屍體，穿過敞開的柵門。他一開上四十五號公路就連忙打電話給愛麗絲報平安。雖然成功機率很低，但他辦到了。他唯一的傷勢來自瑪姬的鏝刀。

「謝天謝地。」愛麗絲說。「那你……你是怎麼……」

「我兩個小時後到，也許不用兩個小時。我升級汽車了，現在開的是綠色的三菱 Outlander。我要妳打包，我們要閃了。路上再跟妳解釋。」

他會一五一十跟她說，她值得了解事情的全貌，特別是，他之後可能會需要她幫忙。他還沒有下定決心，只有模糊的計畫雛形，但他打算朝那個方向前進。關鍵在於她的決定，但他有充分的理由，需要她加入後續的計畫之中。他想，她會明白的。

「而我們要回……你知道，你朋友那裡？」

「目前是這樣。妳可以待在那，或是跟我回到東岸解決這一切。妳決定。」

她的回答非常迅速。「跟你去。」

「別現在決定，等妳聽完我要去哪再說，還有原因。」

他掛斷電話。他面前是烏煙瘴氣的拉斯維加斯盆地，他樂得離開這裡。他T恤上的標語非常「拉斯維加斯」，他沒讓法蘭基看，卻對法蘭基他媽脫口而出，這句話是：要玩就得付出代價。

另一個要付出代價的人是羅傑．克勒克。

他是罪大惡極的壞人。

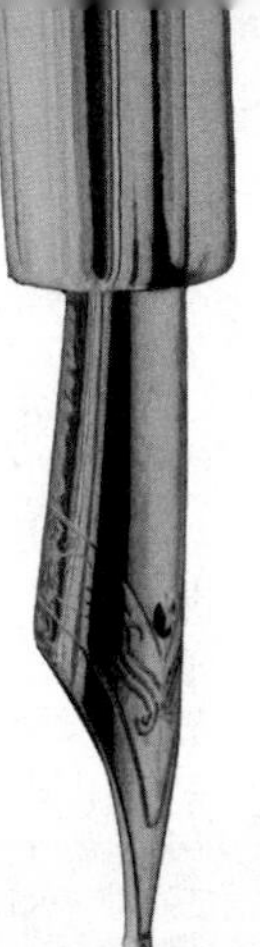

CHAPTER 21

1

他把車開進來的時候，愛麗絲在原本停放老卡車的地方前面等著。他一下車，她就擁抱他，整個人埋進他懷裡，一點遲疑也沒有。他也用同樣的方式抱她。擁抱結束，她的第一個問題讓他覺得有點意思，卻也有點難過，因為這個問題出自覺得自己已經活在亡命之徒心態的年輕女性口中。

「開這輛車安全嗎？警察會攔車嗎？」

「安全，追蹤器GPS已經拆掉了，我可不意外。」而且車主死了，尼克也不會報警。要解釋的太多了。而且，比利現在掌握了能夠搞死尼克跟整個組織的資訊。

「東西我都打包了，沒有多少。」

「好，我們走。開車時，妳在溫多弗訂汽車旅館，那裡就在猶他州州界旁邊。」

愛麗絲張望他們目前住的地方。「我不確定我們要住的地方有網站，也許會有，但……」她聳聳肩。

「訂連鎖汽車旅館。戴頓．史密斯的身分沒問題，現在壓力沒了。不會有人在找我們。」

「你確定嗎？」

比利想了想，確定他想起他對尼克說的最後一句話是「至少這輩子光明磊落一次」，原本以為會死在自家娛樂室的尼克應該會聽話。至少會乖一陣子。還沒完呢，如果比利成功搞定克勒克，尼克．馬傑利安就沒事了，很可能戶頭裡還多了懸賞的六百萬呢。

同一時間，愛麗絲抬頭看著他，等待他的答覆。

「確定。我們走吧。」

2

故事很長，但開車去溫多弗要五個小時，比利有充裕的時間告訴她自己所知與推敲出來的狀況。他們出發前，他先打開手機，搜尋起羅傑・克勒克。簡單的生平說他一九四五年出生，這樣他都六十五歲了，但出現的照片看起來至少再老十歲。他臉色蒼白，頭髮很少，滿臉皺紋，還有兩塊鬆垂的嘴邊肉。他的眼睛是下垂眼眶裡的兩隻閃亮的小動物。那是一張苦命且縱慾過度的臉。

「他就是整場狗屁戲碼的幕後黑手。」比利將手機交給她。

她輸入起來，然後用手指滑起螢幕，比利則驅車前往十五號公路。她低頭看著手機，不耐地將頭髮從臉上撥開。「見鬼了。根據維基百科，他基本上稱霸了整個世界，好啦，應該說媒體世界。」

比利再次想起他與肯・霍夫首度見面的時候，他們坐在「太陽黑子咖啡」室外的陽傘座位裡，對面就是比利最終會開槍的大樓。霍夫喝葡萄酒，比利喝零卡汽水，霍夫那時就稍微散發出絕望的氣息了。如同孿生兄弟，伴隨這種氣質的是將他牽扯進這些麻煩中的心態，而這種心態會讓他越陷越深。也許這是童年時期培養出來的心態，成了他的核心信念，他相信自己是《肯・霍夫美妙人生》的電影主角，無論事情多糟，最後都能全身而退，得到美女，得到金錶與他所需要的一切。

「報社、網站、電影公司、兩個串流服務……」

「還有電視。」比利說。「別忘了這個。其中包括紅峭壁區的第六頻道，也就是唯一一間拍到法院謀殺畫面的電視臺。」

「你是在說——」

「對。」

「要命喔。」愛麗絲低聲地說。

霍夫是這麼說的嗎？**我今年口袋有點緊，自從我入股WWE之後，現金流就有問題，但還有三個附屬品牌，我能說不嗎？**

「他是環球娛樂的老闆。」愛麗絲說。「這是一個電視網，加上十二個有線電視頻道。其中一臺是愛死川普的新聞臺，他們有一堆瘋狗般的評論員——」

「我知道妳在講哪臺。」

他看過環球娛樂的《新聞不打烊》，飯店大廳、機場航廈都會播。比利有時會停下來，看看右翼專家又在潑什麼糞，然後繼續前進，如果遙控器在他手上，他就會轉去電影頻道。他不明白為什麼他們會允許地區電視臺加盟。他（至少一開始）不懂霍夫在說什麼，也不在乎。他當時覺得那不重要。不過，現在很重要，非常重要。這就是霍夫牽扯進來的原因。這也是為什麼第六頻道不去追科迪大火的原因。這當然也是肯．霍夫最後死在自家車庫裡的原因。

「這傢伙要你殺死喬爾．艾倫？這個人？他很老，又有錢。」

比利心想：對，老又有錢，當皇帝習慣了。肯．霍夫以為自己是電影主角，但羅傑．克勒克才是真正的主角。他覺得自己值得一切好東西，而這些東西不只是送到他面前而已，還要畢恭畢敬地端上來。其中就包括了喬爾．艾倫的死亡影片。

比利心想：而我就是上菜的服務生。

「跟我說說在『岬角』的狀況。」

比利解釋事情的來龍去脈，只有省略尼克進去避難所前講的話，尼克當時彷彿遭到禁足的壞小孩，要被關在自己房間裡一樣。他說完時，她說：「你做了你該做的事。」

沒錯，但這是出自年輕女性之口，這位年輕女性才剛到合法買酒的年紀而已。他很確定肯．

霍夫也這麼想。「對，但前面有太多錯誤的選擇讓我來到不得不出手的這一步。」

「那個老太太。」愛麗絲搖搖頭。「了不起。你覺得她會沒事嗎？」

「如果她兒子死了就別妄想了。」

她看了比利一眼，他很慶幸看到這種眼神。如果她放心到可以生他的氣，讓她繼續走這條路大概無妨。「兒子做這種工作，替黑幫老大賣命，做媽的難道一點責任也沒有嗎？」

比利無法回答這個問題。

「現在把你省略的地方告訴我，那個老大的話。告訴我一切究竟為什麼。」

他們上了州際道路。影子開始拉長。巨人隊跟紅雀隊的比賽大概結束了。一隊贏，一隊輸。清理小組會趕去「岬角」。比利將汽車的巡航定速設定在時速一百一十公里上。

「尼克找了喬爾・艾倫來殺人，但尼克只是中間人。他是這樣講的，但他的用詞是『經紀人』。真正要殺人的是羅傑・克勒克，為此付了好幾百萬。他們在普吉特海灣的小島見面，在那裡談好內容。」

「他要殺的人是誰？」

「他親兒子。」

3

愛麗絲嚇了一跳，彷彿是被甩上的門嚇到。「什麼？什麼？有沒有搞錯？他本來要繼承他爸的事業！」

「那是派翠克。」比利說。「妳知道？」

「知道一點，因為我媽每天都在看《新聞不打烊》。」

比利心想：愛麗絲她媽，大概還有全美七成對有線新聞上癮的觀眾都知道這件事。

「我通常會走開，我不喜歡他們的滿口胡言，但不值得因為這個跟我媽吵架。只不過這條新聞幾乎報了一個禮拜，甚至出現在川普前面。」她望著他。「現在我明白原因了，因為克勒克是《新聞不打烊》的老闆。」

「沒錯。」

「他們說那是幫派尋仇，誤把派翠克當成別人。」

「無關幫派，也沒認錯人。派翠克住在保全森嚴的大樓裡。幫派分子肯定過不了門口保全那關，更別說進入大樓了。加上沒人聽到槍聲，艾倫肯定用了『馬鈴薯搗泥器』。」

「什麼東西？」

「滅音器。」

「『不打烊』一直呼籲警方逮捕兇手，但兇手一直沒有落網。因為那時艾倫很可能已經閃了。」

「當然，翻過山頭前往遠方去了。」比利附和道。「如果他沒有因為在牌桌上輸慘而槍擊那兩個人，他大概還能在山的遠方逍遙快活。也許就算那樣他也不打緊，結果他回到洛杉磯，誤把某位女作家當成妓女。」

「為什麼克勒克……他自己的兒子？為什麼？」

「我只能告訴妳尼克是怎麼說的，背後大概還有隱情，但我沒有多少時間。」

「因為那個男人他媽，瑪姬。」

「對，瑪姬，我知道她會朝主要柵門過去。我相信她有密碼可以開門，而我把門口守衛——」

「薩爾。」

「對，就是他。我沒有拿他的霰彈槍。所以我只有時間聽完精簡版。」

「那你解釋給我聽。」

「克勒克上了年紀，不是行將就木的上了年紀，就是老了，身體還有一堆毛病。他需要指定接班人，我猜是為了讓董事會開心，多數人都以為他會交給大兒子派翠克。不過派翠克嗑藥成性，是個派對動物，四月底領一年的錢，五月一日就跟老爸哭窮。」

愛麗絲笑了笑。「他應該去找他媽，可能比較好得逞。」

「派翠克的母親死於藥物過量，可能是自殺，也可能是他殺。克勒克跟小兒子德文他媽離婚了。」

「我想他也上過電視，出面發表聲明什麼的。」

比利點點頭。「尼克告訴我的事情讓我想起蚱蜢與螞蟻的故事，加上一個看得出兩個兒子差別的精明老爸。派翠克是蚱蜢，小他四歲的弟弟德文是螞蟻，認真又聰明，願意投入時間努力工作。克勒克把兩個兒子找來，告訴他們他的決定。派翠克氣壞了。就他所知，是他用好主意帶領環球娛樂往前邁進，而他弟弟只不過是辦公室裡的小螺絲釘。」

比利想到照片裡那雙兇狠的小眼睛，想像起克勒克說些刺耳的話，好比說：**你的好主意不就是在嗑藥時，從你那些想成為嘻哈樂手的左派白癡朋友那裡「借」來的嗎？**不管他怎麼說，他都讓大兒子憤怒至極。在別人身上，這種憤怒蒼白無力，但羅傑．克勒克有小辮子，派翠克要麼早就知道，要麼是不久後發現的。

「我不知道他是怎麼知道的，尼克沒說。也許他自己也不清楚。說不定派翠克是聽朋友說的，妳知道，他那生活闊綽到腦子都不會動的朋友，說不定他是聽到什麼風聲。不過，他也不是全然的笨蛋，因為他還知道要怎麼追蹤蛛絲馬跡到墨西哥提華納郊外的某處小房子。」

「妓院。」

「不盡然。那裡由克勒克全額出資，尼克說的，因為只有他能使用。他每年向經營提華納組織的人，也就是斐利斯兄弟進貢一大筆錢。那邊可能還有其他活動，我猜應該從事洗錢勾當，那不重要。尼克說克勒克從不帶朋友過去，因為風聲會走漏。」

「派翠克跟這個組織有生意往來嗎？」愛麗絲問。「幫他們運毒品？有個詞在講這個。」

「『馱貨』。」比利說。「有這個可能。」

「他可能從對方那裡聽到什麼風聲，也許這就是他挖到的牆角。」

比利拍拍她的肩膀。「幹得好。我們永遠不可能確定，但這比從朋友那邊聽到的更合理一點。」誇獎讓她露出微笑，但笑容隨即消失。比利心想：她知道這個故事的走向。沒這麼聰明的女孩也許想不到，沒有在近期內遭到性侵的女孩也想不到，但眼前這個女孩符合上述兩個條件。

「克勒克喜歡小女孩。」

「多小？」她問。

「尼克說十三、四歲。」

「老天。」

「不只這樣，妳想繼續聽嗎？」

「不想，但你還是說吧。」

「至少有一次，女孩的年齡更小，他告訴尼克只有一次，姑且聽聽就好。」

「十二歲？」她的表情說明無論這個嘴邊肉拖得老長的糟老頭有多噁心，她願意相信他的邪惡是有底線的。

「克勒克說女孩不滿十歲，派翠克有照片可以證實。羅傑・克勒克跟尼克在島上開會時說，他當時『太醉了，只是想體驗那是什麼樣的感覺』。」

「老天啊。」

「其他的事情就跟骨牌倒塌一樣。派翠克把照片存在隨身碟裡，發誓只有這一份，拍照的人死了，埋在沙漠裡。他告訴老爸，他想當執行長。想得到老爸多數的普通股，這樣董事會就無法反對他將環球娛樂帶往的新方向。他也希望將弟弟調到芝加哥的辦公室，尼克說他用的字眼是『我的王八弟弟』，我猜芝加哥大概就是媒體業的西伯利亞吧。他要這些改變在二〇一九年一月一日生效，還要白紙黑字寫下來。只有那個時候，他才會交出有照片的隨身碟。」

「克勒克怎麼能確定沒有其他照片？」

比利聳聳肩。「也許有吧。不管怎麼說，他有什麼選擇？而派翠克至少還曉得如果照片提早流出，不管誰是執行長，公司股票都會直線下滑。」

愛麗絲想了想，說：「某種程度就是一種同歸於盡的手段。」

「我猜是吧。尼克說克勒克同意了，律師替他起草了一封信，說明他要退休，將公司交給大兒子，這封信在董事會的會議紀錄上公開，派翠克就將隨身碟交給他爸。老爸摧毀了隨身碟。派翠克沒想過他爸會找尼克．馬傑利安，雇用殺手幹掉親骨肉。派翠克的想像力沒有延伸到那麼遠去。」

「這才不是蚱蜢與螞蟻的故事，比較像莎劇，比較血腥的那種。」

「派翠克死了，克勒克真的退下來以後，從他健康狀況看來也活不久了，之後德文就會獨攬大權。」

他把車子開進休息站，因為車子需要加油，而他口乾舌燥，想喝冰飲。愛麗絲在便利商店看了看，他結帳時，她去上廁所。回到車上時，她臉上掛著淚水。

「抱歉。」她買的東西裝在小小的白色袋子裡。她拿出一包面紙擦拭鼻子，然後擠出一個笑容。「但我在廁所的時候，替我們在溫多弗的華美達酒店訂了房間。應該很不錯。」

「好。妳不用道歉。」

「我一直想到那個噁心的男人跟小孩一起。他真該死。」

比利心想：這就是我的計畫。

4

等到他說完時（就是將尼克的說詞與他從「岬角」回來路上推敲出來的狀況編織在一起），高速公路上的某些車都已經打開頭燈了。

「克勒克跟尼克說，他要業界最好的人，能夠執行任務，全身而退，之後不會到處講這件事的人。尼克說他認識一個人——」

「你？」

「他說他第一個想到我，但根本沒有為此聯絡巴奇。他說他很確定我不會接，因為派翠克·克勒克沒有壞到符合我的規矩。他把案子當成一般清理門戶的工作，交給艾倫。」

「他是這樣講的？清理門戶？」

「對，他們談妥的金額是八萬，事前先付兩萬訂金，完事後再付全額。基本上跟承諾付款給我的方式一模一樣，只是金額小一點。」

愛麗絲點點頭。「他不想讓艾倫知道這是多嚴重的事，以及牽連到多少層面。」

「當然。尼克覺得沒問題，因為艾倫就是我一直以來喬裝出來的樣子，只是解決問題的工具人，但我們不拿套筒扳手，也不安裝輔助電腦，我們的工具是槍。他給艾倫派翠克公寓大樓的照片、公寓本身的照片、側門的進門密碼、完事後要換開的車輛，也就是一切能夠讓任務執行得乾

淨利落的東西。」比利停頓了一下。「尼克沒有全說，但我跟他之前合作過，我懂他的模式。他沒告訴艾倫的是為什麼要幹這一票，艾倫也沒問。」

「但艾倫可以問派翠克，對嗎？在他動手之前？」

比利想了想。「有可能，但喬爾．艾倫這種人很難說。他比較像是聚焦在任務執行上的人，廢話不多說，瞄準好開槍就對了。」

「說不定派翠克想用隨身碟跟他交換……」愛麗絲停頓了一下。「只是他辦不到，對不對？因為隨身碟不在他身上，想說董事會已經知道要讓他接班，他就以為自己安全了。」

「尼克不確定發生了什麼事，艾倫也沒辦法跟我們解釋他是怎麼知道羅傑．克勒克與那個孩子在提華納發生的事情，但我可以猜一猜。尼克要艾倫把現場搞得像入室盜竊一樣，看起來像是派翠克在洛杉磯吸毒時搭上的幾個傢伙幹的。如果現場有錢或珠寶，他可以帶走。他可以扔掉珠寶、手錶、金鍊之類的東西，但他可以把錢留著，當作額外的補貼。所以在他殺害派翠克後，他搜索起屋內，大概找到了一張照片，也許不只一張，那是派翠克特別留下來的。至少有一張清楚拍到他父親的臉，也就是他在幹……他在幹的事情的時候。這樣合理嗎？」

愛麗絲點頭如搗蒜，頭髮跟著晃動起來。「我敢說就是這樣。就算這張照片或多張照片擺在保險櫃裡，尼克他們說不定給了他密碼。不過他真的認得出照片上的人嗎？」

根據比利對喬爾．艾倫的了解，他看起來不像會看環球娛樂商業頻道或讀彭博年度報告的人。「大概一開始不清楚，但他沒多久就知道了。稍微搜尋一下就會知道他殺害的是億萬富翁的兒子，而這個大富豪碰巧有戀童癖。」

愛麗絲的目光專注了起來。她非常熱衷這樣的討論。比利再次想到紅峭壁區的三流商學院會糟蹋她的潛力。還有美髮學校？別鬧了。

「所以這位受雇殺手，這個工具人，這名清道夫，有兩則值錢的情報，一是肯定是老爸出錢殺害自己的兒子，二是這位老爸也性侵了一個孩童，因為他『只是想體驗那是什麼樣的感覺』。」說到這裡，她目光黯淡下來。

「我懷疑他沒有試著販售這些資訊，也許後來才想到。他會知道威脅羅傑・克勒克這種有錢有勢的人非常危險。我覺得他拿這些資訊當成他的王牌。到頭來他不是為了錢，而是為了自己的愚蠢，不得不打出這張牌。」

比利心想：加上女作家，就是雙倍的愚蠢。

「他彷彿是想要被抓到一樣。」愛麗絲說。「某些一直犯案的殺人兇手就會這樣。」她解釋起她的話語，一手搭在他手腕上。「我是說，沒有道德準則的殺手。」

比利心想：妳說那叫道德準則？

「我不確定艾倫是不是想被抓到。如果他能夠搞清楚那張照片多有價值，我猜他也不是真的那麼蠢。」

「如果他不蠢，他幹嘛為了牌局殺人？幹嘛在洛杉磯攻擊那個女人？」

比利心想：艾倫相信牌桌上那人出老千。而女作家對他噴防身噴霧。不過這兩件事都沒有直搗愛麗絲疑問的核心。

「要我猜？我會說只是自大而已。妳要停下來吃晚餐嗎？」

她搖搖頭。「咱們繼續開，到了再吃。我想聽完剩下的故事。」

5

雖然這段大多是他的猜測，但比利稍微比較有把握一點。艾倫在洛杉磯因為攻擊與性侵未遂遭到逮補之後，他肯定知道自己會與東邊紅峭壁區這裡的謀殺與謀殺未遂扯上關係。郡立監獄的黑市有手機交易，非常活躍，大多是拋棄式手機。艾倫可以弄到一支跟尼克聯絡，說如果他要回紅峭壁區，在有死刑的州為了謀殺出庭，那一個有錢人，可以簡稱為「老克」的人，下半輩子也會在監獄與度過，大概還會被哈維·溫斯坦雞姦。如果艾倫在洛杉磯監獄出了什麼事，老克會非常、非常遺憾。

「尼克跟羅傑·克勒克聯絡。克勒克也許是透過中間人，請了一位昂貴的律師來爭取引渡。尼克跟克勒克在島上又開了一次會，這次將所有可能的場景都列出來。我想像克勒克將昂貴律師設在快撥鍵裡。假設如此，這位律師把尼克已經知道的狀況解釋給克勒克聽，那就是他可以短時間內延長引渡的抗爭，但到頭來艾倫一定得搭機回來面對開庭。因為一級謀殺罪名會壓過加重的傷害罪。」

「這就是尼克雇用你的時候。」

「差不多，對。安插我進最後能夠開槍的地方。這時艾倫已經離開多人監獄，因為他遭到攻擊。我猜是有安排的。不管是艾倫的意見，還是他律師的意見，總之在引渡大戰開打時，艾倫單獨監禁。他經常與這個昂貴的律師見面，律師告訴他一切都在掌控之中，就算他回到東部，一切也都打理好了。要麼是可以安排逃獄，同時搞到新身分，要麼就是某些環節已經打通，某些證人已經收買，某些關鍵證據憑空消失，而艾倫能夠無罪釋放。」

「而他完全沒有理由質疑這一切都是人家安排好的。」

比利搖搖頭。「艾倫那種人會質疑一切，但他別無選擇。」

「那照片呢？一張或很多張？他的王牌？」

「我想尼克跟克勒克都在爭取引渡的時間裡找人搜查過了。所以才會有引渡這件事，就是在拖時間。我想他們最終找到了。我只知道沒有聯邦執法人員逮捕羅傑．克勒克。」

「也許我們會先出現搞定他。」愛麗絲說。

比利不喜歡這個「我們」，但他沒有糾正她。他目前只有計畫的雛形，等到更明朗的時候，也許他可以不要讓愛麗絲牽扯進來。他想起巴奇的話：**她愛上了你，只要你允許，她就會跟你到天涯海角，但如果你允許，你會毀了她。**

6

「噢，看，是座宮殿啊！」星期天晚上八點四十五分，他們開進溫多弗的華美達酒店時愛麗絲這麼說。「我是說，相較於我們之前待的三間汽車旅館。」

他們兩間位在隔壁的房間完全不豪華，但還算體面，走廊地毯看起來經常清理。

「你今晚睡得著嗎？」她問。

「可以。」他其實不確定這個問題的答案。

她注視著他的雙眼。「如果要，我可以陪你睡。」

比利想到羅傑．克勒克喜歡年輕女孩，至少有一次是非常小的孩子，便搖搖頭。「這是很慷慨的提議，我心領了，但最好不要。」

「你確定？」

她還望著他，他有受到誘惑嗎？當然有。

「愛麗絲，謝謝，但還是不要。妳睡得著嗎？」

「我們明天回巴奇那裡嗎？」

「應該是。」

「那我就可以睡個飽了。我喜歡他，你知道，他感覺很安全。」

比利不確定如果她曉得又名「巴奇」的艾默．漢森這麼多年來從事的半數勾當，她還會不會覺得安全，但他懂她的意思，曉得她說得沒錯。她跟巴奇的確產生某種連結。

「晚安了。」這是他第一次吻她，吻在她的嘴角。

「晚安。噢，對了。」她把在便利商店的白色購物袋交給他。「嬰兒油跟溼紙巾。先盡可能把曬黑噴霧擦掉，然後洗澡。你沒辦法全部洗乾淨，但沖得掉大部分。」她去門邊用鑰匙卡片開門，然後回頭，說：「然後留一大筆小費，因為多數顏料會留在床單上。」

「好。」他自己大概想不到這點，也許明天看到床鋪才會想到吧。

她正要進房，卻轉頭看他。她的神情嚴肅但平靜。「我愛你。」

比利沒有考慮撒謊。他說他也愛她，然後走進自己房間。

7

他打電話給尼克。他不確定尼克會接，但他接了。

「誰？」然後沒有等對方開口，就說：「是你嗎？」

「是我。那邊都搞定了嗎？」

「明天之前就會搞定。」

「我沒有『冷卻』不必要的人。」

一陣長長的停頓，只有呼吸聲。然後尼克說：「我知道。」

「法蘭基怎麼樣？」

「在醫院。他媽打給我的私人醫生。瑞弗醫生叫了私人救護車。他媽一起上了車。」

「那女人可狠了。」

「瑪姬？」尼克發出短促的笑聲。「你見到的只是皮毛。」

比利心想：我相信我見識過了。如果我用打法蘭基的格洛克手槍砸她頭，手槍大概會彈開。

「我們的胖子朋友還在活人的國度嗎？」

「一個小時前，我打電話跟他說這邊的狀況時，他還在活人的國度。他說我該對你正經一點。我說，我以為四個大男人，加上瑪姬，夠正經了。怎麼問起他來？」

「克先生來賭城時，肥朋友會幫他張羅嗎？感覺這是你委派給他的工作。」

「你真的比我想像中還精明。」尼克彷彿是在自言自語。「比大家想的都精明，也許只有豬爺看透了你。」

「到底有沒有？」

「呃，算吧。豬爺知道克先生要來的時候，就會跟茱蒂・布蘭能聯絡。他們會在她的目錄上挑人，找出克先生中意的對象。十、十二年前，他會要雙人服務，但他後來不行了。他不是所謂的紳士，但他喜歡金髮妞。」

「還要很年輕。」

「可不是嗎。」尼克說。「但來拉斯維加斯的女孩都滿十八歲了。茱蒂幹這行很久了，搞的是正派的伴遊服務。意味著她不能說這些女孩從事性服務，但也沒這個必要。不過她不碰未成年人，彷彿她們有毒一樣，還真的有。」

光是想到有嘴邊肉的癩蛤蟆跟愛麗絲年紀相仿的女孩在一起就讓比利反胃。「他要未成年女孩時，他就去墨西哥。」

「對。」

「我要胖子的電話。你會給我嗎？」

「你會去找克先生嗎？」

他會，但就算他用的是拋棄式手機，相信尼克的私人電話線路很安全，他也不會說出來。他只有重中他要喬治歐的聯絡方式。尼克給了他。

「他會接我電話嗎？」

「我叫他接，他就會接。我說你會公事公辦。要不是他被迫改變他的生活方式，他也不會牽扯進這整件事情之中。如果你要找人負責，就找我吧。我不用減肥九十公斤，讓醫生幫我換肝。我說了，金錢害我盲目。」

比利心想這是尼克說過最真摯的懺悔了。「告訴他，我會公事公辦。喬爾．艾倫一案已成往事了，就這樣。」

「我要告訴他幾時能接到你的電話？」

「不是今晚，也許不是這幾天。他什麼時候移植？」

「至少要等到十二月。豬爺在這段時間裡要喝很多蛋白質奶昔，吃很多羽衣甘藍。」

「好啦。」比利將手機號碼塞進戴頓．史密斯的皮夾裡，藏在戴頓．史密斯的信用卡後面。「尼克，你自己保重。」

「等等。」

比利等著，好奇起尼克想說什麼。

「不是因為克先生不想付你一百五十萬，那對他來說只是零用錢而已。而是因為他堅持任務完成後，就要除掉你。說他不會跟放任艾倫一樣，犯下同樣的錯誤。這你明白，對嗎？」

「對。」而尼克配合演出，這點比利也明白。

「你的愛德華．伍德利身分還在用嗎？在巴貝多的帳戶？」

「還在用。」雖然帳戶處於休眠狀態，從二〇一四或一五年開始，就只有零星的存取紀錄。

「明天查一下戶頭。所幸你沒殺馬克．亞布羅莫維茲，他不聰明，也扶不起，但豬爺去南部之後，我只剩他了。我現在能夠安全轉出去的數目是三十萬，剩下的我有機會再轉。你最終會拿到你的一百五十萬。」

比利放過尼克時，說：至少這輩子光明磊落一次。這傢伙真努力，還是透過他唯一懂得的媒介努力，就是金錢。

「你不用道謝，也沒必要。」尼克說。「比利，你有本領，也完成了工作。」

比利沒有道別就掛斷電話。

8

他用嬰兒油盡量擦拭，然後淋浴直到流下來的棕水較為清澈為止。不過他用來擦身體的兩條浴巾上還是有顏色。

愛麗絲問他睡不睡得著時，他說可以，但他久久無法入睡。他在「岬角」待的時光大概只有一小時，也許更短，感覺只有五分鐘，但整件事不斷在他腦袋裡重播。特別是德納．艾迪森的下場，門片噴飛，沖水的馬桶。

尼克是這麼說的：**我以為四個大男人夠正經了**。但守門口的薩爾根本沒有把霰彈槍從肩上拿下來過，法蘭基沒回頭，雷吉沒帶槍，還得用老闆藏起來的手槍。只有德納．艾迪森稱得上正經，他連上廁所都帶著槍。當然，還有瑪姬，她非常正經，非常嚴肅，幾乎是一眼就看穿他的偽裝。

替酒店清理人員留一大筆小費，他心想，留一張二十好了。

他翻過身，就快睡著時，一個討厭的念頭襲來，他又仰躺回來，抬頭盯著天花板。不，他很討厭這個念頭。他把夏夏畫的粉紅鶴佛萊迪（又名粉紅鶴戴夫）黏在舊卡車儀表板上。他明明有時間拿下來，卻完全沒想到。他那時滿腦子只想著快點結束一切。

他告訴自己，算了，這不代表什麼。

這話也許是真的，但還是一點幫助也沒有。因為那張圖畫就跟費盧傑的娃娃鞋一樣。他們在「歡樂之家」遭到埋伏時，小鞋子不在身上。他又遺失了另一個幸運符。他大可告訴自己，這只是迷信，就跟有人相信賽溫德那座燒毀的古老飯店鬧鬼一樣，但他心裡還是覺得不舒服。其他的不說，那張圖是因為愛他而畫的。

比利心想：混帳，快睡覺。

他終於入睡，卻在寂靜的清晨醒來，口乾舌燥，雙手握拳。夢境栩栩如生，一開始他不確定自己是在華美達酒店還是在傑拉塔的辦公室裡。他在寫他的故事，所以一定是剛開始的時候，因為他還是用「愚蠢自我」的口氣下筆。有人敲門。他去應門，覺得是肯．霍夫或菲菲．史坦霍普，大概是霍夫吧。不過不是這兩個人，而是瑪姬，她穿著他出現在「岬角」工程便道時的那身寬大藍色洋裝。只不過她的寬沿帽換成了維加斯黃金騎士隊的鴨舌帽，壓得低低的，她手裡拿著的不是鏝刀，而是薩爾的莫斯伯格霰彈槍。

「你他媽的死王八，你忘了粉紅鶴。」她舉起霰彈槍。槍口看起來跟艾森豪隧道入口一樣大。

比利前往浴室時想，我在她開槍前從夢裡醒來。他撒尿，想起又名塔可的魯迪．貝爾。在伊拉克，噩夢是很常見的，特別是在費盧傑戰役時，塔可相信（或嘴上相信）如果你在噩夢裡死掉，你實際上也會痛苦而死。

「我的兄弟，嚇死的。」塔可說。「這是什麼死法啊？」

比利走回床上時想：但我在她扣下扳機前就閃了。不過她真不是蓋的，讓紮著小髮髻的德納．艾迪森看起來像街頭小混混一樣。

房裡好冷，但他懶得開暖氣，因為暖氣可能很吵，汽車旅館裡的暖氣真的很吵。他裹著毯子，立刻就睡著了。沒有繼續作夢。

9

愛麗絲提議買得來速的煎蛋三明治，不要坐下來吃早餐，因為她想立刻上路。「我想再次欣賞那片山景。我真的很喜歡那裡，雖然我得喘一下，適應一下高緯度。」

比利笑了笑，說：「好，咱們走。」

他們剛進入科羅拉多州界，比利就聽到筆電發出叮咚的聲音，他想不起來上次是多久前聽到這聲音了，可能好幾年了。他停在下一個避車道上，從後座拿起筆電。叮咚意味著他的某個副帳號有信進來，這次是 woodyed667@gmail.com 這個信箱。這封信來自「石灰華企業」。他從來沒有聽過這個空殼公司，但很清楚是誰在背後運作。他點開信件讀了起來。

「什麼？」愛麗絲問。

他讓她看。「石灰華企業」剛轉了三十萬進愛德華．伍德利在巴貝多皇家銀行的帳戶，備註只有寫：**服務費**。

「這是我想的那個人轉來的嗎？」愛麗絲問。

「肯定是。」比利說。他們再度上路，天氣真好。

10

下午五點，他們抵達巴奇的房子。比利在賴夫爾先打電話報備預計抵達時間，以及他們的新車外貌，巴奇站在前院等他們。他穿了牛仔褲與搖粒絨外套，看起來一點也不像曾經工作、生活在紐約的人。比利心想：也許他在這裡找到了更好的自己。他知道愛麗絲找到了。

比利還沒停好車，她就跳下車。巴奇張開雙臂抱住她，高喊：「嘿，餅乾！」她跑了過去，笑著投進他懷裡。

比利心想：看看這一幕。你看看這一幕。

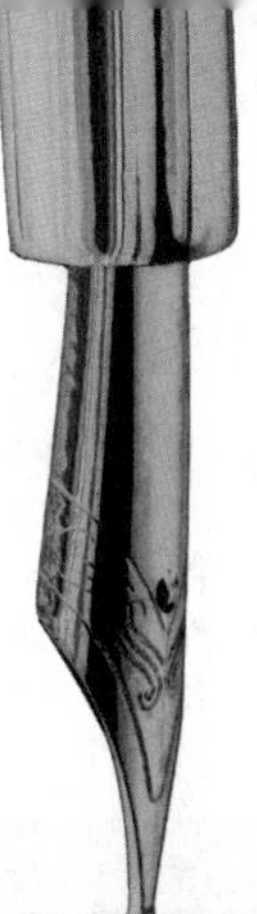

CHAPTER 22

1

他們待在巴奇的山上小屋好一陣子，連初冬的暴風雪都出現了（就一天）。雪暴的力度讓愛麗絲同時覺得讚嘆、歡欣與害怕。對，她說她在羅德島很常看雪，但沒有見過比她還高的積雪。雪停時，她跟巴奇去後院玩雪天使。經過長時間的哀求，受雇殺手終於加入了他們的行列。兩天後，氣溫升高到十五度，雪融化了。樹林裡充滿鳥囀與融水的聲音。

比利沒有打算待這麼久。這是愛麗絲的主意，她說他需要把故事寫完。她的話語是一回事。他們壓低聲音的確切語氣是另一回事，更有說服力。她說：現在來不及回頭了，比利了想想，覺得她說得對。

他寫下「歡樂之家」以及那裡發生的一切。小木屋裡沒有電力，所以他拿了一臺裝電池的電暖器過去烘暖空間，他才能夠寫作。至少如果他穿著外套的話。有人又把樹籬動物的圖畫掛回牆上了，比利發誓樹籬獅子現在又往前移動了，眼睛也變得更紅。樹籬的牛在獅子之間，而不是在獅子後方。

比利堅持，之前就是這樣。一定是的，因為圖畫不會變。

這是真的，在理性世界裡肯定是這樣，但他不喜歡這幅圖畫。他（又）把圖畫取下，（又）讓它面壁。他打開故事的文件，拉到他先前停下之處。一開始他寫得很慢，目光一直飄向遠處的角落，彷彿是期待那幅畫會神奇地掛回牆上一樣。並沒有，差不多半小時後，他就只看得見螢幕上的文字了。記憶之門開啟，他走了進去。十月他大多待在那扇門深處，甚至在暴風雪那天，還借了巴奇的靴子踏進小屋。

他寫到在沙漠裡剩下的役期，以及他決定（幾乎是在最後一刻）不要延長。他寫到回來美國後的文化衝擊，沒有人擔心狙擊手、土製炸彈，如果汽車逆火爆鳴，沒有人會嚇一跳，用手掩著頭。伊拉克戰爭彷彿沒有發生過，他多位朋友的死微不足道。他寫到第一份工作，暗殺喜歡對女人動手的紐澤西人。他寫到他是怎麼認識巴奇，以及後續的工作。他沒有讓自己看起來多高尚，寫得很快，沒辦法傾倒乾淨，但大多都解釋清楚了。那彷彿是積雪融化時，從樹上流洩下來的冰水。

他依稀注意到巴奇與愛麗絲形成了穩固的連結。他覺得愛麗絲彷彿找到了能夠替代她早逝父親的人物。對巴奇來說，她是他沒有機會擁有的女兒。比利在他們之間完全沒有察覺到任何性愛上的曖昧，他可不意外。他沒見過巴奇跟女人交往過，也是啦，他跟巴奇沒有那麼常見面，但這位老兄鮮少在他們見面時提過女人。比利覺得雖然巴奇．漢森結過兩次婚，但他說不定是同志呢。他只知道，他只在乎愛麗絲很快樂。

不過愛麗絲的幸福快樂並不是他在這年十月主要關心的議題。故事才是，現在這則故事已經成了一本書，肯定會的。沒有人會看這本書（大概除了愛麗絲．麥斯威爾），但這點完全不讓比利氣餒。重點在於寫作，這點她說得沒錯。

萬聖節前一週左右，有天陽光燦爛，大風往內陸吹，比利寫下他與愛麗絲（他把她的名字改成卡瑟琳）抵達巴奇（改成海爾）的木屋，以及巴奇張開雙臂（「嘿，餅乾！」），她跑進他懷裡。他心想，在這裡打住是很好的尾聲。

他把檔案存進隨身碟，闔上筆電，走去要關掉暖氣，結果他愣住了。樹籬動物的圖畫又掛回小木屋最遠處的牆角。他發誓樹籬獅子又往前移動了。這天吃晚餐時，他問巴奇有沒有把畫掛回去，巴奇說沒有。

比利看著愛麗絲，她說：「我根本不知道你在講什麼。」

比利問起畫是打哪兒來的。巴奇聳聳肩。「不知道，但我想那些動物形狀的樹籬原本矗立在全景飯店前面，就是燒毀的那棟飯店。我很確定我買這地方時，那幅畫就在小屋裡了。我過來的時候很少上去。我稱那裡為避暑小屋，但那裡似乎一直很冷，就算是夏天也很冷。」

比利也注意到了這點，但他以為是因為冬天要來了。不過，他在那裡寫了了不起的內容，差不多一百頁。圖畫令人毛骨悚然沒錯，他心想：也許令人毛骨悚然的故事就是要在令人毛骨悚然的空間書寫。這樣的解釋也說得通，畢竟寫作過程對他來說也還是一個謎。

愛麗絲做了厚皮桃子派。她端上桌時，問：「比利，結束了嗎？」

他開口要說結束了，但又改變主意，說：「快了，我還有幾個線頭要收。」

2

隔天很冷，但比利進入小木屋時沒有開暖氣，也沒有把圖畫取下來。他覺得巴奇所謂的避暑小屋鬧鬼了。他之前不相信這種事，但他現在信了。不是圖畫，或該說，不只是圖畫，而是鬧鬼的一整年。

他坐在房裡唯一一張椅子上，思索起來。眼前的事情（結束這一切的方法），他不想讓愛麗絲上場，但在這間氣氛詭異的冰冷房間裡，他知道他不得不這麼做。他也看到另一點。她會願意加入，因為羅傑．克勒克不只是一個壞人，他根本是比利收錢殺人生涯中最壞的一個，事實上，這次他主動執行這項任務就已經說明了這點。

愛麗絲之前是這麼說的：**我一直想到那個噁心的男人跟小孩一起。他真該死。**

她不希望崔普．唐納文去死，如果克勒克找的女孩十七、十六歲，也許甚至十五歲，她也不會要他去死。她也許會想讓他付出代價，但不是最嚴重的代價。只不過，那些年紀的女孩對克勒

克來說不夠，他想**體驗那是什麼樣的感覺**。

比利坐著，雙手壓在膝蓋上，指尖越來越麻，他吐出來的氣息成了白煙。他想到一個不比夏妮絲·艾克曼大多少的女孩被帶進提華納的小房子裡。他想到她抱著填充玩偶尋求慰藉，大概是泰迪熊，而不是粉紅鶴。他想到她聽著沿著走廊傳過來的沉重腳步聲。他不願意想像這些畫面，但他還是想像了出來，也許他不得不想。也許這間掛著鬧鬼圖畫的鬧鬼房間促進了他的想像。

他掏出皮夾，找到那張寫著喬治歐電話號碼的紙條。他撥打過去，曉得男人接他電話的機率不高。他也許在減肥中心的監獄健身房裡，或在游泳池裡，或心臟病發早翹辮子了。不過，才響兩聲，喬治歐就接起電話。

「喂？」

「紐約經紀人先生，你好。我是戴夫·洛克維奇。你猜怎麼著？書我寫完了。」

「比利，老天啊！你大概不相信，但我很高興你還活著。」

比利心想：見鬼了，他的聲音是不是變年輕了？還比較有活力了一點？

「我也很高興我還活著。」比利說。

「我也不想那樣搞你，你得相信我這點，但我——」

「你有選擇的餘地，你也作出了你的選擇。」比利說。「我喜歡被信任的人搞嗎？誰喜歡？但我跟尼克說，那已成往事，我是認真的。只不過你對我有所虧欠，我希望你當個男子漢補償一下。我需要一些資訊。」

短暫停頓，然後是：「我的手機很安全，你的呢？」

「沒問題。」

「我就信你這話了。我們要談的是克勒克，對嗎？」

「對，你知道他在哪嗎？」

「他不來拉斯維加斯了，所以要麼是在洛杉磯，要麼在紐約。我可以查一查，他不難找。」

「你知道在這兩個地方是誰負責替他供應女孩嗎？」

「我退休前會跟茱蒂配合。」講這話時他有點不自在，比利察覺到了。

「茱蒂・布蘭能？尼克說她不碰未成年女孩。」

「她是不碰，要滿十八歲。原本克勒克接受這樣的安排，但之後他要更小的，他會打電話，說想吃餃子，這是他們的暗號。」

比利心想：還餃子哩，真是有沒有搞錯。

「茱蒂認識願意找小女孩的人。有時我會替克勒克張羅，有時茱蒂會自己想辦法。」

「茱蒂也認識提華納的人嗎？」

喬治歐的手機雖然安全，但他還是壓低了聲音。「你說的是小女孩，那跟茱蒂、尼克、我都沒有關係。那是提華納的組織應克勒克的要求安排的。」

「讓我確認我沒聽錯。如果他在舊金山，忽然想吃餃子，他就會聯絡你或茱蒂，你們會替他牽線當地的人。只不過，我們說的其實是皮條客。」比利思索起他想用的字眼，他們都說「餃子」了，一點也不意外。「養雞場主人。」

「對，如果他在紐約州蒙托克角的家，他就會找紐約市的人。我離開後，克勒克約會過多少次，我不清楚。」

比利心想：約會？「他有專門的高級管家式服務吧？」

「可以這麼說，他花錢就是為了享受這些服務。比利，大筆金錢到處流轉。」

現在重要的問題來了。「茱蒂會跟他聯絡嗎？好比說，她聽說哪個女孩能夠討他歡心？」

「當然，偶爾會有這種狀況。近期滿常發生的，畢竟他已經到了一個小麵條不太好站起來的年紀了。」

「如果你聯絡茱蒂，說你有一個他可能會感興趣的女孩，真的很特別的人，茱蒂會轉達嗎？」

喬治歐思考起來，陷入沉默，然後他說：「她會。她也會聞到事情不對勁，她的鼻子精得很，但她會轉達。茱蒂因為提華納的事情厭惡這個男人，如果她覺得有人要搞克勒克，甚至安排暗殺，她都會起身歡呼。我也是這麼想的。」

比利心想：但你跟茱蒂還是跟這種人合作。「好，我會再跟你聯絡。」

「我都會在。我沒地方去，也不想去。我一開始很討厭這裡，但現在很喜歡。我猜就跟酒鬼忽然愛上清醒的感覺一樣。」

「你減多少了？」

「五十公斤。」喬治歐的語氣似乎是有理由驕傲。「還有四十公斤。」

「你的聲音聽起來不錯，沒有氣喘吁吁了。也許瘦下來你就不用動手術了。」

「沒有，我酒精性肝炎很嚴重，已經救不回來了。他們安排新年過後兩天替我動手術，所以你最好在那之前完成你找我要辦的事情。這裡的醫生講話很直，也很冷血。他說我活下來的機會只有六成。」

「我會再跟你聯絡。」比利心想：但我可不會為你禱告。

「我希望你解決那個戀童變態。」

比利心想：就是你的雇主。

用不著比利說出口，因為喬治歐說：「當然，我替他打水，很好賺，因為我想活下去。」

「明白。」比利想著：但，喬治歐，地獄大門依舊為你敞開。如果那個地方真的存在，那你跟我也許還會碰頭呢。我們可以用加了冰塊的硫磺乾杯。

「我一直覺得你的蠢樣只是在演戲。」

比利說：「我們晚點再談。」

「別拖太晚。」喬治歐說。

3

巴奇給比利一個責備的眼神，彷彿是在說：你還是讓她走進了黑暗的世界裡了，但他沒有說出口。

是時候跟愛麗絲解釋他的計畫了，巴奇也值得參與這場對話。他一邊喝咖啡，一邊在廚房餐桌上告訴他們。說完後，他建議要她考慮一下。愛麗絲卻說她不用考慮，直接參與。

「妳說妳去酒吧要出示證件，對不對？」比利問她。

「對，但我只去過兩次。在你……你知道，遇見我之前的一個月，我才滿二十一。」

「沒用過假證件？」

「行不通的。」巴奇說。「我是說，看看她。」

他們一起看著她。愛麗絲臉紅，將目光往下移。

「你覺得幾歲？」比利問巴奇。「我是說，如果你不知道的話。」

巴奇想了想，說：「十八，頂多十九，但不會說二十。」

比利對她說：「如果妳努力扮小，可以看起來像幾歲？」

這個問題讓她覺得很有趣，她隨即忘了兩個男人正在端詳她的臉蛋與身材。這個問題當然很有趣。二十一歲的她肯定只會想著如何讓自己看起來成熟世故一點，但看起來更年輕？她根本從來沒想過。

「我猜我可以用彈性束胸內衣讓我的胸部變小，女跨男的跨性別者會穿的那種。」然後她又臉紅起來。「我知道本來就不大，但束胸內衣會讓我看起來幾乎平胸。克勒克就喜歡這種？而我的頭髮……」她用手扯了扯。「我猜可以剪掉，不是小精靈的那種短髮，但足以綁出一隻小馬尾，就像高中女生那樣。」

「服裝呢？」

「不知道，我得再想想。不要化妝，或化淡一點。也許擦點粉紅色泡泡糖的唇膏……」

比利說：「妳覺得可以看起來像十五歲嗎？」

「不可能。」巴奇說。「十七歲，還只是『也許』。」

「也許可以比十七歲更小。」愛麗絲起身。「借過，我需要一面鏡子。」

她離開時，巴奇越過桌子，壓低聲音講話：「別害她死掉。」

「沒這個計畫。」

「計畫會出錯的。」

4

隔天比利又從冷冽的避暑小屋打電話給喬治歐。他想到，也許他完全不用派愛麗絲出場。畢竟他自己就是狙擊手，遠程「送貨」是他強項。他講電話時緊盯著牆上的圖畫，有點期待樹籬動物開始變換位置，但完全沒有。

他首先問起喬治歐，他能不能在羅傑・克勒克身上施展狙擊技能。

「想都別想。他在蒙托克角的地產有四十英畝那麼大。相較之下，尼克在內華達的房子根本是廉價公寓。」

比利失望但不意外。「此刻他在那？」

「他就在那，管那地方叫『愛歐斯』（Eos），什麼希臘黎明女神名字之類的。根據《紐約郵報》的「第六版」網站，他會在那裡待到感恩節，然後搭上他的私人噴射機，回到『拉拉國度』跟僅存的繼承人兒子一起過節。」

比利心想：拉拉費盧傑。

「他會有跟班嗎？」

喬治歐大笑起來，而笑聲變成喘息，也許他並沒有真的改頭換面嘛。「你說跟尼克一樣的跟班？不可能。克勒克每間房間裡都有電視，我聽說的啦，都設定靜音，播放不同頻道，那就是他的跟班。」

「沒有保全人員？」比利難以置信。克勒克名列美國富豪之列，居然沒有保全？

「你是說大宅裡的人？他覺得你掛了，就不會留下那些人了。而且就他所知，你根本不知道是誰出錢殺艾倫的。」

「他覺得我去找尼克，就是為了收錢。」

「對。我相信他有保全公司，必要時會呼叫他們，他大概也會有避難室，但唯一一個全職待在他身邊的是他助理，威廉·彼得森。你知道，就跟演《CSI犯罪現場》的演員同名。」

比利聽說過那個影集，但沒看過。「這個彼得森是保鑣，也是助理？」

「不確定他會不會柔道或以色列格鬥術，但他年輕力壯，可以假設他善於槍械，但他在大宅裡不見得會在腰上掛槍，或背著手槍啦。」

比利先記下這項資訊。「我要你替我做一件事，你要幫我寄出去，然後我們就扯平了。」

口吧。」

「等等……好。」現在是公事公辦的口吻。「我會盡量配合，如果辦不到，我會明說。你開

比利告訴他。喬治歐聽完，問了兩個問題，但他提的問題比利先前都想過了。

「假設你真的弄得到合格的女孩，這也許真的能成。我會請你傳幾張照片來。最好寄個二、三十張來，主要拍臉，幾張全身照，但服裝要端莊一點。我來選她看起來年紀最小的照片。」他停頓了一下。「我們該不會是在討論真正的青少女吧？」

「不是。」比利說，剛剛才脫離青少女身分的人，唯一一次性經驗是在ＦＭ２或類似藥物下的朦朧噩夢（但可以說所幸有下藥）。

「好，茱蒂在紐約的人是達倫．伯恩。克勒克之前跟他合作過，所以你顯然不能冒充他，但你可以當他兄弟或堂表兄弟之類的。」

「我是可以。」只不過他會需要一些看起來皮條客的行頭。「克勒克會期待女孩過夜嗎？」

「老天，不會。你停車在現場等。假設威而鋼管用，他完事之後就會請女孩出去，回到車上。一個小時，頂多兩個。」

比利心想：根本不用那麼久，完全不用，而且老頭吃的威而鋼會白白浪費掉。「好，我們會從這邊往東移動──」

「你跟巴奇？」

「我跟女孩。我們會找地方待，在靠近蒙托克──」

「試試看河頭鎮，凱悅或希爾頓花園酒店。」

比利心想：你真是寶刀未老。他差點期待喬治歐說他來訂房。

「我們找到落腳地點再跟你聯絡。」

「好，但首先把『搖擺』的照片寄過來。」

「搖擺？」

「女孩啦，比利。她最好是對的女孩，年輕，但健全健康。如果她看起來很浪，這事就吹了。」

「理解。」他又想起另一件事。「你有法蘭基．麥金托的消息嗎？我走時他還有氣，但我下手很重。」

「瑞弗醫生穩定住他了，但其他的醫生也愛莫能助。他腦出血，尼克說他可能當時也心臟病發。他媽帶他去雷諾，住在長照機構裡，他們說那叫臨終關懷機構。」

「我很遺憾聽到這個消息。」比利是真心的。

「瑪姬在附近租了一間公寓，全額由尼克支出。」

「他昏迷不醒？」

「如果那樣還好哩。尼克說，瑪姬告訴他，法蘭基睡很久，但他要是醒來，就會開始胡言亂語。經常癲癇發作，還尖叫不已。」

比利沒有說話，他想不出來該說什麼。

喬治歐負責開口，但完全不是欽佩的意思。「你下手肯定很重。貓王已經離開大樓。」

5

比利、巴奇、愛麗絲一起前往博德，愛麗絲逛起三間不同的購物中心，在店名為「黛比」、「永遠二十一」及「青春節奏」的地方購物。她與巴奇討論起每一次的選擇，巴奇會負責拍照片給喬治歐（或茱蒂．布蘭能），而這些照片最後都會轉給克勒克。比利主要負責尾隨他們，因此某些店員對他投以可疑的目光。愛麗絲買了一間輕量級的鋪棉禦寒外套、四條裙子、兩件襯衫、

一件罩衫，跟三件洋裝。其中一件是船領洋裝，但這些衣服都不是特別性感。巴奇否決了低跟鞋，選了運動鞋。

他也否決了她喜歡的低腰牛仔褲，至少拍照時可以穿。「妳可以買來自己穿，但他會想看妳穿裙裝。」

價值四百塊的採購行程結束後，她去「出色快剪」弄頭髮。她忙碌的時候，比利買了鞋子、長褲跟有內袋的飛行夾克。他拿著絲質萊姆綠襯衫給巴奇看，巴奇扶額。「你不是要搞站街皮條老爹的造型，高級管家式服務，記得嗎？」

比利將萊姆綠襯衫掛回去，選了灰色的襯衫。巴奇看了看，點點頭。「領口有點太『瑞克．詹姆斯』（Rick James）了，但不打緊。」

「哪個瑞克？」

「不重要啦。」

他們兩人提著購物袋走回理髮店的時候，愛麗絲蹦蹦跳跳地出來。她頭髮剪短，比較有型了。她戴著科羅拉多落磯隊的鴨舌帽，馬尾從後面延伸出來。她跑了起來，馬尾甩啊甩的，比利心想：上帝啊，我想這次也許會成功。

「設計師想勸退我剪髮。她說我為什麼要剪掉留了這麼多年的漂亮的長髮？但你們猜最棒的是什麼？她問我是不是這麼喜歡高中，想要剪成高中生的髮型。」

她大笑起來，伸出手掌。巴奇向她擊掌。比利也是，但他的熱情是裝出來的。在購物遠征的欣喜中，愛麗絲忘了他們「為什麼」要來買這些東西。他覺得巴奇也忘了，因為他感染到了她的快樂。不過，比利記得，他想起提華納的小女孩，想像她聽著腳步聲逐漸逼近。

6

他們一回去，愛麗絲就想拍照，但巴奇要她等到明天早上，那時她會看起來最稚氣、最清新。他說那叫九月清晨造型。

「尼爾·戴蒙對吧？」愛麗絲說。「我媽愛死他了。」然後對比利說：「別問，但我昨晚打電話給她了。」

也許巴奇腦子裡在想的是尼爾·戴蒙的歌，但比利想到的是法國畫家保羅·查巴斯飽受爭議的畫作，以及在提華納郊區房子裡的小女孩，還有夏妮絲·艾克曼。在他心裡，這兩個小女孩彷彿形影不離。

7

隔天一早，巴奇架好他們的小小拍攝場景。他想用面東窗戶的自然光。沙發原本在那，但他說他們得把沙發推走，換張椅子過來。比利問起原因時，巴奇認為沙發會讓人聯想到性，那個畫面不是他們想要的。他們要的是看起來天真無邪的小女孩。也許只是為了幫破產潦倒的老媽賺錢，就賣身這麼一次。

愛麗絲穿了新上衣與裙子出來時，巴奇要她回浴室把妝都卸了。「妳只在臉頰上點腮紅，睫毛膏一點點，讓睫毛看起來漂亮就好。口紅只要沾一點。懂嗎？」

「懂。」愛麗絲很興奮，是在玩角色扮演的孩子。

她離開後，比利問巴奇怎麼這麼懂這些東西。「別誤會，我很慶幸，因為我來大概只能搞定一半的工作，只是衣服很有說服力——」

「不對。」巴奇說。「衣服管用，但主要是髮型，是馬尾。」

「你在哪學這些東西的？你又沒有……」比利沒說下去。他對巴奇．漢森到底有什麼了解？他負責替槍手仲介，專長是送逃犯出國，認識執法機構的人，也許在紐約高級情報機構裡也有熟人。就算有，比利也不曉得那些人是誰。巴奇口風很緊，這大概就是他為什麼能活到今天的原因。

「我有沒有替年輕女孩拍過照，讓她穿得跟未成年少女一樣？沒有，但《閣樓》跟《好色客》這種情色雜誌曾經有過這種風潮，那是八〇年代的事，當情色還沒出現在雜誌上的年代。至於拍照，我在我爸膝下學的。」

「我以為你說過你爸是禮儀師？在賓州之類的。」

「他是，所以我在老爸膝下學會化妝。攝影是他的副業，畢業紀念冊啦，主要還是婚禮攝影。有時這兩種工作我都會當他助手。」

「我真是來對地方了。」比利笑了笑。

「的確是。」但巴奇沒有跟著笑。「比利，你不要害那小姑娘受傷。如果她出什麼事，你就不用回來了，因為這裡的門會永遠關上。」

在比利能夠回應前，愛麗絲回來了。她穿著白色罩衫、藍色裙子、及膝長筒襪，看起來的確年紀非常小。巴奇讓她坐在椅子上，讓她抬起頭，直到溫柔的晨光打在她臉上，而他覺得滿意的程度。他用比利的手機拍照。他說他是有一臺萊卡相機，很想用，但那樣看起來太專業了。克勒克也許看不出差別，不會察覺有異，但話又說回來，他可能會發現。畢竟電視、電影佔他生意的很大一部分。

「好，咱們派對開始。愛麗絲，不要燦笑，但一點點微笑可以。記得我們追求的是什麼，甜美端莊。」

愛麗絲嘗試甜美端莊的樣子，然後咯咯笑了起來。

「好。」巴奇說。「無所謂，通通笑出來，然後想起那個男人，看這些照片的人是個該死的戀童癖。」

這話讓她清醒，他繼續拍照。雖然拍照前大費周章，但拍攝本身沒有花多少時間。他拍了十六或十八張馬尾愛麗絲穿各種服裝的照片（但每一套，就算是船領洋裝，也是搭配低筒運動鞋）。他拍了十幾張夾髮夾的愛麗絲，以十幾張戴髮箍的愛麗絲作結。他把照片用印表機通通列印成八乘十的大小，這樣他們才能一組一組進行比較。巴奇要比利跟愛麗絲選出六張最好的照片，他自己也選六張。愛麗絲一度歡樂也驚愕地高喊：「老天，我在這張看起來只有十四歲。」

「選出來。」巴奇說。

他們對三張照片意見相同。巴奇又加了兩張進去，要比利傳給喬治歐。「他當過噁爛老蜥蜴的皮條客，所以他會知道克勒克上不上當。」

「先不要。」比利說。「我們朝紐約出發時，路上我再傳給他。」

「要是克勒克跟喬治歐說，他不感興趣怎麼辦？」

「我們還是會去，我會想辦法進去。」

「我們會想辦法進去。」愛麗絲說。「你這次別把我扔在旅館裡。」

比利沒有答腔。他想著，倘若時機成熟，他得作出抉擇。然後他又想到愛麗絲經歷過的事情，以及克勒克對更年輕女孩幹的一切，驚覺這一切也許不是他說了算。

8

這天晚上，他打了最後一通電話給尼克。「你還欠我一百二十萬。」

「我知道，會給你的。我們的朋友付錢了，就他所知，你已經掛了。」

「另外再追加二十萬，就說是你搞我的利息吧。這二十萬轉給瑪姬。」

「法蘭基他媽？你確定嗎？」

「對，告訴她是我給她的，告訴她用這筆錢好好照顧法蘭基。告訴她我是逼不得已，我很抱歉。」

「我覺得你的道歉不會讓瑪姬軟化，瑪姬……」他嘆了口氣。「瑪姬就是瑪姬。」

「你大可告訴她，法蘭基今天會這樣該怪的人是你，不是我，但我想你不會這麼說。」

尼克沉默了幾秒，然後問起剩下的錢該怎麼安排。比利告訴他該轉去哪些帳戶。幾番討論過後，尼克答應了。如果比利沒有在一旁「叮嚀」，尼克還會付錢嗎？比利有疑慮，因為他不確定尼克保住一條命的感激之情能持續多久。不過他打算照他的意思安排好，因為他不打算死在紐約。該死的人會是羅傑．克勒克。

「祝你一切順利。」尼克說。「我是真心的。」

「嗯哼。確保法蘭基得到妥善的照顧，還有辦好另一件事。」

「比利，我只是想告訴你——」

比利掛斷電話。他不在乎尼克想說什麼。債務清了，他跟尼克之間的恩怨扯平了。

9

比利打算隔天一早就啟程，但巴奇要他等到十點，因為他有事情要辦。巴奇去忙的時候，比利最後一次造訪避暑小屋。他將樹籬動物的畫作從牆上取下，搬到小路盡頭。他望著山谷看了一、兩分鐘，望向對面曾經存在過的飯店，據說鬧鬼的地方。愛麗絲覺得自己看見了，但比利只有看到幾處焦黑的殘骸。他心想，對，也許那裡依舊鬧鬼，所以才沒有人原地重建，那塊地明明看起來挺不錯的。

他將畫作從山緣扔下去。他望向落谷的開口，看到畫作卡在三十公尺下的松樹上。他心想：就在那朽爛吧，然後回到屋內。愛麗絲已經將他們少少的行囊打包放上車了。實在沒理由不開這輛車東行，這是一輛好車，追蹤不到，雷吉也不會想念這輛車。

「你去哪了？」愛麗絲問。

「就散散步，伸展一下雙腿。」

巴奇回來，他們坐在門廊的搖椅上。「我去找了一個朋友，替妳買了餞別的禮物。」他將一把槍遞給愛麗絲。「西格紹爾P320緊湊型手槍，彈匣有十發子彈，加上槍管裡有一枚。小到可以放在妳的手提包裡。子彈已經裝好，所以必須拔槍的時候，伸手小心點。」

愛麗絲入迷地望著手槍。「我沒有開過槍。」

「很簡單，對準射擊就好。除非妳站太近，不然妳應該會失手，但還是可以把人嚇跑。」他望向比利。「如果對她持槍你有意見，現在就說出來。」

比利搖搖頭。

「愛麗絲，還有一件事，該開槍時就開槍，答應我。」

愛麗絲答應。

「好，現在給我一個擁抱。」

她抱起他，開始掉眼淚。比利覺得其實這樣挺好的，她正在體驗她的感受，正如那些互助團體說的一樣。

這是漫長有力的擁抱。三十秒後，巴奇放開她，對比利說：「輪到你了。」

雖然比利不喜歡男人間的擁抱，他還是靠了上去。這麼多年來，巴奇就是生意夥伴，但過去這個月裡，他成了朋友。他在他們需要時提供遮風擋雨的地方，也協助了接下來的計畫。比這些事情更重要的是他對愛麗絲很好。

比利坐進三菱的駕駛座上。巴奇穿著牛仔褲與法蘭絨襯衫走到副駕駛座，看起來非常符合科羅拉多人的氣質。他做出搖車窗的動作，愛麗絲打開窗戶。巴奇靠上來，親吻她的太陽穴。「我想再見到妳。想辦法確保我們會再見。」

「會的。」愛麗絲說，她又哭了起來。「我會確保我們會再見。」

「好。」巴奇挺直身子，退了開來。「現在去搞定那個王八雜種。」

10

比利將車停在科州朗蒙特的沃爾瑪超級中心外頭，盡量緊挨著建築，這樣無線網路收訊才好。他用他自己安裝了ＶＰＮ的筆電，將愛麗絲的照片傳給喬治歐，還要他盡快轉給克勒克。

告訴他，女孩叫做蘿莎琳，開放時間有限。只有從現在開始算的三天，第四天就會關閉。價錢可議，但底價是一小時八千。告訴他，蘿莎琳是「上等貨」。叫他如果有疑問，可以向茱蒂·布蘭能確認。如果你要，你可以告訴他這次安排不收費，就算是作為刺殺艾倫引發後續一連串不

得已麻煩的補償。告訴他，負責運貨的人是達倫·伯恩的表哥，史蒂芬·伯恩。你一有消息就通知我。

他署名「B」。

這天晚上，他們在內布拉斯加州林肯的智選假日飯店過夜。比利正將行李拿上免費的飯店推車時，他手機叮了一聲，有訊息進來。他用一點也不念舊的目光看了看，這是他昔日的文學經紀人傳來的。

「喬治歐？」愛麗絲問。

「對。」

「他怎麼說？」

比利將手機交給她。

羅素：**他要。十一月四日晚上八點，蒙托克公路七七五號，用拇指回我就好。**

「妳確定要這麼做嗎？愛麗絲，妳決定。」

她找到向上豎起的拇指圖示，發了出去。

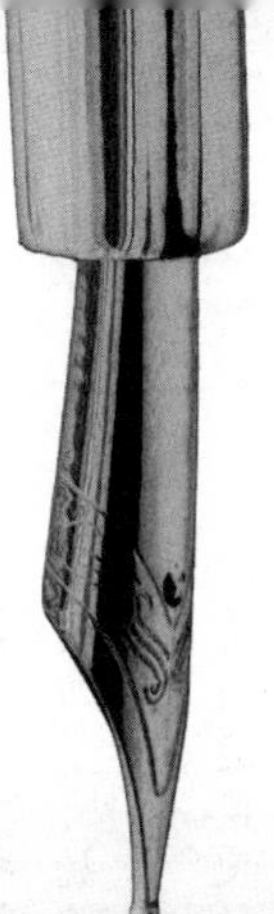

CHAPTER 23

我們一早從林肯出發，在八〇號州際道路上往東前進。上路的頭一個小時，我們沒有什麼交談。愛麗絲打開我的筆電，讀起我在避暑小屋寫的內容。到了愛荷華州的康瑟爾崖郊外時，一輛車按著喇叭經過我們旁邊，從後座看過來的是小丑與芭蕾舞女伶。小丑揮揮手，我也揮起手來。

「愛麗絲！」我說。「妳知道今天是什麼日子嗎？」

「星期四？」她沒有把目光從螢幕上移開。我因此想起常綠街的德瑞克．艾克曼與丹尼．法西歐，他們也會被手機上的東西催眠吸引。

「不是隨隨便便的星期四，今天是萬聖節。」

「好喔。」她還是沒抬頭。

「妳會扮成什麼？我是說，妳最喜歡的人物。」

「嗯……我曾經打扮成莉亞公主。」她還是沒有從螢幕上抬頭。「我姊會帶我去附近逛。」

「在京士頓，對嗎？」

「對。」

「戰果豐碩？」

她終於抬起頭。「比利，讓我讀啦，我快看完了。」

於是我們深入愛荷華州時，我讓她繼續讀下去。這裡景色沒有什麼起伏，只有好幾公里的平地。終於，她闔上了筆電。我問她都看完了嗎？

「只看到我出現的地方。就是我嘔吐，差點嗆到的地方。那裡讓人看不下去，所以我停了下來。對了，你忘記更改我的名字了。」

「我會記得的。」

「其他的事情我都知道了。」她笑了笑。「還記得Netflix的《諜海黑名單》嗎？以及我們替植物澆水？」

「妲芙妮跟華特。」

「你覺得它們有活下來嗎？」

「我確定會。」

「放屁，你根本不知道。」

我坦承的確如此。

「我也不知道，但如果想要，我們可以相信它們活了下來，對吧？」

「對。」我說。「的確可以。」

「無知就是有這等優勢。」愛麗絲望向窗外綿延幾公里的玉米田，現在因為準備過冬，只剩一片枯黃。「人可以選擇要相信什麼。我選擇相信我們會抵達蒙托克角，我們會做完該做的事，全身而退，從此過著幸福快樂的日子。」

「好。」我說。「我也選擇相信這樣。」

「畢竟，你從來沒有落網過。殺了這麼多人，你每次都逍遙法外。」

「我很遺憾妳必須讀到那個段落，但要我把一切通通寫下來也是妳的主意。」

她聳聳肩。「他們都是壞人，那是他們的共同點。你不會射殺醫生、神父……導護媽媽。」

這話逗笑了我，愛麗絲也微笑起來，但我看得出來她在思考。我讓她思考。好幾公里的路就這樣過去。

她終於開口：「我要回山上。我也許會跟巴奇住一陣子，你覺得呢？」

「我覺得他會喜歡這樣。」

「就一開始的時候，直到我找到工作，可以自己搬出來住，開始存錢回學校讀書。因為幾歲想念大學都可以。有些人一直到四十，甚至六十歲的時候才開始念大學，對不對？」

「我在電視上看過一個男人，他七十五歲才開始讀大學，八十歲領畢業證書。我的第六感告訴我，妳考慮的不是商學院。」

「不，一般的大學，也許甚至是科羅拉多大學，我可以住在博德。我喜歡那個鎮。」

「有考慮要讀什麼嗎？」

她遲疑了一下，彷彿想到什麼，卻又改變想法。「我想歷史吧，或社會學，也許甚至劇場藝術。」彷彿覺得我會反對一樣，她又說：「不是要演戲，我才不想演戲，而是其他的東西，舞臺、燈光什麼的。我對好多東西都很好奇。」

我說這樣很好。

「比利，那你呢？你的幸福快樂日子是什麼樣的？」

我不用多想。「既然我們在作夢，那我想寫書。」我敲了敲她持續抱著的筆電。「在我寫那個之前，我都不知道我寫得出東西來，現在我知道了。」

「那這個故事呢？你可以修改一下，變成小說……」

我搖搖頭。「這則故事只有妳這個讀者，這樣無所謂。這篇故事功德圓滿了，它啟開了一扇門。而且我也不用給妳化名。」

愛麗絲沉默了好一晌，然後說：「這裡是愛荷華州，對嗎？」

「對。」

「沒意思。」

我大笑起來。「我敢說當地人不會這麼想。」

「我敢說他們也這麼想，特別是年輕人。」

我實在無法與她爭這個。

「告訴我一件事。」

「我盡量。」

「為什麼一個六十好幾的老頭會想跟蘿莎琳年紀的小女孩在一起？我不懂。感覺好像……不知道耶……很荒誕。」

「不安？也許是想感受他失去的青春？回憶他自己的青春，試圖與之連結？」

愛麗絲只有短暫思索一下這個概念。「聽來好像放屁。」

事實上我也是這麼想的。

「我是說，你想想。克勒克跟十六歲的女孩能聊什麼？政治？世界大事？他的電視臺？而這女孩能跟他聊什麼？啦啦隊生活還是她的『臉友』？」

「我覺得他不是要找長期交往的對象。這筆交易是一小時八千塊啊。」

「所以是為了性交而性交，為了掠奪而掠奪。就我看來太空洞，太空虛了。還有那個墨西哥的小女孩……」

她沉默看著愛荷華州的景色。然後她壓低聲音說了什麼，我聽不清楚。

「什麼？」

「禽獸。」她持續望向外頭幾公里長的枯槁玉米田。「我說禽獸。」

萬聖夜，我們下榻在印第安納州的南灣，十一月一日在賓州的洛克黑文過夜。入住時，我的手機叮了一聲，喬治歐傳訊息來。

羅素：老克的助理彼得森要達倫．伯恩堂哥的照片，確認身分之用。寄到judyb14455@aol.com，茱蒂會轉過去，不收費。她很樂意看到老克倒楣。

彼得森想要照片讓我擔心，卻不意外。畢竟他是克勒克貼身保全，也是他的助理。

愛麗絲要我別擔心。她說她會替我修剪戴去「岬角」的黑色假髮（她說：「有時有個美髮師姊姊也是挺不錯的。」）。我們前往沃爾瑪，愛麗絲買了一副飛行員眼鏡，還有一罐冷霜，她說這樣我就會有愛爾蘭人的蒼白面容。還有一只小小的夾式金耳環，沒有很招搖，要我戴在左耳上。回到汽車旅館，她將我額頭的黑色假髮往後梳，叫我將飛行員眼鏡擱在頭髮上。

「想像你覺得自己是電影明星。」她說。「穿那件高領上衣。記住，克勒克跟這個彼得森只知道比利．桑默斯死了。」

她在沒有特徵的牆前面替我拍照（也就是我們下榻的「最佳西方」酒店磚牆），然後我們一起仔細檢視。

「這樣夠嗎？」愛麗絲問起。「我是說，我覺得不像你，特別是那個嘲諷的笑容，但我希望巴奇能在場幫幫我們。」

「我想夠了。如妳所說，他們覺得我已經埋在派尤特山麓下了，光是這麼想，過關機率就大幅增加。」

我們回到室內時，她說：「我們在搞小小的陰謀。巴奇、你的冒牌文學經紀人，現在還有這個位高權重的賭城老鴇。」

「別忘了還有尼克。」我說。

她停在我們兩間房中間的走道上，皺起眉頭。「如果他們之中有人聯絡克勒克，告訴他我們的計畫，這人大概可以賺得不少油水。尼克、喬治歐、巴奇是不會幹這種事，但那個茱蒂會嗎？」

「她也不會。」我說。「基本上這些人都受夠他了。」

「這是你一廂情願的想法。」

「我知道。」我說，還真是一廂情願。不管怎麼說，如果我進去，現在看起來愛麗絲越來越有機會跟我一起進去。

十一月二日，我們在紐澤西過夜。隔天晚上，我們入住了河頭鎮的凱悅飯店，此處距離蒙托克角只有八十公里。喬治歐的確在南美洲的減肥中心替我們訂了房間。因為他知道我沒有史蒂芬・伯恩的證件，他用的是戴頓・史密斯的名字。然後因為這個地方比我們之前待的汽車旅館都高檔，愛麗絲不得不出示她新的伊麗莎白・安德森證件。喬治歐也許瘦了幾公斤，但腦袋同樣精明，他還用史蒂芬・伯恩、蘿莎琳・佛瑞斯特的名字預定了一間標準雙人房，已經付清費用。克勒克也許不會親自確認，這種事情不是他這種位高權重的人在乎的，但彼得森也許會想確認一下。如果飯店人員告訴彼得森，伯恩跟佛瑞斯特還沒入住，彼得森也不會覺得怎麼樣。大家都知道皮條客的行程很不規律。

在我離開櫃臺前，我問起有沒有給我的包裹。結果還真的有，寄件人是拉斯維加斯的「歡樂遊戲新穎企業」。無疑又是一間不存在的公司。喬治歐按照我要求安排的。我在我的房間裡，當著愛麗絲的面打開包裹。裡頭是一罐沒有記號的小小噴霧罐，尺寸只有隨身體香劑滾珠瓶的大小。這次不用烤箱清潔噴霧。

「這是什麼？」

「卡芬太尼（Carfentanil）。二〇〇二年的時候，俄國政府用某個版本這種氣體打入一間歌劇院，裡頭有四、五十名車臣叛軍分子，挾持了七百多名人質。原本的用意是讓大家昏迷後，結束威脅事件。這招的確管用，但氣體毒性太強。一百多名人質不只睡著，還死了。我懷疑普丁根本不在乎。這個東西據說只有一半威力。我們要殺的是克勒克，如果沒有必要，我不想殺害彼得森。」

「要是不管用呢？」

「那我就採取必要措施。」

「我們。」愛麗絲說。

十一月四日，白天相當漫長。等待的日子總是過得特別慢。愛麗絲帶了連身泳衣，在游泳池裡游泳。之後，我們散步，在熱狗餐車外帶午餐。愛麗絲說她想睡個午覺。我也闔眼，卻完全睡不著。之後，她重新將假髮梳成照片上的髮型時，她坦承她剛剛也沒睡。

「而我昨晚也沒睡多久。等到這一切過去後，我就要好好睡一覺，睡到天荒地老。」

「算了。」我說。「妳待在這，讓我搞定這件事。」

愛麗絲露出淺淺的微笑。「而當你出現，卻沒有帶一小時八千塊的女孩，你要怎麼跟彼得森解釋？」

「我會想到說詞的。」

「你也許根本進不去。如果你要硬闖，你就得殺了彼得森。你不想殺他，我也不希望你殺他。我去。」

於是就這樣說定了。

我們六點出發。愛麗絲從 Google Earth 上找到大宅的照片，還在導航系統上查到該怎麼過去。冬季天黑後，車流不多。我問她想不想在河頭鎮郊外的速食店稍作停留，她發出刺耳的笑聲。「如果我吃任何東西，我肯定會吐在漂亮的新洋裝上。」

是船領洋裝，紫色的，還有小白花點綴。她穿了新的禦寒外套，但拉鍊沒有拉起來，所以她乳溝出現的位置還清晰可見。從上面看其實看不到什麼，因為她沒有穿胸罩，只有穿半截的束胸內衣。她的手提包擱在大腿上，西格手槍在裡頭。我穿了我的新飛行外套，格洛克手槍在其中一個內袋裡，另一邊則是噴霧罐。

「蒙托克公路很彎。」她說。我知道，下午睡不著的時候，我用筆電研究過路線，但我讓她講下去。她在壯膽，她想鼓足勇氣。「先經過燈塔博物館，然後第一個路口左轉。『愛歐斯』不是海濱的房子，我猜他為了景色不要面海。反正我懷疑，他這把年紀還會不會滑水或搞徒手衝浪。你怕嗎？」

「不會。」至少不是為了我自己而害怕。

「那如果你不介意，我想替我們一起害怕。」她又再度看起手機上的地圖。「看起來七七五號在進去約一．六公里處，會先經過蒙托克農場商店，肯定很方便，採購什麼新鮮蔬果農產品的。比利，你看起來很不錯，非常像愛爾蘭後裔，你可以在哪邊暫停一下嗎？我好想上廁所。」

我在一間「風道簡餐店」停車，差不多距離河頭鎮與蒙托克中間的地帶。愛麗絲跑進店裡，我考慮要不要拋下她，自己離開。巴奇囑咐我不要跟她一起從事的事情（對她做的事情），我都做了。沒多久，她就會成了知名有錢人命案的幫兇，前提是一切都順利進行。要是出了什麼亂子，她很可能會死在那裡。不過，我繼續等她。因為我需要她才進得去，沒錯，但也是因為她才有決定的權利。

她笑著走出來。「這樣好多了。」我開回公路時，她說：「我以為你拋下我自己走了。」

「完全沒想過這種事。」我說。從她看我的目光中，我知道她心裡非常清楚。她在座位上挺直腰桿，將洋裝裙襬拉在膝蓋上。她看起來就像拘謹體面的女高中生，現在已經不存在的那種。「咱們上吧。」

我們經過燈塔博物館，左轉前進了不到一百公尺。這裡完全沒有亮光，右側某處有海浪的聲音。新月在樹梢若隱若現。愛麗絲靠向前，稍微整理了一下我的假髮，然後坐回去。我們都沒有交談。

蒙托克公路從六〇〇〇號開始，理由只有早就作古的都市計畫師才懂。我很意外看到這些房子雖然打理得很好，外表卻很平凡。多數牧場型的房舍與鱈魚角風格的建築在常綠街看起來並不會突兀。這裡甚至有一座拖車公園。很高級的拖車公園，有馬車燈照明，還有卵石小道，沒錯，但拖車公園就是拖車公園。

蒙托克農場商店，只是一處突然冒出來的商品小攤，現在關閉黑暗。門口只有幾顆堆成金字塔的南瓜，後面有一輛車斗用木柵圍起來的老舊卡車，車上也有幾顆南瓜，肥皂在擋風玻璃上寫著「待售」，另一扇窗上寫著「運作正常」。

愛麗絲指著商店後面的信箱，說：「就是這了。」

我放慢速度。「最後問一次，妳確定嗎?妳如果不要，我們可以直接掉頭。」

「我很確定。」她坐姿僵直，膝蓋緊緊併攏，雙手交握在提包的提袋上。雙眼直視前方。

我轉向一條破爛泥巴小徑，路牌標示著「私人道路」。非常清楚，這條泥巴小徑就是用來驅趕好奇觀光客的偽裝。過了第一個小丘，泥巴路成了柏油路，寬到車輛可以輕鬆會車。我打開遠光燈緩緩前進，想著這是我這輩子第二次前往壞人住所。我希望這次能夠以更快、更有效率的方式離開。

我們繞過彎道，擋在我們面前的是一百八十或兩百一十公分高的木頭條板柵門。混凝土柱子上有一個對講機，一盞金屬燈罩的燈照亮對講機。我把車開過去，搖下窗戶，按下按鈕。「喂？」

我認為喬裝愛爾蘭口音可能會惹出麻煩（愛麗絲與巴奇也這麼想）。再說，伯恩這輩子都住在紐約，他實在不該有愛爾蘭腔。

同一時間，柱子上的對講機沒有回應。

「喂？我是史蒂芬．伯恩，達倫的堂哥，瞭？我替克先生送貨來了。」

又沒反應，我有理由覺得出問題了（從愛麗絲的神情看來，她也這麼想），我們進不去了。至少這個方法行不通。

然後對講機發出聲響，一個男人的聲音說：「下車。」聲音平板，不帶感情。聽起來像條子在講話。「你跟小姐都下車。你們在柵門前面會看到一個打叉的記號，就在中間。站上去，往左邊看，站近一點。」

我看著愛麗絲，她睜大眼睛看著我。我聳聳肩，點點頭。我們下車，朝柵門走去。打叉的記號原本是藍色的，現在已經褪成灰色，就在一處四方形的混凝土上。我們一起踩上去，往左邊看。

「抬頭，往上看。」

我們抬起頭，有攝影機，當然囉。

我聽到低低的交談聲，然後屋裡負責對講機的人（我猜就是彼得森），放開按鈕，我們這邊只剩寂靜。沒有風聲，這種冬天裡也不會有蟋蟀叫聲。

「怎麼了？」愛麗絲問。

我不知道，但想說他們可能持續監聽，於是我叫她閉嘴等一等。她雙眼圓睜，但她隨即明白，便羞怯小聲說了句：「好的，先生。」

對講機又發出聲響，男聲說：「伯恩先生，我看到你外套左邊口袋鼓起，你有槍嗎？」

這個攝影機拍得也太清楚了吧？我可以說沒有，然後無論克勒克多想要這個女孩，柵欄都不會升起來。「對，我有槍，防身用的。」我說。

「把槍拿出來舉高。」

我把格洛克手槍拿出來，高舉在鏡頭前。

「放在對講機柱子下方。在這裡不需要防身，沒有人會偷。離開時再帶走即可。」

我乖乖照辦。噴霧瓶比較小，所以那一側口袋沒有鼓起來，再說如果我能控制住對講機聲音的主人，對付克勒克應該不成問題。至少我是這麼想的。

我走回混凝土四方形，但對講機的聲音阻止了我。「不，伯恩先生，請你待在原地。」他停頓了一下，又說：「事實上，我要麻煩你後退兩步。」

我朝車子退了兩步。

「再後退一點。」聲音說，我明白了。他們是要我離開拍攝的畫面。克勒克想打量他的商品，決定他到底要不要花這筆錢，還是就打發我們走。攝影機發出低低的聲響。我望過去，看到鏡頭探了出來，聚焦拍攝。

我以為男人接下來會要求愛麗絲將提包裡的物品對著攝影機展示，西格手槍最終也會跟格洛克一起躺在對講機的柱子下方，但完全不是這麼回事。

「小姐，請妳將裙子拉起來。」

彼得森的聲音，但驗貨的人會是克勒克。爬滿皺紋的眼眶裡那兩隻貪婪的小眼睛。

愛麗絲低頭盯著地面，沒有望向鏡頭，她將裙襬拉到大腿。她腿上的瘀青早就好了，雙腿光滑細白，又年輕緊實。我恨這個聲音，我恨他們兩個人。

「麻煩高一點。」

我一度覺得她不會拉上去。結果她將裙子拉到腰際，還是沒有抬頭。她肯定覺得遭到侮辱，克勒克肯定覺得很興奮。

「現在抬頭看鏡頭。」

她望過去。

「繼續拉著裙子。克勒克先生希望妳舔嘴唇。」

「不。」我說。「夠了。」

愛麗絲放下裙子，眼神彷彿是在質問我到底在幹嘛？

我走進畫面之中，抬起頭。「看夠了，好嗎？剩下的進去再慢慢欣賞，這裡冷死了。」我考慮再來個「瞭」，決定還是免了。「而且她進門前，我就要拿到錢。她一進去就開始計時，懂嗎？」

對方差不多安靜了三十秒。不對勁的感覺又爬了上來。「走吧。」我扯起她的手臂。「去他媽的，咱們閃了。」

結果此時小小橡膠輪上的柵門緩緩打開。對講機的聲音說：「伯恩先生，開進來一．二公里，你的錢在我這。」

愛麗絲上了車，我也上了車。她渾身顫抖

車窗還沒關好，我就連忙低聲告訴她，我很抱歉發生這種事。

「我不在乎他們是不是看到了我的內褲。我本來以為他們會叫我打開包包，用攝影機看到裡面的槍。」

「妳只是小孩子。」我說。我望向後照鏡，我們進來後，柵門就緩緩關上了。「我覺得他們沒想過妳會有槍。」

「然後我又想，他根本不會讓我們進來。我想那人會說『妳根本不是十六歲，滾，別浪費我們時間。』」

現在道路兩旁都是老式的路燈。前方就是老頭名為「愛歐斯」的大宅，這名字來自有著粉紅玉手的希臘黎明女神。

「妳最好把槍給我。」我說。

她搖搖頭。「我想留著。你還有噴霧。」

沒時間爭這個。房子……莊園就在眼前。這是一處至少在兩英畝草坪上延伸出去的石砌結構。肯定是有錢人享受的所在，其中的優雅是尼克的地方都比不上的。前方有迴車道。我停在石階前，上去就是圓形的入口。愛麗絲伸手要開車門。

「別。我過去幫妳開，就跟紳士一樣。」

我繞過車頭，打開車門，牽起她的手。她的手很冰。她雙眼圓睜，雙唇緊抿。

我牽她下車時，在她耳邊低聲地說：「走在我身後，停在階梯下面。一切會發生得很快。」

「我好怕。」

「別擔心，展現出來。他大概喜歡這樣。」

我們走向階梯，總共有四階。她停在最底下。室外的燈亮了，我看到她的影子拖得長長的，依舊緊握她的小提包。她抓在胸前，彷彿包包可以抵擋接下來三百秒內發生的一切。巨大的前門開了，我周圍投出長方形的室內燈光。站在門口的男人又高又壯。光線從他身後照出來，我實在猜不透他的年齡，也看不清他的臉，但我看到他腰上的皮套。小小的皮套裝著小小的手槍。

「她在下面幹嘛？」彼得森問。「叫她上來。」

「錢先拿來。」我說。然後轉頭說：「姑娘，待在原地。」

彼得森伸手進口袋裡，也就是皮套另一邊的口袋，那種皮套內裡肯定是塑膠的，可以在必要時，流暢迅速抽出手槍。他拿出一卷紙鈔，交給我，說：「你口音不像愛爾蘭人。」

我大笑起來，開始點起鈔票，都是百元大鈔。「兄弟，在皇后區住了四十年，真希望沒有那種口音哩。大人物在哪？」

「不關你的事。叫女孩上來，把車停到那邊車庫去，在車裡等。」

「好，當然，但你害我不曉得數到哪兒了。」

我從頭開始數。我身後的愛麗絲卻開口：「比利？我好冷。」

彼得森立刻警戒起來。「比利？她為什麼叫你比利？」

我大笑起來。「啊，兄弟，她都這樣。那是她男朋友啦。」我笑了笑。「對方不知道她來這，懂嗎？」

彼得森沒有說話，看起來不信。他的手慢慢伸向可以迅速拔槍的皮套。

「兄弟，很好，數字沒錯。」我說。

我把鈔票塞進飛行夾克的口袋裡，拿出噴霧罐。也許他看到了，也許沒有，但他已經要拔出小小的手槍了。我用空出來的手握拳砸向他的手，就跟玩剪刀石頭布的小孩一樣。然後我朝他噴起噴霧。一團白煙蒙上他的臉。只有小小一團，但結果令人滿意。他前後搖擺了兩下，然後倒了下去。手槍掉落在階梯上，子彈射出，發出小鞭炮般的槍聲。這種槍不該如此，他肯定改造過。

我感覺到子彈從我腳踝旁邊飛過去，轉頭確保愛麗絲沒有中彈。

她跑上階梯，看起來一臉驚愕。「抱歉、抱歉，我太蠢了，我忘了——」

屋內傳來一個刺耳的菸嗓，喊著說：「比爾？比爾？」

我差點回應，然後想起倒在門廊上的男人也是個「比利」。這是很常見的名字。

「那是什麼聲音？」一陣無力、充滿痰液的咳嗽聲，接著是清嗓的聲音。「女孩呢？」

走廊半路有一扇啟開的門。克勒克走了出來。他穿著藍色絲質睡衣，白髮向後梳成龐畢度頭，讓我想起法蘭基。他用一隻手拄著拐杖。「比爾，女孩在——」

他停下腳步，盯著我們看。他低頭看到手下倒在地上。然後他轉身就拖著腳步朝剛剛過來的門口前進，用重擊地面的拐杖支撐身體，兩隻手握著，就像在撐竿跳一樣。考慮到他的年齡與身體狀況，他行動的速度比我想像中還快。我追上去，經過門廊時還記得要屏住呼吸，然後在他關門前追上他。我拉門撞他，他倒在地上。拐杖飛了出去。

他坐直身子看著我。我們在客廳裡。他癱倒身軀下方的地毯看起來很貴，也許是土耳其地毯，或法國的歐比松地毯。牆上有看起來同樣值錢的畫作。家具都很沉重，蓋著絨布。鉻合金的架子上有一瓶肯定很貴的香檳，下方是一層冰塊。

他開始挪著屁股遠離我，想要伸手抓他的拐杖。他精心整理的頭髮已經開始凌亂，一撮一撮散落在下垂、爬滿皺紋的臉上。他的下唇因為口水而溼溼亮亮的，向外凸出，彷彿是在噘嘴。我聞到他的古龍水味。

「你對比爾怎麼了？你對他開槍？那是槍聲嗎？」

他抓到拐杖，坐在地上就開始朝我亂揮。他的睡褲往下爬，露出寬寬的屁股及轉白的陰毛。

「我要你滾出去！你到底是誰？」

「你找人殺了你兒子，我是殺了那個殺手的人。」我說。

他瞪大雙眼，持續向我揮舞拐杖。我一把握住，從他手中扯開，扔向另一邊。

「你找人去科迪放火。安排你的攝影記者成為法院暗殺時唯一一間在場拍攝到的電視臺，對不對？」

他瞪著我，上唇顫動。這動作讓他看起來像脾氣不好的老狗。「我不知道你在說什麼。」

「我覺得你很清楚。那不是為了我轉移注意力的方式，太早了，所以到底為什麼？」

克勒克跪著爬向沙發，讓我又欣賞了幾眼我不想看的股溝。他拉起鬆緊褲頭，但沒拉上去多少。我差點就可憐起他了，但我沒有。克勒克先生想看妳的內褲，克勒克先生希望妳舔嘴唇。

「為什麼？」彷彿我不知道一樣。「你必須回答我。」

他握住沙發扶手，撐起身子。他氣喘吁吁。我看到他一耳戴的助聽器膚色按鈕。他重重坐下，喘了口大氣。

「好。艾倫打算要脅我，我想看著他死。」

我心想：你當然想。我敢打賭你看了好幾遍，一倍速看過，還慢動作看過。

「你是桑默斯。尼克．馬傑利安說你死了。」然後荒謬又嚇人的脾氣上來了。「我給了那頭猶太豬幾百萬！他敢騙我！」

「沒照片沒證據啊！你怎麼不開口呢？」

他沒回答，沒這個必要。他當皇帝太久了，沒辦法想像其他人不配合。**拍下行刑現場，幹掉劊子手。裙子拉起來，讓我看妳的內褲。這次我要一個特別「幼齒」的。**

「我欠你錢，你是為了這個來的嗎？」

「說說別的吧。告訴我找人殺掉親骨肉是什麼滋味。」

他上唇又抽動起來，露出跟那張臉很不配的完美牙齒。「他自找的，他就是不肯罷休。他是個……」克勒克沒說下去，瞇著眼睛望向我身後。「那是誰？是我花錢找來的女孩嗎？」

愛麗絲走進來，站在我身邊。她左手拿著她的小提包，右手握著西格手槍。「你想體驗那是什麼樣的感覺，對吧？」

「什麼？聽不懂妳在說——」

「性侵小孩。你想體驗那是什麼樣的感覺。」

「妳瘋了！我完全不曉得——」

「大概很痛，像這樣。」愛麗絲對他開槍。我想她本意是想瞄準他的睪丸，結果卻擊中他的腹部。

克勒克尖叫起來，叫得很大聲。這聲尖叫驅趕了盤旋在她頭上、害她開槍的鷹身女妖。她扔下提包，用手壓在嘴巴上。

「我受傷了！」克勒克尖聲地說。他抱著肚子，鮮血從指尖滲出，流到絲質睡褲的大腿部位。「噢。我的老天，太痛了！」

愛麗絲轉頭望著我，雙眼圓睜溼潤，雙唇微開。她呢喃起來，我聽不清楚，因為西格手槍的槍聲比彼得森的小手槍還大得多。她可能是在說：我不知道，為什麼會這樣？

「我要醫生！好痛啊啊啊啊！」

現在鮮血大片溢出。他大吼大叫加快流血速度。我從愛麗絲無力的手中接下手槍，將槍口對準他的左側太陽穴，扣下扳機。他倒向沙發，踢了一次腿，然後摔到地上。他性侵孩童、謀殺骨肉，以及鬼才知道幹過什麼壞事的人生終於走到了盡頭。

「不是我。」愛麗絲說。「比利，開槍的人不是我，我發誓不是我。」

偏偏就是。她內在的某種情緒爬了出來，一名陌生人，現在她得接受這玩意兒存在，因為那也是她。她會在下次照鏡子時見到這個陌生人。

「走吧。」我將西格手槍插進皮袋裡，將提包背帶掛在她肩上。「我們得走了。」

「我只是……我好像是在軀體外頭看戲……」

「我知道。愛麗絲，我們得走了。」

「好大聲，是不是好大聲？」

「對，非常大聲。走吧。」

我帶她沿著走廊前進，這時我才注意到走廊牆上掛著掛毯，畫面上有騎士與美女，以及不知什麼原因出現的風車。

「他也死了嗎？」她看著彼得森。

「他會報警嗎？」

我蹲在他身旁，但不用感覺他的脈搏。我聽到他的呼吸聲，明確且平穩。「還活著。」

「他終究會報警，但等到他清醒，我們早就走了，而且他醒來後還會不舒服好一陣子。」

「克勒克活該。」她在我們下樓梯時說。她腳步有點不穩，也許是因為她吸到了一點噴霧的氣體，也許是因為她還處在驚嚇狀態，也許兩個原因都成立。我用手攬著她的腰。她抬頭看著我，說：「是嗎？」

「我想是吧，但我已經不確定了。我只知道他那種人通常都會凌駕在正義之上，除了我們給他的那種正義之外。因為墨西哥的小女孩，因為他謀殺親骨肉。」

「但他是壞人。」

「對。」我說。「十惡不赦。」

我們上了車，然後繞了一圈回去。我在想兩個男人剛剛監視我們的攝影機有沒有錄影功能。如果有，它也許會拍到一個黑髮男子與一個短暫拉起裙子兩次的女孩，而她抬起了頭。她換個髮色就認不出來了。我比較擔心的是柵門，如果需要密碼才能打開，那就麻煩了。結果我們接近時，車子啟動了某個看不見的光束，柵門自己打開。我停在柵門外頭，打開車門。

「幹嘛停車？」

「我的槍。他要我放在柱子下方，上頭有我的指紋。」

「噢，我的天，對，我真蠢。」

「不蠢，只是暈了點，也嚇到了。會過去的。」

她轉頭望向我，看起來不像小女孩，而是成熟許多。「會嗎？你保證？」

「會的，我保證。」

我下了車，繞過車頭。我站在車燈的強光之中，彷彿是舞臺上的演員，此時距離柵門三公尺的樹林裡，一個女人跳了出來。今天的她沒有穿藍色洋裝，而是一身迷彩衣褲，她手裡握的不是鏝刀，而是一把槍，她完全沒有必要出現在美國本土的這一側或任何地方，她該待在兒子的病榻旁，但我知道這人是誰。一點都沒有遲疑。我舉起西格手槍，但她速度快多了。

「你他媽的死王八。」瑪姬說完就開槍。我慢她一秒開槍，她的脖子向後折。她倒地，穿著運動鞋的雙腳擱在路邊。

愛麗絲尖叫，朝我跑來。「你受傷了嗎？比利？你受傷了嗎？」

「沒有，她沒打中。」然後我感覺到身體一側開始疼痛，並不是沒打中。

「那是誰？」

「名為瑪姬的憤怒女子。」

這麼講讓我覺得好笑，因為聽起來就聰明的人會去電影院看的電影名稱。我大笑起來，但我的身體更痛了。

「比利？」

「她大概猜到我要過來，或是，也許尼克跟她提過克勒克的事，但我想應該沒有。我想她只是在伺候午餐、晚餐的時候，拉長耳朵而已。」

「你從工程便道開上進去時，在搞園藝的女人？」

「對，就是她。」

「她死了嗎？」愛麗絲雙手掩面。「要是她沒死，拜託不要殺她，用你殺害……殺害……」

「如果她沒斷氣，我不會殺她。」

我之所以這麼說，是因為我確定她已經斷氣了。脖子往後折成那樣。我短暫蹲在她身邊。

「沒救了。」我起身時面露難色，實在控制不住。

「你說她沒打中！」

「剛剛正激動呢，我以為沒有，但只是擦傷。」

「我要看！」

我也想看，但不是在這裡看。「我們得先離開這裡，其他的事得先緩一緩。五聲槍響有點太多了。去我放槍的地方拿槍。」

愛麗絲過去時，我拿走瑪姬的史密斯威森自動手槍，換成西格手槍，但先用衣服把西格上的指紋擦乾淨，然後讓她無力的手指握住。我將噴霧罐也擦乾淨，讓她留下指紋，然後塞進她的外套口袋裡。我再度起身時，身體一側的痛楚變得更明顯了。不嚴重，但我感覺得到鮮血逐漸流向我的高檔皮條客襯衫裡。我心想：穿一次就毀了，真可惜。也許我該堅持買綠色那件。

我說：「這邊沒事了，我們快閃。」

我們開回河頭鎮，路上停車購買ＯＫ繃、紗布、膠帶、雙氧水、殺菌藥膏。愛麗絲去沃爾格林連鎖藥局，我在車上等。回到飯店時，我的腹部與左臂都已經相當僵硬。愛麗絲用鑰匙讓我們從側門進去。回到我的房間，她幫我脫下外套。她看著外套及襯衫左側的大洞，說：「噢，我的老天。」

我告訴她看起來比實際嚴重，血都乾得差不多了。

她幫我脫襯衫，又「老天」了一次，但這次有點含糊，因為她掩著嘴。「這才不是擦傷。」的確。子彈從髖骨上方劃開我的身子，皮膚與肉裂了開來。傷口也許只有一．五公分深。鮮血卻滲個不停。

「去浴室。」她說。「如果你不想將血滴在——」

「已經快停了。」

「放屁！你一動就開始流。你得脫衣服，站在浴缸裡，我幫你包紮傷口。先說一聲，我沒包紮過傷口，但我姊在我騎腳踏車撞上鄰居信箱時替我包紮過。」

我們進了浴室，我坐在馬桶上，她脫下我的鞋襪。我站起身，又引發一陣出血，她解開我的褲子。我想自己脫，但她不答應。她要我再次坐在馬桶上，然後跪著替我扯下褲子。

「內褲也脫了，左邊都是血。」

「愛麗絲——」

「別爭，你又不是沒見過我裸體？想想這就算一人一次吧，進浴缸。」

我站起身，脫下內褲，踩進浴缸裡。我進去時，她用手穩穩扶著我的手肘。血沿著左大腿流到膝蓋。我伸手想拿蓮蓬頭，她卻把我的手推開。「也許明天再洗，或後天，今天別碰水。」

她轉開水龍頭，沾溼毛巾，開始替我擦拭，避開傷口。鮮血與小碎塊掉在排水孔上。「老天啊，

她彷彿是用刀子把你劃開了。」

「我在伊拉克見過更可怕的景象。」我說。「隔天那些人就回到崗位掃蕩街頭了。」

「真的嗎？」

「呃……大概兩天或三天後吧。」

她扭乾毛巾，扔進鋪了塑膠袋的垃圾桶裡，她又給我另一條毛巾擦拭臉上的汗水。她接下毛巾，也丟進垃圾桶。「這些會帶走。」她用乾的擦手巾擦乾我的身軀，接著也扔進桶裡。她扶我走出浴缸。出來比進去更吃力。

愛麗絲送我到床邊，我小心翼翼坐了下去，盡量保持上半身不動。她替我穿上最後一件乾淨的內褲，替傷口消毒，消毒過程比子彈畫過去還痛。ＯＫ繃派不上用場，傷口太長了，邊緣一路裂開，我的左側有了一道楔形的凹陷傷口。她用起紗布與膠帶。最後她跪坐著，指尖沾滿我的血。

「今晚盡量躺著別動。」她說。「仰躺，別翻來覆去，傷口會裂開，血會沾在床單上。也許你會想墊個毛巾？」

「大概是個好主意。」

她這次拿了浴巾過來。她也拿了已經裝有染血毛巾的塑膠袋過來。「我包包裡有泰諾止痛藥，給你兩顆，留兩顆晚點吃，好嗎？」

「好，謝謝妳。」

她直視著我，說：「不需要謝我。比利，為了你，我什麼都願意。」

我想告訴她別講這種話，卻沒說出口，反而說：「我們需要一早就啟程，開回賽溫德很遠，而且——」

「不過三千出頭公里而已。」愛麗絲說。「我搜尋過了。」

「——而且我不確定我能開多久的車。」

「一開始最好別開車。除非你想再扯開傷口。你需要縫合，但我可不打算動手。」

「我不期待。小小傷疤，可以接受。再進去五公分，麻煩就真的大了。瑪姬，老天啊，媽的瑪姬。愛麗絲，別拉下床罩，我睡在上面就好。」前提是如果我睡得著。現在痛楚沒有非常強烈，但雙氧水帶來的刺癢感遲早會消退，但目前還是穩定存在。「浴巾鋪好就好。」

她鋪上浴巾，坐在我剛剛坐著的位置。「也許我該留下來，睡在另一邊。」

我搖搖頭。「不，拿泰諾來，睡在妳自己的房間裡。如果妳要開車，妳就要睡飽一點。」我望向手錶，發現已經十一點十五分了。「我想至少早上八點離開這裡。」

我們七點就啟程。愛麗絲開到紐約都會區，然後將方向盤交給我，她明顯鬆了口氣。我開車經過紐澤西，進入賓州。才過州界的歡迎路牌，我們再次換手。我左側的傷口又開始滲血，在下榻進另一間名不見經傳的汽車旅館前，我們又買了更多紗布。我會沒事，但這個傷口會留下難看的疤，就跟我失去的一半的大腳趾一樣。這次也沒紫心動章可以領。

這天晚上我們住在吉姆與梅麗莎的路邊小屋，現金結帳打九折。隔天我覺得好多了，左側身軀不再僵硬疼痛，我又可以開車了。我們在愛荷華的達文波特郊外停車，住在名為「暫停歇腳」的破爛汽車旅館。

我幾乎整天都在思索接下來該怎麼辦。三個不同帳戶裡都有錢，其中一個只能由我用戴頓·史密斯的身分進入，這個身分目前還沒出過問題（真是上帝垂憐）。至少就我所知，沒出過事。如果尼克遵守諾言，伍德利的帳戶裡還有更多錢，我想他會守信的。畢竟他的羅傑·克勒克麻煩已經擺平，這也是為了他的荷包著想。

在愛麗絲回到自己房間前，我伸手擁抱她，親吻她的兩側臉頰。

她用深藍色的雙眼望著我，我越來越喜歡這雙眼睛，就跟我喜歡夏夏．艾克曼那雙深色的眼睛一樣。「這是幹嘛？」

「臨時起意。」

「好啊。」她踮起腳尖，用力漫長地吻起我的嘴脣。「我也是臨時起意。」

我不知道我臉上浮現何種神情，但她笑了笑。

「你不會跟我上床，我懂，但你必須搞清楚，我不是你女兒，我對你的感情一點也不是父女之情。」

她轉身要走。我再也見不到她了，但在那之前，我還有一件事。「嘿，愛麗絲？」她轉過頭來，我說：「克勒克那件事妳感覺怎麼樣？」

她想了想，一手梳起頭髮。她又染回黑色了。「差不多了，還在努力。我覺得這樣已經夠好了。」她說。

這天晚上，我將手機鬧鐘設定在凌晨四點，那時她肯定已經睡著了。醒來後，我檢視起繃帶的狀況，沒有出血，也不太痛了。復原的深層乾癢取代了痛楚。汽車旅館房間裡沒有紙筆，但我公事包裡有一本從傑拉塔帶出來的線圈筆記本。我撕下兩張紙，寫下訣別信。

親愛的愛麗絲：

妳讀到這封信的時候，我已經離開了。我在這裡停留的一個原因是因為後頭八百公尺處的快樂傑克卡車休息站，我相信我可以找到長程的獨立司機載我一程，順便讓他賺個一百塊錢。

也許會去往西或北方前進，那兩個方向沒問題，只要不要往南邊或東邊就好，那裡我去過，也見識過了。

我配不上妳，妳要相信這點。

那三個又蠢又壞的男人把妳扔到皮爾森街的時候，我救過妳，對吧？現在我要再次拯救妳。至少盡量啦。巴奇說了我難以忘懷的話。他說，只要我允許，妳就會跟我到天涯海角，但如果我允許，我會毀了妳。經過蒙托克角在克勒克房子裡發生的事情後，我就知道他說得沒錯。我覺得他說毀了妳的部分說得很對，但我相信還沒有真的開始。我問妳，克勒克那件事妳感覺如何，妳說妳還在努力。我知道妳在努力，我確定隨著時間推移，妳會成功拋下那件事。不過，我希望妳不要太快擺脫那種感覺。克勒克尖叫了，對不對？他尖叫喊疼，我希望在我離開之後，他的尖叫持續糾纏著妳，久久不肯放過妳。也許經歷了他在墨西哥對小女孩幹的事情、對他親兒子幹的事情，還有他對其他女孩所做的一切之後，體驗那樣的痛苦是他活該。不過，當妳讓某人痛苦的時候，不是像我左邊這種會好的傷口，而是致命的一擊，這種痛楚理當會留下疤痕，不是留在肉體上，而是留在心智與靈魂上。應該留下，因為這不是小事。

我必須離開妳，因為我是壞人。我先前沒有這麼想，通常藉由書本轉移注意力，但我再也無法逃避了，我不會冒險繼續影響妳。

去找巴奇，但別跟他待。他在乎妳，他會對妳很好，但他也是壞人。如果妳要，他可以幫妳用伊麗莎白．安德森的身分展開新生活。在愛德華．伍德利的帳戶裡有錢，如果尼克守信用，裡頭會有更多錢。巴哈馬比米尼銀行裡也有錢，戶名是詹姆士．林肯。巴奇有這兩個戶頭的密碼與所有帳戶資訊。他會建議妳該如何將錢轉到妳自己的戶頭，且介紹妳認識稅務顧問。這點非常重要，因為來路不明的錢是一個在妳不經意時會偷偷在妳腳下打開的暗門。一部分錢是給巴奇的，剩下的都是妳的，上學去，以獨立善良女性的身分展開全新的人生。妳現在就是這樣的人，愛麗絲，妳會成為這樣的人。

如果妳要，妳可以留在山區。博德不錯，格里利跟科林斯堡、伊斯特公園鎮也不錯，享受妳的人生。到了某一刻，也許是妳四十歲，我六十歲的時候，妳也許會接到我的電話。我們可以出來喝一杯，也許兩杯吧！妳可以敬妲芙妮，我來敬華特。

愛麗絲，我逐漸愛上了妳，很愛很愛妳。如果妳也像妳說的那樣愛我，就把這份愛帶到世界上，藉由過著正直、有用的人生來實踐這份愛。

妳的，

比利

註：我把筆電帶走了，它是我的老朋友，但我把存了故事的隨身碟留給妳。就在我房裡，跟車鑰匙放在一起。故事寫到我們離開蒙托克角的地方，也許妳可以把它寫完。妳現在肯定已經熟悉我的筆觸了！隨妳處置，只要別曝光戴頓．史密斯的身分就好。還有妳自己的名字。

我將這封信折好，寫上她的名字，將我房間的鑰匙夾在裡頭，塞到她門下。愛麗絲，再見了。

我將筆電包甩上右肩，用右手提起公事包，從側門離開。沿著馬路前進八百公尺，我在休息站停留，還做了另一件事。我打開公事包，拿出兩把槍，我的格洛克手槍跟瑪姬打我的自動手槍。我拿出子彈，將槍扔得遠遠的。子彈會丟進卡車休息站的垃圾桶裡。

搞定這件事之後，我開始朝著燈光、大卡車、我的下半輩子走去。如果這樣不算要求太多的話，我也希望自己能走上贖罪之路。也許這樣的要求的確太多了一點。

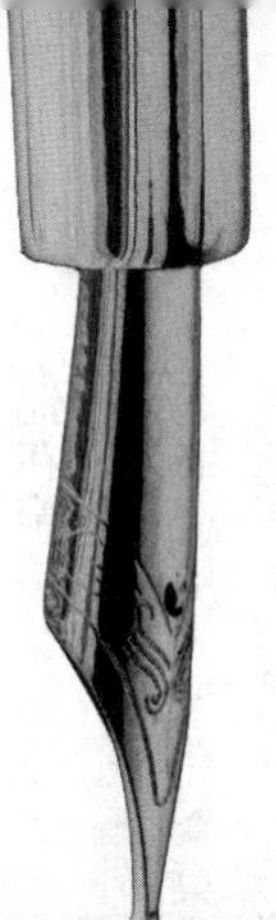

CHAPTER 24

1

今天是二〇一九年十一月二十一日，距離感恩節只剩一週，但艾奇伍德山地車道盡頭屋子裡的兩位居民完全沒有過節的心情。外頭好冷，巴奇說，比掘井人的皮帶頭還冰，而且又要下雪了。他在廚房柴爐生火，坐在從門廊拖進來的搖椅上，穿著襪子的雙腳翹在火爐圍欄上。他大腿上擱了一臺筆電，電腦外殼刮痕累累，看起來有歲月的痕跡。他身後的門開了，腳步聲出現。愛麗絲走進廚房，坐在餐桌旁。她面色蒼白，至少比巴奇剛認識她時消瘦了四．五公斤。她臉頰凹陷，讓她開始有餓肚子時尚模特兒的氣質。

「看完了嗎？」

「看完了，只是又看了一下結局，這邊不太合理。」

愛麗絲沒有說話。

「因為如果他把隨身碟留給妳，那他走出去扔掉手槍那裡就不成立了。」

愛麗絲還是沒說話。自從她抵達巴奇這裡後，話就不多，而巴奇也沒有強迫她開口。她大多在睡覺，或是在巴奇現在擱上，拿起來的那臺筆電上寫作。

「MacBook Pro，好電腦，但這臺已經出現過好幾次了。」

「對。」愛麗絲說。「我想是這樣沒錯。」

「所以在故事裡，比利帶走了他的筆電，但電腦就在我們面前。還增添了不可能存在於隨身碟裡的內容，這樣看起來就像科幻小說了。」

年輕女性坐在廚房桌邊，沒有答腔。

「不過，沒理由這樣站不住腳。沒理由讓讀這個故事的人以為他沒有離開，跑去西部還是哪

裡生活，也許去了澳洲，他開口閉口都是澳洲。也許在哪裡寫書，寫另一本。他也開口閉口都是寫作經，但我沒想過他真的能寫出東西來。」

他看著她，她也看著他。外頭冷風颳起，感覺好像要下雪了，但廚房裡很暖和。柴爐裡，木柴的節疤發出爆裂聲。

巴奇終於開口：「愛麗絲，有人會讀到這則故事嗎？」

「我不知道……我得更改人名……」

他搖搖頭。「全世界的新聞都在報克勒克的命案，但……」他望向她失望的神情，聳聳肩。「他們也許會以為這是 roman à clef，這是法文，意思是『影射的小說』，有次我在讀這個河岸書店賣的一本老平裝本小說時他提的，這書叫做《娃娃谷》。」他再度聳肩。「只要妳別讓我出現在裡頭我就無所謂。叫我崔佛·惠特利什麼的，把我安插在加拿大薩斯喀徹溫或曼尼托巴都沒問題。至於尼克·馬傑利安，那個混蛋可以自己搞定這種事。」

「你覺得寫得好嗎？」

他將筆電（比利的老電腦）放在廚房餐桌上。「我想是吧，但我不是文學評論家。」

「口氣像他嗎？」

巴奇大笑。「親愛的，我沒讀過他寫的東西，所以我不確定，但的確像他講話的語氣。而整本書的語氣都很一致。這麼說吧，我看不出來妳是從哪裡接手的。」

愛麗絲回來就鮮少微笑，但她此刻露出笑顏。「這樣很好，我想這是最重要的。」

「說我是壞人那邊，也是妳杜撰的嗎？」

她沒有移開目光。「沒有，他說的。」

「妳寫的是妳希望發生的事情。」巴奇說。「故事的主角離開，提著行囊走向未來。現在告訴我到底發生了什麼事。」

於是她娓娓道來。

2

我們開回河頭鎮，路上停車購買ＯＫ繃、紗布、膠帶、雙氧水、殺菌藥膏。愛麗絲去沃爾格林連鎖藥局，比利在車上等。我們從側門進去汽車旅館。他們進入他的房間，她幫他脫下外套。外套上有個大洞，襯衫上也有。不是扯破，而是名副其實的大洞，而且不是在側邊，她告訴他，在靠近中間的部位。

「噢，我的老天。」愛麗絲說。她的聲音聽起來有點含糊，因為她掩著嘴。「這才不是擦傷，是你的胃。」

「我猜也是，也許比胃再下去一點？」他的語氣聽起來好像覺得很有意思一樣。

「去浴室。」她說。「如果你不想將血滴在——」

他們一進浴室，她就幫他脫下襯衫，她發現黑色的傷口竟然沒有流多少血。她先用雙氧水及優碘清洗傷口，然後可以用ＯＫ繃蓋住。

她扶著他回到床邊。他走得很慢，身子往右邊傾斜。他臉上因為汗水而溼亮。「瑪姬。」他說。「媽的瑪姬。」

他坐了下來，但身體一彎就倒抽一口氣。愛麗絲問他有多痛。

「沒有很痛。」

「你騙人嗎？」

「沒有。」他說。「好吧，一點點。」

她伸手碰觸右邊傷口附近的腹部，他再次喘起大氣。「別。」

「我們得去醫……」她沒說下去。「但不行，對不對？因為這是槍傷，他們必須回報。」

「妳在我這變成亡命之徒啦。」他笑著說。「真的是。」

愛麗絲搖搖頭。「只是電視看太多了。」

「我會沒事的。我在伊拉克見過更可怕的景象。隔天那些人就回到崗位掃蕩街頭了。」

愛麗絲搖搖頭。「你內出血了，對不對？那顆子彈還在裡面。」

比利沒有回答。她看著OK繃，感覺很蠢。看起來像是破皮貼的東西。

「今晚盡量躺著別動。你要泰諾止痛藥嗎？我包包裡有。」

「如果妳只有泰諾，那也可以。」

她給他兩顆，協助他坐直身子，他才好配水吞藥。他咳嗽起來，用手捂著嘴。她拉起他的手查看，掌心沒有血，也許這是好事，也許這是壞事。她不知道。

「謝謝妳。」

「不需要謝我。比利，為了你，我什麼都願意。」

他雙唇緊抿。「我們需要一早就啟程。」

「比利，我們不能——」

「我們不能待在這裡。」

「我來跟巴奇聯絡。他認識很多人。也許也認識紐約的醫生，能夠處理槍傷。」

比利搖搖頭。「那種事只發生在電視節目裡，真實生活不會這樣。巴奇沒辦法解決那種問題，但如果我們回到賽溫德，回到槍枝國度，他也許能夠找到幫忙的人。」

「那是三千多公里啊！我搜尋過了！」

比利點點頭。「妳得幫忙開點車，也許不是全程，我們得快點前進。如果遇上暴風雪，那就上帝保佑了。」

「三千多公里！」聽起來像壓在她肩上的重擔。

「也許有辦法加速前進。」

「加速——」

「這是一部戲的名稱，不重要啦。」他面露難色，伸手到後方口袋，掏出皮夾交給她。「找到我的提款卡，夾層那樓有一臺提款機，我的密碼是一〇五五，記得住嗎？」

「可以。」

「機器會讓妳領四百，明天一早出發前，妳可以再領四百。」

「為什麼要帶這麼多錢？」

「現在別管。我在想的計畫也許沒法成真，但咱們樂觀一點。先找提款卡。」

她翻起皮夾，找到了。凸起的壓紋人名是戴頓．柯提斯．史密斯。她拿起卡片，揚起眉毛。

「妞兒，去吧。」

女孩出發了。夾層那層樓沒有人。播放著背景音樂。愛麗絲插入塑膠卡片，按下密碼。她有點期待機器把卡片吃掉，也許甚至發出警報聲，結果機器吐出卡片跟現金。全是嶄新、沒有摺痕的二十元紙鈔。她將鈔票摺起，放進自己的皮夾之中。她回到比利房間時，他已經躺了下來。

「怎麼樣？」她問。

「還好。我可以自己去去廁所尿尿，沒有血尿。也許子彈卡在裡頭是好事，大概止住了血流。」

愛麗絲覺得這種狀況不太可能，就跟她奶奶說，朝著耳朵吹點香菸的菸氣，就能讓耳朵不痛一樣，但她沒有說出來。她反而翻起包包，找到她那罐泰諾，問：「再來一顆，怎麼樣？」

「天啊，好。」

她替他去浴室裝了一杯水，她回來時，他已經坐起身，手壓在腹部一側上。他吞了藥丸，又面露難色躺了回去。

「我陪你睡，別跟我爭。」

他沒有。「我想在六點離開，最晚七點，所以多少睡一下。」

3

「妳有嗎？多少睡一下？」巴奇問。

「一點點，沒有睡太久。我不確定他有沒有睡著。我不知道傷勢有多糟，也不曉得子彈陷得多深。」

「我猜子彈穿刺了他的腸子，也許也穿過了他的胃。」

「如果我跟你聯絡，你找得到醫生嗎？」

巴奇想了想。「不行，但也許能找到認識某人的某人，短時間內聯絡上另一個人，稍微有點醫學背景的人。」

「比利會知道嗎？」

巴奇聳聳肩。「他知道我在不同領域都有認識的人。」

「那他為什麼不能讓我試試看？」

「也許他不希望妳試。」巴奇說。「也許，愛麗絲，他只是希望妳回來這裡，擺脫那一切。」

4

他們六點半離開飯店。比利可以在無須攙扶的狀態下，自己走到車上。他說又吞了愛麗絲的兩顆泰諾，痛感還能接受。愛麗絲想要相信這種話，卻辦不到。他是跛行，手還壓在腹部左側上。他緩緩坐進副駕駛座，小心翼翼的態度宛如髖骨罹患關節炎的老人。她發動引擎，打開暖氣，驅散清晨的涼意，然後連忙跑回飯店，去提款機領另外四百塊。她用推車推著他們的行李到車邊。

「咱們走吧。」他想扣上安全帶。「靠，扣不上。」

她替他扣，然後他們就出發了。

二十七號公路接長島高速公路，然後再從那裡上九十五號州際公路。高速公路車流逐漸多了起來，愛麗絲僵直身子開車，雙手牢牢在十點鐘與兩點鐘位置緊握方向盤，擔心左右兩邊開過的大批車輛。她領到駕照不過短短三年，她沒在這種車流中開過車。她在腦海裡看到因為缺乏上路經驗，而發生了六起車禍事故的場景。在最糟的狀況裡，四車追撞，他們當場死亡。第二慘的狀況裡，他們活了下來，但負責的員警發現她朋友肚子上有一顆子彈。

「下一個交流道下去。」比利說。「我們換手。我來開出都會區，穿過紐澤西。進了賓州就交給妳，妳會沒事的。」

「你可以嗎？」

「當然。」出現的是她不怎麼喜歡的緊繃笑容。他臉又溼了，汗水一道一道流洩下來，他臉頰泛紅。他該不會已經開始發燒、感染了吧？愛麗絲不曉得會不會這麼快，但她知道假設如此，泰諾也壓不下他的高燒。「如果運氣好，我也許能開得舒服點。」

下一個交流道，愛麗絲切換車道出去。有人按她喇叭，她嚇了一跳。她的心臟漏拍了。車流真是瘋狂。

「那是他們的錯。」比利說。「逼車的混蛋，大概是洋基隊的球迷，看到那路牌沒？我們要去那。」

路牌是一個粉紅色外框的霓虹招牌，上頭有一輛十六輪大卡車，在卡車上跳上跳下的是揮著手的司機。下方同樣也是粉紅色的霓虹燈，標示著：快樂傑克卡車休息站。

「我們出門時就看到了，那天是個好日子，瑪姬還沒有朝我開槍。」

「比利，我們油箱還是近乎全滿的狀態。」

「我們不是要加油，繞到後面去，這放包包裡。」他從坐墊下抽出瑪姬的手槍。

「我不想拿。」這是真的，她這輩子都不想碰另一把槍。

「我懂，但還是帶著，沒有子彈。要妳亮槍的機會只有百分之一而已。」

她接下手槍，放進包包裡，然後開到好幾十輛長途卡車停靠的地方，這些卡車大多發出低低的運轉聲。

「沒有停車場女郎，大概還沒起床。」

「停車場女郎是什麼？妓女嗎？休息站妓女？」

「對。」

「真迷人。」

「妳得逛一下這些卡車，有點像是妳買衣服時逛街選購那樣。因為妳的確是在『逛街』。」

「他們會覺得我是女郎嗎？」

這次不是緊繃的笑，而是他喜歡的那種燦爛微笑。他端詳起她的藍色牛仔褲、禦寒大外套，以及她的臉，最重要的就是這張臉，完全沒有化妝。「不可能。我要妳找遮陽板放下來的卡車，也許上頭會有綠色的物品，也許是紙張或賽璐珞遮陽頭罩，或者也許在門把上綁了緞帶什麼的。如果司機在駕駛座上，妳走上去敲他窗戶，懂嗎？」

「懂。」

「如果司機沒有直接打發妳，反而搖下窗戶，妳就說妳在進行橫跨東西岸的自駕遊，妳男朋友後背痙攣。告訴他，主要是妳在開車，妳說妳希望找一些比阿斯匹靈或泰諾更強的藥給他吃，也想找比咖啡及能量飲料更強的東西自己喝，好嗎？」

現在她明白為什麼要提兩次錢了。

「我希望是疼始康定，但波考賽特（Percocet）或維柯丁（Vicodin）也無所謂。如果是疼始康定，跟他說妳願意出十買十，或八十買八十。」

「聽不懂。」

「十毫克的藥丸，一顆出十塊，八十毫克的藥丸，也就是綠色的藥丸，出八十塊。如果他想翻倍索價……」比利在座位上變換坐姿，面露難色。「叫他滾。妳可以吃苯丙胺，聰明藥（Adderall）不錯，普衛醒錠（Provigil）可能更好，懂嗎？」

愛麗絲點點頭。「我得先進去尿尿，我好緊張。」

比利點點頭，閉上雙眼。「記得鎖門，好嗎？我沒辦法跟劫車賊搏鬥。」

她上了廁所，在商店買了零食與飲料，接著出去，開始在後頭的卡車間遊蕩。有人對她吹口哨，她沒放在心上。她在找放下的遮陽板，上頭有綠色的東西，或是綁在門把上隨風飄揚的緞帶。就在她即將放棄時，她看到一輛發出隆隆聲響的彼得比爾特卡車，儀表板上有一個綠色的耶穌雕像。她很害怕，擔心駕駛座上的男人會嘲笑她，或用看待瘋子的眼神看她，但為了比利，她什麼都願意。

她走過去敲門。車窗搖了下來，看起來像北歐人，有稻草般金色的頭髮與軟肥的大肚腩。他的雙眼是冰藍色。他沒有表情看著她。「親愛的，如果妳有麻煩，打救援專線。」

她告訴他背痙攣跟長途開車的事，還說如果不貴，她可以出錢跟他買。

「我怎麼知道妳不是條子？」

這個問題出人意表，她大笑出來，很有說服力。他們討價還價起來。她離開時，用五百元買到了十顆十毫克跟一顆八十毫克的疼始康定（也就是比利所謂的綠色小藥丸），以及十二顆橘色的聰明藥。她很確定他故意哄抬價格，但愛麗絲不在意。她笑著跑回車上，一部分是因為鬆了口氣，另一個原因則是她完成了一項任務，她的首度藥物交易。也許她真的已經成了亡命之徒。

比利仰頭瞌睡，下巴指向擋風玻璃。他的臉都瘦了，他臉頰上的鬍碴有些花白。她敲車窗時，他睜開雙眼，靠上前打開車門時，五官糾結。他必須扶在方向盤上，才能坐直身子，她覺得這樣他根本連三公里都開不出去，更別說在巨大車流下穿過紐約與紐澤西了。

她坐進駕駛座上時，他問：「成功了嗎？」

她攤開裝著藥丸的手帕。他看了看，說很好，幹得好。她因此覺得開心。

「妳有亮槍嗎？」

她搖搖頭。

「就覺得不用。」他拿起綠色小藥丸。「其他的晚點吃。」

「你不會睡著嗎？」

「不會，用來爽的人會想睡，但我不是為了那個目的。」

「你真的能開車嗎？因為我可以試著——」

「給我十分鐘，然後再說。」

十五分鐘，然後他打開副駕駛座的門，說：「換位置。」

他走向駕駛座時沒有一跛一跛的，坐上車時也沒有痛苦的表情。「強尼．凱普斯說得對，這玩意兒真的神奇。當然這樣也很危險。」

「你沒事吧？」

「可以上路了。」比利說。「至少維持一陣子。」

他把車開出卡車休眠的停車場，順暢回到長島高速公路，及時卡進拖著船隻的皮卡車與後方的垃圾車之間。愛麗絲覺得如果是她，她會卡在原地好幾分鐘，後方等著上交流道的車會堵起來，喇叭按個不停，當她終於開進公路，後方來車就會撞上她。沒多久，他們開到時速一百零五公里，比利毫不遲疑在緩慢的車流間超起車來。她等著藥物搗亂他的時間感，但這件事沒有發生。

「開收音機聽新聞。」他說。「試試看調幅廣播的一〇一〇贏家電臺。」

她找到電臺。新聞報導起北達科他一處管線破裂，德州飛機墜毀，聖塔克拉拉發生校園槍擊案。沒有提到影視大亨死在自家位於蒙托克角的大宅之中。

「很好。」比利說。「我們需要所有能夠出逃的時間窗口。」

她心想：果然是亡命之徒。

等到紐約天際線出現在地平線上時，他又開始盜汗，但他還是充滿自信繼續穩定前進。他們從林肯隧道進入紐澤西州。愛麗絲用定位系統報路，比利則開往八〇號州際道路。他沒有一路開往賓州州界，但他在內特孔的一處小休息站停車。

「我只能開到這裡了。」他說。「換妳，先吃一顆聰明藥，差不多四點的時候再吃一顆，那時藥效會開始減退。然後盡量開下去，看能不能開到十點，那時我們就已經開了將近一千三百公里了。」

愛麗絲看著橘色藥丸。「這有什麼作用？」

比利笑了笑。「相信我，妳會沒事的。」

她嚥下藥丸。比利緩緩從駕駛座起身，勉強繞過車頭，然後踉蹌起來，需要攙扶。

愛麗絲連忙下車穩住他。

「多嚴重？」

「沒有很嚴重。」他說，但她持續盯著他，他便說：「好啦，滿嚴重的。我要去後座，盡量伸展一下。給我兩顆十毫克的疼始康定，也許我能睡一下。」

她盡量扶他往後門走，送他上車。她想拉開他的上衣，看看OK繃附近的狀況，但他不讓她看，她也不強迫，一部分的原因是她知道他想讓她快點出發，另一個原因則是他知道她不會喜歡看到的景象。

藥丸起作用了。一開始，她以為只是想像，但心跳加速的感覺不是想像，視線也變得清晰起來。休息區的磚砌小公廁旁有草地，她看得到每一片綠草投出來的陰影。隨風飄過的洋芋片包裝袋看起來……好美味，沒有別的字眼可以形容。她發現她很想上路，想要看著三菱汽車一公里一公里吞掉道路。

比利要麼讀懂了他的心思，要麼曉得聰明藥對只喝過早晨咖啡的女孩有何等效果。他說：「時速一百零五，經過連結車旁頂多開到一百一，我們不希望遇上任何警察，好嗎？」

「好。」

「咱們出發吧。」

5

「於是我們上了路。」愛麗絲說。「我口乾舌燥，喝完了我的健怡可樂跟雪碧，但我好長一段時間都不想上廁所。感覺好像，我的膀胱留在快樂傑克卡車休息站了一樣。」

「那種藥丸的確有這種作用。」巴奇說。「妳大概也不想吃東西。」

「是不想，但我知道我必須吃。差不多三點的時候，我停車買三明治。比利待在後座，他睡著了，我不想吵他。」

巴奇懷疑比利怎麼可能睡得著，內出血又感染擴散，但他沒有為此開口。

「我又吃了兩顆藥丸，繼續趕路。我們在我們喜歡去的低調汽車旅館過夜，就在印第安納州的蓋瑞。比利那時已經醒了，但他要我辦理入住。我必須扶著他走進房間。他快走不動了。我要他再吃幾顆疼始康定，他卻說要留到明天再吃。我送他上床，查看傷口。他不讓我看，但那時他已經虛弱到無法阻止我了。」

講這段的時候愛麗絲的聲音始終平穩，但她一再用毛衣袖子擦眼睛。

「變黑了嗎？」巴奇問。「壞死了？」

愛麗絲點點頭。「對，還腫起來了。我說我們得找人幫忙，他說不用。我說我要找醫生，他說他無法阻止我，沒錯，但如果我找人，我很可能要坐牢三、四十年。那時克勒克已經上新聞了。你覺得他是想嚇唬我嗎？」

巴奇搖搖頭。「他是想保護妳。如果條子跟聯邦探員發現妳與克勒克他家那裡發生的事情有關，妳會在牢裡待上好長一段時間。當條子發現妳跟比利一起住過凱悅，妳就逃不掉了。」

「你這麼說只是想讓我好過一點。」

巴奇用不耐的神情看她。「當然啊，但這也是事實。」他停頓了一下，問起：「愛麗絲，他是什麼時候斷氣的？」

6

他們都沒有睡多久，比利肯定是因為他很痛苦，愛麗絲則是因為她體內還有從未體驗過的興奮劑。差不多清晨四點半，天都還沒亮，他就要她準備出發。他說她必須攙扶他上車，他想在其他人還沒起來前出去。

他吞了剩下的四顆十毫克疼始康定，上了洗手間。她跟著他進去。他把深色的血沖掉了，但馬桶邊緣跟磁磚上也有。她擦拭乾淨，將塑膠垃圾袋一起帶走，又是亡命之徒的思考模式。

這時止痛藥開始發揮藥效，但他還是花了十分鐘才上了車，因為他每走兩、三步就要停下來歇歇。他重重壓在她身上，氣喘如牛，彷彿剛跑完馬拉松。他的氣息散發起惡臭。她擔心他會暈倒，她就得拖他上車（因為她抱不動他），但他們還是辦到了。

他緩緩發出幾聲低低的哀號，她不喜歡這種聲音，他卻還是爬進了後座。不過，當他坐進去，一手撐著腦袋時，他居然露出相當燦爛的微笑。

「媽的瑪姬。要是她的位置再往左邊過去兩公分，我們就不用搞出這麼多瘋狂的事情了。」

「媽的瑪姬。」她附和起來。

「除了會車，其他時間保持時速一百零五。進入愛荷華州跟內布拉斯加州可以開到一百一。我們不想看到任何藍色警示燈。」

「不要看到警示燈。懂。」她對他做出行禮的姿勢。

他笑了笑，說：「愛麗絲，我愛妳。」

愛麗絲又吃了兩顆聰明藥。她想了想，又加了一顆，然後上路。

芝加哥南部的車況非常糟糕，來去都有六或八線道，但在聰明藥的加持下，愛麗絲沒有恐懼，勇往直前。西部都會區的車流較少，城鎮一個個經過：拉撒勒、普林斯頓、雪菲爾、安納溫。她的心臟在胸腔裡怦怦跳個不停。她反鎖車門，跟鄉村歌曲裡的卡車司機一樣，一邊嗑藥一邊開車。她時不時會望向後照鏡裡在後座俯臥的身影。他們拋下達文波特，進入寬廣平坦的愛荷華州，這裡的田野枯灰靜止，等待冬天的到來，此時他開始講話。講的話完全沒有道理，一點道理也沒有。她心想：他處在黑暗之中。他處在痛苦與黑暗之中，想要找方法逃出來。噢，比利，我真的非常、非常遺憾。

凱瑟琳一再出現，他要她別烤餅乾，等著媽回來幫她。他告訴凱瑟琳，有人打傷下雨鮑伯，他回家時心情會很差。他說天底下只有柯琳替他講話。他提到夏夏，還有什麼射擊攤位。他提到名叫德瑞克與丹尼的人。他說他不會因為自己是大人就讓他們好過。愛麗絲覺得他是在講大富翁遊戲，因為他說，快點擲骰子，買鐵路很棒，但公共設施就還好。他一度大吼起來，她嚇了一跳，連忙轉頭。他說，強尼，別進去，門後有聖戰者，先丟閃爆彈把他轟出來。他說起佩姬・派，在他媽失去監護權後，他在寄養家庭認識的小女孩。他說這棟破房子就是靠油漆黏起來的。他說起他暗戀的女孩，有時叫她朗妮，有時叫她羅萍，愛麗絲曉得羅萍是她的真名。他說起一輛Mustang敞篷車，說起點唱機（「要按對位置，它才會播歌播整夜，塔可，記得嗎？」），他說起一半不見的腳趾，還有整個不見的娃娃鞋，說起巴奇與愛麗絲，還有一個叫做特芮絲・拉昆[26]的人。他一再提起妹妹，以及帶他前往「油漆永遠塗不完之家」的那名警察。他說到陽光下有好幾千輛汽車，擋風玻璃反射著陽光。他說那叫恍惚的美景。他在偷來的汽車後座拆解他的人生，她心碎了。

他終於安靜下來，她一開始覺得他睡著了，但她第三度或四度望向後照鏡時，卻看到他躺在那裡，膝蓋縮起，她覺得他死了。

此刻他們抵達內布拉斯加，她開下海明福德家園交流道，開上兩線道的郡縣柏油路，整條路非常筆直，路旁是今年結束採收的高高玉米田。天色近黑。她前進了一．六公尺，來到一條泥巴路，開了上去，進入泥巴路的深處，從柏油路上看不見車上的狀況。她下了車，打開後車門，看到他望著她，一開始她很高興，隨即害怕了起來，想到他這是死不瞑目。豈知他眨起眼睛。

「為什麼停車？」

「我得休息一下，伸伸腿。比利，你怎麼樣？」

蠢問題，但她還能說什麼？你知道我是誰嗎？你覺得我是你死去的妹妹嗎？你腦子會稍微清楚一點嗎？對了，現在問這個是不是太遲了？愛麗絲曉得最後這個問題的答案。

「扶我起來。」

「我覺得這不是個好——」

「愛麗絲，扶我坐起來。」

他知道，他還在，至少現在是清醒的。她拉起他的雙手，讓他坐起來，雙腿踩在明福德家園小鎮這不知名的泥巴路上。在科羅拉多的山上，現在天色大概已經黑了。雖然時值十一月，但平地的午後時光會延伸到夜晚之中。在此，西方的紅色餘暉灑在玉米田上，微風輕拂，吹起沙沙聲響。他雙手發燙，臉頰發紅。嘴唇上還發了疱疹。

26《紅杏出牆》故事的女主角。

「我差不多了。」

「不，比利，沒有，你要撐下去。我給你兩顆疼始康定，還有好幾顆興奮劑。我可以徹夜開車。」

「不，不行。」

「比利，我可以，我辦得到。」

他搖搖頭。她依舊握著他的手。她想如果她放手，他就會往後倒下去，他的上衣會往上扯，她就會看到他的腹部，現在已經是黑黑灰灰的一片，紅色的感染血管也爬上他的胸膛，直攻他的心臟。

「聽我說，妳有在聽嗎？」

「有。」

「那三個男人扔下妳的時候，我救過妳，對吧？現在我要再次拯救妳，至少盡量啦。巴奇說，只要我允許，妳就會跟我到天涯海角，但如果我允許，我會毀了妳。他說得沒錯。」

「你沒有毀了我，你救了我。」

「噓。還沒而已，這是最重要的。妳沒事。我知道是因為我問妳，克勒克那件事妳感覺如何，妳說妳還在努力。我懂妳的意思，我知道妳還在努力，隨著時間推移，妳會成功拋下那件事。也許只會在夢裡想起。」

紅燈閃閃閃個不停，打在玉米田上。這裡好安靜，她握著的手好燙好燙。

「克勒克尖叫，對吧？」

「對。」

「他喊疼。」

「比利，住口，那很糟糕，我們必須回到付費公──」

「也許他活該受苦，但當妳讓人痛苦時，這份痛楚也會在妳的心智、在妳的靈魂上留疤。理當如此，因為傷人、殺人不是小事。這是內行人的經驗談。」

他一側嘴角流出鮮血，現在兩側都有血。她不再阻止他說下去。她知道這是一個人的臨終遺言，她的工作就是盡量讓他講，她乖乖聽話就好。他說他是壞人，她沒有反應。她不相信，但已經沒有時間爭這個了。

「去找巴奇，但別跟他待。他在乎妳，他會對妳很好，但他也是壞人。」他咳出血來。「如果妳要，他可以幫妳用伊麗莎白・安德森的身分展開新生活。有錢，很多錢，分別在愛德華・伍德利假身分的戶頭裡。比米尼銀行裡也有錢，戶名是詹姆士・林肯。妳記得住嗎？」

「可以，愛德華・伍德利，詹姆士・林肯。」

「巴奇有這兩個戶頭的密碼與所有帳戶資訊。他會建議妳該如何將錢轉到妳自己的戶頭，且避開國稅局的關注。這很重要，因為這是他們逮住妳的方式，來路不明的錢是一扇暗門。妳……」

繼續咳嗽，繼續咳血。

「妳明白嗎？」

「明白，比利。」

「一部分錢給巴奇，剩下都是妳的，足以上大學，之後開始新生活。他不會虧待妳的，好嗎？」

「好，也許你該躺下了。」

「我會的，但如果妳打算熬夜開車，妳就等著出事。用手機查下一個大到有沃爾瑪的城市。把車子開到有露營車停靠的地方，睡一覺，妳早上精神會好一點，頂多四、五點就能到巴奇那。回到山上，妳喜歡山上，對吧？」

「對。」

「答應我。」

「我答應你不會熬夜趕路。」

「那些玉米。」他從她身旁望過去。「還有夕陽，看過戈馬克·麥卡錫嗎？」

「沒有，比利。」

「妳該讀讀，《血色子午線》。」他對她笑了笑。「媽的瑪姬，是吧？」

「對。」愛麗絲說。「媽的瑪姬。」

「我把筆電密碼寫在紙上，塞進妳包包裡。」

說完，他放開她的手，往後倒下。她拉起他的小腿，將他的雙腿塞回車裡。如果弄痛了他，他也沒有反應。他反而望著她。

「我們在哪？」

「內布拉斯加，比利。」

「我們怎麼到這兒來？」

「不重要，你閉眼休息。」

他皺起眉頭。「羅萍？是妳嗎？」

「對。」

「羅萍，我愛妳。」

「比利，我也愛你。」

「我們去地下室，看看還有沒有多的蘋果。」

7

爐子裡，木柴的節疤又燒得作響。愛麗絲起身走向冰箱，抓起一瓶啤酒。她扭開瓶蓋，喝了大半瓶。

「這是他對我說的最後一句話。我把車子停在卡爾尼沃爾瑪的露營車旁邊時，他還活著，我知道，因為我還聽得到他的呼吸聲，很刺耳。隔天清晨五點我醒來時，他已經斷氣了。你要啤酒嗎？」

「好的，謝謝。」

愛麗絲拿了一瓶啤酒給他，坐了下來。她看起來疲憊不堪。「『我們去地下室，看看還有沒有多的蘋果。』，也許他在對羅萍講話，或是對他朋友蓋茲說的。不是什麼了不起的遺言。如果人生只是莎劇，那該有多厲害啊，我是這樣想的。不過……如果想到《羅密歐與茱麗葉》……」

她把剩下的啤酒喝完，臉上恢復一點血色。巴奇覺得她氣色有些許好轉。

「我一直等到沃爾瑪開門才進去買東西，毯子、枕頭，我想還有睡袋。」

「對。」巴奇說。「是有睡袋。」

「我把他蓋起來，回到公路上。超速沒有超過時速十公里，這是他教我的。一度有輛科州警車跟在我後方，警示燈閃不停，我以為我完蛋了，結果它只是迅速從我旁邊開走。我回到這裡，我們把他跟他的物品一起埋葬，他也沒有多少東西。」她停頓了一下。「但沒有埋在避暑小屋附近，他不喜歡那裡。他在那邊寫作，卻說他不喜歡那裡。」

「他說過他覺得那裡鬧鬼。」巴奇說。「親愛的，妳接下來有什麼打算？」

「睡覺，我似乎永遠睡不飽。我以為等我寫完他的故事之後就會好一點，但……」她聳聳肩，站起身來。「我晚點會想清楚。你知道郝思嘉是怎麼說的吧？」

巴奇·漢森笑了笑。「『我會明天再想，因為明天又是嶄新的一天。』」

「沒錯。」愛麗絲開始往臥室前進，她回來之後，大多待在裡頭，寫作、睡覺。但她隨即轉身，露出微笑。

「我敢說比利不會喜歡這句話。」

「妳可能說對了。」

愛麗絲嘆了口氣。「永遠不可能出版，對不對？他的書。就算是當『影射小說』也不行，五年後、十年後都不可能出版。沒必要自欺欺人。」

「大概吧。」巴奇附和道。「就像Ｄ・Ｂ・庫柏寫自傳，書名《我的手法》一樣。」

「那誰？不認識。」

「重點就在於沒有人知道他的真實身分，他劫機，弄到一大筆錢，背著降落傘跳機，再也沒有人見過他。有點像妳版本故事裡的比利。」

「你覺得他會高興我這麼做嗎？讓他活下來？」

「愛麗絲，他會愛死。」

「我也這麼想。如果要出版，你知道我會取什麼書名嗎？**《比利・桑默斯：迷途者的一生》**，你覺得如何？」

「感覺挺點題的。」

8

夜裡下了雪，只下了三、五公分厚，愛麗絲七點起床時，雪已經停了，天氣清朗，幾乎萬里無雲。巴奇還沒起來，隔著臥室牆壁，她都聽得到他的打呼聲。她泡了咖啡，從屋子旁邊堆的柴薪中抽了幾塊，在柴爐上生火。這時咖啡已經泡好，她喝了一杯，然後穿上外套、靴子，用毛線帽蓋住耳朵。

她走進她的房間，碰觸比利的筆電，然後拿起放在電腦旁邊的平裝書籍，塞進牛仔褲後方的口袋裡。她出了門，沿著小徑上去。新的積雪上有鹿的足跡，很多，還有幾處奇怪的浣熊掌印，但避暑小屋前方的積雪卻一點痕跡也沒有，真是怪了。鹿跟浣熊完全避開這棟建築，愛麗絲也是。

小徑盡頭有一棵上了年紀的白楊樹，樹幹裂開。這是她的路標。愛麗絲轉進樹林，開始前進，低聲數起步子來。他們將比利搬上來的時候，走了兩百一十步，但因為今早路面溼滑，她數了兩百四十步才抵達小小的空地。她得攀上倒落的扭葉松才能進去。空地中央有一塊棕色的方形土堆，是他們用松針與落葉堆起來的。雖然薄薄的雪積在松針與落葉上，還是看得出來這是一處墓地。巴奇向她保證，時間會搞定一切。他說等到明年十一月，經過的健行客會踏上小丘，完全不知道下面埋著什麼。

「大概也不會有人來，這是我的土地，還有立告示牌。也許我不在的時候會有人進來，用小徑來避開全景飯店原址，但現在我都在這，我計畫待著。多虧了比利，我退休了。只是另一個住在山上的老頭罷了。這裡到西坡有一堆這種人，頭髮留得長長的，聽著史戴芬野狼樂團（Steppenwolf）的唱片。」

此刻愛麗絲站在墳墓下方的土地上，說：「嘿，比利。」感覺跟他講話很自然，夠自然了。她不確定會這麼自然。「我寫完你的故事了，編了不一樣的結局。巴奇說你不會介意，檔案存在你在那棟辦公大樓開始動筆時的隨身碟裡。到了科林斯堡，我會租一個保險箱，把隨身碟跟愛麗絲．麥斯威爾的證件放進去。」

她回到傾倒的扭葉松旁坐了下來，她將口袋裡的書本拿出來，攤在大腿上。這裡感覺很舒服，是個寧靜的地方。用防水布把屍體包起來之前，巴奇先進行過某種處理。他不肯告訴她手法，但說那樣天氣熱的時候，就不會有異味散出。動物就不會去打擾他。巴奇說在馬車隊與銀礦場還存在的古老年代，先人都是這樣處理的。

9

「我決定去科林斯堡，去讀科羅拉多州立大學。我看過照片，那裡很美。記得你問過我，我想讀什麼嗎？我說也許歷史、社會學，甚至劇場藝術。我其實不好意思告訴你我真的想學什麼，但你大可猜一猜，說不定你已經猜中了。我在高中時偶爾會考慮這件事，因為英文一直是我的拿手科目，寫完你的故事後，讀英文系好像也不是不可能。」

她打住，因為雖然她只有一個人，但接下來的話語很難啟齒。聽起來太虛偽了。她媽會說她自以為是。不過，她還是會說，這是她欠他的。

「我想寫屬於我的故事。」

她再次停下，用外套袖子抹抹眼睛。這裡好冷，但這份寧靜細膩幽微。這麼早，連烏鴉都還沒起床。

「我在……我在……」她遲疑了，為什麼那個字眼這麼難說出口？為什麼會這樣？「我在寫作的時候，我忘了哀傷。我忘記要擔憂未來，我忘了我在哪。我不曉得為什麼會這樣。我可以假裝我們是在愛荷華州達文波特郊外的『暫停歇腳』汽車旅館，只不過雖然那個地方不存在，但感覺不像假裝。我看得到假的木頭牆面、藍色床單、浴室玻璃淋浴隔間上黏著塑膠袋，上頭寫著『衛生有益健康』。不過那都不是重點。」

她抹起眼睛，擦起鼻子，她看著自己吐出的白色雲霧。

「我可以假裝瑪姬，媽的瑪姬，只是擦傷了你。」她搖搖頭，彷彿清醒過來。「只不過那樣不對。你的確只有擦傷，你寫了那封信給我，趁我睡覺時，塞進我的房門下。你沿著馬路走向卡車休息區，雖然那個站點都是要回紐約的卡車，你卻去那裡，從那裡出發。你知道會發生這種事嗎？你知道你可以坐在螢幕或一疊紙張前面，改變世界嗎？效果不持久，真實世界永遠會回來，但在它出現之前，一切都很美好。這就是一切。因為你可以按照自己的意思安排，而我要你活下去，在故事裡，你會永遠、永遠活下去。」

她起身，走向她與巴奇一起挖出的方形土地。在真實世界裡，他埋在這塊土丘下方。她蹲了下來，將書本放在墳墓上。也許雪會蓋過它，也許風會颳走它，那不重要。在她心裡，這本書會永遠擺在這裡，左拉的《紅杏出牆》。

「現在我知道你到底在講誰了。」她說。

10

愛麗絲走去小路盡頭消失，銳利峽谷出現之處，看著對面的老飯店原址，據巴奇所說，大家都知道那裡鬧鬼。她有次覺得自己真的看到了飯店，肯定是因為不習慣山上稀薄空氣而產生的幻覺。今天卻什麼也沒有看見。

她心想：但我可以讓它出現。我可以讓它出現，就像我捏造出「暫停歇腳」汽車旅館一樣，用我沒有放進去的細節編織出來，好比說浴室裡貼著塑膠袋的淋浴隔間玻璃，好比說地毯上有德州形狀的污漬。我可以讓飯店出現，如果我要，我也可以讓裡面充滿鬼魂。

她站在原地，隔著這裡與那裡的冷流望過去，雙手插在口袋裡，想著她能創天造地。這個機會是比利給她的。她人在此，覓得歸宿。

二〇一九年六月十二日——二〇二〇年七月三日

致謝

羅萍・佛斯（Robin Furth）與麥克・柯爾（Myke Cole）協助我的研究工作，找到多處不連貫的錯誤，提出許多寶貴的編輯意見。我感謝他們兩位。老話一句：如果哪裡寫錯了，都是敝人的責任，與他們無關。我也要感謝賓・魏斯特（Bing West）的《無譽之戰》（*No True Glory*），寫下他對兩次費盧傑戰役的絕佳實記。我獲益良多。

國家圖書館出版品預行編目資料

絕筆 / 史蒂芬・金 (Stephen King) 著；楊沐希譯．
-- 初版 .-- 臺北市：皇冠文化出版有限公司，2023.4
面；公分．--（皇冠叢書；第 5091 種；史蒂芬金選；
49）
譯自：Billy Summers
ISBN 978-957-33-4021-8(平裝)

874.57　　112005126

皇冠叢書第 5091 種
史蒂芬金選 49

絕筆

Billy Summers

作　　者—史蒂芬・金
譯　　者—楊沐希
發 行 人—平　雲
出版發行—皇冠文化出版有限公司
台北市敦化北路 120 巷 50 號
電話◎ 02-27168888
郵撥帳號◎ 15261516 號
皇冠出版社（香港）有限公司
香港銅鑼灣道 180 號百樂商業中心
19 字樓 1903 室
電話◎ 2529-1778　傳真◎ 2527-0904
總 編 輯—許婷婷
美術設計—鄭婷之、李偉涵
著作完成日期— 2021 年
初版一刷日期— 2023 年 4 月
初版三刷日期— 2023 年 9 月
法律顧問—王惠光律師

讀者服務傳真專線◎ 02-27150507
電腦編號◎ 508049
ISBN ◎ 978-957-33-4021-8
Printed in Taiwan
本書特價◎新台幣 599 元 / 港幣 200 元